**ES IST DIE KÄLTE,
DIE DEN MENSCHEN ANTREIBT,
FÄHIGKEITEN UND TECHNIKEN ZU ENTWICKELN,
UM ZU ÜBERLEBEN, DENN KÄLTE BEDEUTET TOD.**

DAVID MCGRANDE

DAS ENDE DER ZEIT

ISBN 978-3-940740-66-3

Copyright © 2009 by K.-Dieter Ewert

EwertVerlag
Mühlengraben 4
49808 Lingen
0591 1627203
www.ewertverlag.eu
info@ewertverlag.eu
info@editionresolut.net
www.editionresolut.net

David McGrande

Das Ende der Zeit

Die Erde ist nicht genug

EwertVerlag

Ich hatte den Ergeiz,
weiter zu gehen als jeder Mensch vor mir,
ich wollte die ganze Wahrheit.

Dubai

30. Januar 2009. Der Airbus setzte zur Landung an, schwebte ruhig auf den Internationalen Airport von Dubai zu. Es war kurz vor Mitternacht. Nach sieben Stunden Flug war ich war froh, am Ziel zu sein. Der Landeanflug über den Persischen Golf war immer wieder ein Erlebnis. Die Lichter unzähliger Skyscraper füllten den Horizont. Alles überragend der Burj Dubai, der Dubai-Turm. Längst war er das höchste Gebäude der Erde. Ein noch höherer Turm war geplant, der Nakheel-Tower, mit einer Höhe von mehr als 1.000 Meter, doch nun war ein Baustopp bekannt gegeben worden. Der Wahnsinn schien ein vorläufiges Ende zu nehmen, weil der Geldfluss infolge der Weltwirtschaftskrise unterbrochen war. Der Immobilienboom war praktisch zum Erliegen gekommen.
Mich erfüllte Genugtuung, wie ich sie zuvor nie erlebt hatte. Ich sollte in Dubai einige Scheiche treffen. Gestern hatte mich von dort ein Anruf erreicht. Es war der Präsident einer der größten internationalen Banken. „Sie wissen, was im Moment auf den Finanzmärkten los ist und wie es um die Entwicklung an den Börsen und unsere Energieversorgung steht. Immer mehr Finanzblasen platzen, all unsere politischen und wirtschaftlichen Systeme stehen weltweit vor dem Bankrott. Dazu kommen die Unsicherheit über die klimatischen Entwicklungen, die Überbevölkerung, Milliarden hungernde Menschen. Sie sehen auch das derzeitige Wetter, es widerspricht deutlich den Prognosen der Klimaforscher. 2008 war das kälteste Jahr des Jahrhunderts, wir sehen die Schneekatastrophen, die zurzeit über Nordamerika, Europa und Asien ziehen. Und 2009 zeigt sich eher noch kälter. Was in naher Zukunft auf uns zukommt, wird grauenvoll sein, das ist intern kein Geheimnis, doch niemand kennt eine Lösung. Ihrem Bericht entnehmen wir, dass Sie einen Weg kennen, die Menschheit vor einer Apokalypse zu bewahren. Wir laden Sie daher zu einem Gespräch ein."
„Wo und wann?", fragte ich kurz.
„Sie fliegen nach Dubai. Wir haben bei Emirates Airlines in Frankfurt ein Ticket für Sie hinterlegt, für den Flug morgen Nachmittag. Wir erwarten Sie am Dienstag um 20Uhr im Hotel Atlantis, auf Palm Jumeirah, dort ist für Sie eine Suite reserviert."
„Ich werde da sein", sagte ich und legte auf.
Ich lachte. Na endlich, hatte ja lange genug gedauert, bis sich einer von da oben gemeldet hat. Die Ölvorräte der Emirate gingen zur Neige, die Fördermengen waren seit 1994 um 60% gesunken. Die nachgewiesenen Reserven betrugen nur noch vier Millionen Barrel. Dubai verkaufte daher kein Öl mehr, man wollte es für die eigene Versorgung verwenden. Es gab in Dubai auch wenig Erdgas. Die Scheiche wollten aber mehr Gas und Öl, um wieder ins internationale Geschäft einzusteigen und ihre Immobilienprojekte notfalls auf eigene Rechnung durch-

zuziehen. Im Nachbarland Oman und in Katar hatte man große Gasvorkommen entdeckt.
Ich hatte den Scheichen überzeugend mitgeteilt, dass ich weiß, wo auch in Dubai weiteres Gas und Öl zu finden ist. Schon jetzt wirkte sich die weltweite Wirtschaftskrise auch auf den Immobilienmarkt in Dubai aus, der einstige Boom war ins Stocken geraten. Ähnliches vollzog sich in anderen Emiraten, in Moskau und Macao. Dubai brauchte Energie, um seine Pläne weiter zu führen. Moskau hatte Energie, dennoch machte die russische Gaszprom 2008 zwei Milliarden Verluste.
Die Einladung kam mir gelegen, denn ich wollte ohnehin in die Emirate reisen. Sofort rief ich ein mir bekanntes Maklerbüro in Dubai an. Ich wurde mit einer freundlichen Dame verbunden, ihre Stimme war sehr angenehm.
„Sie sprechen mit Charon, was kann ich für Sie tun?"
Ich sagte meinen Namen. „Ich möchte einige Quadratkilometer Wüste pachten. Es muss dort nur eine Anbindung an das Autobahnnetz und elektrischen Strom geben."
Sie lachte: „Das haben wir zurzeit nicht in unserem Angebot, aber ich bin sicher, bis morgen finde ich etwas. Hier in Dubai wird auch das Unmögliche möglich gemacht. Was haben Sie denn in der Wüste vor?"
„Ich möchte dort Eisenerz schürfen. Sie haben sicher schon gehört, dass den Baufirmen in den Emiraten permanent Stahl fehlt, und die Stahlpreise haben sich im letzten Jahr verdoppelt."
„Das stimmt", sagte sie, „aber wie wollen Sie in der Wüste Eisenerz finden?"
„Das verrate ich Ihnen, wenn Sie mich morgen in Dubai am Flughafen abholen."
Nach kurzem Zögern sagte sie: „Okay, ich hole Sie ab. Wir sehen uns morgen. Ich wünsche Ihnen einen angenehmen Flug."
Ihre Stimme blieb bei mir. Ich wusste nicht warum, aber ich spürte, diese Frau war etwas ganz Besonderes.

*

Der Airbus war sanft gelandet und rollte nun langsam zum Terminal. Nachdem ich die Zollkontrolle passiert hatte, erkannte ich Charon sofort inmitten vieler Menschen. Sie hatte langes dunkles Haar, war klein, schlank und unglaublich hübsch, ein wenig asiatisch. Ich musste sie unentwegt ansehen. Ich hatte das Gefühl, es ging ihr ähnlich. Ihre dunklen Augen blickten traurig, geheimnisvoll.
„Willkommen in Dubai", sagte sie, „ich habe Sie sofort erkannt."
„Mir ging es ebenso", sagte ich lächelnd.
Zwischen uns war vom ersten Moment an ein besonderes Gefühl. Wir machten

uns auf den Weg ins Parkhaus. Ich war so aufgeregt wie ein kleines Kind und konnte es mir erklären. Diese Frau war voller leidenschaftlicher Spannung und ich konnte den erotischen Reiz spüren, den sie ausstrahlte.
Als wir in ihrem Cheyenne saßen, fragte ich: „Was hat Sie hier in die Wüste getrieben?“
„Ich habe in Berlin Astronomie und Philosophie studiert. Nach meinem Examen habe ich dann aber während meiner Dissertation alles hingeschmissen. Eigentlich hat man mich von der Uni vertrieben, weil ich eigene Gedanken entwickelte, an den Lehrbüchern und den Theorien meiner Professoren zweifelte. Ich verbrachte danach einige Jahre bei meinen Eltern in Thailand. Mein Vater ist Deutscher, meine Mutter Thailänderin. Dort schrieb ich weiter über die Welt, wie ich sie mir vorstelle, denn die der Wissenschaften, Religionen und des Kapitalismus gefällt mir nicht. Aber ich kam nicht richtig vorwärts, mir fehlten noch einige grundlegende Erkenntnisse“, erzählte sie mit einem steten Lächeln, „später wollte ich zurück nach Deutschland und machte hier in Dubai einen Zwischenstopp. Irgendein Gefühl trieb mich dazu, hier eine Weile zu bleiben, ich kann bis heute nicht erklären, warum. Dann bekam ich das Angebot einer Immobilienfirma. Der Job ist recht interessant, ich verdiene gut und lerne viele Leute kennen, aber ich bin dennoch mit meinem Leben nicht zufrieden“, argwöhnte die Hübsche, deren Augen mir in diesem Moment eine gewisse Traurigkeit nicht verbergen wollten.
Ich war erstaunt. Diese Frau beschäftigte sich mit denselben Themen wie ich, und sie hatte eine ähnliche Verbundenheit mit Dubai. Daher konnte es kein Zufall sein, dass wir uns hier kennen lernten.
Sie erzählte weiter: „Durch meine Arbeit bin ich schon viele Tausend Kilometer durch die Wüsten und Städte gefahren, habe gesehen, was hier entsteht. Ich habe mich mit Scheichen unterhalten, die haben mir erzählt, was sich wirklich in den Wüstenstaaten abspielt. Es findet hier eine unermessliche Ansammlung des Kapitals der Reichen aus aller Welt statt, sie sprechen von einer organisierten Flucht vor bevorstehenden irdischen Katastrophen. Die Scheiche wissen nicht, warum dies geschehen soll, aber sie sprechen von einer alten Weisheit ihrer Väter, die sagt: *Die Angst des Menschen ist die Zeit.* Sie sagen, dass wir vor dem *Ende unserer Zeit stehen.* Sie reden über Klimaveränderungen, einen bevorstehenden Kollaps der Kapital- und Energiemärkte und der meisten Regierungen. Darum etablieren die Superreichen sich und ihr Kapital in den Emiraten, wo die besten Chancen bestehen, noch eine Weile zu überleben, denn hier gibt es genügend Wärme und Energie. Ein alter Scheich erzählte mir, dass die Zinsen der Feind der Zeit seien, sie würden die Zeit und damit die Zukunft essen. Darum verbietet der Islam Zinsen zu nehmen.“
Diese Frau war unglaublich, was sie sagte, entsprach genau meinen Gedanken

und Erkenntnissen. Es waren Themen, mit denen ich mich seit vielen Jahren beschäftigte. Ihre dringlichen Worte und ihr reizender Charme gefielen mir sehr.
„Charon, wollen wir uns duzen?"
„Danke David, sehr gerne. Ich schlage vor, wir fahren zu deinem Hotel. Da sind viele nette Bars, und wir können dort auch über das Wüstengrundstück reden.
Während der Fahrt schaute ich mir die Skyscraper in den Straßen von Dubai an. Vieles hatte sich verändert, seitdem ich vor einem halben Jahr hier war. Charon fuhr sehr sicher durch die Stadt in Richtung Süden zum Hotel, vorbei am Burj Dubai, dem höchsten Gebäude der Erde. Als ich den Turm zuletzt sah, war er schon über 500 Meter hoch, noch im Rohbau, schon damals recht beeindruckend. Nun war das Monster über 700 Meter hoch, die Fassaden waren bereits mit glänzendem Aluminium verkleidet. Viele neue Wolkenkratzer ragten in den Himmel. Ein überwältigender Anblick.

*

Wir waren am Hotel angekommen. Es liegt auf einer der weltbekannten künstlichen Inseln, deren Form einer Palme nachempfunden ist. Ich checkte ein und ließ mein Gepäck in die Suite bringen. Wir setzten uns an die Bar und bestellten zwei exotische Cocktails.
Charon sagte: „In den Medien wird jeden Tag berichtet, dass es auf diesem Planeten immer wärmer wird. CO_2 soll die Ursache hierfür sein. In einigen Jahrzehnten müsste es also hier in den Emiraten noch viel heißer sein. Aber es ist doch jetzt schon am Tage draußen unerträglich heiß. Wenn es auf der Erde tatsächlich wärmer würde, wäre es doch vernünftiger, im Norden Kanadas und in Sibirien Land zu kaufen, dort zu investieren und nicht hier in der Wüste. Dort gibt es auch jede Menge Öl und Gas. Der wahre Grund, warum hier soviel investiert wird, muss daher ein anderer sein."
„Richtig", sagte ich, „die große Kampagne, die Erde erwärme sich, ist ein gezieltes Ablenkungsmanöver von dem, was wirklich geschieht. Die Besitzer des Kapitals sind auch die Herrscher über die Medien und das offizielle Wissen, sie bombardieren die Öffentlichkeit bewusst mit Halbwahrheiten und Lügen, bereiten sich selbst aber mit immensem Kapitaleinsatz auf den Rückzug aus den nördlichen Regionen vor. Du erlebst ja, was hier passiert. Es entsteht ein Paradies für die Reichen, Tausende Milliarden fließen seit Jahren in die Emirate. Bis 2015 werden hier 90% allen Kapitals dieser Erde konzentriert sein."
„Durch die Krise am Kapitalmarkt müssen die Regierungen Bürgschaften und Kredite über viele Billionen Dollar an bankrotte Banken und Firmen geben. Die USA und Europa drucken das auf dem Weltmarkt fehlende Geld. Das führt in eine große Inflation. Eine weltweite Wirtschaftskrise kann nicht mit Geld gelöst

werden. Feuer lässt sich nicht mit Feuer bekämpfen. Der letzte Schritt wird sein, dass alle Staaten dieser Erde, die über keine eigenen Energiereserven verfügen, Konkurs anmelden müssen", stimmte mir Charon zu.
„So wird es kommen. Die globalen Geldströme und die durch Kredite und Zinsen betriebene künstliche Geldvermehrung haben einen Markt erzeugt, der nicht mehr auf Produktion und Handel basiert. Die Finanzanlagen übersteigen den Wert der weltweit vorhandenen Werte schon heute um das Dreifache, in manchen Bereichen um das Zehnfache. Der Handel mit Geld und Papieren ist der wahre Markt geworden, daher bricht die klassische Wirtschaft zusammen. Aber heute brauchen wir nicht einmal Papier, wir haben das Internet. Dieses Geschäft braucht wenig Kapital, kein Lager, keinen Laden, man kauft und verkauft Waren, die man selbst nie gesehen hat, meist existieren diese Waren gar nicht", definierte ich. „Was allein zählt, ist der Umsatz. Auf diese Weise kann jeder kleine Händler unkontrolliert eine eigene Bank betreiben. Hedgegeschäfte und Leerverkäufe laufen. Alles ist ein großes Spiel. Man handelt auf Kredit mit Fiktionen, will Gewinne machen, wenn Aktienkurse fallen. Perverser geht es kaum. Zum großen Spiel gehört inzwischen auch die Lüge von der Erwärmung der Erde. Damit will man einen neuen, gigantischen Markt schaffen. Doch es wird auf der Erde nicht wärmer, sondern unaufhaltsam kälter, daher erzeugt auch dieses Hollywoodmärchen eine gigantische Blase, die bald in sich zusammenfallen wird.
Negativ wirkt die Produktion von Waren, die ausschließlich für den Geldadel erschwinglich sind. Schmuck, Handtaschen, Haute Couture, das Stück 100.000 Euro teuer, da wird Geld verbrannt. Luxuslimousinen, die nach einem Jahr nur noch die Hälfte wert sind, haben den denselben Unwert. In Asien hergestellte minderwertige Waren tragen ebenso dazu bei, Werte zu vernichten", sagte ich, ohne auch nur einmal meinen Blick von ihr abzuwenden. Sie hatte mich in ihre wohlwollenden Fänge genommen – sie hatte mich gewählt!
Charon schaute mich verschmitzt an: „Es ist seltsam, dass wir dieselben Gedanken haben. Ich denke, uns hat ein kosmisches Prinzip zueinander geführt. Wir mussten uns begegnen, wir hatten gar keine Wahl. Die Dinge fügen sich stets positiv zusammen, wenn man sich in Freiheit bewegt und seinem Gefühl folgt. Dann gibt es zwangsläufige Begebenheiten, denen man sich nicht entziehen kann. Manche nennen es Vorsehung oder Schicksal. Der Lauf der Dinge ist nicht vorbestimmt, doch alles menschliche Geschehen steht unter dem Druck der Zeit."
„Charon, ich denke genau so. Im Kosmos an sich ist die Zeit völlig offen, sie besitzt dort keinen Wert. Die Zeit ist nur wichtig, wo es Sonnen, Planeten und menschliches Leben gibt. Und nun drängt die Zeit, alles zu tun, um das Überleben der Menschen zu sichern."
Ich wollte noch etwas weiter ausholen: „Betrachten wir unsere Kinder, sie fühlen

offensichtlich, dass diese Gesellschaft am Ende ist. Sie spüren instinktiv, dass ihre Eltern versagt haben, darum verlieren sie auch die Achtung vor ihnen. Ja, die Zeit drängt und daher steigen die Ängste der Menschen vor der Zukunft. Die grundsätzlich treibende Kraft allen Lebens ist die Angst ums Überleben. Nun haben wir gute Gründe, echte Angst zu bekommen, denn wir stehen vor einer unermesslich großen Katastrophe. Nur kommt alles ganz anders, vor allem viel schneller, schlimmer und grausamer.
Die Wahrheit darüber, was sich wirklich auf unserem Planeten abspielt, wird der Menschheit systematisch vorenthalten, alle Medien sind längst gleichgeschaltet, blasen in dasselbe Horn. Es wird verschwiegen, dass es in den meisten Bereichen der Erde und besonders in den Ozeanen, den wichtigsten Energiespeichern der Erde, seit vielen Jahrzehnten deutlich messbar kälter wird. Unterdrückt wird zudem das Wissen um die permanent nachlassende Strahlungsleistung der Sonne, sie reicht nur noch für wenige Jahrzehnte. Kein Ofen brennt ewig, jedes Feuer verliert im Laufe der Zeit an Kraft, auch eine Sonne strahlt nur wenige Jahrtausende mit jener Kraft, die menschliches Leben ermöglicht. Die sehr hohe Bedeutung der Luftfeuchtigkeit für das irdische Klima wird fast nebenbei unter den Teppich gekehrt. Die Wahrheit ist knallhart: Die Erde steht ohne jeden Zweifel vor einem nahen und unaufhaltsamen Kältetod.
Große Stürme und Regenfälle nehmen mehr und mehr zu. Auch hierfür wird eine Erwärmung der Erde verantwortlich gemacht. Doch dies ist physikalisch völlig unmöglich. Tatsächlich ist das Nachlassen der Sonnenstrahlung und die dadurch stetige Abnahme der irdischen Temperaturen die alleinige Ursache für die großen Wirbelstürme und Regenfälle, daran besteht nicht der geringste Zweifel. Wärme strebt stets zur Kälte hin. Daher findet ein Temperaturausgleich immer in Richtung Abkühlung statt. Wir beobachten seit Jahren noch etwas Ungewöhnliches: Der Regen nimmt weltweit zu, und schon bald wird er in Schnee übergehen, denn die Erde regnet sich kalt. Die Atmosphäre trocknet aus, kann dadurch nur noch wenig Sonnenenergie speichern."

Die Bar war gut besucht, viel Prominenz tummelte sich an den Tischen, Tresen und auf der Tanzfläche. Banker, Sportler, Schauspieler und Geschäftsleute feierten ihr Leben, das sie auf Kosten der Armen führen konnten. Sie gehörten zu den Privilegierten der weltweit agierenden Systeme des Kapitals. Viele von ihnen wussten gar nicht warum, sie waren nur Teile eines großen Spiels, dessen Regeln sie nicht einmal verstanden.
Wir beobachteten das Geschehen. Champagner wurde in großen Mengen getrunken, ja gesoffen, die Flasche für tausend Dollar. Ein bekannter englischer Fußballspieler lag völlig betrunken schlafend unterm Tisch. An der Bar saßen viele hübsche junge Mädchen aus Asien und Russland, bereit, die dicken alten Männer

aus der Hochfinanz zu befriedigen. Die Söhne russischer Oligarchen schmissen reihenweise Lokalrunden, jede fünftausend Dollar billig. Angesichts des unermesslichen Elends in der Welt voller Hunger und Gewalt waren wir erschüttert über die Arroganz dieser Menschen.
Charon schaute mich traurig an: „David, lass uns in deine Suite gehen, ich kann das nicht mehr ertragen, ich möchte mit dir allein sein."
Wir kannten uns erst seit drei Stunden, aber ich fühlte, wir wollten uns besitzen, wollten uns ganz nah sein. Ich nahm Charons Hand und wir gingen zum Lift. Wir mussten in die 20. Etage fahren. Nachdem sich die Tür geschlossen hatte, fielen wir uns in die Arme. Eng umschlungen küssten wir uns, bis der Lift anhielt. Charon benutzte kein Parfüm, ich konnte ihren Körper riechen, es war wahnsinnig, animalisch. Das hatte ich noch bei keiner Frau erlebt. Wir gingen fest umklammert zur Suite. Drinnen rissen wir uns gegenseitig die Klamotten vom Leib, gingen ins Schlafzimmer und warfen uns aufs Bett. Wir lagen lange Zeit bewegungslos in enger Umklammerung, wie verkrampft. Doch dann kam die Entspannung, regten sich in uns unglaublich starke Gefühle, das Blut floss in Richtung Unterleib. Charon glitt zwischen meine Lenden und verwöhnte mich zärtlich. Ich genoss die Bewegungen ihrer Hände und ihren weichen Mund. Kurz bevor ich explodierte, setze sie sich auf mich, führte meinen Penis zärtlich ein und massierte ihn mit langsamen kreisenden Bewegungen ihres Körpers. Wir schauten uns unentwegt in die Augen, ich massierte ihre schönen Brüste, hatte den Wunsch, dass dies nie zu Ende geht, aber schon bald explodierten wir gemeinsam. Charon legte sich auf meine Brust, küsste mich zärtlich und wir schliefen ruhig ein.
Irgendwann in der Nacht erwachten wir, Charon lag unverändert auf mir und ich war noch immer in ihr. Wir hatten uns die ganze Nacht im Schlaf umklammert. Unsere Körper ruhten, einzig in ihrem Unterleib gab es kleine stetige Bewegungen. Ihre Vagina massierte meinen Phallus, ich lag völlig ruhig und genoss es. Seit Stunden war ich in ihr, sie ließ mich nicht raus, hielt ihn, als wollte sie ihn für immer in sich behalten. So etwas hatte ich nie zuvor erlebt. Ich roch wieder das natürliche Odeur ihres Körpers, fühlte ihre zarte Seidenhaut, und dann explodierten wir wieder gemeinsam.

*

Es war hell geworden, die Sonne strahlte ins Zimmer. Ich stand auf und sah aus dem Fenster aufs Meer. Charon lag nackt auf dem Bett. Ihr Körper war wundervoll, schlank, leicht gebräunt, nur wenig bedeckt durch ihr langes Haar. Sie bewegte sich. Ich ging zum Bett, berührte sie und fragte willensstark: „Charon, willst du meine Frau werden?"

Sofort saß sie im Bett und rief: „Ja, ich will dich haben, ich gehöre dir und ich werde dich nie mehr loslassen. Lass jetzt unser Frühstück kommen und dann geht's ab in die Wüste, ich zeige dir dein Grundstück."

Die Wüste

Wir fuhren mitten durch die Wüste. Sie war durchzogen von Hochspannungsleitungen und nagelneuen Autobahnen, auf denen nur wenige Autos fuhren. Wir sahen große, neu erbaute Geisterstädte, in denen kein Mensch wohnte. Tausende Arbeiter liefen überall herum, überwiegend Pakistani in langen hellblauen Hemden. Rund Achthunderttausend von ihnen arbeiten allein in Dubai, schuften für Hungerlöhne in unerträglicher Hitze. Geplant ist, in der Wüste und an den Küsten Häuser für etwa zehn Millionen Menschen zu bauen.
„Wo liegt denn das Grundstück", fragte ich.
„Wir sind bald da, es sind nur noch wenige Kilometer", erklärte meine zukünftige Gemahlin.
Manchmal sahen wir alte Dörfer, in denen die Menschen noch lebten wie vor hundert Jahren. Überall gab es Gebiete mit Kamelen, die oft frei in der Wüste herumliefen. Die Gegensätze zu den modernen Geisterstädten konnten nicht größer sein.

Eisen

Da war es nun, das Grundstück mitten in der Wüste. Es lag direkt an der Autobahn, unmittelbar neben einer Hochspannungsleitung und einem Umspannwerk. Das war gut, denn ich brauchte jede Menge Strom für das Stahlwerk.
„Bitteschön", sagte Charon schäkernd, „hier kannst du dein Stahlwerk bauen. Es sind sechs Quadratkilometer, und du hast eine Option auf weitere 50 Quadratkilometer. Du kannst es pachten für 30.000 Dollar pro Jahr. Aber wo ist dein Eisenerz?"
„Du stehst drauf", sagte ich triumphierend, „Millionen Tonnen liegen unter deinen Füßen."
„Bitte", Charon schaute mich ungläubig an, „ich sehe nichts als Sand."
„Ich zeige dir das Erz."
Ich holte einen Magneten aus der Tasche, steckte ihn kurz in den Sand und zog ihn wieder heraus.
„Hier, Charon", sagte ich und gab ihr das Ding, „schau dir den Magneten an."
Sie rief verblüfft: „Da hängt ja jede Menge Eisenerz dran! Woher wusstest du, dass es das ausgerechnet hier gibt?"
„Die Wüsten der arabischen Länder und Afrikas sind voll davon. In meinem

Buch *Zeit für die Wahrheit* habe ich berichtet von der Kollision der Erde mit Luzifer, dem Teufelsplaneten. Dieser Planet bestand an seiner Oberfläche zu großen Teilen aus Eisen. Bei seiner Berührung mit der Erde verbrannte alles, da Luzifer rund 2.000 Grad heiß war. Große Mengen Eisen regneten damals auf die Erde nieder, in alten Schriften nannte man es Manna. Als es auf die Erde fiel, war es reines flüssiges Eisen, aber es oxydierte mit dem Sauerstoff der Luft, verrostete und wurde zu Eisenerz. Auf demselben Weg gelangten große Mengen Mangan auf die Erde. Wir finden es neuerdings auch in riesigen Massen auf den Böden der Ozeane als so genannte Manganknollen. Eisen und Mangan sind eng verwandt und lassen sich gut miteinander legieren. Diese Knollen und auch der Wüstensand enthalten zudem andere wertvolle Metalle. Auch sie regneten damals auf die Erde hinab. Ohne diese Katastrophe gäbe es auf der Erde kaum Öl und Gas und daher auch nicht die heutige Technik. Wir würden noch in der Steinzeit leben und auf Eseln reiten."
Charon lächelte: „Ich kann mich an diese Geschichte erinnern. Was du darüber geschrieben hast, klang unglaublich, aber ich kann mir vorstellen, dass es so passiert ist, auch die alten Schriften berichteten sehr oft von einem Krieg zwischen den Planeten. Und wie viel Eisenerz steckt hier im Wüstensand?"
„Als ich letztes Mal in Dubai war, hatte ich einen Sack voll Sand mit nach Deutschland genommen und dort untersucht. Das Ergebnis war sehr gut, es zeigte, dass hier im Wüstensand rund vier Prozent Eisenerz stecken. Pro Quadratkilometer rechne ich mit mindestens 50.000 Tonnen, etwa die Hälfte davon ergibt reines Eisen. Dazu kommen noch Mangan und einige andere wertvolle Metalle. Das macht zwanzig Millionen Dollar Gewinn für dieses Grundstück."
„Das hört sich gut an. Problem ist nur, dass andere dasselbe machen wollen, wenn sie wissen, was du hier treibst."
„Daran habe ich auch gedacht. Aber das bekomme ich geregelt, denn es gibt noch einen anderen Grund, warum ich hier in Dubai bin. Am Abend treffe ich mich im Hotel mit einigen wichtigen Männern, dabei sind auch Scheiche aus dem Energieministerium. Es geht um Erdgas und Erdöl in unermesslichen Mengen. Ich allein weiß, wo und wie es zu finden ist. Wenn sie an dieses Zeug rankommen wollen, müssen sie mir vorher ein Monopol auf die Gewinnung von Eisenerz geben."
Charon lachte: „Du bist ganz schön abgebrüht. Und sicher willst du eine Beteiligung an der Gas- und Ölgewinnung haben."
„Ganz sicher", sagte ich, „die Scheiche haben sich schon seit Jahrzehnten am Erdöl dumm verdient, obwohl sie allein nie in der Lage gewesen wären, es zu finden und zu fördern. Vor der ersten Ölkrise bekamen sie für einen Barrel Öl zwei Dollar, im Sommer 2008 lag der Preis bei 160 Dollar, heute bei rund 40 Dollar, aber der Preis wird wieder steigen. In Arabien und den Emiraten verdie-

nen sie damit jedes Jahr Billionen. Ich erwarte einen Euro von jedem Barrel des durch meine Hilfe geförderten Erdöls und entsprechender Mengen Erdgas."
„Dann wirst du ja ein ganz reicher Mann. Gut, dass du versprochen hast, mich zu heiraten", spaßte Charon und umarmte mich, gab mir einen langen Kuss und damit ein wohltuendes Gefühl.
„Und ich bin sicher, sie brauchen das Zeug, denn durch die derzeitige Börsenkrise stehen auch einige Scheiche der Emirate kurz vor der Pleite. Nur Eisen, Öl und Erdgas werden ihnen helfen, ihren Traum vom Paradies zu vollenden", sagte ich voller Vorfreude auf die kommende Zeit.
Wir machten uns auf den Weg zurück ins Hotel. Am Abend hatte ich dort das Meeting. Im edlen Hotelrestaurant aßen wir Mashwee samak, ein Fischgericht vom Grill, und tranken dazu einen erstklassigen Chateau Mouton-Rothschild aus dem Jahr 2000, einem der besten Jahrgänge. Der Weinkritiker Robert Parker und seinen Mit-Autoren hatten dem Tropfen 97 PP (Parker-Punkte) verpasst. Außerordentlich! Die ursprüngliche Küche der Vereinten Arabischen Emirate zeichnet sich zwar im Großen und Ganzen durch ihre einfachen Gerichte aus. Im Laufe der Jahrhunderte sind jedoch viele Zutaten aus aller Herren Länder dazu gekommen, sodass man sicher von einer hervorragenden internationalen Küche auf hohem Niveau sprechen kann. Wir gönnten uns noch eine beliebte arabische Nachspeise, Kunafa, aus feinsten arabischen Teignudeln, mit Käse gefüllt, mit Jasminsirup getränkt.

„Du sagtest, dass die Menschen vor der Katastrophe kaum Eisen kannten, und daher hatten sie wohl auch keine Technik", sagte Charon, die, genauso gerne wie ich, ein gutes Essen zu schätzen wusste.
„Richtig. Die Menschen verfügten damals über keinerlei Technik, wie wir sie später innerhalb weniger Jahrhunderte entwickeln konnten, obwohl sie mehr Zeit zur Verfügung hatten als wir. Sie waren perfekt im Errichten von Gebäuden aus Stein, kannten Kupfer, Silber und Gold, aber Eisen und vor allem Stahl waren damals völlig unbekannt. Denn zur Erzeugung von Stahl benötigt man Kohle, Erdgas oder Erdöl und viele Minerale und Metalle, die dem Eisen zugeführt werden müssen. Es gab auch noch kein Aluminium und viele andere wichtige Stoffe, kein leistungsfähiges Transportwesen, von einfachen Holzbooten abgesehen. Die Menschen konnten reiten und Ochsenkarren bedienen. Dennoch vollbrachten sie große Taten, wenn wir uns die Monumente aus der Zeit vor der Katastrophe ansehen. Aber all diese Bauwerke sind mehr oder weniger Spielzeuge, die eher von der Verzweiflung der damals lebenden Menschen zeugen als dass sie zukunftsorientiert erscheinen. Sie erwecken den Eindruck von einem allgemein verbreiteten Totenkult, von Visionen, dass bald alles zu Ende sein würde.

Die alten Völker, die grausam durch die große Katastrophe vernichtet worden sind, befanden sich in einer Sackgasse. Sie waren sehr geschickt, aber ihnen fehlte das Material zur Weiterentwicklung. Was sie besaßen, waren Holz, Pflanzen, Sand und Steine. Wir sehen noch heute, was sie errichtet haben. Alles besteht aus Gestein, nirgendwo finden wir Eisen, Stahl oder gar Edelstahl, kein Aluminium, kein Glas und keinen Kunststoff. Die Herstellung dieser Stoffe wurde erst möglich, nachdem die Erde mit dem Teufelsplaneten kollidiert war. Denn erst durch Luzifer kam Eisen in nennenswerten Mengen auf die Erdoberfläche hinab, Kohle und Öl konnten gefunden und gefördert werden. Zuvor war Eisen ein auf der Erde fast unbekanntes Element. Es war seltener als Gold und entsprechend wertvoll.

Vor allem konnten die damals lebenden Menschen mit dem seltenen Eisenerz überhaupt nichts anfangen, denn Eisen kommt auf der Erde nirgendwo in reiner Form vor, es oxydiert stets mit dem Sauerstoff der Luft und ist mit anderen Elementen verbunden. Daher war Eisenerz damals ein recht nutzloses Material. Um daraus Eisen zu gewinnen, sind aufwändige Verfahren und hohe Temperaturen bis über 1.500 Grad erforderlich, aber die konnten die alten Völker rund um den Globus nicht erzeugen. Sie kannten das Feuer, verbrannten Holz, erzeugten auch Holzkohle, denn damit kann man höhere Temperaturen erzeugen, wenn Luft hineingeblasen wird. Aber all dies reichte nur aus, um Metalle wie zum Beispiel Kupfer, Silber und Gold zu schmelzen, denn dazu sind lediglich Temperaturen von rund tausend Grad erforderlich. Um aus Eisenerz reines Eisen zu gewinnen, bedarf es anderer Brennstoffe, zumindest Kohle, aber diese gab es damals kaum auf diesem Planeten. Kohle entstand in großen Mengen erst nach der Kollision mit Luzifer, durch die hohen Drücke bei der Auffaltung der Erdkruste nach der Katastrophe.

Eisen lässt sich im großen Stil nur mittels Koks und harter mechanischer Arbeit gewinnen und dazu benötigt man Maschinen und viel Wissen. Das Eisenerz muss zunächst zermahlen werden, Kalk hinzugefügt werden, extrem heiße Feuer müssen alles zusammenbacken, es muss gesintert werden, damit es schließlich in einem Hochofen zu relativ reinem Eisen wird. Aber Eisen ist noch längst nicht Stahl, auch noch recht wertlos. Allein Stahl ist wertvoll, es gibt ihn heute in vielfältiger Form, mit unterschiedlichen Eigenschaften und Härten. Stahl ist ein Produkt unzähliger Überlegungen, Experimente und daraus resultierender Legierungen. Stahl hat mit der normalen Natur überhaupt nichts zu tun, er ist reines Menschenwerk, ein Produkt der Evolution des menschlichen Verstandes.

Dasselbe gilt auch für viele andere Stoffe und Legierungen ebenso wie für alle Kunststoffe. Alles was mit hoch entwickelter Technik zu tun hat, ist nur herzustellen, wenn man in der Lage ist, hohe Temperaturen zu erzeugen. Selbst einfachste Dinge, wie zum Beispiel Glas oder eine Bierflasche sind nur mithilfe

extrem hoher Temperaturen und intelligenter Technik herzustellen. Jene Völker, die vor der großen Katastrophe gelebt haben, kannten kein Glas, keine Bierflaschen. Was die Menschen damals zustande brachten, waren Amphoren, Behälter aus Stein und Ton, in denen sie ihre Flüssigkeiten und Getreide aufbewahrten und transportierten.
Auch die genialen Erbauer der Pyramiden waren noch echte Holz- und Steinmenschen. Nicht einmal ein ordentlicher Schiffbau war damals möglich, denn ein vernünftiges, großes und seefestes Schiff ist ohne Eisennägel nicht zu bauen. Selbst die Bearbeitung von Holz ist ohne Eisenwerkzeug nur schwer möglich. Was es gab, waren Holzkonstruktionen und Seile, Kräne und Flaschenzüge, denn das Prinzip des Hebels war bekannt. Mit ihrer Hilfe errichtete man die großen Monumente.
All die Errungenschaften unserer modernen technischen Welt sind verbunden mit der Fähigkeit, durch entsprechende Brennstoffe extrem hohe Temperaturen zu erzeugen. Nur darum gibt es gebrannte Steine, Fliesen, Glas, Eisen, Kunststoffe, Aluminium und unzählige andere Stoffe. Besonders wichtig war die Entdeckung des elektrischen Stroms. Ohne diesen gäbe es keine Autos, Computer und Flugzeuge. Wir würden uns noch heute mittels Ochsenkarren fortbewegen, noch mehr Kirchen und andere Monumente mühsam aus Sand und Stein errichten. Die moderne Evolution des menschlichen Verstandes hätte es nie gegeben.
Zu den großen Pyramiden lässt sich noch was sagen. Cheops, die größte aller Pyramiden in Gizeh besteht aus rund 2,5 Millionen Steinblöcken mit einem Gewicht von jeweils rund 2,5 Tonnen. Wir können überall lesen, dass diese Blöcke mit Kupfermeißeln aus massivem Felsen gehauen worden und dann mittels kleiner Boote über den Nil transportiert worden sind. Dazu wären wir nicht mal heute in der Lage. Ich bin sicher, dass die großen Blöcke an Ort und Stelle gegossen worden sind, die Pyramiden sozusagen per Fertigbau errichtet worden sind, denn sie bestehen aus Kalksandstein, und daraus bauen wir auch heute noch die meisten Häuser. Es gibt ohne Technik überhaupt keine andere Möglichkeit, solche Monumente zu errichten."
„Das ist richtig. Bislang hat niemand die Zusammenhänge in dieser Form gesehen", sagte Charon, „stattdessen wurde innerhalb des vergangenen Jahrhunderts eine Menschheitsgeschichte erfunden, die keiner Prüfung standhält."

Das Treffen

Das Treffen mit den Scheichen dauerte bis zum späten Abend. Als ich die Suite betrat, lag Charon schlafend auf dem Bett. Ich war müde und legte mich neben sie, als hätte es nie etwas anderes gegeben.
Am Morgen hörte ich Charons Stimme, die mich mit Fragen überfiel: „Aufste-

hen, es gibt ein leckeres Frühstück. Was hat das Meeting ergeben? Ist alles gut gelaufen?"
„Oh ja, ich bin sehr zufrieden. Nun brauche ich das Wüstengrundstück nicht mehr, ich bekomme so viele Grundstücke zur Ausbeutung, wie ich will. Sie stehen mir zur Verfügung, bis ich das Eisenerz vom Sand getrennt habe. Einzige Bedingung, ich darf das Erz nur an die Regierung der Vereinigten Arabischen Emirate liefern, zu einem Festpreis von 100 Dollar pro Tonne. Das ist perfekt, so muss ich mich nicht um die Verhüttung und den Verkauf des Eisens kümmern. Du bekommst leider keine Maklerprovision", sagte ich grinsend.
„Ich bekomme nie mehr Provisionen, denn gestern Abend habe ich im Büro angerufen und meinen Job gekündigt."
„Das ist sehr gut", sagte ich, „du vertraust mir, das macht mich glücklich. Über Geld müssen wir uns künftig ohnehin keine Gedanken mehr machen, es sprudelt nun aus vielen Quellen. Aber es gibt eine Menge zu tun, auch für dich, ab heute arbeiten wir zusammen. Hier habe ich die Konstruktionspläne für eine vollautomatische Maschine, um das Eisenerz aus dem Wüstensand heraus zu filtern. Wir erteilen heute noch den Auftrag zum Bau einer ganzen Reihe dieser Maschinen. Die Pläne liegen schon bei einer Firma in Deutschland, man wartet dort nur auf meine Nachricht. In vier Wochen ist die erste Maschine fertig und kann in Hamburg verladen werden. Danach bekommen wir jeden Monat eine weitere Maschine. So können wir in rund sechs Wochen damit beginnen, die Wüste umzupflügen und werden massenweise Eisen ernten."
„Und wie funktioniert das?", fragte Charon.
„Das ist sehr einfach. Stelle dir das Ding vor wie eine Mäh- und Dreschmaschine in der Landwirtschaft. Hier ist vorne allerdings ein riesiger Staubsauger, mit dem der Wüstensand angesaugt wird. Der Sand strömt durch ein Rohrsystem, in dem starke Elektromagneten wirken und das Erz herausfiltern. Über eine Zentrifuge wird der gereinigte Sand in ein zweites Rohrsystem geschleudert und nach hinten in die Wüste geblasen. Das Eisenerz gelangt durch ein anderes Rohr nach oben und wird direkt auf einen Anhänger befördert. Ist der Hänger voll, wird kurz gestoppt und ein leerer Wagen angehängt. Wie gesagt, es ist so ähnlich, wie bei den Bauern mit ihren Mähdreschern."
„Das klingt wirklich sehr einfach", sagte Charon, „und wie viel Erz kannst du auf diese Weise pro Tag rausfiltern?"
„Die Erzdrescher können rund um die Uhr laufen. Einer schafft pro Tag etwa 70 Tonnen Erz. Das macht rund 7.000 Dollar am Tag – für jeden Drescher. Bedient werden die Maschinen von Pakistani in zwei Schichten, dazu LKW mit Fahrern, von denen jeder pro Tag rund 500 Tonnen Erz abtransportieren kann. In drei Monaten kann mit dem Stahlkochen begonnen werden. Die ersten Öfen werden nächste Woche in Deutschland verladen. Darum kümmert sich die Regierung.

Die Scheiche haben noch letzte Nacht in Deutschland ein stillgelegtes Stahlwerk gekauft. Du weißt ja, in Dubai werden wichtige Entscheidungen sehr schnell getroffen."
„Ja, das ist wunderbar hier in Dubai. In Europa würde so etwas viele Jahre dauern. Daran erkennen wir die Vorteile einer modernen Monarchie. Sie ist vergleichbar mit einer Firma, wo wenige Leute schnell und kompetent Entscheidungen treffen können. Alle Länder sollten geführt werden wie Firmen, dann würden sie auch mit Gewinn arbeiten. Allerdings ist dies nur möglich, wenn jedes Land über genügend eigene Energie verfügt. Aber dieses Problem lösen wir. Und was ist mit der Gas- und Ölförderung in Dubai? Bist du auch hier zu einem Ergebnis gekommen?"
„Alles perfekt. Ab nächste Woche stehen uns fünf Spezialfahrzeuge zur Verfügung, die mit dem modernen Vibroseis-Verfahren arbeiten. Dabei werden Schwingungen bestimmter Frequenzen über eine Rüttelplatte in den Erdboden übertragen und Messstrecken abgefahren. Entlang der Strecken werden Geophone in Gruppen zum Empfang der reflektierten Signale angeordnet. Durch systematisches Befahren des Gebiets mit sich kreuzenden Messstrecken wird ein dreidimensionales Bild der Bodenschichtung erzeugt. Das ist eine ganz moderne Methode. Neu ist bei mir, dass ich andere Frequenzen verwende und die Reflektionen der Schallwellen in größeren Tiefen als sonst üblich auswerte, zunächst bis rund zehn Kilometer. Bislang verwertet man bei Prospektionen lediglich Ergebnisse, die bis in etwa fünf Kilometer Tiefe reichen, weil die Geologen nur bis dorthin Erdgas und Erdöl vermuten. Aber die wirklich großen Vorkommen befinden sich meist tiefer. Warum das so ist, habe ich den Scheichen nicht verraten, denn ich denke, dann hätten sie mich höflich verabschiedet. Die Zeit für die ganze Wahrheit ist noch nicht reif, damit komme ich viel später raus. Wir müssen erst mal dafür sorgen, dass wir Erfolg haben, dann wird alles gut."
Charon schaute mich ungläubig an: „Du bist doch gar kein Egoist. Was du gesagt hast, passt irgendwie nicht zu dir."
„Doch. Zunächst muss man egoistisch sein, aber nur solange, bis es einem selbst gut geht."

Glück gehabt

Wir hatten nun eine Woche Zeit, bevor die seismographischen Arbeiten beginnen konnten. Bis dahin wollten wir alle sieben Emirate besuchen und nach Deutschland fliegen. Charon kannte sich sehr gut aus, war schon seit zwei Jahren hier und durch ihre Arbeit als Maklerin sehr weit herum gekommen.
Mir war seit vielen Jahren klar, wie die großen Wüsten entstanden sind. Wenn ich durch sie fuhr, sie fühlte und erlebte, spürte ich es besonders intensiv. Diese

Wüsten sind keine vertrocknete, sondern verbrannte Erde, verbrannt durch die große Hitze und das glühflüssige Eisen und Gestein, das von Luzifer bei der Kollision herabregnete.
Charon riss mich aus meinen Gedanken: „Stell dir vor, der Teufelsplanet hätte die Erde nicht hier in diesem Gebiet getroffen, sondern im Pazifik oder Atlantik, wo die Erdkruste sehr dünn ist."
„Es war ein großer Glücksfall, dass es hier passiert ist. Sonst wäre die Erde komplett auseinander gebrochen und alles Leben vernichtet worden."
Wir näherten uns der bald fertig gestellten neuen Marina-Stadt im Süden von Dubai-Stadt, an der Autobahn in Richtung Abu Dhabi. Noch vor wenigen Jahren gab es hier nur Wüste, demnächst sollen in den Häusern eine Million Menschen leben. Doch auch diese Stadt war weitgehend leer, wie so viele andere, die wir unterwegs gesehen haben. Überall gab es große Gebäude der Internationalen Banken, Versicherungen, Konzerne und Luxushotels, aber nur wenig Menschen.
Charon ahnte meine Gedanken: „Ein Grund für diesen Wahnsinn ist, dass es zuviel Geld in zu wenigen Händen gibt, vor allem Geld, das es eigentlich gar nicht geben darf, denn es ist durch nichts gedeckt. In den 90ern entschloss man sich, hier zu bauen. Durch die garantierte Steuerfreiheit und entsprechende Steuerabkommen mit den westlichen Ländern schafften die Scheiche ein System, das einen ungeheuren Kapitalfluss in die Emirate ermöglicht, auch jede Menge Schwarzgeld. Bei den Investoren wird die Illusion verbreitet, ihr Geld besitze nun einen realen Wert und sei gut abgesichert. Doch der Schein trügt gewaltig. Die zumeist unbewohnten Häuser stellen nur auf dem Papier einen fiktiven Wert dar, wie eine Aktie. Lediglich die Verkäufer und Spekulanten machen mit ihnen Gewinne, weil der Wert der Häuser permanent nach oben getrieben wird. Die meisten Immobilien werden schon mehrmals verkauft, bevor sie fertig gestellt sind.
Das funktioniert so: Ich kaufe ein geplantes Haus für eine Million Dollar und zahle Hunderttausend Dollar an. Nach einem Monat ist der Preis um 10% gestiegen. Nun verkaufe ich das noch nicht existierende Haus für Hunderttausend Dollar mehr. Auf diese Weise habe ich meinen Kapitaleinsatz in einem Monat verdoppelt. Dieses Spiel läuft hier in gigantischen Größen ab. Ich habe damit auch viel Geld verdient. Aber das kann auf Dauer nicht gut gehen, es führt zu einem ähnlichen Immobiliendesaster wie in den USA. Ähnliche Spiele laufen auf dem Aktienmarkt ab."
Ich war beeindruckt: „Mein Mädchen, du bist richtig gut. Zu diesem Spiel kann ich auch etwas sagen, dann wird die Sache noch brisanter. Für die Spekulanten wird der Schein verbreitet, hier entsteht das Urlaubsparadies der Zukunft. Die Kapitalbesitzer investieren offiziell steuerfrei und können zudem ihr Schwarz-

geld gut unterbringen. Die Preise für Immobilien steigen in den Emiraten sehr schnell an, die hohen Gewinne sind jedoch für die endgültigen Eigentümer nur fiktiv, sie existieren nur auf dem Papier, denn sie können ihre Immobilien kaum vermieten. Aber das ist immer noch besser, als das Geld dem Fiskus zu geben. Bald sinken jedoch garantiert die Preise für diese Immobilien ins Bodenlose. Dann ist der erste Teil dieses gigantischen Spieles gelaufen, ähnlich wie in den USA.
Ziel der Sache ist jedoch etwas ganz anderes: Die Gesetze der Emirate lassen nicht zu, dass Ausländer eigenes Land oder Immobilien besitzen. Ausnahmen gelten nur für die künstlich vor der Küste gebauten Inseln. So etwas wie ein Grundbuch zur Sicherung der Immobilien existiert bis heute nicht. Mit der Pleite des Immobilienmarktes geht daher alles wieder in den Besitz der Emirate über. Die schönen Billionen Dollar der westlichen Investoren sind dann weitgehend zum Teufel. Allein Dubai will erstklassigen Wohnraum für zehn Millionen Menschen schaffen, in Villen und Appartementhäusern. In allen Emiraten zusammen wird es noch viel mehr sein.
Nun kommt der letzte Teil des Spiels. Vor allem mit dem Geld westlicher Investoren wird dieser exklusive Lebensraum in der Hölle der Wüste geschaffen. Er kommt am Ende aber zumeist nur jenen zugute, die an Allah glauben. Du weißt doch, in den heiligen Büchern steht, dass dem Islam die Welt gehört – und dann wird sie dem Islam gehören. Allahs auserwählte Kinder und einige Superreiche werden in den Häusern wohnen, die von den Ungläubigen finanziert worden sind. Wenn die Menschen in der Kälte und Trockenheit des Nordens massenweise erfrieren und verhungern, können die Auserwählten feiern."
„Ich habe verstanden", sagte Charon, „aber dann ist doch alles, was in unseren Gesellschaftssystemen abläuft, glatter und vorsätzlicher Betrug."
„Richtig, es ist nicht nur Betrug, sondern auch organisierter Massenmord, und das geschieht heute wie seit Jahrhunderten. In den Kriegen und politischen Wirren der Vergangenheit verreckten einige Hundert Millionen Menschen, weil die Führer der Staaten danach strebten, weiteres Land zu erobern und die Religionen bei den Menschen auf anderen Kontinenten Zwangsbekehrungen durchführten. Sie wollten immer mehr, haben sich nie mit dem begnügt, was sie schon besaßen. Doch bald wird dieser Irrsinn vorbei sein."
„Aber warum dieser schwere Weg," fragte Charon, „müssen immer viele Millionen Menschen sterben, damit ein wenig Vernunft einkehrt?"
Ich sah Charon eine Weile schweigend an: „Offensichtlich ja. Nüchtern betrachtet gibt es aber keinen Grund mehr zur Trauer über die Vergangenheit und das heutige Geschehen. Wir sollten sogar für den kriegerischen Irrsinn dankbar sein, ohne ihn hätten wir heute längst nicht diese wunderbaren technischen Entwicklungen. Denn die brauchen wir unbedingt, um zu überleben. Die Überfälle der

Christlichen Eroberer und der USA über den Rest der Welt waren daher aus heutiger Sicht sogar nützlich. Hätten die Christen friedlich vor sich hin gelebt, wären wir noch heute ohne Technik. Nur durch Luzifer, Eisen, Öl, Waffen und Kriege konnte sich später die friedliche Technik entwickeln und über den ganzen Planeten Verbreitung finden. Wir kennen die Weisheit des Heraklit: *Der Krieg ist der Vater aller Dinge.* Das ist richtig, doch ich will diesen Spruch modernisieren: *Die Kriege sind die Väter der heutigen Technik.*“
„Und wie sieht deine Revolution aus? Warum willst du den Scheichen nun noch riesige Mengen Gas und Öl schenken?“, fragte Charon.
„Das ist nur ein Teil meines Plans. Ich will erreichen, dass rund um die Erde viel mehr Energie gefördert wird, damit die Preise für immer in den Keller gehen. In den Emiraten sind die Möglichkeiten zur Förderung besonders günstig, und vor allem kann man hier schnell etwas bewegen. Dieselben guten Bedingungen zur Förderung gibt es übrigens auch in der Norddeutschen Tiefebene, aber das ist eine andere Geschichte. Wir haben fast unbegrenzte Möglichkeiten Erdgas, also Methan, zu fördern, und ebenso gibt es Erdöl in unvorstellbar großen Mengen. Es wächst sozusagen permanent nach. Dies ist in der Öffentlichkeit unbekannt. Öl bildet sich immer neu durch den irdischen Wasserstoff, der als Gas durch die Erdkruste unter hohem Druck nach oben drängt und sich auf diesem Weg mit Kohlenstoff verbindet, denn dieser befindet sich in riesigen Mengen in der Erdkruste. Es gibt ganze Gebirge aus Kalkstein, Kreide und Marmor, und das sind Kohlenstoffe, Carbonate. Jeweils vier Wasserstoffatome verbinden sich dabei mit einem Kohlenstoffatom, so entsteht zunächst Methan, der Hauptbestandteil des Erdgases. Bei zunehmendem Kohlenstoffanteil verflüssigen sich beide Elemente, werden zu Erdöl. Es gibt Dutzende verschiedener Verbindungen, je nach Ort der Förderung. Beim Aufsteigen in höhere Schichten der Erdkruste nehmen die Anteile an anderen Elementen zu.
Daher bildet sich permanent neues Erdöl und es ist, ähnlich wie die Vorräte an Erdgas unermesslich. Erreichbar sind sie aber nur über Erdölkavernen, die in großen Tiefen liegen, denn dort bestehen direkte und gute Verbindungen zu dem unter der Erdkruste lagernden Wasserstoff. Übliche Bohrungen, die nur zwei bis drei Kilometer in die Tiefe reichen, sind oft nur für kurze Zeit nutzbar, da hier zu wenig Wasserstoff nachströmt.“
Wir machten eine kleine Rast an einer Tankstelle mitten in der Wüste. In der Nähe war eine neu entstandene, große aber unbewohnte Stadt. Dort sprachen wir uns weiter über dieses Thema.
Ich erzählte mehr über das Geheimnis von Gas und Öl: „Die großen Ölkonzerne wissen genau, dass sie noch viele Jahrzehnte jede Menge Erdöl fördern können, sie müssen nur Geduld haben. Dann ist gewährleistet, dass sich der nachströmende Wasserstoff mit weiterem Kohlenstoff in der Erdkruste verbinden kann

und permanent genügend neues Erdöl entsteht. Dazu kommen unermessliche Mengen an kaltem Methanhydrat, die hauptsächlich an den Böden der großen Ozeane lagern.
Die durch die Medien verbreitete Panik über schwindende Erdölmengen ist eine geschickt gesteuerte Propaganda. Sie dient vor allem dazu, die Preise permanent in die Höhe zu treiben. Daher wird auch nichts geändert an der verstaubten Theorie über die Entstehung von Erdöl aus Fossilien. Auf diese Weise kann man den Völkern suggerieren, dass Erdöl nur in begrenzten Mengen existiert und daher zwangsläufig immer teurer werden muss. Wenn wir bedenken, dass die Förderung von Erdöl im nahen Osten weniger als 10 Dollar pro Barrel kostet und sich der Ölpreis in 2008 zwischen 40 und 150 Dollar bewegte, können wir leicht errechnen, welch immense Umsätze dort gemacht werden. Es sind zurzeit *jeden Tag rund fünf Milliarden Dollar* allein für die Ölförderung. Dazu kommen noch die Umsätze aus der Erdgasförderung, die permanent ansteigen, sie dürften ähnlich hoch sein, und der größte Teil davon sind Gewinne.
Interessant ist auch die Preispolitik in Bezug auf die Fördermengen. Wenn die Erdölmengen tatsächlich so begrenzt sind, wie es suggeriert wird, könnte der Preis gleichmäßig und systematisch nach oben getrieben werden. Schwankungen in den bekannten Größenordnungen wären undenkbar. Doch dieses seltsame Geschehen lässt sich erklären. Es gibt eine ganze Reihe Länder, die Erdöl fördern. Und vor allem der Konkurrenzkampf zwischen diesen Ländern bestimmt den Ölpreis, nicht allein die Spekulationen und die Nachfrage auf dem Weltmarkt. Daher wird permanent gepokert. Vor allem darf niemand draußen erfahren, wie es um die verfügbaren Erdölmengen in der Zukunft bestellt ist."
„Und warum findet man gerade hier in Arabien so riesige Mengen Öl", fragte Charon.
„Es ist so, dass Öl und Gas vorzugsweise dort gefördert werden kann, wo die Erdkruste recht brüchig ist, und das gilt insbesondere für jene Gebiete im Nahen Osten, wo Luzifer mit der Erde kollidierte und die Erdkruste bis in große Tiefen zerbrach. Die größten offiziell bekannten Ressourcen befinden sich unter den arabischen Ländern, mehr als in allen anderen Ländern zusammen. Dort bestehen die besten Verbindungen zum Wasserstoffmantel im Inneren der Erde, aus dem die stetig nachwachsenden Erdölmengen gespeist werden. Es gibt daher kein Erdölfeld, aus dem nicht auch Erdgas austritt. So finden wir in Saudi-Arabien das größte Erdölfeld der Erde, Ghawar, allein aus ihm werden rund sechs Prozent der Weltproduktion an Erdöl gefördert, und das ununterbrochen seit fast 60 Jahren. Über 60% des Öls in Saudi-Arabien entstammen diesem Feld. Ähnlich gute Möglichkeiten Erdöl und Erdgas zu fördern, gibt es überall dort, wo die Erdkruste gebrochen ist, insbesondere auch in der brüchigen und dünnen Kruste der Norddeutschen Tiefebene, von der Nordsee bis zur Ostsee. Meine jahrelan-

gen Auswertungen haben das eindeutig gezeigt, wir müssen dort nur etwas tiefer bohren."

„Die Theorie vom fossilen Ursprung des Erdöls ist daher grundsätzlich falsch", sagte Charon, „hier wird also im großen Stil betrogen und die Menschen werden für dumm verkauft. Aber so wie du es darstellst, werden nur wenige wissen, wie es um die Ressourcen bestellt ist. Und die wahren Ursprünge von Öl und Gas sind bislang völlig unbekannt."

„Ohne jeden Zweifel. Wie sollen die Überreste von Lebewesen tausende Meter unter die Erdoberfläche gelangt sein? Wie sollen sich geringe Mengen von Tierüberresten in stets zunehmende Ölvorräte verwandelt haben? Wie will die Theorie fossiler Erdölentstehung das Austreten von ungeheuren Mengen an Öl und Gas auf dem Meeresboden erklären? Die Theorie, dass Öl und Gas in Millionen Jahren durch die Verwesung von Pflanzen und Tieren entstanden und deshalb nur begrenzt auf der Erde vorhandenen sei, wurde 1757 vom russischen Geowissenschaftler Mikhailo Lomonossov entwickelt. In der westlichen Welt ist diese Theorie nie offiziell angefochten worden. Doch später wurde diese Theorie in der UDSSR verworfen, und die anorganische Ölentstehung war im 20. Jahrhundert jahrzehntelang Lehrbuchmeinung. Seit der Übernahme des Ostblocks und der dortigen Ölindustrie durch den Westen ist die entsprechende Literatur aus den Bibliotheken verschwunden.

Die Realität sieht so aus: Wenn Lebewesen im Wasser sterben, versinken sie zunächst. Innerhalb weniger Tage bilden sich in ihnen Faulgase, wodurch sie wieder auftauchen müssen. Anschließend findet eine vollständige Entgasung an der Wasseroberfläche in der Atmosphäre statt – und erst dann können sie endgültig im Wasser versinken. Dort zersetzen sich die Kadaver im Laufe der Zeit. Tote Wesen an Land verfaulen noch schneller oder sie werden gefressen. Übrig bleiben Knochen, also Kalk und Kalziumverbindungen, sie enthalten auch Kohlenstoff. Doch es gibt physikalisch keine einzige Möglichkeit, dass irgendwelche Gase von Lebewesen oder sonst woher in die Tiefen der Erde oder gar unter die Böden der Ozeane gelangen.

Erdöl entsteht nicht durch tote Pflanzen und Tiere, sondern ist die Folge einer Hydrierung, der Verflüssigung von Wasserstoffgas aus dem Erdinneren durch die Verbindung mit festem Kohlenstoff innerhalb der Erdkruste. Ich konnte in vielen Experimenten beweisen, dass sich verschiedene Kohlenwasserstoffe und vor allem die sauberen, ausschließlich durch anorganische Reaktionen bilden.

So warten an vielen Stellen rund um die Erde unerschöpfliche Vorräte auf uns. In einem einzigen Ölfeld südlich der Küste von Louisiana sind rund 180 Milliarden Tonnen Öl vorhanden. Das sind 30 Prozent mehr als die Menschheit bislang in ihrer gesamten Geschichte gefördert hat. Die Destillation von Öl aus Teersanden und Ölschiefer wurde vor 30 Jahren offiziell verworfen, weil sie zu teuer sei. Kanada produziert inzwischen etwa 20 Prozent seines Öls aus solchen Teersanden, man nennt sie Athabasca. Die Verfahren zum Abbau und der Destillation von Öl aus Teersanden und Ölschiefer werfen mittlerweile ähnliche Gewinne ab wie die Förderung konventioneller Öle.

Es ist kein Geheimnis, dass die Ölindustrie die Theorie der fossilen Entstehung schon lange als Märchen betrachtet. Nur so ist erklärbar, dass die immensen Ölfelder in der Nordsee jemals gesucht und gefunden wurden, man dort sucht, wo eigentlich kein Öl sein sollte. Es gibt dort keine der mächtigen Sedimentformationen, in denen man Erdöl offiziell vermutet. Warum bohrt man im Atlantik mehr als 5.000 Meter tief, wie südlich von New Orleans? Man fand in dieser Tiefe ein Ölfeld, das rund eine Milliarde Barrel Öl enthält. 2003 berichtete die Geotimes über die Situation der Ölquellen im Golf von Mexiko. *„Unter dem Golf von Mexiko fließen Kohlenwasserstoffe durch ein kompliziertes Netzwerk an Verbindungswegen und Reservoirs nach oben. All das entstand nicht vor Millionen von Jahren“,* so Larry Cathles, Chemiker und Geologe der Cornell University. *„Wir betrachten hier ein gigantisches Durchfluss-System, in dem sich Öl* ***gegenwärtig*** *bildet, sich durch die überlagernden Schichten hocharbeitet, die Reservoire füllt und an den Ozeanböden austritt. Und all das in heutiger Zeit!“*

Nach dem Rückgang der Ölpreise Ende 2008 wiederholte der Chefökonom der BP, Dr. Christoph Rühl, seine skeptische Einstellung gegenüber der biotischen, der Peak-Öl-These: *„Ich sehe keinen Grund, die Peak-Öl-Theorie als stichhaltig anzuerkennen, weder auf theoretischer, noch wissenschaftlicher oder ideologischer Basis ... Tatsächlich ist die ganze These, wonach es nur begrenzte Mengen Öl im Boden gibt, das mit einer gewissen Rate verbraucht wird und dann zu Ende geht, mit nichts gerechtfertigt. ...Peak-Öl wird seit 150 Jahren prophezeit, es hat sich nie bewahrheitet und so wird das auch zukünftig bleiben.“*

Abdallah Dschum'a, ist der Geschäftsführer von Aramco, der größten Erdölfördergesellschaft der Welt. Mit geschätzten 780 Milliarden Dollar Unternehmenswert war Aramco im Dezember 2005 das wertvollste Unternehmen der Welt. Dschum'a wurde 1995 vom Minister der saudischen Erdölindustrie, *Ali Al-Naimi,* zum Geschäftsführer ernannt. Er arbeitet seit 1968 für den Konzern und ist Mitglied des *Saudi Aramco Board of Directors*. Seiner Meinung nach muss sich die Welt Anfang 2008 keine Sorgen über versiegende Ölvorkommen machen: *„Wir haben die menschliche Fähigkeit, neue Erdölvorkommen aufzufinden, die Förderraten zu erhöhen und unzugänglich erscheinende Felder anzuzapfen, grob unterschätzt.“* Dschum'a geht davon aus, dass von den vorhandenen flüssigen Ölvorkommen erst weniger als zehn Prozent gefördert wurden.

Dazu kommt die Förderung von Methanhydrat, das ist in Wasser *eingefrorenes* Methangas, man nennt es auch *weißes Gold* oder gefrorene Energie. Es existiert

in riesigen Mengen entlang der Kontinentalschelfe, wo der Meeresboden vom Festland in Richtung Tiefsee abfällt und auch in Meeresbecken wie im Golf von Mexiko. Entsprechend groß schätzt man die Vorkommen an Methanhydraten ein. Die jüngsten Zahlen liegen bei 3.000 Gigatonnen, das wäre etwa das 30fache der derzeit bekannten Ressourcen an Erdöl und Erdgas."
„Aber warum gibt es Methanhydrat nur in der Tiefsee und warum ist es gefroren", warf Charon ein.
„Ganz einfach: Es ist unterhalb der Erdkruste und in den Ozeanen schon in einigen Hundert Metern Tiefe eiskalt, auf den Meeresgründen liegt die Temperatur des Wassers überall nahe dem Gefrierpunkt und in großen Tiefen auch darunter. Dort unten herrscht keineswegs die große Hitze, wie es bislang behauptet wird. In den Lehrbüchern steht, die Temperatur der Erde nimmt pro 30 Meter Tiefe um ein Grad zu. Wäre dies richtig, müsste das Wasser der Ozeane schon in rund 3.000 Meter Tiefe kochen. Aber da kocht kein Wasser, auch wenn stellenweise so genannte *Weiße und Schwarze Raucher* existieren, über die heiße Ströme aus der Erdkruste austreten. Sie zeigen uns lediglich, dass die Erdkruste schrumpft und die dabei entstehenden Drücke lokal hohe Temperaturen erzeugen. Dort geschieht dasselbe wie bei den oberirdischen Vulkanen. Kälte herrscht nicht nur in den Tiefen der Meere, sondern ebenso in der festen Erdkruste, denn auch dort finden wir große Mengen Methanhydrat. Die verbreitete Ansicht, im Inneren der Erde sei es heiß, ist falsch.
Methan steigt bei höheren Temperaturen nutzlos in die Atmosphäre auf, und das passiert an vielen Orten. Es geschieht bevorzugt im Bermuda-Dreieck und in der Nähe Japans. Daher gibt es dort auch ungewöhnlich viele mysteriöse Schiffsuntergänge. Die Schiffe stürzen in riesige Methangasblasen und versinken schlagartig im Meer."
„Das war eine Menge Stoff, aber hochinteressant", sagte Charon, „die Lösung all unserer irdischen Probleme hängt daher von unseren Fähigkeiten ab, die gewaltigen Energieressourcen im Inneren der Erde und in den Meeren zu finden und zu fördern. Also leidet die Menschheit seit vielen Jahrzehnten unnötig unter Energieproblemen, weil Newton und seine Nachfolger die wahre Struktur der Erde bislang nicht erkannten, sie als einen Steinklotz definierten."
„In den Wissenschaften geht es zu wie bei den Religionen, nur wenige wechseln von einer Glaubensrichtung in eine andere", bemerkte ich, „aber ich denke, nun ist die Zeit gekommen, wo große natürliche Kräfte zu wirken beginnen, dazu gehört auch die Angst vor dem Tod jener, die glauben, ewig zu leben. Jene Energie, die von den Obrigkeiten über Jahrhunderte missbraucht worden ist, um die Völker zu unterdrücken, wirkt nun auf sie selbst. Die immensen Verluste der Spekulanten haben gezeigt, dass die Welt nicht aus Papier und schon gar nicht aus virtuellem Gehabe besteht. Was heute geschieht, ist der gerechte Ausgleich

für die unermesslichen Schweinereien der von Menschen geformten religiösen, politischen, militärischen und kapitalistischen Systeme. Und wir müssen auch keinen einzigen der vielen Kleinanleger bedauern, die ihr Geld durch die Bankenkrise verloren haben. Ohne Arbeit entsteht nur Geld, aber kein Wert, das sollte man nun verstehen. Etwas bleibt dennoch: Ob Verlierer oder Gewinner, sie alle können zumindest ihre Kontoauszüge aufessen."

„Noch einmal zu Newton. Ich habe in deinen Büchern gelesen, dass der Angelsachse einen elementaren Fehler machte, indem er die richtigen Berechnungen des Deutschen Johannes Kepler über die Bewegungen der Planeten um eine Potenz verfälschte, um so sein eigenes Gravitationsgesetz zu untermauern. Aber du musst zugeben, dass es nicht einfach ist, zu verstehen, was Potenzen sind, zumal Kepler über *anderthalbfache* Potenzen schrieb. Wer weiß denn schon, was das ist?"

„Heute ist das kein Problem mehr, denn das kann jeder einfache Taschenrechner. Immerhin wird Newton seit über drei Jahrhunderten als einer der größten Mathematiker und Physiker der Geschichte gefeiert. Ich mache Newton keinen Vorwurf, denn zu seiner Zeit wussten die Menschen so gut wie nichts über Materie und den Kosmos, nur wenige hatten mathematische Kenntnisse und es gab keine Messgeräte. Aber seit rund hundert Jahren wäre es leicht möglich gewesen, alle Fehler zu erkennen. Denn jeder Mathematiklehrer weiß: Addiert man die Potenzen in einer Gleichung, multiplizieren sich die Ergebnisse. Sehen wir uns mal an, was da gelaufen ist:

Kepler sagte vollkommen korrekt in seinem Dritten Gesetz: *Die **Umlaufzeiten** der Planeten entsprechen den **anderthalbfachen** Potenzen der Entfernungen.*

Newton machte daraus: *Die **Quadrate** der Umlaufzeiten entsprechen den **dritten** Potenzen der Entfernungen.*

Das war sein elementarer Fehler. Kein Physiker oder Mathematiker hat ihn bislang erkannt. Doch jeder halbwegs begabte Schüler könnte den mathematischen Unterschied leicht finden, wenn man ihm dazu die Möglichkeit gäbe. Aber das lassen unsere Wissensfilter nicht zu. Weil sonst das ganze mühselig aufgebaute System zusammenbricht. Und in modernen Büchern und im Internet wird das richtige Gesetz Keplers falsch dargestellt. Nur in alten Schriften finden wir das Original. Es ist eine Schande für die Mathematik."

„Du weist doch, was einmal festgeschrieben ist, darf nie mehr angetastet werden", bemerkte Charon.

„Ja, darum sitzen auch die Astrophysiker in einer ausweglosen Sackgasse, sie berechnen mit Newtons Gravitationsgesetz dort draußen im Kosmos ausschließlich superdichte Körper, die aus so genannter entarteter Materie bestehen sollen und sich sozusagen aus eigener Kraft selbst verdichten können, bis hin zu Schwarzen Löchern. Dabei ist es sehr einfach, zu verstehen, dass sich kein flüssiger oder

fester Körper verdichten lässt, schon gar nicht aus eigener Kraft. Das ist nicht einmal durch einen von außen wirkenden Druck möglich, egal wie hoch dieser ist.
Die Anerkennung und Weiterentwicklung der Gravitationstheorie Newtons war daher das Schlimmste, was der Menschheit passieren konnte, denn sie hat auch zu den perversen Berechnungen geführt, der Kosmos sei durch einen Urknall aus einer Punktmasse entstanden. Besonders tragisch finde ich, dass sich mit dem mechanischen Weltbild Newtons eine Gesellschaft entwickelte, die ebenso seelenlos und unnatürlich ist wie der von ihnen berechnete Kosmos."
„Du hast Recht", sagte Charon ernst, „aber nun ist die Zeit gekommen, wo sich alles zum Positiven verändern wird."
„Ich hoffe es. Denn im Geschehen der Dinge gibt es bislang nirgendwo eine Garantie für die Zukunft. Aus dem derzeitigen Chaos müssen wir einen klaren und sicheren Weg entwickeln, der nur mit Gedanken über Technik und Energie gefunden werden kann.
Ich habe übrigens nächste Woche einen Termin in Berlin, mit einigen Wissenschaftlern, die auch über die künftige Energiepolitik in der EU zu entscheiden haben. Es geht nun richtig los, mein Mädchen, und du wirst mich begleiten."
„Und dann geht's ab nach Russland, China und rund um den Globus?", fragte Charon lachend.
„Warum nicht", sagte ich, „aber morgen fliegen wir erst mal nach Deutschland. Ich zeige dir unser Zuhause."

Zuhause

Wir landeten spät abends in Düsseldorf. Zwei Stunden Autofahrt hatten wir noch vor uns. Mitten in der Nacht kamen wir zu Hause an. Ich war todmüde. Charon hatte während der Fahrt geschlafen, war gerade aufgewacht.
„Wir sind zu Hause, Charon, herzlich willkommen."
„Das ist ein schönes großes Haus, hier wohnst du ganz allein?"
Wir traten ein. „Ja, doch ab heute hat die Einsamkeit ein Ende, zwölf Jahre lang lebte ich hier wie ein Einsiedler. Nun beginnt die letzte Zeit, wir müssen sie intensiv nutzen, denn die Zeit ist der größte Schatz des Menschen, er schmilzt jeden Tag. Denke an die Weisheiten der Scheichs, sie haben längst das wahre Problem der Erde erkannt: *Das immer näher rückende Ende der Zeit*."
Ortsbeschreibung

*

Erst spät am Morgen wachte ich auf, ich lag allein im Bett und dachte einen Moment, alles sei ein Traum gewesen.
„Guten Morgen, mein Schatz", hörte ich Charons Stimme, „lass uns in die Schwimmhalle gehen."
Sie nahm mich in die Arme und gab mir einen zärtlichen Kuss. „Lass uns erst ein Glas Sekt trinken, dann können wir essen." Sie hatte den Tisch Brot, Rühreier, Käse und spanischen Kaffee gedeckt."
Wir tranken, aßen und hingen dabei wie Kletten aneinander, mussten uns permanent berühren. Es waren herrliche Gefühle. Nie zuvor hatte ich so stark für eine Frau empfunden. Nach dem Essen sprangen wir nackt in den beheizten Pool. Das warme Wasser wirkte belebend, bei 20 Prozent Salzgehalt waren wir darin schwerelos. Wir tranken Sekt.
„Ich habe mir vorhin mit Verlaub dein Haus und das Grundstück angesehen", sagte Charon, „das ist ein Paradies, aber irgendwie auch eine Festung. Rundherum ein hoher Zaun, Bäume, keiner kann von außen sehen, was hier passiert."
„Ich brauche für meine Arbeit viel Ruhe, will mit dem, was heute draußen passiert, so wenig wie möglich zu tun haben. Ich war schon seit Jahren in keinem Supermarkt, das Einkaufen erledigt meine Putzfrau. Als ich vor drei Jahren zuletzt in einem Lebensmittelmarkt war, bin ich fast umgefallen, mir war übel geworden von den Tausenden Gerüchen der Fabriknahrung und der Menschen. Was dort abläuft ist für mich Terror. Das haben wir der kulturlosen Macht des Kapitals zu verdanken, die nur nach Profit strebt. Ich kann nicht verstehen, wer all diesen Müll braucht, der sich in den Regalen stapelt. Aber wir sehen ja die Auswirkungen. Die Menschen fressen sich systematisch fett und krank. Vom Supermarkt gehen sie direkt in die Apotheke, um sich Chemie zu kaufen, damit sie den Müll, den sie in sich hinein schieben, irgendwie künstlich verdauen können."
Charon lachte: „Ich brauche das ganze Zeug auch nicht. Allerdings mache ich gerne mal einen Bummel durch die Boutiquen, schaue nach Taschen, Schuhen und Klamotten."
Auch ich lachte: „Dafür habe ich Verständnis, diese Krankheit ist wohl allen Frauen angeboren. Ich fliege jedes Jahr zweimal mit leeren Koffern nach Dubai, kaufe dort günstig und steuerfrei sämtliche Klamotten ein, die mir gefallen, genieße Bäder und Massagen."
Wir tranken noch ein wenig, schwammen, klammerten uns aneinander und waren glücklich. Immer wieder hing Charon an meinem Penis. Ich hatte das Gefühl, neu geboren zu sein.

Der Satz des Seins

„David, ich habe in deinem Arbeitszimmer an der Wand eine Grafik gesehen, die mir bislang völlig unbekannt war, obwohl ich einige Semester Mathe und Physik studiert habe. Ich kenne ja den Satz des Pythagoras, $a^2+b^2=c^2$, $3^2+4^2=5^2$, aber was dort an der Wand prangt, nennst du: *Der Satz des Seins*.“

Ich grinste: „Dieses Prinzip habe ich vor fünf Jahren entdeckt, als ich mich mit der mystischen 666, der angeblichen Zahl des Satans beschäftigte. Ich habe dabei ein geometrisches Grundprinzip gefunden, das den zweidimensionalen Satz des Pythagoras um die alles entscheidende dritte Dimension übertrifft. In Bibelübersetzungen steht zur 666: *Hier ist die Weisheit. Wer Verständnis hat, berechne die Zahl des Tieres, denn es ist eines Menschen Zahl, und seine Zahl ist 666.* Das ist nicht schlecht, aber die wichtige Zahl ist nicht 666, sondern 6x6x6. Dies sagt uns, dass **alles in der Welt dreidimensional ist.** Es existiert nichts, was ein- oder zweidimensional ist.“

„Erkläre mir das mit den drei Sechsen bitte genauer“, sagte Charon neugierig.

„Schon die Zahl **sechs** weist hin auf die grundlegenden Zusammenhänge der Geometrie, die drei Dimensionen des Seins. Du kennst die Chinesische Weisheit des Tao-Te-King, des Lao-Tse, die sagt: *Aus der Eins entsteht die Zwei, daraus bildet sich die Drei, und aus der Drei entstehen die Dinge.* Damit waren nicht nur Zahlen gemeint, sondern Dimensionen, einfachste Arithmetik und Geometrie. Lao-Tse wies damit auf die drei Dimensionen der Dinge hin. Die Chinesen waren daher in ihren Erkenntnissen über die Struktur dieser Welt weiter als viele andere Völker.

Warum? Die Summe von 1+2+3 ist 6. Ein Würfel hat sechs Seiten. 6x6 sind 36, die Zahlen bei der Roulette, der Königin aller Spiele, das auch aus China stammt. 36x6 sind 216, also 6x6x6. Darin ist *Der Satz des Seins* verborgen, der lautet: $a^3+b^3+c^3=d^3$. In Zahlen: $3^3+4^3+5^3=6^3$ oder 27+64+125=216. Wir sehen hier, der große **6er** Würfel besitzt dasselbe Volumen wie die drei kleinen Würfel zusammen. Bemerkenswert ist zudem, dass nur bei einem Würfel mit der Kantenlänge **sechs** Rauminhalt und Oberfläche denselben Zahlenwert besitzen: **216**.

Es geht weiter: Die Addition aller Zahlen von 1 bis 36 ergibt **666**. Bildet man die Summe der Quadrate der ersten sieben Primzahlen – 2, 3, 5, 7, 11, 13, 17 – also 4+9+25+49+121+169+289 ist das Ergebnis ebenfalls **666**. Das alles ist kein Zufall. Das sagt uns, dass die Natur und jede chemische Verbindung und damit das Leben zwingend arithmetisch und geometrisch sauber aufgebaut und klar gegliedert sind. Das ist nicht neu, bislang wird es aber bei der Gravitation ignoriert.“

Charon war begeistert: „Das ist ja hochinteressant. In all den Jahrhunderten ist niemand auf die Idee gekommen, dass der Satz des Pythagoras noch zu übertreffen ist. Aber ich denke, ein zweidimensionales Bild der Welt entsprach den

Vorstellungen der Kirche, sie orientierte sich an Pythagoras und kreierte die Erde zu einer zweidimensionalen Scheibe."
„Und nicht nur das", ergänzte ich, „die Christen konstruierten aus dem dreidimensionalen Würfel ein zweidimensionales Kreuz. Wir kennen das, wenn wir aus Pappe einen Würfel bauen. Flachgelegt sehen seine sechs Quadrate aus wie ein Kreuz. Es ist das Symbol der Kirche. Auf diese Weise blieb das Denken der Menschen lange Zeit in zwei Dimensionen, die alles entscheidende dritte Dimension wurde nicht erkannt oder unterdrückt. Auch die Malereien des Altertums zeigen oft zweidimensional dargestellte Menschen und Gegenstände, von perspektivischer Gestaltung kaum eine Spur. Selbst die schönen Wandmalereien in Ägypten sind meist zweidimensionale Darstellungen. Die echte perspektivische Malerei entstand weitgehend erst in der Neuzeit, im späten Mittelalter."
„Das ist richtig, die alten Völker waren dennoch weit in ihren Erkenntnissen", sagte Charon, „du hast es selbst in deinem Buch *Das Mädchen mit dem Mondpendel* beschrieben. Die Alten entwickelten ein Zeitsystem, das bis heute erhalten geblieben ist: Die Einteilung des Tages in 24 Stunden und die Teilung der Stunde in 60 Minuten und diese in 60 Sekunden. Und die Sekunde steht in fester Verbindung zum wichtigsten Längenmaß, das wir besitzen: Unser Meter. *Denn ein Pendel von einem Meter Länge braucht für eine Schwingung exakt eine Sekunde.* Dazu kommt die Gliederung der Erdkugel in 360 Grade, 60 Minuten und 60 Sekunden.
Hier wurde ein System geschaffen, das eine klare Verbindung zwischen Weg und Zeit herstellte und damit erstmals Navigation für die Seefahrer ermöglichte. Dies konnten die Menschen nur festlegen, wenn sie klare Kenntnisse über die Erde hatten. Der Mond befindet sich zudem recht genau 60 Erdradien von der Erde entfernt. Daher war eine gute Navigation durch Beobachtungen der Bewegungen des Mondes möglich. Auch besteht eine saubere Verbindung zwischen Meter, Kilogramm und Wasser. Ein Kubikdezimeter Wasser, also ein Liter, wiegt exakt ein Kilogramm. Das sind keine Zufälle, es sind echte Maßeinheiten der Natur."
„Hast du gut gelernt, mein Mädchen", sagte ich, „die alten Völker waren nicht dumm, sie folgten den Signalen der Natur. Ihnen fehlten aber Kohle und Eisen, denn ohne diese konnten sie keinerlei Technik entwickeln. Ihre Tätigkeiten waren daher zwangsläufig auf das Bearbeiten von Steinen beschränkt."
„Erzähl mir mehr über deine neuen Erkenntnisse und Entdeckungen, ich will alles wissen", sagte Charon.
„Du weist, ich beschäftige mich seit vielen Jahren damit, das wahre Bild dieser Welt zu finden. Es gelang mir, die wirklichen Strukturen der Erde, der Sonne und des Kosmos zu entdecken, die Entstehungen der Sonnen und Planeten zu erklären, die Kollision der Erde mit einem anderen Planeten zu beweisen. Newton,

Darwin, Einstein und eine Reihe anderer Theoretiker vergangener Jahrhunderte konnte ich sauber widerlegen.
Angetrieben wurde ich stets davon, dass die von den Wissenschaften und Religionen angebotenen Weltbilder meinem natürlichen menschlichen Empfinden widersprechen. Die Welt der Religionen war mir schon als Kind zu naiv, in ihren Namen wurden zu viel Gewalt, Einfältigkeit und Elend in diese Welt gebracht. Ich konnte nirgendwo die Notwendigkeit für einen irgendwie gearteten Schöpfergott oder gar einen personifizierten Gottessohn erkennen. Doch die Welt der Physiker gefiel mir später noch viel weniger als die der Religionen. Auch sie hat nichts mit Realitäten zu tun, entspricht in keiner Weise den existierenden und messbaren Strukturen der Materie.
Heute sind es die Wissenschaften, die uns die Welt erklären wollen und sich redlich bemühen, den Menschen das wahre Weltbild zu zeigen. Dabei behindert sie aber der Dogmatismus ihrer altmodischen Vordenker. Das zwanzigste Jahrhundert hat den Naturwissenschaftlern das Instrumentarium eines hoch technisierten Zeitalters in die Hand gegeben. Geistig aber wohnen sie noch im hohlen Universum des siebzehnten und achtzehnten Jahrhunderts. Mit zunehmender Verkrampfung wird versucht, die Beobachtungen und Entdeckungen des zwanzigsten und einundzwanzigsten Jahrhunderts mit mittelalterlichen Theorien und Gesetzen in Einklang zu bringen. Das kann grundsätzlich nicht funktionieren, und wie wir es erleben, funktioniert es auch nicht.
Die Ursache hierfür kennen wir nun: Die von den Physikern berechnete Welt enthält Rechenfehler, die den Grundlagen der Mathematik und der Geometrie widersprechen. Newton und all seine treuen Nachfolger haben diese Prinzipien ignoriert oder nicht erkannt. Sie haben künstliche mathematische Formeln geschaffen, die sich an altmodischen Vorstellungen über die Struktur einer massiven Erde orientierten. Der damit berechnete theoretische Kosmos, mit Schwarzen Löchern und Weißen Zwergen, konnte bis heute nur Bestand haben, weil sich bislang niemand ernsthafte Gedanken über die Entstehung kosmischer Körper gemacht hat.
Die Welt lässt sich ohne Technik auf hohem Niveau überhaupt nicht verstehen. Die wahre Struktur der Erde war daher zur Zeit Newtons nicht zu finden, und das funktioniert auch heute nicht, wenn Physiker an grünen Tischen sitzen und dort mit irgendwelchen Formeln hantieren, die nicht mit den Realitäten im Einklang stehen. Zunächst entstanden Theorien, dann suchte man nach dazu passenden Formeln, und machte gezielt Experimente, die zu den Theorien passen. Was sich danach nicht in die festgelegte Matrix einfügen ließ, wurde ignoriert, schön gerechnet oder durch die Wissensfilter der wissenschaftlichen Institute blockiert.
Man muss anders vorgehen, mit Arithmetik, Mathematik und Geometrie spielen, dann erkennt man klar, dass nur hier der einfache Schlüssel zu finden ist und

so zwangsläufig die Wahrheit gefunden wird. Man muss die Reihenfolge beachteten: Ich habe zunächst beobachtet, unzählige Messungen und Experimente gemacht, nachgedacht und erst später gerechnet. Immer wieder überprüfte ich meine Erkenntnisse und verglich sie mit den neuesten Beobachtungen und Messungen der Astronomen. Und sie verfestigten sich im Laufe der Zeit mehr und mehr, wurden zur Gewissheit.
Das war alles sehr positiv. Doch dann entdeckte ich etwas sehr Negatives. Im Sommer 2007 bewegte mich immer wieder eine Idee: Es musste einen Zusammenhang zwischen den Sonnenflecken und der permanenten Abnahme der Sonnenstrahlung geben. Dieser Gedanke begleitete mich einige Tage lang, er bedrückte mich sehr. In dieser Zeit ging es mir so schlecht wie nie zuvor in meinem Leben. Ich empfand zum ersten Mal echte Angst vor dem Tod, nicht vor meinem eigenen, sondern dem Tod der gesamten Menschheit."
„Das war wohl nicht leicht für dich. Du hast sicher sehr darunter gelitten."
„Das stimmt", fuhr ich fort, „als ich im Spätsommer 2007 hier an meinem Fischteich saß und den Sonnenuntergang beobachtete, spürte ich, woher diese Angst kam. Einmal mehr hatten mich Gefühl und Instinkt nicht getäuscht. Der Himmel war leicht verschleiert, daher konnte ich die Sonne als orangefarbene Kugel sehr gut mit bloßen Augen beobachten. Doch an diesem Tag kam es mir vor als sei die Sonne anders als sonst. Ich stellte mein Teleskop auf, setzte verschiedene Filter davor und schaute direkt in die Sonne. Was ich sah, erschreckte mich, denn es waren ungewöhnlich viele schwarze und graue Flecken auf der Sonnenoberfläche. Sonnenflecken hatte ich zuvor schon oft beobachtet, aber nun wurde mir erstmals und schlagartig die Tragweite dieser vielen dunklen Flecken klar: Die Sonne wird bald sterben, weil ihre Zeit abgelaufen ist. Unser Stern verfügt nur noch über geringe Mengen Wasserstoff, der aber zur Erzeugung der Strahlung zwingend notwendig ist, ohne diesen Brennstoff erlischt auch der größte Ofen.
Ich brauchte einige Tage, um dieses neue Bewusstsein zu verarbeiten. Es war eine grausame Erkenntnis, viel schlimmer, als wenn mir mein eigener Tod vorausgesagt worden wäre. Mir war klar geworden, dass die zunehmenden Flecken auf der Sonne von großen Mengen Materie zeugten, die keine Strahlung mehr abgeben. Sie zeigten zunehmend kalte Materie an der Sonnenoberfläche, durch Kernfusion aus Wasserstoff entstandene schwere Elemente wie Helium und Kohlenstoff. Ist der Wasserstoff der Sonne verbraucht, kann es keine Strahlung mehr geben. Dann wird sie zu einem so genannten Braunen Zwerg, der Kosmos ist gefüllt von solchen Körpern, besonders in der Umgebung unseres Sonnensystems.
In mir reifte die Angst, dass die vergangenen, gegenwärtigen und künftigen Leben aller Menschen sinnlos waren und es für immer sein werden. Mir wurde klar, dass sich unsere Sonne im Endstadium befindet. Ich hatte zuvor schon klar be-

rechnet, dass ihre Kruste inzwischen zum großen Teil aus schweren Elementen besteht, die keine Strahlungsenergie mehr freisetzen können. Wenn ich Kruste sage, so meine ich nicht mehr als eine halbwegs stabile Schale von rund Hundert Kilometern Dicke. Darunter befinden sich nur noch geringe Reste gasförmigen Wasserstoffs. Dieser wird in wenigen Jahrzehnten vollkommen verbraucht sein. Du musst dir die heutige Struktur der Sonne vorstellen wie eine Seifenblase, fast vollkommen leer, gemessen an der Ausdehnung eine hauchdünne, bald leer gebrannte Hülle. Seriöse Messungen zeigen seit Jahrzehnten ein starkes Pulsieren dieser Sonnenblase, dass sich ihre hauchdünne Kruste rhythmisch verformt. Ursache hierfür sind auch die sie umlaufenden Planeten mit ihren starken Bewegungsenergien. Die Sonne atmet schwer, liegt in den letzten Zügen. Sie besitzt heute tatsächlich nur noch rund den zwanzigtausendsten Teil ihrer ursprünglichen Entstehungsmasse vor wenigen Jahrtausenden.
All diese Erkenntnisse passen sehr gut zusammen mit den Beobachtungen der Astronomen. Sie haben in den letzten Jahren mit ihren modernen Instrumenten reihenweise Planeten in anderen Sonnensystemen entdeckt. Das ist schön, ich habe es vor zwanzig Jahren vorausgesagt. Aber das Allarmierende daran ist, dass fast all diese Planeten um Braune Zwerge kreisen, die sich unmittelbar in der Nähe unseres Sonnensystems befinden. Das heißt, die meisten unserer benachbarten Sonnen sind längst am Ende, strahlen nicht mehr genügend Energie ab, um Leben zu erhalten. Wir wissen zudem, dass unsere Galaxie zu 90 Prozent angefüllt ist von dunkler Materie. Das sind Unmengen von Sonnen, die schon vollkommen erloschen sind, die wir überhaupt nicht mehr sehen. Dass unsere Sonne bald erlischt, ist daher eine ganz normale Angelegenheit, an der wir nichts ändern können. Seit 1995 haben Astronomen schon hunderte andere Planetensysteme entdeckt, obwohl sie sich Jahrhunderte lang entschieden dagegen ausgesprochen hatten, dass es neben unserem noch andere Systeme gibt. Weitgehend unbeachtet von der Öffentlichkeit entdeckten Astronomen bereits im 18. Jahrhundert tausende Sonnensysteme, die man als so genannte Doppelsterne deutete. Bis heute sind mehr als 70.000 Systeme dieser Art bekannt. Dass es sich dabei ausnahmslos um Planetensysteme handelt, die unserem ohne jeden Zweifel ähnlich sind, blieb bislang verborgen.“
Ich machte eine Pause und schaute Charon an. Sie lag nackt neben mir und schien zu schlafen. Doch sie schlief nicht. „David, ich denke, für heute war das genug. Das ist beklemmend. Ich muss das alles erst einmal verarbeiten. Lass uns jetzt schlafen.“

*

Ich wachte auf, weil ich Charons Stimme hörte. Ich fühlte mich miserabel, dachte, ich hätte einen Albtraum gehabt. Charon massierte meinen Rücken, brachte mich wieder zurück in die Wirklichkeit.
„David, ich habe mit meinen Eltern telefoniert. Sie möchten dich unbedingt kennen lernen, besonders mein Vater, er ist Physiker, hat sich sehr viele Gedanken über die Probleme der Erde gemacht“, sagte Charon, „er ist auch der Meinung, dass hier im Norden schon bald Schluss sein wird mit dem menschlichen Leben.“
„Ja, das ist unausweichlich, aber ich werde verrückt bei dem Gedanken, dass mehr als sechs Milliarden Menschen elendig zugrunde gehen sollen, weil es vermeidbar wäre. Es war schon vor 40 Jahren eine einfache Rechnung, zu beweisen, dass die Sonne unmittelbar vor ihrem Ende steht und damit auch die Erde und die Existenz der Menschheit. Die Vorbereitungen für den Exodus von der Erde hätten schon im zwanzigsten Jahrhundert in großem Stil weltweit beginnen müssen. Stattdessen haben sich die Menschen in ihren mittelalterlichen und gewalttätigen Systemen gegenseitig totgeschlagen.“
„Dann machen wir jetzt genau das Richtige“, sagte Charon, „nun ist die Zeit für die Wahrheit gekommen.“
„Ja. Hoffen wir, dass es nicht zu spät ist. Wir müssen nun schnellstens die konsequente Förderung von Erdöl und Erdgas vorantreiben. Mit dieser Energie können jede Menge überdachte und auch unterirdische Städte beheizt werden, in denen die Menschen leben können, wenn es auf der Erde bitterkalt geworden ist. Außerdem müssen endlich echte Raumschiffe entwickelt werden, mit denen wir aufbrechen können ins All. Auf diese Weise können viele Millionen Menschenleben gerettet werden.“
Charon stimmte mir zu: „Wenn nichts geschieht, wird es eine fürchterliche Katastrophe geben. Viele von uns werden sie noch erleben, aber kaum jemand wird sie überleben. Sagen wir allen Kindern, dass sie nicht sehr alt werden, sie auf eigene Kinder besser verzichten sollen, da diese überhaupt keine Zukunft mehr haben, denn es wird bald nichts mehr zu essen geben. Sie alle werden am Ende jämmerlich verhungern oder erfrieren. Nur die Reichen und wenige aufgeklärte und mutige Menschen werden die Chance haben, zu überleben. Es ist sehr traurig, wenn es so weit kommt.“
„Ich habe darüber eine kleine Geschichte mit dem Titel 2022 geschrieben. Die solltest du lesen. Es ist ein Blick in die Zukunft.“

2022

Ursache für das grausame Geschehen war die Sonne. Die offiziellen Wissenschaften gingen in ihren Theorien unbeirrt davon aus, dass die Sonne seit fünf

Milliarden Jahren recht konstant schien und dies noch weitere fünf Milliarden Jahre lang tun würde – und das sogar mit stetig steigender Leistung. Die Theoretiker hatten errechnet, dass die Sonne sich irgendwann zu einem gigantischen Riesen ausdehnen würde, dieser gar bis zur Erde reichen sollte. Welch fatale Irrtümer, die alle Menschen nun grausam erfahren müssen.
Zwei bis drei Prozent weniger Sonnenstrahlung pro Jahrzehnt sind Jahrzehnte lang gemessen worden, da konnte man schon vor vielen Jahren leicht ausrechnen, dass die Sonne nach spätestens dreihundert Jahren überhaupt nicht mehr strahlen würde. Aber es kam noch viel schlimmer. Seit 2007 beschleunigte sich dieser Trend deutlich, die Strahlung der Sonne hatte sich von Jahr zu Jahr immer schneller verringert. Ab 2010 ließ die Sonneneinstrahlung jedes Jahr rund ein Prozent nach. So strahlt die Sonne inzwischen nur noch 70% der Energie ab wie im Jahre 1960, als die Messungen begonnen hatten. Wenn sich diese Entwicklung fortsetzt, und alles spricht dafür, werden bald Milliarden Menschen sterben. Nur noch wenige Jahre, und die Erde ist endgültig ein Wüsten- und Eisplanet. Bei nur noch 60% der ehemaligen Sonnenstrahlung wird die Erdoberfläche in ewigem Schnee, in Eis und Trockenheit erstarren. Die allerletzte, die ewige Eiszeit hatte längst begonnen, daran gab es nun keinerlei Zweifel mehr.
Blicken die Menschen zur Sonne, so sehen sie nicht mehr die gleißende, rundum strahlende Kugel, sie sieht in den Dämmerungen aus wie durchlöchert. Während sie, von der Erde aus betrachtet, in rund 27 Tagen einmal um sich selbst rotiert, gibt es immer häufiger wolkenlose aber dennoch dunkle Tage, an denen die Sonne riesige Flecken zeigt, die wie schwarze Löcher aussehen. Der Anblick ist erschreckend, erzeugt in allen Menschen Verzweiflung und Todesangst. Die Naturwissenschaftler sind ratlos, sie haben keinerlei Erklärung für dieses apokalyptische Geschehen.
Längst herrscht rund um den Globus Massenpanik. Hysterie und Weltuntergangsstimmung haben sich breit gemacht. Viele Menschen strömen in großer Zahl gen Süden. Sie gehen scharenweise dorthin, wo sie nicht frieren müssen und noch etwas zu essen finden.
Noch vor 15 Jahren sprachen die Wissenschaftler von einer *gefährlichen Erwärmung* der Erdatmosphäre. Selbsternannte Naturschützer warnten damals vor dem Treibhauseffekt, verursacht durch das Verbrennen fossiler Brennstoffe. In Wahrheit war aber das Verbrennen aller möglichen Stoffe positiv für die Temperaturentwicklung in der Erdatmosphäre. Hätten die Menschen damals nicht die Städte, die Atmosphäre und auch die Flüsse richtig aufgeheizt, ein kleines künstliches Treibhausklima geschaffen, die Erde wäre schon jetzt ein kalter, trockener und toter Planet. Tatsächlich hatten die Menschen viel zu wenig geheizt und verbrannt, Energie war aber zu teuer, weil viel zu wenig davon verfügbar war. Energie gab es vorrangig nur durch Erdöl, Kohle und Erdgas, daneben völlig

sinnlose Versuche, Wind-, Sonnenenergie und andere so genannte *erneuerbare* Energien nutzbar zu machen.
Was sich schon Anfang der 2000er Jahre ganz klar abzeichnete, hatte sich unerbittlich fortgesetzt. Der Energiebedarf und die Energiepreise explodierten weltweit durch die Industrialisierung und die Zunahme der Weltbevölkerung in Asien und anderen Entwicklungsländern. Dazu kam dann völlig unerwartet die rasend schnelle Verringerung der Sonnenstrahlung, denn dieses Geschehen widersprach vollkommen den gängigen Theorien über eine Erwärmung der Erde.
Längst haben die Menschen massenweise das Holz der Wälder geschlagen, damit sie noch ein wenig heizen können. Bald wird es keine Wälder mehr geben. Die Jahreszeiten Frühling, Sommer und Herbst unterscheiden sich kaum noch voneinander, es herrscht permanent trockene Kälte. Was im Winter 2007 und 2008 war, vollzieht sich nun auf allen Kontinenten der Nordhalbkugel. Viel Land ist übers ganze Jahr mit Schnee bedeckt, jeder Verkehr lahm gelegt. Die Felder sind vertrocknet. Alle großen Flüsse wie Rhein und Donau sind zu Rinnsalen geworden. Zuvor hatte sich die Atmosphäre leer geregnet, nun regnet es nicht mehr. Alle menschlichen Handlungen sind inzwischen von Verzweiflung gezeichnet. Eltern sehen ihre Kinder an und fragen sich, wo der Sinn ist für diese Geschöpfe ohne jede Zukunft. Es ist kein Geheimnis mehr, alle Menschen wissen längst, dass der Untergang der Menschheit unausweichlich ist.
Die Eingeweihten wussten seit Jahren, dass es so kommen wird, längst haben sie überdachte Siedlungen und Paläste bauen lassen, in denen sie überleben wollen. Viele haben sich in die Emirate verzogen, die Regierungen haben sich eingeigelt in beheizten, riesigen Gebäudeanlagen, in denen sie regieren und auch während des Weltuntergangs komfortabel wohnen wollen. So, wie sie nach dem Zweiten Weltkrieg riesige Tunnel und Hallen in die Gebirge hatten treiben lassen, in denen sie sich im Falle eines Nuklearkrieges verkriechen wollten. Aber nun ist alles sinnlos geworden, denn es ist kein Ausweg in Sicht – die Menschheit hat offensichtlich gegen die Unerbittlichkeit der Natur verloren. Die Systeme der Menschen haben endgültig versagt, weil sie den Weg zur Wahrheit nicht gefunden haben, sich auf den Pfaden mittelalterlicher Theorien hoffnungslos verirrt hatten.
Flossen noch vor wenigen Jahren viele Milliarden in den Bau von Superyachten, werden die unermesslichen Reichtümer des Geldadels inzwischen in die Errichtung überdachter Siedlungen, ähnlich Treibhäusern investiert. Die schönen Luxusyachten verrotten, schon längst sind viele Seen und Flüsse vertrocknet und die Meere an Nord- und Südpol zugefroren. Nur noch wenige Flugzeuge fliegen, die meisten Flughäfen im Norden sind unbrauchbar geworden, auf den Start- und Landebahnen liegt meterhoch Schnee und Sand. Hoch im Norden schneit es noch, in mittleren Breitengraden und im Süden ist alles vertrocknet.

Der Schiffsverkehr ist im Norden zum Erliegen gekommen. Es werden nur noch Güter für Regierungen und den Geldadel transportiert. Vor den Frachtern fahren Eisbrecher, bereiten einen schmalen Weg für die nachfolgenden Schiffe. Schiffstransporte sind sündhaft teuer geworden. Sämtliche Autofabriken und die meisten anderen Fabriken sind längst geschlossen, alles verrottet in meterhohem Schnee und im Sand. Das Elend auf der Erde ist unermesslich. Die ehemals boomende Konsumgesellschaft liegt am Boden. Bis auf wenige Luxusgüter wird nichts mehr produziert. Lebensmittel, Brennholz und warme Kleidung sind gefragt. Die letzten Tiere sind bald erlegt, die Menschen brauchen ihr Fleisch und ihre Felle, um noch eine Weile zu überleben.
Die einfachen Menschen sind weitgehend auf sich allein gestellt. In Nordamerika, Nordeuropa und Russland gibt es keine Landwirtschaft mehr. Die sehr kurzen, trockenen Sommer mit Temperaturen nur wenig über dem Gefrierpunkt verhindern jedes Wachstum von Nahrungsmitteln. Inzwischen sind schon viele Millionen Menschen in den nordischen Ländern verhungert. Kinder werden kaum noch gezeugt, da keine Besserung der Zustände in Sicht ist. Längst ist klar, dass es für die Menschheit keine Zukunft geben wird, denn unser Lebensspender, die Sonne, liegt im Sterben.
Im Norden Europas geht es allein den Holländern und Norwegern noch recht gut, denn sie verfügen über schier unerschöpfliche Mengen an Erdgas. Die Holländer betreiben damit riesige beheizte Treibhausanlagen, versorgten Jahrzehnte lang halb Europa im Winter mit Blumen, Gemüse und Obst. Sie waren dabei weitgehend unabhängig vom Verlauf der Jahreszeiten. Große Teile des Landes sind inzwischen überdacht worden. Ganze Städte sind von Glasdächern eingehüllt, werden permanent mit Erdgas beheizt. Die Grenzen zu ihren Nachbarländern haben die Holländer geschlossen, verkaufen ihre überschüssigen Nahrungsmittel für Wahnsinnspreise an die letzten Deutschen und in andere europäische Länder. Verkaufen kann man das allerdings nicht nennen, denn sie tauschen Nahrungsmittel nur noch gegen Gold und Edelsteine. Geld gibt es nicht mehr auf diesem Planeten. Den Export von Erdgas hat Holland längst eingestellt, ebenso wie Norwegen, Russland und die arabischen Länder.
Auch all die anderen Energieförderländer haben sich schon seit einigen Jahren völlig abgeschottet. Für die meisten nordischen Länder sieht es daher sehr schlecht aus. Deutschland ist arm geworden. Nur noch wenige Menschen leben in diesem vertrockneten Land. Die mit großem Aufwand gebauten hässlichen Solaranlagen bringen keinen Strom mehr, die Sonne scheint nur noch müde. Auch die über viele Jahre subventionierten Windmühlen stehen still, denn es weht kaum noch Wind. Biogasanlagen sind unbrauchbar, denn auf Deutschlands Äckern wächst nichts mehr, es gibt keine Kühe und daher keinen Kuhmist, der vergasen kann.

Nun sind viele ehemalige Entwicklungsländer in den Tropen besser gestellt als Europa. Die früher dominierenden Industrieländer sind nun die Hungerländer. Afrika, das Land der Schwarzen, der Elefanten, Affen und Löwen beginnt für kurze Zeit wieder zu leben. Nun vollzieht sich ein kleiner Ausgleich für das Elend, das die so genannte Zivilisation mit ihren Seuchen über Afrika gebracht hat. Jetzt, kurz vor dem Ende, muss der weiße Mann den wenigen überlebenden Negern für eine Weile dienen. Überleben können nur noch jene Länder, die über Energie verfügen, denn sie allein können genügend Wärme und Nahrungsmittel produzieren.

Die Zeit der Schwarzen Sonne rückt unaufhaltsam näher. Monat für Monat wachsen nun Zahl und Größe der dunklen Sonnenflecken, vermindert sich die Strahlung der Sonne. Schon am Tage kann man die Blässe der Sonne mit bloßem Auge erkennen, aber bei Sonnenaufgängen und Sonnenuntergängen, wenn das Sonnenlicht durch die Atmosphäre gefiltert wird, sieht man riesige schwarze Flecken überall auf der Sonnenoberfläche. Noch scheint die Sonne, aber sie strahlt nur noch ganz schwach, das gleißende Gelb geht langsam über in ein schmutziges Braun.

Blanke Todesangst hat sich weltweit breitgemacht. Der Exodus ist längst in vollem Gange. Wer die wenigen noch verfügbaren, sündhaft teuren Flug- und Schiffstickets gen Süden nicht in Gold bezahlen kann, geht mit Sack und Pack per Pferdefuhrwerk oder zu Fuß auf die Wanderschaft, wie einst die Juden bei ihrem Auszug aus Israel und die Eroberer Amerikas. Viele Millionen Menschen sind inzwischen weltweit unterwegs, suchen die letzte Wärme der Sonne in der Nähe des Äquators und in den Tropen, suchen verzweifelt nach Land, auf dem noch etwas Essbares wächst. Die meisten Alten sind längst verhungert, sie haben ihr Essen den Kindern gegeben, in der Hoffnung, dass zumindest diese noch eine Weile überleben. In den meisten Ländern herrscht schon seit Jahren Mord und Totschlag, getrieben von der Angst vor dem sicheren Untergang aller Menschen. Plünderungen sind an der Tagesordnung, überall regiert die totale Anarchie.

In den nordischen Ländern liegen auf den Straßen massenweise verhungerte und erfrorene Menschen herum. In den Häusern sieht es nicht anders aus. Die Wohnsilos der nordischen Großstädte sind gefüllt mit gefrorenen Leichen, sie liegen zu Hunderttausenden in den Sozialbauwohnungen. Moskau, Berlin, London, New York, Chicago – all diese unnatürlichen Anhäufungen sind längst kollabiert, in ihnen gibt es kaum noch Leben. Die ehemals so stolzen Städte sind endgültig zu dem geworden, was sie eigentlich schon immer waren: Massengräber.

In den Villenvierteln sieht es etwas besser aus, dort rauchen noch die Schornsteine. In den jetzt vornehmlich mit Holz und ein wenig Kohle beheizten Häusern leben nun die letzten Menschen auf engstem Raum, zusammen mit Haustieren, wie im Mittelalter. Doch bald werden auch hier das letzte Holz und selbst die teuren Möbel verheizt sein, dann zieht in diese Häuser endgültig die große Kälte und der Tod ein.

Ein besonderes Fleisch ist nun zu einer wichtigen Nahrung geworden: Menschenfleisch. Das Verzehren der massenweise herumliegenden tief gefrorenen Menschenleichen ist oft die einzige Möglichkeit der Lebenden, sich noch eine Zeit lang in die Zukunft zu retten, in eine Zukunft, die es nicht gibt. An die Fische kommt man nicht mehr ran, weil alle Meere im Norden zugefroren sind, Pflanzen, Rind, Schwein und Huhn gibt es nicht mehr.

Im Jahre 2017 hatte ein letzter Kongress der wichtigsten Naturwissenschaftler stattgefunden. Die Situation war damals noch nicht so dramatisch wie heute, aber die Katastrophe zeichnete sich schon klar ab. Tausende hochgradiger Experten aus allen wichtigen naturwissenschaftlichen Bereichen hatten sich im noch warmen Kairo zusammen gefunden. Gemeinsam suchten sie verzweifelt nach einer Erklärung für das unheimliche Geschehen. Aber es gab offiziell keinen Weg aus dieser Situation. Keiner von all den ehemals so wichtigen Theoretikern konnte sich das seltsame Geschehen mit unserer Sonne erklären. Die Astrophysiker standen besonders schlecht da, hatten sie doch mit Überzeugung die Theorie verbreitet, die Sonne strahle mühelos über *10 Milliarden* Jahre mit nahezu gleicher Energie. Dabei blieben sie jedoch jede Erklärung schuldig, wie so etwas funktionieren sollte. Es gab inzwischen Hunderte Arbeiten und Studien der Fachleute, die jedoch immer noch in die alten Hörner bliesen. Fast alle blieben stocksteif bei der Meinung, dass es auf der Erde langfristig gesehen wärmer wird. Sie hielten das derzeitige Geschehen für ein vorübergehendes Phänomen, das es auf der Erde schon öfter gegeben hat und die Menschheit ja schließlich schon einige Eiszeiten überlebt haben soll. Im Prinzip war es jenen, die in den Elfenbeintürmen saßen, völlig egal, was mit den Menschen dort draußen geschah. Schließlich war es in den vergangenen Jahrhunderten nie anders gewesen. Das Volk ist in unzähligen Kriegen massenweise und millionenfach verheizt worden, während jene, die für die Kriege verantwortlich waren, in ihren Schlössern und Palästen saßen, feierten und ihre Generäle darüber diskutierten, auf welche Großstadt man die nächsten Raketen jagen könnte.

Die Ozeane hatten bis ins 20. Jahrhundert hinein noch große Mengen Sonnenenergie gespeichert. Diese Wärme reicht jedoch nicht mehr, da die Sonnenstrahlung seit vielen Jahren permanent abgenommen hat, die Meere inzwischen unaufhaltsam auskühlten. Erdöl und Gas zum Heizen der Häuser gibt es in den meisten Ländern nicht mehr. Der Handel mit Erdöl und Erdgas ist weltweit auf Null zurückgegangen. Fast alle Autos stehen still, gammeln vor sich hin, verrosten im Schnee und in den Wüsten. Sämtliche Tankstellen sind geschlossen. Das Land ist mit Schnee und Sand bedeckt, Straßen erkennt man nicht mehr. Man sieht nur noch Pfade in der eintönigen baumlosen Landschaft, verschlungene

Wege, auf denen endlose menschliche Karawanen gen Süden ziehen. Es sieht wieder aus wie vor Jahrhunderten, als die Erde noch ohne Technik war, wie zur Zeit der Eroberer.

Nun ist es zu spät. Milliarden Menschen werden Opfer dieses Geschehens sein. Den klaren und unerbittlichen Prinzipien der Natur kann sich niemand entziehen, auch jene nicht, die an Götter glauben oder sich als Zensoren und Wissensfilter betätigen. Für diese Menschen wird es besonders schmerzhaft sein, wenn sie erkennen, dass sie ein Leben lang Opfer der Prediger waren. Denn der ihnen versprochene Himmel endet für sie in der Hölle. Einen Trost kann ich ihnen noch spenden: Der Kältetod ist nicht schmerzhaft, dieser Tod kommt sehr langsam aber unerbittlich, das Herz bleibt einfach stehen, wenn es zu kalt ist. Zudem bleiben im Schnee die Körper der Toten über viele Jahrhunderte erhalten, wie die der Mammuts, die vor 1.500 Jahren ebenso jämmerlich erfroren sind.

Damit verfügt die Natur über einen Mechanismus, der etwas mit Humanität zu tun hat. Die meisten Menschen werden ohne Schmerzen sterben. Der letzte, die gesamte Erde umspannende Tod wird sich ohne großes Blutvergießen vollziehen. Es wird für die einzelnen Menschen so ähnlich sein wie der tägliche kleine Tod, wenn sie sich hinlegen, um zu schlafen. Sie werden immer mehr und mehr müde sein, einschlafen, aber nicht mehr aufwachen. Denn aus der Kälte gibt es kein Erwachen, keine Auferstehung. Der große Tod ist für immer. Am Ende wird es ein ruhiges Massensterben für die armen Menschen sein.

Doch nicht alle sterben, dort wo sich die Obrigkeiten eingenistet haben, in den ehemaligen Wüstengebieten, wo genügend Erdöl und Erdgas gefördert wird, sitzen sie, feiern und lachen über den Rest der Menschheit. Sie verfügen über reichlich Energie, heizen und kühlen ihre Häuser nach Belieben. Sie können noch einige Generationen lang überleben. Reichtümer und Luxus haben sich dort versammelt. Die Grenzen sind dicht, nur die Superreichen, Politiker, Funktionäre und Religionsvertreter haben Zutritt zu den letzten Paradiesen der Erde.

Am Ende ist alles still auf diesem traurigen Planeten, kein Wind weht mehr, es gibt keine Bewegung, kein Leben auf der Erdoberfläche. Einzig in den eisbedeckten Ozeanen werden die Fische noch einige Jahrhunderte leben. Wale und Delfine überleben nicht, sie ersticken jämmerlich, weil sie nicht mehr auftauchen können, um Luft zu holen. Alles Wasser der Erde wird eines Tages von Eis bedeckt sein. Das ist die letzte Eiszeit. Der ehemals wunderschöne blaue Planet endet als fast weißer Planet. Einige Lichter erkennt man noch an der Erdoberfläche. Es sind die Lichter der überdachten Orte, die kurz vor dem Ende von den Regierungen und den Superreichen errichtet worden sind. Parlamente, Regierungen und Verwaltungen sind noch weitgehend intakt, jedoch haben sie nicht viel mehr zu verwalten als sich selbst – aber darin sind sie ja geübt, ist für sie kein Problem. Verwaltet wird auf diesem Planeten alles, auch wenn es der absolute

Wahnsinn ist. Denken wir an die großen Kriege, damals wurde selbst vor jeder sicheren totalen Niederlage unerbittlich weiter gekämpft und verwaltet, bis hinein in den totalen Krieg und den totalen Untergang. Die Zahl der Toten wird akribisch genau registriert und archiviert. Sie dokumentieren den Untergang der Menschheit für die Nachwelt, die es nie geben wird. Die Beamten arbeiten stets korrekt, das wissen wir.

Der kleine Planet

Es gibt ein Projekt zum Bau eines großen Raumschiffs, um die Erde zu verlassen. Die ersten *Außerirdischen* leben in Holland. Dort hatte sich im Jahre 2007 eine Gruppe aufgeklärter Menschen daran gemacht, ein Raumschiff zu konstruieren und zu bauen. Es bietet reichlich Raum für rund tausend Bewohner zur Reise in ein anderes Sonnensystem, das noch für ein paar Jahrhunderte lebensfreundliche Bedingungen bietet. Nach nun 15 Jahren Bauzeit wird das Raumschiff bald startklar sein, die kalte und trockene Erde für immer verlassen. Das Raumschiff ist gewaltig, es hat die Form einer Kugel, seine Hülle besteht aus Kohlefaser. Unten sieht man viele runde Öffnungen mit Düsen. Sie dienen dem Antrieb der Riesenkugel außerhalb der Erdatmosphäre. Im Zentrum befinden sich viele kugelförmige Wassertanks, die Treibstofftanks. Die Konstrukteure haben einen ganz einfachen aber genialen Antrieb entwickelt: Rückstoß per Wasserdampf. Sie nutzen damit ein natürliches, aber bislang wenig bekanntes Phänomen. Damit verbessern sie den schlechten Wirkungsgrad eines jeden Rückstoßantriebs in der Anfangsphase der Beschleunigung. Das Wasser in den Tanks wird auf über tausend Grad erhitzt. Dampf entsteht hierbei erst, wenn das überhitzte Wasser über die Düsen austritt. Der Dampf jagt dann mit ungeheuren Geschwindigkeiten aus den Düsen und sorgt für riesige Schubkräfte. Es ist ja unter Physikern bekannt, dass sich extrem heißes Wasser recht seltsam verhält. So beträgt der Wasserdruck bei einer Temperatur von 100 Grad Celsius recht genau ein bar. Bei 200 Grad beträgt er jedoch nicht zwei bar, sondern rund 15 bar. Bei 300 Grad sind es gar 86 bar. Bei 1.000 Grad hat sich die investierte Energiemenge nur verzehnfacht, die verfügbare Energie stieg jedoch um ein Vielfaches. Je höher die schon vorhandene Temperatur, umso größer ist daher der Energiegewinn durch weiteres Aufheizen. Das Geschehen hat Ähnlichkeit mit einem Perpetuum Mobile.
Wir sollten uns hier erinnern an den Start einer herkömmlichen Rakete, bei dem schon sehr große Mengen Treibstoff benötigt werden, um das Ding auch nur ein paar Meter vom Boden abheben zu lassen. Erst mit zunehmender Geschwindigkeit verbessert sich der Wirkungsgrad eines Rückstoßantriebs. Das Dumme an herkömmlichen, senkrecht startenden Raketen ist, dass erst soviel Schubenergie

aufgewendet werden muss, die dem gesamten Gewicht der Rakete entspricht. Erst dann kann sich ein solches Monster vom Erdboden erheben. Das heißt, die Rakete verbrennt erst jede Menge Treibstoff, bis ihre Schubkraft ausreicht, den Rest vom Boden abheben zu lassen. Dieses Prinzip ist längst nicht mehr zeitgemäß, war es eigentlich nie. Aber wir kennen ja die Ursprünge der Raketentechnik, sie liegen bei den Militärstrategen. Dieser negativ wirkende Effekt wird durch das System des Heißwasser-Antriebs ausgeglichen.

Der Start des kugelförmigen Raumschiffs erfolgt lautlos, es schwebt ohne jeden Antrieb bis in rund fünfzig Kilometer Höhe in die Stratosphäre. Die große Kugel steigt auf, weil sie schwerelos ist, sich bis auf die genutzten Bereiche in ihrem Inneren keine Luft befindet. Rund 90% ihres Volumens sind luftleerer Raum, sind Vakuum. Eine Million Tonnen Luft sind herausgepumpt worden. Auf diese simple Weise ist die Kugel ohne Antrieb in der Lage, viele Tausend Tonnen Last bis hoch in die Stratosphäre zu befördern. So werden rund 95% Treibstoff eingespart.

Die für eine Umlaufbahn erforderliche Geschwindigkeit von 28.000 km/h wird mit einer Steigerung der Geschwindigkeit um rund 10 Meter pro Sekunde erreicht, für die Passagiere eine angenehme Situation, denn das entspricht der irdischen Gravitation. Für die Flucht aus der Erdumlaufbahn muss eine Geschwindigkeit von rund 40.000km/h erreicht werden. Dies erfordert auch sehr wenig Energieeinsatz und Zeit, denn die nun gegenüber der Erde schwerelose Masse des Raumschiffs lässt sich recht leicht beschleunigen. Der Dampfantrieb kommt hier zum Einsatz.

Danach bewegt sich der künstliche Planet zunächst wie ein echter Planet auf einer elliptischen Umlaufbahn um die Sonne, vielleicht für einige Jahre. Bei Bedarf gilt es, die Geschwindigkeit zu erreichen, die notwendig ist, um das Sonnensystem zu verlassen, das sind rund 150.000km/h. Aber auch das ist im Prinzip einfach. Denn losgelöst von der Erde und mit zunehmender Entfernung von der Sonne verringert sich die gravitationsbedingte Masse und damit die träge Masse des Raumfahrzeugs immer mehr. Der kleine Planet muss seine Geschwindigkeit nicht einmal vervierfachen, dann hat er die Fluchtgeschwindigkeit für das Verlassen des Sonnensystems erreicht. Die Beschleunigung auf diese Geschwindigkeit dauert nur rund eine halbe Stunde und erfordert nur wenig Energie.

Man merke sich hier folgenden, bislang unbekannten Grundsatz: Die Trägheit einer Masse ist nicht konstant und allgegenwärtig, wie es die Lehrbücher berichten. Die Trägheit jeder Masse ist relativ und abhängig vom Gravitationsfeld, in dem sie sich befindet. Daher ist dort draußen, weit entfernt von der Sonne, zur weiteren Beschleunigung auf jede beliebige Geschwindigkeit nur sehr wenig Energie notwendig. Die erforderliche Antriebsenergie verringert sich permanent

in Bezug auf die Entfernung von der Sonne, da ihre Gravitation abnimmt und in derselben Größenordnung auch die träge Masse unseres kleinen Planeten immer geringer wird. Dazu kommt, dass unser wunderschöner künstlicher Planet während des Fluges immer leichter wird, da auch seine objektive Masse durch den ausströmenden Wasserdampf stetig geringer wird.
Die Baukosten für das Raumschiff betragen rund eine Milliarde Euro, nicht mehr als 2.000 irdische Eigenheime in guter Wohnlage. In der Ausstattung hat es Ähnlichkeit mit den heutigen gigantischen Kreuzfahrtschiffen. Nur ist alles viel leichter konstruiert, auf kosmische Reisen ausgerichtet, die ein wenig länger dauern und nicht den Kräften der Ozeane ausgesetzt sind. Kreuzfahrtschiffe waren die Vorreiter der künftigen Raumschiffe, auch wenn dies heute keinem Menschen bewusst ist. Dies gilt auch für viele andere Techniken, die heute noch sinnlos erscheinen, sie alle sind unbewusst darauf ausgerichtet, den Weg ins All zu ermöglichen.
Die künftigen Außerirdischen haben alles selbst finanziert, wohnen und arbeiten meist schon seit Jahren im ersten richtigen Raumschiff. Viele von ihnen haben sich längst an ihre neue Heimat gewöhnt, Kinder sind in den letzten Jahren schon an Bord zur Welt gekommen und dort aufgewachsen. Für sie ist es eine Selbstverständlichkeit, in dem kleinen künstlichen Planeten zu leben. Jede Familie verfügt über rund 500 Quadratmeter Nutzfläche. Gesunde Versorgung ist angesagt, es gibt Anlagen zur Pflanzenzucht, Fischzucht und für Meeresfrüchte, aber keine Tierzucht.
Vorausgegangen waren viele Probeflüge mit kleinen dampfgetriebenen Flugkörpern. Zunächst unbemannte, später viele durchweg erfolgreiche bemannte Flüge bis hinauf in den Orbit und in Umlaufbahnen um den Mond. Sie haben gezeigt, dass alles reibungslos funktionieren wird.
An Energie mangelte es nicht. Die Versorgung war in den Jahren der Entwicklungs- und Bauzeit durch Erdgas gut gesichert. Man hatte ein in der Nähe liegendes drei Kilometer tiefes stillgelegtes Erdölbohrloch wieder aktiviert. Tiefer getrieben auf sieben Kilometer hatte man in der brüchigen Erdkruste leicht Zugang zum irdischen Wasserstoff gefunden. Die Erdgasquelle lieferte viele Jahre sauberes Gas ohne Ende unter hohem Druck, versorgte während der langen Bauzeit alles mit Energie. Dieses Gas diente nun auch zum Aufheizen des Wassers für den Antrieb des Raumschiffs.
Bald wird das Raumschiff startklar gemacht. In den gut isolierten Tanks im Inneren befinden sich rund 10.000 Tonnen Wasser und einige Tausend Tonnen flüssige Luft. Inzwischen hat man mit dem Aufheizen des Wassers begonnen. Nur noch wenige Tage und die Wassertemperatur wird die 1.000 Grad-Marke erreichen. Sodann ist jederzeit ein Start möglich.
Die in den Wassertanks steckende Energie reicht aus, um viele Jahre zu beschleu-

nigen. Es ist geplant, zunächst noch eine Weile in unserem Sonnensystem zu verbringen. Zumindest einige Jahre könnte der kleine Planet in einer Umlaufbahn näher der Sonne im System bleiben, bevor es auf die große Reise geht.
Das Raumschiff steht majestätisch auf seinen sechs Stelzen, die später teleskopartig ein- und ausgefahren werden können. Bei einem Radius von 666 Metern bietet es auf zwanzig bewohnbaren Etagen reichlich Platz für die tausend künftigen Bewohner und den auf der Reise geborenen Kindern. Es ist kugelförmig, weil diese geometrische Form unter allen Umständen ideal ist. Dies bietet höchste Stabilität und den größten Raum.
An Bord befindet sich selbstverständlich auch ein Kernreaktor. Er garantiert die interne Energieversorgung und weiteres Aufheizen der Wassertanks für viele Jahrzehnte. In dieser Zeit wird man einen geeigneten Planeten gefunden haben, auf dem man landen kann oder zunächst in eine Umlaufbahn einschwenkt. Auch wenn ein solcher Planet nicht auf Anhieb gefunden wird, gibt es keine großen Probleme, denn der kleine silberne Planet kann auch in einer Umlaufbahn um eine andere junge, noch strahlende Sonne überleben.
Neben dem großen gibt es noch eine Reihe kleiner Raumfahrzeuge. Einige sind unbemannt, schon einige Jahre unterwegs, bewegen sich längst mit mehrfacher Lichtgeschwindigkeit in Richtung anderer Sonnensysteme, auf der Suche nach erdähnlichen Planeten. Sie sind mit Teleskopen, Kameras und Messinstrumenten ausgerüstet, zeichnen auf, welche Strukturen sie in anderen Systemen finden. Bald kehren sie zurück in Richtung Erde, um ihre Daten ans Mutterschiff zu übermitteln, weil sie so mit mehrfacher Lichtgeschwindigkeit früher an ihr Ziel gelangen. So werden einige Jahre wertvoller Zeit gewonnen.
Die unbemannten Raumsonden beschleunigen recht ordentlich. Sie erreichen die Lichtgeschwindigkeit bereits nach einem Monat. Nach einem Jahr bewegen sie sich mit zwölffacher Lichtgeschwindigkeit, haben in dieser Zeit 18 Lichtjahre hinter sich gebracht, befinden sich daher sechs Jahre entfernt von der irdischen Zeit. Sie reisen in die Vergangenheit und transportieren diese in die Zukunft. Die zurückgelegten Bahnen sind lang gestreckte Halbellipsen. Nach einem weiteren Jahr kehren die Sonden zurück, nun schließen sich die Ellipsenbahnen. Auf diesen recht kurzen Reisen haben sie eine ganze Reihe benachbarter Planetensysteme erkundet. Auf dem Hinflug zeichnen sie Daten auf, die schon etwas älter sind, denn bei mehrfacher Lichtgeschwindigkeit fliegen die Sonden in die Vergangenheit, was sie gerade aufzeichnen, geschah bereits einige Jahre zuvor.
Für den Vortrieb sorgen die unten am Raumschiff angebrachten Düsen. Nach etwa einem Jahr wird sich der kleine Planet mit Lichtgeschwindigkeit bewegen. Aber es wird weiter beschleunigt. Nach fünf Jahren ist die Fünffache Lichtgeschwindigkeit erreicht, in der großen Weite des Kosmos kein Problem, denn zwi-

schen den Sternen ist ausreichend freier Raum. Trotz konstanter Beschleunigung kann die Antriebsenergie permanent massiv verringert werden, denn die träge Masse des Raumschiffs verringert sich, weil es sich stetig weiter von der Sonne entfernt und die tatsächliche Masse wird durch den Ausstoß des Wasserdampfs permanent geringer.

Ein Weg von rund siebeneinhalb Lichtjahren ist bis dahin zurückgelegt. Eine Weile fliegt das Raumschiff nun ohne jeden Antrieb, alles ist schwerelos. Danach dreht sich der kleine Planet um 180 Grad, es beginnt die Bremsphase. Nun wird fünf Jahre in derselben Weise abgebremst, wie zuvor beschleunigt worden ist. Auch hierzu ist dort draußen im All, weit weg von den Sternen nur sehr wenig Energie notwendig, denn die träge Masse des Raumschiffs ist hier verschwindend gering. Ursache hierfür ist die kaum noch wirksame Gravitation der nun einige Lichtjahre weit entfernten Sterne. Sie beträgt in einer Entfernung von fünf Lichtjahren vom nächsten Stern nur rund ein 5.000tel der Energie, wie sie in der Erdumlaufbahn wirksam ist. Um unser noch 35.000 Tonnen schweres Raumschiff dort draußen zu beschleunigen oder abzubremsen, benötigen wir nicht mehr Energie, als sie in einer Erdbahn für ein sieben Tonnen schweres Fluggerät aufzuwenden wäre.
Die tatsächliche Dauer der Reise steht nicht fest. Sie hängt davon ab, wo von den Sonden ein Sonnensystem entdeckt wird, das einen erdähnlichen Planeten besitzt. Es muss ein wenig jünger sein als unser System, damit dort noch einige Jahrhunderte eine Sonne scheint. Später werden sie weiterreisen müssen durchs All, zum nächsten Planetensystem. Daher wird der Mensch niemals wirklich zur Ruhe kommen. Aber es ist seine naturgegebene Aufgabe, sich zu vermehren und zu verbreiten, nicht nur auf der Erde, sondern in großen Teilen des Kosmos. Manche werden jedoch auf den neuen Planeten bleiben, denn mit genügend Energie können sie auch dort überleben.

Start in die Zukunft

Ungläubig staunend beobachten die Reporter der letzten europäischen Fernsehsender und eine Reihe Wissenschaftler das Geschehen auf dem flachen Land. Eine silbern glänzende Kugel mit einem Radius von 666 Metern und rund 40.000 Tonnen Gewicht, das ist gigantisch, so etwas hat es zuvor noch nie auch nur annähernd gegeben. Und diese gigantische Kugel ist schwerelos. Wer kann sich vorstellen, wie ein solcher Körper der Erde und unserem Sonnensystem entschweben soll?
Die erforderliche Energie und der technische Aufwand machen hier nur einen Bruchteil dessen aus, was bislang in Sachen Raketenantrieb veranstaltet wird.

Die klassische Raumfahrttechnik hatte nie eine Zukunft, das haben auch ihre Betreiber erkannt. Es wurden zwar immer neue Raumfahrtprojekte durchgeführt, aber von echtem Fortschritt bei den Antriebssystemen konnte niemals die Rede sein. Das Projekt Space-Shuttle ist tot, hat nie richtig gelebt.
Der Anblick des Starts ist für alle Beobachter überwältigend. Was hier geschieht, hat kosmisches Format. Langsam entfernt sich die silberne Kugel von der Erde. Schon nach einigen Minuten erscheint sie den Beobachtern wie ein richtiger Mond, angestrahlt vom müden Sonnenlicht wie der kaum noch sichtbare echte Mond. Die zum Untergang verurteilten Menschen auf der Erde schauen gebannt hinauf in den klaren Himmel. Zum ersten Mal verlassen Menschen die Erde für immer. Und sie werden vielleicht die einzigen Überlebenden sein. Fast alle anderen Menschen, auch die Zuschauer dieses Ereignisses, werden früher oder später den Kältetod sterben.
Rund sieben Milliarden dem Tod geweihte Menschen bleiben auf der sterbenden Erde zurück. Die meisten werden einen einfachen Tod haben, ohne viel Schmerzen, denn der Kältetod kommt sanft und langsam, dennoch umso sicherer. Dieser Tod findet nicht wie eine Katastrophe statt. Mit sinkenden Temperaturen wird es auf der Erde immer ruhiger und dunkler. Die Sonne ist nur noch als blasse Scheibe am Himmel erkennbar, ihre Farbe geht immer mehr ins Braun über. Unser Mond ist nicht mehr sichtbar, er kann das schwache Licht der Sonne nicht mehr reflektieren.
Vom Orbit aus betrachtet erkennt man noch einige kleine Lichter, dort, wo sich die Superreichen und die Regierungen der Länder eingeigelt haben. Den anderen auf der Erde noch lebenden Menschen wird schmerzhaft klar, dass ihr Ende unausweichlich ist. Ihnen wird immer klarer, dass die letzten Lichter auf der Erde bald verlöschen werden. Hollywood dreht seinen allerletzten Film über den Untergang der Erde. Erstmals benötigt der Regisseur keine Schauspieler, keine Spezialeffekte, keine Kulissen. Der letzte Katastrophenfilm wird live gedreht. Aber niemand wird sich diesen Film ansehen, denn jeder Mensch steckt selbst tief drin in dieser letzten aller Horrorgeschichten.
Da gibt es aber noch einige andere Gruppen, die versuchen, ihr Überleben noch für eine Weile zu sichern. Sie haben sich unter die Erde begeben, nutzen die stillgelegten Stollen der alten Kohlebergwerke. Dort unten ist es zumindest für einige Jahrzehnte noch warm genug, um zu überleben. Aber unter der Erde ist das Dasein recht erbärmlich. Es treibt die Menschen in Depressionen, es ist eine endlose Quälerei in diesen dunklen Gefängnissen, lebendig begraben für die letzten Generationen. Es ist alles noch viel schlimmer als in den Wohnsilos der ehemaligen Großstädte. An Energie mangelt es dort unten nicht, in den Kohlebergwerken ist es möglich, aus der Kohle Wärme und elektrischen Strom zu erzeugen. Die dort, tief unten in der Erde hausenden Menschen können sich

noch einige Generationen lang quälen. Was sie nun besonders bedrückt, ist ihr neu entstandenes Bewusstsein, die Erkenntnis der Wahrheit, gefangen von der grausamen Realität des bevorstehenden Untergangs.
Aber selbst in dieser offensichtlich aussichtslosen Situation entwickeln einige mutige Menschen Visionen für ein Überleben. Ihr Instinkt und eine neu erwachende Vernunft treibt sie an. Tief in der Erde in den Kohleflözen lebend, wie einst die Bergmänner, erkennen die Menschen, dass sich dort unten viel Methangas befindet. Bald beginnen sie, dieses Gas zu nutzen. Sie graben weitere Löcher in die Erde und finden heraus, dass mit zunehmender Tiefe immer mehr Gas zutage kommt. In ihrer großen Not haben sie die unerschöpfliche Energiequelle entdeckt, die uns die Erde seit Jahrhunderten angeboten hat: *Erdgas*. Damit haben diese Menschen eine gute Chance, unter der Erde lange Zeit zu überleben, auch ohne die Energie der Sonnenstrahlung. Vielleicht gelingt es auch ihnen eines Tages, Raumschiffe zu bauen, um sich auf den Weg zu machen in eine neue sonnige Zukunft.

Windmühlen

Früh am Morgen standen wir auf, frühstückten und machten uns auf den Weg zum Flughafen. Ich hatte zwei Plätze in einer Maschine gebucht, die am Mittag von Amsterdam nach Dubai flog. Von dort aus sollte es weiter gehen nach Bangkok. Auf dem Weg nach Holland fuhren wir durchs platte Norddeutsche Land.
„Was sagst du zu meiner Geschichte“, wollte ich wissen.
„Sie hat mich verwirrt, aber auch Hoffnung gemacht, dass es nicht so schlimm kommt, dass wir es schaffen werden. Sag mir mal, warum es hier so viele Windräder gibt“, fragte sie verwundert.
„Die Deutschen sind die besten Grünen und daher auch Weltmeister im Betreiben von Windmühlen, die aber nur laufen können, weil die Kosten vom Staat hoch subventioniert werden. Diese besonders hier in Norddeutschland verbreiteten hässlichen Teile sind der 20.000fache sichtbare Beweis dafür, dass die deutsche Energiepolitik in einer abgrundtiefen Sackgasse steckt. Rund *drei Milliarden* Euro Steuergelder werden in Deutschland Jahr für Jahr an Subventionen in diese mittelalterlichen Mühlen investiert.
Für diesen Einsatz könnte man jedes Jahr hundert neue Tiefbohrungen in Norddeutschland niederzubringen. Auf diese Weise würden nicht Kapital und Arbeitskraft verbrannt, sondern Energie ohne Ende geschaffen und damit jede Menge sauberes und gedecktes Kapital freigesetzt. Diese Grünen Windmühlen und ebenso die Solaranlagen sind perfekte Energievernichtungsmaschinen. Es werden *fünf* Kilowatt Strom aufgewendet, um *ein* Kilowatt Strom zu fabrizieren. Ist das nicht toll? Ebenso unsinnig sind Elektroautos, besonders dann, wenn sie mit

Biostrom betrieben werden. Keine Windmühle kann soviel Energie erzeugen, wie zu ihrer Herstellung aufgewendet werden muss.
Dazu kommt heute die rund um den Globus ausufernde Nutzung von Getreide und anderen Pflanzen zur Erzeugung von Biotreibstoff. Was hier abläuft, ist der absolute Wahnsinn. Aus 250kg Getreide werden 100kg Treibstoff gewonnen. Davon könnte ein Mensch ein ganzes Jahr essen, ein LKW verbrennt dieses Zeug innerhalb weniger Stunden. Um unsere Autos mit Biokraftstoff anzutreiben, müssten wir ganz Deutschland mit Raps bepflanzen. Alles staatlich gefördert. Diese Entwicklungen zeigen klar die Verzweiflung und die Sackgasse, in der unsere Energiesysteme stecken.
Neuerdings forciert man in Deutschland auch die Energieerzeugung durch die Nutzung der Gase von Kuhmist. Wollen wir auf diese Weise das Energieproblem lösen? Sicher nicht. Was die grün denkenden Führer und Wissenschaftler unserer Republik in Sachen Energieversorgung zurzeit machen, ist ohne jede Zukunft. Errichtung sündhaft teurer Windmühlen neuerdings sogar in der Nordsee, die einige Hundert Megawatt Strom bringen, aber Tausende Megawatt kosten. Subventionen in Solarstrom, 90% Verlust. All diese Projekte sind ohne jede vernünftige Grundlage. Die Betreiber dieser Anlagen, die Nutznießer dieser Grünen Ideen lachen darüber und greifen sich die Milliarden, die ihnen die Politiker zuwerfen. Windmühlen sind Maschinen, die Energie in ungeheurem Ausmaß verbrennen. Der Staat und damit die Steuerzahler machen dabei permanent Verluste. Das ist Energiepolitik in letzter Verzweiflung."
„David, was ist los, ich sehe vor uns keine Windmühlen mehr, hinter uns sind Hunderte davon."
„Charon, wir sind soeben über die Grenze nach Holland gefahren. Hier siehst du nur modernste Anlagen, die Erdgas aufbereiten, das auch nach Deutschland geliefert wird und die Holländer richtig reich macht. Die Holländer haben früher Windmühlen genutzt, um Pumpen zur Bewässerung anzutreiben oder Korn zu mahlen. Das war bis ins Neunzehnte Jahrhundert auch zeitgemäß. Nun fördern sie seit langem Erdgas ohne Ende. Damit sind sie wieder zeitgemäß. In Deutschland läuft es andersrum. Es gibt kaum noch Kohle, zu wenig Öl und Gas, aber nun haben wir 20.000 teure, mit Milliarden subventionierte Windmühlen – und das ist überhaupt nicht zeitgemäß, es ist ein Riesenschritt zurück ins Mittelalter."

Zurück nach Dubai

Im Flugzeug schäkerten wir, wie es Frischverliebte eben tun. Wir genossen das Leben und unsere Liebe, zogen gegenseitig immer wieder an dem unsichtbaren Band, das uns paarte. Sie erzählte mir allerhand aus ihrem Leben und ich ließ sie an meiner Vergangenheit teilhaben. Doch immer wieder kamen wir auf die

Angelegenheiten zu sprechen, die uns zusammengeführt hatten. Wir unterhielten uns über das Thema Naturschutz. Charon hatte dazu eine klare Meinung: „Aus der falschen Weltanschauung und unseren politischen und kapitalistischen Systemen haben sich viele seltsame Naturschützer entwickelt. Während Milliarden Menschen erbärmlich in Armut und Hunger vegetieren, viele Millionen Kinder jedes Jahr jämmerlich verhungern, schützen sie Elefanten, Wale, Haie, Robben, Eisbären, Maulwürfe, Frösche, Fischreiher, Kormorane, Gorillas, Löwen und viele andere Tiere. Aber schon die Wale rund um die Antarktis fressen und vernichten jedes Jahr etwa fünfzig Millionen Tonnen kleine Tintenfische, Krill und noch weitaus mehr andere Kleinlebewesen. Ohne Wale könnten diese Lebewesen wachsen und Milliarden Menschen rund um den Globus satt machen.
Die Schützer werfen den Fischern vor, den Fischbestand zu gefährden. Das trifft regional zu. Aber insgesamt sind hierfür vor allem Wale, Haie, Robben und andere Großtiere verantwortlich. Sie vertilgen die Jungtiere in den Meeren in ungeheuren Massen – saugen das Leben aus den Ozeanen. Diese Monster fressen das Leben auf, bevor es sich entfalten kann, vernichten, was der Mensch zum Überleben braucht. Quallen vermehren sich explosionsartig, auch sie vertilgen riesige Mengen nützliche kleine Meerestiere. Es sollte eigentlich leicht zu verstehen sein, dass man Samen erst dann essen darf, wenn er sich zumindest einmal fortgepflanzt hat. Wer eine Ernte komplett frisst, kann nie mehr säen und ernten. Wale fressen aber den ersten Samen fast vollständig, daher müssen sie isoliert und ihre Zahl muss begrenzt werden. Nur dann können sich die Bestände der Fische und Meeresfrüchte in den Ozeanen regenerieren. Denn dies sind die wichtigsten Nahrungsmittel für den Menschen. Stattdessen werden die Wale geschützt und die Menschen essen sich krank und fett an ungesundem Zeug aus Massentierhaltungen. Dort werden zudem jedes Jahr Millionen Tonnen Fischmehl verfüttert und zwar an Tiere, die naturgemäß überhaupt keinen Fisch fressen. Und es wird viel zu viel Fleisch gegessen, für ein Kilo Fleisch müssen zehn Kilo Grünzeug vertilgt werden. Das alles ist diffus, zeugt davon, dass die Natur bislang nicht verstandenen worden ist.
Ähnlich wie die Tiere, die von Menschen gezüchtet und gegessen werden, leben heute die meisten Menschen, Milliarden von ihnen noch viel unwürdiger – das passt perfekt zusammen. Die Menschen essen längst nichts Natürliches mehr, sie vertilgen industriell produzierten Müll, schieben diesen unter großen Qualen massenweise durch ihre Organe, leiden erbärmlich darunter. Doch alles ist bestens geregelt durch Hunderttausend Verordnungen und Gesundheitssysteme, die krank machen.
Viele Naturschützer befinden sich auf einem ähnlichen Niveau wie die Inder mit ihren heiligen Kühen. Was hier und da abläuft, zeugt davon, dass unsere Weltanschauung stark unterentwickelt ist. Und die Naturschützer glänzen auch auf

anderen Gebieten. Sie halten es für völlig in Ordnung, wenn eine Durchschnittsfamilie mit vier Personen auf 50qm Wohnfläche in einem Plattenbau vegetiert. Mit derselben Selbstverständlichkeit fordern sie für eine einzige Löwenfamilie in Afrika einen Lebensraum von rund 10 bis 20 Quadratkilometer. Auf einer solchen Fläche könnten zigtausend Menschen unter vernünftigen Bedingungen leben. Was sich in Afrika und anderen Gebieten in dieser Hinsicht abspielt, ist von höchster Menschenverachtung. Eine einzige Gorillafamilie bekommt ganze Gebirgszüge als Lebensraum zugeordnet, während viele Millionen Schwarze unter menschenunwürdigen Bedingungen in Wellblechhütten hausen müssen. Daher drängen die gebeutelten Afrikaner nun massiv nach Europa und bringen unsere Gesellschaft durcheinander. Aber eigentlich holen sie sich nur ab, was ihnen zusteht – ein wenig von dem Leben, das ihnen die Kolonialisten gestohlen haben. Ähnliches gilt für die Verhältnisse zwischen Süd- und Nordamerika.
Die organisierten Weltschützer versuchen insbesondere in Deutschland Atomkraftwerke zu verbannen. Sie begreifen nicht, dass diese Art der Energiefreisetzung die beste und sauberste ist, die der Mensch bislang gefunden hat. Es ist auch nicht richtig, Energie zu sparen. Energie muss mit allen Mitteln freigesetzt und zum Nutzen der Menschen eingesetzt werden. Energie muss verschwendet werden, die Erde und der Kosmos sind voll davon. Energie ist das Maß aller Dinge, nicht Gold, Geld, Zinsen, Aktien und Umweltschutz."
„Ich kann dir nur Recht geben", sagte ich, „das gegenwärtige Niveau der rein egoistisch, nationalistisch und kapitalistisch herrschenden, altmodisch ausgerichteten Systeme ist grotesk und im höchsten Maße schädlich für das Überleben der Menschen. Machen wir so weiter wie bisher, werden wir das in meiner Story gezeigte Szenario bald grausam erleben. Unsere Kinder und Enkelkinder werden uns eines Tages verfluchen, weil wir nicht genügend getan haben, um die Wahrheit zu finden, stattdessen siechen wir dahin, im politischen Machtgehampel der Parteien, in Glauben und endloser Verwaltung. Dazu kommt die Hysterie um CO_2 und der andere grüne Wahnsinn. Der Mensch darf sich nicht mehr den natürlichen Abläufen der Natur unterwerfen, er muss lernen, sie zu beherrschen und zu seinem Vorteil zu verändern."
„Ja", sagte Charon, „die Menschheit mit all ihren Systemen gleicht einem riesigen Bordell. Alles ist mechanisch, Gefühle sind verboten. Den von oben verordneten Gesetzen folgend bewegen sich die Menschen wie Marionetten. Liebe gibt es nicht, es sei denn, wir bezahlen dafür. Viele Partnerschaften leiden heute unter diesem Problem, Frauen sind nur dann lieb und nett zu ihren Männern, wenn sie von ihnen gutes Geld bekommen. Nur wer zahlt, ist willkommen in dieser mechanischen Gesellschaft. Echte Gefühle gibt es kaum. Die Seele der Menschen wird sterben, bevor sie angefangen hat, erstmals richtig frei zu sein."
„Geld ist nur eine Hilfskrücke, um die Armen durch Zins und Zinseszins noch

ärmer zu machen, sie zur Arbeit zu zwingen. Gedrucktes Geld existiert heute weitgehend nur noch als Zahlungsmittel für Schwarzarbeit, Ganoven und für die ganz armen Menschen. Der große Geldfluss läuft längst virtuell ab. Und dabei ist viel, viel mehr Geld permanent unterwegs als an wahren Werten existiert. All dieses virtuelle Geld ist durch nichts gedeckt. Das ist eine Welt, in der alle nur mit nicht gedeckten Schecks bezahlen. Die galoppierende Immobilienkrise in den USA zeigte schon 2007 sehr klar, wohin wir marschieren. Dem folgte die Bankenkrise, dieser folgen die Kreditkartenverwalter, die Automobilindustrie und dann der Rest der Industrie. Allein die massive Förderung von irdischer Energie kann aus diesem Dilemma herausführen. Geld drucken hilft überhaupt nicht, im Gegenteil, führt dies in immer neue und immer schlimmere Krisen. Betrachtet man sich die Geschichte der letzten Jahrhunderte, sieht man, dass jedes Land schon mehrfach bankrott war. Nur steuern wir heute in den ersten richtigen Bankrott, der alle Länder ereilen wird."
„Richtig", bemerkte Charon, „sehen wir uns als Beispiel die Entwicklung der Schulden Deutschlands an: 1950 waren das insgesamt knapp ***10*** Milliarden und Ende 2008 rund ***1.600*** Milliarden. Die Deutsche Regierung hat also im Jahre 2008 160mal mehr Schulden als 58 Jahre zuvor. Und sie zahlt heute siebenmal mehr Zinsen, als sie 1950 an Schulden hatte. 160mal mehr Schulden wären ja zu rechtfertigen, wenn die Menschen 160mal mehr verdienen würden. Real verdienen sie aber nur rund zehnmal mehr, können dafür längst nicht zehnmal soviel kaufen. Es sei denn, sie kaufen Billigen Schrott, dessen Transportkosten oft höher sind als seine Herstellungskosten.
Pro Sekunde erhöhen sich die Deutschen Staatsschulen heute um rund 4.000 Euro, dazu kommen achtzig Euro Zinsen pro Sekunde – und das alles potenziert sich. Dies führt mit absoluter Sicherheit in eine Katastrophe. Denn wenn sich dieses Spiel weitere fünfzig Jahre so weiter entwickeln würde, hätte unsere Republik einen Schuldenberg von satten *144 Billionen!* Für jeden einzelnen Bundesbürger wären das fast zwei Millionen Euro Schulden, Babys, Arbeitslose und Rentner inbegriffen. Und bedenken wir, Deutschland ist nur ein Land von rund 200 völlig verschuldeten Ländern. Denn es gibt nur ganz wenige Staaten auf diesem Planeten, die nicht hoch verschuldet sind, das sind einige Energieförderländer. Und die Bilanzen der meisten anderen Länder sehen viel schlimmer aus als die deutsche, denn im Gegensatz zu anderen Völkern sind die Deutschen gute Sparer. Im Umkehrschluss müssten aber jene, die den Regierungen Kredite gegeben haben, unermesslich reich sein. Da stellt sich die Frage: Wer gibt den Staatsregierungen diese riesengroßen Kredite?
Ich habe eine Theorie: Da sind einige Hundert Familien, die besitzen Unmengen an Kapital, Aktien und Immobilien. Dabei handelt es sich um alte Dynastien, die ihre Ursprünge und Ahnen über Jahrhunderte zurückverfolgen können. Die Mit-

glieder dieser Familien sind in der Öffentlichkeit kaum bekannt, sie treten nie in den Medien auf, reden niemals über ihr Vermögen. Vielleicht besitzen sie mehr als der Rest der Welt, wahrscheinlich *besitzen sie die Welt.* Sie rechnen nicht in Milliarden sondern in Billionen und Billiarden. Öffentlich ist das nicht bekannt, aber man kann versuchen, ihren Besitz in etwa zu errechnen.
Nehmen wir ein Beispiel: Eine Familie hat vor 300 Jahren angefangen zu sparen. Sie brachte über die gesamte Zeit jeden Monat 1.000 Dollar zur Bank, zu einem Zinssatz von nur fünf Prozent. Auf diese simple Weise würde diese Familie heute über ein Barvermögen von rund acht Billionen Dollar verfügen. Wir können jedoch davon ausgehen, dass einige Familien mehr Geld gespart haben als 1.000 Dollar pro Monat, daher sind ihre Vermögen zweifellos viel höher. Und von solchen Familien gibt es eine ganze Reihe. Eine einfache Rechnung ergibt, dass die wirklich reichen Familien über ein Vermögen von rund 1.000.000 mal 1.000.000 Milliarden Dollar verfügen müssen, etwa so viel, wie die gesamten Schulden aller Länder der Erde ausmachen.
Doch das durch Zins, Zinseszins und Spekulationen vermehrte Geld kann sehr schnell wertlos werden, wenn es nur in Form von Papier oder gar nur virtuell existiert. Und das erleben wir heute rund um den Globus schmerzlich, aber durchaus gerecht. Geld hat keine Existenzberechtigung, wenn nichts Sinnvolles produziert oder erzeugt wird. Unternehmen mit Hunderttausenden Mitarbeitern gehen in Konkurs, weil sie Dinge produzieren, die niemand wirklich braucht. Regierungen gehen pleite, weil sie wie Blutsauger wirken, jene Menschen, von denen sie leben, durch Verwaltung systematisch ausbeuten."

Geld braucht Nahrung

Im Fernsehen sahen wir kürzlich die Vereidigung des neuen Präsidenten der USA. Da hatte ein Schwarzer die Wahl USA gewonnen. Alle Völker der Erde schauten nun hoffnungsvoll auf Barak Hussein Obama.
Ich sagte: „Was soll Obama bewirken? Ich schätze seinen Optimismus, aber im Prinzip wird sich überhaupt nichts ändern, weil dieser Mann nicht über mehr Energie verfügen kann als Georg W. Bush, der durch seinen misslungenen Irakkrieg, der auf Pump geführt wird, nicht an das erhoffte Öl kam. Der sinnlose Einsatz in Afghanistan kommt dazu. Nun laufen die Druckmaschinen, um einige Billionen Extradollars zu drucken. All das ist völlig nutzlos, verzögert den Supergau nur um einige Jahre. Es ist so, als bekämpfe man die Pest mit der Cholera.
Die USA haben über viele Jahre geringe Arbeitslosenzahlen ausgewiesen. Alle dachten, das ist ein vorbildliches Land. Doch das war alles Augenwischerei, denn es waren Arbeitsplätze im Bereich von Dienstleistungen und Verwaltun-

gen, aber die sind sinnlos, weil sie nichts mit wirklicher Arbeit, nichts mit der Produktion nützlicher Dinge zu tun haben. Durch die dauernden Kriege der USA werden zudem Unmengen gepumptes Geld in Waffenproduktionen und Kriegskosten verbrannt.
Das Geldsystem mit Steuern, Zins und Zinseszins hat endgültig versagt. Aber es wird weiter herumgewurstelt, die Regierungen geben nun Bürgschaften und Kredite an Banken und Firmen, obwohl sie selbst hoch verschuldet sind. Das alles sind Handlungen der Verzweiflung, führen immer weiter ins Elend."
„Das sehe ich genauso", sagte Charon erregt, „früher orientierte sich das Geld an der Menge des vorhandenen Goldes, aber in Wirklichkeit nur am Schweiß der Goldgräber, an ihrer Arbeitsleistung. Doch dieses Gold gab es wirklich. Die Probleme begannen, als Geld in Mengen gedruckt wurde, die durch keine produktive Leistung gedeckt waren und die Verwaltungen ausuferten. Heute ist es noch viel schlimmer, es kreist immer mehr fiktives, virtuelles Geld um den Globus, Geld, das überhaupt nicht existiert, durch nichts gedeckt ist. Eine von solchem Geld geleitete Gesellschaft funktioniert nur von einer Inflation bis zur nächsten und führt am Ende unausweichlich in eine lebensbedrohliche Katastrophe, wir sind ja gerade mittendrin."
„Richtig, Geld, das sich vermehren soll, braucht Nahrung und die heißt Energie. Diese Energie kam in den vergangenen Jahrhunderten zunächst durch Sklaven, Menschenkraft, auch durch die Nutzung von Arbeitstieren und schließlich durch Maschinen. Aber Maschinen brauchen viel Energie. Um ein Auto zu bauen, werden Tausende Liter Erdöl gebraucht, um es für ein paar Jahre zu bewegen, noch einige Zehntausend Liter. Mit 600 Millionen Autos haben wir im Rahmen der heute zur Verfügung stehenden Energie längst die Grenze überschritten.
Der Straßenverkehr an sich ist längst nicht mehr zeitgemäß, bedenken wir, dass jedes Jahr rund eine Millionen Menschen durch Verkehrsunfälle ums Leben kommen. Das ist wie ein Krieg. Viele andere Entwicklungen hinken weit der Zeit hinterher. Wir können unseren Weg nur weiter gehen, wenn wir völlig neue Techniken entwickeln und die unermesslichen Energieressourcen der Erde erkennen und nutzen.
Zulange waren Zinsen, Zinseszinsen und Spekulationen die Basis der wundersamen Geldvermehrung. Nun ist die Zeit gekommen, in der die auf Steuern, Geld und Aktien basierenden Systeme vor dem sicheren Ende stehen. Null Zinsen für Sparer und Kreditnehmer und Null Kursgewinne und daher auch keine Verluste, das ist die einzige Lösung. Eine ähnliche Politik steuerten früher die Japaner und nun auch die US-Notenbank. Aber das funktioniert nur für kurze Zeit, weil es für die künstlich geschaffenen Geld- und Aktienmengen keinen Gegenwert an ausreichender Energie und sinnvoller Produktionen gibt.
Man spricht heute vom Fluch des billigen Geldes. Die Notenbanken pumpen

immer mehr nicht gedecktes Geld in die Banken und die Wirtschaft, um einen Kollaps der Systeme zu verhindern. Dabei war genau diese Politik für die weltweite Krise verantwortlich. Und sie wird auch die nächste, die allerletzte Krise auslösen. Eine gute Sache wäre es, wenn die Notenbanken und sonstige Kreditgeber den Nullzins insgesamt einführen würden, also sämtliche Kredite und Guthaben von den Zinsen zu befreien, dann wären viele Länder in kurzer Zeit von ihren erdrückenden Schulden befreit. Auf diese Weise ließen sich alle Bilanzen ausgleichen. Wenn dazu eine konsequente Förderung von Gas und Öl kommt, schwelgt die gesamte Menschheit bald in Reichtum."

Wieder in Dubai

In Dubai checkten wir wieder im Atlantis ein. Der Energieminister hatte die Nachricht hinterlassen, dass alle Fahrzeuge zur Prospektion bereit stehen. Am nächsten Morgen machten wir uns mit den Spezialisten auf den Weg in die Wüste. Man hatte uns ein großes Wohnmobil zur Verfügung gestellt.

Uns standen fünf Vibroseis-Fahrzeuge zur Verfügung. Sie fuhren drei Tage kreuz und quer dort durch die Wüste, wo ich Gas und Öl vermutete. Dann begannen wir mit den Auswertungen. Die Aufzeichnungen zeigten dreidimensionale Bilder der Erdkruste bis in Tiefen von rund fünfzehn Kilometern. Und schon bald wurden wir fündig. In einer Tiefe von acht Kilometern entdeckten wir eine riesige Kaverne mit Erdöl. Rund zwei Kilometer darunter fanden wir eine direkte Verbindung zum Erdgas, Risse in der Erdkruste, die bis in große Tiefen reichen. Besser konnte es nicht laufen.

„Charon", rief ich aufgeregt, „wir haben es geschafft! Ich rufe jetzt den Scheich an, er soll schon morgen einen Tross mit Bohrgerät schicken."

„Gratulation, mein Schatz", sagte sie lächelnd, „zurzeit hast du eine richtige Glücksphase."

„Ja, jetzt läuft meine positive Serie."

Der Scheich versprach mir, dass am nächsten Tag die Bohrtrupps auf den Weg gebracht werden. Das war Dubai, wichtige Entscheidungen wurden sofort getroffen. Ich erstellte nun einen präzisen Plan, wo gebohrt werden sollte. Ich plante dreißig Bohrungen auf einem Gebiet von rund zehn Quadratkilometern, das entsprach in etwa der Größe der Erdölkaverne. Die geschätzte Menge an Erdöl hatte einen Marktwert von rund 40 Millionen Dollar – pro Tag. In spätestens drei Monaten wird das erste Öl mit hohem Druck aus dem Inneren der Erde strömen. Dazu rechnete ich mit Erdgas ohne Ende.

Die folgende Nacht in der Wüste habe ich nie vergessen. Es war eine helle Vollmondnacht. Wir saßen bis zum Morgen draußen unter dem sternenklaren Himmel. Wir schwebten in einem Rausch von Champagner, Freude, Erfolg und Liebe.

Thailand

Nachdem mit dem Bohren begonnen wurde, flogen wir nach Bangkok. Als wir dort gelandet waren und im Hotel eingecheckt hatten, fuhren wir zum Einkaufen in eine Shopping-Mall. Ich war in einer Stunde fertig, setzte mich in ein Cafe und ließ Charon laufen. Vier Stunden saß ich dort, bis sie mit ihren Einkäufen fertig war.
Sie strahlte glücklich. „Ich habe richtig günstig eingekauft. Es wird alles ins Hotel geliefert."
Am Abend gab es für mich im Hotelzimmer eine private Modenschau. Ich ließ sie wohlwollend über mich ergehen. Vor allem die Bikinis und die Unterwäsche fand ich toll. Mein Schatz hatte sehr gut eingekauft.
Wir blieben noch zwei Tage in Bangkok, machten uns dann auf den Weg in Richtung Süden. Mit einem Mietwagen fuhren wir meist an der Küste entlang. In Ban Phe charterten wir eine Motoryacht und fuhren hinüber zur Insel Ko Samet, auf der Charons Eltern lebten. Wetter und Wasser waren traumhaft. Wir hatten uns telefonisch angekündigt, wurden im Hafen herzlich empfangen. Meine künftigen Schwiegereltern Bobby und Maggie machten auf mich sofort einen sympathischen Eindruck. Maggie und Charon weinten Freudentränen. Wir fuhren mit Bobbys Jeep zum Haus, das nicht weit vom Hafen direkt am Strand lag. Es war im landestypischen Stil gebaut, nicht luxuriös aber sehr luftig und geräumig.
Bobby nahm mich zur Seite und sagte: „David, lass es uns auf der Terrasse gemütlich machen und etwas trinken. Möchtest du ein kaltes deutsches Bier?"
„Sehr gerne", sagte ich, „bei dieser Wärme ist das genau richtig."
Bobby kam direkt zur Sache: „Charon hat mir viel von dir und deiner Arbeit erzählt. Ich habe mich auch intensiv mit diesen Themen beschäftigt und mir in den letzten Tagen im Internet Informationen über dich geholt. Was du herausgefunden hast, ist hochinteressant. Meine Gedanken gehen seit langem in dieselbe Richtung. Glaubst du an Zufälle oder Vorsehung?"
„Ich glaube an gar nichts. Durch die Gespräche mit Charon habe ich bemerkt, dass wir uns begegnen mussten, es eine unausweichliche Zwangsläufigkeit war, die man Vorsehung nennen kann. Aber dahinter steht mehr als dieser Begriff den Menschen bedeutet. Es ist der Druck der Zeit, wenn sie reif ist für bestimmte Dinge, dann geschehen sie auch. Es ist wie bei einem Erdbeben, wenn eine gewisse Spannung erreicht ist, bricht es aus. Und ich bin sicher, nun ist die Zeit reif dafür, dass der Kosmos in der Ewigkeit seines Bestehens seine Geheimnisse preisgeben muss. Die Endlosigkeit von Zeit und Raum bekommt erst dadurch einen Sinn."

Wir saßen eine Weile nachdenklich und still beieinander. Bobby brach das Schweigen: „Reden wir über die Erde. Inzwischen bin ich auch überzeugt davon, dass wir auf einem Wasserstoffballon sitzen. Seit langem wissen die Menschen, dass überall auf der Erde permanent Wasserstoffgase austreten. Das ist nur möglich, wenn dort unten riesige Mengen Wasserstoff sind. Vielleicht habe ich hierzu auf dieser Insel eine interessante Entdeckung gemacht. Du siehst dort draußen den bizarren Felsen und die Hütten rundherum, da sind seltsame Dinge geschehen. Die Einheimischen erzählen, dass dort schon viele Menschen auf mysteriöse Weise ums Leben gekommen sind. Alle Menschen, die dort eine Weile wohnten, wurden nach kurzer Zeit tot aufgefunden. Sie zeigten keinerlei Verletzungen. Die Leute sprachen von einem bösen Geist, der in der Erde wohnt. Neben dem Felsen führt eine Höhle tief in die Erde. Ich kaufte das Grundstück zu einem Spottpreis, weil es niemand haben wollte. Ich habe lange über die Ursache dieses seltsamen Geschehens nachgedacht und fand keine Erklärung dafür. Erst nach der Lektüre deiner Bücher hatte ich eine Idee: Die Menschen sind an giftigem Erdgas gestorben. Ich habe daher ein Gasspürgerät gekauft, um das zu überprüfen."
„Das ist gut, dann lass uns mal den bösen Geist suchen", sagte ich gespannt.
Wir fuhren zu dem merkwürdigen Felsen. An einem Seil ließen wir das Gasspürgerät herunter, denn es führte ein großes Loch etwa vierzig Meter tief ins Gestein. Wir konnten nichts riechen, aber das Gasspürgerät zeigte ganz deutlich an, dass hier Schwefelwasserstoff aus der Erde trat. Und das ist ein hochgiftiges Gas.
Ich lachte: „Bingo! Bobby, nun wirst du bald ein reicher Mann sein, du musst nur noch ein Loch bohren, dann hast du eine unerschöpfliche Erdgasquelle. Das Gas muss nur vom Schwefel befreit werden, dann hast du reinen Wasserstoff."
„Dann kannst du eine reiche Frau heiraten, mein Sohn."
Er hatte gesagt: Mein Sohn. Das tat gut. Nun hatte ich nicht nur eine liebe Frau sondern auch wieder einen Vater, einen guten Freund. Mein Vater verließ mich vor elf Jahren, sein Lebenskampf war damals zu Ende. Mit ihm hatte ich meinen einzigen Freund verloren. Gemeinsam hatten wir vor vielen Jahren begonnen, nach der Wahrheit zu suchen. Nach seinem Tod habe ich nie aufgehört, diesen Weg weiter zu gehen.
„Danke, mein Freund und Vater", sagte ich bewegt.

Gravitation und Geometrie

Später saßen wir gemeinsam mit den Frauen auf der Terrasse, direkt am Strand, das Haus lag in einer ruhigen Bucht. Wir beobachteten still den herrlichen Sonnenuntergang, wie die Sonne scheinbar im Meer versank. Als sie hinter dem

Horizont verschwunden war, sagte Bobby: „David, erzähl mir, wie die Sonne und die Planeten entstanden sind. Charon sagte mir, du hast eine ganz einfache Erklärung dafür."

„Gerne", sagte ich, „das ist wirklich sehr einfach. Für die Entstehung kosmischer Körper gibt es nur ein einziges Prinzip, das immer wieder nach gleichem Muster abläuft: Reiner Wasserstoff kondensiert in den kalten Bereichen des Kosmos vom gasförmigen in den flüssigen Zustand, bildet dabei zwangsläufig kugelförmige Tropfen, die sich miteinander verbinden, permanent wachsen und schließlich eine riesige Kugel bilden. Es geschieht eigentlich nichts anderes als wenn es auf der Erde regnet, nur ungleich heftiger.

Ursache hierfür ist ein zwingendes geometrisches Prinzip. Hier ein Beispiel: Vergleichen wir eine Kugel von einem Meter Durchmesser mit einer Million kleiner Kugeln von je einem Zentimeter Durchmesser, sie besitzen dieselbe Masse und dasselbe Volumen. Aber da gibt es einen gravierenden Unterschied: Die ***Oberflächen*** der Million kleinen Kugeln sind *hundertmal* größer als die Oberfläche der großen Kugel von einem Meter Durchmesser. Aber es wirkt dieselbe Gravitation. Das bedeutet, pro Quadratzentimeter wirkt auf die viel geringere Oberfläche der großen Kugel eine Gravitationsenergie, die hundertmal größer ist. Das ist einfachste Geometrie, sollte jeder Mensch verstehen und nachvollziehen können.

Hieraus erwächst vor allem die klare Gewissheit, dass Gravitation oder Schwerkraft, *keine so genannte Anziehungskraft* ist, die aus dem Inneren einer Masse heraus wirkt. Tatsächlich ist Gravitation eine Energie, die als Feld von ***außen*** auf jede Masse wirkt, ähnlich wie eine Strömung, wie ein stetiger und gleichmäßiger Fluss. Gravitation ist keine Anziehungskraft und sie hat auch nichts mit Elektromagnetismus zu tun. Bislang wurde die Gravitation als eine Kraft definiert, wie sie angeblich von Magneten ausgehen soll, von *innen* aus einer Masse heraus wirkend. Aber selbst Magneten wirken nicht von innen nach außen, und sie wirken keineswegs immer *anziehend*. Jedes Kind weiß doch, dass sich gleiche Pole *abstoßen* und nur ungleiche Pole *anziehen*. Auch hier wirken hier die Energien der *Magnetfelder* und nicht das Eisen der Magneten direkt.

Erinnern wir uns hier an alte Experimente des Otto von Guericke. Er erfand 1649 die Kolbenvakuumluftpumpe und untersuchte die Eigenschaften des Vakuums. In der Öffentlichkeit demonstrierte er die Kraft des Luftdrucks mit spektakulären Experimenten, besonders 1654 auf dem Reichstag zu Regens-burg in Anwesenheit von Kaiser Ferdinand III. Von Guericke hatte im Sommer 1657 zwei große Halbkugeln aus Kupfer, die Magdeburger Halbkugeln, mittels einer Dichtung zusammengelegt und die Luft aus dem Inneren herausgepumpt. Dann wurden vor jede Halbkugel acht Pferde gespannt, die sie auseinander reißen sollten, was aber nicht gelang. Der atmosphärische Druck hielt die Kugel mit großer Energie

zusammen. Als sich die Kugeln wieder mit Luft füllten, fielen sie von selbst auseinander.
Bei einem anderen Versuch hatte Guericke einen Zylinder mit beweglichem Kolben aufstellen lassen. An dem Kolben wurde ein Seil befestigt, welches über ein Gewinde lief und von 50 Männern festgehalten wurde. Als Guericke die Luft aus dem Zylinder absaugte, konnten die Männer den Kolben nicht am Absinken hindern, da der atmosphärische Luftdruck gegen ein Vakuum stärker war. Das war die Erfindung einer starken Hebemaschine. Mit seinen Versuchen hat von Guericke auch die Hypothese des *horror vacui, der Abscheu vor der Leere*, widerlegt, die Jahrhunderte lang für Philosophen und Naturforscher ein Problem war. Er bewies, dass Stoffe nicht vom Vakuum angesaugt werden, sondern vom Umgebungsdruck in das Vakuum gedrückt werden.
Analog dazu lässt sich die Wirkung der Gravitation sehr gut verstehen, denn das Prinzip ist überall dasselbe: Die maßgebende Energie oder Kraft wirkt stets von außen.
Ein zweiter fundamentaler Irrtum der Astrophysik ist, die kosmischen Massen mathematisch als so genannte Punktmassen zu betrachten, denn auf diese Weise lässt man ihre wahren Ausdehnungen und die Geometrie völlig unbeachtet. Die Beachtung der realen Oberflächen und Volumen der Massen sind aber von fundamentaler Bedeutung, wenn wir die Gravitation und den Kosmos begreifen wollen.
Die einfache geometrische Tatsache, dass das Volumen einer Masse in gesetzmäßiger Weise – um eine Potenz – schneller wächst als die Oberfläche, ist der ***Motor***, der automatisch zur Bildung von Sonnen führt. Die Masse wächst mit zunehmender Größe immer schneller, sodass die Entstehung einer Sonne nur kurze Zeit dauert. Bei rund 492.000km Radius stürzt der Wasserstoff schließlich mit Lichtgeschwindigkeit auf den Zentralkörper. Wächst der Radius der Masse weiter bis auf 696.000km – *das entspricht genau der Größe unserer Sonne und jedem anderen Stern* – zerstrahlt sämtlicher noch auf sie einstürzender Wasserstoff schlagartig zu Energie. Es kommt zur explosiven Zerstrahlung der Materie in der Umgebung der Sonne. An der **Oberfläche** und in der Umgebung wirken dabei extrem hohe Temperaturen, und es entsteht durch Kernverschmelzung eine Kruste aus schweren Elementen. Aus dem Inneren strömt Wasserstoffgas permanent nach außen und zerstrahlt zu Energie.
Die Kruste bildet bei unserer Sonne heute eine Schicht von rund hundert Kilometer dickem Plasma, das jedoch zunehmend erkaltet, weil der Nachschub an Wasserstoff aus dem Inneren bald verbraucht ist. Das zeigen uns längst die großen Sonnenflecken, sie sind das sichere Zeichen dafür, dass die Sonne unmittelbar vor ihrem Erlöschen steht. Sie verfügt heute nur noch über den zwanzigtausendsten Teil ihrer Entstehungsmasse, besitzt nur noch einen Bruchteil ihres

ursprünglichen Brennstoffs. Und ihre tatsächliche Masse ist etwa 28.000 mal geringer als es bislang angenommen wird.
Die Konzentration des Wasserstoffs auf eine große Zentralmasse innerhalb einer Wasserstoffwolke hat einen Nebeneffekt: Die Masse und die sie noch weiträumig umgebende Wasserstoffwolke rotieren zunehmend mit hoher Geschwindigkeit. Dabei bilden sich zwangsläufig Nebenwirbel, ähnlich wie innerhalb eines großen Wirbelsturms weitere kleine Wirbelstürme oder Tornados entstehen. In den kosmischen Nebenwirbeln bilden sich daher weitere Wasserstoffkugeln, die späteren Planeten. Sie entstehen stets recht geordnet in ähnlichen Abständen wie in unserem Sonnensystem, folgen einer arithmetischen Reihe.
Die Zündung der Sonne bewirkt auch eine vollkommene Zerstrahlung des sich in ihrer weiteren Umgebung befindlichen Wasserstoffs, es kommt hier ebenso zu Kernfusionen. Innerhalb kurzer Zeit werden dadurch die Oberflächen der umlaufenden Wasserstoffplaneten zu schweren Elementen fusioniert, je nach Entfernung von der Sonne mehr oder weniger. Dieses Bild zeigen auch deutlich die Strukturen der Planeten in unserem System.
Die Erde entstand unter idealen Bedingungen, sie hatte die richtige Entfernung zur Sonne. So konnten große Mengen Wasserstoff zu Sauerstoff fusionieren, eine Voraussetzung für die Bildung von Wasser und Leben.
Auf diese Weise entstehen Sonnen und Planeten stets gleichzeitig. Monde und Satelliten, wie wir sie in großer Zahl in unserem System finden, haben eine andere Geschichte. Unser Mond und einige andere große Satelliten sind als echte Planeten entstanden, der Rest sind Bruchstücke ehemaliger Planeten, die durch Kollisionen zerstört worden sind.
Dies sind durch viele Beobachtungen und daraus hervorgegangene klare Berechnungen bewiesene Tatsachen. Es wurden schon oft so genannte Supernovae, also besonders helle Sterne beobachtet, die urplötzlich dort auftauchten, wo zuvor kein Stern sichtbar war. Aber schon nach wenigen Monaten setzte die ungeheure Anfangsstrahlung schlagartig aus und an derselben Stelle strahlte man nun einen ganz normaler Stern.
Die Plasmarinde an der Sonnenoberfläche sorgt dafür, dass sich die Sonne nicht schon innerhalb weniger Jahre sozusagen selbst komplett zerstrahlt, sondern die Strahlung dosiert nach außen gelangt. Dennoch verbleiben nur wenige Jahrtausende, bis die Strahlung einer Sonne für immer erlischt. Mehr Zeit ist nicht drin. Jedes Sonnensystem hat maximal eine Lebensdauer von rund 10.000 Jahren von der Entstehung bis zum Kältetod. Dies zeigen auch Berechnungen, wie viel Energie tatsächlich von der Sonne abgestrahlt wird."
„Das entspricht dem gesunden Menschenverstand. Doch es wird eine gewaltige Aufgabe sein, die Wissenschaften davon zu überzeugen. Die Astronomen glauben fest daran, Sterne und Planeten bilden sich aus Staub- und Gaswolken, die

sich aus eigener Kraft zusammen ziehen. Und sie glauben, dass die Sonne im Zentrum superheiß ist, und an der Oberfläche relativ kalt."
„Leider ist das so", sagte ich, „bislang geht man davon aus, die Temperatur auf der Sonnenoberfläche betrage rund 6.000 Grad. Damit wäre die Sonne an ihrer Oberfläche nur rund viermal so heiß wie der glühende Stahl in einem irdischen Hochofen. Aber dann gäbe es schon in geringer Entfernung keine Wärmestrahlung mehr, das Licht der Sonnenglut wäre nicht stärker als das eines Sternes in der Nacht. Auf der Erde wäre es stockdunkel und eiskalt, alles wäre ohne Leben, denn die Erde ist rund 150 Millionen Kilometer von der Sonne entfernt.
Diese 6.000 Grad wurden niemals gemessen, sondern vor langer Zeit nach einer willkürlich ausgesuchten Formel berechnet. Dieser Berechnung fehlt aber jede physikalische Grundlage. Sie wurde in die Welt gesetzt, als sich noch niemand vorstellen konnte, dass es Temperaturen jenseits von einigen Tausend Grad geben kann. Zu dieser Zeit gab es nicht einmal Messinstrumente, die auch nur annähernd solche Temperaturen erfassen konnten. Tatsächlich herrschen auf der Sonnenoberfläche Temperaturen von rund 20 Millionen Grad – und sie werden in der so genannten Sonnenkorona, also in der direkten Umgebung der Sonne, auch *gemessen*. Bedenken wir dabei auch: Die Umgebung eines Ofens kann niemals heißer sein als der Ofen selbst.
Die Lebensdauer einer Sonne lässt sich auch recht gut berechnen. Die zu Energie zerstrahlte Masse einer Wasserstoffkugel vom Ausmaß der Sonne reicht demgemäß nicht länger als ein paar Jahrtausende. So ist es physikalisch vollkommen unmöglich, dass Sonnen Millionen oder gar Milliarden Jahre strahlen. Dies wird gut verständlich, wenn wir erkennen, wie viel Energie von der Sonne abgestrahlt wird. Die von ihr angestrahlte Fläche auf der Erde ist nicht mehr als ein verschwindend kleiner Punkt in unserem Sonnensystem. Bezogen auf die Gesamtfläche, die von der Sonne in 150 Millionen Kilometer bestrahlt wird, ist die zur Erde gelangende Energie kaum erwähnenswert. Dennoch ist selbst dieser kleine Teil von ungeheurem Ausmaß. Was man in den Lehrbüchern liest, vermittelt den Eindruck, die Sonne strahle nur in eine Richtung, auf die Erde. Aber der allergrößte Teil der Sonnenenergie strahlt an der Erde vorbei bis weit über das System hinaus. Die Sonne setzt zurzeit noch soviel Energie frei, dass sie damit mehr als fünf Milliarden Erden mit genügend Energie versorgen könnte. Auch hieraus ergibt sich, dass die Lebensdauer jeder Sonne Millionenfach geringer ist als bislang angenommen. Sie beträgt schon aufgrund dieser simplen Überlegungen nicht Milliarden Jahre sondern nur Jahrtausende."

Bobby sah mich nachdenklich an als er sagte: „Auch das klingt zwingend. Noch was zur Entstehung. Ich habe immer daran gezweifelt, dass Staub und Gas sich aus eigener Kraft zusammenballen sollen, und auf diese Weise Sonnen und Pla-

neten entstehen. Wir sehen doch, was passiert, wenn Sandkörner, Gase oder Felsbrocken aufeinander treffen. Da verbindet sich überhaupt nichts, das exakte Gegenteil geschieht. Was klein ist, bleibt klein, was groß ist, wird zerkleinert. Alles strebt auseinander. Ich habe mir mal die gängigen Theorien zur Entstehung von Sonnen und Planeten angesehen. Sie strotzen von Unkenntnis. Allein die Tatsache, dass wir nur viele verschiedene Theorien vorfinden, sagt mir, dass keine einzige in die Nähe der Wahrheit kommt. Sie alle widersprechen zudem den auf der Erde zu beobachtenden physikalischen Grundlagen."
„Genau so ist es. Wichtig ist auch die Erkenntnis, dass es keinen einzigen Stern gibt, der nicht von ähnlichen Planeten begleitet wird, wie unsere Sonne. Ich habe dies schon vor 25 Jahren bewiesen und veröffentlicht, und in den letzten Jahren wurde dies auch durch viel Beobachtungen bestätigt, denn man hat bei den meisten Sonnen in unserer Umgebung Planeten entdeckt. Inzwischen sind es schon einige Hundert, und es werden fast täglich mehr."
„Ich verstehe mehr und mehr. Alles spricht für deine Argumente und Berechnungen. Sie decken sich perfekt mit sämtlichen Beobachtungen der Astronomen. Vor allem wird der gesamte Kosmos damit endlich zu einem vorstellbaren Gebilde, ohne entartete Materie, Schwarze Löcher und Urknall."
„Danke. Ich hoffe nur, dass auch viele andere Menschen diese einfachen Prinzipien verstehen", sagte ich ernst, „aber meine bisherigen Erfahrungen haben gezeigt, dass die meisten Menschen alles, was für sie neu ist, ablehnen. Was sie auswendig gelernt haben oder ihnen eingetrichtert worden ist, verteidigen sie gerne mit aller Kraft wie selbst erlangtes Wissen, wie die Wahrheit. Dies gilt insbesondere für Fachleute. Es hat auch viel mit Gewohnheit zu tun. Man muss den Menschen nur oft genug dasselbe Märchen erzählen, dann halten sie es irgendwann für Realität."
„Da hast du Recht. Dies betrifft auch ein ganz anderes Thema. Sehr interessant fand ich deine Argumente und die einfachen Berechnungen über das Alter der Menschheit. Es ist tatsächlich leicht nachzuvollziehen, dass die Menschheit nicht älter sein kann als ganz wenige Jahrtausende. Bedenken wir, dass heute fast sieben Milliarden Menschen auf der Erde leben, vor hundert Jahren waren es nur rund eine Milliarde und weitere hundert Jahre zuvor nicht mehr als 140 Millionen. Vor 700 Jahren lebten demzufolge gerade mal 100.000 Menschen. Die Zahl mag höher gelegen haben, da die Menschen früher nicht so lange lebten wie heute, aber sie hatten auch viel mehr Kinder. Es gab im späten Mittelalter auch zahlreiche Seuchen, aber im Prinzip kann die Menschheit kaum älter sein als 2.000 Jahre. Schon durch diese einfachen Überlegungen ist Darwin mit seiner Evolutionstheorie erledigt."
„Ja", sagte ich, „hier können wir eher den in der Bibel und anderen alten Schriften beschriebenen Zeiträumen folgen. Wir müssen lediglich rund Tausend Jahre

abziehen, denn die Altersangaben über die biblischen Gestalten wie Noah und Methusalem mit 800 und mehr, waren nicht Jahre sondern Monate. Denn dort im nahen Osten zählte man früher die Zeit in Monaten und nicht in Jahren. Die Moslems richten noch heute ihr Jahr nach dem Lauf des Mondes. Die direkten Vorfahren der jetzt lebenden Menschen, jene, die die Katastrophe überlebt hatten, lebten daher vor rund 1.500 Jahren."

„Ich denke auch so", sagte Charon, „unsere Geschichtsschreibung hat mit der Realität nicht viel zu tun. Aber nun etwas Anderes. Einstein sagte einmal: Gott würfelt nicht, was hältst du davon? Ich finde, entweder gibt es einen Gott oder es wird gewürfelt."

„Diese Weisheit Einsteins liegt voll daneben. Der Kosmos würfelt unentwegt, seit allen Zeiten und für alle Zeiten, ist aber zugleich vollkommen blind wie ein Würfel oder die Kugel bei der Roulette. Der Kosmos ist ein gigantisches endloses Gebilde, in dem über ewige Zeiten ohne Anfang und Ende etwas abläuft, das sich sehr gut mit dem Geschehen bei Glücksspielen vergleichen lässt, deren Verlauf dem so genannten Zufall unterliegen. Hier liegt ein wichtiger Schlüssel zum Verständnis über das gesamte Wirken im Kosmos. Schwarz und Rot bei der Roulette sind wie Plus oder Minus, Eins oder Null, einfacher geht's nicht, lässt sich nicht mehr auf kleinere Teile reduzieren. Es gibt kein halbes Minus oder Plus, kein halbes Atom. Schwarz und Rot sind wie Yin und Yang, erzeugen in jedem Spiel klar erkennbare Verläufe. Dennoch haben sie mit Gesetzen überhaupt nichts zu tun, denn die Natur kennt keine Gesetze, sie folgt der Arithmetik und der Geometrie. Daher sind zum Beispiel bei der Roulette nach einer großen Zahl Würfe recht exakt Serien und so genannte Figuren bestimmter Anordnungen von Schwarz und Rot feststellbar und nach der Wahrscheinlichkeit ihres Erscheinens auch gut berechenbar. Selbst das größte Chaos kann sich nicht beliebig formieren, vollzieht sich zwangsläufig im Rahmen einer Matrix, über ewige Zeiten im endlosen Raum. Der Mensch kann diese Matrix finden – er muss nur danach suchen, sie aufspüren und die Strukturen erkennen."

„Ich verstehe, was du meinst," sagte Charon, „Yin und Yang kennen wir Asiaten gut von Lao-Tse und dem Tao Te King, sie waren auf dem richtigen Weg, steckten aber in einer Sackgasse, konnten das Ziel nicht erreichen, da ihnen die Technik fehlte, über die wir heute verfügen. Seit der Erfindung der Computer ist vielen Menschen gut vertraut, dass sie mit den Begriffen Null und Eins unbegrenzte Möglichkeiten besitzen, eine Matrix zu gestalten, die einer klaren Logik folgt – Computerprogramme, die fast alles können."

„Ja, die grundlegenden Prinzipien der Natur können nur erkannt werden, wenn wir sie auf zwei Möglichkeiten reduzieren, zum Beispiel auch auf Sein oder Nichtsein. Das Nichtsein ist undenkbar, daher ist das Sein zwingend. Das Sein, das Leben ist der Pluspol. Das Nichts ist Negativ wie ein Minuspol. Auch der

elektrische Strom benötigt zwei Pole und fließt stets nur in eine Richtung, wie der stetige Fluss der Zeit in die Zukunft."
Charon schaute mich an: „Dann ist der Kosmos ein großes Casino, in dem ein gigantisches Spiel abläuft."
„Ja. Auch die Menschen versuchen dies instinktiv und immer wieder. Sie gliedern sich seit vielen Jahrhunderten auf in Herrscher, also Kasinobetreiber, die Gewinner und in Sklaven, also Spieler, die Verlierer. In ihrem blinden Wirken richten sie aber gemeinsam alles zugrunde, denn tatsächlich sind hier Herrscher und Sklaven gleichermaßen sinnlose Akteure. In diesem irdischen Spiel findet keine Vermehrung des Nutzbaren statt, sondern stets eine völlig einseitige Verteilung dessen, was vorhanden ist – und das wird immer weniger, weil die Zahl der Menschen und ihre Energieansprüche wachsen und die nutzbare Energie nicht mit wächst.
Daher muss der Mensch lernen, den Lauf der kosmischen Würfel und Kugeln selbst zu bestimmen, ist es unsere Aufgabe, Spieler im eigenen Kasino zu sein, damit die Würfel stets zu unseren Gunsten fallen. In unser irdisches Casino muss daher unaufhörlich Energie fließen, damit alle Beteiligten permanent reicher und damit freier werden."
Wir saßen lange schweigend und schauten aufs Meer und in den klaren Himmel. Die Frauen waren ins Haus gegangen.
„Die Menschen müssen alles daransetzen, die irdischen Energievorräte freizusetzen und Projekte entwickeln, die es ihnen ermöglichen, diesen Planeten bald zu verlassen", sagte ich, „denn auf der Erde wird ein dauerhaftes Überleben der Menschheit nicht möglich sein, da hier schon recht bald das Licht ausgeht und Schluss sein wird. Und es wird sehr plötzlich zu Ende sein mit der Sonne, in naher Zukunft wird sie fast schlagartig ihre Strahlung komplett einstellen, und es wird grausam. Dann erscheint sie wie ein *Schwarzes Loch* am Sternenhimmel. Menschen werden dieses Schwarze Loch vielleicht nicht mehr sehen können, weil sie längst dem Kältetod erlegen sind. Es sei denn, sie verkriechen sich in die Erde und versorgen sich mit Energie aus Kohle oder Erdgas.
Der Kosmos ist übersäht von unzähligen dunklen, erloschenen Sonnen mit ebenso unzähligen leblosen, kalten Eisplaneten. Es sind längst schon in unserer Umgebung viele Tausend davon entdeckt worden, aber sie konnten bislang von den Astrophysikern nicht als solche erkannt werden. Aber es wird schon lange von unerklärlich viel dunkler Materie in unserer Galaxie gesprochen, sie macht rund zehnmal mehr aus als die sichtbaren leuchtenden Massen. Diese unsichtbare Materie sind die Unmengen bereits erloschener Sonnensysteme in unserer und anderen Galaxien. Sonnen strahlen lediglich eine Reihe von Jahrtausenden, dann ist ihre Energiequelle, der Wasserstoff in ihrem Inneren, verbraucht, umgesetzt in Strahlungsenergie. Übrig bleiben dunkle Sonnen, hohl und kalt, sie besitzen

noch eine Restmasse, werden von kalten und toten Planeten umrundet, beanspruchen denselben Raum wie vorher. Der allergrößte Teil ihrer ehemaligen Massen hat sich in Form von Energie in der Weite des Raumes verteilt, dient dort wieder der Bildung neuer Materie, neuer Sonnensysteme."
„Und was ist mit dem Urknall?"
„Bobby, in der Zeit der Relativitätstheorien Albert Einsteins entstand die Idee, der Kosmos, müsse instabil sein, wenn er sich nicht ausdehnen oder zusammenziehen würde. Also begann man nach entsprechenden Anzeichen zu suchen. Der Astronom Edwin Hubble stellte später Verschiebungen der Spektrallinien im langwelligen, roten Licht von Galaxien fest. Man deutete dies im Sinne der Theorien Einsteins und glaubte, nun einen Beweis dafür gefunden zu haben, dass sich der Kosmos stetig ausdehne.
Die zweite, tatsächlich zwingend richtige Erklärung, dass die Verschiebung der Spektrallinien in den langwelligen, roten Bereich der Lichtwellen auf eine Abnahme der Lichtintensität zurückzuführen ist, wurde zwar erörtert, schließlich aber von den Urknallfanatikern übertönt. Auch die Religionen waren damit zufrieden, da sie in dieser physikalischen Theorie die Bestätigung für einen einzigen Schöpfungsakt erkennen konnten, der Urknall war die Bestätigung für die Singularität, für **den** Gott, der alles aus dem Nichts geschaffen hat.
Das tatsächliche Geschehen wurde ignoriert: Lichtwellen, die lange, also zur Farbe Rot verschobene Frequenzen aufweisen, zeigen stets, dass sie aus großer Entfernung zu uns gelangen. Mehr Rot gleich größere Entfernung. Daraus kann kein sachlicher Naturbetrachter erkennen, dass dies auf eine Fluchtbewegung hindeutet. Werfe einen Stein ins Wasser und betrachte den Verlauf der Wellen, dann siehst du, dass die Wellenfrequenz, also die Abstände der Wellenberge und Wellentäler, sich mit zunehmender Entfernung vom Zentrum vergrößern und flacher werden, sie werden sozusagen Rot. Licht von Sternen, das sich langwellig zeigt, ist daher ein klarer Beweis, dass sich diese Sterne in großer räumlicher Entfernung von uns befinden – ebenso weist das hin auf eine große zeitliche Entfernung von uns Beobachtern. Hier verschwimmen Raum und Zeit.
Besiegelt wurde dieser schwere Irrtum 1978 schließlich durch die Verleihung eines Nobelpreises an die Amerikaner Arnhold Penzias und Robert Wilson, die 1965 die so genannte kosmische Hintergrundstrahlung entdeckten. Sie maßen in allen Richtungen eine gleichmäßige Temperatur des kosmischen Raumes von 2,7 Grad Kelvin.
Doch daraus kann niemand auf eine Expansion des Kosmos schließen, denn tatsächlich trifft das Gegenteil zu. Hätte es einen Urknall gegeben, müsste der Ort exakt lokalisierbar sein, da die Verteilung der Temperatur nach einer Explosion stets dem Prinzip folgt, dass sie im Zentrum am höchsten ist, und in gesetzmäßiger Weise nach außen hin abnimmt. Dasselbe gilt für die Geschwindigkeiten.

Sie müssten – ganz im Gegensatz zu den bestehenden Theorien – nach außen hin abnehmen, da der ursächlichen, explosionsartigen Beschleunigung eine Vergrößerung des beanspruchten Raumvolumens folgt. Eine fast vollkommen gleichmäßige Verteilung der Temperatur im Kosmos ist der allerbeste Beweis für einen ewig existierenden, endlosen Kosmos. Und noch eins: Warum dehnt sich der Kosmos nur aus der Sicht der Erde in alle Richtungen aus? Klare Antwort: Weil der Urknall auf der Erde erfunden wurde. Wir erkennen daran, jede falsche Theorie widerlegt sich selbst auf einfachste Art."
„Das ist zwingend klar", sagte Bobby, „aber was ist los am Himmel?"
"Was wir am Sternenhimmel sehen, entspricht in keiner Weise der Realität, sondern ergibt sich lediglich aus dem Standort unserer Beobachtungen. Sämtliche Sterne und Galaxien, die wir sehen können, bewegen sich mit sehr großen Geschwindigkeiten von einigen Hundert Kilometern pro Sekunde. Da auch das Licht vieler Sterne Jahrhunderte oder gar Jahrtausende benötigt, um zu uns zu gelangen, können wir gewiss sein, dass sich kein einziger Stern dort befindet, wo wir ihn gerade sehen. Dazu kommt, dass das Licht der Sterne und Galaxien niemals geradlinig zu uns gelangt, sondern durch unterschiedlich starke Gravitationsfelder, die es auf dem Weg zu uns durchquert, vielfach abgelenkt wird. Wir können zudem sicher sein, dass sämtliche Sterne, die mehr als 10.000 Lichtjahre von uns entfernt sind, nicht mehr leuchten, da sie längst ihren gesamten Wasserstoff zerstrahlt haben. Jeder Stern bleibt dennoch nach seinem Erlöschen Teil der Galaxie, in der er entstanden ist – zusammen mit den ihn umlaufenden Planeten. Und tatsächlich sind diese erloschenen Sterne längst massenweise lokalisiert worden."
„David, ich habe hier einige Artikel aus dem Internet, die über das Rätsel der dunklen Massen berichten:

Dunkle Materie ist überall, sie ist in den Weiten fremder Galaxien und in der unmittelbaren Nachbarschaft unseres Sonnensystems.
Doch was ist Dunkle Materie? Noch bis vor 30 Jahren ging man davon aus, dass sich der wesentliche Teil der Masse einer Spiralgalaxie innerhalb ihres optisch sichtbaren Bereichs befinden würde – sprich: in Form von Sternen. Dennoch konnten aufgrund dieser Annahme Rotationsbewegungen der Galaxien nicht erklärt werden. Schließlich veröffentlichte Ken Freeman von der Australian National University 1970 eine Studie über Spiralgalaxien, in der er darauf hinwies, dass in diesen Objekten unsichtbare Materie von beträchtlicher Masse, vergleichbar der Masse der sichtbaren Materie, vorhanden sein muss. Es muss sie also geben, die Dunkle Materie, sonst lassen sich Beobachtungen an Galaxien und Sternbewegungen schlicht nicht erklären.
Verborgene Masse hält Planetensysteme zusammen. Unser Sonnensystem rast

mit 22 Kilometer pro Sekunde um das Zentrum der Milchstraße. Bei einer derartigen Drehgeschwindigkeit müsste unser Planetensystem aus dem Zentrum herausschleudern, wie ein Auto, das mit überhöhter Geschwindigkeit in eine Straßenkurve rast. Dass dies nicht der Fall ist, kann nur durch die Kraft der Massenanziehung der Milchstraße erklärt werden. Hier aber taucht die Schwierigkeit auf, dass einfach nicht genug Materie auffindbar ist, die dieser gewaltigen Fliehkraft Paroli bieten kann. Es muss also noch eine andere Form von Materie da sein – die Dunkle Materie. Dunkel, weil sie offensichtlich nicht leuchtet und auch kein Gasstaub ist und sich allen direkten Beobachtungen bisher entzogen hat.

Neues Licht auf Dunkle Materie –
Neueste Erkenntnisse über Schwarze Löcher.
Die geheimnisvolle Dunkle Materie des Universums weist eine ähnliche Verteilung auf wie die sichtbare Materie. Zu diesem Ergebnis kommt eine groß angelegte Durchmusterung des Himmels, die australische, britische und amerikanische Wissenschaftler durchgeführt haben. Zudem erlauben die Ergebnisse Rückschlüsse auf das künftige Schicksal des Universums.

Schluss auf die Verteilung der Dunklen Materie.
Licia Verde von der Rutgers University in New Brunswick, New Jersey, und ihre Kollegen nutzten das 3,9-Meter-Teleskop am australischen Anglo-Australian Observatory, um die räumliche Verteilung von über 200.000 Galaxien mit bisher unerreichter Genauigkeit zu ermitteln. Da die Verteilung der Galaxien von der Schwerkraft der Dunklen Materie beeinflusst wird, konnten sie nun umgekehrt auf die räumliche Verteilung dieses unsichtbaren Materials schließen.

Wie ein Christbaum.
Verde vergleicht die Situation mit dem Anblick eines erleuchteten Christbaums bei Nacht: Man sehe lediglich die Kerzen, nicht jedoch den Baum. Dank ausgefeilter Computeranalysen hätten die Astronomen nun aber Form und Größe des Baumes berechnen können. Es zeigte sich, dass dunkle und sichtbare Materie sich in ihrer räumlichen Anordnung verblüffend ähneln – zumindest im großräumigen Maßstab. Kollegen kommen auf ein ähnliches Ergebnis. Zu ähnlichen Ergebnissen kommt eine zweite Forschergruppe um Ofer Lahav von der Universität Cambridge. Diese Gruppe ging ebenfalls von den neuen Daten über die Verteilung der sichtbaren Materie aus. Diese setzten sie jedoch in Verbindung mit Messungen der kosmischen Hintergrundstrahlung – gewissermaßen dem Nachhall des Urknalls. „Aus dem Verklumpungsgrad der Dunklen Materie können wir nun auch auf deren Masse schließen“, so Licia Verde, „sie

beträgt etwa das Siebenfache der Masse der normalen Materie." Das Vierfache sei jedoch nötig, um die Expansion des Universums irgendwann zum Stillstand zu bringen.
Soweit diese Berichte, die uns die Ratlosigkeit der offiziellen Theorien zeigen."
„Ja", sagte ich, „zwischen den leuchtenden Objekten befinden sich jede Menge erloschene Sonnensysteme, die wir nicht mehr sehen können. Das Rätsel besteht auch, weil das Alter der einzelnen Sonnen völlig falsch eingeschätzt wird. Bislang nimmt man an, sämtliche Galaxien und alle Sonnen einer Galaxie seien etwa gleichzeitig entstanden und leuchten gemeinsam über Milliarden Jahre. Doch kein einziges Sonnensystem leuchtet über so lange Zeit. Nur Galaxien können Millionen Jahre alt werden, enthalten dann aber überwiegend tote, dunkle, erloschene Sonnen. Damit haben wir auch die Lösung für die vielen verschiedenen Formen der sichtbaren Galaxien, sie erklären sich aus dem jeweiligen Alter.
In die Theorien über das Alter des Kosmos spielt auch Charles Darwin hinein. Seine Evolutionstheorie benötigt eine endlose Reihe von Mutationen. Um sie glaubhaft zu machen, wurde ein Katalog aufgestellt, der Zeiträume von über vier Milliarden Jahren umfasst. Daraus entwickelte sich die Frage, wie alt der Kosmos sei, denn er musste älter sein als die Erde. Dasselbe galt nun für die Sonne. Beim Alter des Weltalls sind die Theoretiker inzwischen bei rund 13 Milliarden Jahren angekommen. Das vermutete Alter des Kosmos steigerte sich permanent mit der Verbesserung der Beobachtungsinstrumente. Eine solche Forschung kann ohne Ende betrieben werden – denn der Kosmos ist endlos in Raum und Zeit. Dies zeigt sich sehr schön in einer Beobachtungsserie mit dem um die Erde kreisenden Hubble-Teleskop. Man richtete es auf einen festen Punkt im All und belichtete ihn in 320 aufeinander folgenden Schritten immer wieder. Zum Erstaunen der Astronomen tauchten im Bereich dieses Himmelspunktes mit zunehmender Zeit immer mehr Galaxien auf. Den bestehenden Theorien zufolge müsste aber mit zunehmender Belichtungszeit die Zahl der Objekte geringer werden, und irgendwann sollte man zwischen den Galaxien ins Leere blicken, in die unendliche Schwärze eines leeren Raumes. Damit haben sich auch diese Theorien selbst widerlegt.
Zu dieser Erkenntnis können wir auch ohne riesigen technischen Aufwand gelangen. Leg dich in einer klaren Sternennacht, weitab von den Lichtern der Großstädte, an Bord eines Schiffes, in den Bergen, am Strand oder auf dem flachen Land auf den Rücken und schau eine zeitlang in den Himmel. Schon nach wenigen Minuten siehst du dort oben ein unermessliches Lichtermeer. Mit jeder weiteren Sekunde füllt sich der zunächst dunkle Himmel zu einer ungeheuer beeindruckenden Lichtsphäre – er erstrahlt schließlich fast in Weiß. Die Zahl der wahrgenommenen kosmischen Lichter nimmt unaufhörlich zu, denn deine Augen empfangen dann das Licht von Milliarden Sternen und Galaxien."

Bobby nickte: „Mein Sohn, dieses Erlebnis hatte ich schon oft, wenn ich nachts hier draußen am Meer sitze und lange zum Himmel schaue. Bislang hatte ich aber keine klare Vorstellung, was sich dort oben abspielt, denn die wissenschaftlichen Theorien über den Kosmos, denen ich früher vertraute, sind verwirrend."
Wir tranken, schauten aufs Meer und in den Himmel, genossen den ruhigen Abend. Der Mond stieg aus dem Meer, es sah fast aus wie ein Sonnenaufgang, so hell strahlte unser Trabant in diesen Breitengraden.
Bobby fragte: „Was sagst du zur heutigen Raumfahrt?"
„Was derzeit in der Raumfahrt geschieht, ist die Weiterentwicklung des Bombentransports durch Raketen. Zunächst ging es darum, Raketen, die Bomben trugen, auf Feinde zu *schießen*. Auf dieselbe Weise schickt man noch heute Raumfahrzeuge in den Orbit, indem man sie mit enormen Beschleunigungen nach oben jagt. Auch bemannte Raketen werden wie Silvesterraketen hochgeschossen, um sie später wieder auf die Erde herunterfallen zu lassen.
Die Raumfahrt wurde von Anfang an falsch angegangen. Immer noch setzt man irrsinnige Beschleunigungen ein, obwohl dies nicht notwendig ist. Alle Programme basieren auf Newtons Theorien, in denen die Gravitation als eine beschleunigende Kraft definiert wurde. In der Atmosphäre ist es aber völlig unwichtig, mit welcher Beschleunigung ein Luftschiff in den Orbit gelangt, allein entscheidend ist seine Endgeschwindigkeit. Das Hinauf schießen ist daher ebenso unnötig, wie das Herunterfallen. Herkömmliche Raketen werden meist aus einer Kombination von Feststoffantrieben und Wasserstoff-Sauerstoff-Antrieben in den Orbit gejagt. Die Feststoffraketen gleichen unseren Silvesterraketen, neigen oft dazu, unkontrolliert zu explodieren.
Ich halte die von mir entwickelte Vakuumtechnik für den richtigen Weg. Hier wird die Luft aus riesigen Karbonkugeln herausgepumpt, wodurch das Fluggerät schwerelos wird und mit großen Lasten ohne Antrieb bis in die Stratosphäre aufsteigen kann. Hört sich zunächst sicher verrückt an, dennoch liegt hier die Zukunft der Langstreckenflüge und der Raumfahrt. Und es gibt einen viel besseren Weg zum Antrieb: *Wasserdampf*. Wir heizen auf der Erde einfaches Wasser auf rund 1.000 Grad Celsius. Das Wasser befindet sich in kugelförmigen Druckbehältern, und die Fluggeräte sind rundherum mit einfachen Leitungen und Rückstoßdüsen ausgestattet. Im extrem heißen Wasser können wir ohne großen technischen Aufwand jede Menge Energie speichern. Solche Fluggeräte können sich überall auf die gleiche Weise bewegen, egal ob in der Atmosphäre, im Orbit oder weit draußen in anderen Systemen.
Aus den Antriebsdüsen strömt dann lediglich heißer Wasserdampf, die Umweltbelastung ist gleich Null. Bei Unfällen kann nichts explodieren, weil Wasser nicht brennen kann. Zudem lassen sich Dampfdüsen beliebig platzieren, einfach steuern, lenken und dosieren. Es kann auch niemals zu Triebwerksschäden kom-

men. Insgesamt ist der Dampfantrieb erheblich einfacher, Billiger, leiser und fast wartungsfrei. Für Flüge in der Atmosphäre haben die Fluggeräte die Form eines Diskus.
Mit Heißdampf können wir recht einfach in eine Erdumlaufbahn und darüber hinaus gelangen. Wenn wir es schnell haben wollen, starten wir eine diskusförmige Raumfähre per Dampfschlitten, ähnlich wie auf Flugzeugträgern. Die Geschwindigkeit muss sich danach nicht schneller steigern als um rund zehn Meter pro Sekunde, weil dies der irdischen Gravitation entspricht und für die Passagiere keine Belastung darstellt. Schon nach rund dreizehn Minuten stetiger Beschleunigung haben wir eine Umlaufbahn erreicht, kreisen schwerelos ohne weiteren Antrieb beliebig oft rund um die Erde. Wenn wir genug davon haben, ist es kein Problem, nach einigen Erdumrundungen an einem beliebigen Ort zu landen. Start und Landung unterscheiden sich lediglich durch die Richtung des Rückstoßes unseres Dampfantriebs. Unser Raumfahrzeug landet völlig kontrolliert, elegant wie ein normales Flugzeug.
Im Grunde ist das alles einfach zu handhaben, die technischen Möglichkeiten sind längst vorhanden. Wir müssen nur der Natur, der Technik und ihren klaren Prinzipien folgen, sie konsequent zu unserem Vorteil nutzen.
Vieles, was heute in punkto Fortbewegung und Transport veranstaltet wird, ist längst total veraltet. Ein äußerst negatives Beispiel hierfür ist der Schienenverkehr. Da werden oft Hunderte Tonnen schwere und teure Züge unter riesigem Energieeinsatz in Bewegung gesetzt, um ein paar Menschen mit einem Gewicht von einigen Hundert Kilogramm von A nach B zu befördern. Solche Systeme arbeiten so unwirtschaftlich wie die Stromerzeugung mittels Windmühlen. Dennoch werden in sie weiterhin riesige Energien investiert. Die moderne deutsche Magnetbahn Transrapid hat dagegen offenbar keine Zukunft, obwohl sie seit zehn Jahren einsatzbereit ist – man bleibt lieber bei der bald 200 Jahre alten so schön nostalgischen Eisenbahn. Man hält gerne an altmodischen Systemen fest, weil an ihnen gut verdient wird – und sei es durch Subventionen. Leider verunglückte der Transrapid nur wenige Hundert Meter von meinem Haus entfernt, aber nicht, weil es ein schlechtes System ist, sondern die Betreiber am falschen Ende gespart und einige Leute geschlafen haben.
Vor über hundert Jahren wurden die Weichen gestellt für die Verbrennungsmotoren als Antrieb für Automobile. Zur selben Zeit wurden dampfgetriebene Autos entwickelt. Sie waren schnell, sauber, wirtschaftlich und leise. Doch das hielt man damals für Teufelszeug, für eine Gefahr, weil man sie nicht hören konnte, und daher wurden diese Autos verboten. Stattdessen wurden die lauten Stinker forciert. Nun geht die Entwicklung in Richtung Elektroauto – wieder ein falscher Weg.
Ähnliche Fehlentwicklungen gab und gibt es in der Flugzeugtechnik. Flugzeuge

haben immer noch zu viel Ähnlichkeit mit Vögeln. Und unsere Raketen sind fliegende Bomben. Erst heute beginnt man langsam umzudenken. Die NASA hat kürzlich dazu aufgerufen, für die Fliegerei völlig neue Wege zu suchen.
Unsere Gesellschaft leidet darunter, zu lange an alten Systemen und Strukturen hängen zu bleiben, das gilt insbesondere für Politik und Wirtschaft, aber oft genug auch für die Technik. Niemand versteht, dass unsere Zeit unerbittlich voranschreitet, sich dem Ende zuneigt und daher stetig nach modernster Technik verlangt, sie ist notwendig, wenn wir überleben wollen.“

Erdgas

Am nächsten Tag nahm Bobby Kontakt auf mit einer Bohrfirma. In zwei Tagen wollte man mit leichtem Bohrgerät anrücken. Es sollte ein LKW sein, der mit einem Gerät ausgestattet ist, das für Grundwasserbohrungen bis in 200 Meter Tiefe ausgelegt war. Wir waren alle sehr gespannt auf das Ergebnis.
Bei 120 Meter Bohrtiefe passierte es, Wasser schoss in einer hohen Fontaine aus dem Bohrloch. Nach einigen Minuten versiegte der Wasserstrom, wir hörten ein lautes Blasen. Tatsächlich strömte nun Gas unter hohem Druck aus dem Bohrloch. Sofort schlossen die Männer das Bohrloch, es wurde wieder ruhig.
„Glückwunsch Bobby, du hast es geschafft“, rief ich, „jetzt kannst du die ganze Insel mit Energie versorgen.“
„Das werde ich tun, ich schenke den armen Bewohnern Energie, damit sparen sie Geld, können kochen und ihre Häuser klimatisieren. Verdienen kann ich später durch eine Erdgastankstelle. Danke, ohne dich wäre ich nicht auf die Idee gekommen, hier zu bohren.“
Ich war zufrieden. Der Weg, den ich gegangen bin, war sehr lang, aber er war richtig. Nun war ich dabei, die Früchte einer 25-jährigen Arbeit zu ernten.
Charon umarmte mich und strahlte: „Mein Schatz, wir kennen uns erst kurze Zeit, aber mein Leben hat sich total verändert. Ich bin unendlich glücklich mit dir.“
„Lass uns jetzt ein paar Tage entspannen. Wir fahren morgen mit der Yacht raus aufs Meer und fischen. Nächste Woche müssen wir nach Berlin.“

Raum und Zeit

Wir fuhren zusammen mit Bobby und Maggie einige Meilen weit hinaus aufs Meer. Bobby kannte sich gut aus, wusste wo die Fische beißen. Alle waren glücklich, tranken Wein und aßen frischen Seefisch. Auch hier entwickelte sich wieder ein interessantes Gespräch. Bobby sagte: „Ich habe mir viele Gedanken über den Raum und die Zeit gemacht. Sind sie endlich oder unendlich? Eigentlich gilt doch beides.“

„Ja, das sehe ich genauso. Der Kosmos an sich ist unendlich in Zeit und Raum. Doch jede an Materie gebundene Existenz ist endlich, geht nur von der Geburt bis zum Tod, das gilt für Galaxien, Sonnen, Planeten, Menschen und alles, was lebt. Menschen haben als Individuum nur Jahrzehnte und als Art wenige Jahrtausende Zeit, ihr Ding zu machen. Allein der Kosmos insgesamt ist von diesem Geschehen ausgeschlossen – er existiert schon immer und wird für immer bestehen bleiben. Die Existenz des Kosmos ist aber daran gebunden, dass er bewusst wahrgenommen wird, ohne Mensch ist der Kosmos zeitlos und tot.
Dann stehen wir vor dem sicheren Ende, wenn nicht sofort damit begonnen wird, unsere starren altmodischen Systeme aufzubrechen, denn sie funktionieren nicht, sie führen stets in neue Katastrophen. Die Menschen haben nur noch sehr wenig Zeit, die wahre Welt zu erkennen und ihre Aufgaben zu erledigen. Wir werden uns eine eigene Welt bauen müssen, denn unsere Sonne und die Erde sind längst nicht genug.
Die gesellschaftliche und wissenschaftliche Matrix, in der wir seit langem leben hält uns gefangen, sie folgt nicht den Prinzipen der Arithmetik, führt daher in den sicheren Untergang. Fast alles ist inzwischen geregelt und geordnet. Der einzelne Mensch ist längst ein statistischer Begriff geworden, sorgfältig von Theoretikern in Kästchen eingeordnet, gegen alles versichert, was an Risiken denkbar ist. Alles läuft ab wie eine riesengroße mechanische Uhr, in der jeder Mensch ein kleines Rädchen darstellt, das jederzeit ausgetauscht werden kann. Aber diese Uhr kommt bald zum Stillstand. Die Menschheit wird sich zugrunde richten an dem Versuch, die Welt zu verwalten, alles durch Gesetze zu regeln, während die Erde vertrocknet und gefriert. Die Welt ist kein Geschäft, die Menschen sind kein Material, keine Maschinen. Geld ohne entsprechende Mengen an Energie ist sinnlos und der Zins wirkt immer zerstörerisch. Noch immer dominiert die mittelalterliche Matrix der Gewalt, und die daraus entstandenen gesellschaftlichen Systeme beherrschen das Geschehen. Mithilfe technischer Errungenschaften wie die Elektronik wird das entstandene Elend heute fast perfekt verwaltet. Die moderne Technik wird dazu missbraucht, das Leben der Menschen immer mehr zu verwalten und damit zu vergewaltigen. Bei genauer Betrachtung ist alles von Verzweiflung gekennzeichnet, das zeigt die große Krise, die wir zurzeit erleben."

Kapital, Macht und Wissen

Am nächsten Morgen machten wir uns auf den Weg. Wir fuhren mit der Motoryacht einige Tage entlang der Küste, ankerten in malerischen Buchten. Von Bangkok aus flogen wir direkt nach Berlin. Während der Reise unterhielten wir uns immer wieder angeregt über die großen Probleme auf unserem Planeten.

Hauptthema waren die alles beherrschenden Systeme des Kapitals, der Macht und des Wissens.
Charon sagte traurig: „Ich habe dir davon erzählt, dass ich von der Uni geflogen bin, weil ich die Theorien der Lehrmeister anzweifelte. Dabei war nur ein Professor auf meiner Seite. In einem persönlichen Gespräch vertraute er mir an, dass es sinnlos sei, gegen die verknöcherten Strukturen unseres Wissenssystems anzugehen. Es gehe hier nicht um die echte Wahrheit, sondern um die stetige Verfestigung einer relativen Wahrheit, die den Obrigkeiten Nutzen bringt und das System schützt. Daher hatte er längst aufgegeben, dagegen zu kämpfen, ihm fehle inzwischen die Kraft. Aber er machte mir Mut, er sagte, ich sei noch jung genug, und wenn die Welt gerecht ist, werde ich eines Tages den Weg zur Wahrheit finden. Ich solle nur niemals aufgeben, nach ihr zu suchen. Er sagte auch, dass es sinnlos sei, ein System von innen zu bekämpfen, das könne nur funktionieren, wenn das Volk draußen aufgeklärt wird und dadurch das System seine Machtstellung aufgibt und sich neu an der Realität orientiert."
„Da hat dein Professor recht", sagte ich, „aber du siehst, wenn es denen da oben selbst an den Kragen geht, kommen sie gekrochen. Und dem Volk werden sie später erklären, dass sie nicht für die Fehler und das Elend verantwortlich sind."

Berlin

In Berlin angekommen, checkten wir im Hotel Adlon Kempinski ein. Am nächsten Abend sollte das Treffen stattfinden. Wir gingen ins Adlon Day Spa und schwelgten im römisch-mediterranen Pool eine Zeit lang. Es folgte ein ausgedehnter Stadtbummel. Charon zeigte mir, wo sie während ihres Studiums am Prenzlauer Berg gewohnt hatte. Wir schauten uns unsanierte Hinterhöfe mit bröckligem Charme an und staunten desgleichen über die aufwändigen Modernisierungen. Im Scheunenviertel und in der Spandauer Vorstadt holten wir uns einen Eindruck von der Kunst in der hitzigen Metropole. In einem Atelier fanden wir zwei elegante Ringe, die so außergewöhnlich und einzigartig waren, wie unsere Beziehung. Mit den Schmuckstücken an den Händen gingen wir dann über die Spreeuferpromenaden, passierten das Brandenburger Tor und standen vor unserem Hotel. Während unseres Spaziergangs konnte ich die schönen Seiten dieser Großstadt erfahren. 35% des Berliner Stadtgebiets sind Wälder und Grünflächen, 7% sind von Wasser bedeckt. Charon kannte sich gut aus – scheinbar hatte sie schon immer eine Affinität, das Helle im Dunkel zu entdecken.

Zwölf Apostel

Am nächsten Morgen wurde von einem Pagen in einen der 17 Konferenzräume des Adlon geführt. Zwölf Männer saßen an einem großen runden Tisch. Es waren Spezialisten aus politischen, ökonomischen und wissenschaftlichen Bereichen. Unwillkürlich dachte ich an die Zwölf Apostel. Wir begrüßten uns höflich.
Der Ökonom übernahm das Wort: „Wir stecken nun endgültig in einer fundamentalen Weltkrise. Die Zahl der Menschen wächst, bald haben wir eine Bevölkerung von sieben Milliarden erreicht, auf der Erde bewegen sich heute rund 600 Millionen Autos, Flugzeuge, Schiffe und bald sieben Milliarden Menschen. All diese Zahlen steigen unaufhaltsam. Viele Länder produzieren seit Jahren zunehmend so genannte Biotreibstoffe aus Getreide und anderen Pflanzen. Inzwischen hat das zur Explosion der Preise für Nahrungsmittel geführt. Finanzen, Nahrung, Energie und Klima sind die Themen der Zeit. Längst schlagen sich die ersten Menschen in Afrika, Asien und Südamerika tot, weil sie die hohen Preise für einfachste Nahrungsmittel nicht mehr bezahlen können. Solarkollektoren, Windmühlen und Biodiesel sind keine Lösungen, sondern sie beschleunigen den Weg in den Untergang. Wir stecken mitten in einer unermesslichen Finanzkatastrophe, der bald eine noch schlimmere Energiekrise folgen wird. Ich hoffe, wir werden heute gemeinsam eine Lösung aus diesem Dilemma finden."
Ich meldete mich: „Ich denke ja. Tatsächlich gibt es überhaupt kein Energieproblem, sondern nur ein massives Wissensdefizit in den Naturwissenschaften, weil die Struktur der Erde grundsätzlich falsch eingeschätzt wird. Insbesondere in Deutschland können wir durch gezielte Tiefbohrungen unermesslich große Mengen Erdgas und Erdöl fördern, besser noch als Russland, Holland, England und Norwegen. Deutschland kauft dort teure Energie, beschäftigt sich intensiv mit lächerlichen Windmühlen, mit denen jedes Jahr fast drei Milliarden Euro an Subventionen verpulvert werden. Auf diese Weise wird nicht Energie erzeugt, sondern systematisch vernichtet. Ähnliches geschieht in Sachen Kohle, Biodiesel und Biogas. Riesige Flächen werden inzwischen mit allerhand Grünzeug bepflanzt, das dann zu Öl und Gas verarbeitet und anschließend in unseren Automobilen oder sonst wo verbrannt wird, damit wir uns bewegen und Wärme erzeugen können. Es werden Pipelines für den Transport von Gas und Öl rund um den Globus gebaut, die längste misst 12.000 Kilometer. Die Probleme des internationalen Gastransport erleben wir immer wieder, wie die ständigen Streitereien zwischen Russland und der Ukraine zeigen.
Am Ende der heutigen deutschen Energiepolitik steht folgende Situation: Wir schließen die Kernkraftwerke, lassen teure Kraftstoffe auf den Äckern wachsen, subventionieren diesen Unsinn – und unsere Nahrungsmittel kaufen wir in Russland ein. All dieses Geschehen wird geleitet von Verzweiflung. Das alles

ist Wahnsinn, denn nur wenige Kilometer unter der Erdoberfläche schlummern unermessliche Mengen Erdgas und Erdöl.
Das Problem ist tief verwurzelt, es liegt in den falschen Vorstellungen der Menschen über die Struktur der Erde und die Entstehung von Erdöl und Erdgas. Vor über dreihundert Jahren machten sich Menschen erstmalig Gedanken darüber, wie die Masse der Erde aufgebaut ist. Da die Erdoberfläche offensichtlich fest ist, ging man davon aus, die Erde sei ein weitgehend fester Körper. Auch war der Erdmagnetismus bekannt. Daraus schloss man, die Erde sei ein massiver Steinklotz, in dessen Zentrum ein Eisenkern sitze.
Über die Entstehung von Planeten und Sonnen machte sich damals niemand Gedanken, das war Gottes Sache. Aber zu dieser Zeit war keine andere Theorie möglich, die meisten Elemente waren völlig unbekannt, insbesondere Wasserstoff, und es gab keinerlei Technik, keine Messinstrumente.
Inzwischen ist längst bekannt, dass der Kosmos fast vollständig aus Wasserstoff besteht, und ich konnte beweisen, dass Sonnen und Planeten zunächst nur aus Wasserstoff entstehen und sich die planetarischen Rinden durch einen Fusionsprozess bilden. Ohne jeden Zweifel befindet sich daher bei fast allen Planeten, einschließlich unserer Erde, unterhalb ihrer festen Krusten massenweise Wasserstoff und Kohlenwasserstoff. Diese zu erschließen ist nun unsere Aufgabe und mit der heutigen Technik kein Problem. Der Zugang ist besonders in der Norddeutschen Tiefebene recht einfach; mir sind die günstigsten Orte bekannt. Wir sind daher im Besitz der perfekten Lösung des Energieproblems, womit automatisch alle finanziellen Probleme gelöst werden. Wir müssen lediglich unsere Bohrlöcher an geeigneten Stellen ein paar Kilometer tiefer in die Erde treiben als bislang üblich, dann stoßen wir rund um den Globus auf unerschöpfliche Mengen Erdgas und Erdöl. Die Erde ist gefüllt davon."
„Woher haben Sie Ihre die Kenntnisse über die Struktur der Erdkruste in Norddeutschland?", fragte der Geologe.
„Ich habe über viele Jahre seismographische Messungen von Erdbebenwellen in der Erdkruste durchgeführt, die mir klare Ergebnisse über Tiefen bis in rund zwanzig Kilometer brachten. Die Struktur der Erdkruste unter dem Emsland ist mir genauestens bekannt."
Der Geologe bohrte weiter: „Dort gibt es aber keine Erdbeben. Wie haben Sie dann gemessen?"
Ich grinste: „Das sollten Sie eigentlich wissen. Insbesondere im Emsland, wo ich seit vielen Jahren lebe, gibt es jedes Jahr Tausende recht große Beben. Sie werden verursacht durch permanente Schießübungen mit großkalibrigen Geschützen im dortigen Schießgebiet der Bundeswehr. Es befindet sich nur wenige Kilometer von meinem Anwesen entfernt. Daher war es mir möglich, die Erdkruste im Bereich des Emslandes sehr gut seismologisch zu erkunden."

„Das klingt gut", sagte der Erdwissenschaftler, „und wie tief müssen wir bohren, um Erdgas zu finden?"
„Das ist unterschiedlich, aber schon ab etwa sechs bis sieben Kilometer Tiefe gibt es dort eine ganze Reihe Kavernen, die mit komprimiertem Erdgas gefüllt sind. Außerdem sind mir Kavernen mit riesigen Mengen Erdöl bekannt. In größeren Tiefen nimmt ihre Zahl noch erheblich zu. Ursache hierfür ist die besonders brüchige Struktur der Erdkruste in der Norddeutschen Tiefebene. Ähnlich ist es einige Kilometer weiter in den benachbarten Niederlanden. Dort blasen seit Jahren große Mengen Gas aus der Erde. Die Niederländer sind uns da um viele Jahre voraus, obwohl sie gar nicht wissen, warum sie auf einem solchem Schatz sitzen. Wenn zügig damit begonnen wird, meine bisherigen Ergebnisse mit hochempfindlichen modernen Geräten zu verfeinern, kann in wenigen Wochen mit dem Bohren begonnen werden. Zudem können viele schon vorhandene Bohrlöcher tiefer getrieben werden, was Zeit und Kosten spart. Unser Land kann sich in zwei Jahren komplett selbst mit sauberer Energie versorgen. Der jährliche Gewinn beträgt einige Hundert Milliarden Euro. Auf diese Weise wird Deutschland in wenigen Jahren schuldenfrei sein."
„Und wie lauten Ihre Bedingungen?", fragte der Banker.
„Ich will einen Euro für jedes Barrel Öl und entsprechend viel vom Erdgas", sagte ich klar.
„Das ist nicht zu viel, ich denke, das bekommen wir geregelt", grinste der Banker, „ich werde veranlassen, dass Ihnen sofort ein Team von Fachleuten mit modernstem Gerät zur Verfügung gestellt wird, damit Sie die ersten Bohrstellen möglichst zügig lokalisieren können. Wir müssen noch in diesem Jahr im großen Stil fündig werden, denn jeder Tag, den wir verlieren, kostet Deutschland einige Hundert Millionen Euro. Sie bekommen von mir umgehend Nachricht, wann wir beginnen können."

Es gab eine rege Diskussion über diese schnelle Entscheidung, aber man kannte keine Alternative. Wäre dies das einzige Problem, hätten wir nun den Abend beschließen können, aber da waren noch einige andere wichtige Themen.
„Was sagen Sie zur Klimaentwicklung?", fragte der Klimaexperte.
„Diese wird nicht richtig eingeschätzt. Hier müssen wir völlig umdenken, denn die Grundlagen unserer bisherigen Klimabetrachtungen sind falsch. Jahrzehnte lang hieß es offiziell, die Erde kühlt ab, dies wurde insbesondere durch Messungen der Temperaturen in den Ozeanen bestätigt. Davon ist heute keine Rede mehr. Stattdessen wird nun behauptet, die Erde wird immer wärmer und verantwortlich dafür sei CO_2. Aber CO_2 und auch andere Gase wie Methan und Ozon haben mit dem Klima der Erde überhaupt nichts zu tun. Hierfür ist allein der Wassergehalt der Atmosphäre verantwortlich. Wasser ist 18 Einheiten schwer, damit ist

Wasserdampf deutlich leichter als die Luft der Erdatmosphäre, er steigt daher in ihr recht schnell nach oben. Dabei kondensiert er zu stetig größer werdenden Tropfen. Unter natürlichen irdischen Bedingungen verfügt nur Wasser über diese Eigenschaft. Luft, CO_2 und alle anderen Gase können bei irdischen Temperaturen nicht kondensieren. Aber allein durch die Kondensation der Wassermoleküle entsteht das, was wir Treibhauseffekt nennen. Denn Wasserdampf ist kein Gas, er besteht aus feinen Tropfen. Die Sonnenstrahlung bringt den Wasserdampf in Bewegung, lässt ihn nach oben steigen. Dort wird es kälter und die Bewegungen langsamer. Dadurch bilden sich große Wassertropfen. Die im Dampf steckende Bewegungsenergie geht jedoch nicht verloren. Sie wird gespeichert in den großen Tropfen, die später als Regen zurück auf die Erde fallen.
Luft und CO_2 sind deutlich schwerer als Wasser. Ein Luftmolekül wiegt 29, CO_2 28 Einheiten. Der Anteil an CO_2 in der Atmosphäre beträgt nur ein Dreitausendstel, ist schon von daher bedeutungslos. Die Menge an CO_2 könnte um ein Vielfaches größer sein, die Atmosphäre hätte dennoch etwa denselben Sauerstoffgehalt wie bei der derzeitigen Sauerstoff/Stickstoffverbindung – das irdische Klima würde sich dadurch überhaupt nicht verändern. Dazu kommt, dass die natürliche CO_2-Erzeugung Tausendmal größer ist als die vom Menschen verursachte. Eine Anreicherung der Atmosphäre mit CO_2 hat zudem positive Wirkungen auf den Pflanzenwuchs und führt zu einer Erhöhung des Sauerstoffgehaltes. Damit sind die Argumente um das Thema Klima und CO_2 faktisch mit wenigen Worten vollkommen erledigt.
Zur Beurteilung der Temperatur- und Klimaentwicklung werden in der Regel die Lufttemperaturen der Atmosphäre herangezogen, aber diese sind für das irdische Klima völlig unwichtig. Luft und alle in der Atmosphäre vorhandenen Spurengase erwärmen sich sehr schnell durch die Sonnenstrahlung, kühlen aber in der Nacht ebenso rasch ab, denn sie können nicht kondensieren und besitzen darum keine Eigenschaften, die treibhausartig wirken. Sie können daher nur ganz kurzfristig Energie speichern. Wir kennen dies insbesondere aus den großen trockenen Wüstengebieten. Dort herrschen bei klarem Himmel und Sonnenschein am Boden Lufttemperaturen von Plus 50 Grad Celsius, nachts nähern sie sich oft dem Gefrierpunkt. In Wüsten, die in Küstengebieten liegen, kühlt es dagegen in der Nacht nur sehr wenig ab, denn hier wird die Energie der Sonnenstrahlung im Wasser und in Wasserdampf gespeichert. Ich betone daher: Wasser verhält sich in der irdischen Atmosphäre völlig anders als Gase wie Luft und CO_2, denn Wasser existiert auf der Erde unter natürlichen Bedingungen nirgendwo als Gas, sondern nur als Dampf, das heißt, Wasser bleibt immer Wasser und besitzt in dieser Form besondere Eigenschaften. Es gibt auf der Erde kein Wassergas. Einzig entscheidend für die Wärmeerhaltung auf der Erde sind daher die Temperaturen des Wassers in den Ozeanen, in der Atmosphäre und im nassen Erdboden. Ohne

Wasser in der Atmosphäre wäre es auf der Erdoberfläche nachts überall erbärmlich kalt und im Sommer am Tag brennend heiß wie in den Wüsten. Die Energie der Sonnenstrahlung hält die Erde daher nur warm und ermöglicht Leben, wenn die Atmosphäre genügend Wasser enthält.

Wir nähern uns aber längst unaufhaltsam trockenen und eisigen Zeiten. Da mag es in Deutschland oder sonst wo zeitweise etwas wärmer werden, bezogen auf die Größe der Erdoberfläche sind solch regionale Erwärmungen völlig unbedeutend. Sie werden meist durch die Wärme von Fahrzeuge, Fabriken und Gebäuden verursacht. Insbesondere die auf den trockenen Landmassen herrschenden Lufttemperaturen sind für das Klima zweitrangig. Haben wir dort im Sommer hohe und an den Küsten niedrige Temperaturen, sind das eindeutige Zeichen dafür, dass die Erde immer kälter wird – das können wir klar beobachten und messen.

Und eine große Gefahr wird bislang kaum erkannt: Das Wasser der Atmosphäre regnet zunehmend herab, fließt in die Meere, ohne genug für den Baumwuchs zu sorgen. Die künstlichen Monokulturen nehmen unaufhaltsam zu. Sämtliche großen Süßwasserseen und viele Flüsse trocknen systematisch aus, einige von ihnen sind schon völlig verschwunden. Das hat mit Erderwärmung nichts zu tun, sondern ist die Folge der Austrocknung der Atmosphäre und der Landmassen. Das ist auch ein Grund, warum neuerdings in trockenen Gegenden die Temperaturen regional im Sommer tagsüber ansteigen.

Wir hören überall, das Abschmelzen der Gletscher und Polkappen sei eine Folge der Erwärmung der Erde. Auch das ist nicht richtig. Sämtliche Gletscher bestehen aus zusammengepresstem Schnee. Dies gilt ebenso für die riesigen Schneemassen in der Antarktis und auf Grönland. Jedes Jahr wachsen und schrumpfen sie. Doch diese Schneemassen schmelzen allein durch Selbstverflüssigung, durch den Druck ihres Gewichtes. Das sehen wir besonders deutlich bei den Gebirgsgletschern, wenn sich unter ihnen Flüsse bilden, sie unten abschmelzen und die Gletschermassen auf dem Wasser langsam in die Täler gleiten. Viele Berggletscher verschwinden endgültig, weil die Luft in den oberen Regionen immer trockener wird, es hoch in den Bergen daher weniger schneit. Besonders die hohen Berge werden bald schneefrei sein, dies zeigt auch der Kilimandscharo in Afrika.

Ähnliches gilt für die schwimmenden Schneeberge in der Antarktis, sie befinden sich weitgehend unter Wasser und dort wirkt derselbe hohe Druck als wenn Sie an Land liegen würden. Ein hundert Meter aus dem Wasser ragender Schneeberg reicht bis zu 900 Meter tief ins Wasser. Dort herrscht ein Druck von neunzig Atmosphären, führt dazu, dass er schmilzt, er wird wieder flüssig. Über der Antarktis türmen sich Schneemassen bis in vier Kilometer Höhe, unter ihnen befinden sich jedoch riesige Süßwasserseen. Es sind dort schon rund hundertfünfzig

solcher Seen gefunden worden, der größte von ihnen ist der Wostoksee mit rund 250 km Länge und 15.000 km² Fläche.
Die Temperaturen der Luft haben auf den Schmelzvorgang dieser aus Süßwasser bestehenden Schneemassen überhaupt keinen Einfluss, denn sie liegen permanent unter Null Grad. Es herrscht Dauerfrost, und bei solchen Temperaturen schmilzt kein Schnee oder Eis. Es ist auch völlig gleichgültig, ob wir dort Minus 50 oder Minus 20 Grad Lufttemperatur messen.
Die allgemeine Austrocknung der Erdoberfläche geschieht längst auf dramatische Weise. Die Rodung der Tropenwälder und die sehr schnell zunehmenden Flächen mit Monokulturen beschleunigen diesen Prozess, vergrößern die baumlosen Bereiche, die kaum noch Energie speichern können. Die Erdoberfläche besteht daher schon sehr bald aus Erdumspannenden Sand- und Schneewüsten, denn Sand und Schnee sind gleichermaßen trocken. Sie werden von trockener Luft umgeben, die sich tagsüber nutzlos aufheizt und in der Nacht schnell abkühlt. Wir wissen, dass die durchschnittliche Temperatur auf der Erde noch plus 15 Grad beträgt, aber nur, weil sich Wasser in der Atmosphäre befindet. Ohne Wasserdampf hätten wir hier im Schnitt minus 18 Grad. Wir müssen daher der Atmosphäre schleunigst sehr viel Wasser zuführen, sonst haben wir auf der Erde bald ähnlich extreme Temperaturverhältnisse wie auf dem Mond.
Um dieser Gefahr zu begegnen, müssen wir das Abschmelzen der Pole beschleunigen, die dort liegenden gigantischen Schneemassen in die Trockengebiete befördern. Immerhin lagern dort rund 97% des irdischen Süßwassers, und das fehlt uns überall. Dieses Wasser muss zurück in die Atmosphäre und in die Trockengebiete der Erde, dorthin, wo es einst war. Zudem könnten wieder riesige Landflächen nahe den Polgebieten in Kanada, Alaska, Grönland, Sibirien und selbst in der Antarktis für den Menschen nutzbar werden. In den heute mit Schnee bedeckten Gebieten könnte wieder pflanzliches Leben erwachen, ungeheure Mengen Sonnenenergie und Wärme gespeichert werden, viel mehr Energie als heute in sämtlichen Kraftwerken produziert wird. Wir müssen in den riesigen Wüstengebieten Kanalsysteme bauen, das tote Land bewässern, Pflanzen und Bäume sähen. Das Treibhausprinzip muss regional und global mit allen Mitteln eingesetzt werden, um auf möglichst großen Flächen die heute noch auf die Erde einstrahlende Energie der Sonne zu erhalten. Wir müssen exakt das Gegenteil von dem machen, was die Umweltschützer predigen. Eis, Schnee und Wüsten müssen von unserem Planeten verschwinden. Wenn wir überleben wollen, haben wir keine Wahl. Der Bau von Forschungsstationen in der Antarktis schreitet ja munter voran, aber das alles ist völlig sinnlos."
„Und was sagen Sie zum Anstieg des Meeresspiegels", fragte ein Apostel.
„Das vollkommene Abschmelzen der irdischen Schneemassen führt zu einem dramatischen Anstieg des Meeresspiegels – sagen die Klimaforscher, aber das

ist nicht richtig. Tatsächlich verändert sich der Meeresspiegel hierdurch überhaupt nicht. Eine Erwärmung der Ozeane führt zur Ausdehnung des Wassers und damit zum Anstieg der Meere, sagen sie – auch das ist nicht richtig. Denn eine Erwärmung findet ausschließlich an der Oberfläche des Wassers statt. Die Sonnenstrahlung und die Wärme können nie bis in große Tiefen vordringen, da Wasser als Isolator wirkt. Der Meeresspiegel kann daher nie durch Erwärmung des Wassers ansteigen. Wir wissen doch, die irdischen Meere sind nur bis in einige zehn Meter warm. Weit unten liegen die Temperaturen bei nur wenigen Grad bis unter dem Gefrierpunkt.
Taut im Wasser schwimmendes Eis auf, bleibt der Meeresspiegel konstant. Der allergrößte Teil des Schnees der Antarktis schwimmt im Wasser und zwar zwischen den vielen Inseln, aus denen dieses Gebiet besteht, denn die Antarktis ist nicht wie allgemein dargestellt wird, ein zusammen hängender Kontinent. Die tatsächliche Landfläche macht nur rund 20% der sichtbaren mit Schnee bedeckten Fläche aus. Daher schwimmen 80% der Schneemassen der Antarktis im Wasser. Auch diesen Schnee müssen wir auftauen und ihn ebenso wie das weitgehend nutzlos in die Meere fließende Süßwasser der großen Flüsse umleiten in Kanäle, die in Trockengebiete führen. Dort kann es versickern und den vielerorts dramatisch niedrigen Grundwasserspiegel anheben. Dies gilt insbesondere für die arabischen Länder, Afrika, Australien und andere Wüstengebiete. Denn von dort stammt der in den Polregionen lagernde Schnee. Das Abschmelzen der Pole und künstliche Bewässerung ist lediglich die Rückführung des Wassers an seinen Ursprung. Auch wenn es seit Jahrtausenden naturgegeben so ist, müssen die Flüsse keineswegs direkt in die Meere fließen. Ihr kostbares Wasser sollte vermehrt zum Wachstum von Pflanzen und Bäumen genutzt werden.
Wir müssen viele künstliche Seen schaffen, sie überdachen und isolieren wie Treibhäuser. In ihnen bleibt die am Tag eingestrahlte Sonnenenergie fast vollständig erhalten. In der Wärme wachsen Pflanzen und Fische um ein Vielfaches schneller als in der Kälte. Neben der konsequenten Förderung von Erdgas und Erdöl und der Entwicklung echter Raumfahrt ist dies unsere wichtigste Aufgabe für die nächsten Jahrzehnte. Noch scheint die Sonne, doch ihre Strahlung lässt immer mehr nach. Bald sind wir darauf angewiesen, uns selbst mit Wärme zu versorgen."

Ich machte eine kleine Pause und wechselte Blicke mit den Aposteln. Einige nickten mir wohlwollend zu. Dann fuhr ich fort: „Wir erleben eine unantastbare, klare und zugleich erschreckende Tatsache: Alle seriösen Messungen rund um den Globus zeigen ohne jeden Zweifel, dass es auf der Erde unaufhaltsam kälter wird. Seit rund 60 Jahren wird gemessen, dass die Strahlungsleistung der Sonne permanent und unaufhaltsam um rund zwei bis drei Prozent pro Jahrzehnt nach-

lässt. Die gemessene Globalstrahlung ist während der letzten 60 Jahre signifikant zurückgegangen. Das Phänomen der langfristigen Strahlungsabnahme wird auch an deutschen Stationen wie Hamburg, Norderney, Braunlage, Würzburg und Weihenstephan beobachtet. Der Rückgang am Hohenpeißenberg beträgt 2,7% pro Dekade für Sonnenhöhen größer als 10°.
Die Temperaturen der Ozeane in mittleren Tiefen nehmen in ähnlicher Weise seit Jahrzehnten deutlich messbar ab. Die in ihnen steckende Wärmeenergie ist viel größer als die in der Erdatmosphäre – es ist unsere letzte Reserve. Aber selbst diese riesig erscheinende Energiemenge ist bald verloren, weil die Sonnenstrahlung weiter abnimmt. Dann wird das Wasser immer weniger verdunsten, die Erde wird kalt und trocken und das für alle Zeiten.
Zurzeit regnet und schneit es in manchen Gebieten ungewöhnlich stark. Das ist eine Folge der allgemeinen Abkühlung und beschleunigt das Austrocknen der Atmosphäre. Aber bald wird es auf der Erde aufhören zu regnen, dann wird alles Leben auf ihrer Oberfläche sterben. Dies wird geschehen, wenn wir nicht sofort massiv dagegen steuern und das Wasser der Erde aufheizen. Wir müssen genau das Gegenteil von dem tun, was die Umweltschützer fordern.
Vor allem müssen wir verstehen, dass diese Trockenzeit die letzte sein wird und sehr schnell und schlagartig über uns kommen wird. Einmal begonnen, wird sie durch nichts mehr aufzuhalten sein. Sobald die Luftfeuchtigkeit zu gering geworden ist, kühlt es auf der gesamten Erde immer schneller ab. Was in den Polarregionen und in den Wüsten längst geschieht, wird sich zunächst auf allen Landflächen der Nordhalbkugel und bald auf dem gesamten Planeten vollziehen. Der Winter 2008/2009 hat uns schon einen Vorgeschmack darauf gegeben, was bald geschieht. Es dauert nicht mehr lange, bis wir den letzten Sommer erleben.
Es gibt ein weiteres Alarmsignal: Im Zuge der heutigen Entwicklungen versiegt der Golfstrom. Ein wesentlicher Teil dieser gigantischen Wasserpumpe, die kaltes Wasser in der Tiefe nach Süden und warmes an der Oberfläche nach Norden transportiert, läuft längst nicht mehr rund. In den letzen fünfzig Jahren hat sie ein Drittel ihrer Kraft verloren. Die Zirkulation hat sich zwischen 1957 und 2004 um etwa 30% verlangsamt. 30% in rund 50 Jahren, das ist eine ganze Menge. Zunehmender Süßwasserzufluss in die nördlichen Meere wird die Zirkulation schwächen. Wenn aber eine bestimmte Schwelle erreicht wird, wird die Zirkulation abrupt zu einem neuen Status wechseln, in dem es kaum oder keinen Wärmezufluss mehr nach Norden gibt.
Ein klarer Beweis für das Trockenregnen der Atmosphäre. Das wird schon bald verheerende Folgen für die nördlichen Länder haben. Das Erschreckende an diesen Daten ist, es sind keine Ergebnisse eines Rechenmodells, sondern über viele Jahre hinweg ermittelte Messwerte. Die Beobachtungen zeigen, dass die Verringerung der ozeanischen Zirkulation schon im fortgeschrittenen Stadium

ist. Von Forschungsschiffen aus wurden Sonden auf den Grund des Atlantiks hinab gelassen, in Tausende Meter Tiefe. Dort wurden Wassertemperatur und Salzgehalt gemessen, die beiden entscheidenden Faktoren für das Überleben des Golfstroms. Salzigeres Wasser ist schwerer. Im hohen Norden, weit vor der Küste Norwegens, sinkt das dichte, salzhaltige Wasser bis in große Tiefen und fließt an den Küsten Grönlands und Nordamerikas bis vor die Küste Südamerikas. Von dort fließt an der Oberfläche leichteres warmes Wasser nach Norden. Das im Norden versinkende Wasser zieht dadurch permanent neues, warmes Wasser aus tropischen Bereichen an und heizt die Meere im Norden Europas auf. Darum wachsen auf manchen Inseln im Golfstrom vor der britischen Küste Palmen, ist das Klima hier auch im Winter relativ mild. Aber schon bald bricht dieses System zusammen, der Zustrom warmen Wassers nach Norden versiegt dann mit einem Schlag. Ein Temperaturabsturz um fünf Grad Celsius innerhalb eines Jahres wird die Folge sein.
Dann sind wir mitten drin in der Katastrophe, aus der es kein Zurück mehr geben wird. Die ins Wasser gleitenden Schneeberge Grönlands beschleunigen noch die Abkühlung des Nordatlantiks, verringern zudem auch den Salzgehalt des Wassers, wodurch es leichter wird und nicht mehr absinken kann. Daher dauert es nur noch wenige Jahre, bis der Golfstrom zum Erliegen kommt. Das schwimmende Eis der Arktis schmilzt nicht, wie behauptet wird, sondern es nimmt zu. Dasselbe gilt für die Gletscher Alaskas.
Ich fasse noch einmal zusammen: Wir müssen die Erde dort, wo sie trocken ist, bewässern und bepflanzen, die großen Eis- und Schneemassen der Gletscher und Pole schnellstens zerkleinern, sie in Wasser umwandeln, damit es als Dampf in die Atmosphäre aufsteigen, dort Energie speichern und als warmer Regen herunterfallen kann. Auf diese Weise gelangt wieder mehr Wärme in die Meere, Flüsse, Seen und Böden. Wir müssen den in den Polregionen lagernden Schnee mit Schiffen und Pipelines dorthin transportieren, wo es trocken ist, die Erde mit allen Mitteln aufheizen, sie zu einem von uns kontrollierten Treibhaus machen. Wir müssen Meerwasser entsalzen, riesige Mengen Wasserdampf in die Atmosphäre bringen. Und dies muss sehr schnell geschehen, um das Leben auf diesem Planeten noch eine Weile zu erhalten. Selbst wenn wir schon heute mit dem Aufheizen und Bewässern beginnen, kommt es auf der Erde dennoch zu einem Massensterben. Viele Menschen werden diese Katastrophe nicht überleben, und wenn wir so weiter machen wie bisher, wird niemand überleben.
Es gibt zu viele Menschen auf diesem Planeten, und wie wir sehen, leben Milliarden von ihnen elender als Tiere. Schon heute weiß man sicher, dass wir selbst unter gleichen Bedingungen in zwanzig Jahren zwei Erden benötigen würden, um die dann lebenden Menschen zu ernähren. Aber die Bedingungen werden

schlechter. Die Menschen werden bald in ewiger Kälte eingefroren, in Wüsten verdorren, verhungern und verdursten, wenn sie weiterhin dem hoffnungslos veralteten Gedankengut und der damit verbundenen altmodischen mechanistischen Matrix folgen. Dann wird alles verloren sein, was in den vergangenen Jahrhunderten mühevoll erarbeitet worden ist. Überleben werden allein die Fische in den Ozeanen, denn Wasser kann niemals bis in große Tiefen gefrieren, selbst wenn die Sonne für immer erloschen ist.
Die Erde wird kälter, weil die Sonne, der Ofen, der uns heute über das Medium Wasser noch genügend Lebenswärme bringt, unaufhaltsam ausbrennt. Es liegt in der Natur eines jeden Ofens, Brennstoff zu verbrauchen, dass seine Wärmestrahlung mit der Zeit nachlässt. Unsere Physiker haben dennoch das mathematische Kunststück vollbracht, in die Sonne mit zunehmendem Alter immer mehr Energie hineinzurechnen – Newton sei Dank.
Was hält die Physiker eigentlich davon ab, die Erde und den Kosmos mit den Mitteln moderner Technik und Messergebnisse von Grund auf neu zu betrachten, wie ich es getan habe? Von den mittelalterlichen Herrschersystemen haben wir uns doch schon ein wenig befreit, sogar der Götterglaube lässt nach. Die Zeit ist längst reif, dass wir uns auch vom mittelalterlichem Gedankengut der Wissenschaften und deren Weltanschauungen befreien. Wir reiten nicht mehr auf Eseln, wir fahren längst in Millionen Karossen über Autobahnen, fliegen Tausendmal am Tag rund um den Erdball.
Allein die Technik konnte sich weitgehend frei entwickeln, sie schreitet unaufhaltsam voran, ist daher zeitgemäß, führt in die Zukunft. Da hinkt die Weltanschauung über den Kosmos um Jahrhunderte hinterher. Nur darum gibt es dieses unermessliche und immer mehr wachsende Leid, Hunger, Elend und die nicht enden wollenden traditionellen Kriege zwischen den Religionen und neuerdings um Öl und Gas, um Energie. Die Ursache hierfür kennen wir nun. Es ist das Unwissen über die Funktion der Gravitation und die Unkenntnis über die wahre Struktur der Erde und der Sonne. Und die Zeit treibt alles unerbittlich voran.
Seit Einstein die Zeit relativiert hat und die Lehrmeister dies zur Wahrheit erhoben haben, stecken die Naturwissenschaften in einer totalen Sackgasse. Was uns die Vertreter der Urknalltheorie vorrechnen, ist beschämend. Das Universum, Zeit und Raum lassen sich nicht berechnen, sondern nur Teile davon, die wir mit Maßeinheiten versehen haben. Das Universum ist ohne jedes Maß. Zeit und Raum an sich sind unantastbar, denn sie sind ohne Anfang und ohne Ende."
Nun gab es rege Diskussionen. Die Apostel zeigten sich erschüttert aber zufrieden, redeten produktiv miteinander. Sie begannen zu verstehen, dass die Menschheit sich Jahrhunderte lang in die falsche Richtung bewegt hat. Doch sie wussten auch, dass es noch einen Weg gab, der in eine positive Zukunft führen kann.
Das war es. In den Gesichtern der zwölf Apostel sah ich Hoffnung und Gespannt-

heit. Doch war ich sicher, dass es nun vorwärts gehen wird, denn naturgemäß hatten auch diese Herren Angst vor dem Tod.

Schössling

Ich traf Charon in der Hotelbar.
„Wie ist es gelaufen?“, fragte sie gespannt.
„Sehr gut, ich bin voll zufrieden, nun kommt Deutschland in Bewegung. Wenn wir hier in großem Stil mit der Gas- und Ölförderung begonnen haben, wird das bald in ganz Europa und in Nordamerika durchgezogen.
Lass uns noch einige Drinks nehmen und dann schlafen, ich bin ziemlich fertig. Morgen früh fahren wir nach Hause. Ich brauche einige Tage Ruhe, bevor wir nach Dubai und dann in die USA fliegen. Ich bin froh, wenn wir das alles erledigt haben, habe keine Lust mehr auf diesen Stress.“
„Ich verstehe dich“, sagte Charon, „du bekommst gleich eine Massage, dann kannst du ruhig schlafen.“
„Die zwölf Apostel waren gut, sie haben Angst, darum folgen sie meinen Gedanken. Außerdem sitzen sie durch die weltweite Finanz- und Energiekrise alle so tief in der Scheiße, dass sie überhaupt keine Wahl haben. Morgen schicke ich ihnen die Koordinaten für die ersten Bohrungen per Email. In spätestens drei Monaten wird jede Menge Erdgas aus den norddeutschen Bohrlöchern blasen und Erdöl in nie gekannten Mengen sprudeln. Wenn alles organisiert ist, sollten wir nach Thailand zu deinen Eltern gehen und dort bleiben. Ich werde mein Haus verkaufen, denn in Norddeutschland wird es bald sehr kalt sein. Du siehst doch, was los ist, schon in diesem Januar liegen ganz Europa, Russland und Nordamerika unter einer Schneedecke. Ich habe da einen Interessenten aus Holland. Die Holländer kaufen zurzeit viele Immobilien in Norddeutschland. In Thailand baue ich für uns ein Schiff, auf dem wir mit unserem Kind leben werden.“
„Wieso mit unserem Kind?“, fragte Charon lachend, „wir haben doch gar kein Kind.“
„In neun Monaten werden wir ein Kind haben, heute werden wir es zeugen, das weiß ich ganz sicher.“
„Du bist verrückt“, sagte sie, „aber es könnte gut möglich sein, weil ich meine Periode vor zehn Tagen hatte. David, wenn du es wirklich willst, will ich es auch, dann machen wir es. Es wird ein ganz besonderes Kind sein, gezeugt in Bewusstsein und echter Liebe.“
Es folgte die schönste Nacht unseres Lebens.

*

Wir waren nun seit zwei Tagen im Haus und lagen in der Schwimmhalle.
„Meine Brüste tun mir weh“, sagte Charon, „sie beginnen zu wachsen. Ich denke, ich bin schwanger.“
„Ich wusste es“, rief ich. Wir lachten und waren glücklich. Bald würden wir einen kleinen Hosenscheißer haben.
„Irgendwie ist das unglaublich, aber es ist wunderschön. Warum wolltest du vor zwei Tagen, dass wir ein Kind zeugen?“
„Keine Ahnung. Das gehört zu den unerklärlichen Zwangsläufigkeiten des Kosmos. Wenn die Zeit reif ist, kann man sich nicht gegen die Ereignisse wehren, man sollte es auch nicht versuchen. Dieses Geschehen gehört zu der chaotischen Abteilung kosmischen Geschehens.“

Spurensuche

Wir reisten in den nächsten Monaten in die USA, nach Dubai und in viele andere Länder, um die Botschaft vom Erdgas, Erdöl, der neuen Raumfahrt und der Zukunft der Erde weiter zu verbreiten. Die Stahlproduktion in Dubai lief auf Hochtouren. Mein Haus in Deutschland hatte ich zu einem recht guten Preis an einen Holländer verkaufen können.
Dann kehrten wir zurück nach Thailand. Wir kreuzten viel auf dem Meer, fischten und genossen das Leben. Sehr oft saß ich zusammen mit Bobby, und wir diskutierten ohne Ende.
An einem Abend an Bord kam ich zu einem meiner Lieblingsthemen: „Die im Altertum lebenden Menschen wurden mitsamt ihren Kulturen durch die Kollision der Erde mit dem Planeten Luzifer fast vollständig ausgelöscht. Die Erde ist übersäht von den Spuren dieses apokalyptischen Geschehens. Ich habe dies in meinem Buch *Zeit für die Wahrheit* klar dargelegt. Und heute zeichnet sich durch Ausgrabungen rund um den Globus offiziell mehr und mehr ab, welch große Zerstörungen Luzifer auf der Erde verursacht hat. Viele alte Schriften sind voller Berichte über diese Katastrophe. Luzifers Weg über die Erde können wir sehr gut verfolgen, wenn wir uns die großen Wüstengebiete ansehen, die sich über mehr als zehntausend Kilometer von China bis zur Sahara erstrecken. Der rund 2.000 Grade heiße Teufelsplanct verbrannte große Teile der Erdoberfläche in einem irrsinnigen Höllenfeuer. Dunkle Wolken überdeckten danach den ganzen Erdball.
Wie wir wissen, traten nach der Kollision mit dem Teufelsplaneten durch das Aufbrechen der Erdkruste im Bereich des heutigen Toten Meeres ungeheure Mengen Wasserstoff aus dem Erdinneren. Dadurch kühlte die Erdatmosphäre in kurzer Zeit drastisch ab. Fast alles Wasser der Atmosphäre kondensierte und erzeugte rund um die Erde ungeheuere Regen-, Hagel- und Schneefälle. Beson-

ders in den Polregionen schneite es jahrelang. Daher liegen dort Kilometer dicke Schneeberge. Über Jahrzehnte war die Sonne nicht sichtbar. Viele Menschen und Tierarten, welche die direkten Folgen der Katastrophe überlebt hatten, gingen nun jämmerlich zugrunde. Es war jahrzehntelang extrem kalt und dunkel auf der Erde und es gab kaum Pflanzenwuchs. Es war die erste Eiszeit. Das Innere der Erde schrumpfte, die Erdkruste musste sich dem verringerten Volumen anpassen wie ein trocknender Apfel, dessen Schale sich in Falten legt. In dieser Zeit entstanden die großen Faltengebirge, die wir rund um den Globus finden, insbesondere an den Ufern der großen Ozeane, weil unter ihnen die Erdkruste absackte. Allerdings liegt dieses Geschehen nicht viele Jahrtausende, sondern nur rund 1.500 Jahre zurück. Damals starben in kurzer Zeit sämtliche Saurier, Mammuts und viele andere Tierarten aus. Die Saurier konnten nicht überleben, weil sie verhungerten. Die Mammuts wurden innerhalb weniger Tage von vielen Metern dicken Schneemassen bedeckt, mussten jämmerlich erfrieren und ersticken.
Es war der Krieg der Planeten. Was die Religionsvertreter strikt ablehnen und die Lehrbuchschreiber allenfalls in die tiefste Vergangenheit verdrängen, hat stattgefunden: Eine verheerende planetarische Katastrophe. Und sie wurde von den alten Völkern beobachtet, erlebt und aufgezeichnet."
„Aber warum kam es zur Kollision?", fragte Bobby.
„Der damalige Morgenstern, man nannte ihn auch Teufel oder Luzifer, bewegte sich, ähnlich wie ein Komet, auf einer sehr stark elliptischen Bahn, die von nahe der Sonne bis zur Erdbahn reichte. Über Jahrhunderte beobachteten die Völker der Erde in großer Sorge die Bewegungen dieses Planeten. Überlieferungen der Mayas und anderen Völkern zufolge kam er im Rhythmus von 13 Jahren der Erde bedrohlich nahe, und die Angst war groß, dass Luzifer mit der Erde kollidieren würde. Er benötigte für einen Sonnenumlauf 260 Tage, berührte regelmäßig in diesem Rhythmus für einige Tage die Bahnen von Erde und Mond. Die Erde brauchte für einen Lauf um die Sonne 360 Tage. Diese Bewegungen wurden durch den Kalender der Maya dargestellt. Dreizehn Erdenjahre mit 360 Tagen ergeben 4.680 Tage, das entspricht exakt 18 Luziferjahren mit 260 Tagen. Doch beide Planeten bewegten sich mit deutlich unterschiedlichen Geschwindigkeiten. Wenn Luzifer in die Nähe der Erdbahn kam, war er auf seiner stark elliptischen Bahn viel langsamer als die Erde. Die Erde bewegte sich mehr als doppelt so schnell wie Luzifer.
Es kam zu vielen bedrohlichen Annäherungen zwischen Erde, Mond und Luzifer. Dabei wurden immer wieder die Rhythmen des Systems Erde/Mond gestört. Schon dieses Geschehen war für die damals lebenden Menschen ein Vorgeschmack auf die Hölle. Sie befürchteten, dass es irgendwann zu einer Kollision kommen würde. Um dies so genau wie möglich voraussehen zu können, wurden

viele Beobachtungsstationen errichtet, Monumente, die wir heute als Ruinen besichtigen können.
Und es kam unausweichlich zu dem Ereignis, das die Menschen Jahrhunderte lang befürchtet hatten. Luzifer schwenkte direkt vor der Erde in die Erdbahn ein. Bevor er sie wieder verlassen konnte, hatte die viel schnellere Erde ihn eingeholt – Luzifer wurde von ihr gerammt.“
„Das ist eine kühne Theorie, es gab zweifellos in der Vergangenheit große Katastrophen, auch eine gigantische Sintflut“, sagte Bobby.
„Das ist keine Theorie, dieses Geschehen lässt sich durch Fotos beweisen. Mir kam der Gedanke einer Berührung zweier Planeten, als ich zum ersten Mal die Fotos der NASA vom Uranusmond Miranda sah. Miranda ist einer der fünf größeren Begleiter des Planeten Uranus. Zweifellos ein zerbrochener Planet. Seine seltsam geschwungenen Schrammen zeugten davon, dass dies nur die Spuren einer Kollision mit einem anderen Planeten sein konnten. Es musste ein Gegenstück hierfür geben. Ich verglich sie mit Fotos von der Erdoberfläche, konzentrierte mich dabei auf die arabischen Gebiete und wurde bald fündig. Die Satellitenbilder vom Afghanistan, Pakistan, Iran und Saudi-Arabien zeigten recht deutlich dieselben Konturen und Linien, wie sie auf Miranda existieren. Damit war klar: Miranda war Luzifer, er war mit der Erde kollidiert.
Eine solche Oberflächenstruktur kann nur durch äußere Einwirkung und große Hitze entstehen. Man erkennt, dass diese seltsamen Abdrücke genau zueinander passen. Sie zeigen auch, dass die Erde Luzifer nicht voll traf, sondern in einem recht flachen Winkel. Glücklicherweise rotiert die Erde in ihrer Flugrichtung, daher wurde Luzifer durch den Stoß der Erde wegkatapultiert, und die Erdrotation wurde bei der Berührung etwas abgebremst. Ein Teil ihrer Rotations- und Bewegungsenergie wurde so auf Luzifer übertragen. Durch die Kollision brach die Erdkruste auf. Der dabei entstandene Spalt beginnt oberhalb des Toten Meeres, läuft durchs gesamte Rote Meer und endet erst tief im afrikanischen Kontinent. Im Bereich des heutigen Toten Meeres entstand ein Loch in der Erdkruste, und der Wasserstoff aus dem Erdinneren konnte in riesigen Mengen entweichen. Dabei entstand ein fürchterliches Getöse, das uns unter anderem als die Posaunen von Jericho überliefert worden ist. Mit ungeheurer Gewalt entwich das unterhalb der Erdkruste befindliche Wasserstoffgas in die Erdatmosphäre. Dabei entstand zwangsläufig Verdunstungskälte, die alles Wasser der Atmosphäre kondensieren ließ, und es entwickelten sich sintflutartiger Regen, Hagel und Schnee.“ Bobby nickte zustimmend: „Ich habe zu diesem Thema einiges in der Bibel gefunden:

GENESIS 7/11: ... an diesem Tage brachen alle Quellen der großen Urflut auf und die Fenster des Himmels öffneten sich.
Und lesen wir hier einige Auszüge aus der Offenbarung des Johannes:

Die Öffnung der ersten sechs Siegel von 6,12 bis 6,14:
Und ich sah: als es das sechste Siegel auftat, da geschah ein großes Erdbeben, und die Sonne wurde finster wie ein schwarzer Sack, und der ganze Mond wurde wie Blut, ... und die Sterne des Himmels fielen auf die Erde ... und alle Berge und Inseln wurden wegbewegt von ihrem Ort ...
Das siebente Siegel von 8,5 bis 12,9: Und der Engel nahm das Räuchergefäß und füllte es mit Feuer vom Altar und schüttete es auf die Erde. Und da geschahen Donner und Stimmen und Blitze und Erdbeben ... Und die sieben Engel mit den sieben Posaunen hatten sich gerüstet zu blasen ... Und der erste blies seine Posaune; und es kam Hagel und Feuer, mit Blut vermengt, und fiel auf die Erde; und der dritte Teil der Erde verbrannte, und der dritte Teil der Bäume verbrannte, und alles grüne Gras verbrannte ... Und der zweite Engel blies seine Posaune; und es stürzte etwas wie ein großer Berg mit Feuer brennend ins Meer, und der dritte Teil des Meeres wurde zu Blut,... und der dritte Teil der lebendigen Geschöpfe im Meer starb, und der dritte Teil der Schiffe wurde vernichtet.
Und der dritte Engel blies seine Posaune; und es fiel ein großer Stern vom Himmel, der brannte wie eine Fackel und fiel auf den dritten Teil der Wasserströme und auf die Wasserquellen ... Und der Name des Sterns heißt Wermut. Und der dritte Teil der Wasser wurde zu Wermut, und viele Menschen starben von den Wassern, weil sie so bitter geworden waren ... Und der vierte Engel blies seine Posaune; und es wurde geschlagen der dritte Teil der Sonne und der dritte Teil des Mondes und der dritte Teil der Sterne, so dass ihr dritter Teil verfinstert wurde und den dritten Teil des Tages das Licht nicht schien, und in der Nacht desgleichen ... Und der fünfte Engel blies seine Posaune; und ich sah einen Stern, gefallen vom Himmel auf die Erde; und ihm wurde der Schlüssel zum Brunnen des Abgrunds gegeben.
Und er tat den Brunnen des Abgrunds auf, und es stieg auf ein Rauch aus dem Brunnen wie der Rauch eines großen Ofens, und es wurden verfinstert die Sonne und die Luft von dem Rauch des Brunnens ... Und es wurden losgelassen die vier Engel, die bereit waren für die Stunde und den Tag und den Monat und das Jahr, zu töten den dritten Teil der Menschen ...Und sie hörten eine große Stimme vom Himmel zu ihnen sagen: Steigt herauf! Und sie stiegen auf in den Himmel in einer Wolke, und es sahen sie ihre Feinde ..Und zu derselben Stunde geschah ein großes Erdbeben, und der zehnte Teil der Stadt stürzte ein; und es wurden getötet bei diesem Erdbeben siebentausend Menschen ...
Und der Tempel Gottes im Himmel wurde aufgetan, und die Lade seines Bundes wurde in seinem Tempel sichtbar; und es geschahen Blitze und Stimmen und Donner und Erdbeben und ein großer Hagel.
... Und es wurde hinausgeworfen der große Drache, die alte Schlange, die da

heißt: Teufel und Satan, der die ganze Welt verführt, und er wurde auf die Erde geworfen, und seine Engel wurden mit ihm dahin geworfen.
Gemäß dem biblischen Bericht im Alten Testament soll die Sintflut 300 Tage oder 10 Monate gedauert und selbst den höchsten Berg der Welt mit Wasser bedeckt haben. Die gesamte Zeit der Flut wird so beschrieben:
Regen ergießt sich 40 Tage und 40 Nächte, und das Wasser hebt die Arche an. Insgesamt schwillt das Wasser 150 Tage lang an, und alle „durch die Nase atmenden" Erdbewohner – Mensch und Tier – werden getötet. Weitere 150 Tage dauert es, bis die Flut wieder abschwillt. Weitere 40 sowie nochmals sieben Tage dauert es, bis Noah es wagt, die Arche zu verlassen.
Ich denke, diese Texte sprechen eine recht deutliche Sprache."
„Ja", sagte ich zustimmend, „der Teufel, Satan, Luzifer, Morgenstern, der Stern von Bethlehem, Wermut, egal wie wir ihn nennen, war mit der Erde kollidiert, er war zu jener Zeit rund um den Globus der Inbegriff des Bösen, da er bei allen Menschen für Angst und Schrecken sorgte. Luzifer hatte einen Durchmesser von mehr als tausend Kilometer. Nun stellen wir uns vor, ein solch riesiger Körper nähert sich der Erde bis auf einige tausend Kilometer. Er wird den größten Teil des Himmels einnehmen, die Sonne lange Zeit verdunkeln, alle irdischen Rhythmen und die gewohnte Ausgeglichenheit der Meeresfluten stören. Sein Erscheinungsbild am Himmel wirkt mehr als bedrohlich, alles deutet hin auf einen Weltuntergang. Dazu kommt noch, dass Luzifer ein überaus heißer Planet war, da er während seines Sonnenumlaufs jeweils monatelang der Sonne ganz nahe war. Daher war seine Oberfläche glühflüssig. Schon eine durch den Mond verursachte Sonnenfinsternis flößt heute den Menschen Angst ein, obwohl sie nur wenige Minuten dauert und vergleichsweise harmlos ist. Luzifer verdunkelte die Sonne oft für Stunden. Aber auch dies war nichts gegen das Ereignis der Kollision der Erde mit diesem Planeten.
Dabei hinterließ er eine heute noch deutlich sichtbare Flugschneise. Betrachten wir den Norden des afrikanischen Kontinents, Arabien, Persien, Afghanistan, die weiter östlich liegenden Gebiete Asiens und große Gebiete Nordamerikas und Australien, so fällt auf, dass dort fast ausschließlich riesige Wüstengebiete sind. Sie zeigen eindrucksvoll den Weg Luzifers, und zwar vor, während und nach der Berührung mit der Erde. Bei diesen Wüstengebieten handelt es sich im wahrsten Sinne des Wortes um verbrannte Erde. Luzifer war heiß wie die Hölle. Darum gibt es in diesen Regionen so gut wie kein Leben mehr, und die Erde hatte bislang nicht genügend Zeit, sich davon zu erholen, da die Katastrophe erst rund 1.500 Jahre zurückliegt. In diesen Gebieten sind alle großen Kulturen vernichtet worden. Pflanzen, Bäume, Tiere und Menschen in ungeheuer großer Zahl sind innerhalb weniger Minuten verbrannt. Man kann diese Wüsten nicht vergleichen mit den von Menschen verursachten Trockengebieten. Dort wächst alles wieder

sehr schnell nach, wenn es nur einmal regnet. Aber in den von Luzifer verbrannten Regionen ist alles Leben und jeder Samen vollkommen vernichtet worden. Darum finden wir in diesen Gebieten kaum etwas auf der Erdoberfläche. Wenn überhaupt was gefunden wird, liegt es zumeist tief in der Erde, bedeckt von meterhohem Sand. Durch zunehmende Ausgrabungen mehren sich die Funde unzähliger Gebäude und Siedlungen tief im Wüstensand, überall dort, wo Luzifer über die Erde hinweg zog.
Luzifers Weg führte parallel zum Mittelmeer über Nordafrika, wobei dort riesige Wassermengen des Mittelmeeres, alle Flüsse und Seen der ehemals fruchtbaren Sahara verdampften. Daher finden wir auf dem Grund des Mittelmeeres heute Hunderte Meter dicke Salzablagerungen, denn das Salz verdampfte nicht. Später wurde das Wasser des Mittelmeeres aus dem Atlantik über die Straße von Gibraltar wieder aufgefüllt.
Luzifers Spuren sind noch heute sehr gut zu sehen. Schau dir mal diesen rund 10.000 km langen Wüstenstreifen an, der von China bis Mauretanien reicht. Durch Google-Earth ist mittels Internet alles sehr gut zu sehen. Du wirst erschrecken, was du dort siehst, ist nicht irdischen Ursprungs. Aus der Höhe betrachtet sehen all die Wüstengebiete von China bis zur Sahara aus wie die Hölle. Überall erkennen wir ganz deutlich die ehemaligen Seen und Hunderte von Flussläufen in ausgebrannter toter Erde ohne jede Vegetation."
Bobby sagte: „Ich habe hierzu auch ein wenig geforscht. Immanuel Velikovsky schrieb in *Die rote Welt*:
In der Mitte des zweiten Millenniums vor der gegenwärtigen Ära passierte der Erde eine der größten Katastrophen in ihrer Geschichte. Ein Himmelskörper ... kam der Erde sehr nahe. Der Bericht von dieser Katastrophe kann von Beweisen rekonstruiert werden, die von einer Zahl von Dokumenten bereitgestellt werden. Der Planet ... berührte die Erde zuerst mit seinem gasförmigen Schweif ... Servius schrieb: „Er war nicht von flammender, sondern von blutiger Röte."
Eines der ersten sichtbaren Zeichen dieser Begegnung war die Rötung der Erdoberfläche durch einen feinen Staub von ***rostigem*** *Pigment. Im Meer, in den Seen und Flüssen gab dieses Pigment dem Wasser eine blutige Färbung. Wegen dieser Partikel von* ***eisenhaltigem*** *oder anderem lösbaren Pigment färbte sich die Welt rot. Das Manuskript Quiche der Mayas sagt, dass sich in der westlichen Hemisphäre, in den Tagen eines großen Kataklysmus, als die Erde bebte und die Bewegung der Sonne unterbrochen war, das Wasser in den Flüssen wie Blut färbte.*
Ipuwer, der ägyptische Augenzeuge der Katastrophe, schrieb seine Klage auf Papyrus „Der Fluss ist Blut", und das entspricht dem Buch Exodus 7:20: „All die Wasser im Fluss wurden wie Blut gefärbt".
... Auf den Kataklysmus folgend, zeigt uns der Autor vom Codex Chimalpopoca

in seiner Geschichte der Sonnen fürchterliche Himmelsphänomene ... gefolgt von Dunkelheit, die das Gesicht der Erde bedeckte, in einem Fall für eine Periode von 25 Jahren.

Im Papyrus der Ermitage in Leningrad ... gibt es Klagen über eine furchtbare Katastrophe, als sich Himmel und Erde umkehrten. Nach dieser Katastrophe bedeckte Dunkelheit die Erde. Der „Schatten des Todes" bezieht sich auf die Zeit der Wanderung in der Wüste nach dem Exodus aus Ägypten. Die unheimliche Bedeutung der Worte „Schatten des Todes" entspricht der Beschreibung des Ermitage-Papyrus: „Niemand kann leben, wenn die Sonne von Wolken verdunkelt ist." Das Phänomen von Dämmerung, die Jahre andauerte, prägte sich in das Gedächtnis der Zwölf Stämme ein und wird in vielen Passagen der Bibel erwähnt. Psalme 44:19 – „Die Leute, die in der Dunkelheit wanderten ... – im Land des Schatten des Todes."

Eine Geschichte wird über Joshua ben Num erzählt, der, als er die Kanaaniter Könige bei Beth-horon verfolgte, die Sonne und den Mond anflehte, stillzustehen. Joshua (10:12-13): Und die Sonne stand still, und der Mond stand still ... Ist es nicht im Buch von Jasher geschrieben? So stand die Sonne in der Mitte des Himmels still, und beeilte sich nicht unterzugehen für einen ganzen Tag.

Das Buch von Joshua, zusammengestellt aus dem älteren Buch von Jasher, sagt aus, dass die Sonne über Gibeon stillstand und der Mond über dem Tal von Ajalon. Diese Beschreibung der Position der Gestirne impliziert, dass die Sonne in der Vormittagsposition war. Das Buch von Joshua sagt, dass die Gestirne in der Mitte des Himmels standen. Den Unterschied im Längengrad berücksichtigend, muss es früher Morgen oder Nacht in der westlichen Hemisphäre gewesen sein.

Die Segler von Kolumbus und Cortes, als sie in Amerika ankamen, fanden dort gebildete Völker, die eigene Bücher hatten. In den mexikanischen Annalen von Cuauhtitlan, geschrieben in Nahua-Indianisch, wird beschrieben, dass während einer kosmischen Katastrophe, die sich in ferner Vergangenheit ereignete, die Nacht für eine lange Zeit nicht endete.

Sahagun, ein spanischer Gelehrter, der eine Generation nach Kolumbus nach Amerika kam und die Überlieferungen der Ureinwohner sammelte, schrieb, dass zur Zeit einer kosmischen Katastrophe die Sonne nur ein kleines Stück über den Horizont stieg und dort blieb, ohne sich zu bewegen. Der Mond stand auch still. Die biblischen Geschichten waren den Ureinwohnern nicht bekannt.

Popol-Vuh, das heilige Buch der Mayas, schildert: „Die Leute wurden mit einer klebrigen Substanz erstickt, die vom Himmel regnete ... und dann gab es einen großen Lärm von Feuer über ihren Köpfen". Die gesamte Bevölkerung des Landes wurde ausgelöscht. Ein ähnlicher Bericht ist in den Annalen von Cuauhtitlan enthalten. Das Zeitalter, das in einem Regen aus Feuer endete, wurde „die Sonne des Feuerregens" genannt.

In Sibirien trugen die Voguln durch die Jahrhunderte dieses Gedächtnis: „Gott sandte ein Meer von Feuer über die Erde." Auf den ostindischen Inseln erzählen die Stämme der Ureinwohner, dass in ferner Vergangenheit „Wasser und Feuer" vom Himmel regnete. Mit wenigen Ausnahmen starben alle Menschen. Der ägyptische Papyrus Ipuwer beschreibt dieses verzehrende Feuer, „Tore, Säulen und Mauern werden vom Feuer verzehrt. Der Himmel ist durcheinander." Der Papyrus sagt, dass dieses Feuer fast die Menschheit auslöschte.
.... Die Überlieferungen vieler Völker beharren darauf, dass das Meer auseinander gerissen und sein Wasser hochgehoben und auf die Kontinente geworfen wurde. Die Überlieferungen der Leute von Peru sagen, dass für eine Zeitperiode die Sonne nicht am Himmel war, und dann verließ der Ozean die Küste und erbrach sich mit fürchterlichem Lärm über den Kontinent. Die Choctaw-Indianer von Oklahoma erzählen: „Die Erde wurde für lange Zeit in Dunkelheit gestürzt". Schließlich erschien ein dunkles Licht im Norden, „doch es waren berghohe Wellen, schnell näher kommend." Nach dem Lappland-Epos rollten gigantische Wellen ins Land, nachdem die Meereswand auf den Kontinent fiel, und tote Körper wurden in den dunklen Wassern herumgeschleudert.
Die hebräische Geschichte von der Passage des Meeres erzählt, dass der Boden des Meeres unbedeckt war, die Wasser wurden auseinandergetrieben und aufgehäuft wie Wände in einer doppelten Flut. Die Sepuagint-Übersetzung der Bibel sagt, dass die Wasser „als eine Wand" standen, und der Koran, der sich auf dieses Ereignis bezieht, sagt „wie Berge.". In der alten rabbinischen Literatur wird gesagt, das Wasser wurde aufgestellt, solide und massiv.
Das Manuscript Troano und andere Dokumente der Maggieas beschreiben eine kosmische Katastrophe, während der der Ozean auf den Kontinent fiel, und ein fürchterlicher Hurrikan fegte über die Erde. Der Hurrikan brach auf und fegte alle Städte und Wälder weg. Ein wilder Tornado raste durch die Trümmer, die vom Himmel fielen.
Das Thema des kosmischen Hurrikans wird immer wieder in den Hindu-Vedas und der persischen Avesta wiederholt. Die 11. Tafel des Epos von Gilgamesch sagt, dass sechs Tage und eine Nacht der Hurrikan, Flut und Gewitter über das Land fegten, und die Menschheit wurde fast ausgelöscht. Die Maoris schildern, dass mitten in einer erstaunlichen Katastrophe die mächtigen Winde, die grimmigen Schreie, die Wolken, dicht, dunkel, heftig, wild driftend, wild platzend, über die Schöpfung hereinbrachen, ... und riesige Wälder wegfegten und die Wasser zu Wellen peitschten, deren Kamm so hoch wie Berge wuchs.
Hier noch ein Artikel von Herbert Cerutti:

Vom Himmel hoch *– Die Katastrophentheorie des Russen Immanuel Velikovsky empörte vor fünfzig Jahren die Gelehrtenwelt. Jetzt ist Chaos im Kosmos erneut aktuell: Droht uns schon wieder ein Weltuntergang?*

EINE UNGLAUBLICHE WUNDERGESCHICHTE wird von Josua im Kampf mit den Kanaaniterkönigen erzählt: «Und er sagte angesichts des Volkes Israel: Sonne, stehe still zu Gibeon und Mond im Tale Ajalon. Da standen Sonne und Mond still, bis dass sich das Volk an seinen Feinden rächete.» Die stillstehenden Gestirne waren das Signal zu noch Schlimmerem: «Und da die Kanaaniter vor Israel flohen, ließ der Herr ***große Steine vom Himmel*** *auf sie fallen, daß sie starben.» So erinnerte der 1895 in Russland geborene und 1939 nach Amerika ausgewanderte Arzt und Psychoanalytiker Immanuel Velikovsky in seinem 1950 erschienenen Buch «Welten im Zusammenstoß» an die Bibel. Während selbst fromme Leser das Himmelsgeschehen eher symbolisch verstehen, nahm Velikovsky die Sache beim Wort: In der Mitte des zweiten Jahrtausends vor unserer Zeitrechnung, meinte er, mußte ein* ***riesiger Himmelskörper die Erde gestreift und deren Umdrehung kurz gestoppt haben****. Als kosmischen Rächer postulierte Velikovsky einen Kometen, dessen im Schweif verstreute Steine den Feinden Israels den vernichtenden Schlag versetzt hätten. Und da ein solches Bremsmanöver eine ungeheure globale Belastung bedeutet, seien Gebirge eingesunken, andere emporgestiegen, hätten Meere zu kochen, Felsen zu schmelzen, Vulkane aufzuflammen und Wälder zu brennen begonnen – alles Ereignisse, deren Spuren Velikovsky in historischen Quellen sowie in geologischen und paläontologischen Zeugnissen gefunden haben will, wie er in seinen Büchern «Zeitalter im Chaos» und «Erde in Aufruhr» dann dem Publikum detailliert rapportierte. Aber schon 52 Jahre vor dieser Katastrophe soll der Komet ein erstes Rendezvous mit der Erde gehabt haben. Es habe sich, so Velikovsky, folgendermaßen abgespielt: Anfangs berührte nur der* ***eisenhaltige*** *Schweif unseren Planeten. («Und es war* ***Blut*** *in ganz Ägyptenland», meldet eine hebräische Schrift.) Dann röstete brennendes Petroleum aus im Schweif vorhandenen Kohlenhydraten Mann und Maus. Der näher rückende Kopf des Kometen brachte mit seiner gewaltigen Anziehungskraft die Erdrotation durcheinander, was sich in wochenlanger Finsternis manifestierte. Die kosmische Unrast wußte das geknechtete Judenvolk zum Exodus aus Ägypten zu nutzen. Und just als das Rote Meer zu überqueren war, sog der Komet es zur Seite. Als er vorbei war, stürzten die Wasserberge wieder auf den Meeresgrund und ersäuften Ägyptens Soldaten. ... Der schreckliche Komet war nicht irgendwer, sondern Venus (der Morgenstern) in ihrer früheren Form. Vom Planeten Jupiter ausgespuckt, flog der Protoplanet erst der Erde um die Ohren, schubste dann den Mars aus seiner Bahn, wodurch dieser ebenfalls der Erde gefährlich nahe geriet – mit entsprechenden biblischen Folgen in den Jah-*

ren 721 und 687 vor Christus. Nach diesem letzten planetaren Showdown mit gigantischem elektrischem Zucken am Firmament (Homer beschreibt in der «Ilias» den himmlischen Kampf zwischen Athena und Ares, (lies Venus und Mars) fand die ungestüme Venus endlich ihre Bahn in Sonnennähe. So absurd seine Hypothesen erscheinen, der Russe hatte es sich und den Kritikern nicht leicht gemacht. 1940 hatte ihn die Traumwelt Sigmund Freuds interessiert; dabei war er auf den biblischen Moses gestoßen. Er fragte sich, ob die ungemütlichen Happenings im Verlaufe des Exodus nicht Naturkatastrophen hätten gewesen sein können. Falls ja, müssten doch entsprechende Hinweise ebenfalls in den Schriften anderer Völker zu finden sein. Velikovsky wurde fündig. Im Papyrus des Ägypters Ipuwer, dann auch im mexikanischen Codex Chimalpopoca und schließlich selbst in Japan und China, bei den Babyloniern und Etruskern, in den Veden, in isländischen Epen – überall zeigten sich die literarischen Spuren kosmischen Ringens, von Fluten und Weltenbrand, himmlischem Honigtau und Ambrosia. Und wo ein Volk nichts von all dem erwähnt, war dem Psychoanalytiker der Grund klar: Kollektives Vergessen unangenehmer Erinnerungen. Was Velikovsky nach zehnjähriger Recherche präsentierte, waren keine Pamphlete, sondern Werke in wissenschaftlichem Gewand, mit zahllosen Zitaten und Anmerkungen. Am 3. April 1950 kam «Worlds in Collision» in den Verkauf – innert Wochenfrist waren 55.000 Exemplare weg. Der Rebell fand ein Millionenpublikum. Man hat immer wieder über den durchschlagenden Erfolg der unglaublichen Story gerätselt. Irgendwie scheint der Autor bei einem Publikum, das der Allwissenheit der Gelehrten überdrüssig ist, einen empfindlichen Nerv getroffen zu haben. Er offeriert dem Leser eine unkonventionelle Schöpfung, nicht erhabenes Werden während Äonen, sondern ein historisches Drama, welches das geologische und biologische Gesicht der heutigen Welt prägte. Dabei werden die Herkunft des Erdöls, das Entstehen der Eiszeiten, der Untergang der Mammuts völlig neu gedeutet. Und wo bisher die ehernen Gesetze der Himmelsmechanik die Gestirne auf ewigen Bahnen hielten, dominieren jetzt unbändige elektrische und magnetische Kräfte. Die etablierte Wissenschaft mitsamt ihren Bannerträgern Newton und Darwin war in Frage gestellt. Und für manche war wohl verlockend, dass die Heilige Schrift aus dem Dunst der Mythen heraustrat. Velikovsky bemühte sich – noch vor seinem öffentlichen Auftritt – mit Physikern und Astronomen ins Gespräch zu kommen. So machte er über die Oberflächentemperatur und die Zusammensetzung der Atmosphäre von Venus und Mars gewisse Voraussagen, die spektroskopisch hätten überprüft werden können. Sogar mit Einstein trat er in Kontakt. Dieser las das Buch sorgfältig, machte einige Marginalien und schrieb dem Autor: «Ich bewundere Ihr dramatisches Talent, sehe für mein Fach aber keine Gefahr.» Weniger diplomatisch reagierten die Astronomen. Sie weigerten sich, den «Unsinn» überhaupt zu lesen, und fällten ihr nega-

tives Urteil lediglich auf Grund von Buchbesprechungen. Doch «Welten im Zusammenstoß» wurde 1950 nicht von irgendeinem Esoterikladen, sondern von Macmillan lanciert, einem renommierten Verleger auch von Lehrbüchern. Vom öffentlichen Interesse für Velikovskys Ideen überrascht, verloren die Astronomen den Kopf. In einer beispiellosen Kampagne, orchestriert von der Harvard-Sternwarte mit Harlow Shapley an der Spitze, drohten mehrere Universitäten, die Macmillan-Lehrbücher im Unterricht zu boykottieren, falls der Verlag das umstrittene Werk nicht sofort aus dem Programm nehme. «Worlds in Collision» war momentan zwar der Renner; Schulbücher aber sind ein dauerhaftes Geschäft. Noch im Sommer 1950 trat Macmillan sämtliche Buchrechte an Doubleday ab. Physiker, Chemiker, Geologen, Astronomen, Evolutionsforscher, Historiker und Linguisten stritten jahrelang mit Velikovsky und seinen Anhängern. Sind sich nicht die Schöpfungsmythen verschiedener Völker ähnlich, weil im Laufe der Zeit die Geschichten geographisch diffundierten (wie auch aus Europas Sankt Nikolaus der amerikanische Santa Claus wurde)? Hätten die Kollisionen nicht zur totalen Zerstörung der involvierten Planeten führen müssen? Oder dokumentieren die Jahrringe kalifornischer Bäume nicht ein ruhiges Klimageschehen während der letzten 3.000 Jahre? Von solcher Art waren die Fragen, die man aufwarf. Die etablierte Geisteswelt glaubte die Zumutungen des Doktor Velikovsky pariert zu haben, als eine neue Generation Gefallen an der unbequemen Naturgeschichte fand. Ende der sechziger Jahre entdeckte Amerikas akademische Jugend, verunsichert von Vietnam und herausgefordert von der Dominanz von Geld und Technik, den Außenseiter neu. Studenten in Portland, Oregon, gründeten 1972 zur Verbreitung von Velikovskys Gedankengut die Zeitschrift «Pensée». Und die Planeten selber meldeten sich zu Wort: Zur nicht geringen Überraschung mancher Kritiker lieferten die jetzt von amerikanischen und russischen Sonden im Weltraum gesammelten Daten in einigen wichtigen Punkten die Bestätigung der belächelten Voraussagen. Physiker und Astronomen der Universitäten Princeton und Columbia attestierten in einem Brief an die Zeitschrift «Science», dass Velikovsky eine heiße Venusoberfläche, Radiowellen vom Jupiter sowie eine irdische Magnetosphäre bis hinaus zur Umlaufbahn des Mondes richtig prognostiziert habe. Das akademische Establishment beschloss, dem mittlerweile fast achtzigjährigen Enfant terrible doch noch eine Diskussionsplattform zu geben. Organisiert vom renommierten Astronomen und Weltraumforscher Carl Sagan, veranstaltete AAAS, die Dachgesellschaft der Wissenschaften in Amerika, am 25. Februar 1974 in San Francisco ein Symposium. Auf der Rednerbühne saßen neben Sagan und Velikovsky auch ein Experte für die Soziologie der Wissenschaften sowie, als Fachmann für die Astronomie der Antike, der ETH-Professor Peter Huber. Im Saal drängten sich 1400 Zuhörer. Liest man Velikovskys Bericht über den siebenstündigen Disput, will er seine Kritiker mit dem Hinweis beschämt haben, dass im vergangenen Vierteljahrhundert alle geologischen und astronomischen Bücher gründlich zu revidieren waren, in seinen eigenen Schriften aber nach wie vor kein einziger Satz zu ändern sei. Der offizielle Symposiumsbericht «Scientists Confront Velikovsky» spricht allerdings eine andere Sprache. Mit mathematischer Akribie demonstrierte Carl Sagan an zehn ausgewählten Problemen, wie physikalisch unmöglich das postulierte Geschehen sei – vom plötzlichen Stoppen der Erddrehung, das Kanaaniter wie Hebräer selber von der Erde weggeschleudert und zu Satelliten gemacht hätte, bis zur gravitationellen Hürde für das Entweichen der Venus aus dem enormen Schwerefeld Jupiters. Auch gebe es keinerlei Evidenz für Kilometer hohe globale Flutwellen, für ein Blitzgefrieren der Mammuts infolge plötzlicher Polverschiebung oder für die extraterrestrische Herkunft des Erdöls. Der Zürcher Peter Huber zeigte schließlich, daß Venus bereits vor 5.000 Jahren auf archaischen Schrifttafeln aus Uruk in Mesopotamien als (braver) Morgen- und Abendstern erwähnt wird. So blieb die Fachwelt überzeugt, Velikovsky sei ein Spinner oder Lügner und seine richtigen Voraussagen seien mehr oder weniger zufällig. James Meritt vom Physiklabor der Johns Hopkins University findet es heute noch nötig, Velikovskys Bücher und Vorträge im Internet Punkt für Punkt zu zerzausen und den Mann lächerlich zu machen. Die Fans aber halten dem Guru weiterhin die Treue. «Welten im Zusammenstoß» erlebt auch nach dem 1979 erfolgten Tod Velikovskys Neuauflage um Neuauflage. Es mag eine Laune der Götter sein: Die moderne astrophysikalische Forschung hat Velikovskys Schöpfungsgeschichte wiederbelebt. Zwar bleibt die Geburt der Venus in historisch junger Zeit nach wie vor unwahrscheinlich. Aber das in den fünfziger Jahren vorherrschende Bild eines mehr oder weniger gutmütigen Universums mit seinem gemächlichen Werdegang hat einem Kosmos nach Velikovskys Gusto Platz gemacht. ... In jener Epoche scheinen in unserm Sonnensystem gigantische Verkehrsunfälle durchaus üblich gewesen zu sein. Bis sich die wildesten Gesellen nach und nach selber eliminiert hatten. Und noch heute regiert im Kosmos eher Chaos denn göttliche Harmonie. Vor allem im Asteroidengürtel zwischen Jupiter und Mars kreisen zahllose Trümmer, deren Bahnen sich durch gegenseitige Kollisionen oder durch die Anziehungskraft anderer Himmelskörper auf gefährlichen Erdkurs verschieben könnten. Was dann einem Planeten passiert, konnte die Welt im Juli 1994 live verfolgen. An jenem Tag stürzte der Komet Shoemaker-Levy 9 auf den Planeten Jupiter, nachdem ihn eine frühere Streifkollision bereits in kilometergroße Brocken zerrissen hatte. Das kosmische Granatfeuer zernarbte mit 23 Geschossen Jupiters Antlitz; die dabei produzierten Feuerbälle stiegen 2.000 Kilometer hoch über die Jupiteratmosphäre. ... 1989 zischte ein großer Asteroid nur wenige hunderttausend Kilometer an der Erde vorbei. Dies war der Auftakt zu einer vertieften Diskussion über die Gefahr durch NEOs, Near-Earth-Objects. Die As-

tronomen haben bisher etwa 200 Asteroiden und Kometen entdeckt, die mindestens einen Kilometer im Durchmesser messen und in ihrem Lauf um die Sonne immer wieder der Erde nahe kommen. Durch Beobachtungen lassen sich Bahnverschiebungen erkennen und auf Jahre hinaus berechnen. Vermutlich gibt es aber gegen 2.000 weitere NEOs, die noch gar nicht entdeckt sind und uns jeden Tag auf den Kopf fallen könnten. Der Aufprall eines solchen Objektes käme der Explosion von Tausenden von Atombomben gleich – eine globale Katastrophe mit möglicherweise vielen Millionen Toten und gravierenden Klimastörungen während Jahren. David Morrison, Chefexperte bei der NASA für das Asteroidenproblem, schätzt die Wahrscheinlichkeit für einen großen Crash auf eins zu einer Million pro Jahr. Was nicht ausschließt, daß es bereits morgen passieren könnte. Der US-Kongress hat mittlerweile der NASA den Auftrag erteilt, mit einem groß angelegten Suchprogramm innerhalb von zehn Jahren alle NEOs aufzuspüren und zu vermessen, die mehr als einen Kilometer im Durchmesser groß sind. Russland verfolgt ein ähnliches Programm. Was aber zu geschehen hat, falls man tatsächlich ein NEO auf Erdkurs entdeckte, ist fraglich. Die NASA möchte Atombomben mit Trägerraketen zum Störenfried bringen und dort zünden, worauf die Schockwelle den NEO aus der Bahn drücken oder die Nuklearwaffe den Himmelskörper sogar zerfetzen sollte, was allerdings einen immer noch gefährlichen Trümmerschwarm im Umlauf ließe. Doch um die Abwehr zu organisieren, braucht es mehrere Jahre Vorwarnzeit. Die Russen arbeiten nun an einem Projekt für einen Schutzschild, dem als Vorwarnzeit eine Woche genügen würde: Weltraumteleskope sollten NEOs in 20 Millionen Kilometer Entfernung aufspüren; eine Flotte von mit Atombomben bestückten Raumschiffen, die ständig im Weltraum patrouillierte, könnte sofort den Kampf aufnehmen. Diese Sorte von «Star Wars» kommt den Kollegen von der NASA allerdings etwas gar futuristisch vor.

Dies sind nur kleine Auszüge dessen, was Immanuel Velikovsky in seinen Büchern veröffentlicht hat. Er zeigt sehr deutlich, dass die Begegnung der Erde mit einem großen Himmelskörper von vielen Völkern rund um den Globus erlebt und dokumentiert worden ist. Das Geschehen wird zwar nicht ganz richtig interpretiert, aber das ändert nichts daran, dass der Planetencrash stattgefunden hat"
„Ja. Und wir wissen, dass Luzifers blutrote Oberfläche viel glühendes, flüssiges Eisen enthielt. Bei der Begegnung mit der Erde verlor er einiges davon, es regnete damals Manna, das war flüssiges Eisen, und es färbte die Erde und das Wasser rot. Darum trägt das Rote Meer diesen Namen. Und sehen wir uns die Wüstengebiete in dieser Gegend an, der Sand ist meist von roter Färbung und enthält sehr viel Eisenerz und zudem Mangan und andere Metalle.
Die Erde übertrug bei der Berührung einen Teil ihrer Rotationsenergie auf Lu-

zifer. Es ist dabei zu einer zeitweiligen Verlangsamung der Erdrotation gekommen. Dies entspricht auch den Beschreibungen der alten Völker, die von einem Stillstand der Sonne und des Mondes berichten. Es erklärt auch die kurz nach der Berührung der beiden Planeten beschriebenen Kilometer hohen Flutwellen. Wird die Rotation der Erde spontan abgebremst, bewegen sich die Wassermassen aufgrund ihrer Trägheit zunächst weiter. Daher stürzten die Ozeane über die Kontinente mit Kilometer hohen Wellen.
Der gesamte, die halbe Erde umspannende Höllenritt Luzifers dauerte nicht lange, er war nach etwa einer Stunde vorbei. Luzifer bewegte sich vor der Kollision mit rund 13km pro Sekunde. Durch den Stoß der schnelleren Erde wurde er beschleunigt und seine Geschwindigkeit überstieg dabei 14km pro Sekunde. Das war Fluchtgeschwindigkeit, daher entfernte er sich von der Erde.
Dabei verlor er noch eine Menge riesiger Gesteinsbrocken aus seiner glühenden Rinde, die sich durch die Kollision gelöst hatten. Den größten dieser Brocken nennt man heute Ayers Rock, andere Olgas – wir finden sie nicht weit voneinander entfernt in Australien. Das ist die Erklärung dafür, warum es auch dort so riesige Wüstengebiete gibt. Diese heißen Brocken von Luzifer verbrannten fast alles Leben in ihrer Umgebung, zur Abkühlung benötigten sie viele Jahre. Diese Felsen sind zweifellos aus recht geringer Höhe auf die Erde gefallen, daher konnten sie die Erdkruste nicht aufbrechen. Sie bohrten sich lediglich einige Hundert Meter tief in den Boden. Struktur und Lage dieser Brocken zeugen ohne jeden Zweifel davon, dass sie nicht irdischen Ursprungs sein können – sie sind vom Himmel gefallen und enthalten viel Eisen.
In Australien passierte damals noch etwas ganz Seltsames: Durch die über viele Jahrzehnte wirkenden Strahlungen der glühenden Brocken kam es bei den meisten in Australien lebenden Tieren zu Veränderungen der Gene. Wir sehen das heute sehr klar und deutlich an den Kängurus und vielen anderen merkwürdigen Tierarten, die es nur auf dem Australischen Kontinent gibt und für deren Entstehung bislang jede Erklärung fehlt. Ich bin sicher, all diese Tiere sind mutierte also völlig anders geartete Nachfolger ehemals gesunder Tiere. Die Strahlungen und die große Hitze müssen die Erbanlagen dieser Wesen für immer geschädigt und verändert haben. Darum ist in Australien alles anders."
„Das war sicher noch längst nicht alles", sagte Bobby, „wenn die Erdkruste aufgebrochen ist, muss noch einiges passiert sein."
„Richtig. Nach der Kollision schrumpfte das Innere der Erde durch den ausströmenden Wasserstoff, wodurch die feste Erdkruste an vielen Stellen einbrach und sich an den Bruchstellen übereinander schob. Die Erde bebte mit unvorstellbarer Stärke über viele Jahre. Teile der Erdkruste sackten an manchen Orten schlagartig um Hunderte von Metern ab, andere Teile erhoben sich ebenso schnell aus dem Meer. Zeugnisse hierfür gibt es massenweise rund um den Globus. Geschah

dies unterhalb der großen Meere, entstanden Tsunamis mit riesigen Flutwellen, die über die Kontinente fegten und wieder große Mengen der noch lebenden Menschen und Tiere auslöschten.
Riesige Felsbrocken wurden durch die Flutwellen der Ozeane, oft viele Kilometer weit, selbst bis auf hohe Berge geschleudert. Durch die gigantischen Wellen entstanden die großen Salzseen, die wir oft Kilometer hoch in den Bergen finden. Es existieren unzählige Fundorte von zerschmetterten Tierknochen der verschiedensten Arten. Die Knochen von Flusspferden, Tigern, Pferden, Kaninchen und vielen anderen Arten wurden oft gemeinsam zu Tausenden angehäuft und zerschmettert in Höhlen gefunden – und das in Nordeuropa, in England. Allein auf dem Nordamerikanischen Festland starben auf einen Schlag Hunderte Millionen große Tiere. Die vielen gefundenen Überreste zeigen es deutlich.
Was sich damals abgespielt hatte, war für die später geborenen Menschen unvorstellbar. Den fürchterlichen Ereignissen folgte eine totale Verwirrung der überlebenden Menschen. Daraus entwickelten sich Teufelstheorien, Höllenängste und Götterglauben. Denn die wenigen Menschen, die diesen Wahnsinn überlebt hatten, waren bald gestorben. Übrig blieben ihre Nachkommen, die keine Erinnerung an die Katastrophe hatten. Sie konnten mit dem, was ihnen von ihren Eltern und Großeltern übermittelt worden war, nicht viel anfangen. Niemand fand in der damals andauernden Konfusion einen Weg, das tatsächliche Geschehen zu begreifen."
Bobby sagte: „Bislang glaubt man, vor vielen Tausend Jahren hätten sich kilometerdicke Eisschichten auf der Erdoberfläche gebildet, selbst in tropischen Regionen. Es ist aber physikalisch völlig unmöglich, dass sich solche Eisschichten durch Gefrieren von Seen oder Meere bilden und an Land schon gar nicht. Mag es noch so kalt auf der Erde sein, Süßwasserseen oder gar Salzwassermeere können niemals bis in große Tiefen gefrieren, denn Eis ist ein sehr guter Isolator. Je dicker das Eis, umso langsamer schreitet das Gefrieren des Wassers unter der Eisschicht fort und kommt schon nach wenigen Metern zum Stillstand. Selbst das unter Dauerfrost liegende Arktische Meer am Nordpol besitzt nur eine Eisschicht von einigen Metern Dicke. Zudem ist Wasser, das unter Druck steht, stets flüssig. Dies ist Physikern bekannt. Wir sehen das sehr schön an den in den Bergen stetig schwindenden Gletschern. Sie schmelzen unter der eigenen Last nicht von oben nach unten, sondern umgekehrt: *von unten nach oben!* Auf der selbst erzeugten Wasserschicht gleiten sie automatisch talwärts, dort ist es wärmer, wodurch der Schmelzvorgang weiter beschleunigt wird. Bei allen irdischen Gletschern handelt es sich auch nicht um Eis, also direkt gefrorenes Wasser, sondern um gepressten Schnee."
Wir diskutierten anschließend über die Saurier und die angeblich Millionen und gar Milliarden Jahre dauernde Entwicklung der Erdgeschichte.

Bobby sagte dazu: „Wenn wir heute lesen, dass die Saurier vor rund 64 Millionen Jahren plötzlich ausgestorben sein sollen, so wird der Eindruck vermittelt, es handele sich hierbei um gesicherte oder gar gemessene Zeitangaben. Dasselbe gilt für alle anderen Altersangaben, die uns von den Wissenschaften offeriert werden. Tatsächlich sind fast all diese Angaben bloße Annahmen. Theorien werden wie Beweise behandelt. Man bleibt jede Erklärung schuldig, auf welche Weise Knochen 64 Millionen Jahre überdauern konnten und nicht zu Staub verfielen, wie es naturgemäß überall geschieht. Sämtliche Lebewesen zerfallen in der Regel innerhalb einiger Jahre oder maximal Jahrzehnte, wenn man sie begräbt. Bleiben sie an der Erdoberfläche, geschieht dies noch sehr viel schneller. Es müssen schon ganz besondere Bedingungen vorhanden sein, damit die Überreste von Lebewesen einige Jahrhunderte erhalten bleiben. Das geschah bei den tief gefrorenen Mammuts im hohen Norden. Sie sind im Schnee gut konserviert worden."
„So war es", sagte ich zustimmend, „Tatsache ist, dass die Mammuts zeitgleich mit den Sauriern und unzähligen anderen Tierarten bei der großen Katastrophe vor rund 1.500 Jahren vernichtet worden sind. Die einen mussten verhungern oder wurden von riesigen Wassermassen zerschmettert, die anderen sind erfroren. Die Saurier verhungerten, denn es gab über Jahrzehnte kaum Vegetation auf der Erde. Unzählige Tiere erstickten, weil die Atmosphäre der brennenden Erde vergiftet war. Dass nicht alle Saurier zu Staub zerfielen, liegt an den katastrophalen Zuständen dieser Zeit. Die Erde bebte unaufhörlich, schrumpfte, brach an unzähligen Stellen immer wieder auf, formte Bergketten und begrub unter großem Druck und dabei entstehender großer Hitze viele Kadaver. Auf diese Weise konnten sich Versteinerungen von Knochen bilden, die unter normalen Bedingungen unmöglich sind. Andere Versteinerungen entstanden durch die direkte Hitzeeinwirkung von Luzifer. Kurze aber intensive und hohe Erhitzung führte zu Versteinerungen und Konservierungen von Knochen und Bäumen. Ohne dieses Geschehen würden wir heute keinen einzigen Knochen und kein Stück Holz finden, die Tausend Jahre alt wären. Spätestens nach hundert Jahren wäre alles verfault und verrottet gewesen.
Das schreckliche Geschehen auf der Erde dauerte viele Jahrzehnte. In dieser dunklen Zeit ging zunächst alles Wissen der Menschheit verloren. Es hat eine Reihe von Generationen gedauert, bis die Menschen zu einem normalen Leben zurückkehren konnten. Offensichtlich spielte sich das Grauen im finsteren Mittelalter zwischen dem fünften und achten Jahrhundert unserer Zeitzählung ab. Denn aus dieser Zeit und den Jahren davor gibt es keinerlei Zeugnisse durch Schriften oder Gebäude mit konkreten Zeitangaben, und das rund um den Globus. Die meist zerstörten und oft von riesigen Sandschichten begrabenen Gebäude und Monumente entstammen der Antike oder sie wurden einige Jahrhunderte

nach der Katastrophe errichtet. Erst etwa im 10. Jahrhundert unserer Zeitzählung begannen die Menschen wieder mit dem Aufschreiben des Geschehens, wurden mündliche Überlieferungen zu Papier gebracht, die das schreckliche Geschehen der vergangenen Jahrhunderte jedoch nur schemenhaft wieder spiegelten.
Man versuche sich vorzustellen, was die Menschen vor über Tausend Jahren mit den ausschließlich mündlichen Überlieferungen anfangen sollten, die sagten, ein Planet sei auf die Erde gefallen. So etwas konnte sich damals niemand vorstellen. Vor allem entstand dabei die Frage: Wo ist der Planet verblieben? So bedurfte es der Satellitentechnik, um die Bruchstücke von Luzifer wieder zu finden und die großen Rätsel um die Vergangenheit der Erde und der Menschheit endgültig zu lösen.
Allein die Fische und andere Meeresbewohner überstanden die Katastrophe weitgehend unbeschadet. Darum ist ihre Artenvielfalt erhalten geblieben. Viele Vogelarten konnten der dramatischen Abkühlung in den nördlichen Bereichen der Erde entfliehen. Sie zogen über den Äquator auf die südliche Halbkugel nach Afrika, dorthin, wo es noch genügend Vegetation gab. Dasselbe tun sie auch heute noch, denn sobald der Winter im Norden naht, fliegen sie bis zu 10.000km weit von Nordeuropa in den Süden von Afrika.
Die Kollision mit dem Teufel war die schlimmste aller bisherigen Katastrophen auf unserem Planeten. Aber wir müssen weiter damit rechnen, dass es insbesondere große Flutwellen geben wird. Eine davon, einen Tsunami, erlebten wir am 26. Dezember 2004 im Indischen Ozean, bei dem rund 300.000 Menschen jämmerlich starben. Verantwortlich für solch Geschehen ist die stetige Schrumpfung des Erdinneren. Dem passt sich die recht labile Erdkruste manchmal ruckartig an. Für die Schrumpfung gibt es mehrere Ursachen. Es entweichen permanent auf natürliche Weise große Gasmengen aus dem Erdinneren, insbesondere dort, wo die Erdkruste brüchig ist. Dies geschieht besonders häufig unter den Ozeanen und bei Vulkanausbrüchen. Die stetig ansteigende Förderung von Erdöl und Erdgas unterstützt dieses Geschehen. Auch viele kleine Erdbeben sind die unausweichliche Folge des Schrumpfens des Gasmantels. Dadurch sacken die Böden der großen Ozeane unter der Last des Wassers tiefer und ihre Bruchzonen schieben sich immer weiter übereinander. Es kommt zwangsläufig zu einer Verringerung des Erdvolumens und der Erdoberfläche, was auch zum ganz leichten Ansteigen des Meeresspiegels führen kann. Wir können dieses Geschehen nur aufhalten, indem wir dort, wo wir Erdöl und Erdgas fördern, Wasser ins Erdinnere pumpen. Nur dann können wir beliebig viel Erdgas fördern und damit die Erdkruste gegenüber dem gasförmigen Erdmantel im Gleichgewicht halten. Dann wird es kaum noch Erdbeben und Vulkanausbrüche geben, die Erde wird nach Jahrhunderten endlich zur Ruhe kommen.
Wir müssen verstehen, wie es dort unten in der Erde wirklich aussieht. Bei einem

Durchmesser von etwa 12.700km besitzt unser Planet lediglich eine halbwegs feste Schale von durchschnittlich rund 35 Kilometer Dicke. Unter den großen Ozeanen sind es manchmal nur fünf Kilometer. 35 Kilometer sind nur etwa der 400ste Teil des Erddurchmessers. Darunter befinden sich ein mehr als tausend Kilometer dicker hoch komprimierter Gasmantel und eine ähnlich dicke Schicht flüssigen Wasserstoffs. Der Kern der Erde ist eine feste Wasserstoffkugel, die das Magnetfeld erzeugt, weil sie mit anderer Geschwindigkeit rotiert als der Erdmantel. Das System arbeitet wie ein Dynamo. Im Zentrum der Erde ist kein bisschen Eisen. Und Magnetismus hat vorrangig überhaupt nichts mit Eisen zu tun, sondern mit Elektrizität. Aber das konnten die Menschen zur Zeit Newtons nicht wissen, denn der elektrische Strom war damals noch völlig unbekannt. Die Theorie vom glühenden Eisenkern in der Erde, mit einer Temperatur von rund 6.000 Grad, widerlegt sich ohnehin von selbst, denn oberhalb 800 Grad verliert Eisen jeden Magnetismus. Tatsächlich ist es im Zentrum der Erde eiskalt."
„Also ist unserer Blauer Planet ein recht zerbrechliches Ding", sagte Bobby.
„Sehr zerbrechlich. Du erinnerst dich sicher daran, was die Politiker und Militärs nach dem Zweiten Weltkrieg auf diesem Planeten veranstaltet haben. Sie ließen Hunderte von irrsinnigen Atom- und Wasserstoffbomben in und auf der Erdkruste explodieren. Die unmittelbaren Folgen waren meist verheerende Erdbeben mit Hunderttausenden Toten. Die Militärs hätten ihre Teufelsbomben auch direkt auf die Menschen werfen können, die Folgen wären kaum schlimmer gewesen. Besonders deutlich zeigte sich die wahre, zarte Struktur und die Verletzlichkeit der Erde nach der Explosion einer der letzten sowjetischen Wasserstoffbomben, der größten jemals gezündeten Bombe. Noch Tage nach der Explosion vibrierte die gesamte Erdkruste rund um den Globus. Bei einer noch größeren Sprengkraft wäre die Erde vielleicht ein weiteres Mal aufgebrochen und endgültig zerstört worden. Obwohl seit Hiroshima und Nagasaki keine Nuklearbomben direkt auf Menschen geworfen worden sind, starben dennoch Millionen an den unzähligen von Nuklearbomben verursachten Erdbeben. Seit dem Stopp der Bombentests gibt es nur noch wenige Erdbeben und vor allem kaum starke. Diese Tatsache wird jedoch ignoriert und totgeschwiegen."
„Was sagst du zu den Verschiebungen der Kontinentalplatten? Geologen erklären sie heute mit einer Kontinentaldrift. Die Idee hierzu hatte der Deutsche Alfred Wegener im Jahre 1912. Er entwickelte die Theorie, die Westseite des Afrikanischen Kontinents wäre einmal mit der Ostseite Südamerikas verbunden gewesen, da sie ähnliche Küstenlinien zeigen. Er folgerte daraus, alle Kontinente seien vor Milliarden Jahren in einem einzigen Urkontinent vereint gewesen. Dabei ging er offensichtlich davon aus, die Kontinente als schwimmende Objekte zu betrachten, schrieb ihnen ähnliche Eigenschaften zu wie großen Schiffen, die auf den Ozeanen treiben. Doch das ist physikalisch unmöglich."

„Richtig, die Erdkruste besteht *ohne jeden Zweifel erdumspannend aus einem einzigen Stück*, sie ist zwar an vielen Stellen recht brüchig, dennoch bildet sie eine geschlossene Einheit. Da schwimmen keine Einzelteile herum, denn die Erdkruste ist am Ufer eines Ozeans keineswegs zu Ende. Sie ist lediglich unter den Ozeanen dünner als dort, wo sie aus dem Wasser ragt. Die großen Wassermassen verformen die dünne Erdkruste unter den Ozeanen, denn der darunter liegende Gasmantel gibt zwangsläufig nach. Die Erdkruste kann sich nur bewegen oder gar Kilometer hohe Faltengebirge auftürmen, wenn sich das Volumen im Inneren der Erde verringert. Auf der Oberfläche einer Kugel gibt es keine bevorzugte Richtung, dort driftet nichts in alle möglichen Richtungen. Alle Flüsse fließen in Richtung der Meere, weil es zum Meer stets nach unten geht, die Erdkruste unter den Ozeanen gegenüber den stabilen dicken Teilen der Erdkruste nachgeben muss. Wegeners Theorie der Kontinentaldrift passte aber wunderbar zu den Theorien von Charles Darwin, Isaak Newton, Edwin Hubble und Albert Einstein. Um sie dem Volk und ihren Kollegen verkaufen zu können, benötigten sie eine Hilfskrücke, und sie benutzten allesamt dieselbe Krücke: *Den Faktor Zeit*. Um ihre Theorien glaubwürdig zu machen, versteckten sie alles unter einem Mantel von vielen Milliarden Jahren. Bei einem Zeitraum von fünf Milliarden Jahren kann man aus vielen Kontinenten und Inseln einen einzigen Superkontinent zusammenrechnen, wenn man pro Jahr nur einige Zentimeter Bewegung zugrunde legt. Hat man 10-20 Milliarden Jahre zur Verfügung, lässt sich der gesamte Kosmos auf einen winzigen Punkt zusammenrechnen. Wenn man fünf Milliarden Jahre für das Alter der Erde annimmt, kann man aus Bakterien Fische, Elefanten, Affen und daraus Menschen entstehen lassen, obwohl dazu Milliarden phantastischer Mutationen in Form von Veränderungen der jeweiligen Gene notwendig wären, die es aber in der natürlichen Welt nur vereinzelt gibt."
„So ist es", sagte Bobby, „die Religionen haben uns ein primitives Weltbild geliefert, aber dies wird durch die Theorien von Newton, Darwin und Wegener weit übertroffen – schlimmer geht's nicht, hässlicher kann man diese Welt nicht darstellen. Und auf dieser Basis haben sich auch unsere Gesellschaftssysteme entwickelt."
„Ja, das ist das grundlegende Problem von Systemen. Einmal geschaffen, ist es sehr schwierig, sie wieder aufzulösen, ihre Vertreter wehren sich dagegen wie Tiere, die zur Schlachtbank geführt werden. Denn jedes System verhält sich ähnlich wie ein Lebewesen, kämpft für sein Überleben. Das ergibt sich aus den Prinzipien der Natur."
Bobby sagte: „Das sehe ich auch so. Aber der Mensch hat die Möglichkeit, sich über die unerbittlichen Abläufe hinwegzusetzen. Allein der Mensch kann sehen, verstehen und handeln. Seine Hände und sein Verstand sind das Größte, was der Kosmos je hervor gebracht hat. Allein wir Menschen können Dinge erschaf-

fen, die es sonst nirgendwo im Kosmos gibt. Der Kosmos ist auf die Schaffung natürlicher Formen, Strukturen und Bewegungen beschränkt, ja sogar dazu gezwungen. Dazu gehören kugelige Sterne und Planeten, elliptische Bewegungen, Kollisionen und wenn Wasser und alle anderen Elemente vorhanden sind und die Temperaturen stimmen, entsteht auch Leben, bis hin zum Menschen."
Ich ergänzte: „Aber das ist nicht genug. Es geht darum, höchste Technik zu entwickeln, ähnlich wie wir sie schon erleben, aber sie muss noch viel perfekter werden. Denn nur modernste Technik ermöglicht es uns, völlig unabhängig vom stupiden natürlichen Geschehen unseren eigenen Weg zu gehen, uns zunächst auf der Erde und später losgelöst von ihr in fast vollkommener Freiheit zu bewegen. Nur dann findet der Mensch das lang erträumte ewige Leben und kann sich über große Teile des Kosmos verbreiten. Ohne die Nutzung der irdischen Energieressourcen und der Entwicklung einer vollendeten Technik und Raumfahrt sind wir jedoch zum Untergang verurteilt, so wie es wahrscheinlich ungezählten Menschen auf vielen anderen Planeten schon ergangen ist. Wir werden vielleicht die ersten Menschen im Kosmos sein, die in der Lage sind, ihren Heimatplaneten zu verlassen und sich über weite Teile des Kosmos zu verbreiten. Wären wir nicht die Ersten, hätten wir längst Besuch von den so oft ersehnten Außerirdischen bekommen aber das ist nie geschehen."
„Das sehe ich inzwischen genau so", sagte Bobby, „einziges Problem ist die Zeit, sie ist im Prinzip zwar unbegrenzt vorhanden, aber der an einen Planeten gebundene Mensch hat nur sehr wenig Zeit bis zum Untergang."
„Ja. Die Zeit ist das größte Problem. Die Zeit ist geheimnisvoll, sie ist die Angst des Menschen, weil sie immer begrenzt ist, stets drängt. Sie läuft unbeirrbar im Quantentakt ab. Sie ist an sich nicht definierbar, lediglich die Bewegungen der Planeten bieten die Möglichkeit, Zeitabläufe zu erkennen. Und besonders die von Menschen geschaffenen Zeiteinheiten ergeben greifbare Zeitspannen. Sie sind zwar der Natur entnommen, aber um sie wirklich zu verstehen und nutzen zu können, war die Entwicklung präziser Chronometer notwendig. Ohne sie wäre eine sichere Navigation auf den Meeren unmöglich gewesen. Erst damit konnten Seeleute jeweils bei Sonnenhöchststand die Zeitdifferenz zwischen dem Heimathafen und ihrem Ort auf See ermitteln. Mit Hilfe der Einteilung der Erdoberfläche in 360 Grade, 60 Minuten und 60 Sekunden konnte auf diese Weise die zurückgelegte Strecke ermittelt werden. Dazu kamen noch Seekarten und der Sextant, der dazu diente, die Höhe der Sonne über dem Horizont zu ermitteln oder die Winkelabstände anderer Himmelskörper. Damit hatte man hervorragende Instrumente, um sich auf den Ozeanen recht sicher zu bewegen. Damit hatte der Mensch einen riesigen Schritt in Richtung Verständnis von Zeit und Bewegungen gemacht. Daraus erwuchs die Gewissheit, dass die Erde eine Kugel ist wie alle natürlichen kosmischen Körper. Das war eine gute Entwicklung. Aber

danach geschah nicht viel Positives. Insbesondere blieb das Grundproblem der Naturwissenschaften ungelöst, die Ursache und Funktion der Gravitation. Doch jetzt sind wir im Besitz dieses Wissens über den Kosmos, kennen seine Seele, seinen Sinn, die immer während Entstehung und das Sterben von Sonnen und Planeten. Damit verfügen wir über den Schlüssel, die Erde zu beherrschen und in den Kosmos vorzudringen. Diesen brauchen wir, denn wir müssen uns schon bald von der Erde befreien. Denn die Erde ist nicht genug, sie wird nicht mehr lange leben. Es dauert nur noch wenige Jahrzehnte, dann wird nachts am Himmel ein kreisrundes *Schwarzes Loch* zu sehen sein, umgeben von unzähligen, hell leuchtenden Sternen: *Unsere tote Sonne.*

Der einzige Weg ist klar. Nur wenn wir die Verantwortung für die Zukunft der Erde modern und praktisch denkenden Unternehmern, Naturwissenschaftlern, Ingenieuren, Technikern und Arbeitern übergeben, kommt die Welt in Ordnung. Ich fasse kurz zusammen, was geschehen muss: Konsequente Förderung des irdischen Wasserstoffs und des Erdöls, die unter den Böden in schier unermesslichen Mengen leicht erreichbar sind, Aufheizen der Flüsse, Meere und der Erdatmosphäre, Zerstörung der von Schnee bedeckten Polgebiete durch den Einsatz der massenweise vorhandenen Bomben, Bewässerung und Aufforstung der Wüstengebiete, Entwicklung und Bau von echten Raumfahrzeugen, Selbst sinnlos erscheinende Dinge wie Bomben können nun einen Sinn bekommen. Viele wichtige technische Errungenschaften sind entstanden, um damit grausame Kriege zu führen, Menschen zu vernichten. Hunderte Millionen Menschen sind jämmerlich verreckt, damit der Weg in die Zukunft gefunden werden konnte. Dennoch passt am Ende alles zusammen. Nun gilt es, die intelligente Matrix für eine friedliche Zukunft zu entwickeln. Die technischen Voraussetzungen dafür sind gegeben.

Wir müssen weg von den abstrakten Entwicklungen und die natürlichen Prinzipien der Arithmetik und Mathematik finden, sie sind die einfachsten und fundamentalsten aller Wissenschaften. Man sagt: *„Die Mathematik ist die Königin der Wissenschaften, und die Arithmetik ist die Königin der Mathematik."* Aber viele seit langem wirkende Mechanismen folgen nicht den natürlichen arithmetischen Prinzipien und damit nicht der Natur. Eine Ursache hierfür sind die unterschiedlichen Sprachen. Besonders die Deutsche Sprache entspricht weitgehend den Prinzipien der Arithmetik. Sie hat eine große Verbundenheit zur Natur, denn sie ist nicht irgendwie entstanden, wie viele andere Sprachen, sie wurde bewusst geschaffen, konstruiert wie ein Bollwerk."

„Das sehe ich auch so", sagte Bobby, „viele Sprachen und die daraus entstandenen Systeme sind nicht klar an der Arithmetik orientiert. Daher ist es kein Zufall, dass die meisten mörderischen Eroberungen und systematischen Kriege mit vielen Millionen Toten im Namen der Angelsachen stattfanden. Auch die derzeitige Weltfinanzkrise hat ihre Wurzeln in der angelsächsischen Kultur. Der

englischen Sprache mangelt es ganz offensichtlich an der Verbundenheit zur Arithmetik. Die halbe Welt verständigt sich inzwischen in schlechtem Englisch und entsprechend düster sehen die gesellschaftlichen Entwicklungen aus. Werbung und Internet tragen dazu bei. Eine Begleiterscheinung der Globalisierung. Auch die Grundlagen der heutigen wissenschaftlichen Weltanschauung basieren weitgehend auf englischem Gedankengut, insbesondere durch Newton, Darwin und andere Männer aus dem angelsächsischen Sprachraum. Deutsche Naturwissenschaftler wie Max Planck mit seiner Quantenphysik beschritten richtige Wege. Seine fundamentalen und experimentell abgesicherten Erkenntnisse und Naturkonstanten ließen sich trotz intensiver Bemühungen nie in Einklang bringen mit dem Gravitationsgesetz des Isaak Newton.
Die Angelsachsen haben die halbe Welt überfallen und kolonisiert. Ihr Ableger, die USA, sind nach den Raubzügen der Engländer und den Massenmorden an den Indianern vor rund 200 Jahren durch einen Bürgerkrieg entstanden, sie sind die schlimmste kriegstreibende Nation aller Zeiten, führen Kriege gegen den Rest der Welt. Sie unterliegen mit ihrem englischen Dialekt einer stark wirkenden negativen Matrix, können sich daraus nicht aus eigener Kraft lösen. Im Gegensatz dazu sorgt Europa ohne England für eine gute und sichere Kultivierung der Welt, hier wirkt eine starke positive Matrix.
Die Hardware der menschlichen Gehirne ist unabhängig von der Rasse weitgehend ähnlich. Ihre Software ist dagegen sehr unterschiedlich, denn diese ist abhängig von der Sprache. Sie erfüllt Aufgaben wie die Software eines Computers, muss daher auch unbedingt den Prinzipen der Arithmetik folgen. Die meisten Sprachen können dies nicht, viele basieren auf einer primitiven Matrix. Darum sind ihre Entwicklungsmöglichkeiten klar begrenzt. Die Sprache eines Negerstammes in Afrika bietet keinerlei Basis für die Entwicklung einer technisierten und zukunftsorientierten Welt. Diese findet ausschließlich über die an der Arithmetik orientierten Sprachen statt. Die Deutsche Sprache ist offensichtlich die beste Software für das menschliche Gehirn. Durch ihre arithmetische Struktur und die daraus erwachsene Seele entstanden die meisten und wichtigsten Erfindungen und Entdeckungen.
Wir müssen nun gezielt eine Matrix entwickeln, die allein dem Menschen und seinem Überleben dient, mit deren Hilfe wir die Zukunft selbst bestimmen können. Sie muss völlig unpolitisch sein, nichts darf dem so genannten Zufall, dem oft grausamen Geschehen der Natur überlassen werden. Mithilfe der Leistungen unserer modernen Rechner, durch das Internet und den hohen Stand der Technik sind wir heute in der Lage, uns frei zu verständigen und zu bewegen, uns von der altmodischen irdischen Begrenztheit zu lösen. Wir müssen nur die Sprache der Natur verstehen. Sie ist weltweit gleich, wird von allen Menschen verstanden, selbst wenn sie völlig verschiedene Sprachen sprechen."

„Bobby, das ist perfekt", sagte ich erfreut, „ich bin sicher, dass wir es schaffen werden, genügend maßgebende Menschen davon zu überzeugen, wo der Weg in die Zukunft ist. Wir müssen verstaubtes Wissen, Theorien, Systeme und Glauben über Bord werfen. Religionen, Newton, Darwin und Einstein waren viel zulange die Grundlage unserer mittelalterlichen Weltanschauung. Die Entwicklungen müssen beschleunigt werden. Im Mittelalter dauerte es Wochen und Monate, bis ein Brief seinen Empfänger erreichte. Viele Jahre vergingen, bis sich Nachrichten und Wissen über die Länder verbreiten konnten. Heute fegt Wissen mit Lichtgeschwindigkeit in Sekundenschnelle mehrmals rund um den Globus und erreicht sofort Milliarden Menschen.
Wir müssen uns aus alten Zwängen lösen, auch vom Dogma Einsteins, die Lichtgeschwindigkeit sei die höchste aller möglichen Geschwindigkeiten. Wir wissen doch längst, dass die elementaren Dinge im Alltag stets mit der so genannten Lichtgeschwindigkeit ablaufen. Licht, elektromagnetische Wellen, Radiowellen und der elektrische Strom, selbst in unserem Gehirn und sonst wo in der Natur. Die Lichtgeschwindigkeit müssen wir daher als Standartgeschwindigkeit im Kosmos ansehen, als die niedrigste kosmische Geschwindigkeit, auf der alles Sein basiert. Entgegen Einsteins Theorie, *nichts ist schneller als das Licht,* muss es heißen: *Nichts kann sich langsamer bewegen als das Licht*, und zwar aus dem einfachen Grund, weil sich Licht überhaupt nicht bewegt, denn es sind lediglich Energiewellen, die ein Medium bewegen, wie eine Welle durchs Wasser eilt, obwohl sich das Wasser nicht in dieselbe Richtung bewegt. Einstein griff Newtons Idee auf, dem Licht eine materielle Struktur zu geben. Daraus entstanden Photonen, nicht vorhandene Lichtteilchen, an denen man sich seit hundert Jahren die Zähne ausbeißt.
Ein weiterer Fehler Einsteins war seine weltberühmte Formel: $E = mc^2$. Das soll sagen: Energie gleich Masse mal dem Quadrat der Lichtgeschwindigkeit. Das ist nicht schlecht, aber dennoch falsch. Die richtige Gleichung lautet: $E = (mc)^2$. Man beachte die Klammer! Scheinbar ein kleiner mathematischer Fehler, ähnlich wie der Irrtum Newtons in seiner Theorie über die Gravitation, aber auch dieser ist von immenser Tragweite. Daher sage ich noch etwas zur Massenträgheit: Bislang ist festgeschrieben, dass das Gewicht einer Masse und ihre Trägheit immer gleich sind. Das ist aber nicht richtig. Tatsächlich nimmt die Trägheit jeder Masse quadratisch in Bezug auf ihr Gewicht zu. Das heißt: Doppelte Masse gleich vierfache Trägheit, dreifache Masse gleich neunfache Trägheit usw. Wir erkennen dies sehr deutlich daran, dass ein tausend Tonnen schwerer Zug bei 100km/h einen Bremsweg von mehr als einem Kilometer hat und ein Auto von einer Tonne Gewicht mit rund vierzig Meter auskommt. Schwere Flugzeuge und Schiffe zeigen uns dasselbe Bild, sie haben kilometerlange Bremswege."
„Ich verstehe", sagte Bobby, „Einstein hat die Fehler Newtons und einiger sei-

ner Zeitgenossen aufgegriffen und versucht, sie weiter zu entwickeln. Aber das konnte nicht funktionieren, denn die von ihm verwendeten Theorien waren zum großen Teil grundlegend falsch, und er selbst hatte ganz offensichtlich keine eigenen Ideen. Ich schließe daraus, wir werden schon bald Raumfahrzeuge bauen, die sich mit vielfacher Lichtgeschwindigkeit bewegen, und damit können wir sogar die Zeit überlisten. Zurückdrehen können wir sie nicht, aber den Ablauf unserer Zukunft selbst bestimmen – unabhängig von der Erde und das für alle Zeiten. Nehmen wir diese Hürde nicht, sind wir für immer verloren, wie andere Menschenvölker auf unzähligen anderen toten Eisplaneten im endlosen Kosmos. Sie gingen und gehen stets unter, weil sie die Welt nicht verstehen konnten und über keine Technik verfügten, um ihre Planeten rechtzeitig zu verlassen. Für den Kosmos an sich ist das kein Problem, denn dieses Gebilde ist ohne wirkliche Zeit, ohne messbaren Raum, Verstand und Gefühl. Das kosmische Spiel läuft auch ohne Menschen und Raumfahrt weiter, ohne Ende, aber auch ohne jeden Sinn."

*

Wir saßen vor dem Fernseher und schauten uns an, was in der Welt geschehen war. Es war eigentlich immer dasselbe, nur wurde alles immer schlimmer und niemand hatte eine Lösung.
Bobby bemerkte ernst: „Zurzeit erleben wir noch immer Aufstände und Kriege ohne Sinn und Ende, doch jene, die sich opfern, verstehen nicht, was sie tun. In vergangenen Zeiten ließen sich solche Entwicklungen noch von den Obrigkeiten beherrschen. Dies ist heute nicht mehr möglich. Die Rebellen verfügen über dieselben Waffen wie die Herrschenden, und diese Waffen sind fürchterlich. Daher herrscht auf allen Seiten panische Angst. Eine große Gefahr geht hier von Pakistan aus, denn dieses Land ist pleite und verfügt über Nuklearwaffen. Aber wen kümmert das schon, verfügen doch allein die USA und Russland über mehr als 20.000 einsatzbereite Atomwaffen. Es ist traurig, dass sich Afrikaner millionenfach gegenseitig umbringen und zwar mit Waffen, die ausschließlich aus unseren so genannten zivilisierten Ländern stammen. Es ist schlimm, dass Millionen Afrikaner jedes Jahr an AIDS sterben. Ohne uns wären diese Menschen überhaupt nicht in der Lage, ein solches Elend zu erzeugen, sie wären friedlich und gesund wie seit Jahrhunderten, ohne unsere Waffen, Chemie und Medikamente, die den sicheren und grausamen Tod bedeuten. Sie könnten sich bestenfalls gegenseitig mit Knüppeln bekämpfen. Ohne dieses Elend würden unsere Aktienspekulanten allerdings nicht so gute Gewinne machen. Das ist eine sehr schlimme Entwicklung, durch den Weißen Mann ergoss sich grausames und unendliches Elend über die Afrikaner. Ich werde das Gefühl nicht los, dass diese Entwicklungen erwünscht sind und gar durch gewisse Lobbys gefördert werden."

„Ich bin sicher, das gehört alles zu einem großen Plan. Du kennst doch den Ausspruch des ehemaligen Präsidenten der USA, Franklin D. Roosevelt: *Wenn in der Politik etwas geschieht, war es so geplant.* Ich will nur ergänzen, dass es nicht die Politiker sind, die entscheiden. Wir erleben es immer wieder, die Dinge werden hinter verschlossenen Türen geplant und entschieden. Auch was sich zurzeit weltweit vollzieht, die große Pleitewelle, ist nicht irgendwie entstanden. Sie ist bewusst provoziert worden. Sie sorgt für eine schon lange geplante Umschichtung riesiger Vermögenswerte rund um den Globus. Es findet eine Konzentration der großen Besitztümer in wenige Hände statt."

Hochzeit

In der Nacht wachte ich auf und ging in die Küche. Charon saß am Küchentisch und schrieb fleißig.
„Was machst du?", fragte ich, „kannst du nicht schlafen?"
„Ich arbeite an einem Plan für unsere Hochzeit", sagte sie, „hast du schon vergessen, dass wir heiraten wollen?"
„Entschuldige", sagte ich betreten, „ich war so intensiv mit all den anderen Dingen beschäftigt, dass ich daran gar nicht mehr gedacht habe. Aber du machst das schon. Wann ist denn die thailändische Hochzeit?"
„In zwei Tagen, ich habe zusammen mit meiner Mutter schon das Meiste organisiert. Es wird eine buddhistische Hochzeit. Meine Mutter hat es so gewünscht. Kann ich dich jetzt auch mit einplanen?"
„Kein Problem, ich bin dabei."
„Schön, dann nimm die bitte für Übermorgen nichts anderes vor."
Wir lachten herzlich über uns.

*

Das wurde ein interessanter Tag. Als ich aufstand, sah ich am Strand jede Menge Tische und Stühle, einige Bars, alles war wunderschön und farbenfroh dekoriert. Ich wusste nicht, was da auf mich zukam. Für mich lag ein weißer Anzug bereit.
Es wurde ein rauschendes Fest. Gegen Mittag war der Strand voller Menschen. Ich schätzte, alle Bewohner der Insel waren gekommen, sicher mehr als fünfhundert. Die Zeremonie mit den Mönchen will ich nicht im Einzelnen beschreiben, aber es war schon etwas Besonderes, nicht zu vergleichen mit einer Hochzeit in Deutschland. Aber auch hier wurde ohne Ende bis tief in die Nacht getrunken, getanzt und gefeiert. Hunderte freundlicher Inselbewohner umlagerten mich, alle wollten mit mir trinken. Und ich habe getrunken, soviel, dass ich nicht mehr

weiß, wie ich ins Bett gelangt bin. Am nächsten Tag war ich krank, trank jede Menge Wasser und blieb im Bett. Es war eine schöne Feier, aber ich war nun froh, dass ich alles relativ gut überstanden hatte.

Quanten

Einen Tag später saß ich wieder mit Bobby auf der Terrasse.
Er scherzte: „Na, bist du wieder nüchtern, du warst ja in der Hochzeitsnacht richtig betrunken."
„Ja, es geht, das Bier schmeckt wieder. Schließlich musste ich mit jedem Inselbewohner etwas trinken, sonst wären sie beleidigt gewesen. Das war das größte Gelage in meinem Leben, aber es war alles sehr freundlich und herzlich. Die Menschen sind sehr lieb. Und Charon ist nun überglücklich. Ich habe unsere Diskussionen vermisst, du sicher auch."
„Richtig. Das lass uns anfangen. Was sagst du zu den Theorien über die Struktur der Materie, zu der Suche nach dem so genannten kleinsten Teilchen?", fragte Bobby, „da wird ein riesiger Aufwand betrieben. Ist das nicht ebenso sinnlos wie die Geschichte vom Urknall?"
„Beides ist völlig sinnlos. Die Entstehung kosmischer Massen und ihre Strukturen sind nun klar. Schwarze Löcher, entartete Materie gibt es ebenso wenig wie den Urknall. Mit Hilfe des Gravitationsgesetzes von Newton lässt sich so etwas wunderschön berechnen, denn berechnen kann man im Prinzip alles, auch wenn es nicht existiert. Es ist beschämend, dass Legionen hochintelligenter Physiker rund um den Globus ernsthaft daran herumrechnen, dass sämtliche Materie des Kosmos irgendwann mal in einem Punkt vereinigt gewesen sein soll. Jeder Ingenieur weiß, dass sich Materie nicht zusammenpressen lässt, mag der Druck auch Tausende Tonnen pro Quadratzentimeter betragen. Wie sollen solche Drücke innerhalb von Sternen und Planeten zustande kommen? Tatsächlich wirkt im Zentrum eines jeden kosmischen Körpers überhaupt kein Druck.
Druck definieren wir in Form der Höhe einer Wassersäule. Dies gilt jedoch nur für Verhältnisse, die maximal für einige Kilometer Höhe realistisch sind, wie in den irdischen Meeren oder in der Atmosphäre. Natürliche kosmische Körper sind aber keine Säulen, die irgendwo stehen, sondern ausnahmslos schwerelose Kugeln. Dort ist die Druckverteilung eine völlig andere, der Druck nimmt in großer Tiefe, in Richtung eines kugelförmigen Massenzentrums permanent ab, und im Mittelpunkt beträgt der Druck gleich Null. Energie kann auch nie von einem Punkt ausgehen, sondern ist stets mit einer Masse verbunden, die eine reale Ausdehnung, ein Volumen und eine Oberfläche besitzt.
Völlig hoffnungslos ist daher auch die Forschung nach dem kleinsten Teilchen. Viele Milliarden Euro wurden bereits darin investiert, Tausende Physiker arbei-

ten seit Jahrzehnten daran. In Wahrheit ist es aber vollkommen sinnlos, nach einem kleinsten Teilchen zu suchen, denn es gibt überhaupt keine Teilchen. Ist man auch hier nach der Suche nach einem Gott, einer Singularität? Hier schließt sich der seltsame Kreis zwischen Urknall und kleinstem Teilchen.
Die Welt besteht ausschließlich aus Wellen, Bewegung, Energie. Teilchen nehmen wir zwar in der Makrowelt wahr, aber die Strukturen der Materieteilchen basieren ausnahmslos auf gebundenen Energiewellen. Denken wir doch einmal nach: Fände man ein kleinstes Teilchen, so entsteht sofort zwingend die Frage, woraus dieses Teilchen besteht. Also müssten wir weitersuchen, bis wir ein noch kleineres Teilchen gefunden hätten ... und so weiter und so fort. Dies geschieht seit Jahrzehnten in monströsen, Milliarden Euro teuren aber dennoch völlig sinnlosen Teilchenbeschleunigern, die bislang auch keinerlei Ergebnisse brachten. Tatsächlich müssen wir nicht nach dem Kleinsten suchen, denn es ist längst gefunden. Aber das ist selbstverständlich kein Teilchen. Es handelt sich um die kleinstmöglich messbare Welle, die kleinste Energieeinheit, das *Planck-sche Wirkungsquantum*. Und dieses Plancksche Quant ist ganz klar geometrisch und mathematisch kompatibel zu der von mir bestimmten, wahren Gravitationskonstante. Beide Naturkonstanten basieren direkt auf Messungen und Beobachtungen, mit ihnen kommt die Physik ebenso in Ordnung wie unsere Welt."
„Ich denke, wenn es derartig kleine Energiemengen gibt, wie das Plancksche Quant, muss es ein Medium geben, von dem es getragen wird", sagte Bobby.
„Korrekt. Um alles zu verstehen, muss man wissen, dass der Raum, in dem sich Materie befindet, nicht leer sein kann, wie es heute angenommen wird. Tatsächlich ist der Raum sehr sauber strukturiert, denn alles was existiert, besitzt klare geometrische Strukturen, Atome, Moleküle, Materie aller Art. Eine Welt ohne Struktur ist ebenso unmöglich, wie eine Brücke ohne tragende Konstruktion, alles muss stets geometrisch klar geordnet sein. Der Raum wird getragen von der einfachsten aller möglichen dreidimensionalen Struktur: Dem Tetraeder. Dieser wird gebildet von vier Raumquanten, die vier gleichseitige Dreiecke bilden. Jahrhunderte lang waren die Naturforscher davon überzeugt, dass der Raum, in dem sich die Sterne und Planeten bewegen, nicht leer sein kann. Viele namhafte Forscher suchten mehr als ein Jahrhundert nach dem Äther, schließlich wurde er von Albert Einstein abgeschafft, weil alle Überlegungen von falschen Voraussetzungen ausgingen. Damit war der totale Irrtum über die Struktur der wahren Welt für viele Jahre besiegelt. Doch nun haben wir sie entdeckt, wir können den Raum über die Prinzipien der Geometrie mit der Materie in Einklang bringen, denn jede Materie besitzt eine klare geometrische Struktur."
„Das hört sich sehr gut an", sagte Bobby erfreut, „damit sind wir bis an den Kern aller realen Dinge vorgedrungen. Es kann ja auch nicht sein, dass der Raum rund um die Materie leer ist. Das widerspricht jeder Vernunft. Schließlich

benötigen alle Wellen, wie auch das Licht, ein Medium, von dem sie getragen werden. Und weil wir wissen, dass sich Licht und alle elektromagnetischen Wellen mit der Lichtgeschwindigkeit fortpflanzen, können wir klar sagen, dass die von dir beschriebenen Raumquanten mit Lichtgeschwindigkeit schwingen müssen."

„Das ist korrekt, denn anders geht's nicht. Die Geschwindigkeit einer Welle ist stets identisch mit den Bewegungen des Mediums, in dem sie sich fortpflanzt. Damit ist auch dieses Thema abgehakt. Ich will noch etwas zur Kernverschmelzung sagen. Seit fünfzig Jahren versuchen Physiker in monströsen Anlagen durch Kernverschmelzung Energie zu erzeugen. Ohne den geringsten Erfolg. Aber sie geben nicht auf, bauen immer größere Anlagen und versprechen heute, das Problem bis 2050 gelöst zu haben. Auch hier wird Energie verbrannt. Billionen Kilowatt Energie wurden bislang eingesetzt, ohne ein einziges Watt zu erzeugen. All diese Projekte beschleunigen den Weg in die Energiekrise.

Kernverschmelzung ist eine natürliche Sache, sonst gäbe es nicht die Vielfalt der chemischen Elemente. Aber sie geschieht unter völlig anderen Bedingungen und entzieht sich jeder Kontrolle durch den Menschen. Die Kernverschmelzung zu schweren Elementen ist eine Reaktion bei der Zerstrahlung von Wasserstoffatomen. Allein hierbei werden die notwendigen Temperaturen erzeugt. Auf diese Weise entstanden die festen Krusten der Planeten."

„Aber wie erklärst du, dass jeweils eine Hälfte der Planetenkrusten deutlich dicker ist als die gegenüberliegende Seite? Wir sehen es auf der Erde, wo die Kruste unter dem Pazifik viel dünner ist als auf der Nordhalbkugel, und die Mondkruste zeigt eine ähnliche Struktur."

„Kein Problem. Dies zeigt uns, dass der Fusionsprozess auf jener, der Sonne zugewandten Seite stärker ausgeprägt war als auf der abgewandten Seite. Denn Mond, Merkur und viele andere Planetenbegleiter zeigen während ihres Umlaufs ihrem Zentralkörper stets dieselbe Seite. So lag eine Seite stets im Schatten der Sonnenstrahlung, wurde daher weniger geschmolzen."

„Es ist leidèr so", sagte Bobby, „ein einziger Fehler in den Grundlagen einer Theorie hat eine endlose Zahl weiterer Fehler zur Folge. Aber für die Verfechter der Theorien ist es unmöglich, einzugestehen, dass sie über Jahrzehnte falsche Wege gegangen sind. Die Wahrheit zu finden ist nicht einfach, sie anderen Menschen zu übermitteln ist noch viel schwieriger, denn die meisten Menschen neigen dazu, an dem festzuhalten, was ihnen eingetrichtert worden ist, halten es für die Wahrheit, klammern sich daran, verteidigen es wie ihr Eigentum. David, fass doch bitte noch einmal zusammen, wie sich die Entstehung von Sonnen, Planeten und Leben im Kosmos vollzieht und was mit der Erde geschehen ist."

„Gut", sagte ich, „Sonnen sind stets von gleicher Größe, was das Volumen betrifft. Sie bestehen zunächst vollkommen aus flüssigem Wasserstoff. Ihre Massen

unterscheiden sich nur abhängig vom Alter. Alle werden von ähnlichen Planeten begleitet, wie wir sie aus unserem System kennen. Auch die Abstände der Planeten von den Sonnen sind in etwa so wie bei uns, da sie einem einfachen aber zwingenden Prinzip der Arithmetik folgen. Nach der explosionsartigen Zündung einer Sonne werden die Oberflächen der Planeten je nach Entfernung zu schweren, teilweise festen, flüssigen und gasförmigen Elementen geschmolzen. Jede Sonne bildet durch Kernfusion eine eigene Schutzhülle.
Befindet sich ein Planet in ähnlicher Entfernung von seiner Sonne wie die Erde, kommt es auch zur Fusion großer Mengen Wasserstoff zu Sauerstoff.
Die durch Zerstrahlung des Wasserstoffs zunächst sehr schnell abnehmende Masse der Sonne bewirkt, dass die sie umlaufenden Planeten immer stärker ausgeprägte Ellipsenbahnen einnehmen, denn sie sind nun für eine gleichmäßige Kreisbahn zu schnell. Dies betrifft insbesondere die nahe der Sonne entstandenen Planeten. Aus diesem Grund kommt es zu Vereinigungen von Planeten wie Erde und Mond und zu Kollisionen wie Erde und Luzifer.
Zunächst vereinigte sich die Erde mit dem nahe der Sonne entstandenen Planeten Mond auf einer gemeinsamen Bahn. Dadurch wurde die Erde in eine Rotation versetzt, die wir Tag nennen. Ohne den Mond würde sich die Erde nur rund einmal pro Jahr um sich selbst drehen, also in Bezug auf die Sonne überhaupt nicht. Unter diesen Bedingungen wäre kein Leben entstanden.
Im Ozean wurden die Urmoleküle des Lebens gekocht. Diese vereinigten sich mit abnehmender Temperatur zu den bekannten Riesenmolekülen und Zellen. Bei rund 37 Grad Celsius bildeten sich schließlich unermesslich viele Samenzellen aller Arten und beider Geschlechter. Diese paarten sich je nach Art zwangsläufig. Was ins Wasser gehörte, blieb dort, was an Land gehörte, rettete sich dorthin, die Samen der Pflanzen wurden an die Ufer geschwemmt. Auf diese Weise entstanden alle Arten der Flora und Fauna, die Fische und Menschen vieler verschiedener Rassen zur gleichen Zeit. Die heutige Gentechnik liefert hierfür beste Beweise, auch wenn die Verfechter der Darwinschen Theorie der Evolution das Gegenteil behaupten. Die Ähnlichkeit der Gene vieler Arten zeigt uns, dass sich **neben** dem idealen Gen des Menschen zwangsläufig endlos viele andere Gene formieren mussten, damit sich der Mensch als höchstes aller Wesen bilden konnte. Die vielen Arten an Lebewesen auf der Erde sind daher nur zwangsläufige Nebenprodukte. Es ist ähnlich wie bei der Roulette, um eine sehr lange und seltene Serie von Rot oder Schwarz zu erzeugen, müssen sich Unmengen anderer, minderwertiger Serien bilden. Salopp formuliert kann man auch sagen: Wenn einer sechs Richtige im Lotto hat, haben Hunderte fünf und Millionen nur drei Treffer. Das ist das kosmische Spiel. Und er Mensch ist die Sechs mit Superzahl.
In der Folge entwickelten die Menschen sehr schnell große handwerkliche Fer-

tigkeiten. Innerhalb weniger Jahrhunderte wurden einige Rassen zu großen Baumeistern, wie wir es noch heute an den Monumenten vergangener Zeiten rund um den Globus erkennen können. Das Leben auf der Erde war paradiesisch. Es war warm und friedlich, aber es gab keine Technik.
Doch dann, vor rund 1.500 Jahren, begegnete die Erde dem Teufel. Man nannte ihn auch Luzifer und Morgenstern. Es war ein Planet, der ähnlich dem Mond nahe der Sonne entstanden war und nun durch seine stark ausgeprägte Ellipsenbahn in die Nähe der Erdbahn kam. Schließlich kam es zur Kollision mit dem Teufel. Die Erdkruste brach auf, der irdische Wasserstoff trat mit lautem Getöse aus dem Erdinneren. Dadurch kühlte die Erdatmosphäre in kurzer Zeit sehr stark ab. Es kam zu sintflutartigen Regen- und Schneefällen. Das Innere der Erde schrumpfte, die Polkappen und Faltengebirge entstanden.
Die meisten Menschen und viele Tierarten starben in kurzer Zeit. Erst Jahrzehnte später beruhigte sich die Erde. Die durch die Schrumpfung der Erdkruste entstandenen Vulkane sorgten nun dafür, dass der Schnee teilweise schmolz. Die Sonne strahlte wieder am Himmel, die Erde erwachte zu neuem Leben. Die Menschen wussten fast nichts über das grausame Geschehen der Vergangenheit. Die mündlichen Überlieferungen der Alten waren ungenau, Mythen entstanden, Religionen, Götter und Teufel wurden erfunden.
Nun begann die neue Geschichte, jene die in den Lehrbüchern geschrieben steht. Die neue Zeitzählung begann durch die Katholische Kirche. Man startete mit dem Jahr 1000, denn man wusste nichts Klares über die Vergangenheit. Das Rad wurde neu erfunden, Segelschiffe wurden gebaut, die Zeit der Eroberungen, das grausame Abschlachten der Nichtchristen begann einige Jahrhunderte später.
Es war die Zeit der Kriege, des Landdiebstahls, es galt, das schon besiedelte und das neu entdeckte und gestohlene Land unter den vom Papst ernannten europäischen Königsfamilien aufzuteilen. Die Vereinigten Staaten von Amerika wurden in der Folge zum Maß aller Dinge. Menschen, die auf diesem gestohlenem Land lebten, erhoben nun den Anspruch auf die Weltherrschaft. Die Angelsachsen wurden zu den schlimmsten Aggressoren auf diesem Planeten. Sie waren und sind an sämtlichen Kriegen dieser Erde beteiligt.
Die weitere Geschichte der Neuzeit ist allgemein bekannt. Die USA drängen sich der vielfältig kultivierten Welt mit Gewalt auf, obwohl sie selbst nicht wissen, was Kultur ist. Sie sind nicht viel mehr als Hollywood, ein einziger billiger Film, fern jeglicher Natürlichkeit, Gift für den Rest der Erde. Es ist wie im alten Rom: Brot und Spiele für das dumme Volk. Wenn das Volk gefüttert und gut unterhalten wird, können sie oben machen was sie wollen. Diese Entwicklungen sehen wir heute wieder besonders stark. Obrigkeit und Prominenz leben, und das dumme Volk schaut zu, bewundert sie in den Medien, ergötzt sich daran, ist sogar zufrieden mit seinem Schicksal. Die Stars verdienen viele Millionen, obwohl

manche von ihnen nicht mal ihren Namen schreiben können. Und wieder steht die Menschheit unmittelbar vor dem Untergang.
Die Angelsachsen haben die halbe Menschheit überfallen, beraubt und mit Krankheiten verseucht. Zunächst waren es ihre spanischen Verwandten, die über die freie Welt herfielen wie die Vandalen. Die englischen Vettern folgten bald. The British Empire wurde in die Landkarten eingezeichnet. Die Krieger der USA sind inzwischen über den gesamten Globus verbreitet, können nicht einmal mehr vernünftiges Englisch reden. Eine saubere Sprache ist aber die Voraussetzung für Kultur. Wir erleben heute, dass sich der amerikanische Stumpfsinn auf vielen Ebenen durchsetzt. Langfristig wirken die *Hamburger* schlimmer als eine amerikanische Atombombe.
Vor und während der vergangenen Weltkriege wurden Kräfte freigesetzt, die kaum für möglich gehalten worden sind, aber die Entwicklung der Technik sehr stark beeinflusst haben. Millionen Menschen waren jahrelang weltweit damit beschäftigt, Waffen und Material zu produzieren, um sich gegenseitig umzubringen, aber auch Geräte zu entwickeln, die dem eigenen Schutz dienten. Diese ungeheure Energie und viele dabei entwickelte technische Errungenschaften resultieren aus dem natürlichen Willen der Menschen, zu überleben. Aber dieser Wille war damals allein instinktiv gesteuert. Wie bei einem Schachspiel wurden viele Bauern geopfert, um dem König zum Sieg zu verhelfen. In Zukunft darf es niemals mehr um den König gehen, sondern vorrangig um die Bauern, denn sie können sehr gut ohne König leben, umgekehrt geht das nicht. Könige können nur existieren, wenn es genügend Sklaven gibt, die ihrem Führer in den Hintern kriechen und ihm dienen. Auf das Schachspiel übertragen benötigen wir nur Damen, denn die können sich in alle Richtungen bewegen, die Dame ist die einzig wirklich freie Figur auf dem Schachbrett.
Wir müssen den Weg finden aus unserer Verwaltungsgesellschaft, die uns in unserer Bewegungsfreiheit nur einengt. Es gibt allein in Europa mehr als dreißig Millionen Arbeitslose, die darauf warten, eine sinnvolle Aufgabe erfüllen zu können. Dazu kommen etwa ebenso viele Menschen, die in Verwaltungsapparaten stecken, oft den natürlichen Fortschritt hemmen. Auch sie könnten produktiv an der Zukunft der Menschheit mitarbeiten. Was wir brauchen, sind Denker, Ingenieure und Handwerker, aber keine Verwalter. Es muss endlich begriffen werden, dass Arbeitsplätze tatsächlich etwas mit Arbeit zu tun haben, mit echter Produktivität, mit Energie, damit, etwas zu schaffen.
Das wahre Kapital der Erde ist schier unerschöpflich, kostenlos und zinslos und daher ohne jede Inflation. Die Kapitalmenge muss sich an den Mengen der geförderten irdischen Energie orientieren und nicht an der Menge gedruckter Geldscheine oder virtuellem Kapital, das überhaupt nicht existiert. Erst wenn rund um den Globus saubere Energie aus dem Inneren der Erde aus vielen Tausend

Bohrlöchern in die Pipelines strömt, wird sich gesundes Kapital in ungeheuren Größenordnungen vermehren. Die Begriffe Inflation, Zins und Armut werden dann in kurzer Zeit verschwinden.
Der Weg der Menschheit war mühselig. Katastrophen, Kriege und unfassbare Grausamkeiten mussten durchstanden werden. Aber es gab nur diesen Weg. Das Geschehen im Kosmos ist ein gigantisches Spiel. Es wird gnadenlos gewonnen und verloren. Katastrophen mit Hunderttausenden oder gar vielen Millionen Toten geschehen ebenso, wie Planeten miteinander kollidieren und dabei schwer beschädigt oder gar komplett zerstört werden. Das Geschehen in der Natur ist grausam, es ist ohne Seele.
Der Kosmos musste die Erde und den Menschen gebären – durch den Zwang der Zeit und der geometrischen Prinzipien der Materie im Raum. Der Kosmos ist eine unendlich wirkende Matrix, eine immer wieder gebärende Mutter. Der Mensch kann sich nun ihrer nie versiegenden Energie bedienen, er verfügt dann über unendlichen Raum und ewige Zeit.
Im Vordergrund künftiger Entwicklungen muss die Weiterentwicklung der Technik stehen, dem folgt direkt die Energieförderung. Wir werden angesichts der dramatischen Lage in kurzer Zeit ungeheure Fortschritte in der Verfeinerung der heutigen Prospektionen, Explorationen und Bohrtechniken machen. Und die Raumfahrt wird völlig neu erfunden."

Zukunft

Monate später saßen wir wieder mit Bobby und Maggie auf der Terrasse am Strand in Thailand.
„David", sagte Bobby, „ich denke, die Zukunft der Menschen sieht gut aus. Alles ist friedlicher geworden auf diesem Planeten, die Mordanschläge im nahen Osten gibt es nicht mehr. Die Medien sind voll mit Nachrichten über Öl- und Erdgasfunde rund um den Globus. Alle Fabriken produzieren auf Hochtouren beste Qualität, Arbeitslose gibt es auch nicht mehr. Die Spannungen zwischen den Staaten beruhigen sich. Es gibt Verhandlungen, die NATO aufzulösen, den Militärs neue humanitäre Aufgaben zu erteilen. Die Amis ziehen ihre Soldaten aus dem Irak und vielen anderen Ländern ab. Das Deutsche Parlament hat die Abschaffung vieler Steuern beschlossen. Andere Länder wollen bald folgen. Viele Beamte kündigen, befreien sich von ihrem stumpfsinnigen Dasein, gehen in die freie Industrie, in die Luft- und Raumfahrt. Die Grenzen werden geöffnet, die Börsen werden geschlossen, die Zeit der Spekulanten ist vorbei. Weltweit verbreitet sich eine friedliche Stimmung. Die Menschen bekämpfen sich nicht mehr, sie arbeiteten und feiern miteinander."
„Ja", sagte ich, „erstmals wird das Leben von allen Menschen gefeiert. Lan-

ge genug haben sie sich gegenseitig ausgebeutet, bekämpft und totgeschlagen. Daher hat der Mensch nun eine gute Chance, er kann es schaffen, denn es gibt genügend intelligente Menschen. Jede Epoche meinte stets, sie wäre mit ihren Systemen am Ende der gesellschaftlichen und wissenschaftlichen Entwicklung angelangt, alles liefe so weiter, wie die Weichen gestellt sind. Das war stets ein großer Irrtum. Der Lauf der Zeit zwingt uns auf immer neue Wege, er gibt uns auch die Werkzeuge hierfür in die Hand. Doch nur der naturverbundene freie Geist kann uns in den Stand setzen, die verbleibende Zeit zu nutzen und die Aufgaben zu lösen, die uns die Natur gestellt hat, doch wir haben nur noch wenig Zeit, dies zu tun."

Bobby sagte: „Das sehe ich genau so. Nun etwas Anderes. Vor einiger Zeit hast du davon gesprochen, mit Hilfe der Vakuumtechnik rund um die Erde ein Netz von Raumstationen zu platzieren. In einem deiner Bücher habe ich gelesen, am Ende sollen wir gar den Mond zu einem Raumschiff ausbauen. Das klingt ein wenig verrückt. Erzähl mir bitte mehr darüber."

„Ja, gerne. Du weist, alles Neue wird zunächst abgelehnt. Hätte vor 300 Jahren jemand behauptet, dass heute täglich Millionen Menschen um den Globus fliegen und viele Millionen Autos über asphaltierte Straßen fegen, hätten sie ihn als Ketzer auf einem Scheiterhaufen verbrannt. Jeder, der neue Ideen bringt, wird zunächst abgelehnt.

Für den Aufbruch ins All benötigen wir besondere Raumfahrzeuge. Doch wie wollen wir die gesamte Menschheit oder zumindest jene Menschen, die daran interessiert sind, in den Weltraum befördern und ihnen dort ein Leben unter menschenwürdigen Verhältnissen bieten? Es kann nicht mit der Technik unserer einsamen Raumstation ISS geschehen. Die Betreiber haben zehn Jahre gebraucht, um dürftigen Lebensraum für einige Menschen zu schaffen, der Milliarden kostet. Solche Projekte haben keine Zukunft. Was dort oben seit Jahren über uns schwebt, ist von Verzweiflung gekennzeichnet, ist so etwas wie eine kosmische Eisenbahn.

Eine echte Raumstation muss sich innerhalb einer geschlossenen Hülle befinden, integriert in eine riesige Vakuumkugel, die ohne eigenen Antrieb bis in die Stratosphäre aufsteigen kann, weil sie schwerelos ist. Auch der Nachschub an Material und Personal ist problemlos, wenn der Transport über Vakuumkugeln erfolgt.

Auf diese Weise lässt sich ein perfektes System installieren, das zunächst durch riesige Kugeln aus Karbon Menschen und Material unter minimalem Energieeinsatz in den Orbit transportiert. Dort können viele Menschen lange Zeit unter vernünftigen Bedingungen leben, bis größere Raumschiffe zum Abflug fertig sind. Solche Kugeln sollten Durchmesser von vielen Kilometern besitzen – denn je größer sie sind, umso wirtschaftlicher können sie gebaut und genutzt werden.

Die Tragfähigkeit einer Vakuumkugel steht proportional zum Volumen, aber Oberfläche und Eigengewicht sind spezifisch deutlich geringer. Hier nutzen wir umgekehrt das allgegenwärtige geometrische Prinzip, wie die natürliche Gravitation bei der Entstehung kosmischer Körper. Erinnern wir uns hier noch einmal an Otto von Guericke mit seiner Magdeburger Vakuumkugel.
Und nun kommt die Krönung des Ganzen. Es gibt schon das perfekte Raumschiff: Es ist unser Mond: Das hört sich völlig verrückt an, aber es ist sicher, dass der Mond ein Hohlkörper ist. Hohl ist der Mond, weil er einst sehr nahe der Sonne entstanden ist. Die dort herrsche den Temperaturen schmolzen eine recht solide Kruste auf. Jedoch war der Druck im Inneren des Mondes so hoch, dass die Kruste aufbrach und der Wasserstoff entweichen konnte. Fotos zeigen, dass sich auf der Südseite des Mondes einige riesige Löcher befinden, daher haben wir dort Zugang zum Mondinneren. Mit einem Durchmesser von rund 3.500 Kilometer und einer stabilen und massiven Kruste von durchschnittlich 120 Kilometer Dicke stellt der Mond ein absolut sicheres Raumschiff dar. Sicher gegen Einschläge von im Kosmos umherirrenden Kleinkörpern, Raketenschrott, Kometen, Meteoriten und gefährlichen Strahlungen. Der Hohlraum reicht aus, um die gesamte Menschheit aufzunehmen.
Zudem besteht die feste Kruste des Mondes zu großen Teilen aus hochwertigsten Metallen und Elementen, es gibt sie dort viel mehr davon als in der Erdkruste. Sie können dazu verwendet werden, den Mond in seinem Inneren so auszubauen, dass dort Milliarden Menschen leben können. Die Temperatur im Inneren des Mondes liegt bei 25 Grad Celsius, ideal für menschliches Leben. Für genügend Energie können Kernkraftwerke sorgen, die auf der Oberfläche des Mondes installiert werden, sie stellen dort keinerlei Gefahr für die im Inneren des Mondes lebenden Menschen dar. Die dazu erforderlichen Elemente gibt es auf dem Mond massenweise. Insbesondere Helium 3 ist hier interessant. ein Kernbrennstoff, der sich im Mondstaub befindet.
Die Fläche des Mondes im Inneren der Hohlkugel beträgt rund 32 Millionen Quadratkilometer. Selbst wenn diese von sechs Milliarden Menschen bevölkert sein sollte, verbleiben pro Person noch über 4.000m², genügend Platz für alle heute lebenden Menschen. Dazu kommt, dass wir nach und nach das gesamte Volumen des hohlen Mondes nutzen können. Es beträgt fast zwei Milliarden Kubikkilometer. Wir können uns im Inneren des Mondes eine *dreidimensionale*, vollkommen sichere und schöne Welt schaffen, in der wir unsere Lebensbedingungen vollkommen selbst bestimmen können. Ohne Stürme, Unwetter, Tsunamis, Schnee und Eis. Die technischen Strukturen hierfür beherrschen wir längst durch die gigantischen Wolkenkratzer, die im Prinzip auf der Erde sinnlos sind. Dennoch werden sie errichtet, denn was sich heute technisch ergibt, sind nur unbewusste Übungen für das, was wir schon bald in großen Kugeln realisieren

müssen, bis hin zum hohlen Mond. Wir errichten im Inneren des Mondes einen perfekten Minikosmos. Eine angenehme Situation für die künftigen Bewohner, denn wir sind überall von der großen Last der irdischen Gravitation weitgehend befreit. Begeben wir uns ins Zentrum des Mondes, sind wir sogar schwerelos.
Der gesamte Hohlraum des Mondes wird mit Sauerstoff gefüllt. Dazu müssen wir nur jede Menge Wasser dorthin transportieren. Dies geschieht durch unbemannte, elektronisch gesteuerte Vakuumkugeln, die schwerelos innerhalb der Erdatmosphäre aufsteigen. Sie transportieren mit heißem Wasser gefüllte Sonden bis in die Stratosphäre. Das Aufheizen des Treibstoffs Wasser erfolgt auf der Erde. Wasser kostet nichts, es muss lediglich auf über 1.000 Grad erhitzt werden, dann enthält es riesige Mengen Energie. Das ist die billigste, sicherste und effektivste Methode. Neben dem Wasser müssen wir viel Stickstoff nach oben schaffen, den brauchen wir für die Pflanzen, die in gesonderten Abteilungen gezüchtet werden.
Die Sonden parken mit ihren Frachten zunächst im Orbit, werden zu großen Formationen zusammengefügt und unter minimalem Energieeinsatz in eine Mondumlaufbahn befördert. Dort angelangt, werden sie wieder getrennt und landen nun einzeln auf dem Mond. Das Wasser wird in das Innere des Mondes gepumpt, dort durch elektrische Energie aus Atomkraftwerken mittels Elektrolyse in Sauerstoff und Wasserstoff gespalten, bis das Innere des Mondes von einer sauberen Atmosphäre gefüllt ist, die fast vollständig aus Sauerstoff besteht. Darin können Menschen gesund und lange leben.
Und hier schließt sich ein wichtiger Kreis: Durch die Elektrolyse fallen riesige Mengen Wasserstoff an und dafür gibt es nun eine gute Verwendung: Wir fügen ihn zusammen mit Kohlenstoff, den es in der Kruste des Mondes massenhaft gibt. Wir erzeugen dadurch Kohlenwasserstoffe und kopieren damit das, was im Inneren der Erde bei der Entstehung von Erdöl und Erdgas permanent geschieht. Auf diese Weise verfügen wir über Unmengen an Kohlenwasserstoffen, mit deren Hilfe wir alles herstellen können, was wir zum Überleben brauchen. Alle wichtigen anderen Elemente wie Eisen und Metalle bis hin zu Silber, Gold, Platin und Uran sind auf dem Mond ohnehin in unermesslichen Mengen vorhanden."
„Das hört sich gut an, Science Fiktion mit realistischem Hintergrund. Aber was sagen deine Kritiker, wenn du diese Idee veröffentlichst? Sie werden dich zerreißen. Vor allem werden sie bezweifeln, dass der Mond hohl ist und fragen, wie du ihn aus seiner Bahn zwingen willst."
„Bobby, es ist nur wenig Energie erforderlich, den Mond aus der Erdbahn zu lösen und auf eine Bahn zu bringen, die weg von der Erde hinaus auf eine völlig neue eigenständige Bahn in unserem Sonnensystem führt. Die Masse des Mondes beträgt rund 14 Trillionen Tonnen. Doch das hat nicht viel zu bedeuten, denn

dieses Gewicht hätte der Mond nur dann, wenn er auf der Erde liegen würde, aber er bewegt sich *schwerelos* auf einer Bahn um die Sonne. Daher hat der Mond überhaupt kein Gewicht, und die aufzuwendende Energie, ihn aus seiner heutigen Bahn zu lösen, ist viel geringer als es zunächst erscheint. Rund um den Mond angebrachte Triebwerke, die mit Wasserdampf arbeiten, können ihn in jede beliebige Richtung treiben.
Der Mond bewegt sich nur scheinbar mit rund tausend Meter pro Sekunde um Erde. Aber tatsächlich bewegt er sich überhaupt nicht um die Erde. Einen halben Monat lang ist der Mond innerhalb der Erdbahn schneller als die Erde. In der zweiten Hälfte des Monats, außerhalb der Erdbahn, ist er langsamer, er bewegt sich daher im Mittel genauso schnell um die Sonne wie die Erde. Um den Mond von der Erde zu lösen, müssen wir ihn lediglich ein wenig in Richtung Sonne lenken, dann wird er durch die Gravitation der Sonne kostenlos beschleunigt. Sodann wird er sich von der Erde lösen und eine völlig eigene elliptische Bahn um die Sonne einschlagen. Näher der Sonne, wenn der Mond genügend Geschwindigkeit hat, geben wir ihm einen weiteren Richtungsimpuls. Sodann wird er sich auf den Weg begeben, das Sonnensystem für immer zu verlassen. Im Orbit, in der Schwerelosigkeit, müssen wir nicht viel beschleunigen, wir geben weitgehend nur die Richtung vor. Solche Projekte sind recht einfach, im kleinen Stil sind sie mit Satelliten schon oft durchgeführt worden.
Ein direktes Ziel braucht unsere Reise nicht. Hier ist, ebenso wie bei unserem irdischen Dasein, allein der Weg das Ziel. Ich denke, frei durch den Raum fahrende Menschen, wie wir es sein können, gibt es im Kosmos nur ganz selten, vielleicht sind wir sogar einzigartig. Denn für das Erreichen unserer technischen Entwicklungen bedurfte es jener katastrophalen Ereignisse mit Luzifer, die wir nur knapp überlebt haben. Wenn wir nun zu den Realitäten finden, sind wir Menschen die wahren Götter des Kosmos."
Eine Weile war es still. Nach einigen Minuten sagte Bobby: „Einige deiner Gedanken mögen auf den ersten Blick sehr verwegen oder gar verrückt erscheinen, aber sie haben reale Grundlagen, führen weit in die Zukunft."

Abschied

Die mir von der Natur gestellten Aufgaben hatte ich erfüllt. Die Entwicklungen auf unserem Planeten waren nun insgesamt positiv. Es bewegte sich eine weltweite Lawine, die unaufhaltsam ihren Weg nahm.
Unser Schiff war bereit für die Jungfernfahrt. Wir wollten bald hinausfahren aufs Meer, in wenigen Wochen sollte unser Kind das langsam müde Licht der Sonne erblicken, in einer ruhigen Bucht im Pazifik, im Großen Ozean, wo einst alles Leben entstanden ist. Dann wollten wir eine Weltreise starten, alle Küsten der

Erde besuchen, uns einen gemeinsamen Traum erfüllen. Es sollte der Abschied von diesem einzigartigen Paradies sein. Für die Zukunft hatten wir noch einen Wunsch: Wir wollten zusammen mit unserem Kind an Bord des ersten Raumschiffs gehen, das die Erde für immer verlassen wird. Wir fühlten, dass uns dies nicht leicht fallen wird, aber **die Erde ist nicht genug**, der Abschied von ihr ist der einzige Weg in die Zukunft.

Ich hatte den Ergeiz,
weiter zu gehen als jeder Mensch vor mir,
ich wollte die ganze Wahrheit.

Teil 2

Weitere Erläuterungen zum Thema mit Bildern und Berechnungen

Nun gibt es Zahlen, Zahlen und Berechnungen, sicher manchmal verwirrend und nicht von jedem geliebt. Aber ohne diese gibt es keinen Weg, die Welt zu verstehen. Wir erleben, dass der falsche Umgang mit Zahlen zu großen Verirrungen führen kann. Was mit Newton begann, setzte sich fort bis zur heutigen Weltwirtschaftskrise. Nun, Ende Februar 2009, stehen wir vor einer großen Wende. Bleibt zu hoffen, dass die Betonköpfe und Wissensverwalter früh genug Angst vor dem Tod bekommen, damit der Weg frei wird für ein Überleben der Menschheit. Sonst wird es fürchterlich auf diesem Planeten.

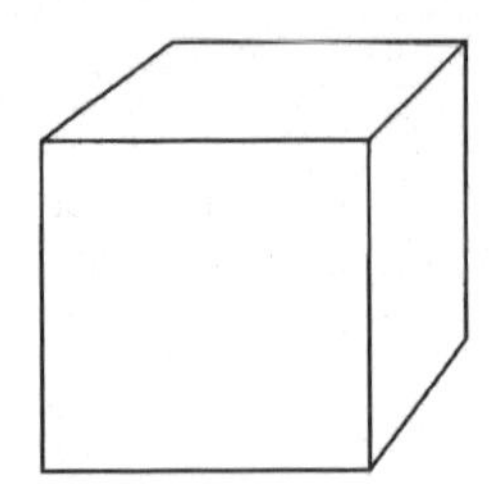

Würfel A: $3^3 = 3 \times 3 \times 3 = 27$

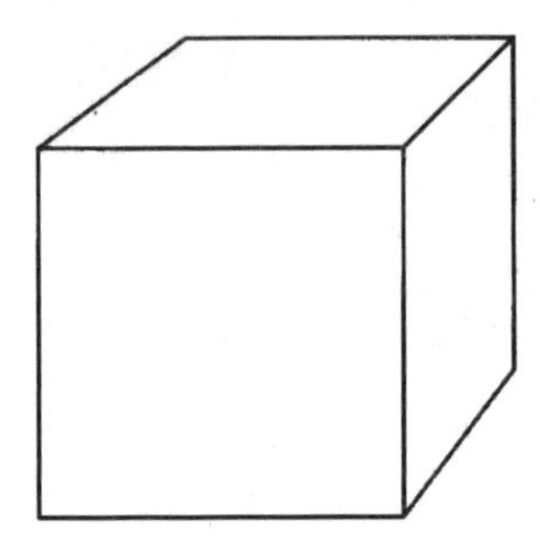

Würfel B: $4^3 = 4 \times 4 \times 4 = 64$

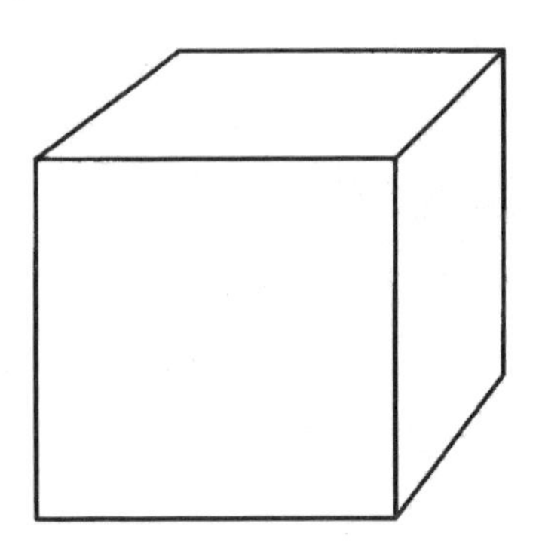

Würfel C: $5^3 = 5 \times 5 \times 5 = 125$

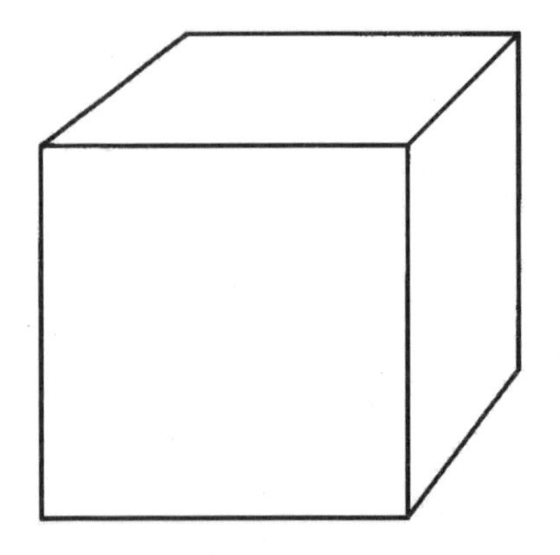

Würfel D: $6^3 = 6 \times 6 \times 6 = 216$

Erklärung: Die Summe von 1+2+3 ist 6. Ein Würfel hat sechs Seiten. 6x6 sind 36, die Zahlen bei der Roulette, der Königin aller Spiele, das aus China stammt. 36x6 sind 216, also **6x6x6**. Darin offenbart sich ***Der Satz des Seins***, der lautet: $a^3+b^3+c^3=d^3$. In Zahlen: $3^3+4^3+5^3=6^3$ oder 27+64+125=216. Wir sehen, der große **6er** Würfel besitzt dasselbe Volumen wie die drei kleinen Würfel zusammen. Bemerkenswert ist zudem, dass nur bei einem Würfel mit der Kantenlänge **sechs** Rauminhalt und Oberfläche denselben Zahlenwert besitzen: **216**. Unten der aufgeklappte Sechserwürfel, so sieht er aus wie ein Kreuz.
666 ist nicht die Zahl des Teufels, sondern richtig gedeutet, als **6x6x6**, eine wunderbare Matrix, ein Element der Natur, das lange Zeit unerkannt durch die Geschichte der Menschheit geisterte.

6 x 6 x 6

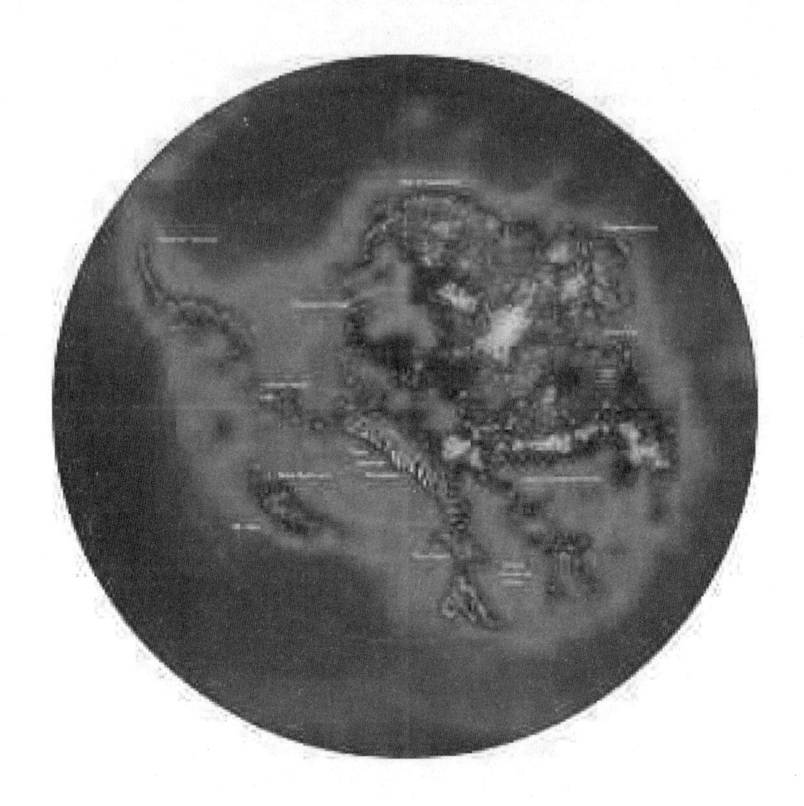

Hier sehen wir die wahre Landmasse der Antarktis. Der allergrößte Teil der Schneeberge schwimmt im Wasser. Wenn wir den gesamten Schnee abschmelzen, ihn dorthin zurück bringen, wo er als Wasser hergekommen ist, wird sich die Höhe des Meeresspiegesl überhaupt nicht verändern. Aber in den großen Wüsten wird neues Leben entstehen.

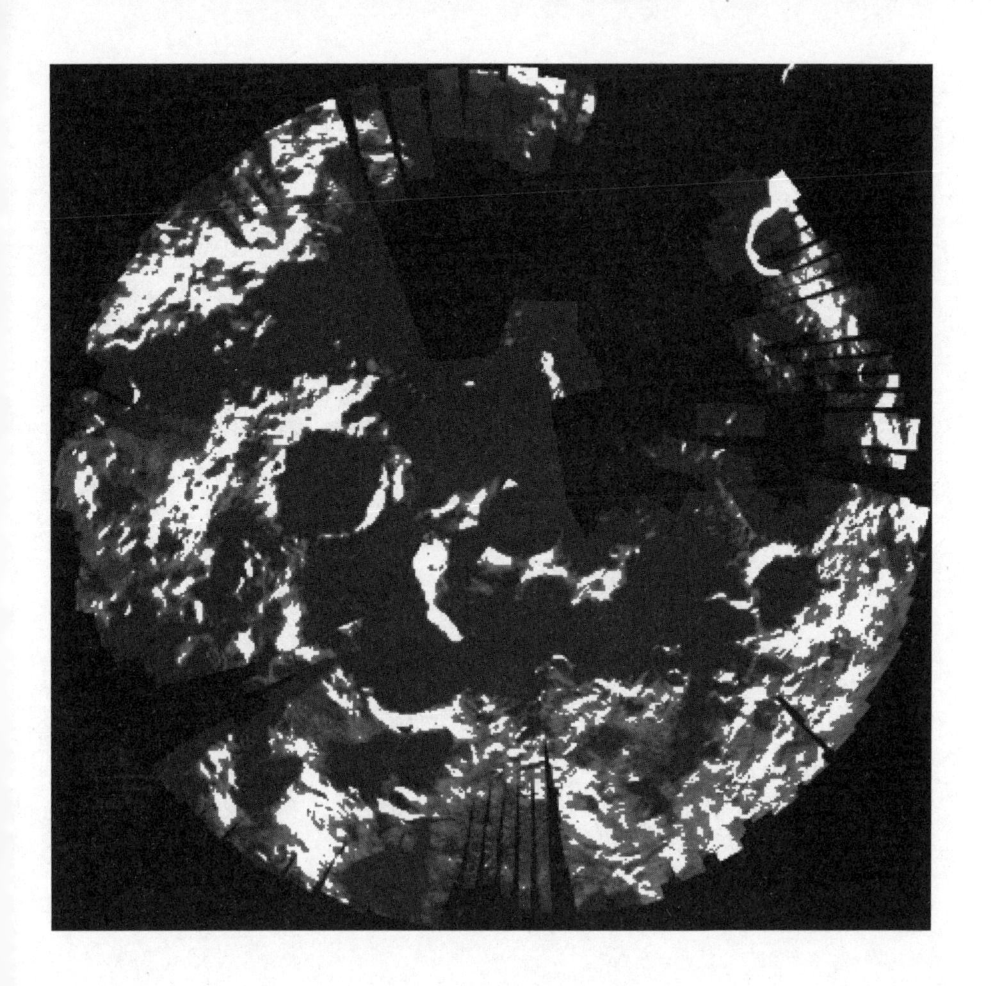

Dieser Blick in die Löcher des Mondsüdpols zeigt den Eingang in die Zukunft..

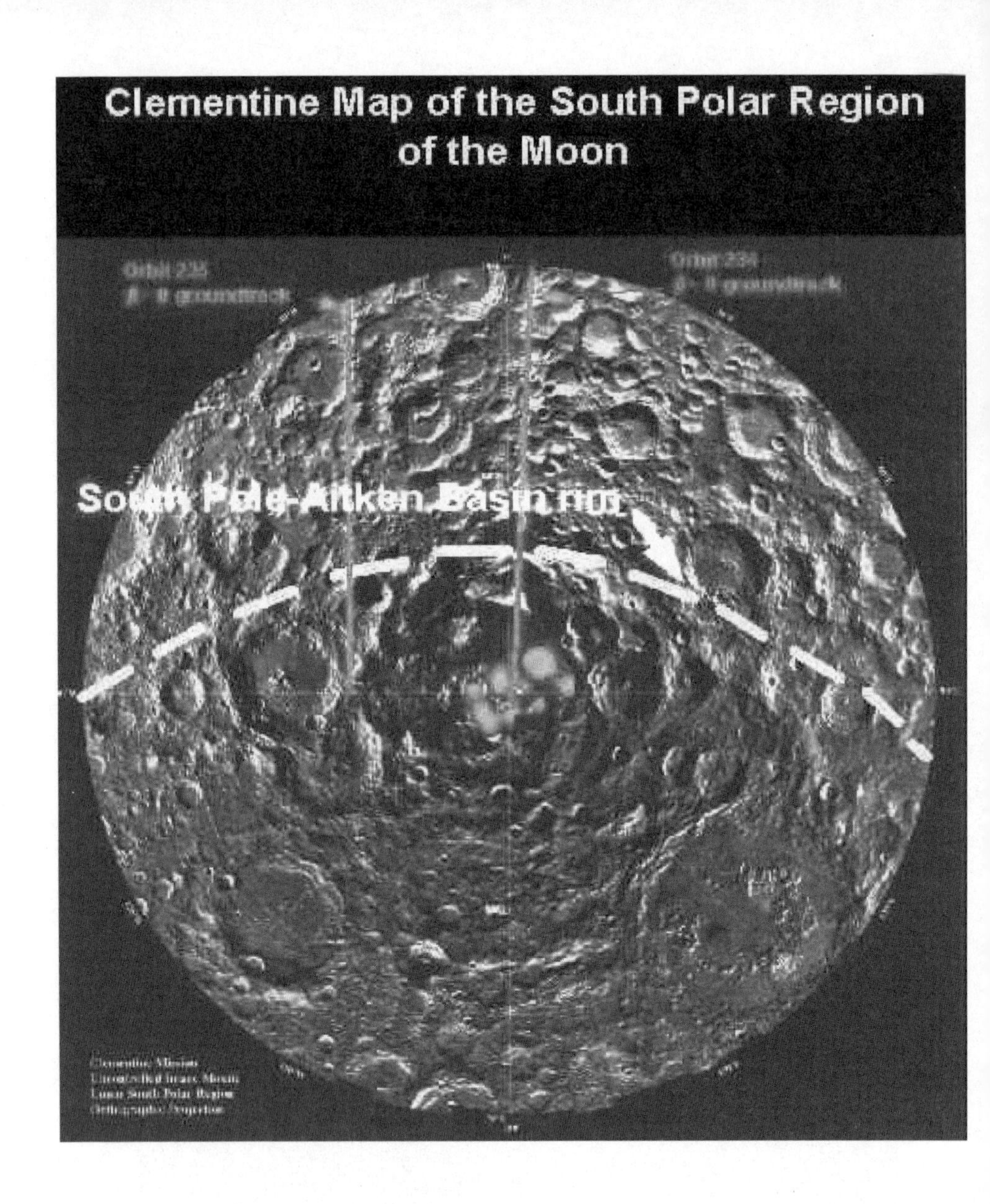

Das Südpol-Aitken-Becken auf dem Mond ist die größte bekannte Vertiefung auf den Planeten unseres Sonnensystems. Das Becken hat einen Durchmesser von 2.240 km und ist bis 13 km tief.

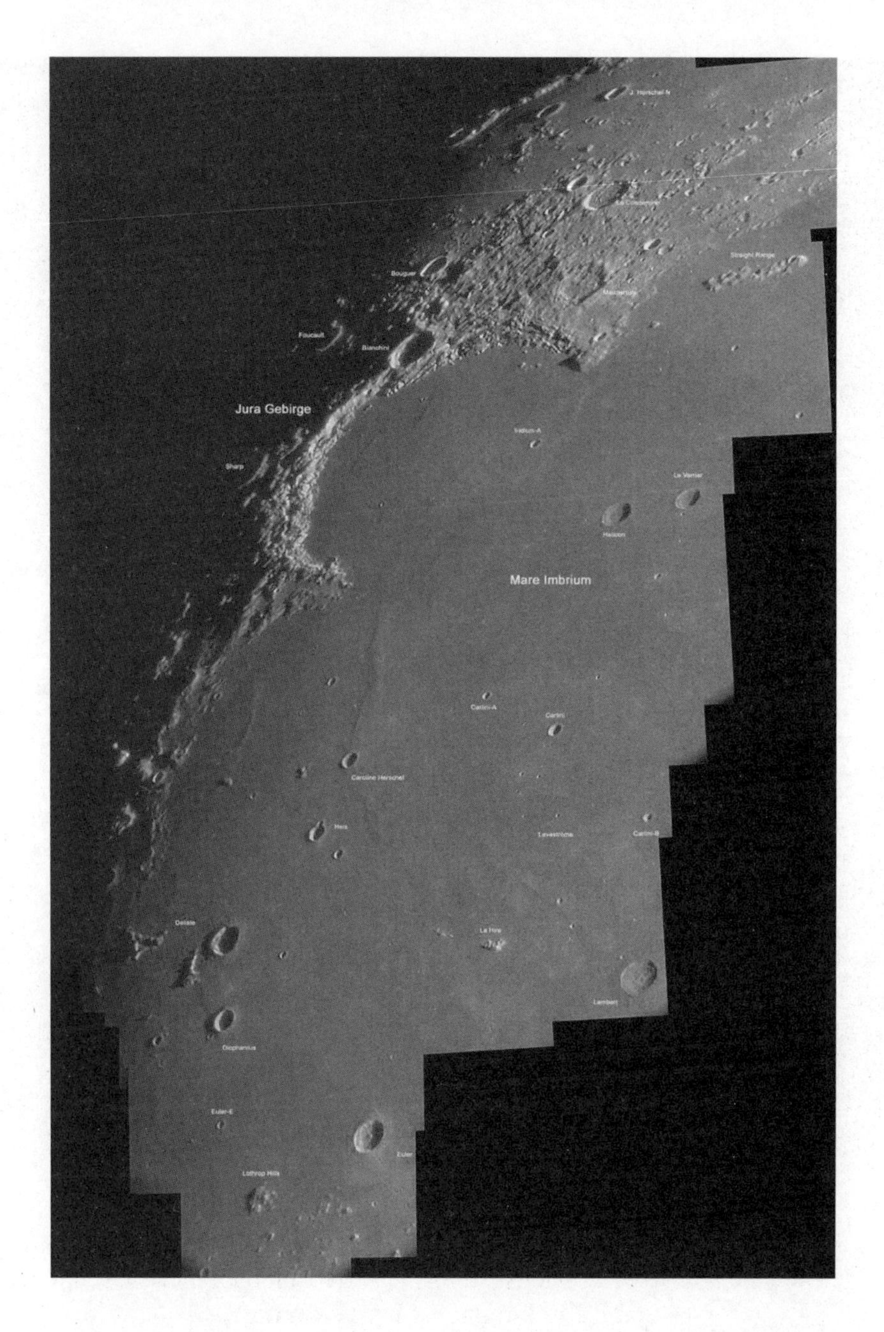

Bemerkenswert sind die völlig unterschiedlichen Strukturen der Mondober-fläche. Es gibt riesige völlig flache Ebenen und direkt daneben ohne erkenn-baren Grund große zerklüftete Bereiche.

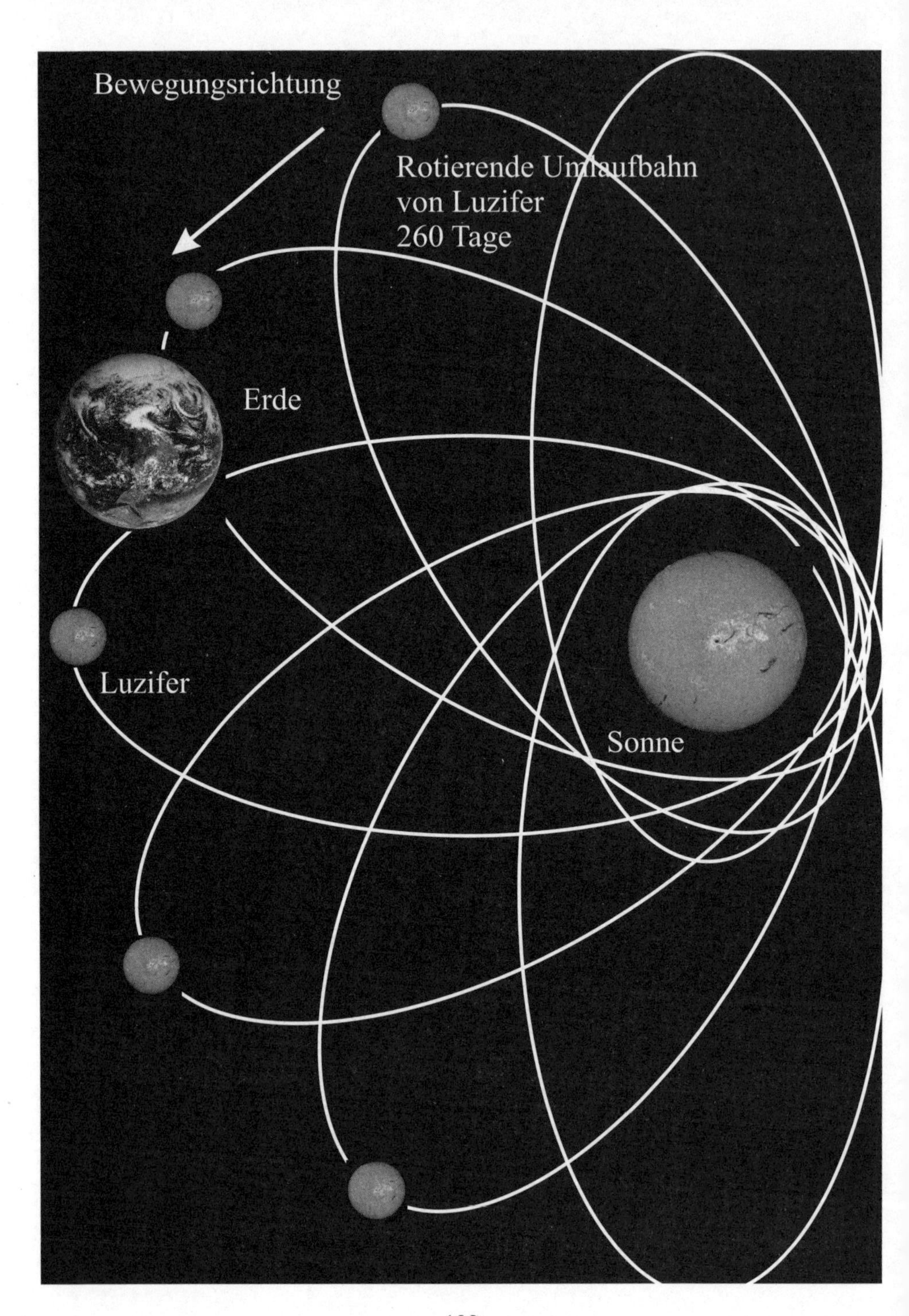
Bewegungsrichtung
Rotierende Umlaufbahn
von Luzifer
260 Tage
Erde
Luzifer
Sonne

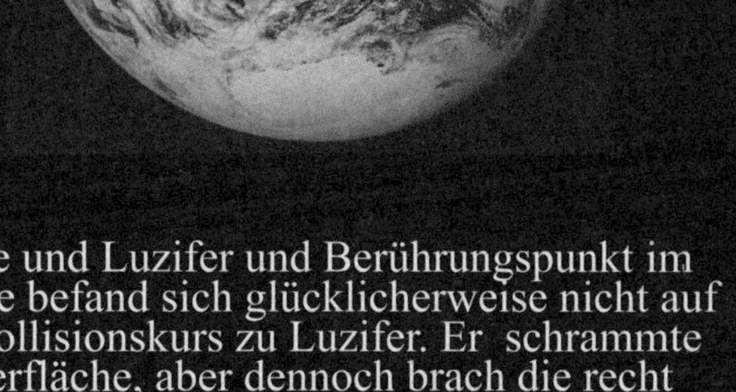

Flugbahnen von Erde und Luzifer und Berührungspunkt im Nahen Osten. Die Erde befand sich glücklicherweise nicht auf einem senkrechten Kollisionskurs zu Luzifer. Er schrammte lediglich die Erdoberfläche, aber dennoch brach die recht dünne Erdrinde auf.

Das Gebiet der Begegnung von Luzifer mit der Erde!
Gottes Sohn kam herab auf die Erde!
Gott, die Sonne, hatte ihren bösen Sohn losgelassen,
damit er auf die Erde herabsteigen konnte!
Aber er stieg wieder hinauf in den Himmel!

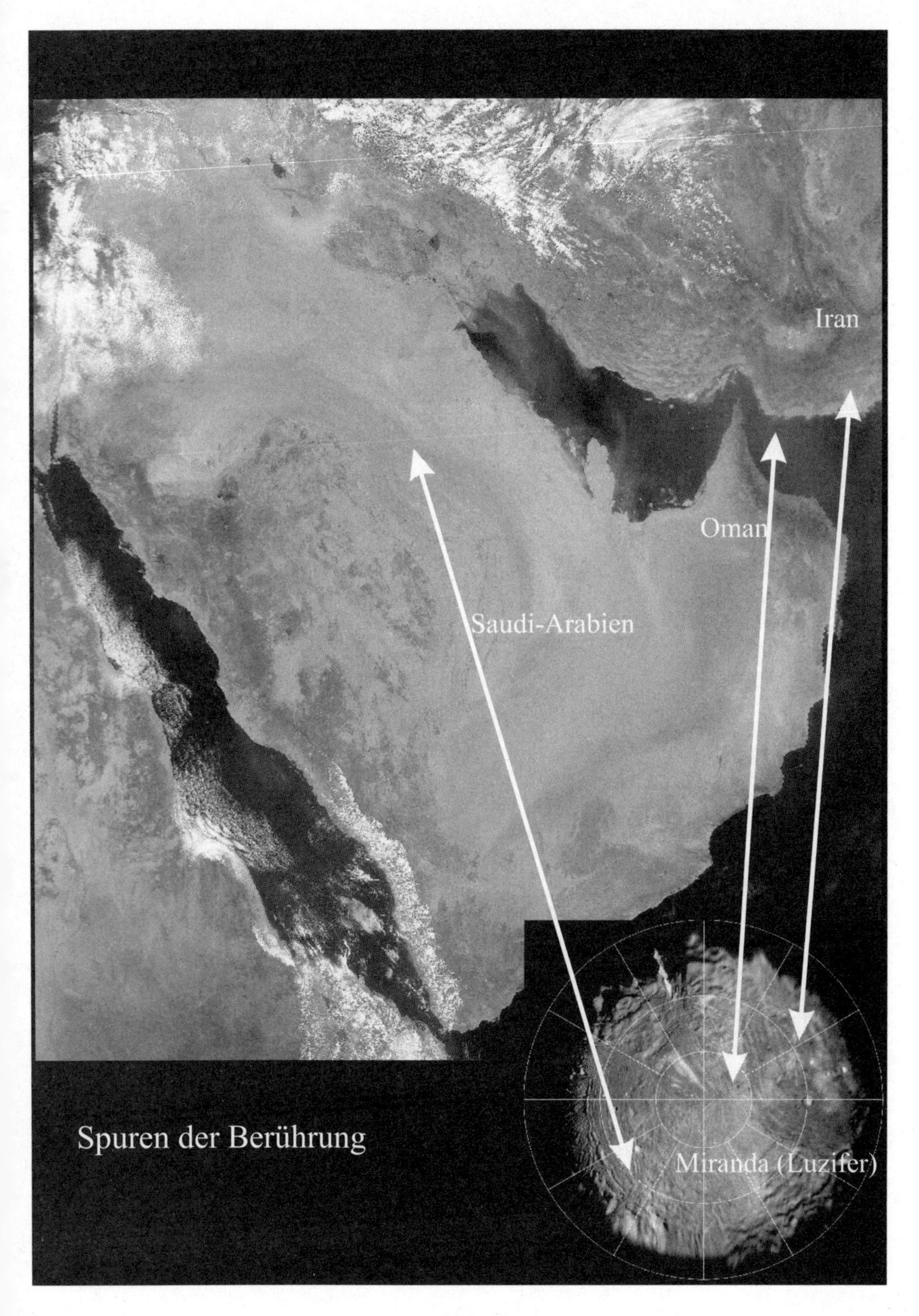
Iran
Oman
Saudi-Arabien
Spuren der Berührung
Miranda (Luzifer)

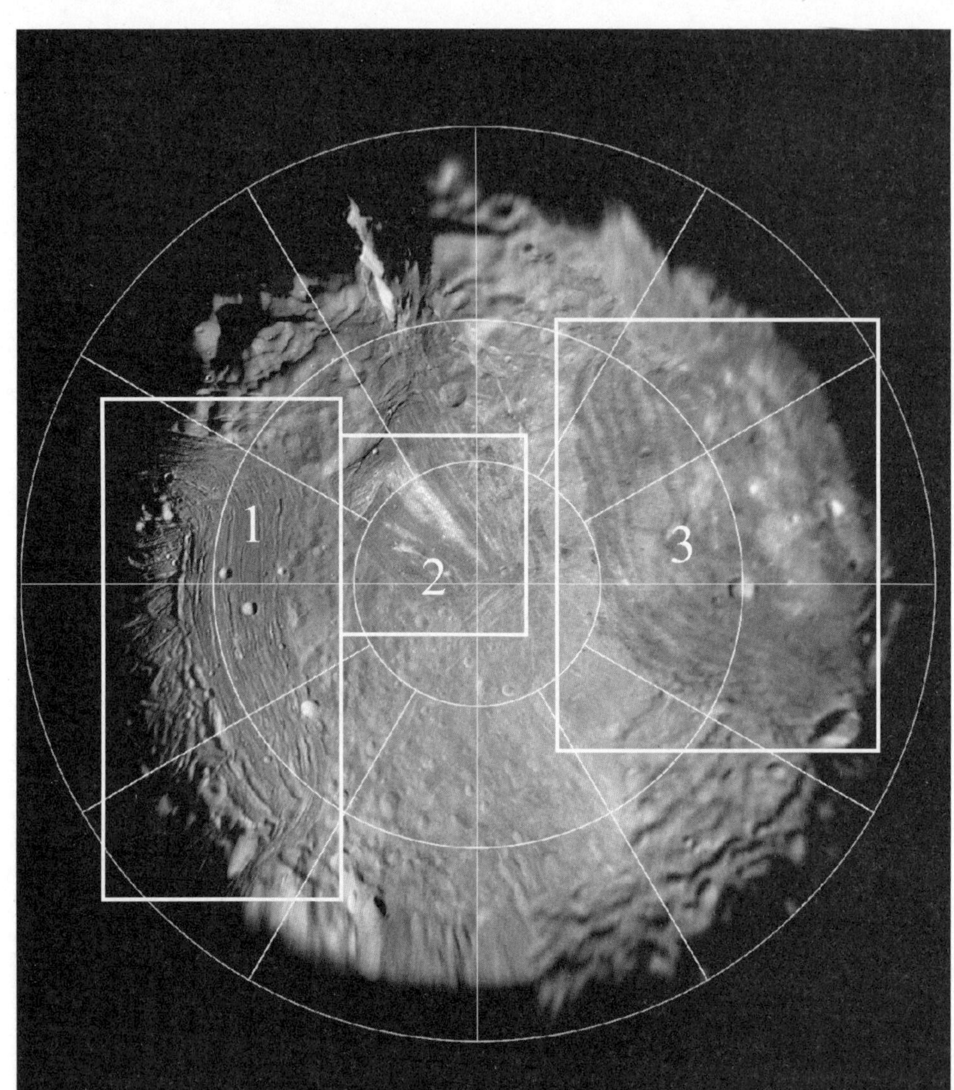

Foto von Miranda (Luzifer), man erkennt in Rechteck 1 deutlich die Berührungsspuren. Dieselben finden wir auf der Erdoberfläche in Saudi-Arabien. Und Luzifer zeigt uns zwei weitere, deutliche Kampfspuren in den Rechtecken 2 und 3. Auch diese finden wir auf der Erde im Iran und Oman

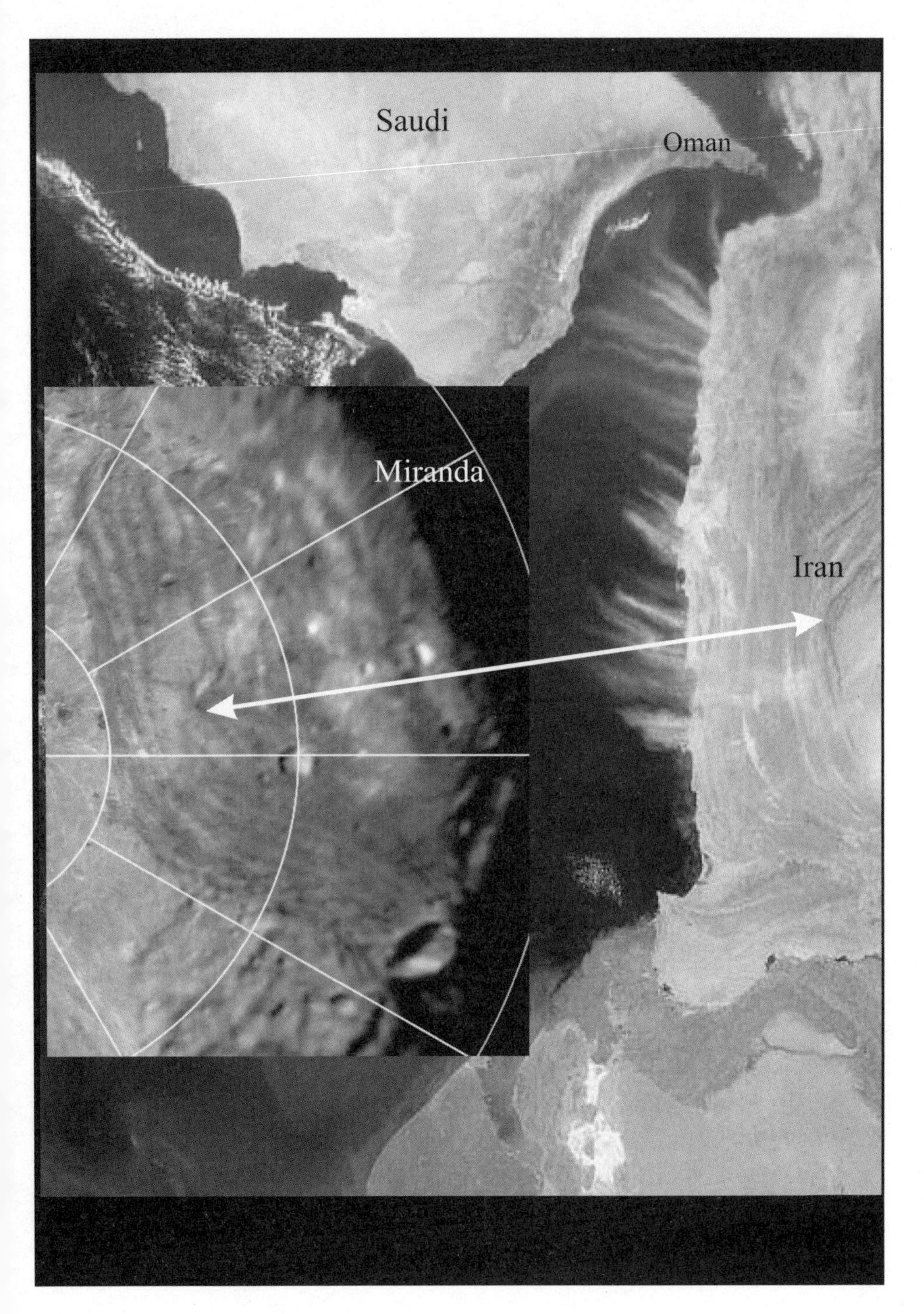
Saudi
Oman
Miranda
Iran

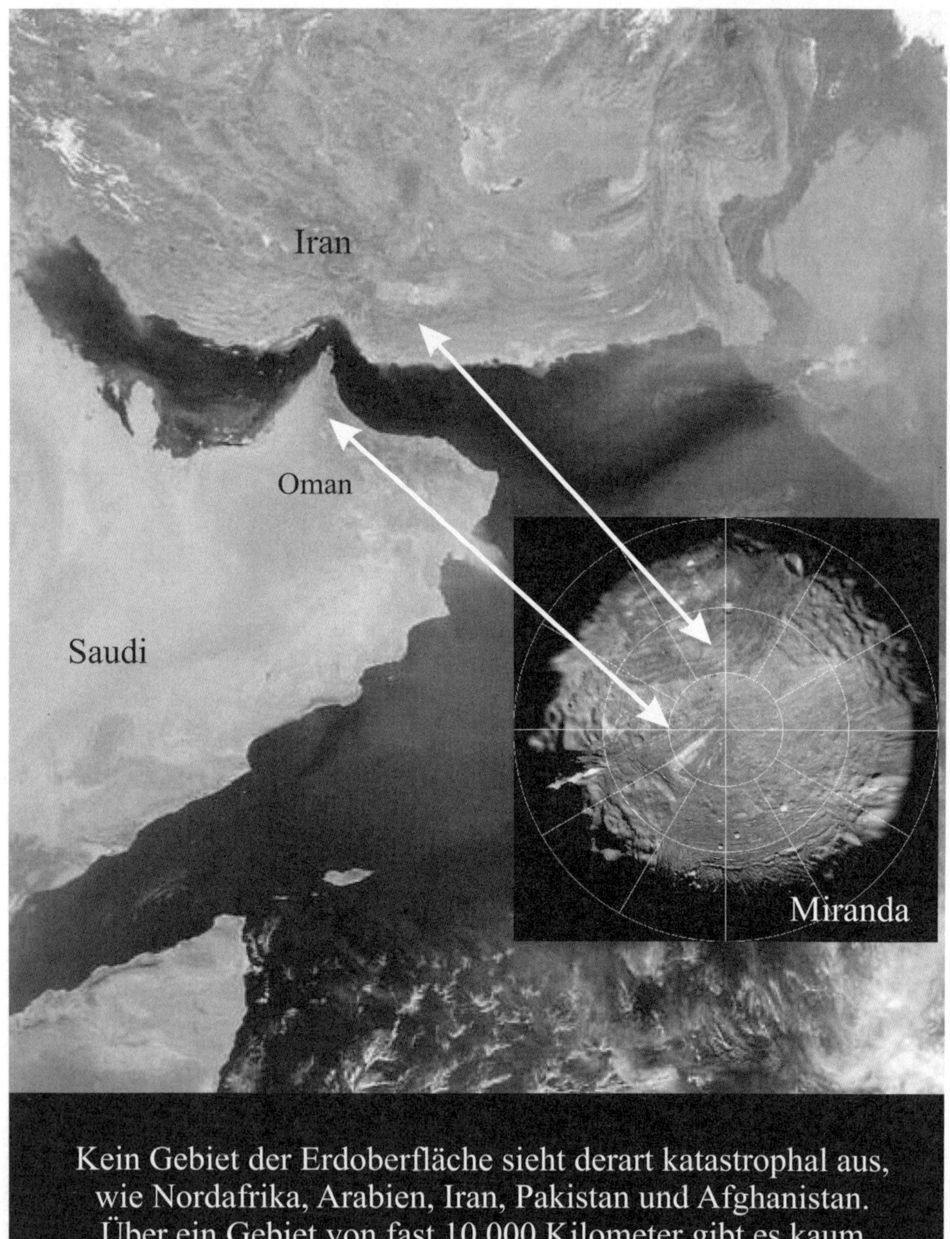

Kein Gebiet der Erdoberfläche sieht derart katastrophal aus, wie Nordafrika, Arabien, Iran, Pakistan und Afghanistan. Über ein Gebiet von fast 10.000 Kilometer gibt es kaum natürliches Leben. Verbrannte Erde weit und breit.

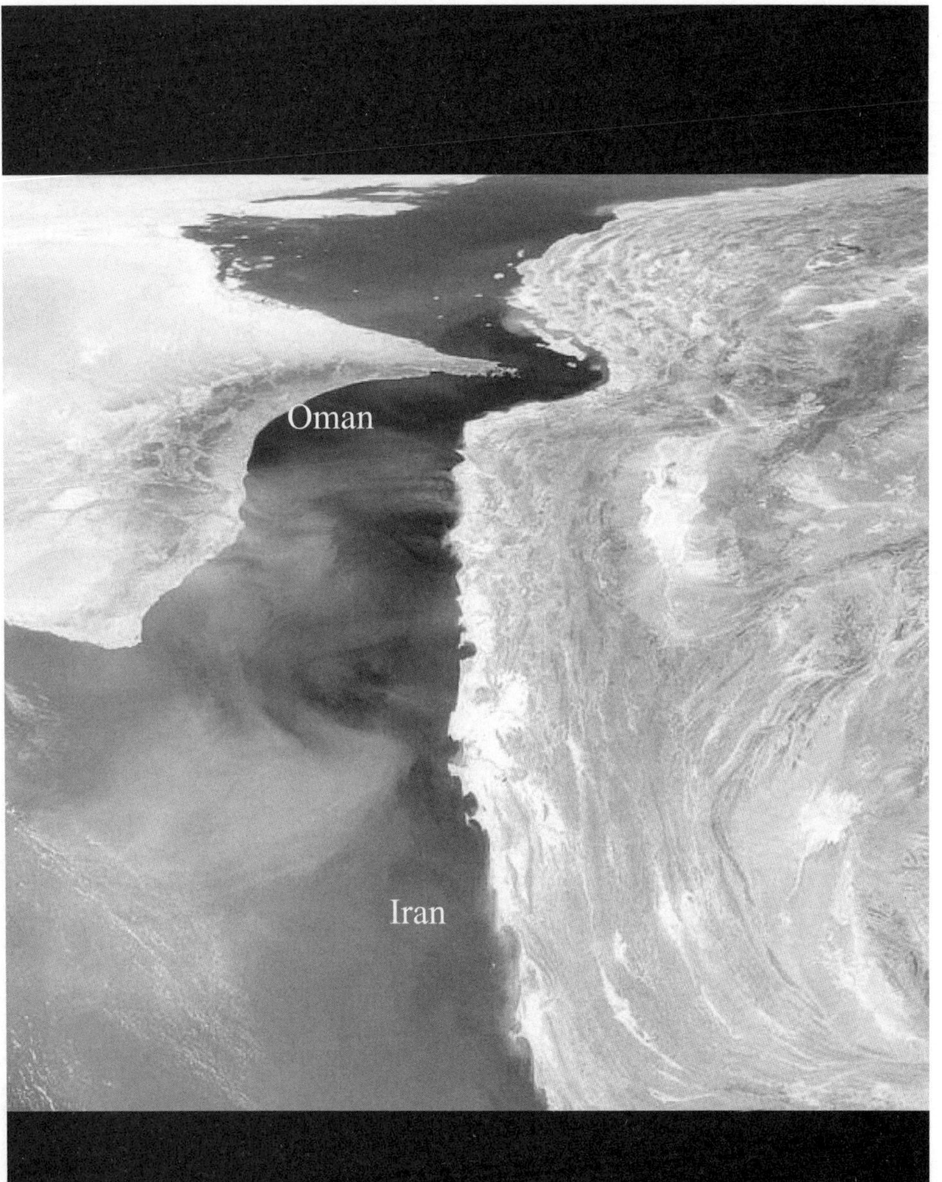

Hier noch einmal die Spuren von Luzifer im Iran und Oman

Das gesamte Gebiet der Kollision auf einen Blick.

Hier sehen wir den Abdruck, der zu Saudi-Arabien paßt. Luzifer wälzte sich viele Hundert Kilometer über die Erde

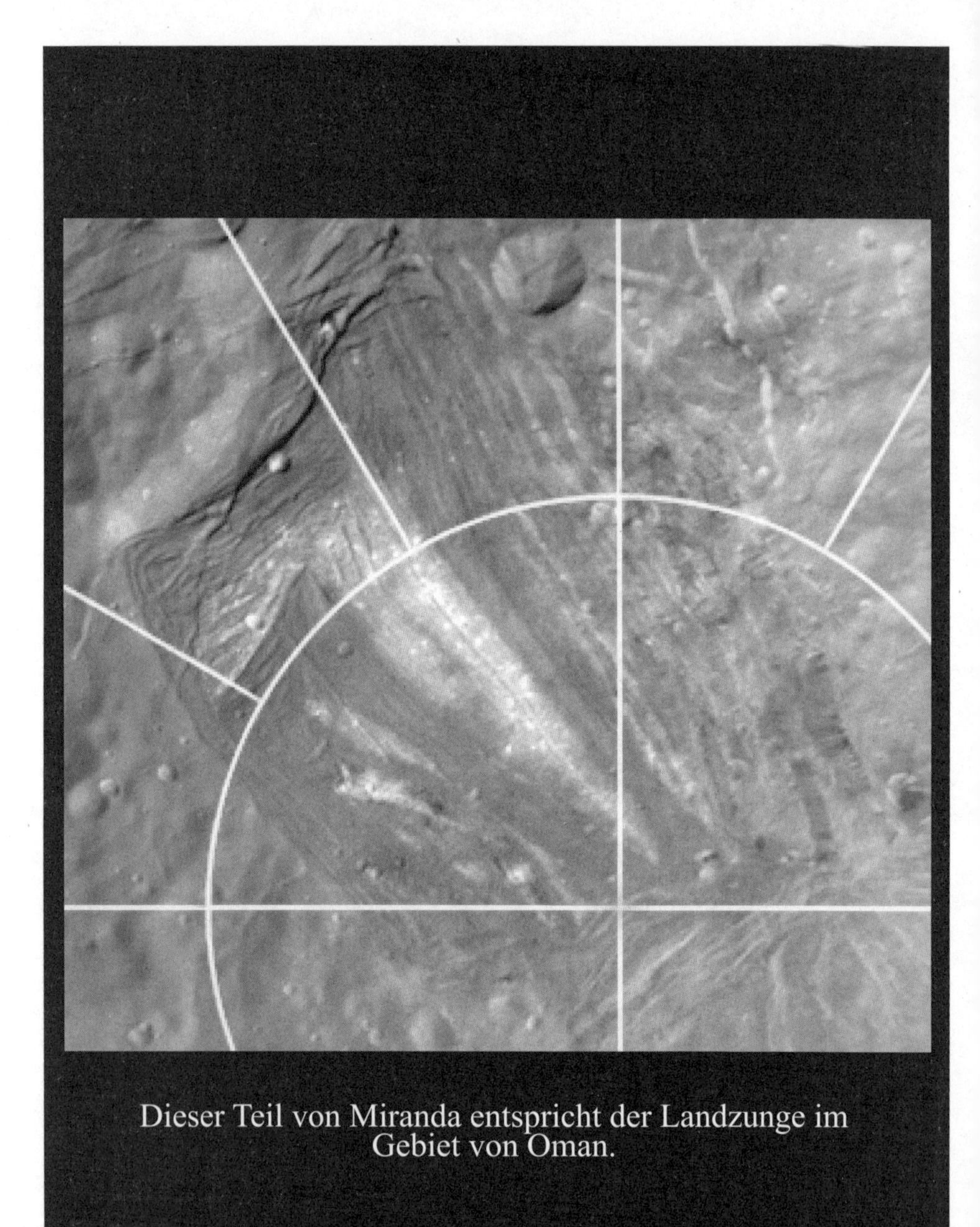

Dieser Teil von Miranda entspricht der Landzunge im Gebiet von Oman.

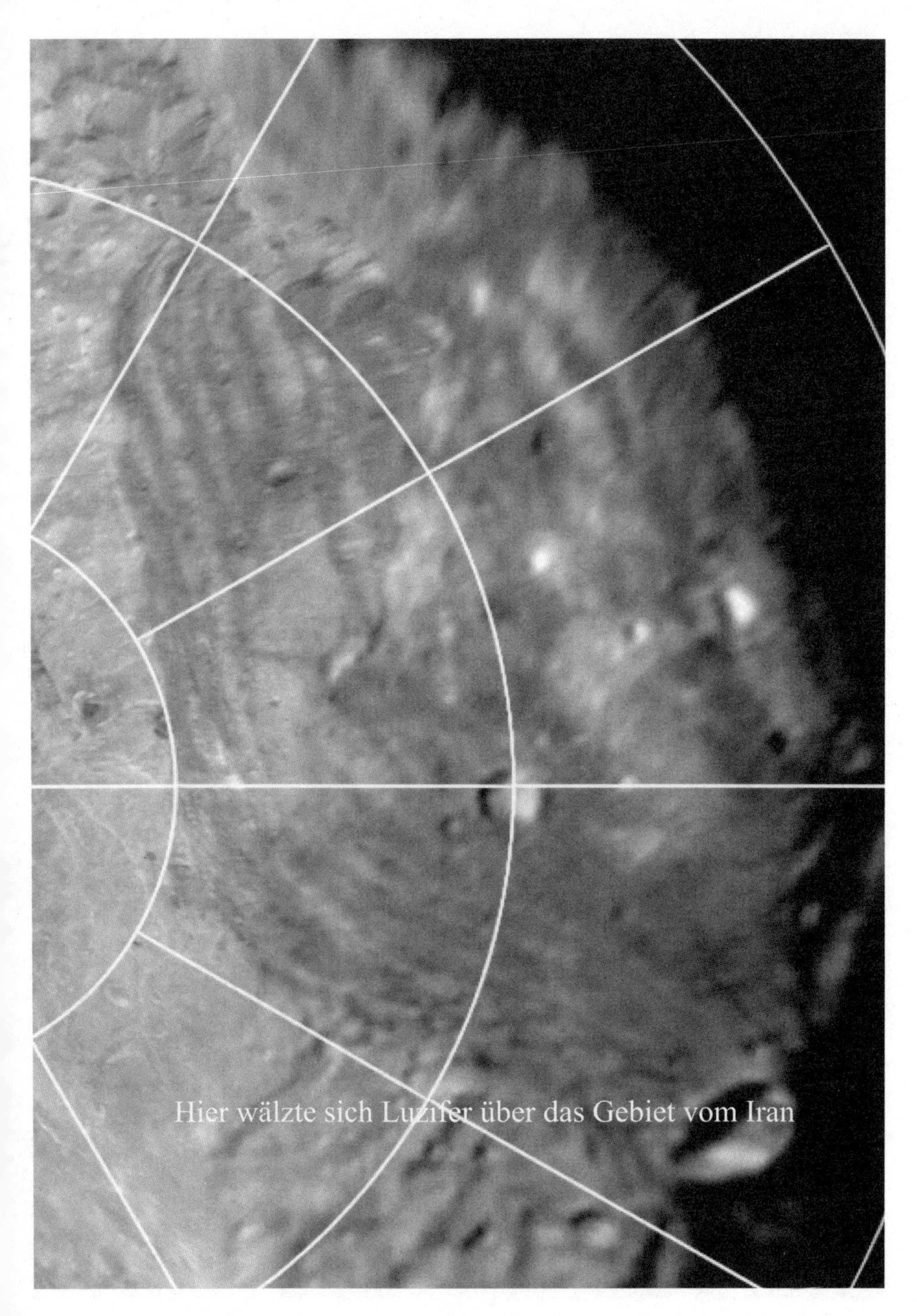

Hier wälzte sich Luzifer über das Gebiet vom Iran

Dies ist ein Teil von Miranda, der besonders deutlich zeigt, dass wir hier die Überreste eines zerstörten Planeten sehen.

Seltsame Erde in Mauretanien

Dieses Gebilde hat einen Durchmesser von
rund 50 Kilometern. Wir finden es in Westafrika, in Mauretanien.
Ich denke, dass Luzifer hier ein letztes Mal
Kontakt mit der Erde hatte. Nach den vorherigen Berührungen
war er in Rotation versetzt worden. Er wird hier noch einmal
leicht die Erde berührt haben und zwar mit seiner Rotationsachse.
Auf diese Weise entstand dieses ringförmige Gebilde.

DIE *GESETZE* VON NEWTON UND KEPLER

In den Lehrbüchern wird stets die Arbeit des Isaak Newton hoch gelobt, obwohl allenfalls sein **falsches** Gravitationsgesetz aus seiner Feder stammt. Die ihm zugeschriebenen drei Bewegungsgesetze der *Himmelsmechanik* (Axiome) stammen nicht von ihm. Vielmehr handelt es sich hierbei um eine **gefälschte** Weitergabe der drei Gesetze des Johannes Kepler, die allerdings auch nicht ohne Fehler sind.

Ein wichtiges Element der Gedanken des Isaak Newton war, dass sich ein Himmelskörper ursächlich **geradlinig** bewegt. Befindet sich dieser aber in der Nähe einer anderen Masse, **ziehen** sich beide gegenseitig an. Dabei soll die kleine Masse in Richtung der großen Masse **fallen**. Dass sie dennoch nicht auf die große Masse fällt, so glaubte Newton, liegt an der so genannten **Fliehkraft**, in Fachkreisen auch Zentripetalkraft genannt. Diese Hilfskrücke benötigte Newton, um die Gravitation als eine immer beschleunigend wirkende Kraft zu definieren. Spüren Sie eine beschleunigende Kraft, die permanent auf Sie wirkt? Dann müssten Sie doch eigentlich mit der Zeit immer schwerer werden und irgendwann im Erdboden versinken.

Die Gedanken Newtons sind altmodisch und haben tatsächlich nichts mit der Realität zu tun. Denn es gibt im gesamten Kosmos nicht eine einzige geradlinige Bewegung. **Sämtliche** natürlichen Bewegungen sind gekrümmt und ellipsenartig. Selbst wir auf der Erdoberfläche bewegen uns nicht geradlinig, kein Fluss, Flugzeug und kein Auto bewegt sich geradlinig. Alles beschreibt mehr oder weniger gleichmäßig gekrümmte Wege, denn die Erde ist eine Kugel, wie allgemein bekannt ist. Lediglich in Gebäuden legen wir ein paar Meter auf einer **künstlichen** geraden Fläche zurück. Ein langer geradliniger Weg würde stets von der Erdoberfläche wegführen. Und Fliehkraft gibt es nur bei mechanischen, festen Gebilden, die rotieren, jedoch gibt es zwischen den kosmischen Körpern keine solchen Verbindungen.

Schon in der Schule stellte ich meinem Physiklehrer die Frage, wie das funktionieren soll. Er antwortete mir: Es gibt keine mechanische Verbindung zwischen Erde und Mond, **aber du musst dir einfach vorstellen, zwischen den beiden Körpern befände sich ein Seil**. So und ähnlich steht es auch in vielen Physikbüchern. Wäre ein Seil zwischen Erde und Mond vorhanden, gäbe es diese Fliehkraft, jedoch müsste sich der Mond dann synchron mit der Erde bewegen, das heißt, er würde sich in Bezug zu ihr überhaupt nicht bewegen. Auch an diesem Beispiel erkennen wir, dass wir stets mit Märchen abgespeist werden, wenn keine vernünftigen Erklärungen für das Geschehen in dieser Welt vorliegen. Um seine seltsamen – allenfalls zeitgemäßen, aus heutiger Sicht altmodischen – Überlegungen zu stützen, kopierte Newton die beiden ersten Gesetze Keplers

und **fälschte** das dritte. Dabei fiel ihm auch nicht auf, dass Keplers erstes Gesetz falsch ist.
1. Gesetz: *Die Bahnen der Planeten sind Ellipsen, in deren **einem** Brennpunkt die Sonne steht.*
2. Gesetz: *Der Fahrstrahl von der Sonne zum Planeten überstreicht in gleichen Zeiten gleiche Flächen.*
3. Gesetz – Originalfassung von Johannes Kepler:
*„Allein es ist ganz sicher und stimmt vollkommen, dass die Proportionen, die zwischen den Umlaufzeiten irgend zweier Planeten bestehen, genau das **anderthalbe** der Proportionen der mittleren Abstände, das heißt, der Bahnen selber sind."*
Im Klartext: Die anderthalben Potenzen der mittleren Abstände entsprechen vollkommen den Umlaufzeiten.
Aus diesem einzig richtigen Gesetz Keplers machte Newton ein neues, eigenes Gesetz, das in gesetzmäßiger Weise **falsch** ist.
3. Gesetz des Isaak Newton: *Die **dritten** Potenzen **(Kuben)** der großen Halbachsen verhalten sich so wie die **Quadrate** der Umlaufzeiten.*

Ein ganz **massiver Fehler**, der vielleicht auf den ersten Blick nicht auffällt. Besonders bemerkenswert ist hier, dass in der Fachliteratur und in allen Lexika das dritte Gesetz Keplers heute genau so abgedruckt wird wie das dritte Gesetz Newtons. Es ist eine Katastrophe, dass Wissenschaftler solche eklatanten Fehler nicht erkennen. Denn zwischen der Originalformulierung Keplers, der heute üblichen Formulierung und der Fälschung Newtons besteht ein Unterschied in **quadratischer** Größenordnung. **Beispiele**:

Kepler:

Halbachse	**10**	$10^{1,5}$ = **31,6**	Umlaufzeit = **31,6**
Halbachse	**20**	$20^{1,5}$ = **89,4**	Umlaufzeit = **89,4**

Gemäß Kepler und der Realität entspricht die **anderthalbfache** Potenz der Halbachse der Umlaufzeit.

Newton:

Halbachse	**10**	10^3 = **1.000**	Umlaufzeit $31,6^2$ = **1.000**
Halbachse	**20**	20^3 = **8.000**	Umlaufzeit $89,4^2$ = **8.000**

Gemäß Newton entspricht die **dritte Potenz** (Kubus) der Halbachse dem **Quadrat der Umlaufzeit**.

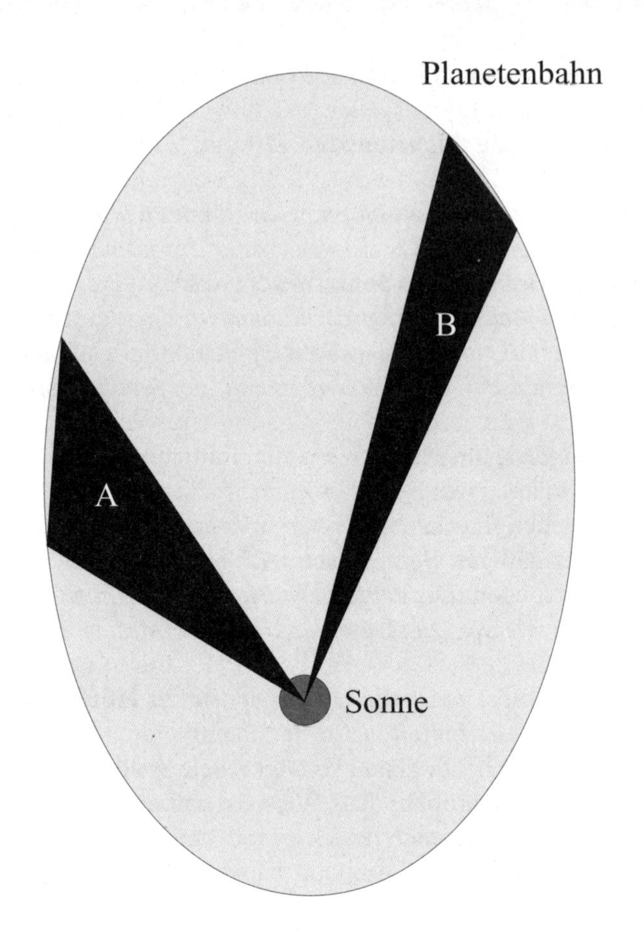

A und B sind gleichgroße Flächen und werden von einem Planeten in gleichen Zeiten überstrichen. Dennoch hat die Bewegung von Planeten nichts mit Flächen zu tun. Ursache für dieses Geschehen ist die **linear zur Entfernung** zu- und abnehmende Gravitationsenergie, die vom Zentralkörper ausgeht und im Gravitationsfeld Ausdruck findet.

Sie sehen deutlich, dass die gemäß Newton ermittelten Zahlenwerte exakt **quadratisch** höher sind als die nach der wahren Methode von Kepler.

Aber so kann man nicht vorgehen. Dann könnte das Gesetz genauso gut lauten: Die **vierten** Potenzen der Halbachsen entsprechen den **sechsten** Potenzen der Umlaufzeiten, oder die **achten** Potenzen entsprechen den **zwölften** usw. So sind lediglich die **Verhältnisse zwischen den Potenzen** dieselben, aber niemals

zwischen den Ergebnissen von Berechnungen. Der *große* englische Mathematiker Isaak Newton ist dem folgenschweren Irrtum zum Opfer gefallen, **mit Potenzen so umzugehen wie mit einfachen Zahlen**. Und es ist sehr traurig, dass keiner seiner *großen* Nachfolger diesen systematischen Fehler bemerkt hat. Aber es ist in den naturwissenschaftlichen Systemen ähnlich wie in den politischen: Was einmal zum Gesetz erhoben worden ist, muss für immer Gesetz bleiben.
Auf der Basis dieser massiven Irrtümer errichtete Newton sein Gravitationsgesetz, und daher wurde alles, was später damit berechnet wurde, **quadratisch** verfälscht. Sämtliche kosmischen Massen werden bis heute exakt in quadratischen Verhältnissen zu schwer berechnet. Daher ist der Kosmos der Astrophysiker voller Massenmonster bis hin zu Weißen Zwergen und Schwarzen Löchern, die ausschließlich aus entarteter Materie bestehen sollen. Kleiner Irrtum, große Wirkung.
Das erste Gesetz Keplers ist falsch. Auch nur bedingt richtig ist, dass sich die Planeten auf elliptischen Bahnen bewegen. In Wahrheit bewegen sich sämtliche Planeten auf unregelmäßigen Bahnen, die lediglich *Ähnlichkeiten* mit Ellipsen haben, das weiß heute jeder Astronom. Denn permanent stören sich die Planteten gegenseitig auf ihren Bahnen, da sie alle eigene Gravitationsfelder und hohe Bewegungsenergien besitzen. Das erste Gesetz Keplers hätte nur dann annähernd Gültigkeit, wenn sich ein **einziger** ganz kleiner Planet um die Sonne bewegen würde.
Vollkommen falsch ist auch die im zweiten Gesetz stehende Behauptung, die Sonne stünde im Brennpunkt aller Planetenbahnen. In Wahrheit bewegen sich sämtliche Planeten um verschiedene Schwerpunkte, von denen sich aber kein einziger innerhalb der Sonnenmasse oder gar in ihrem Zentrum befindet. Der Rest der gültigen Gesetze von Kepler und Newton hat daher nur abstrakt Gültigkeit, wie es auch die Praxis der Raumfahrt bewiesen hat. Allerdings hatte Kepler noch einen guten Gedanken, der von Newton ignoriert werden musste: Er zog den richtigen Schluss, dass die die Planetenbewegungen bestimmende Energie proportional zum Abstand zu- und abnimmt. Denn die kinematische (Bewegungs-) Energie entspricht immer dem Quadrat der Geschwindigkeit, und diese nimmt bei kosmischen Bewegungen stets mit der Quadratwurzel der Entfernung ab. Dabei zeigt es sich auch, dass dieses Prinzip allgemeingültig ist und für den freien Fall ebenso gilt, wie für jede andere bewegte Masse und den Hebelarm. Immer steht die Energie proportional zum Weg. Und aus welchem Grunde sollte es dort draußen im Kosmos anders sein als auf der Erde?

Daher ist das Prinzip Energie = Weg das elementarste aller Naturprinzipien. Die von Menschen gebauten mechanischen Maschinen folgen ihm ebenso wie die Bewegungen aller kosmischen Körper.

KOSMISCHE BEWEGUNGEN

Wir müssen dennoch grundsätzlich unterscheiden zwischen mechanischen Bewegungsabläufen, wo stets **feste Verbindungen** bestehen, also ein Hebelarm existiert und solchen Bewegungen, wo zwischen den Objekten **keine feste** also **mechanische Verbindung** besteht. Dieses grundlegende Prinzip ließ Newton bei all seinen Gesetzen und Axiomen völlig außer acht. Er betrachtete die Bewegungen der Planeten um die Sonne wie mechanische Rotationen, z. B. wie die miteinander verzahnten Räder eines Uhrwerks. Darum werden die von Newton fabrizierten Gesetze auch ganz treffend **Himmelsmechanik** genannt. Bis heute werden daher die Bewegungen kosmischer Massen mathematisch so behandelt als seien sie **fest** miteinander verbunden. Andererseits betrachtet man den Raum zwischen den kosmischen Massen als vollkommen leer – das passt doch vorne und hinten nicht zusammen. Wir müssen uns klar darüber sein, dass es im gesamten natürlichen Kosmos **keine Mechanik** gibt. Mechanik ist eine Errungenschaft der Menschheit, die mit der Entdeckung des Hebelarms und des Rades begann. Die mechanischen Prinzipien finden sich nur in Maschinen, die von Menschen gebaut worden sind. Hier gibt es nur eine Ausnahme: Raketen, die per Rückstoß angetrieben werden, folgen dem allgemein gültigen kosmischen Prinzip, sie sind keine mechanischen Maschinen.

Die gesetzmäßigen und prinzipiellen Unterschiede lassen sich sehr einfach feststellen. Jeder Punkt auf dem Rad rotiert mit gleicher Drehzahl, aber die Geschwindigkeit nimmt **linear** mit dem Radius zu. Ganz anders verhält es sich bei rotierenden Flüssigkeiten oder Gasen, wie zum Beispiel Wasser und Luft. Dort sind die Geschwindigkeiten ganz anders verteilt. Sie nehmen grundsätzlich nach außen hin ab und verhalten sich somit entgegengesetzt einer mechanischen Anordnung.

Falsch ist es jedoch anzunehmen, hier wäre alles einfach *umgekehrt*. So heißt es bis heute, die Gravitation verringere sich mit zunehmendem Abstand **quadratisch**. Diese Ansicht vertreten seit Isaak Newton alle Himmelsforscher und verwenden entsprechende Gleichungen bei ihren kosmischen Berechnungen. Das würde bedeuten, dass die Gravitation der Sonne auf den Planeten Merkur 6.000mal stärker wirken würde als auf den Planeten Uranus. Ein absurder Gedanke. Durch diesen quadratischen Irrtum, gepaart mit der Multiplikation von Massen führen die Berechnungen der Astronomen bei praktisch allen kosmischen Massen, mit Ausnahme der Körper unseres Sonnensystems, zu so genannter **entarteter** Materie, zu ***Schwarzen Löchern, Braunen und Weißen Zwergen*** usw., bei denen spezifische Gewichte von unvorstellbaren Größenordnungen vorliegen sollen.

PLANETENSYSTEME

In den 80er Jahren, als ich meine ersten Bücher zu diesem Thema veröffentlichte, war es ein wissenschaftliches Dogma, dass alle Sonnen isoliert existieren sollten – **ohne** sie umlaufende Planeten. Man betrachtete unser Sonnen-Planeten-System als einmalig im Kosmos. Inzwischen ist keine Rede mehr davon. Denn in den letzten Jahren hat man mit Hilfe des in einer Erdumlaufbahn kreisenden

Erste Phase der Entstehung einer Sonne:
In einer großen, kalten Wolke aus Wasserstoffgas kondensiert eine Kugel zu flüssigem und festem Wasserstoff. Bei einer Größe von rund 696.000 Kilometer Radius beginnt sie explosionsartig zu strahlen, da sich die auf sie einstürzende Materie nun mit Überlichtgeschwindigkeit bewegt.

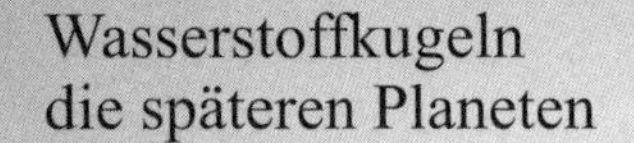

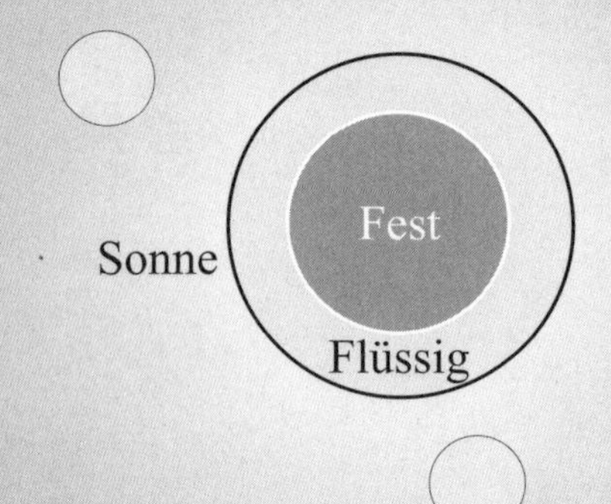

Zweite Phase:
Der Mantel aus flüssigem Wasserstoff zerstrahlt innerhalb kurzer Zeit. Die Wasserstoffkugeln in der Umgebung werden dadurch teilweise zu festen Körpern aufgeschmolzen.

Hubble-Teleskops und mit den in Hawaii positionierten Teleskopen schon eine ganze Anzahl Planeten – inzwischen mehr als 300 – erkannt, die um andere Sterne (Sonnen) kreisen.
Damals schrieb ich eindringlich und begründete es auch: Es existiert **keine einzige** Sonne ohne sie umlaufende Planeten, da es während der Entstehung einer Sonne in der wirbelartigen Wasserstoffwolke zwangsläufig zur Bildung von **negativ rotierenden Nebenwirbeln kommen muss**, in denen sich ebenso zwangsläufig Planetenmassen formieren müssen.
Inzwischen überschlagen sich die Nachrichten über neu entdeckte Planeten in anderen Sonnensystemen. Mit Hilfe der von Technikern entwickelten neuen Superteleskope werden die veralteten Theorien endlich ad absurdum geführt. Was ich jedoch vermisse, sind Eingeständnisse der Vertreter der Lehrbuchmeinung, dass sie Jahrzehnte lang falsche Lehren verbreitet haben. Aber die Wahrheit lässt sich nicht für immer verbergen, solange wir nur nach ihr suchen. Hier nun einige Beispiele der vergangenen Jahre, die *Bild der Wissenschaft* im Internet veröffentlichte:

Erstmals Planet außerhalb unseres Sonnensystems beobachtet
(Meldung vom 29.5.1998)

Erstmals konnten Astronomen der NASA jetzt einen direkten Blick auf einen Planeten außerhalb unseres Sonnensystems werfen. Susan Tereby von der Extrasolar Research Corporation in Pasadena entdeckte den mutmaßlichen Planeten zufällig mit dem Hubble Space Teleskop. Er befindet sich in einer Entfernung von 450 Lichtjahren von der Erde im Sternbild Stier, in einer Geburtsregion junger Sterne. Offenbar wurde der riesige Gasplanet – er dürfte zwei- bis dreimal so schwer sein wie Jupiter – aus einem jungen Doppelsternsystem herausgeschleudert. Auf den Bildern des Hubble-Teleskops ist der Planet durch ein helles Filament mit dem wenige hunderttausend Jahre alten Doppelsternsystem verbunden. Der Planet selbst besitzt eine zehntausend Mal geringere Leuchtkraft als die Sonne. Bis jetzt konnten Planeten in fremden Sonnensystemen nicht direkt beobachtet werden, da die Leuchtkraft ihrer Muttersterne ihre eigene weit übertrifft. Nun glauben Tereby und ihre Kollegen, dass heimatlose Planeten, die aus ihrem ursprünglichen Sonnensystem herausgeschleudert wurden, häufiger vorkommen, als man bisher vermutet hatte und daher eine Möglichkeit bieten, mehr über die Entstehung von Planeten und Sonnensystemen zu erfahren. Falls Terebys Theorie richtig ist und der Planet wie seine Muttersterne erst einige hunderttausend Jahre alt ist, würde das eine bisherige Hypothese über die Bildung von Riesenplaneten widerlegen: Bislang ging man davon aus, dass es mehrere Millionen Jahre dauert, bis ein Gasplanet aus der planetaren Wolke kondensiert. Aller-

dings steht noch nicht fest, ob es sich tatsächlich um einen Planeten handelt. Es besteht auch die Möglichkeit, dass das Objekt ein „Brauner Zwerg" – ein Stern, der nicht groß genug ist, dass in seinem Inneren Kernfusion eingesetzt hat – oder ein schwach leuchtender Hintergrundstern in einer größeren Entfernung ist. Trotz dieser Unsicherheit wollte die NASA der Öffentlichkeit die Ergebnisse wegen ihrer möglichen Bedeutung nicht vorenthalten, sagte Ed Weiler, Direktor des NASA Origins-Programms, gestern auf einer Pressekonferenz.

[Quelle: Ute Kehse, NASA]

***Hinweise auf neue Planetensysteme entdeckt** (Meldung vom 25.9.1998)*

Die Familie der Planeten außerhalb unseres Sonnensystems hat wieder Zuwachs bekommen: Die Astronomen des Anglo-Australian Observatory in Epping, Australien haben gleich zwei neue Himmelskörper von der Größe des Jupiter entdeckt. Sie umkreisen relativ nah gelegene, sonnenähnliche Sterne. Beide sind etwas Besonderes: Der Planet, der den 68 Lichtjahre von der Sonne entfernten Stern HD210277 begleitet, ist der erste Planet, dessen Orbit von seinem Mutterstern so weit entfernt ist wie die Erde von der Sonne. Allerdings ist die Bahn des Planeten elliptisch: Seine Entfernung zum Zentralgestirn schwankt zwischen den Abständen von Venus und Mars zur Sonne. Sein Gewicht beträgt 1,36 Jupitermassen. Der zweite Planet liegt so nahe an seiner Sonne, dass er sich innerhalb der äußeren Atmosphäre des Sterns bewegt. Seine Entfernung beträgt weniger als ein Neuntel der Entfernung des sonnennächsten Planeten Merkur. Vermutlich entstehen Planeten von der Größe Jupiters auch in einer ähnlichen Entfernung von ihrem Stern wie der Riesenplanet. Wenn sie so nah zu ihrer Muttersonne wandern, wie der eine der beiden neu entdeckten Planeten, dann schleudern sie bei ihrer Wanderung große Mengen Materie aus der Staubscheibe, die junge Sonnen umgibt, nach außen. Eine solche Staubscheibe fand ein Team von der Universität von Arizona in der Nähe des Sterns 55 Rho1 Cancri, den ebenfalls ein massiver Planet in geringer Entfernung umrundet. Die Staubscheibe reicht so weit wie der Kuiper-Gürtel, ein Gürtel aus Kometen am Rande unseres Sonnensystems. Er enthält aber zehnmal so viel Materie. Es ist das erste Mal, dass solch eine Staubscheibe bei einem gewöhnlichen Stern im mittleren Alter beobachtet wird. David Trilling, einer der Astronomen aus Arizona, glaubt, dass es Hinweise auf ein voll ausgebildetes Planetensystem um 55 Rho1 Cancri gibt. Eine Aufnahme der Staubscheibe wollen die Astronomen erst im Oktober auf einer Konferenz der American Astronomical Society enthüllen. Über ihre Arbeit berichten sie auf der Website „The Extrasolar Planets Encyclopedia".

[Quelle: Ute Kehse, Science News]

Zwei neue Planeten gefunden *(Meldung vom 12.1.1999)*

Astronomen gelang kürzlich der Nachweis von zwei neuen Planeten, die außerhalb unseres Sonnensystems ferne Sterne umkreisen. Damit erhöht sich die Zahl solcher bekannter Planeten auf insgesamt 17.
Die Wissenschaftler äußerten vor der American Astronomical Society die Vermutung, dass etwa 2 Prozent der Milliarden von Sternen, die sich nahe und innerhalb der Milchstraße befinden, Planeten haben. Keiner dieser 17 Planeten ist jedoch erdähnlich oder für Leben geeignet. Sie gleichen eher dem Jupiter, dem riesigen Gasgiganten unseres Sonnensystems. Der kleinste der 17 Planeten ist etwa halb so groß wie der Jupiter, der größte übertrifft ihn um das Elffache. Debra Fischer von der San Francisco State University, die zu den Entdeckern der neuen Planeten zählt, berichtet, dass beide Neulinge den Jupiter an Größe übertreffen und ihren Heimatstern in geringem Abstand umkreisen. Dadurch erreichen sie extrem hohe Umlaufgeschwindigkeiten. Einer der Planeten ist nur etwa 21 Millionen Kilometer von seinem Zentralgestirn entfernt, was die Länge seines „Jahres" auf gerade 18 Tage schrumpfen lässt. Unsere Erde braucht dazu immerhin 12 Monate. Die Wissenschaftler untersuchen inzwischen gezielt 200 weitere potentielle Sternensysteme, die als Kandidaten dafür gelten, Planeten zu besitzen. Innerhalb weniger Monate, so die Forscher, wäre es bei günstigsten Arbeitsbedingungen möglich, bei etwa 2 Prozent der Sterne neue Planeten zu entdecken. Neun der bekannten Planeten weisen eine ***eiförmige*** *Umlaufbahn auf. Dies lässt nach Ansicht von Geoffrey Marcy, dem Leiter des kalifornischen Wissenschaftlerteams, darauf schließen, dass kleinere Planeten in diesen Systemen nicht zu erwarten sind. Diese würden durch die Riesenplaneten einfach aus ihrem Orbit geworfen werden. Leben ist in solchen instabilen Systemen sicher nicht zu erwarten.* ***In unserem Sonnensystem bewegen sich die Erde und ihre Geschwisterplaneten auf stabilen, kreisförmigen Bahnen*** **(Das ist falsch, der Autor)** *und sind nicht so anfällig für gravitative Störungen. Die neu entdeckten Planeten wurden allesamt durch die Schwankungen der jeweiligen Zentralgestirne nachgewiesen.* ***Die Umläufe der Planeten beeinflussen auch die Bewegung der Zentralgestirne*** **(das gilt auch bei uns, der Autor)**. *Aus der Vermessung dieser Schwankungen kann nicht nur auf die Existenz von umlaufenden Planeten, sondern sogar auf deren Größe sowie auf ihre Nähe zum Zentralgestirn und auf die Gestalt des Orbits geschlossen werden. Mit dieser Methode können jedoch nur sehr große Planeten mit bedeutender Gravitation nachgewiesen werden. Es gibt auch andere Methoden, extrasolare Planeten nachzuweisen. So konnten mit dem Hubble-Teleskop beispielsweise Staubringe um zwei Sterne beobachtet werden, was ebenfalls auf die Existenz von Planeten hindeutet. Die Wissenschaftler erwarten, dass es in Kürze durch immer bessere Techniken möglich sein wird,*

selbst Planeten von der Größe der Erde entweder durch direkte Beobachtung oder aufgrund der durch sie hervorgerufenen optischen Effekte nachzuweisen.

[Quelle: Olaf Elicki, Dailynews]

Erster direkter Beweis für einen Planeten außerhalb unseres Sonnensystems
(Meldung vom 17.11.1999)

Amerikanischen Wissenschaftlern ist es erstmals gelungen, einen sichtbaren Beweis für einen Planeten außerhalb des Sonnensystems zu finden. Wie BBC News Online berichtet, beobachteten die Astronomen um Geoffrey Marcy von der University of California in Berkeley einen periodischen Helligkeitsabfall beim 150 Lichtjahre entfernten Stern HD 209458, den sie auf einen riesigen Gasplaneten zurückführen. Der Planet schiebt sich alle ***3,5 Tage*** *zwischen die Erde und seinen Stern und schirmt so einen Teil des Sternenlichtes ab. Den ersten Hinweis auf den Planeten lieferte seine Schwerkraft, die den Stern leicht hin- und her wackeln lässt. Daraufhin richteten die Astronomen genau zu dem Zeitpunkt ein Teleskop auf den Stern, an dem er nach ihren Berechnungen durch den Planeten verdunkelt werden sollte. Tatsächlich nahm die Helligkeit des Sterns genau zum vorhergesagten Zeitpunkt um sieben Prozent ab. Nach den Berechnungen der Forscher hat der Planet zwei Drittel der Masse von Jupiter, aber einen 60 Prozent größeren Radius. Er umkreist seinen Stern alle 3 1/2 Tage auf einer Bahn, die 20 Mal näher an seinem Stern liegt als die Erdbahn an der Sonne. Das bestätigt Theorien, nach denen sich Planeten, die sich sehr nah an ihrer Sonne befinden, aufblähen. Die Oberflächentemperatur des neuen, 29. extrasolaren Planeten beträgt 2.000 Grad Celsius.*

[Quelle: Ute Kehse und Science]

Sechs neue Planeten außerhalb des Sonnensystems entdeckt
(Meldung vom 2.12.1999)

Die Planetenjäger haben wieder Beute gemacht. Sechs Planeten, die nahe Sterne umkreisen, haben Wissenschaftler mit Hilfe des hochauflösenden Echelle Spectrographen (HIRES) auf dem Keck I Teleskop auf Hawaii gefunden. Damit ist die Zahl der Planeten außerhalb unseres Sonnensystems (bdw-News-Ticker vom 17.11. 1999) auf 28 gestiegen. Außerdem haben die Astronomen Hinweise darauf gefunden, dass zwei vor kurzem entdeckte Sterne weitere Kompagnons haben. Steven Vogt, Professor für Astronomie und Astrophysik an der University of California in Santa Cruz, Geoffrey Marcy von der UC Berkeley, Paul Butler vom Department of Terrestrial Magnetism at the Carnegie Institution of Washington und Kevin Apps von der Universität von Sussex werden ihre Ergeb-

nisse im Astrophysical Journal veröffentlichen. In den vergangenen drei Jahren haben die Forscher vom Keck Observatorium 500 nahe Sterne beobachtet, um neue Planeten zu finden. Die sechs neuen Planeten erhöhen die Zahl der bekannten, „extrasolaren" Planeten um 25 Prozent. Das biete Astronomen eine große Menge neuer Informationen über Planetensysteme, so Vogt. Über einen der Planeten, HD 192263, berichteten vor Kurzem auch Nun Santos und seine Mitarbeiter in Genf. Die Sterne, um die die Planeten kreisen, sind in Größe, Alter und Helligkeit der Sonne sehr ähnlich. Der Abstand zur Erde variiert zwischen 65 und 192 Lichtjahren. Die Größe der Himmelskörper selbst reicht von etwas kleiner bis zu einige Male größer als Jupiter (0,8 bis 6,5 Mal so schwer wie Jupiter). Sie ähneln Jupiter wahrscheinlich auch in der Zusammensetzung – vor allem riesige Klumpen aus Helium und Wasserstoff, meint Vogt. Auf die Spur der Planeten führte eine leichte Wackelbewegung der Sterne, da die Schwerkraft der Trabanten den Kurs des Zentralgestirns ein wenig verändert. Vogt und seine Mitarbeiter haben außerdem Variationen in der Helligkeit der Sterne herangezogen, wenn ein Planet vor ihnen vorbei flog. Die Umlaufbahnen der Planten sind – wie fast alle der extrasolaren Planeten – sehr exzentrisch, d.h. eher oval als rund. Der Planet HD 222582 besitzt das extravaganteste Orbit, das bisher bekannt ist. Diese Bahn trägt ihn in 576 Tagen einmal um den Stern. Der Minimalabstand von Stern und Planet ist dabei mit 0,39 astronomischen Einheiten (AU) knapp sechsmal kleiner als der Maximalabstand von 2,31 AU. (Eine Bahn, deren Verhältnisse recht gut der Ellipsenbahn Luzifers entsprechen – Kommentar des Buchautors) Eine astronomische Einheit entspricht dem Abstand zwischen Erde und Sonne. „Hübsche Kreisbahnen wie in unserem Sonnensystem scheinen relativ selten zu sein", sagt Vogt. Interessanterweise befinden sich fünf der sechs Planten in den so genannten „bewohnbaren Zonen" der Sterne. In dieser Region herrschen Temperaturen, die Wasser entstehen und in der flüssigen Form existieren lassen könnten. Für die meisten anderen extrasolaren Planeten trifft das nicht zu. „Die neuen Planeten haben den richtigen Abstand zu dem Stern. Mit Temperaturen wie an einem heißen Tag in Sacramento", erklärt Vogt. Planeten, die der Erde ähneln, werden in den entdeckten Systemen nicht erwartet. Sie wären so klein, dass sie Monde von Jupitergroßen Planeten werden würden. Diese Monde in der bewohnbaren Zone könnten dann aber flüssiges Wasser beherbergen und vielleicht auch Leben, meint Vogt. Die Beobachtungen lieferten aber mehr als die Entdeckung der neuen Planeten. Über vier schon bekannte wurden neue Daten gesammelt. HD 217107 und HD 187123 scheinen einen weiteren Begleiter zu haben. Diese Begleiter – vielleicht braune Zwerge – scheinen den Stern in langen Perioden zu umkreisen. Sie brauchen vielleicht mehrere Jahre für eine Umrundung. Das ist deshalb wichtig, weil bisher nur das Ypsilon Andromeda System als Mehrplanetensystem bekannt war. Die Beobachtungen lassen

Vogt mehrere Systeme mit vielen Planeten erwarten. Es gibt also noch viel zu tun für die Planetensucher.

[Quelle: Cornelia Pretzer und Eurekalert]

Blaugrüner Planet außerhalb des Sonnensystems entdeckt
(Meldung vom 16.12.1999)

Andrew Cameron von der University of St. Andrews in Schottland und Kollegen ist es gelungen, das Licht eines Planeten einzufangen, der den Stern tau-Boötis umkreist. Bislang haben Astronomen extrasolare Planeten lediglich durch die Anziehungskraft ausmachen können, die sie auf ihre Sonne ausüben, aber nicht durch ihr Licht. Der Planet von tau-Boötis umkreist seinen Stern alle 3,3 Tage in einem 20 Mal geringeren Abstand als der zwischen Erde und Sonne. Wegen dieser hohen Geschwindigkeit hofften die Forscher ein Signal von dem Planeten einfangen zu können, der vermutlich etwa ein Zehntausendstel des Lichtes von tau-Boötis reflektiert. Tatsächlich entdeckten die Forscher die Rotverschiebung, nach der sie suchten. Die Daten zeigen, dass der Planet acht Mal schwerer und 1,6 bis 1,8 Mal größer als Jupiter ist. Seine Farbe ist blaugrün. Bei den anderen bisher gefundenen extrasolaren Planeten konnten die Wissenschaftler keine Angaben über Masse oder Farbe machen, weil die Planeten nicht direkt beobachtet werden konnten. Allerdings, so kommentieren Adam Burrows und Roger Angel von der University of Arizona in Tucson, besteht eine Chance von 1:20, dass das scheinbare Planetensignal nur ein Rauschen in den Daten ist. Das Licht des Sterns und des Planeten sind selbst vom Hubble-Teleskop nicht zu trennen, da die beiden so nah beieinander stehen. Vor einigen Wochen meldeten französische Wissenschaftler, dass sie mit optischen Methoden ebenfalls einen Planeten außerhalb des Sonnensystems identifiziert hatten: Der Himmelskörper schiebt sich zwischen seinen Stern und die Erde und schwächt dessen Licht um zwei Prozent ab.

[Quelle: Ute Kehse und Nature]

Planeten-Suchtechnik bestätigt *(Meldung vom 23.12.1999)*

Die Existenz eines Planeten im Sternbild Pegasus, den NASA-Wissenschaftler Anfang November nachweisen konnten, weil er seinen sonnenähnlichen Mutterstern einmal pro Umlauf teilweise verdeckt, konnte jetzt durch eine zweite Technik bestätigt werden. Mit der „Transit-Fotometrie“ konnten die Wissenschaftler um David Charbonneau vom Ames Research Center der NASA belegen, dass der gefundene Planet etwa ***1,3mal so groß ist wie Jupiter und seine Sonne alle 3 1/2 Tage einmal umkreist****. Dabei nutzten die Forscher die Tatsache, dass sich der Planet einmal pro Umlauf zwischen seine Sonne und die Erde schiebt* *und das Licht der Sonne dabei verdunkelt. Bei der zweiten Methode wird die Doppler-Verschiebung des Spektrums des Sterns gemessen. Da sich Stern und Planet um einen* **gemeinsamen** *Schwerpunkt bewegen, scheint der Stern leicht hin- und her zu tanzen. Aus diesem Wackeln lässt sich die Masse des Planeten erschließen. „Offenbar ist die Atmosphäre des Planeten durch seine Nähe zum Stern aufgeblasen", sagte Chef-Wissenschaftler William Borucki vom Ames Research Center. „Der Planet hat nur etwa zwei Fünftel der Dichte von Wasser, er ist viel weniger dicht als etwa Saturn." Mit der Fotometrie-Technik wollen die Forscher ab 2004 mit einem Weltraum-Teleskop auch Planeten von der Größe der Erde aufspüren. Die Atmosphäre der Erde verzerrt das Licht der Sterne, so dass bislang nur Riesenplaneten von der Größe Jupiters entdeckt werden konnten.*

Extrasolare Planeten von der Größe des Saturn entdeckt
(Meldung vom 31.3.2000)

Zum ersten Mal ist es den Planetenjägern Geoff Marcy von der University of California in Berkeley und seinen Kollegen Paul Butler und Steve Vogt gelungen, zwei Himmelskörper aufzuspüren, die deutlich kleiner sind als der Riesenplanet Jupiter: Die beiden Planeten, die den 109 Lichtjahre entfernten Stern HD46375 im Sternbild Monoceros und den 117 Lichtjahre entfernten Stern 79 Ceti umkreisen, haben 80 bzw. 70 Prozent der Masse des Planeten Saturn. Die bislang von den Wissenschaftlern entdeckten 21 Planeten außerhalb unseres Sonnensystems waren alle mindestens so schwer wie der größte Planet des Sonnensystems, Jupiter, der dreimal so viel wiegt wie der nächst kleinere Saturn. Viele Forscher befürchteten daher, dass die meisten Planeten „totgeborene Sterne", so genannte Braune Zwerge seien, die nicht genug Masse gesammelt hatten. Die neu entdeckten Planeten haben einen sehr geringen Abstand von ihren Muttersternen: Sie brauchen für eine Umrundung nur drei bzw. 75 Tage. Dementsprechend heiß ist es auf den beiden Planeten, die vermutlich wie Saturn hauptsächlich aus Wasserstoff und Helium bestehen: Die Oberflächentemperatur des Planeten von 79 Ceti beträgt 830 Grad, der Begleiter von HD46375 ist 1130 Grad heiß. Kandidaten für belebte Welten sind sie daher wohl nicht. Vermutlich bildeten sie sich ursprünglich in einer größeren Entfernung von ihrer Sonne und gelangten erst später in den jetzigen Orbit. Dabei dürften sie möglicherweise vorhandene kleinere Planeten aus der Bahn geworfen haben. Der Grund dafür, dass bislang nur große, nah bei einem Stern liegende Planeten gefunden wurden, liegt in der Meßmethode der drei Forscher: Sie suchen nach Sternen, die durch die Anziehungskraft ihres umlaufenden Begleiters ein wenig hin und her wackeln. Je näher und je größer ein Planet, desto stärker **zieht** *er an seinem Stern. Mittlerweile* *sind Marcy und seine Kollegen jedoch so routiniert im Umgang mit dem Keck-Teleskop auf Hawaii, dass ihre Methode immer kleinere Planeten aufspürt.*

Ute Kehse und Nasa

Sechs neue Planeten und zwei Braune Zwerge entdeckt
(Meldung von 9.5.2000)

Bei der fieberhaften Suche nach Planeten außerhalb unseres Sonnensystems ist einer Gruppe vom Genfer Observatorium in der Schweiz ein weiterer Erfolg geglückt: Die Forscher, unter denen sich auch die beiden Entdecker Michel Mayor und Didier Queloz des ersten extrasolaren Planeten („Exoplaneten") befinden, gab jetzt den Fund von acht weiteren Begleitern sonnenähnlicher Sterne bekannt. Bei zweien davon dürfte es sich um so genannte Braune Zwerge handeln. Das sind verhinderte Sterne, die nicht massereich genug sind, damit in ihrem Innern eine Kernfusion beginnt. Die beiden Braunen Zwerge haben jeweils etwa 15 Jupitermassen. Der eine braucht 8,43 Tage für eine Umrundung seiner Sonne, der andere 259 Tage. Die Massen der übrigen Planten bewegen sich zwischen 0,8 Saturnmassen und drei Jupitermassen. Der kleinste gefundene Planet, der seinen sonnenähnlichen Stern im Sternbild Scutum (der Schild) mit einer Periode von 6,4 Tagen umkreist, ist erst der dritte Exoplanet mit einer kleineren Masse als Saturn. Zwei weitere der neuen Planeten sind ungefähr so schwer wie der zweitgrößte Begleiter der Sonne: Sie besitzen das 1,15- beziehungsweise 1,17-fache der Masse des Saturn. Einer der beiden hat die kürzeste bislang gefundene Umlaufperiode: Er braucht nur knapp drei Tage für einen Orbit und hat lediglich einen Abstand von 5,7 Millionen Kilometern von seiner Sonne – das ist ein Achtunddreißigstel der Entfernung zwischen Sonne und Erde. Während das Schweizer Team die Planeten anhand von Geschwindigkeitsänderungen des Sterns identifizierte, bietet sich bei allen Planeten mit kurzer Periode eine weitere Suchmethode an: Wenn ihre Bahn im richtigen Winkel zur Erde liegt, verdunkeln sie den Stern bei einem Durchgang, was von der Erde aus messbar ist. Die restlichen drei Planeten wiegen 1,07, 2,08 und 2,96mal so viel wie Jupiter, der seinerseits etwa dreimal so schwer ist wie Saturn. Damit sind bislang 40 extrasolare Planeten bekannt. Im Gegensatz dazu wurden erst drei Braune Zwerge mit zehn bis 15 Jupitermassen entdeckt, obwohl sie wegen ihrer größeren Masse eigentlich leichter zu finden sein müssen. Das lässt darauf schließen, dass sie relativ selten sind und dass sie anders entstehen als gewöhnliche Riesenplaneten.

Ute Kehse und European Southern Observatory

Neuer Rekord: 5.000 Lichtjahre entfernter Planet entdeckt

Amerikanische Wissenschaftler haben den bisher am weitesten entfernten Planeten außerhalb unseres Sonnensystems entdeckt. Wie der Onlinedienst Space.com berichtet, umkreist der Jupitergroße Planet einen 5.000 Lichtjahre entfernten Stern unserer Milchstraße auf einer engen Umlaufbahn. Für einen Umlauf benötigt der Planet nur 29 Stunden. Auf seiner Oberfläche herrschen Temperaturen von mehreren tausend Grad Celsius. Den Astronomen des Harvard-Smith-Sonian-Zentrums für Astrophysik gelang der indirekte Nachweis des Planeten durch die Beobachtung periodischer Helligkeitsschwankungen des Sterns: Im Rhythmus der Umlaufzeit schiebt sich der Planet alle 29 Stunden vor den Stern, dessen Leuchtstärke dann scheinbar abnimmt. Diese Helligkeitsänderungen sind winzig – sie entsprechen dem Vorbeiflug einer Mücke an einem 300 Kilometer entfernten Autoscheinwerfer. Dennoch konnten die Forscher diese mit einem verfeinerten, hochsensiblen Verfahren nachweisen. Gegenwärtig sind etwas mehr als hundert Planeten außerhalb unseres Sonnensystems bekannt. Die meisten von ihnen wurden bisher über die Messung von minimalen Bewegungsänderungen eines Sterns nachgewiesen. Dieses Verfahren funktioniert bis heute aber nur für relativ nahe Sterne bis etwa 160 Lichtjahre Entfernung. Mit der neuen Methode können die Astronomen bei der Suche nach fremden Planeten sehr viel weiter in den Weltraum blicken und hundert Millionen Sterne auf die Existenz von Planeten untersuchen.

ddp/bdw – Sebastian Moser

Neue Planetenfunde überraschen Astronomen

Die Jagd der Astronomen auf Planeten um ferne Sterne läuft nicht zuletzt wegen der Spekulation auf außerirdisches Leben weiter auf Hochtouren. In diesen Tagen hat ein internationales Astronomenteam vom Genfer Observatorium und anderen Instituten einschließlich der Europäischen Südsternwarte (ESO) bei München die Entdeckung von nicht weniger als elf neuen Exoplaneten bekannt gegeben. Von der ersten Entdeckung eines extrasolaren Planeten um den 45 Lichtjahre (1LJ = 9,5 Billionen Kilometer) entfernten Stern 51 Pegasi im Jahre 1995 an ist ihre Zahl nach ESO-Angaben bis heute auf 60 bis 70 angestiegen. Die Hälfte davon haben europäische Astronomen gefunden. Jede neue Entdeckung konfrontiert die Wissenschaft mit weiteren Überraschungen. Bis vor wenigen Jahren hatten die Astronomen geglaubt, die verschiedenen Planetentypen auf der Basis der unsere Sonne umlaufenden Planeten zu kennen. Doch plötzlich gibt es Berichte über neue Planeten unerwarteter Größe an Stellen, wo sie nicht vermutet wurden. Im vergangenen Jahr entdeckten die Forscher Planeten von der Größe kleiner Sterne und solche, die sich frei im All unabhängig von irgendwelchen Zentralgestirnen bewegen. Unter den nun gefundenen elf Planeten gibt es nach Angaben der ESO einige mit besonderen Eigenschaften: Einen Gasriesen von mindestens 5,6 Jupitermassen (das sind 1.800 Erdmassen) um den Stern HD 28185. Viele der bisher gefundenen Planeten ähnlicher Größe befinden sich entweder ***extrem nahe*** *bei ihren Sonnen oder haben sehr lange Umlaufbahnen. Im Gegensatz dazu läuft dieser Neuling beinahe* ***kreisförmig*** *und auf einer Bahn, die derjenigen der Erde ähnelt. Seine Umlaufzeit von 385 Tagen kommt dem Erdenjahr sehr nahe, und seine Durchschnittsentfernung vom Mutterstern entspricht mit 150,6 Millionen Kilometer beinahe der Distanz Erde-Sonne (149,6 Millionen Kilometer). Damit kommt dieser Planet theoretisch in die „bewohnbare Zone", wo ähnliche Temperaturen wie auf der Erde möglich sind. Obwohl ein solcher Gasriese ungeeignet für die Entwicklung von Leben scheint, könnte er doch Monde haben, die Anlass zu allen möglichen Spekulationen bieten.*

dpa

Da haben wir wohl einen Planeten entdeckt, der fast dieselben Bahndaten wie unsere Erde aufweist. Das scheint die Wissenschaft aber wenig zu bewegen. Es ist ja auch keineswegs gesichert, dass es sich hier um **einen** Gasriesen handelt. Denn die großen Störungen des Sterns werden sicher nicht von diesem einen Planeten verursacht. Da werden, ebenso wie in unserem Planetensystem, noch eine Reihe anderer Massen um diesen Stern kreisen. Dasselbe gilt für alle anderen entdeckten Planetensysteme. Die Berechnungen gehen stets von **einzelnen** Planeten mit recht großen Massen aus. Aber niemand weiß bislang, wie viele Planeten um den jeweiligen Stern kreisen.

Hundertster Planet außerhalb des Sonnensystems entdeckt

Ein internationales Astronomenteam hat den hundertsten Planeten außerhalb des Sonnensystems entdeckt. Der neue Planet hat ungefähr die Masse des Jupiter und ist hundert Lichtjahre von der Erde entfernt. Das berichteten die Wissenschaftler um Hugh Jones von der Universität Liverpool am Dienstag auf einer Konferenz zum Thema „Ursprung des Lebens" in Graz (Österreich). Sehen konnten die Astronomen den Planeten wie auch die zuvor entdeckten allerdings nicht: Nachgewiesen haben sie den Himmelskörper einzig durch die Beobachtung des Sterns, den er umkreist. Dieser gerät durch den Umlauf des Planeten leicht ins „Taumeln", woraus die Forscher auf Masse und Bahn des Planeten schließen können. Die Wissenschaftler erhoffen sich aus ihren Beobachtungen Erkenntnisse über die Entstehung von Planetensystemen und über die mögliche Zahl von Planeten, die unserer Erde ähneln. Bis zur Entdeckung des ers-

ten Planeten vor etwa zehn Jahren hatten Astronomen bezweifelt, dass solche Himmelskörper außerhalb unseres Sonnensystems überhaupt existieren. Mit den verfeinerten Messgeräten ist in den vergangenen Jahren die Zahl der bekannten Planeten jedoch rasch angestiegen.

ddp/bdw – Ulrich Dewald

Extrasolare Planeten von der Größe des Saturn entdeckt

Zum ersten Mal ist es den Planetenjägern Geoff Marcy von der University of California in Berkeley und seinen Kollegen Paul Butler und Steve Vogt gelungen, zwei Himmelskörper aufzuspüren, die deutlich kleiner sind als der Riesenplanet Jupiter: Die beiden Planeten, die den 109 Lichtjahre entfernten Stern HD46375 im Sternbild Monoceros und den 117 Lichtjahre entfernten Stern 79 Ceti umkreisen, haben 80 bzw. 70 Prozent der Masse des Planeten Saturn. Die bislang von den Wissenschaftlern entdeckten 21 Planeten außerhalb unseres Sonnensystems waren alle mindestens so schwer wie der größte Planet des Sonnensystems, Jupiter, der dreimal so viel wiegt wie der nächst kleinere Saturn. Viele Forscher befürchteten daher, dass die meisten Planeten „totgeborene Sterne", so genannte Braune Zwerge seien, die nicht genug Masse gesammelt hatten. Die neu entdeckten Planeten haben einen sehr geringen Abstand von ihren Muttersternen: Sie brauchen für eine Umrundung nur drei bzw. 75 Tage. Dementsprechend heiß ist es auf den beiden Planeten, die vermutlich wie Saturn hauptsächlich aus Wasserstoff und Helium bestehen: Die Oberflächentemperatur des Planeten von 79 Ceti beträgt 830 Grad, der Begleiter von HD46375 ist 1130 Grad heiß. Kandidaten für belebte Welten sind sie daher wohl nicht. Vermutlich bildeten sie sich ursprünglich in einer größeren Entfernung von ihrer Sonne und gelangten erst später in den jetzigen Orbit. Dabei dürften sie möglicherweise vorhandene kleinere Planeten aus der Bahn geworfen haben. Der Grund dafür, dass bislang nur große, nah bei einem Stern liegende Planeten gefunden wurden, liegt in der Methode der drei Forscher: Sie suchen nach Sternen, die durch die Anziehungskraft ihres umlaufenden Begleiters ein wenig hin und her wackeln. Je näher und je größer ein Planet, desto stärker zieht er an seinem Stern. Mittlerweile sind Marcy und seine Kollegen jedoch so routiniert im Umgang mit dem Keck-Teleskop auf Hawaii, dass ihre Methode immer kleinere Planeten aufspürt.

Ute Kehse und Nasa

Kalte Wolke aus atomarem Wasserstoff entdeckt

Forscher haben eine riesige Wolke aus kaltem, atomaren Wasserstoff in der Milchstraße entdeckt. Dieser Fund wirft die gängige Vorstellung über den Hau-

fen, dass das interstellare Medium vorwiegend aus kalten Wolken voller Wasserstoff-Moleküle besteht. Die 6.000 Lichtjahre große Wolke, die Lewis Knee vom Dominion-Observatorium in Kanada und Kollegen „Darc Arc" (Dunkler Bogen) tauften, ist so schwer wie 20 Millionen Sonnen und hat eine Temperatur von zehn Grad über dem absoluten Nullpunkt. Das schreiben die Forscher im Fachblatt Nature. Ungewöhnlich an der Wolke ist außer ihrer Zusammensetzung auch ihr Alter: Es gibt sie wahrscheinlich schon seit vielen Millionen Jahren. Normalerweise müsste die Rotation der Milchstraße ein so großes Gebilde langsam auseinander(?) ziehen. Der „Dunkle Bogen" zeigt aber nichts dergleichen. Sollte das Wasserstoffgas dagegen kurz davor sein, zu einem neuen Stern zu kollabieren, dann müsste es vermutlich im infraroten Licht leuchten, wie etwa im Orion-Nebel. Die neue Wolke ist aber überall so kalt, dass sie fast keine Strahlung aussendet. Sie verriet sich nur durch die Absorption der für Wasserstoff charakteristischen Wellenlänge. „Im Grunde wirft die Wolke einen dunklen Schatten über den Himmel", schreibt John Dickey von der Universität Minnesota in einem begleitenden Kommentar. „Kein Wunder, dass solche Strukturen trotz ihrer Größe in der Vergangenheit übersehen wurden." Sollten noch mehr solcher atomaren Wasserstoff-Wolken gefunden werden, müssen die Astronomen ihre Vorstellungen über die Entstehung von Galaxien möglicherweise überdenken, meint Dickey.

Ute Kehse

Da sehen wir es wieder: Verbesserte Technik führt überall zwangsläufig in Richtung Wahrheitsfindung. Und noch etwas Wichtiges haben diese neuesten Beobachtungen gezeigt: Es ist durchaus obligatorisch, dass Planeten bei ihren Sonnenumläufen **sehr stark ausgeprägte Ellipsenbahnen** beschreiben. Dies ist eine weitere und schöne Bestätigung für die von mir beschriebene Bahn des Planeten Luzifer und die planetarische Katastrophe in unserem Sonnensystem. Was hier vor rund 1.500 Jahren geschah, muss keineswegs in jedem anderen System passieren, aber es gibt doch erhebliche Wahrscheinlichkeiten für Planetencrashs, weil die innen laufenden Planeten schon nach kurzer Zeit stets sehr starke Ellipsenbahnen beschreiben, die dann bis zu den weiter außen kreisenden Planeten reichen. Die wahren Zusammenhänge sind den Astrophysikern bislang verborgen geblieben, weil sie die Massenverhältnisse zwischen den Sonnen und den sie umlaufenden Planeten systematisch **quadratisch zu hoch rechnen**. Daher führen die Berechnungen auch häufig zu der Annahme, es handele sich dabei um so genannte Doppelsterne – aber im Kosmos gibt es keine Doppelsterne. Es kann derartige Gebilde nicht geben, da **jeder** Stern von einer Reihe Planeten umrundet wird. Und immerhin sind es stets einige Lichtjahre, die zwei echte Sterne voneinander trennen, daher sind die gegenseitig wirksamen Gravitationsenergien verschwindend gering. Aber wir werden künftig in **allen** Sternensystemen des gesamten Kosmos Verhältnisse entdecken wie in unserem Sonnensystem: Sämtliche Sterne werden von einer Anzahl Planeten begleitet, die ähnliche Größen besitzen wie unsere; es wird Planetencrashs gegeben haben und Planetenvereinigungen, wie Erde und Mond. Dafür gibt es seit Jahrhunderten genügend Beweise.

DIE WAHRE STRUKTUR DER ERDE

Schauen wir uns an, was durch Messungen und Beobachtungen bislang gesichert ist. Sicher ist, dass die **Erdkruste** aus relativ festem Gestein besteht und im Mittel etwa 35 Kilometer dick ist, denn das kann man messen. Die Masse der **Erdkruste** lässt sich daher recht einfach **ausrechnen**, da man genau weiß, wie schwer das Gestein ist. Was sich jedoch ***unterhalb*** der festen Erdkruste befindet, weiß bis heute kein Wissenschaftler zu sagen; alles, was Sie in der entsprechenden Literatur darüber finden, ist reine Spekulation.
Nehmen wir mal an, unter der Erdkruste befände sich ausschließlich **Wasserstoff**, denn dafür gibt es jede Menge Gründe und Beweise:

* **Erdöl** besteht zum großen Teil aus **Wasserstoff**
* **Kohle** besteht zum großen Teil aus **Wasserstoff**
* **Erdgas** besteht fast vollständig aus **Wasserstoff**
* **Wasser** besteht aus **Wasserstoff** und Sauerstoff
* Der **Kosmos** besteht zu 99,9% aus **Wasserstoff**
* Bei **Vulkanausbrüchen** gelangen stets große Mengen **Wasserstoff** in die Atmosphäre
* Vor und während **Erdbeben** treten stets große Mengen **Wasserstoff** aus dem Erdreich
* **Erdgas** strömt überall mit großem Druck aus dem Erdinneren

Woher stammen die riesigen Wassermengen der Ozeane? Woher kommen die schier unermesslichen Mengen an **Erdgas**, deren Fördermengen permanent zunehmen? Erdgas tritt auch stets selbsttätig unter großem Druck aus dem Erdinneren. Natürlich besteht Erdgas nicht aus reinem Wasserstoff, da es vor dem Austritt an die Erdoberfläche durch riesige Gesteinsschichten dringen muss. Daher ist Erdgas stets angereichert oder ***verschmutzt*** mit anderen Elementen, hauptsächlich mit Kohlenstoff. Wir können also machen, was wir wollen, die Erde besteht ohne jeden Zweifel unter ihrer überwiegend kalten und festen Erdkruste fast vollständig aus **Wasserstoff**.

Rechnen wir nun aus, welche Masse an Wasserstoff sich unterhalb der Erdkruste befinden kann und addieren diese der Masse der festen Rinde hinzu, gelangen wir zu einer Erdmasse, die **48,1mal** geringer ist als es die Wissenschaftler heute glauben. Denken Sie, das ist Zufall?
Wegen der bereits dargestellten grundsätzlich falschen Vorstellungen Newtons und seiner Nachfolger über die Struktur der Erdmasse konnte es geschehen, dass ein ebenso grundsätzlich **falsches** Gravitationsgesetz festgeschrieben wurde. Es enthält unter anderem die Vorstellung, die Schwere der Massen sei die Folge einer Beschleunigung – hier die Erdbeschleunigung. Wir alle fühlen unsere Schwere, aber seien Sie ehrlich, fühlen Sie irgendeine Beschleunigung, wenn Sie auf der Erde herumlaufen? Wäre die Ursache der Schwere eine stets beschleunigende Kraft, wie es seit Newton behauptet wird, könnte unser Gewicht niemals konstant sein, sondern wir müssten mit jeder Sekunde schwerer werden. Beschleunigt werden wir nur, wenn wir aus irgendeiner Höhe fallen. Wenn wir z. B. vom Dach eines Hauses springen, spüren wir die Beschleunigung auch nicht. Was wir spüren, ist allein die Wirkung der **Geschwindigkeit** beim Aufprall auf die Erdoberfläche.
Auch der Mond fällt **nicht um die Erde herum**, wie es die Lehrbücher seit Newton glauben machen wollen, auch kein künstlicher Satellit tut das. Alles was fällt, kommt recht schnell auf der Erdoberfläche an. Ein Satellit kann nicht fallen, weil er dafür zu schnell ist, er ist schwerelos. Dasselbe gilt für den Mond und alle anderen kosmischen Massen. Fallen kann nur, was zu langsam für eine Umlaufbahn ist. Und was zu schnell ist, es entfernt sich von der Erde für alle Zeiten.
Die Gravitation (z. B. der Erde) wirkt in Wahrheit auf alles, was sich auf ihrer Oberfläche befindet, **wie ein Fluss**, der mit konstanter Geschwindigkeit fließt! Die Ermittlung der Erdmasse gemäß der Newtonschen Berechnungsart enthält daher systematische Fehler, dessen Resultat sich exakt ausdrücken lässt durch das halbe Quadrat seiner Fallbeschleunigung: (**$9{,}81^2 : 2 = 48{,}1$**). Und das ist der Faktor, um den die Erdmasse bislang zu schwer gerechnet worden ist.
Wissenschaftlich offiziell festgeschrieben wurden Newtons Irrtümer in Form eines so genannten Kraftbegriffes, dort heißt es:

„Unter dem Begriff der Kraft (F), die einem Körper der Masse (m) die Beschleunigung (a) erteilt, verstehen wir das Produkt aus der Masse des Körpers und der erzielten Beschleunigung. Die Einheit Kraft liegt vor, wenn einem Körper der Masse 1 kg eine Beschleunigung von einem Meter pro Sekunde erteilt wird, dieser also in einer Sekunde einen gleichgroßen Geschwindigkeitszuwachs erfährt. Zu Ehren Newtons heißt die Einheit 1 NEWTON (1 N). Es gilt somit die Einheitengleichung:

1 Newton (1N) = 1 kg x 1 m geteilt durch eine Quadratsekunde = 1kgm : 1s²

Ja was haben wir denn da für eine nette Formel? Dieser Kraftbegriff ist ein Widerspruch in sich selbst. Denn 1 kg Masse wird in der Physik auch als 9,81 Newton definiert. Woraus sich klar und deutlich ergibt, **dass 1 Newton gleichzusetzen ist mit 9,81 Newton**. 9,81 Newton entsprechen danach auch 9,81 kg, so können wir diese auch als 9,81 Newton **mal** 9,81 Newton definieren. Das Ergebnis wäre 96,2 Quadratnewton oder wahlweise dieselbe Menge Quadratkilogramm. Die Hälfte davon wäre die Zahl **48,1,** jener Wert, um den Erde zu schwer berechnet wird.

Schon an diesem simplen Beispiel erkennen wir die klare Notlage der Lehrmeinung, Massen zu definieren und zwar nicht nur bei kosmischen Massen, sondern zwangsläufig auch bei allen erdgebundenen Massen. Daher unterscheidet man offiziell auch zwischen schwerer und träger Masse, aber denn in Wahrheit gibt es da nicht den geringsten Unterschied. Egal was wir anstellen, die gut gepflegten Grundlagen unserer Physik erweisen sich bei näherer Betrachtung als **systematische Irrtümer**. Es werden dogmatisch physikalische Größen festgelegt, mit denen man auf der Erde auch irgendwie rechnen kann, sobald man sie jedoch auf den Kosmos ansetzt, versagen sie kläglich.

Sehr weltfremd muss man sein, um zu glauben, Atome – gleich welcher Art – können in sich selbst zusammenfallen. Denn selbst unter dem Einsatz größter mechanischer Energie gelingt es nicht, das Volumen irgendeines chemischen Elements zu verringern.

Keine einzige Sonne stürzt durch die Gravitation in sich selbst zusammen. Einen Urknall hat es nie gegeben, das ist selbst mit Newtons Formeln nicht berechenbar, es widerspricht diesem sogar völlig. Da dürfte nichts aus dem Nichts ***urknallen***, sondern das, was existiert, müsste auf alle Zeiten in sich zusammenfallen. Newtons Formeln zufolge dürfte es überhaupt keinen Kosmos geben, es dürfte nicht einmal Schwarze Löcher geben. Aber seine Nachfolger perfektionierten diesen Wahnsinn noch mit der Theorie über einen Urknall als Beginn der Welt. Urknall und Schwarze Löcher sind **mathematische Monster**, die es in der Natur nicht gibt, denn sie schließen sich gegenseitig aus.

Nachfolgend ein interessanter Artikel aus dem Magazin PM zum Thema Urknall:

Fand der Urknall nie statt?

Am Anfang war bekanntlich nichts, und plötzlich knallte es. Der Rest ist Geschichte: So entstand unsere Welt. Das jedenfalls meinen die Kosmologen, jene Forscher, die sich mit Ursprung, Entwicklung und Ende des gesamten Weltalls beschäftigen. In den Vierzigerjahren entstand dafür der Ausdruck: big bang, der Große Knall, aus dem dann im Deutschen der Urknall wurde. Dabei war »big bang« auch das Codewort für die erfolgreiche Zündung der ersten Atombombe in der Wüste von New Mexiko. Der Urknall kann, so scheint es, all die seltsamen Dinge im Weltall erklären, mit denen die Astronomen seit den Zwanzigerjahren konfrontiert waren, als da sind:
– Je weiter eine Galaxis von uns entfernt ist, umso mehr ist ihr Spektrum in Richtung rot verschoben (»Kosmologische Rotverschiebung«).
– Es gibt eine sehr gleichförmige kosmische Hintergrundstrahlung im Bereich der Mikrowellen.
– Es gibt zu viel Helium im Universum; usw.
Die Kosmologen gingen so weit, den Ursprung unserer Welt ganz exakt zu beschreiben: »Die ersten drei Minuten« heißt ein bekanntes Werkt von Steven Weinberg, bei dessen Lektüre man den Eindruck hat, der Autor wäre dabei gewesen oder hätte einen Bericht aus erster Hand verwertet. Die These vom Urknall gehört, so scheint es, zum Allgemeinwissen der Wissenschaftler, und keiner zweifelt daran. Stimmt überhaupt nicht, behaupten andere. Eine Wissenschafts-Mafia unterdrückt seit langem alle alternativen Thesen, und außerdem hätte die Urknall-These ebenso große Löcher wie das Weltall insgesamt. Wer hat Recht? Schauen wir uns die Sache einfach etwas genauer an.
Wissenschaftlich untermauerte Gedanken über die Entstehung der Welt begannen, wie so vieles in der Wissenschaft des 20. Jahrhunderts, mit Albert Einstein. Seine Allgemeine Relativitätstheorie erlaubte zum ersten Mal, die Gesamt-Struktur des Weltalls zu berechnen. Und aus seinen Formeln ergab sich: Das Weltall kann nicht still stehen. Entweder es dehnt sich aus, oder es zieht sich zusammen. Weil zur gleichen Zeit der Astronom Edwin Hubble einen Zusammenhang zwischen Rotverschiebung und Entfernung einer Galaxis entdeckte, deutete man diese Rotverschiebung als einen »Doppler-Effekt«, d.h. als Galaxienflucht: Alle Milchstraßensysteme fliehen vor uns, je weiter weg, umso schneller.
Verfolgt man diese Flucht in die Vergangenheit zurück, so gibt es einen Punkt in der Zeit, an dem alle Materie des Weltalls in einem einzigen Raumpunkt konzentriert war. Jetzt gingen die Kosmologen umgekehrt vor: Sie errechneten die Entwicklung der Welt von diesem Punkt an (vor ca. 8 bis 15 Milliarden Jahren; die Schätzungen schwanken stark.). Am Anfang muss die Welt in einem Feuerball konzentriert gewesen sein – das jedenfalls meinte als erster der belgische

Abbé Georges Le Maître. Doch die logischen und physikalischen Widersprüche der Urknall-Hypothese sind gewaltig. Hier nur einige davon:
– Es fängt mit der Ur-Explosion an: Wo hat sie eigentlich statt gefunden? Da, wo sich die Erde befindet (weil ja alle Galaxien anscheinend von uns davon laufen)? Wäre das der Fall, stünden wir in unserer Weltanschauung wieder in den Zeiten vor Kopernikus und Galilei – die Erde im Mittelpunkt einer jetzt aber viel größeren Welt. Wenn aber das Explosionszentrum woanders liegt, warum sehen wir dann nicht mehr Sterne in dieser Richtung?
– Um diesen Einwand auszuschalten, dachten sich die Gelehrten etwas ganz Neues aus: Nicht die Galaxien laufen vor uns davon, sondern der Raum als solcher dehnt sich in einen Hyperraum aus. Dann entfernen sich alle Dinge tatsächlich gleichförmig voneinander, wie die Rosinen an der Oberfläche eines Teigs, der im Backofen aufgeht. Aber: Wenn der Raum an sich wächst, gilt dies natürlich auch für den Raum innerhalb der Atome. Dann wächst aber alles, auch unsere Maßstäbe – Wie sollten wir diese Ausdehnung der Welt dann messen können? Auch das »Horizont-Problem« ist ungelöst. Es bedeutet, dass sich Störungen innerhalb der kosmischen Ursuppe wegen der schnellen Expansion nicht ausgleichen konnten, so dass das Weltall jetzt eigentlich ganz unregelmäßig aussehen müsste, was es aber nicht tut. Zwar gibt es im Kosmos sehr deutliche Strukturen, aber in jeder Richtung entdecken wir ungefähr das Gleiche – die gleichen Strukturen, die gleichen Massen. Auch hier blieben die Urknall-Hypothetiker nicht untätig. Sie erfanden die These von der »kosmischen Inflation«: Gleich zu Beginn des Urknalls hat sich das Universum samt allem, was drin war (also Licht und Materie), ganz ohne Grund, plötzlich **Milliarden mal schneller als das Licht** *ausgedehnt und dabei alle Materie mit eben dieser Geschwindigkeit mit gerissen. Dadurch wurde die Ursuppe kräftig durchgemischt und homogenisiert. Eine solche kosmische Inflation ist aber nach allen Formeln der Physik, insbesondere nach denen der Relativitätstheorie, absolut unmöglich – keine Masse kann auch nur annähernd Lichtgeschwindigkeit erreichen, geschweige diese milliardenfach überschreiten!*
– Einige Sterne und Quasare (weit entfernte, sehr helle Lichtquellen, aber keine Galaxien) scheinen älter als das ganze Weltall zu sein. Mit Mühe kann man deren Alter herunter- und das Alter des Universums hinauf drücken. Doch das ist ein Vabanque-Spiel, von dem nie sicher ist, ob es nicht eines Tages versagt. Zudem erinnert das ewige Korrigieren (notwendig, nicht tugendhaft) an die Zeiten eines Ptolemäus, der die irregulären Bahnen der Planeten dadurch erklärte, dass er bei Bedarf virtuelle Zusatzplaneten erfand – immer einen neuen, wenn's nötig war.
– Auch in weiter Ferne, am Rand des Universums, finden sich voll ausgebildete Galaxien. Ihr Alter entspricht ihrer Entfernung in Lichtjahren. Ein jüngst ent-

deckter Quasar ist 14 Milliarden Lichtjahre von uns entfernt, hat also vor mindestens 14 Milliarden Jahren bereits existiert. Da man annimmt, dass Quasare aus gigantischen Schwarzen Löchern bestehen und diese sich erst im Lauf der Jahrmilliarden heranbilden können, bleibt die Frage, wie es dem weit entfernten Gebilde gelang, knapp nach oder möglicherweise noch vor Erschaffung der Welt schon seit Ewigkeiten zu existieren?
– Die Hauptfrage aber lautet: Woher kam denn, ganz plötzlich aus dem Nichts, das gesamte Universum? Bei den Pionieren der Urknall-Hypothese war die Masse des Universums noch in einem gigantischen Feuerball konzentriert. Inzwischen aber vertreten die Gelehrten die Idee, der gesamte Kosmos sei urplötzlich aus dem Nichts – physikalisch: aus dem Vakuum – hervorgebrochen. Klingt das nicht sehr nach dem jüdisch-christlichen Schöpfungsmythos? Wo bleibt da das geheiligste Prinzip der Physik, das Prinzip von der Erhaltung der Masse und Energie?
Was ist am Urknall-Modell eigentlich so attraktiv? Antwort: Es ist einfach, was alle Naturwissenschaftler erfreut. Und es ist dynamisch, was dem Zeitgeist entspricht. Vor allem aber: Es entspricht unseren religiösen Mythen. ***Denn der Urknall läuft fast genauso ab wie der biblische Schöpfungsbericht.***
Aber: Gibt es überhaupt Alternativen zur Deutung der kosmologischen Rotverschiebung als »Doppler-Effekt«? Es gibt eine Alternative: Die Theorie vom müden Licht. Würde Licht auf seiner langen Reise durchs Weltall (mehr als 10 Milliarden Jahre!) ein wenig von seiner Energie verlieren, würde es röter werden. Vieles spricht dafür, und dem amerikanischen Physiker James Paul Wesley gelang es tatsächlich, diese Rotverschiebung allein auf Grund der Gravitation der kosmischen Massen korrekt zu berechnen. ***Daraus ergäbe sich ein Kosmos, der seit Ewigkeiten bestehen kann.*** *Die These vom unendlichen und Ewigen Kosmos wurde schon von dem »Ketzer« Giordano Bruno vorweg genommen. Dieser Kosmos wird in alle Ewigkeit weiter leben, im Gegensatz zum Urknall-Universum, das eines Tages den Hitze- oder den Kältetod stirbt. So beschert uns die vernünftige Annahme eines ermüdenden Lichts einen Kosmos, der seit Ewigkeiten existieren kann, in dem Leben entsteht und wieder vergeht, wo alles Zeit und Muße hat, sich zu entfalten, wo es viele Katastrophen, aber keinen »Urknall« und auch kein gewaltsames Ende gibt. Die These vom müden Licht verschafft uns eine filosofische Gelassenheit, die uns der Urknall verwehrt. (Mehr über die These vom müden Licht im PM-Magazin.)*

Peter Ripota

DIE GRAVITAIONSKONSTANTE

Aufgrund des Gravitationsgesetzes des Isaak Newton ermittelten Wissenschaftler später die so genannte Gravitationskonstante (**G**). Sie steht heute bei einem Wert von rund:

$$\mathbf{G = 6{,}6739x\ 10^{-11}\ m^3/kg\ s^2}$$

Nun fragt sich der vernünftige Mensch, welch seltsame Maßeinheiten in (**G**) stecken. Da finden wir als erstes **Kubikmeter** dann Kilogramm und **Quadratsekunden**. Was haben diese Einheiten mit kosmischen Bewegungen zu tun? Hierbei handelt es sich um eine **berechnete** Größe, die mit Hilfe der von Newton erfundenen Formel, die man Gravitationsgesetz nennt, bestimmt wurde:

$$\mathbf{F = G\ x\ M_1\ x\ M_2\ /\ R^2}$$

F=Anziehungskraft M=Masse R=Radius.

Warum werden hier Massen miteinander multipliziert? Das führt zu unrealistischen **Quadratkilogramm**. Außerdem berücksichtigt diese seltsame Formel nur zwei sich angeblich anziehende Massen. Aber was ist mit drei oder mehr Massen? Haben wir es dann mit Kubikkilogramm oder Kilogramm hoch zehn zu tun? Schon bei dem Versuch, die Wirkungen zwischen drei Massen zu berechnen, versagt Newtons *Gesetzesentwurf* kläglich. Es gibt keine Quadratkilogramm, keine Kubikkilogramm und keine Kilogramm hoch zehn oder hoch X. Es gibt ausschließlich Kilogramm.
Noch mal: Daher sind sämtliche aus Experimenten abgeleiteten Werte für so genannte irdische *Anziehungskräfte* falsch, da sie in Newtoneinheiten (Erdbeschleunigung) definiert werden. Sie sind um den Faktor 48,1 zu groß. Denn Newton (9,81)mal Newton (9,81) geteilt durch zwei (Massen) ergibt 48,1. Exakt der Faktor, um den die Erde zu schwer berechnet wird.

Eine Gravitationskonstante kann nur ermittelt werden, wenn zuvor die Massenverhältnisse zwischen verschiedenen kosmischen Körpern bekannt sind. Das ist recht einfach. Es gibt hierzu verschiedene Methoden. Wir können z. B. die Umlaufzeiten in Bezug zu den Entfernungen vergleichen. Die Erde benötigt für einen Sonnenumlauf 365,25 Tage in einer Entfernung von rund 149,6 Millionen Kilometer. Der Mond benötigt für einen Lauf um die Erde rund 29,25 Tage in einer Entfernung von 0,3844 Millionen Kilometer. Dabei bewegt sich die Erde etwa 29mal schneller um die Sonne, als der Mond in Relation zu Erde. Allerdings ist die Erde auch 389mal weiter entfernt von der Sonne, als der Mond von der Erde. Aus der Quadratwurzel der Radiuszahl 389 (19,7), multipliziert mit den 29,25 Tagen ergibt sich die Verhältniszahl der Massen: 577. Und genau um diesen Faktor ist die Sonne schwerer als die Erde. Das heißt: Die Umlaufzeit oder Umlaufgeschwindigkeit um eine 577mal schwerere Masse ist bei gleichem Abstand 577mal größer.

Eine sehr wichtige, elementare Erkenntnis, die nicht zuletzt die Jahrhundertformel Albert Einsteins zu Fall bringt: Bei **allen** Bewegungen, also auch allen kosmischen, sind nicht die **Masse** x Quadrat der Geschwindigkeit vergleichbare Größen, sondern **die Quadrate von Masse x Geschwindigkeit**. Denn in jedem Fall handelt es sich um **kinematische** Energie. Die kinematische Energie (Bewegungsenergie) einer Masse entspricht stets dem Quadrat ihrer Geschwindigkeit. Ebenso entspricht die Gravitationsenergie einer Masse dem **Quadrat der Masse**.

Auch wenn wir hier nicht in der Schwerelosigkeit weilen, so lässt sich dieses Prinzip dennoch experimentell beweisen, denn die Naturprinzipien sind überall im Kosmos gleich. Schon 1985 baute Franz Ewert Fallmaschinen, die eindeutig zeigten, dass Massen und Geschwindigkeiten dieselben **quadratischen** Wirkungen haben. Auch sorgfältige Beobachtungen im Alltagsgeschehen liefern klare Beweise hierfür. Dies zeigen insbesondere die Bremswege von schweren Zügen, da zwischen Zug und Schienen nur sehr geringe Reibungswiderstände bestehen. Ein Automobil hat stets denselben Bremsweg, egal ob es leer oder voll beladen ist, weil sich der Reibungswiderstand zwischen Reifen und Straße mit dem Gewicht erhöht. Dies gilt für einen Zug nicht, da sich der Reibungswiderstand zwischen Stahlrädern und Stahlschienen wegen der geringen Reibungsflächen auch bei höherem Gewicht kaum verändert. Daher benötigen Züge im Gegensatz zu Automobilen Kilometer lange Bremswege. Ein 200 Tonnen schwerer Zug, der sich mit 100 km/h bewegt, benötigt daher einen viel längeren Bremsweg als ein PKW. Auch hierdurch wird bewiesen, dass Masse und Geschwindigkeit gleich geartete Größen sind. Ähnliches können wir bei großen Schiffen beobachten. Je schwerer sie sind, umso länger – quadratisch länger – ist ihr Bremsweg. Ein Schiff von Tausend Tonnen benötigt einen viermal längeren Weg, um zum Stillstand zu kommen, als ein Schiff von 500 Tonnen.

Manche dieser Erkenntnisse sind nicht neu, aber sie wurden von den jeweiligen Spezialisten der Lehrbuchschreiber nicht erkannt oder schlichtweg ignoriert, da sie nicht in das festgeschriebene Schema passen. So gibt es auf diesem Planeten bislang keine einheitliche Physik, sondern eine korrekte irdische und eine falsche kosmische Physik. Es kann aber nur eine einheitliche Physik im gesamten Kosmos geben. Und es gibt sie, wie Sie bald erfahren werden.

Wir können die Massenverhältnisse im Kosmos auch anders ermitteln. Rechnen wir die Sonne und den Mond auf den gleichen Durchmesser wie die Erde, ergeben sich folgende Geschwindigkeitsverhältnisse für umlaufende Satelliten:

Erde = 1 Mond = 1/9 Sonne = 577

Und damit haben wir wieder die Massenverhältnisse dieser drei Körper. Die offiziellen Zahlen weichen exakt **quadratisch** hiervon ab. Dort heißt es:

Erde = 1 Mond = 1/81 Sonne = 333.000

Das sind nicht die Massenverhältnisse, sondern die mit den Massen verbundenen Energieverhältnisse. Wenden wir das einfache und wahre Prinzip auf andere kosmische Massen außerhalb unseres Sonnensystems an, so entpuppen sich **ausnahmslos alle Körper** im Kosmos als normale Sonnen und Planeten mit Materiedichten, die im Rahmen der bekannten chemischen Elemente liegen. Selbst für einen so genannten Weißen Zwerg, für den offiziell eine Dichte errechnet wurde, die ein paar Milliarden mal höher sein soll als die der uns bekannten Materie, ergibt sich eine wahre Dichte von maximal acht Gramm pro Kubikzentimeter – also handelt es sich hier ganz offensichtlich um einen Planeten, der in der Nähe seiner Sonne entstanden ist, daher stark fusionierte und viel Metall enthält – ähnlich wie unser Mond.

Die Physiker geben sich ja alle erdenkliche Mühe, die Gravitationskonstante experimentell auf X Stellen hinter dem Komma genau zu bestimmen. Ihre Experimente sind ja auch in Ordnung. Allerdings vergessen sie eins: Sie befinden sie an der Oberfläche der Erde, daher sind all ihre Messungen von der irdischen Gravitation systematisch beeinflusst und darum systematisch verfälscht. Die natürlichen und damit wahren Gravitationskräfte zwischen Massen können direkt nur in der **Schwerelosigkeit** gemessen werden, also zum Beispiel in einer irdischen Umlaufbahn. Bei Messungen auf der Erde muss die irdische Gravitationsenergie als mathematische Größe berücksichtigt und aus den Messergebnissen herausgerechnet werden.
Nun kommen wir zur Ermittlung der wahren Gravitationskonstante. Das elementare Problem dabei ist, unterschiedliche Massen – hier wieder Sonne, Erde und Mond – auf einen gemeinsamen Nenner zu bringen, und dieser Nenner ist die verwendete Maßeinheit. Wir rechnen bekanntlich alles in Metereinheiten oder davon abgeleiteten Größen. Newton kannte diese Maßeinheit ebenso wenig, wie das Kilogramm.

Atwoodsche *Fallmaschine*

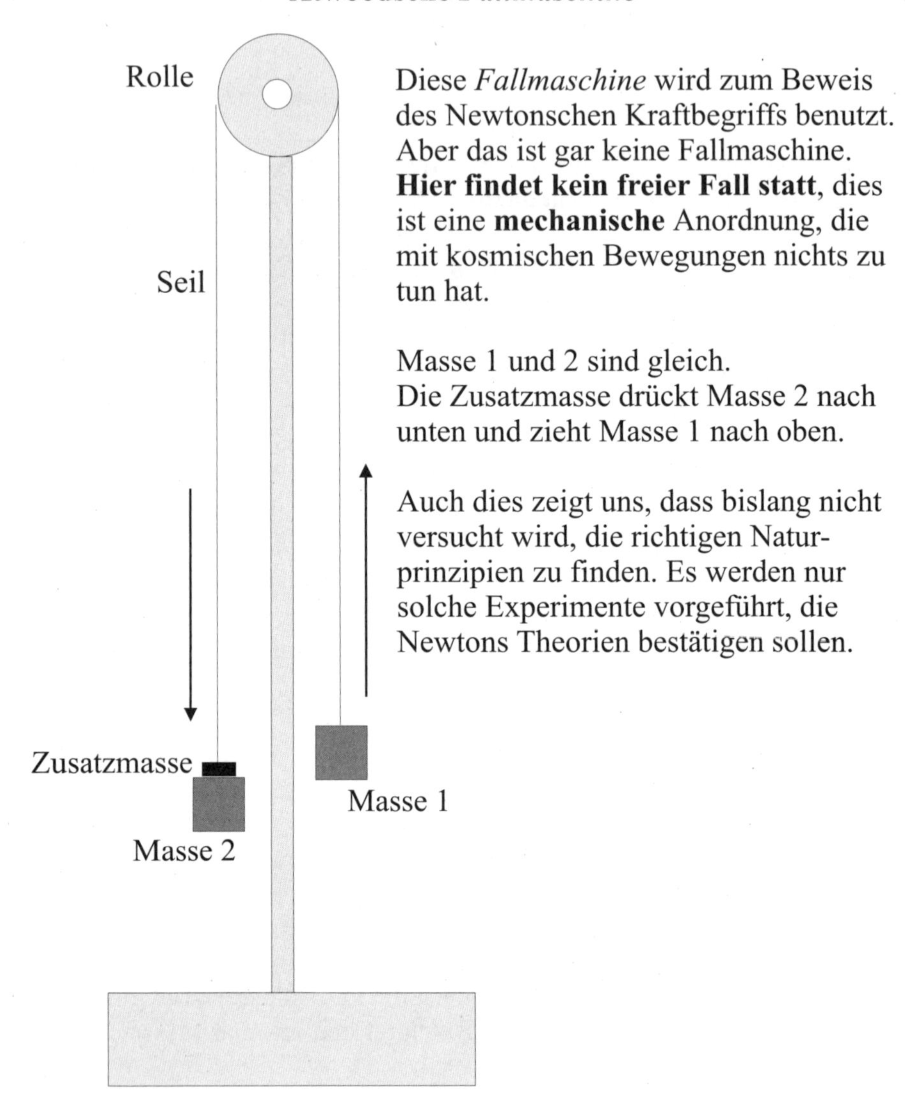

Diese *Fallmaschine* wird zum Beweis des Newtonschen Kraftbegriffs benutzt. Aber das ist gar keine Fallmaschine. **Hier findet kein freier Fall statt**, dies ist eine **mechanische** Anordnung, die mit kosmischen Bewegungen nichts zu tun hat.

Masse 1 und 2 sind gleich.
Die Zusatzmasse drückt Masse 2 nach unten und zieht Masse 1 nach oben.

Auch dies zeigt uns, dass bislang nicht versucht wird, die richtigen Naturprinzipien zu finden. Es werden nur solche Experimente vorgeführt, die Newtons Theorien bestätigen sollen.

Fallmaschine nach Franz J. Ewert

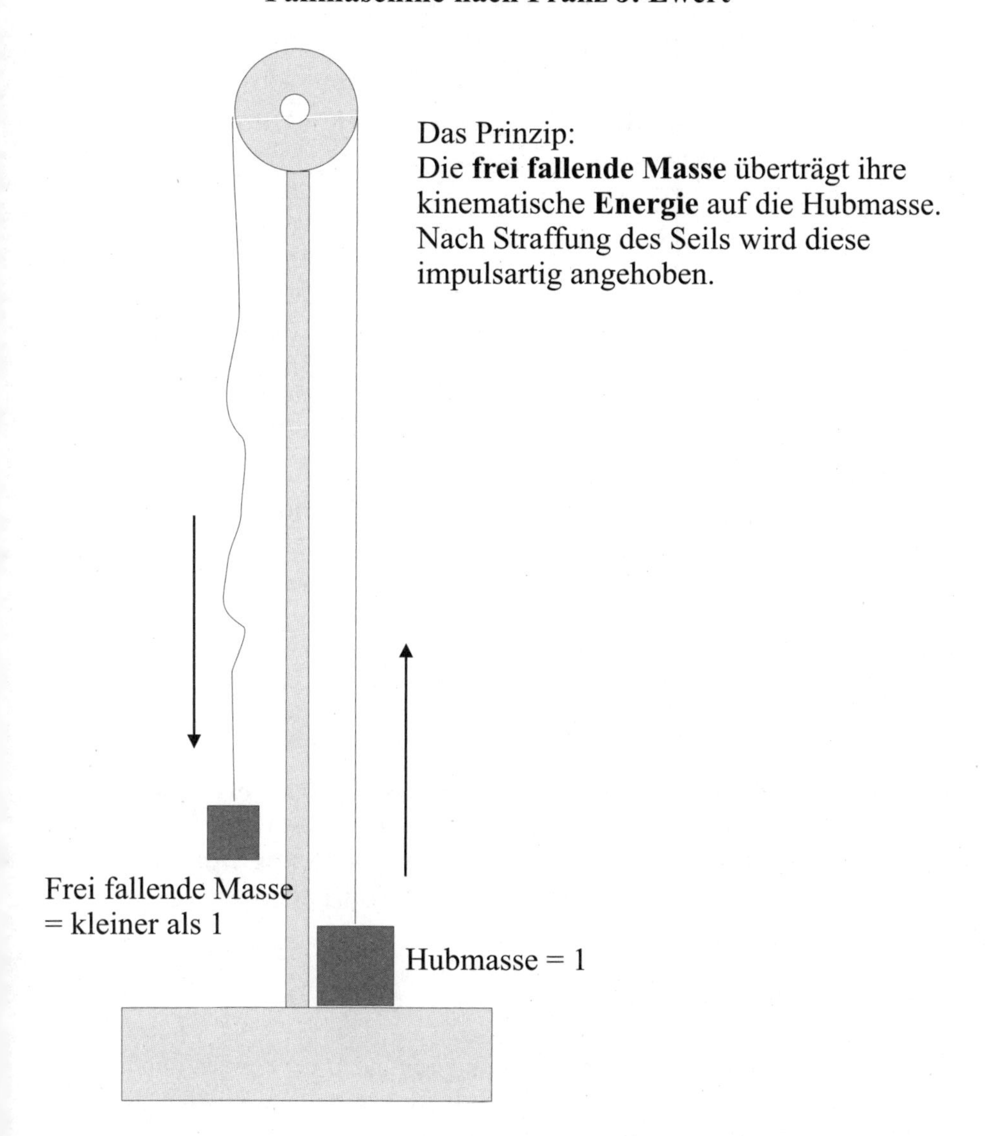

Versuchsergebnisse beim Freien Fall

Hubmasse 5kg - Fallmassen 1-3 kg

Fallhöhe	Masse	Geschwindigkeit	Hubhöhe
1 Meter	1 kg	1	4 Zentimeter
4 Meter	1 kg	2	16 Zentimeter
9 Meter	1 kg	3	36 Zentimeter
1 Meter	2 kg	1	16 Zentimeter
1 Meter	3 kg	1	36 Zentimeter

Die Versuche zeigen eindeutig, dass die kinematische Energie einer bewegten Masse dem Quadrat der Geschwindigkeit und dem Quadrat der Masse gleichzusetzen ist.

Eine Masse von 3 kg besitzt dieselbe kinematische Energie, wie eine Masse von 1 kg, die sich mit dreifacher Geschwindigkeit bewegt.

Daher gilt: Das Quadrat der Geschwindigkeit einer Masse ist dem Quadrat der Masse gleichzusetzen. Eine grundlegende, bahnbrechende und experimentell überprüfbare Erkenntnis.

Wenn wir nun die Maßeinheiten Meter und Sekunden verwenden und damit die unterschiedlichen kosmischen Massen vergleichen wollen, müssen wir unsere Zahlenwerte auf die **Eins = ein Meter** runter rechnen. Denn nur dann erhalten wir die richtigen, unterschiedlichen, **auf die jeweiligen Massen bezogenen Konstanten**. Dasselbe müssen wir mit dem Ergebnis unserer kleinen Messmassen machen. Dazu gibt es zwei Möglichkeiten: Wir multiplizieren die Umlaufgeschwindigkeit mit der Quadratwurzel des Bahnradius oder wir multiplizieren den Bahnradius mit der Quadratwurzel der Fallbeschleunigung an der Oberfläche einer Masse. Beide Rechnungen führen zu demselben Ergebnis.

Der Unterschied zwischen der falschen Gravitationskonstante gemäß Newton und der richtigen Konstante beträgt exakt die vierte Potenz der so genannten Erdbeschleunigung, also von einem Newton: Denn 9,81 hoch 4 = 9.261. Und das ist zwingend logisch, denn letztendlich werden durch Newtons Gleichungen, die Multiplikation der Messmassen und die nochmalige Multiplikation der kosmischen Massen Kilogramm hoch vier fabriziert. Klar, dass auf diese Weise alle kosmischen Massen in anderen Systemen so erscheinen, als bestünden sie aus entarteter Materie.

Die Ergebnisse von Experimenten mit kleinen Messmassen führen direkt und exakt zu der richtigen Gravitationskonstante, wenn wir korrekt vorgehen und keine Massen multiplizieren. Newtons Gravitationsgesetz ist daher nicht nur falsch, es ist auch nicht durch ein neues zu ersetzen, denn **es existiert überhaupt kein Gravitationsgesetz.** Die richtige Gravitationskonstante lautet:

$$\mathbf{G = 1{,}618 \times 10^{-16}\ kg\ m^{1{,}5}/s}$$

Sie ist das direkte Ergebnis von Versuchen mit Drehwaagen, wobei lediglich die gemessene *Fallbeschleunigung* in einen Geschwindigkeitsbegriff, bezogen auf den Radius, umgewandelt wird.

Erde $\sqrt{9{,}81\ m\ s^2} \times 6.378.000m = 19.976.500\ m^{1{,}5}/s$

$\sqrt{6.378.000m} \times 7.910\ m/s = 19.976.500\ m^{1{,}5}/s$

Mond $\sqrt{1{,}62\ m\ s^2} \times 1.748.000m = 2.225.000\ m^{1{,}5}/s$

$\sqrt{1.748.000m} \times 1.683\ m/s = 2.225.000\ m^{1{,}5}/s$

Sonne $\sqrt{274{,}4\ m\ s^2} \times 696.000.000m = 11.528.640.000\ m^{1{,}5}/s$

$\sqrt{696.000.000m} \times 436.990\ m/s = 11.528.640.000\ m^{1{,}5}/s$

Sie sehen, wir erhalten auf diese Weise dieselben Proportionen (**$m^{1{,}5}/s$**) (Meter hoch einskommafünf, geteilt durch die Zeit in Sekunden), wie sie Johannes Kepler beschrieben hat, die auch exakt den Beobachtungen entsprechen. Daher sind auch die Maßeinheiten der Ergebnisse korrekt. Da gibt es keine *Kubikmeter* und keine *Quadratsekunden*! Vergleichen wir die Ergebnisse zwischen Erde, Mond und Sonne, finden wir dieselben Zahlenverhältnisse wie zuvor:

Erde 1, Mond 1/9 und Sonne 577 Erdmassen.

Die tatsächlichen Massen (M) in Kilogramm erhalten wir aus den körperbezogenen Konstanten (K), geteilt durch die Gravitationskonstante (G):

$$M = K/G$$

Hier werden keine Massen multipliziert. Die experimentelle Ermittlung der **universellen Gravitationskonstante (G)** erfolgt ebenso ohne Multiplikation der Versuchsmassen. Wir ermitteln eine Konstante für die Versuchsmassen auf dieselbe Weise wie für kosmische Körper. Aber (**G**) lässt sich tatsächlich auch ohne aufwendige Versuche **errechnen**, man muss nur begriffen haben, wie der Kosmos funktioniert. Die entsprechende Gleichung lautet:

$$G = \frac{1\,\text{kg} \times 0{,}5 \times (9{,}81\ \text{m/s})^2}{6.378.000\ \text{m}^{1,5} \times 7.910\ \text{m/s}} = 1{,}618 \times 10^{-16}\ \text{kg m}^{1,5}/\text{s}$$

Dies funktioniert aber nur bei der Anwendung der Maßeinheiten **Meter, Sekunde und Kilogramm** – warum, das zeige ich Ihnen weiter unten.
Die Bestimmungen kosmischer Massen erfolgen einzig und allein auf der Basis ihrer jeweiligen Konstanten, wie ich sie im nebenstehenden Kasten berechnet habe. In Worten:

Masse (M) = Radius hoch 1,5 ($R^{1,5}$), multipliziert mit der Umlaufgeschwindigkeit (V), geteilt durch die Gravitationskonstante (G).

$$M = R^{1,5} \times V/G$$

Für die Erde ergibt sich so die Masse von $1{,}27 \times 10^{23}$ kg. Das ist 48,1mal weniger, als bislang angenommen. Das Ergebnis, das wir vorher durch die Berechnung der Massen der Erdkruste und des Wasserstoffkerns der Erde herausgefunden hatten, finden wir hier exakt wieder – bei Verwendung der richtigen Gravitationskonstante. **Die Erde ist ein Wasserstoffballon!**

KALTE ERDE – HEISSE SONNE

Wir sind inzwischen längst zu der Gewissheit gelangt, dass die Erde in ihrem Inneren nicht glühend heiß, sondern verdammt kalt ist. Die Temperatur an der

Erdoberfläche ist lediglich eine direkte Folge der Sonnenstrahlung, und das war sie zu allen Zeiten. Dort, wo keine Sonne scheint, ist es bitterkalt, auf und unter der Erde ist es recht kühl. Selbst in Wüstengebieten, wo die Sonne zwölf Stunden am Tag unerbittlich scheint, ist es in der Nacht sehr kalt. Lediglich dort, wo die Erdkruste stellenweise in Form von Vulkanen aufbricht, ist sie sehr heiß. In anderen Gebieten, wo es mit zunehmender Tiefe heißer wird, gibt es seit der Katastrophe große Bewegungen in der Erdkruste durch die Schrumpfung des Erdinneren, dem sich die Erdkruste anpassen muss. Dadurch entstehen Drücke und Reibungen im Gestein. Und diese Drücke lassen nicht nach, denn die Erdkruste liegt auf einem komprimierten Mantel von Wasserstoffgas, dessen Volumen sich permanent verringert.

Die Erde an sich ist kalt. Die mittlere Temperatur der Weltmeere beträgt lediglich **vier Grad** Celsius – das basiert auf Messungen. Die feste Erdkruste ist einige Grad wärmer. Dennoch glaubt bis heute jeder, es werde pro Kilometer Tiefe in der Erdkruste um 30 Grad Celsius wärmer. Warum ist es dann in den Meeren umso kälter, je tiefer wir tauchen? Wäre die Erde insgesamt so heiß, wie man bis heute offiziell glaubt, müssten die Ozeane kochen, sie wären längst verdampft, sie würden gar nicht existieren.

Für die Sonnenoberfläche haben **alle Messungen** Temperaturen von vielen Millionen Grad ergeben – die angeblichen 6.000 Grad Celsius hat man lediglich mit Hilfe einer willkürlich gewählten Formel errechnet. Aber dann wäre es schon **wenige Kilometer** oberhalb der Sonnenoberfläche **bitterkalt**. Die Sonne wäre von der Erde aus allenfalls als schwach schimmernder Punkt auszumachen. Auf der Erde wäre es stockdunkel und es herrschten Temperaturen nahe dem absoluten Nullpunkt. Zur wahren Temperatur an der Sonnenoberfläche gelangen wir rechnerisch über die auf die Erde einstrahlende Energiemenge. Auch hier helfen uns einfache Überlegungen und die reale Geometrie. So entsteht auf der Sonne **pro Quadratmeter** ihrer Oberfläche eine Strahlungsenergie von rund **500 Milliarden Kilowatt**, sie entsprechen sehr gut den **Beobachtungen und Messungen** der Temperaturen an der Sonnenoberfläche, die im Bereich von rund 16 Millionen Grad liegen.

Die Strahlungsenergie der Sonne entsteht keinesfalls in ihrem Zentrum, wie es bislang angenommen wird, sondern im Bereich der Sonnenoberfläche. Auch dies wird unter anderem eindeutig bewiesen durch die Art der Schattenwirkungen bei Sonnenfinsternissen. Wenn sich der Mond vor die Sonne schiebt, entsteht ein Schattenbild, das uns eindeutig die Art und Weise der Sonnenstrahlung zeigt. Es entstehen dabei zwei verschiedene Schattenzonen, die klar beweisen, dass die Strahlung der Sonne nicht **radial** erfolgt. Die Strahlung der Sonne erfolgt **tangential**, also von ihrer **Oberfläche** aus, denn nur auf diese Weise können sich **zwei Schattenzonen** bilden, der dunkle Kernschatten und der hellere Halbschat-

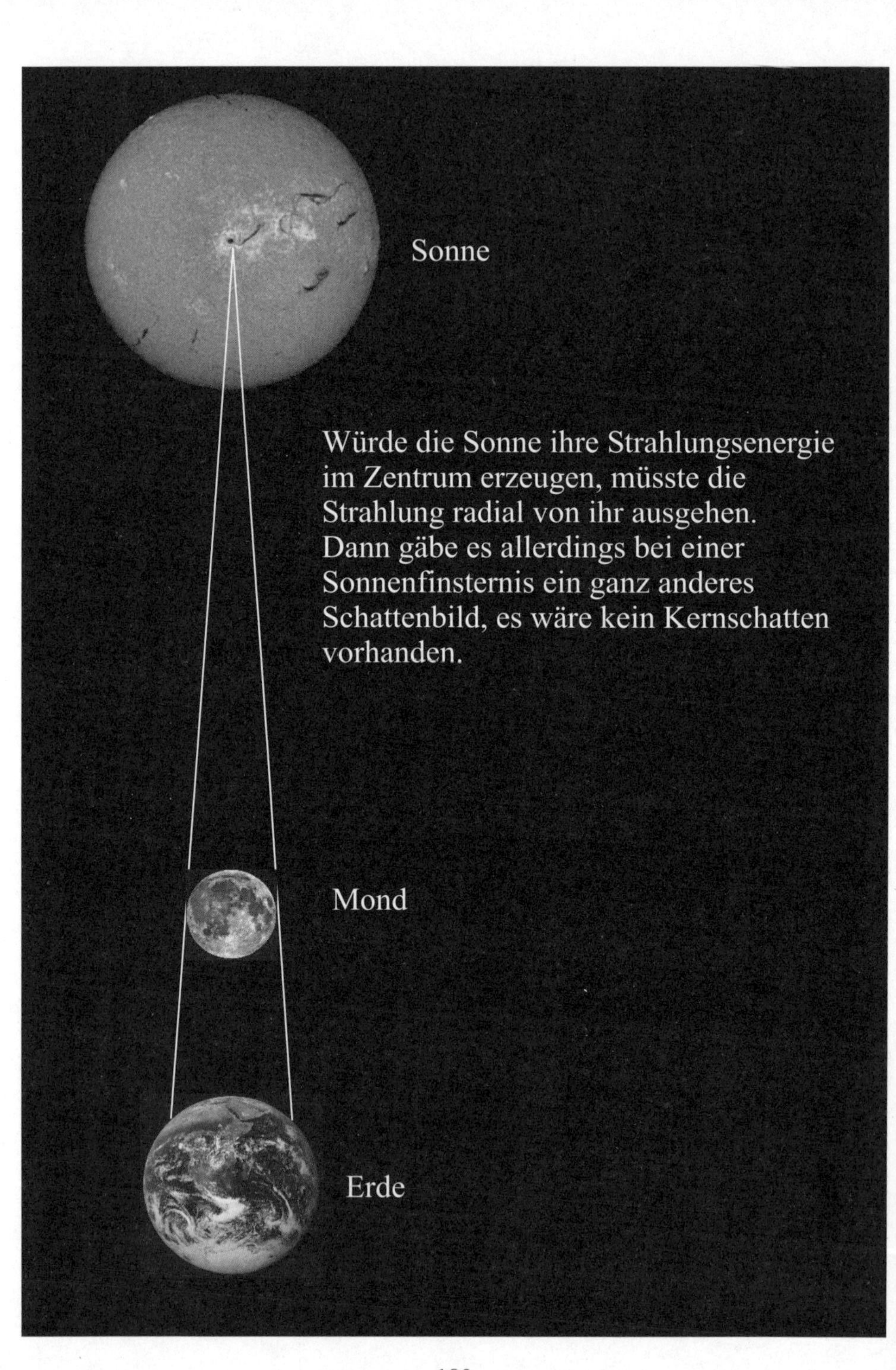
Sonne
Würde die Sonne ihre Strahlungsenergie im Zentrum erzeugen, müsste die Strahlung radial von ihr ausgehen. Dann gäbe es allerdings bei einer Sonnenfinsternis ein ganz anderes Schattenbild, es wäre kein Kernschatten vorhanden.
Mond
Erde

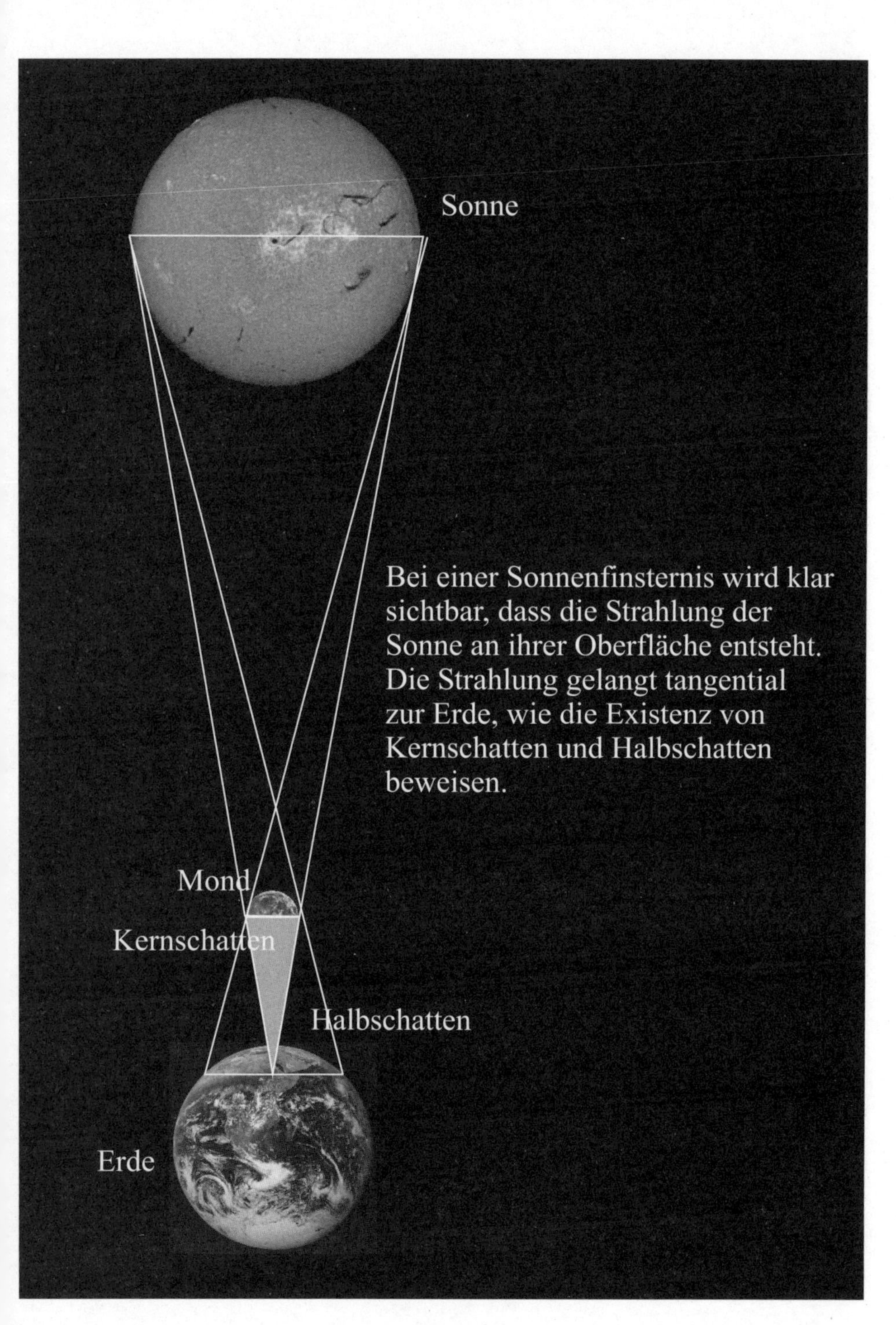
Sonne
Bei einer Sonnenfinsternis wird klar sichtbar, dass die Strahlung der Sonne an ihrer Oberfläche entsteht. Die Strahlung gelangt tangential zur Erde, wie die Existenz von Kernschatten und Halbschatten beweisen.
Mond
Kernschatten
Halbschatten
Erde

ten, die bei jeder Sonnenfinsternis sichtbar sind. Es gibt physikalisch ohnehin überhaupt keine Möglichkeit für eine Strahlungserzeugung im Zentrum der Sonne, oder haben Sie schon mal ein Feuer von innen nach außen brennen gesehen? Inzwischen ist die Masse der Sonne zum allergrößten Teil zerstrahlt, sie ist **hohl**. In ihrem Inneren befinden sich lediglich noch Reste von Wasserstoffgas, das durch die Wärme zwangsläufig nach außen drängt, um dort per Kernverschmelzung an der Sonnenoberfläche Strahlungsenergie freizusetzen. Die Oberfläche der Sonne wird von einer rund 100km dicken Kruste aus schweren Elementen gebildet.

Zur Zeit Newtons wusste man, die Erde ist *magnetisch*. Daraus schloss man, die Erde müsse in ihrem Inneren aus Eisen bestehen, da man den Magnetismus nur in Verbindung mit Eisenmagneten kannte. Damals wusste noch niemand, dass im Prinzip **Elektrizität** die Ursache für jeden Magnetismus ist. Die Elektrizität war zu jener Zeit aber noch vollkommen unbekannt.
Der Erdmagnetismus, auf dessen Basis die Seefahrer einige Jahrhunderte mit ihren Magnetkompassen navigierten, hat eine völlig andere Ursache als der angenommene Eisenkern der Erde. Dafür gibt es klare Beweise, denn Eisenmagneten funktionieren nur bis zu einer Temperatur von rund 600 Grad Celsius. Das können Sie selbst ausprobieren. Befestigen Sie einen magnetischen Nagel und hängen daran einen anderen Nagel, der von dem magnetischen problemlos gehalten wird. Sodann erhitzen Sie die Nägel mit einer Flamme. Sie werden feststellen, schon bevor die Nägel glühend werden, verschwindet die Magnetkraft und der Nagel fällt herunter.
Das Magnetfeld der Erde gäbe es also nicht, wenn die Erde in ihrem Inneren heißer wäre als 600 Grad. Womit die Theorie vom rund 6.000 Grad heißen Eisenkern sich selbst ad absurdum führt. Da die Erde aber ein Magnetfeld hat, muss sie einen kalten Kern besitzen.
Die wahre und völlig klare Ursache für den Erdmagnetismus liegt in der **Rotation** des Erdkerns in Bezug zur Erdkruste. Der Erdkörper arbeitet wie **ein Generator.** Und dieser Generator erzeugt permanent **Strom** in irrsinnig großen Mengen. Denn wo ein elektrischer Strom fließt, umgibt den Leiter immer ein Magnetfeld, das kann jeder Elektrikerlehrling bestätigen.
Der feste Wasserstoffkern der Erde rotiert mit einer anderen Geschwindigkeit als die Erdkruste und die dazwischen gelagerten flüssigen und gasförmigen Wasserstoffschichten – dadurch entsteht der Erdstrom und das Magnetfeld der Erde. Das ist auch der simple Grund dafür, dass sich die Magnetpole der Erde permanent und systematisch verschieben. Und warum der irdische Kern mit einer anderen Geschwindigkeit rotiert als die Erdkruste, ist nun klar: Die Gravitation des Mondes und seine Bewegung wirken auf den festen Kern der Erde mit ge-

ringerer Energie als auf die ihm **nähere** auf einem Polster aus komprimiertem Wasserstoffgas **schwimmende** Erdkruste.
Newton wusste noch nicht viel über die Materie. Wasserstoff war ihm ebenso unbekannt wie der elektrische Strom, die Ursache des Magnetismus war ihm nicht bekannt, der Vulkanismus verleitete zu der Annahme, die Erde sei in ihrem gesamten Inneren glühflüssig und da die Erdoberfläche massiv ist, schloss man auf einen weitgehend massiven Erdkörper. Die Sonne musste ein glühender massiver Körper sein, denn man ging davon aus, sie brenne wie ein Kohleofen.

Nun noch einige *offizielle* Neuigkeiten in Sachen Erde:

Forscher vermuten „Kaltfronten" im Erdkern *(Meldung vom 24.11.1999)*

Die Bewegungen des flüssigen Eisens im äußeren Erdkern werden offenbar durch die Wärmeverteilung im Erdmantel gesteuert. Das belegt ein Experiment von Ikuro Sumita und Peter Olson von der Johns Hopkins University in Baltimore, das sie im Fachblatt Science vorstellen. Sumita und Olson nahmen eine wassergefüllte, rotierende Halbkugelschale mit einer kälteren festen Kugel im Innern als Modell für den Erdkern. Ein Punkt am Rand der Halbkugel wurde erhitzt, um ungleichmäßigen Wärmetransport durch den Erdmantel zu simulieren. Da die Zentrifugalkraft im Experiment genau entgegengesetzt zur Gravitationskraft in der Erde wirkt, ahmte das Experiment eine kalte Stelle im Erdmantel nach, die einen abwärtsgerichteten Fluss im äußeren Erdkern verursacht. Im Experiment entwickelte sich an der erwärmten Stelle eine spiralförmige, abwärtsgerichtete Strömung, die einer Kaltfront in der Atmosphäre ähnelte. Die Wissenschaftler vermuten, dass der Erdkern unter Ostasien ihrem Experiment entspricht. Dort ist vermutlich eine Platte der Erdkruste von der Erdoberfläche bis zum Boden des Erdmantels abgesunken und kälter als das umgebende Mantelgestein. Das belegen auch Erdbebenwellen, die sich dort schneller ausbreiten als sonst. Die Wissenschaftler glauben, dass diese kalte Stelle für Unregelmäßigkeiten im Erdmagnetfeld verantwortlich ist. So folgt das Feld in Ostasien nicht der westlichen Drift wie fast überall sonst auf der Erde. Möglicherweise liegt das daran, dass der Kern eine stabile „Kaltfront" ausgebildet hat, genau wie im Experiment von Sumita und Olson.

[Quelle: Ute Kehse, Science und Johns Hopkins University]

Ist doch sehr interessant, was die Wissenschaftler dort herausgefunden haben: **Kaltfronten im Inneren der Erde.** Und hier gleich die nächste Nachricht:

Riesigen Felsbrocken unter der Erdkruste entdeckt *(Meldung vom 22.10.99)*

Mit einer Apparatur, die eigentlich unterirdischen Atomtests hinterher spüren soll, haben amerikanische Wissenschaftler der Southern Methodist University einen riesigen festen Brocken im Erdmantel gefunden. Der Koloss, mit einem Durchmesser von 130 und einer Höhe von etwa 600 Kilometern, befindet sich 800 Kilometer unter der Erdoberfläche und scheint langsam in Richtung Erdkern zu sinken. Die Forscher glauben, dass der Brocken aus der so genannten Subduktionszone im Erdmantel stammt, einem Gebiet, in dem sich die ozeanische Erdkruste unter eine Kontinentalplatte schiebt. Allerdings ist noch völlig unklar, wie er sich bewegt. Die Geophysikerin Ilena Madalina Tibuleac veröffentlichte die Entdeckung in dem Wissenschaftsmagazin Science. Bisher hatte man angenommen, dass der untere Erdmantel (700 bis 3.000 Kilometer unter der Erdoberfläche) aus einer homogenen Substanz besteht. Die neue Entdeckung wirft nun, laut Tibuleac, neue Fragen auf, sowohl über die Zusammensetzung des Erdmantels, als auch über dessen Einfluss auf seismische Ereignisse an der Erdoberfläche, wie Erdbeben. [Quelle: Klaus Schoepe]

Was haben wir denn da? Ein riesiger Felsbrocken im Inneren der Erde, wo es doch nur flüssiges Magma geben darf? Und dieses Ding, das es eigentlich gar nicht geben dürfte, ist offensichtlich kalt und sinkt in Richtung Erdkern. Wie soll das funktionieren, wenn die Erde unterhalb der festen Rinde schmelzflüssig ist und aus schweren Elementen besteht? Dieses wäre vergleichbar mit einem Korken, der im Wasser versinkt.

WARUM SICH DIE ERDE DREHT

Bei der Erdrotation spielt der Mond eindeutig die Schlüsselrolle. Die Erde würde gegenüber der Sonne überhaupt nicht rotieren, wenn der Mond nicht existierte. Sie hätte vielleicht einen ähnlichen Rotationsrhythmus wie Merkur, dessen Rotation um sich selbst fast einem Merkurjahr entspricht oder wie Venus, die für eine Rotation mehr Zeit benötigt als für einen Sonnenumlauf. Auf die Erde übertragen: Der Erdentag dauerte ein halbes oder gar ein ganzes Jahr, ebenso die Erdennacht. Oder die Erde würde der Sonne stets dieselbe Seite zeigen. So gäbe es ohne den Mond kein menschliches Leben auf der Erde, allenfalls eine geringe Vegetation und Meeresbewohner.
Es gibt einen ganz klaren Beweis dafür, dass die Rotation der Erde fast vollständig auf die Bewegungen des Mondes zurückzuführen ist:

Die Neigung der Erdrotationsachse

Die Zeichnung zeigt, dass die Neigung der Mondbahn gegenüber der Erde zwischen Winkeln von 18,3 und 28,6 Grad schwankt. Und der Mittelwert davon ist 23,45 Grad, was **exakt** der Neigung der Erdachse entspricht. Beweise dafür, dass Monde die fast ausschließliche Ursache für die Rotationen von Planeten sind, finden wir klar und deutlich bei allen anderen Planeten unseres Systems:
Nur die beiden **mondlosen** Planeten Merkur und Venus rotieren sehr langsam und Venus sogar **negativ**, gegen ihren Lauf um die Sonne. **Alle** anderen Planeten werden von Monden umrundet und **alle rotieren** recht schnell – und **sämtliche** Monde laufen in den **Rotationsebenen der Planeten**.
Nun ist auch klar, warum sich die Neigung der Erdachse nach der Katastrophe ändern **musste**: Die Erdmasse verringerte sich durch den im Bereich des Toten Meeres ausströmenden Wasserstoff erheblich. Dadurch veränderte sich das Massenverhältnis zwischen Erde und Mond – folglich auch die wirkenden Gravitationsenergien. So veränderte sich zwangsläufig die Rotationsgeschwindigkeit der Erde – sie rotiert seitdem ein wenig schneller. Anstelle der ehemaligen 360 Rotationen, macht die Erde nun rund 365,25 Rotationen (Tage) pro Sonnenumlauf.
Auch die **Sonne** verhält sich nicht anders als alle **Planeten** durch die Umlaufbewegungen ihrer **Monde. Die Sonne rotiert durch die Bewegungen der sie umlaufenden Planeten**. Es handelt sich hierbei um eine ***Rückkoppelung*** der Gravitationsenergien zwischen der Sonne als Zentralkörper und den sie umlaufenden Planeten bzw. den Monden, die unsere Planeten umlaufen.
Da Planeten und Monde niemals auf perfekten Kreisbahnen laufen, bewirkt das Gravitationsfeld der jeweiligen Zentralmasse permanent ein Abbremsen und Beschleunigen der sie umlaufenden Massen. Außerdem stören sich die einzelnen Planeten gegenseitig, da sich ihre Entfernungen zur Sonne und untereinander permanent verändern. Diese Kräfte führen zu einer ***Rückkoppelung*** der Energien, wodurch die Zentralmasse in Rotation versetzt wird. Denn das stetige Beschleunigen und Abbremsen führt zu permanenten Veränderungen der kinematischen Energien der umlaufenden Körper in Bezug auf die Zentralmasse – und umgekehrt. Aus diesem simplen Grunde zeigt uns der Mond auch keineswegs stets dieselbe Seite, sondern er rotiert innerhalb eines Monats permanent mal schneller und mal langsamer. Auf diese Weise sind nicht nur 50% sondern rund 59% der Mondoberfläche von der Erde aus sichtbar. Auch die Erde rotiert keineswegs mit konstanter Geschwindigkeit. Permanent wird ihre Rotation beschleunigt und abgebremst und zwar exakt in Bezug auf die Entfernung und Geschwindigkeit des Mondes. Dasselbe gilt für die Neigung der Erdachse von 23.45 Grad. Auch dies ist nur ein Mittelwert, um den herum die Erde ***schaukelt***, jeweils abhängig von der Entfernung und damit von der Geschwindigkeit des Mondes.

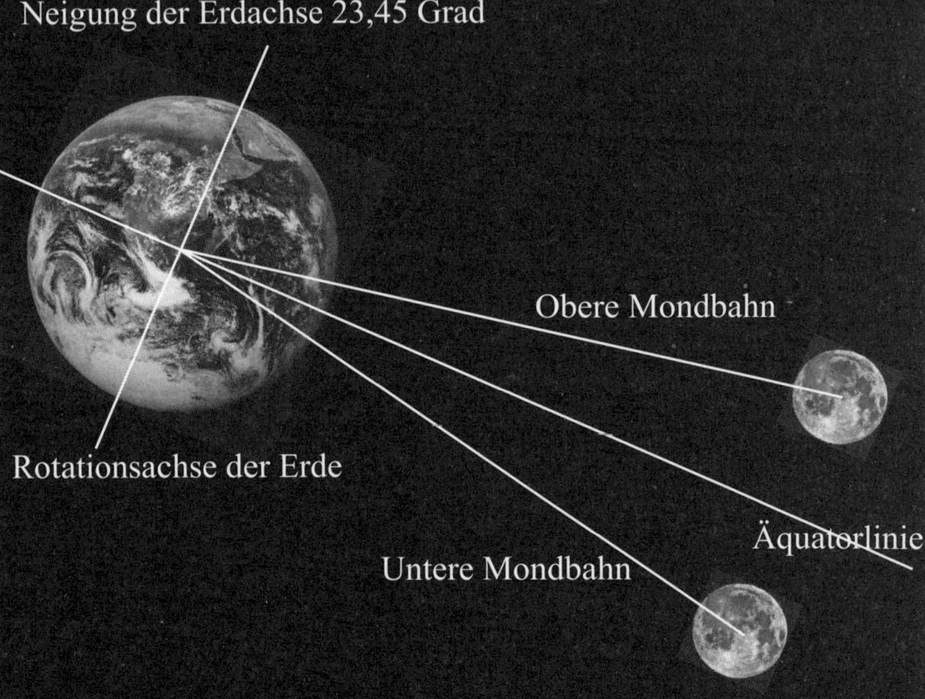

Die Lage der Mondbahn in Bezug zur Erde schwankt zwischen 18,3 und 28,6 Grad. Das sind im Mittel 23,45 Grad.
Das entspricht exakt der Neigung der Erdachse.
Damit ist die Ursache der Erdrotation eindeutig festgestellt.
Die Ursache ist die Bewegung des Mondes in Bezug zur Erde.

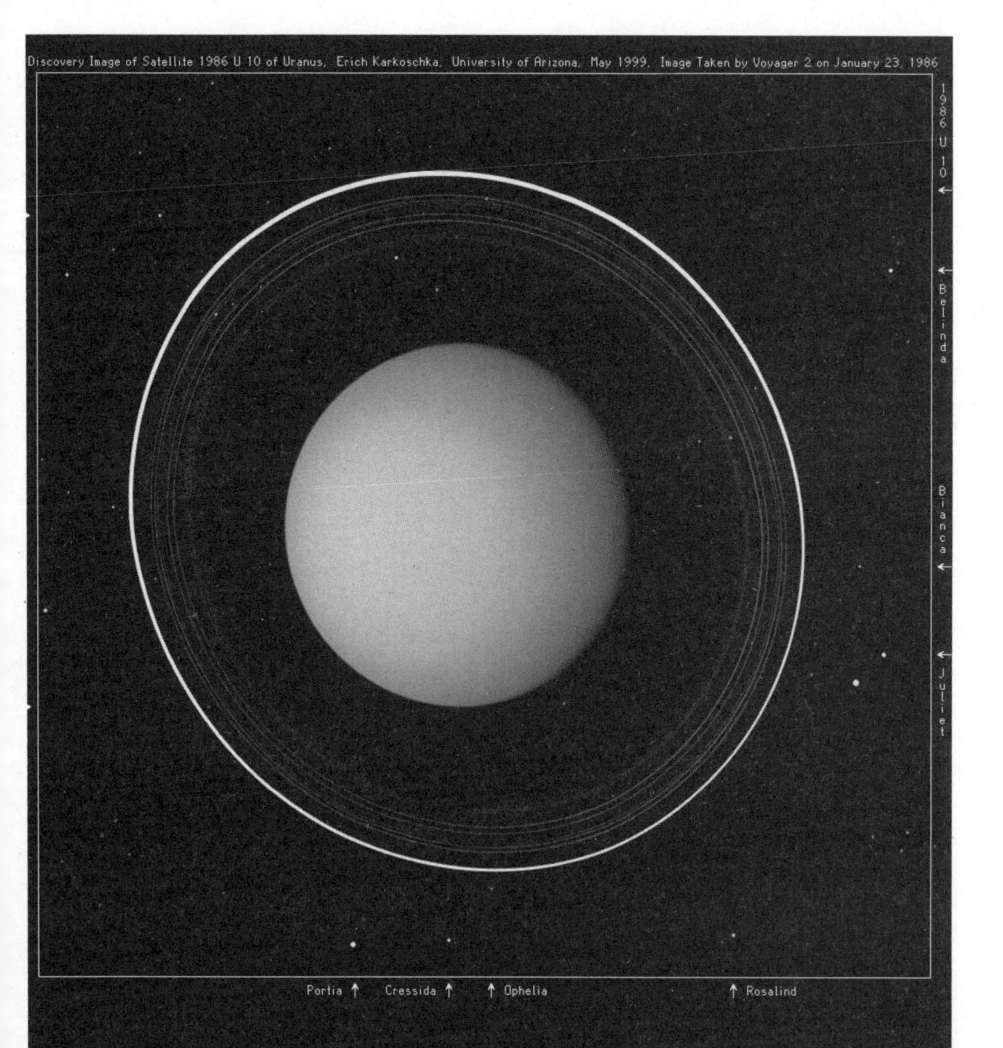

Ein weiteres, besonders überzeugendes Beispiel für die Ursache der Rotationen der Planeten ist Uranus. Entgegen allen anderen Planeten steht Uranus förmlich auf dem Kopf.
Die Monde und Ringe des Uranus laufen in der Rotationsebene des Planeten. Seine Rotationsebene ist aber um 97 Grad geneigt. Und was noch wichtig ist, sie laufen entgegengesetzt aller anderen Monde in unserem System.

Ich will noch eins klarstellen: Der Mond bewegt sich nicht direkt um die Erde in einer Kreis- oder Ellipsenbahn, wie es in den Lehrbüchern meist suggeriert wird. Vielmehr bewegen sich Erde und Mond auf ***jeweils eigenen Bahnen*** um die Sonne. Da sie sich aber sehr nahe sind und der Mond eine recht große Masse besitzt (ein Neuntel der Erdmasse), stören beide Planeten gegenseitig permanent ihre jeweiligen Bahnen um die Sonne. Befindet sich der Mond **außerhalb** der Erdbahn, wirkt das Gravitationsfeld der Sonne auf ihn mit geringerer Energie, wodurch sich seine Geschwindigkeit verringert. Er bewegt sich dann langsamer um die Sonne und bleibt zwangsläufig gegenüber der Erde zurück. In dieser Position nähert er sich jedoch der Erde, wodurch ihn wiederum die Gravitationsenergie der Erde beschleunigt, so dass der Mond seine Entfernung zur Sonne wieder verringert. Auch dies beschleunigt seine Bewegung, wodurch er nun auf einer der Sonne näheren Bahn innen an der Erde vorbeiziehen kann. Hier wirkt nun wieder die Gravitationsenergie des irdischen Feldes – aber gegenteilig, wie eine Bremse.
Tatsächlich ***eiern*** Erde und Mond gemeinsam und nebeneinander um die Sonne herum, benutzen dabei im Mittel dieselbe Bahn. Sie haben sich quasi gegenseitig eingefangen. Es entsteht lediglich für uns als irdische Beobachter der Eindruck, der Mond umkreise die Erde. Lediglich ein weit vom System Erde/Mond sitzender Beobachter könnte direkt beobachten, dass Erde und Mond nebeneinander auf derselben Bahn laufen.
Da lese ich offizielle *wissenschaftliche* Theorien über die Entstehung des Mondes. Mit allem Ernst wird dort behauptet, der Mond sei entstanden, als ein Planet von der Größe des Mars in die Erde eingeschlagen ist. Der Mond wurde dieser Theorie zufolge aus der Erde **herausgeschlagen**. Wo ist denn das Loch von 3.500 Kilometer **Tiefe** in der Erde? Wie kann man solche abwegigen Theorien entwickeln? Ist es nicht viel einfacher zu sagen, **dieser** Planet ist unser Mond, er vereinigte sich mit der Erde auf einer gemeinsamen Umlaufbahn? Erst seit **wenigen Jahrtausenden** bewegen sich Erde und Mond auf dieser Bahn. Der Mond zeigt uns im Prinzip nur eine Hälfte seiner Oberfläche, das haben wir registriert. Das heißt, er bewegt sich jeden Monat einmal um die Erde und rotiert dabei einmal um sich selbst. Für die anderen *Monde* in unserem System gilt ausnahmslos dasselbe. Zufall? Nein! Die Ursache hierfür ist der Verlauf der Gravitationsenergie: Da die Gravitation auf einen umlaufenden Körper nicht gleichmäßig wirkt, sondern eine größere Wirkung auf die dem Zentralkörper zugewandte Seite hat als auf die abgewandte Seite, wird der jeweilige Mond in Rotation versetzt. Und die **Rotationszeit ist immer gleich der Umlaufzeit**, wenn keine anderen Massen diesen Rhythmus nennenswert stören. Das kann man leicht nachrechnen. Dabei stellt sich heraus, dass die Rotationsgeschwindigkeit eines Planeten oder Mondes stets recht genau den Unterschieden der jeweiligen Feldgeschwindig-

keiten entspricht. Daher zeigen alle Monde eines Sonnensystems ihren Planeten immer dieselbe Seite ihrer Oberfläche.

ENERGIEGEWINNUNG – ERDGAS

Die Erde ist ein Wasserstoffballon. Die feste Erdkruste umschließt einen fast vollkommen aus Wasserstoff bestehenden Erdkern). Nur deshalb können wir diese Riesenmengen Erdgas und Erdöl fördern.

Die Erde war – wie jeder andere kosmische Körper bei der Entstehung – zunächst sehr kalt. Und sie bestand vollkommen aus Wasserstoff. Erst das explosionsartige Aufflammen der Sonne schmolz ihre Oberfläche zu schweren Elementen auf. Auf diese Weise wurden Riesenmengen Wasserstoff im Inneren der Erde gebunden. Die sichtbaren und bekannten Strukturen der Erdkruste lassen keine andere Möglichkeit ihrer Entstehung zu als ich sie hier beschreibe. Schon die Tatsache, dass die Erdkruste unterschiedliche Schichtungen aufweist, liefert uns unzählige Beweise dafür. Die **geschichteten** Strukturen der Erdkruste zeigen klipp und klar, dass sie die Folge einer ehemals von **außen** wirkenden Wärme- und Schmelzprozesses sind, denn die Gesteine und Elemente, aus denen diese Schichten bestehen, ändern sich mit zunehmender Tiefe. Die sehr dünne Erdkruste gibt uns seit der Kollision mit Luzifer und dem Bruch der Erdkruste große Mengen Wasserstoff zur Nutzung frei, insbesondere dort, wo die Erdkruste besonders brüchig ist.
Dadurch offenbart sich uns eine schier unerschöpfliche und absolut sauberste Energiequelle. Mit der heute verfügbaren Technologie bereitet es überhaupt kein Problem, die Erdkruste überall dort anzubohren, wo sie einigermaßen dünn oder durchlässig ist, um den riesigen Wasserstoffkern der Erde anzuzapfen. Wasserstoff könnte alle anderen Brennstoffe binnen weniger Jahre vollkommen ablösen. Kernkraftwerke und Kohlekraftwerke werden überflüssig. Erdöl und Kohle sind auch Kohlen**wasserstoffe**, denn alles, was brennt, enthält Wasserstoff, auch Holz, getrocknete Pflanzen und dergleichen. Nicht die Kohle, das Holz oder das Erdöl brennen, sondern der darin enthaltene Wasserstoff brennt durch die Reaktion mit dem Sauerstoff der Atmosphäre. Und schon die Förderung einer nur 10 Zentimeter dicken Wasserstoffschicht unterhalb der festen Erdkruste bringt uns eine Menge, die ausreicht, um die Menschheit über Jahrhunderte mit sauberster und billigster Energie zu versorgen:

4.250.000.000.000 Tonnen Wasserstoff!

Längst haben namhafte Automobilhersteller die komplette Technik entwickelt, um in kürzester Zeit ihre gesamte Autoproduktion auf den Betrieb der Fahrzeuge mit Wasserstoff umzustellen. Herkömmliche Flugzeuge können auch in wenigen Jahren komplett auf den Betrieb mit Wasserstoff umgestellt werden, wodurch auch sie sauberer und sicherer werden.
Direkt hinter der Grenze in Holland werden seit vielen Jahren Unmengen von Erdgas (Kohlenwasserstoff) gefördert. Man kann das gar nicht fördern nennen, denn das Erdgas bläst den Holländern mit großem Druck entgegen. Sie müssen es nur noch ein wenig reinigen, über Gasleitungen verteilen und verfügen auf diese Weise über geschenkte Energie, die wir in Deutschland teuer bezahlen müssen. Das ist die wahre Ursache für das reiche und soziale Holland und das arme Deutschland. Aber die Holländer wissen gar nicht, was dort abläuft. Sie denken, sie haben Glück gehabt und sitzen zufällig auf einem Erdgasfeld. Ihnen ist ebenso wenig wie den Menschen in anderen Ländern bewusst, dass **wir alle** auf Erdgas in unerschöpflichen Mengen sitzen. Ich habe dieses Wissen bereits 1986 veröffentlicht, aber niemand an verantwortlicher Stelle machte sich bislang ernsthaft Gedanken über die Nutzung dieses Naturgeschenks.
Die meisten Länder könnten sich in kürzester Zeit von der allgemeinen Energiegeisel befreien. Durch das Niederbringen einer Anzahl von Tiefbohrungen wären sie in wenigen Jahren vollkommen unabhängig von Erdgasimporten aus Holland, Norwegen, Russland und den Ölimporten aus dem nahen Osten. Schmutzige Kriege um Energie gäbe es nicht mehr.
Erdöl kommt niemals isoliert vor. Es kommt zumeist unter recht hohem Druck an die Erdoberfläche. Stets treten dort in aller Regel große Mengen Erdgas aus, wo Öl und Pech gefördert werden. Auch die zunehmenden Erfolge beim Bohren nach Erdgas beweisen, was dort unter der Erdkruste in Riesenmengen ruht. Je tiefer man in die Erdkruste vordringt, umso gashaltiger werden Gestein und Luft. Das wissen vor allem die Bergleute, die in ihren Kohlengruben tief unten in der Erde stets in der Gefahr von Gasexplosion leben. Deshalb müssen solche Gruben durch Schächte auch permanent belüftet werden.
Auch Erdbebenwellen liefern uns klare Beweise für die Struktur der Erde, sie pflanzen sich mit Geschwindigkeiten bis zu sechs Kilometer pro Sekunde im Erdinneren fort. Derartig hohe Geschwindigkeiten dieser Stoßwellen (Schallwellen) sind ausschließlich in dem Medium **Wasserstoff** möglich. Im Gestein liegen die Geschwindigkeiten von Stoßwellen erheblich niedriger, und in flüssigem Gestein, in so genannter Lava, aus der die Erde in ihrem Inneren bestehen soll, pflanzen sich Stoßwellen nur extrem langsam fort, ich behaupte, dort werden sie schon nach kurzen Strecken vollkommen absorbiert.
Wasserstoff ist das dominierende Element im gesamten Kosmos. Es stellt das leichteste der bekannten 92 stabilen Elemente dar, es ist die Basis aller anderen,

schwereren Elemente. Planeten und Sonnen können während ihrer Entstehung nur aus Wasserstoff bestehen, da es physikalisch überhaupt keine andere Möglichkeit gibt.

SO ENTSTEHEN KEINE PLANETEN

Die heute offizielle Theorie über die Entstehung von Planeten geht davon aus, dass sie sich aus Staub und Gas explodierter Sonnen bilden. Dieser Staub soll sich durch **seine eigene Schwerkraft** zu unförmigen Felsbrocken zusammenballen und diese dann später zu ganzen, kugelförmigen Planeten und Monden formen. Aber das funktioniert nicht. Bei dieser Hypothese bleibt man zudem schuldig, die Entstehung der Sterne zu erklären, von denen dieser Staub stammen soll. Den Theorien zufolge müssen erst Sterne auf irgendeine mysteriöse Weise entstanden und anschließend *explodiert* sein, damit sozusagen die Grundstoffe für die Entstehung erster Planeten vorhanden sind. Und diese Überreste einer Sternenexplosion finden sich dann innerhalb einer gigantischen Gaswolke brav zu riesigen Steinhaufen zusammen, um dann für die Dauer von rund zehn Milliarden Jahren um einen Stern zu kreisen. Wo sind denn die Wirkungen der Gravitation zwischen Staubteilchen? Sie sind in Wahrheit überhaupt nicht vorhanden. Um zu sehen, was mit Staubkörnern passiert, genügt es einen Sandsturm zu beobachten.
Man stelle sich die gesamte Materie der Sonne und der Planeten verteilt auf das Volumen unseres bekannten Planetensystems vor. Dieses Volumen beträgt rund 10^{38} Kubikmeter, als Zahl:

1.000.000.000.000.000.000.000.000.000.000.000.000.000 Kubikmeter

Das heißt: Selbst wenn wir hier die *offiziell* falsch berechnete Masse der Sonne und aller Planeten zugrunde legen, was einer Masse von rund $2x10^{30}$ Kilogramm entsprechen würde, ergäbe sich pro **Kubikmeter** nur ein einziges Staubkörnchen mit einem Gewicht von einem Hunderttausendstel Gramm. Pro **Kubikkilometer** wären das rund 10 Kilogramm Materie in Staubform. Wie sollten sich aus einem solchem Hauch von Materiestaub Sonnen und Planeten bilden? Und vor allem **warum**? Selbst wenn eine solche Staubwolke existiert, warum sollte sie plötzlich kollabieren? Was könnte die Staubwolke dazu antreiben, sich zunächst in Felsbrocken zu verwandeln und anschließend in kugelförmige Gesteinshaufen? Unter den Bedingungen, die von den Theoretikern seit Newton als Realität angenommen werden, müsste selbst unsere Atmosphäre in sekundenschnelle kollabieren, es dürfte gar keine Atmosphäre geben, es dürfte den Gleichungen

Newtons zufolge nur Schwarze Löcher geben – also rein gar nichts. In Wahrheit geschieht mit Staub und Felsbrocken stets folgendes:
Staubteilchen, die aufeinander treffen, bewegen sich mit ähnlichen Geschwindigkeiten voneinander weg, mit denen sie sich zuvor genähert haben. Felsbrocken, die aufeinander prallen, werden ganz sicher zerstört, also zerkleinert. Was einmal zu Staub geworden ist, bleibt für immer Staub. Es sei denn, wir Menschen verarbeiten Staub gezielt unter Beimischung anderer Stoffe und Chemikalien, zum Beispiel zu Beton. Die Natur im freien Raum des Kosmos bietet hierzu keine Möglichkeiten.

SO ENTSTEHEN STERNE UND PLANETEN

Allein Gase können zu großen Gebilden **kondensieren**, es muss nur **kalt genug** sein, dann **verflüssigen** sie sich. Und in der Schwerelosigkeit bilden Flüssigkeiten **automatisch perfekte Kugeln**. Das haben wir alle schon gesehen, wenn unsere Astronauten im Space-Shuttle ***trinken*** und dabei Flüssigkeiten schweben lassen – sie sind in der Schwerelosigkeit stets kugelförmig. Dasselbe können wir hier auf der Erde feststellen, wenn wir Seifenblasen machen, die praktisch schwerelos sind – sie stellen in der Regel perfekte Kugeln dar. Jeder Mensch beobachtet diesen physikalischen Vorgang Tausende Mal in seinem Leben und zwar wenn es regnet. Das Wasser ist zuvor als Dampf hochgestiegen, sobald es aber in kalte Luftschichten gelangt, kondensiert es sehr schnell zu kugelrunden Wasserbällchen. Sobald diese eine gewisse Größe erreicht haben, fallen sie zurück auf die Erde. So einfach ist der grundsätzliche Entstehungsmechanismus **aller** kosmischen Körper, und die physikalischen Grundsätze und Wirkungen sind überall im Kosmos dieselben.
Der Kosmos besteht fast vollständig aus Wasserstoff, er bildet als leichtestes aller Elemente die Basis für alle anderen schwereren Elemente. Wasserstoff ist aber nur gasförmig oberhalb einer Temperatur von Minus 252,8 Grad Celsius. Unterhalb dieser Temperatur kondensiert Wasserstoff in den flüssigen Zustand. Die zuvor gasförmigen Moleküle (H_2) vereinigen sich zunächst zu **kugelförmigen** Tropfen – wie beim irdischen Regen. Dadurch sinkt die Umgebungstemperatur automatisch – kennen wir auch vom Regen, denn Kondensation erzeugt Kälte. Und ebenso wie sich auf der Erde durch Regenfall Seen bilden, entstehen innerhalb einer kosmischen Wasserstoffwolke ***kosmische Seen*** – allerdings formieren sie sich automatisch und zwangsläufig in Form von **flüssigen Wasserstoffkugeln**.
Ich will das noch einmal verdeutlichen. Die Zeichnung offenbart deutlich den Unterschied zwischen tausend kleinen Kugeln und einer großen Kugel mit dem-

selben Volumen. Ohne zu rechnen, **sehen** wir den Unterschied der Flächen zwischen der großen und den kleinen Kugeln, die der großen ist zehnmal kleiner. Um es noch deutlicher zu machen, vergleichen wir die Oberflächen von **einer Million kleiner Kugeln von je einem Meter** Durchmesser mit einer **einzigen großen Kugel**, die dasselbe Volumen besitzt, wie die kleinen Kugeln. Der Durchmesser der großen Kugel beträgt gerade mal 100 Meter, ist also nur 100 Mal größer als der von einer Million kleinen Kugel. Aber die Oberfläche der großen Kugel ist auch **hundertmal** geringer als die Oberfläche aller kleinen Kugeln zusammen.
So wirkt die Gravitationsenergie aller kleinen Kugeln zwangsläufig auf diese hundertmal kleinere Fläche. Übertragen wir diese klaren geometrischen Verhältnisse auf eine Masse von der Größe der Sonne und setzen sie in Relation zu der Zahl der Wasserstoffmoleküle, aus denen sich die Sonne ursprünglich zusammensetzte, können wir erahnen, wie unermesslich groß die **Gravitationsenergie** allein aufgrund der Vereinigung unzähliger freier Moleküle zu einer einzigen riesigen Anhäufung ist.
Gravitationsenergie befindet sich ursächlich in jeder Masse – so zum Beispiel in jedem Atom, aber sie ist von so geringer Reichweite und Wirkung, dass jede Bewegung von Atomen im Raum mehr kinematische Energie besitzt, als an Gravitationsenergie von Atomen oder Molekülen ausgeht. Daher gehen wirksame Gravitationsenergien nur von großen Massenanhäufungen aus, denn sie nehmen quadratisch in Bezug auf die Masse zu. Erst diese sind in der Lage, kleinere Anhäufungen von Materie an sich zu binden. Und dies ist nur möglich durch die Kondensation von flüssigem Wasserstoff in der Kälte des Raumes.
Daher ist die Gravitation eindeutig als eine **von außen wirkende Energie** zu definieren, die sich recht einfach geometrisch erklärt. Newton machte hier unter anderem den grundsätzlichen Fehler, dass er die Gravitation als eine **Kraft** zu definieren versuchte, die sich auf den Mittelpunkt einer Masse bezieht, und sozusagen aus dem Zentrum der Masse heraus wirken soll.
Aber wie soll eine Masse eine *Kraft* aus ihrem Zentrum heraus entwickeln? Im Zentrum einer Masse befindet sich doch praktisch nichts. Und wie soll von einem Nichts eine Wirkung ausgehen? Und wo ist dort der für jede Wirkung unbedingt erforderliche Weg? Das Zentrum einer Masse hat mit der Gravitation überhaupt nichts zu tun. Es dient uns nur als theoretischer Messpunkt für unsere Berechnungen. Aber das ist lediglich Menschenwerk und hat mit der Natur des Kosmos nichts zu tun. Die Newtonsche Punktmasse existiert nicht.

Die Zerstrahlung des Wasserstoffs in einer **explosionsartigen Zündung** beginnt exakt dann, wenn die tatsächliche Größe der entstehenden Sonne um den Betrag der **Quadratwurzel der Zahl Zwei** über der oben angegebenen Größe

Das Volumen der 1.000 kleinen Kugeln ist identisch mit dem der großen Kugel. Jedoch ist die Oberfläche der großen Kugel Zehnmal geringer. Das sieht man direkt durch Vergleich der Zeichnungen. Das ist der Motor der Graviation: Einfache Geometrie!

liegt, die von der Lichtgeschwindigkeit markiert ist. Der Wasserstoffball beginnt an seiner **Oberfläche** zu **zerstrahlen**, ein neuer leuchtender Stern (Nova) ist entstanden.
Unsere Sonne zündete daher zwangsläufig bei einem Radius von 696.000 Kilometer, das entspricht ihrer heutigen Größe (490.000mal Quadratwurzel 2). Die Grenze der mit Lichtgeschwindigkeit auf sie einstürzende Materie erstreckt sich dann bis in 4,8 Millionen Kilometer Entfernung von ihrer Oberfläche. Das bedeutet, sämtliche Materie, die sich noch in diesem Bereich befand, zerstrahlte explosionsartig. Aller Wasserstoff, der sich außerhalb dieser Sphäre befand, zündete und wurde als Strahlung nach außen getrieben.
Die erste planetarische Wasserstoffkugel unseres Systems umkreiste bei seiner Entstehung die Sonne in einer Entfernung von sechs Millionen Kilometern, also außerhalb des lichtschnellen Bereichs. Dennoch zerstrahlte sie. Alle anderen Wasserstoffkugeln, die sich in klar definierbaren Abständen um die Sonne bewegten, wurden je nach Abstand von der Sonne an ihren Oberflächen mehr oder weniger durch Kernfusion geschmolzen. Die ungeheuren Temperaturen der explosionsartig nach außen gerichteten Strahlung und Materie ließen die leichten Wasserstoffatome der planetarischen Wasserstoffkugeln zu schweren Elementen fusionieren.
Innerhalb weniger Monate zerstrahlt jeder neu entstehende Stern den größten Teil seiner Masse. Das haben Astronomen schon vielfach beobachtet. Schlagartig taucht plötzlich das sehr helle Licht eines neuen Sterns (Nova) dort auf, wo zuvor kein Stern sichtbar war. Jedoch schon innerhalb weniger Monate nimmt die Strahlung einer jeden Nova stark ab – fortan leuchtet der ehemals extrem helle Stern ähnlich hell, wie die ihn umgebenden Sterne.
Die Sonne besaß daher bei ihrer Entstehung eine wesentlich höhere Masse als heute. Sie war zu dem Zeitpunkt, als sie schlagartig als Nova zu strahlen begann, rund 1.750mal schwerer als heute. Das lässt sich leicht errechnen, indem man ermittelt, welche Masse eine Wasserstoffkugel von 696.000 Kilometer Radius besitzt und sie mit der heutigen wahren Masse vergleicht. Entsprechend stärker wirkte damals ihre Gravitationsenergie. Und die Umlaufzeiten der Planeten waren ungleich geringer als heute.
Mit diesem Wissen leuchtet auch leicht ein, warum es in der Vergangenheit in unserem System zu großen **Veränderungen** der inneren Planetenbahnen und zu Planetencrashs kommen **musste**. Ähnliches passiert in allen anderen Sonnensystemen. Veränderungen bei den Planetenbahnen sind insbesondere kurz nach dem Erstrahlen einer Sonne eine Selbstverständlichkeit, eine unausweichliche Zwangsläufigkeit, da sich die Masse einer jeden Sonne in dieser Phase extrem schnell verringert. Sie zerstrahlt innerhalb weniger Monate den größten Teil ihrer Masse zu Energie. Wenn rund 65% ihrer Masse zerstrahlt sind, strahlt jede

Sonne so, wie wir es kennen. Von nun an zerstrahlt keine Materie mehr, sondern es kommt lediglich zu Kernverschmelzungen. Aber auch bei Kernverschmelzungen werden riesige Energiemengen freigesetzt, sie entsprechen dem, was die Sonne heute an Energie abstrahlt.
Der gesamte Prozess der Entstehung eines Sonnensystems spielt sich in sehr kurzer Zeit ab. Da vergehen nicht Millionen oder gar Milliarden Jahre, wie es bislang angenommen wird. Selbst die gesamte Lebensdauer von aktiven Sonnensystemen liegt lediglich im Bereich von Zehntausend Jahren. Dies wird inzwischen auch durch entsprechende Beobachtungen im Kosmos bestätigt.

Astronomen beobachten Geburt eines Planetensystems

Ein internationales Astronomenteam hat ein Planetensystem entdeckt, das gerade in seiner Entstehungsphase ist. Es ist das erste Mal, dass Wissenschaftler die Geburt neuer Planeten direkt beobachten können, berichtet die NASA. Der 2.400 Lichtjahre entfernte Stern „KH 15D" strahlt ein mattes Licht aus, das alle 48 Tage für den Zeitraum von 18 Tagen verblasst. Diese ungewöhnlich lange Eklipse kann unmöglich von einem einzelnen Planeten oder Mond hervorgerufen werden, sagen die Astronomen um William Herbst. Daher vermuten sie, dass eine Ansammlung kleinerer Objekte wie Staub, Felsen oder Asteroiden das Licht zeitweise abschirmen. Aus solch einer so genannten protoplanetarischen Scheibe haben sich auch die Erde und unser Sonnensystem gebildet. Seit die Wissenschaftler KH 15D beobachten, hat sich der Zeitraum der Eklipse verlängert. ***Das Material findet sich also so schnell zu Planeten zusammen, dass Forscher den Prozess verfolgen können. Die Ereignisse spielen sich in einem Zeitraum von Monaten und Jahren ab****. Die Astronomen hoffen, dass weitere Beobachtungen von KH 15D auch ein neues Licht auf die Ursprünge unseres Sonnensystems liefern. Das Team um Herbst wird seine Entdeckung auf einer Konferenz über extrasolare Planeten am Carnegie Institut in Washington vorstellen.*

ddp/bdw – Cornelia Pfaff

WARUM PLANETEN ENTSTEHEN MÜSSEN

Wie Planeten als Nebenwirbel entstehen, wird uns noch heute sehr überzeugend vom sonnennächsten Planeten Merkur gezeigt. Dieser Körper rotiert noch immer nach demselben Prinzip, wie bei seiner Entstehung – nur wesentlich langsamer: Er rotiert falsch herum, gegen seine Laufrichtung um die Sonne. Denn die Rotation von Merkur wird hauptsächlich durch die Energie des Gravitationsfeldes der

Sonne bestimmt, weil sie auf der dem Merkur zugewandten Seite selbstverständlich stärker ist, als auf der ihm abgewandten Seite. Aber auch die anderen Planeten, wie Venus, Erde/Mond, Mars und alle weiter draußen kreisenden Massen haben geringfügigen Einfluss auf Merkur. Seine Rotationsrichtung ist negativ, das heißt, er rotiert gegen seine Bewegungsrichtung beim Umlauf um die Sonne. Die Ursache hierfür sind ***die unterschiedlichen Feldgeschwindigkeiten innerhalb des Gravitationsfeldes, das den Planeten umgibt – in Abhängigkeit von der Entfernung zur Sonne.***

Und einfache Rechnungen beweisen exakt, dass die Rotation des Planeten Merkur allein durch die Gravitation der Sonne verursacht wird. Im Klartext: Die Verteilung der Gravitationsenergie, die unsere mondlosen Planeten Merkur und Venus noch heute maßgeblich in Rotation halten, sorgten bei der Entstehung unserer Sonne – innerhalb der sie umgebenden Wasserstoffwolke – **für negativ rotierende Wirbel**, in denen sich die Planeten formten.

Anders formuliert: Die Entstehung einer Sonne geschieht nicht in einem materielosen Raum, wie wir ihn heute weitgehend in unserem System vorfinden. Während der Entstehung ist der Raum eines künftigen Systems sehr gut gefüllt mit Wasserstoff, und eben dieser folgt ganz klar der allgemeinen Energieverteilung, die um das Zentrum herum vorhanden ist. Sie nimmt linear zu, denn sie ist nicht fest (mechanisch) strukturiert, alles bewegt sich ähnlich wie in einem irdischen Tornado wirbelartig um das Massenzentrum herum. Ist ein Tornado groß genug, bilden sich sogar in der Atmosphäre um ihn herum andere Nebentornados. Dieses irdische Geschehen ist physikalisch direkt vergleichbar mit der zwangsläufigen Entstehung von Planeten bei der Bildung jeder Sonne.

Die Entfernungen dieser Nebenwirbel von einer in der Entstehung befindlichen Sonne folgen einer bestimmten mathematischen Reihe, wie ich sie eindeutig ermitteln konnte. Ich rechnete hierzu aus, welche klaren gesetzmäßigen Abstände zwischen den Planeten tatsächlich vorhanden sind. Dabei fand ich heraus, dass zwischen Mars, dem zerstörten Planeten-X, Jupiter und Saturn recht deutlich **dieselben Verhältnisse** in den Abständen vorhanden sind. Sie kennzeichnen eine Zahl, die sich aus einer Additionsreihe ergibt, in der wir, beginnend mit 1+2+3, stets die **drei** letzten Zahlen zu einer neuen Zahl addieren. Ähnliches kennen wir aus einer anderen Additionsreihe, der so genannten Fibonacci-Reihe, die zu der Zahl PHI (1,618 ...) und dem Goldenen Schnitt führt, dort werden jeweils die letzten **beiden** Zahlen zu einer neuen Zahl addiert.

Diese Additionsreihe zeigt uns in ähnlicher Weise wie die Fibonacci-Reihe, dass die Naturprinzipien schön und einfach sind. Wer sie entdecken will, muss spielerisch suchen, muss sich mit Zahlen beschäftigen, dann wird er zwangsläufig fündig. Aber die meisten der heute lebenden Menschen haben kein gutes Verhältnis zur Mathematik und daher auch kein gutes Verhältnis zur wahren Natur. Nicht zuletzt sind hierfür unsere stumpfsinnigen Lehrsysteme verantwortlich. Warum gibt es kein Unterrichtsfach für Astronomie? Warum werden unsere Kinder mit uninteressantem Kram voll gestopft? Warum beteiligt man die Kinder nicht an den Fragen, wie unsere Welt funktioniert? Würden sich unsere Kinder allein damit beschäftigen, hätte es niemals diese unendlichen Verirrungen in den Wissenschaften gegeben, mit denen wir uns heute herumschlagen müssen. An unseren Schulen sollte Lesen, Schreiben, Mathematik, Physik und **Astronomie** gelehrt werden. Alles Andere ist nebensächlich und behindert die freie Entfaltung. Astronomie nennt man auch Himmelskunde. Unseren Kindern wird gepredigt, wenn sie brav sind, kommen sie in den Himmel. Dann sollten wir sie auch den Himmel erkunden lassen.

Additionsreihe		**Millionen Km**	
1+2+3	=	6	
2+3+6	=	11	
3+6+11	=	20	
6+11+20	=	37	
11+20+37	=	68	
20+37+68	=	125	
37+68+125	=	**230**	**= Mars**
68+125+230	=	**423**	**= Zerstört**
125+230+423	=	**778**	**= Jupiter**
230+423+778	=	**1.431**	**= Saturn**
423+778+1.431	=	2.632	
778+1.431+2.632	=	4.841	usw.

Diese Additionsreihe erinnert an eine der vielen schönen chinesischen Weisheiten, wo es heißt:

Der Sinn erzeugt die Eins, die Eins erzeugt die Zwei, die Zwei erzeugt die Drei, die Drei erzeugt alle Dinge, alle Dinge haben im Rücken das Dunkle Und streben nach dem Licht, die strömende Kraft gibt ihnen Harmonie.

Es handelt sich bei der Additionsreihe offensichtlich um ein perfektes System der **Rückkoppelung**, der Verbundenheit, der Abhängigkeit aller Planetenbewegungen untereinander. Jede Veränderung im System muss sich daher auf alle Körper auswirken. Und das hat uns das Geschehen in der Vergangenheit ebenso bestätigt wie die Beobachtung der neu entdeckten Planeten in anderen Systemen mit ihren extremen Ellipsenbahnen. **Jede** Veränderung der Sonnenmasse und in

der Folge die Veränderung einer Planetenbahn **muss** durch Bahnveränderungen anderer Planeten ausgeglichen werden.
Die Zahlen der Additionsreihe offenbaren sich mit verblüffender Genauigkeit als die direkten mittleren Entfernungen von der Sonne in **Millionen Kilometern**. Das ist kein Zufall. Eine **Milliarde Meter** (= 1 Million Kilometer) offenbaren sich daher als fundamentale Längeneinheit im Kosmos. Die von mir zwischen den genannten vier Planeten vorgefundene Verhältniszahl der Additionsreihe lautet: **1,839286755 ...**
Wenn wir die 1, die 2 und die 3 in der Zahlenreihe weglassen, da sie sich in der überlichtschnellen Sphäre der Sonne befanden, wo sämtliche Materie zerstrahlt worden ist, müssten sich elf Planeten bis zum Neptun gebildet haben. Sehen Sie hierzu die Grafik der Planetenbahnen unseres Sonnensystems bei der Entstehung. Sie sehen, ich habe unseren Mond als Planeten nahe der Sonne etabliert. Dieser ist auch dort entstanden, hat aber später, als Folge der stark verringerten Sonnenmasse, eine stark elliptische Bahn eingenommen und sich mit der Erde vereinigt. Außerdem habe ich dort einen weiteren, nun nicht mehr unbekannten Planeten platziert: **Luzifer**.
Auf der Entstehungsbahn in sechs Millionen Kilometer Sonnenentfernung konnte sich kein kugelförmiger Planet halten. In derartiger Sonnennähe war der **Druck** der explosionsartig erstrahlenden Sonne derart groß, dass der Wasserstoffkörper eines dort entstandenen Planeten vollkommen zerstrahlt wurde.

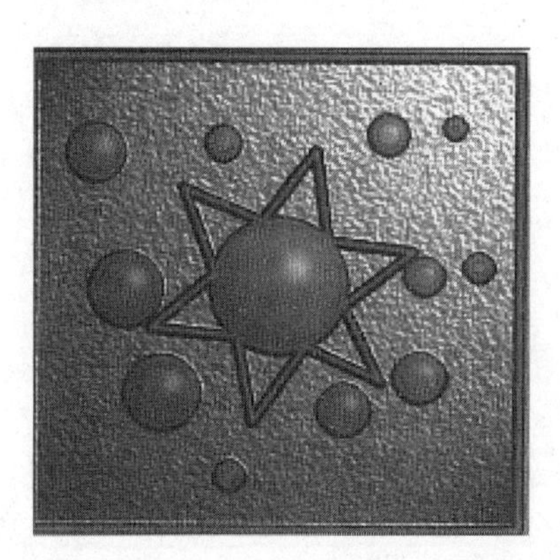

Wir verfügen aus der Antike nur über wenige Darstellungen unseres Planetensystems. So zeigt uns zum Beispiel eine Siegelabrollung im Pergamon-Museum in Berlin ein Nebenbild, das man als Sonnensystem mit Planeten versteht. Hier hat man die Sonne in Begleitung von **elf** Planeten (einschließlich unserem Mond) verewigt. Besonders interessant erscheint mir, dass auf diesem Bild fünf recht große Körper dargestellt werden. Es handelt sich dabei offensichtlich um Jupiter,

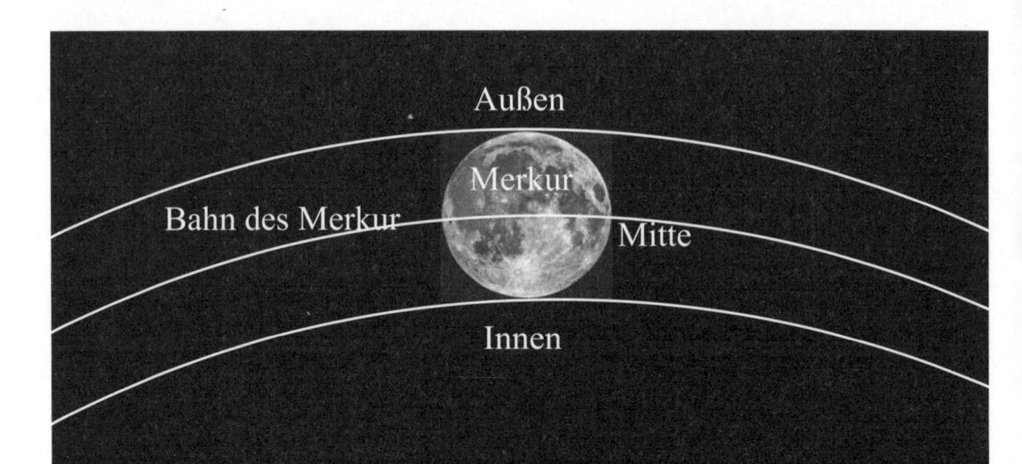

Die Masse des Merkur **muss** sich auf seiner Außenseite langsamer bewegen als auf der Innenscitc, dic der Sonne zugewandt ist, weil dort die Wirkung der Gravitation der Sonne geringer ist. Rechnen wir den Unterschied aus, ergibt sich hieraus exakt die negative Rotationsgeschwindigkeit von Merkur.

Dadurch wird einmal mehr bestätigt, dass kosmische Massen nicht als Punktmassen behandelt werden dürfen.

Wasserstoffkugeln
die späteren Planeten

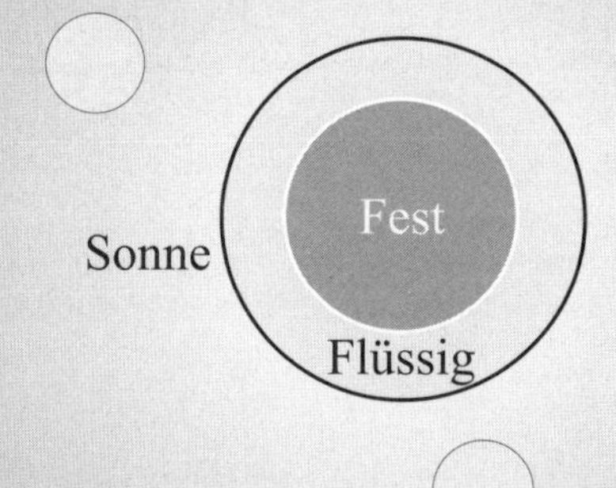

Zweite Phase:
Der Mantel aus flüssigem Wasserstoff zerstrahlt innerhalb kurzer Zeit. Die Wasserstoffkugeln in der Umgebung werden dadurch teilweise zu festen Körpern aufgeschmolzen.

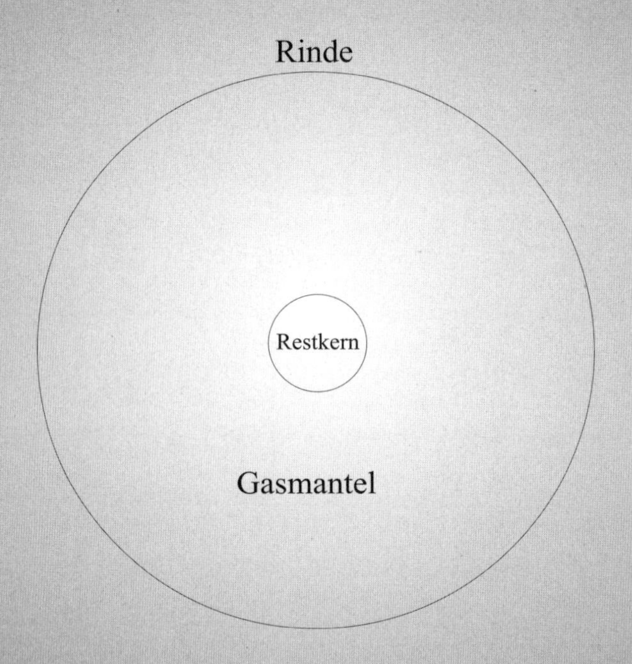

Schon nach wenigen Monaten ist der allergrößte Teil der Sonnenmasse zerstrahlt.

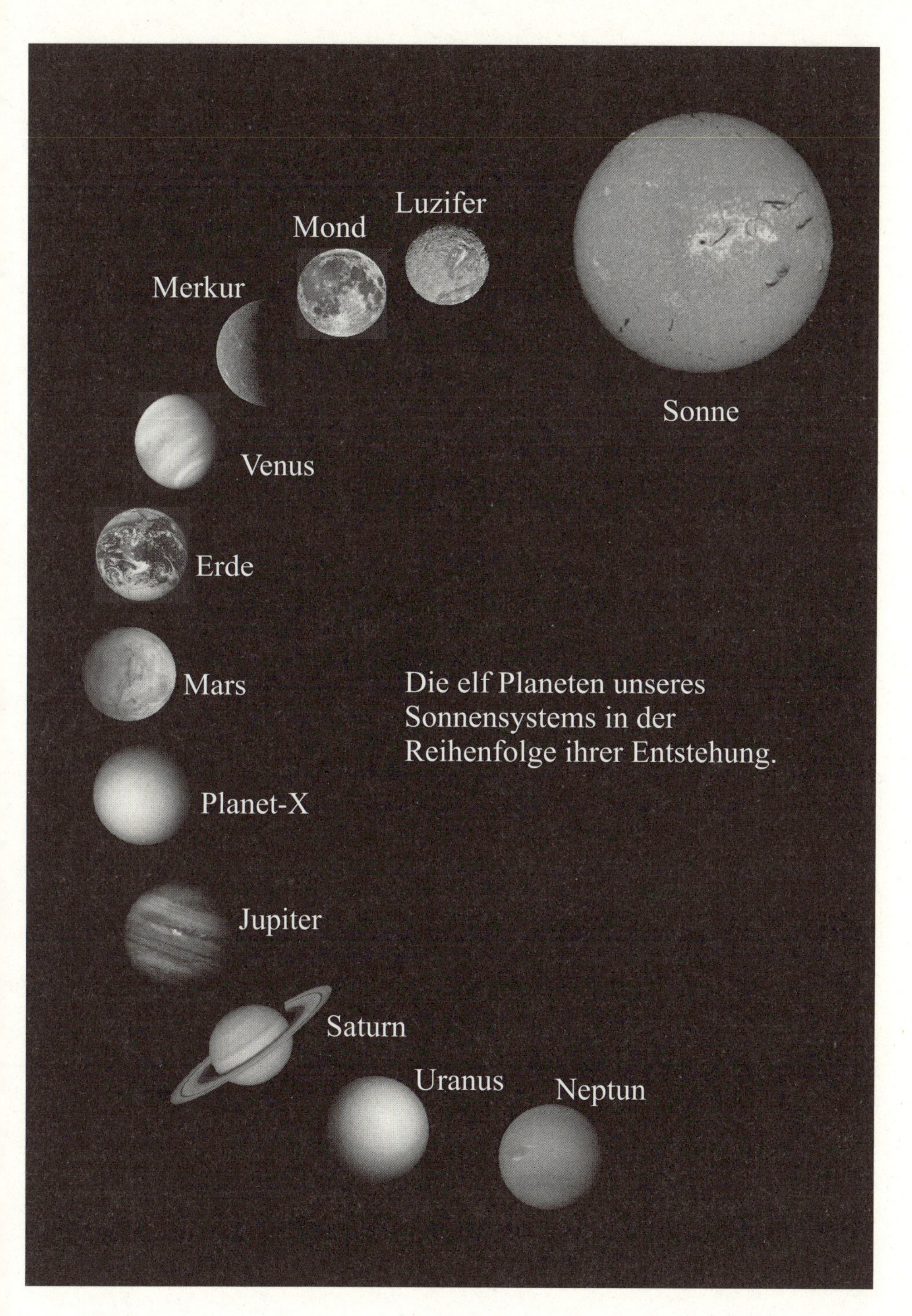
Luzifer
Mond
Merkur
Sonne
Venus
Erde
Mars
Die elf Planeten unseres
Sonnensystems in der
Reihenfolge ihrer Entstehung.
Planet-X
Jupiter
Saturn
Uranus
Neptun

Saturn, Uranus, Neptun **und den Planeten-X** zwischen Mars und Jupiter. Dazu kommen sechs kleine Planeten, zu den gehören Erde, Mond, Merkur, Venus, Mars **und Luzifer**.

Auch in China finden sich Darstellungen von elf Planeten, die um ein Zentralgestirn kreisen. Warum sollte ein Künstler oder Forscher, der dieses Werk fabriziert hat, unsere Sonne mit elf Planeten versehen, wenn es diese Planeten nicht gegeben hat?
Hier die ursprünglichen und die heutigen Bahnen der Planeten – Entfernungen in Millionen Kilometer:

Entstehung	**Name**	**Heute**	**Im Mittel**
11	Luzifer (beschädigt)	Uranusmond	
20	Mond	147– 151	149,6
37	Merkur	46– 70	57,9
68	Venus	107– 109	108,2
125	Erde (beschädigt)	147– 151	149,6
230	**Mars**	**207– 249**	**228**
423	**Planet-X (zerstört)**	**Uranus**	**überall**
778	**Jupiter**	**740– 815**	**778**
1431	**Saturn**	**1348–1503**	**1427**
2632	Uranus	2739–3003	2870
4841	Neptun	4456–4546	4496

Nicht lange nach der Entstehung unseres Sonnen/Planetensystems kam es zu deutlichen Veränderungen der Bahnen der innen laufenden Planeten. Ursache war die extrem schnell abnehmende Masse der Sonne als Folge der Zerstrahlung des größten Teils ihrer Masse. Als erstes erwischte es zweifellos Luzifer, der als sonnennächster Planet schon sehr bald eine stark elliptische Bahn einnehmen musste. Nach Luzifer kam unser Mond an die Reihe. Im Laufe der Zeit reichte seine elliptische Bahn – in ihrer größten Entfernung von der Sonne – bis zur Erde in rund 125 Millionen Kilometer Entfernung, und der Mond vereinigte sich schließlich mit der Erde auf einer gemeinsamen Umlaufbahn. Auf diese Weise stabilisierte sich das Sonnensystem für eine gewisse Zeit, da die kinematischen Energierückkoppelungen zwischen Sonne und Mond nun nicht mehr so stark wirkten. Nun übertrug der Mond einen Teil seiner kinematischen Energie auf die Erde und versetzte sie in die uns heute bekannte Rotation, der wir unseren Tag- und Nachtrhythmus und die Neigung der Erdachse verdanken. Im Laufe der Zeit verlagerten beide, Erde und Mond, ihre Bahnen weiter weg von der Sonne, etwa dorthin, wo sie heute kreisen.
Die Verlagerung der Umlaufbahnen von Erde und Mond auf die heutige Entfernung von rund 150 Millionen Kilometer war ausschlaggebend für die Entstehung des Lebens. Denn erst dort konnten die Temperaturen auf jenes Niveau absinken, dass sich Ozeane bildeten. Näher an der Sonne hätte kein Leben entstehen können. Dort wo die Erde entstand, in 125 Millionen Kilometer Entfernung von der Sonne, herrschte auf der Erdoberfläche selbst nach ihrer Abkühlung noch eine Temperatur von weit mehr als 100 Grad. Damit das Leben und insbesondere der Mensch entstehen konnten, musste es daher zu der Vereinigung Erde/ Mond kommen. Nur dadurch wurde die Erde in eine ideale und recht gleichmäßige Rotation versetzt. Zuvor gab es auf der Erde keine Meere und Ozeane. Nur die Vereinigung mit dem Mond und die damit verbundene Verlagerung der Umlaufbahnen von Erde und Mond von 125 auf rund 150 Millionen Kilometer Abstand von der Sonne brachte die erforderliche Abkühlung. Erst dann konnte das irdische Wasser auf die Erde herabregnen und Ozeane und Flüsse bilden. Zuvor umgab alles Wasser die Erde in einer riesigen Dampfsphäre. Die in den Ozeanen gesammelten Wassermengen lassen auf eine zwei- bis dreitausend Kilometer dicke Wasserdampfschicht rund um den Globus schließen. Wie auch heute noch, sammelte sich das herabregnende Wasser an den tiefsten Orten der Erde. Und da die Erdkruste nicht überall gleich dick ist – besonders im Bereich der großen Ozeane ist die Erdkruste sehr dünn – sackte sie dort durch den Druck des Wassers um einige Kilometer ab. Dadurch hob sich die dickere Erdkruste in den anderen Gebieten des Globus um einige Kilometer an, wodurch die so genannten Kontinente, das trockene Land entstand.
Das nun mit ungeheurer Kraft herabregnende und sich im Ozean und in Seen

sammelnde Wasser nahm von der Erdoberfläche alle chemischen Elemente und Mineralien auf, die sie zu bieten hatte. Und die Erde hatte alle der möglichen 92 natürlichen Elemente zur Verfügung. Im Verlaufe der weiteren Abkühlung des Erdumspannenden Ozeans vollzogen sich zwangsläufig chemische und physikalische Prozesse, die zur Bildung jener Verbindungen führten, die wir Grundstoffe des Lebens nennen können. Diese wurden bei der jeweils idealen Temperatur unterhalb 100 Grad Celsius sozusagen zusammengekocht. Aus ihnen bildeten sich bei der magischen Temperatur von 37 Grad Celsius Samenzellen aller möglichen Arten.
Im Ozean wimmelte es dadurch bald von weiblichen und männlichen Samenzellen aller Arten. Die Frage nach dem Warum lässt sich leicht beantworten: Die grundsätzlichen Strukturen des Kosmos und der Materie enthalten schon den ***genetischen Code*** für die Entstehung des Lebens, und wenn entsprechende Bedingungen vorhanden sind, bildet sich Leben in Hülle und Fülle. Da wird kein Schöpfer benötigt, der Kosmos und alles Leben schöpfen sich selbst. Es ist sogar falsch, zwischen Materie und Leben zu unterscheiden, denn auch der scheinbar leblose Kosmos ist Leben, jede Materie- oder Energieform ist Leben. Es handelt sich jeweils nur um unterschiedliche Erscheinungsformen des Lebens. Leben und damit unermessliche Energie stecken in jedem Sandkorn, ja sogar individuelles Leben, denn es gibt nicht zwei Sandkörner, die sich vollkommen gleichen.
Die heute fortgeschrittene Gentechnik ist der beste Beweis dafür, wie einfach es ist, Leben zu erzeugen. Es genügt eine einzige Zelle eines Haares, um den gesamten genetischen Code eines jeden Lebewesens zu erkennen. Und es genügt eine solche Zelle, um einen kompletten Menschen zu klonen. Eingepflanzt in eine leere weibliche Zelle entsteht ein neues Wesen, angeregt durch einen elektrischen Impuls, einen Stromschlag. Als das gesamte Wasser der Ozeane sich noch in der Atmosphäre befand, und es begann herabzuregnen, muss es unzählige Gewitter von ungeheuren Ausmaßen gegeben haben. Sie lieferten den elektrischen Strom für die Entstehung aller Lebewesen auf der Erde, denn Leben ist grundsätzlich abhängig von elektrischem Strom. Gezielte Stromschläge erwecken Tote zum Leben, zu hohe Stromschläge töten.

WARUM GROSSE UND KLEINE PLANETEN?

Es gibt eine zunächst seltsam erscheinende Massen- und Größenverteilung der Planeten in unserem Sonnensystem, in der bei oberflächlicher Betrachtung keine Gesetzmäßigkeit zu erkennen ist. Luzifer kann als erster Planet in der Entstehungsreihe sicher als kleiner und sehr fester Körper angesehen werden. Der

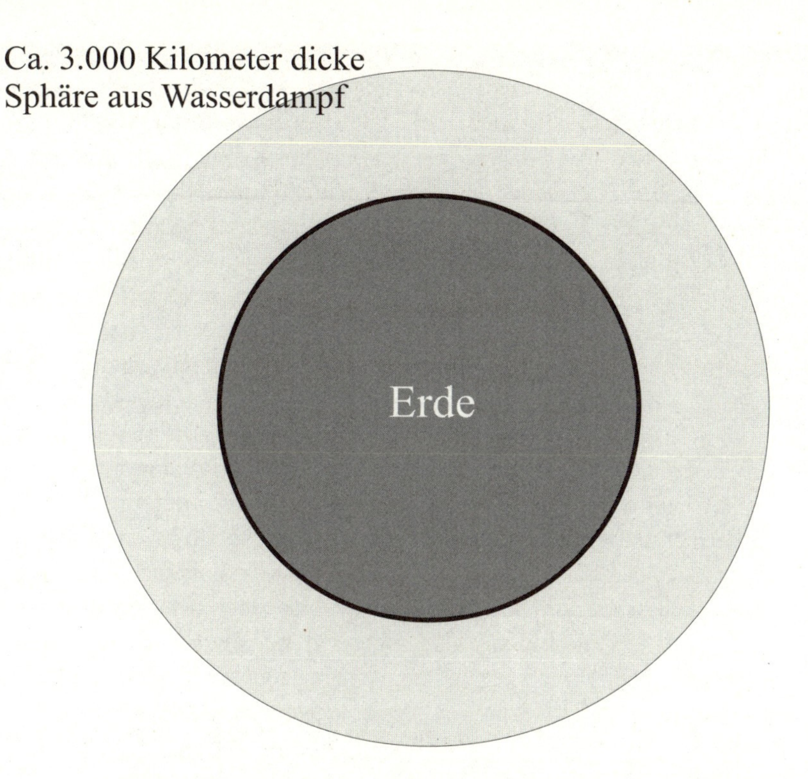

Bevor die Erde auf weniger als 100 Grad Celsius abgekühlt war, umgab sie eine rund 3.000 km dicke Schicht aus Wasserdampf. Nach weiterer Abkühlung regnete das Wasser herab und bildete die Ozeane.

Mond als zweiter Planet dieser Reihe ist schon um einiges größer, aber dennoch deutlich kleiner als Merkur und Venus. Die Erde ist nur noch unwesentlich größer als Venus und bereits Mars ist wieder viel kleiner als die Erde.
Der Grund hierfür ist offensichtlich. Während des explosionsartigen ersten Erstrahlens der Sonne nahmen die Temperaturen mit zunehmender Entfernung in gesetzmäßiger Weise ebenso ab, wie auch heute noch. Nur waren die Temperaturen ungleich höher. Sehr nahe der Sonne kreisende Planeten wurden stärker aufgeschmolzen als jene, die sich weiter draußen bewegten. Aber jenseits des Planeten Mars reichte die Temperatur kaum noch aus, den kreisenden Wasserstoffkugeln feste Oberflächen aufzuschmelzen. Alles deutet darauf hin, dass der Planet-X die Grenze hierfür bildete. Seine feste Schale wird noch ein wenig

Erde, Mond und Luzifer auf ihren ehemaligen Bahnen um die Sonne.

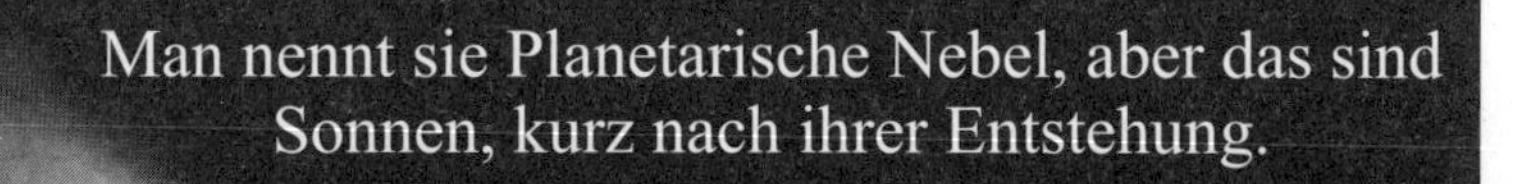

Man nennt sie Planetarische Nebel, aber das sind Sonnen, kurz nach ihrer Entstehung.

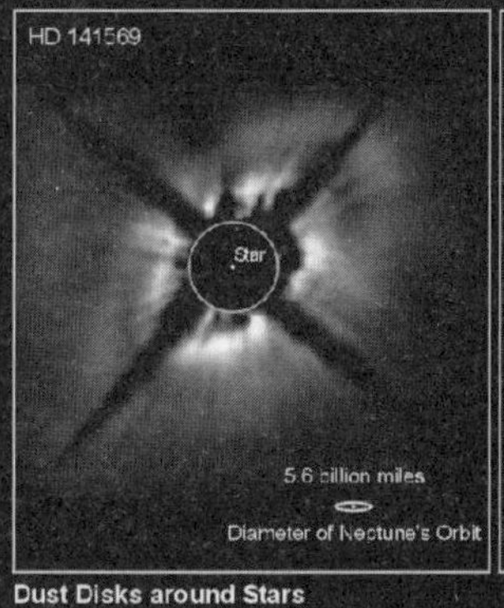

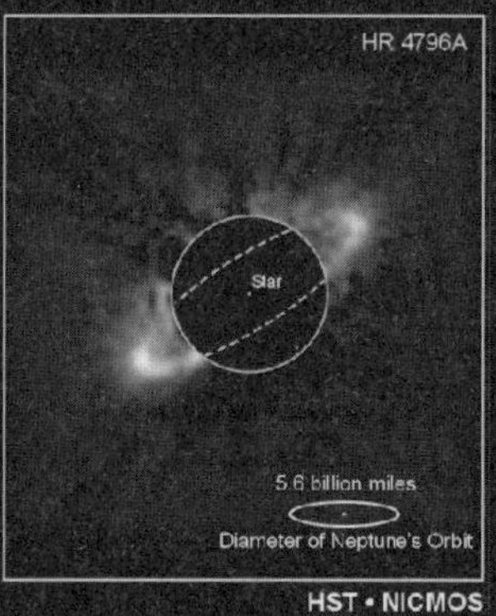

Dust Disks around Stars **HST • NICMOS**
PRC99-03 • STScI OPO • January 8, 1999
B. Smith (University of Hawaii), G. Schneider (University of Arizona),
A

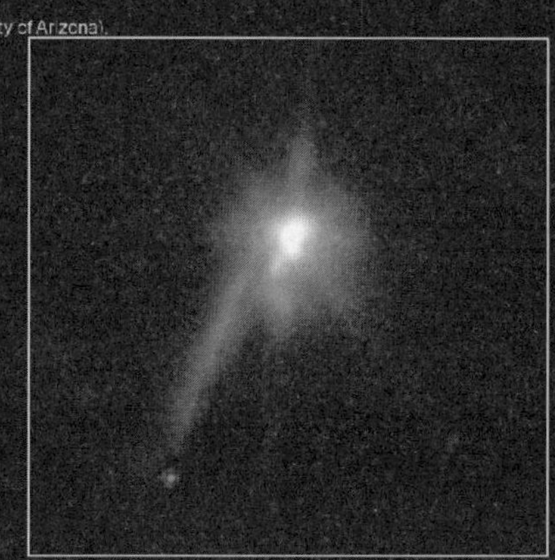

TMR-1C • Protoplanet in Taurus HST • NICMOS
PRC98-19 • ST ScI OPO • May 28, 1998
S. Terebey (Extrasolar Research Corp.) and NASA

Diese aktuellen Photos des Hubble-Teleskops zeigen die Zündung eines Sterns und damit die Geburt eines neuen Planetensystems. In rund 20.000 Lichtjahren Entfernung blitzte es plötzlich und schlagartig wurde die um den Stern befindliche Materie erleuchtet. Dieser V838 Monocerotis genannte Stern war zeitweise der hellste der Milchstraße. Aber schon nach einigen Monaten verringerte sich sein Helligkeit drastisch, und seine Umgebung wurde sichtbar.

kleiner gewesen sein als die von Mars, er trug aber zweifellos eine große und schwere Atmosphäre, ähnlich wie Jupiter.
Insgesamt war Planet-X daher kein kleiner Planet. Zählen wir die Massen und Volumen aller Bruchstücke in unserem Planetensystem zusammen und addieren sie zu den Volumen und Massen der Planetenmonde (Ausnahme unser Mond), so ergibt sich ein Planet mit einem Gesamtdurchmesser von mehr als 8.000 Kilometer. Nehmen wir nun die Abmessungen der festen Bruchstücke, die um den Planeten Uranus kreisen, ergibt sich ein Körper mit einer festen Rinde, dessen Durchmesser mehr als 2.000 Kilometer besaß und von einer 3.000 Kilometer dicken Sphäre aus Flüssigkeiten und Gasen leichter Elemente umgeben war.
Das entspricht dem von mir beschriebenen Größenprinzip sehr gut, und Planet-X war damit auch der erste der äußeren Planeten, die von großen Sphären aus Gas umgeben waren oder sind. Auch dies entspricht dem Verteilungsschema: Die inneren Planeten sind klein und ihre Oberflächen von fester Struktur – einschließlich unserem Erdenmond und Luzifer. Bis hin zur Erde nehmen die Größen der festen Planeten zu, jedoch nimmt die Dicke der Planetenrinden ab. Mit dem Planeten Mars werden die Durchmesser der festen Strukturen geringer und außerhalb von Planet-X finden wir nur noch Planeten, die ausschließlich aus leichten Flüssigkeiten und Gasen bestehen. Denn in diesen Entfernungen reichte die Temperatur der Sonne nicht mehr aus, den Wasserstoff der Planeten zu festen, schweren Elementen aufzuschmelzen.

DIE ZWEITE KOLLISION

Die Kollision mit Luzifer zerriss beim Planet-X nicht nur die große Gassphäre, sondern zerschlug die darunter liegende feste Rinde. Ich halte es auch für sehr sicher, dass unterhalb der Gassphäre große Mengen Wasser und andere flüssige Elemente waren. Das zeigt vor allen der Mond Europa. Neueste Auswertungen haben ergeben, dass Europa an der Oberfläche fast ausschließlich aus Wasser besteht. Seine gefrorene Oberfläche zeigt ähnliche Strukturen wie die Antarktis. Dieser Satellit Europa ist wohl aus den Ozeanen entstanden, die ehemals den Planeten-X bedeckten. Hier die neuesten Nachrichten dazu.

Jetzt ist es amtlich: Jupiter-Mond Europa hat Ozean unter der Oberfläche

Nach vielen Spekulationen ist es nun so gut wie sicher: Der Jupiter-Mond Europa besitzt nur wenige Kilometer unter seiner Eisoberfläche einen flüssigen Ozean aus Wasser. Das ergaben Magnetfeldmessungen der Raumsonde Galileo. Margaret Kivelson von der University of California in Los Angeles und ihre

Kollegen berichten im Wissenschaftsmagazin Science über die Auswertung der Messergebnisse. Bei seinem Vorbeiflug registrierte das Magnetometer von Galileo, dass das Magnetfeld des Mondes regelmäßig die Richtung wechselt. Nach der Analyse der Forscher deutet das darauf hin, dass sich unter der Oberfläche von Europa in etwa fünf bis 20 Kilometern Tiefe eine leitende Substanz befindet. Da sich Europa im äußeren Magnetfeld des Planeten Jupiter bewegt, entsteht durch den klassischen Induktionseffekt dabei ein neues, sekundäres Magnetfeld. Es wäre zwar auch möglich, dass ein anderes leitendes Material – beispielsweise Graphit – den gemessenen Effekt erzeugt. „Man kann sich aber leichter einen salzigen Ozean als ein anderes, exotisches Material vorstellen, das diese Leitfähigkeit erzeugt", sagte Krishan Khurana aus dem Galileo-Team. Erste Hinweise auf die flüssige Schicht hatte ein früherer Vorbeiflug von Galileo vor zwei Jahren gegeben. Allerdings reichten die Daten damals nicht für einen endgültigen Beweis aus. Der letzte Vorbeiflug bestätigte die Vermutung zur Freude der Wissenschaftler. Damit ist Europa von allen Himmelskörpern im Sonnensystem Hauptkandidat für extraterrestrisches Leben. „Wir wissen immerhin zwei Dinge über Europa", sagte Khurana: „Es gibt dort Wasser, und es gibt eine ***Wärmequelle*** *..."*

Der Jupiter-Mond Europa hat sich daher ohne Zweifel aus dem ehemaligen Ozean des Planeten-X geformt. Das Wasser bildete in der Schwerelosigkeit zwangsläufig eine schöne Wasserkugel, deren Oberfläche dort draußen bei Jupiter jedoch recht bald gefror. Europa muss noch vor kurzer Zeit insgesamt flüssig gewesen sein, muss also zwingend aus einer Umlaufbahn stammen, die der Sonne viel näher war als heute. Daher die mysteriöse **Wärmequelle** im Inneren von Europa. Europa gefriert seit gar nicht langer Zeit von außen nach innen, darum ist es in seinem Inneren wärmer als an seiner Oberfläche.

Die Fortsetzung der Planetenstrukturen im Bereich größerer Sonnenentfernungen erkennen wir sehr gut an Jupiter und Saturn, denn sie verfügen über relativ große Massen. Dabei handelt es sich aber nicht um feste Massengefüge, wie sie die inneren Planeten aufweisen. Der Grund hierfür ist eindeutig: Die Massen der Planeten mussten im Prinzip während der Entstehung nach außen hin in größerer Sonnenentfernung zunehmen, da ihnen dort mehr Entstehungsraum zur Verfügung stand. Zudem wirkt dort draußen die Gravitation der Sonne viel geringer. Und im Bereich hinter Mars verschieben sich die Verhältnisse zwischen Zerstrahlen, Aufschmelzen und Einsammeln der vorhandenen Materie deutlich in Richtung Einsammeln. Darum sind alle äußeren Planeten von riesigen Gasatmosphären eingehüllt. Darum verfügen sie über so große Massen, jene Massen, die bei den innen liegenden Planeten durch den Hitzedruck der

entflammenden Sonne nach außen geschleudert, zerstrahlt oder aufgeschmolzen worden sind.
Die von mir gezeigte Entstehungsreihe der Planeten endete gewiss nicht schlagartig bei Neptun. Wir können daher davon ausgehen, dass sich auch außerhalb von Neptun Planeten gebildet haben. Doch sind viele der 600 dort inzwischen entdeckten Körper eher weitere Bruchstücke der Planetenkatastrophe.
Es ist bislang ein Rätsel, warum sich ausgerechnet dort draußen so viele Kleinplaneten angesammelt haben. Ihre Abstände zur Sonne ergeben keinerlei Gesetzmäßigkeiten. Dieses Rätsel löst sich jedoch auf, wenn man weiß, dass kein natürlicher Körper unser Sonnensystem verlassen kann. So sammeln sich zwangsläufig sämtliche planetarischen Bruchstücke und die Reste aus der Entstehung, die nicht von Planeten eingefangen oder eingesammelt worden sind, am Rande unseres Sonnensystems. Sämtliche Planetenbruchstücke schwenken daher früher oder später in **Umlaufbahnen um unser Sonnensystem ein**. Denn um unser System zu verlassen, benötigten sie Fluchtgeschwindigkeit, aber die kann nur durch künstliche Antriebe erreicht werden.

DOPPELSTERNE

So genannte ***Doppelsterne*** wurden von den Astronomen bereits im 18ten Jahrhundert massenweise lokalisiert. Schon 1778 sprach Christian Mayer von ***Fixsternsatelliten***, deutete die beobachteten Objekte daher richtig als Planetensysteme. Der Astronom Wilhelm Herschel veröffentlichte 1782 eine Liste von 846 solcher Anordnungen. Die Zahl der heute bekannten Systeme dieser Art beläuft sich auf über 70.000. Rund 700 Umlaufbahnen sind inzwischen recht genau vermessen worden. Dabei stellt sich heraus, dass sich die meisten der entdeckten Sternenbegleiter in Entfernungen von 1,5 bis 3 Milliarden Kilometer vom Zentrum befinden. Dies ist exakt der Bereich, in dem sich Jupiter und Saturn, die größten Planeten unseres Systems befinden. Zufall? Nein! Ganz offensichtlich bestätigt sich hier meine Einschätzung, dass alle Sonnensysteme von ähnlicher Struktur sind. Besonders interessant sind jedoch die Umlaufzeiten dieser Planeten, denn sie liegen meist zwischen zwei und fünfzig Tagen. Aber es gibt auch Objekte, die weit kürzere Umlaufzeiten zeigen. Die kürzeste gemessene Umlaufzeit in einem so genannten *Doppelsternsystem* beträgt **11,5 Minuten**. Das wird von den Astronomen ohne besonderen Kommentar festgestellt. Rechnen wir doch mal nach, was das bedeutet: Um in einer Entfernung von 3 Milliarden Kilometer einen Umlauf in 11,5 Minuten zu vollziehen, muss sich der Planet mit einer Geschwindigkeit von rund 270.000 Kilometer pro Sekunde bewegen, das ist fast Lichtgeschwindigkeit.

Tatsächlich sind dies allesamt völlig normale Planetensysteme. Die ungewöhnlich schnellen Umlaufbewegungen zeigen uns nur, dass es sich hier um sehr junge Systeme handelt, die erst vor kurzer Zeit entstanden sind. Jung deshalb, weil die Sonnen in diesen Systemen noch vergleichsweise riesige Massen besitzen, so wie unsere Sonne kurz nach ihrer Entstehung. Nun können wir auch ganz sicher sagen, dass schon allein in den heute bekannten Systemen in unserer ***kosmischen Nähe*** mehr als eine halbe Million Planeten kreisen, denn wir können davon ausgehen, dass um jeden Stern zumindest ähnlich viele Planeten kreisen, wie in unserem System. So liegt die Entdeckung vieler Planeten in anderen Sonnensystemen schon weit über 200 Jahre zurück. Allein die falsche Berechnungsweise mit Newtons *Gesetzesentwurf* lässt diese Planetensysteme als Doppelsterne und als Körper aus entarteter Materie erscheinen. Neben den fälschlicherweise als Doppelsterne gedeuteten Objekten wurden schon vor vielen Jahren so genannte Mehrfachsysteme mit bis zu acht Körpern entdeckt. Aber auch diese wurden allesamt als Anhäufungen von Sonnen und entarteten Sonnen gedeutet.
Braune Zwerge, Weiße Zwerge. In Wahrheit sind das keineswegs Zwerge, die dort draußen beobachtet werden. Keine wahre Ausdehnung der kosmischen Massen außerhalb unseres Sonnensystems ist tatsächlich bekannt. Denn fast jeder Stern dort draußen erscheint für einen irdischen Beobachter lediglich als Lichtpunkt. Durch die großen Entfernungen von der Erde lassen sich bislang selbst mit den größten Teleskopen keine Strukturen von Sternen erkennen. Einzig und allein lassen sich Massenverhältnisse berechnen, die aber nur dann feststellbar sind, wenn um einen Stern zumindest ein Planet kreist. Denn nur aus den wechselseitigen Störungen der Bewegungen kann abgeleitet werden, wie verhältnismäßig schwer ein Stern und ein ihn umlaufender Planet ist. Lesen wir zunächst mal, was die neuesten Erkenntnisse über Braune Zwerge sind:

Hubble Weltraumteleskop zählt Braune Zwerge

Braune Zwerge ziehen meist allein durch die Weiten des Weltraums – Das ergab eine Zählung durch das Weltraumteleskop Hubble. Die Zählung richtete ihr Augenmerk auf die Objekte, die für einen Stern mit Kernfusion zu leicht, für einen Planeten jedoch zu schwer sind. Somit lässt sich vermutlich belegen, dass die Entstehung dieser beiden Himmelskörper unterschiedlich abläuft. „Da Braune Zwerge das fehlende Glied zwischen Sternen und Planeten sind, geben sie Aufschluss über die Eigenschaften und die Entstehung der beiden“, sagt Joan Najita vom National Optical Astronomy Observatory (NOAO). Die Zählung scheint zu belegen, dass ***Braune Zwerge den Sternen ähnlicher sind, als den Planeten.*** *Dafür gibt es mehrere Hinweise. Zum Beispiel gibt es – wie bei Ster-*

*nen – mehr leichte als schwere Braune Zwerge. „In dieser Hinsicht scheinen die isolierten, **frei fliegenden** Braunen Zwerge das Gegenstück zu den **massiven** Sternen zu sein", sagt Najita. Das Weltraumteleskop bietet den bisher aussagekräftigsten Beweis, dass Braune Zwerge nicht wie Planeten entstehen: **Denn sie bewegen sich frei im Raum und kreisen nicht, wie die Planeten, um einen Stern.** Astronomen vermuteten bisher, dass es mehr Sterne als Braune Zwerge gibt. Hubble beweist das Gegenteil. Najita, die vermutet, dass Braune Zwerge und Sterne eine ähnliche Entstehungsgeschichte haben, meint dazu: "Das Universum hat keine begrenzte Anzahl für Himmelskörper, auf denen eine Kernfusion stattfindet." Das Universum enthält Braune Zwerge unterschiedlicher Massen. Trotzdem tragen sie nicht mehr als 0,1 Prozent zur Masse der Milchstraße bei, errechneten Najita und ihre Kollegen. Aufgespürt hat Hubble die Braunen Zwerge mit Infrarotlicht. Das Teleskop untersuchte den Cluster IC 348 im Sternbild Perseus. In diesem recht jungen Cluster sind die Braunen Zwerge noch heller, da die Leuchtkraft im Laufe der Zeit abnimmt. Hubble fand hier 30 neue Braune Zwerge. Dabei half eine neue Technik aus dem NOAO: Die Forscher messen anhand bestimmter Wellenlängen im Infrarotbereich die Temperatur der Himmelskörper. „Das löst gleich mehrere Probleme: wir können die Braunen Zwerge von den Hintergrundsternen unterscheiden und zusätzlich ihre Massen bestimmen", erklärt Najita.*

Cornelia Pretzer und NOAO

Irrläufer im All: Planeten ohne Sonne

Im Sternhaufen Sigma Orionis im Sternbild Orion treiben 18 planetenartige Objekte durchs All. Das Ungewöhnliche daran: Keines dieser Objekte umkreist eine zentrale Sonne. Entdeckt wurden die Objekte von einem internationalen Wissenschaftlerteam, darunter auch Astronomen vom Max-Planck-Institut für Astronomie in Heidelberg. Das berichtet Science in seiner neuesten Ausgabe. „Die Bildung von jungen, frei im All treibenden Objekten, die die Masse eines Planeten haben, kann von unseren gegenwärtigen Modellen zur Planetenentstehung nur schwer erklärt werden", sagt die spanische Astronomin Maria Rosa Zapatero Osorio, die derzeit im California Institute of Technology in Pasadena arbeitet. Die gängige Theorie geht davon aus, dass Planeten sich in einer rotierenden Scheibe aus Gas und Staub bilden. Die Schwerkraft klumpt Gas und Staub mit der Zeit zusammen. In der Mitte entsteht in der Regel ein riesiger Klumpen, der genügend Masse hat, um zur Sonne zu werden, umkreist von kleineren Klumpen, aus denen die Planeten entstehen. Dieser Vorgang dauert an die 100 Millionen Jahre. Doch der Sternhaufen Sigma Orionis ist erst 5 Millionen Jahre alt. Mittels einer Spektralanalyse des Lichts von drei der Objekte konnten die Astronomen eindeutig ausschließen, dass es sich um Sonnen handelt. Die Zusammensetzung des Lichts entspricht dem, was man von kalten, planetenartigen Objekten erwartet. Nicht ganz ausschließen können die Wissenschaftler, dass die Objekte Braune Zwerge sind. Braune Zwerge sind „verhinderte" Sonnen. Sie haben zu wenig Masse, als dass in ihrem Innern dauerhaft die Kernfusion zünden könnte. Ihre Masse liegt zwischen 13 und 75 Jupitermassen. Nach den Berechnungen der Forscher liegen die Massen der 18 frei treibenden Objekte zwischen 5 und 15 Jupitermassen. Doch für Zapatero Osorio ist die Bezeichnung der Objekte nur eine Frage der Terminologie: „Wenn wir sagen, dass Planeten um einen Stern kreisen müssen, dann sind unsere Kandidaten Braune Zwerge mit sehr geringer Masse. Aber wenn wir die Einteilung nach der Masse vornehmen, dann sind diese Objekte Planeten!"

Wir sehen, auch hier hilft uns die moderne Beobachtungstechnik, große Rätsel zu lösen. Ein ***Brauner Zwerg*** ist das, was unsere Sonne auch bald sein wird, wenn sie ihre Strahlung weitgehend eingestellt hat. Braune Zwerge sind Sonnen, die nur noch sehr schwach strahlen, da sie ihren Brennstoff Wasserstoff fast vollständig verbraucht haben. Dass sie alle seltsamerweise einsam und allein im Kosmos sind und um keine Sonne kreisen, ist selbstverständlich, da sie selbst Sonnen sind. Aber sie alle werden garantiert von einer Reihe Planeten umrundet, nur können wir diese nicht erkennen. Es handelt sich hierbei um tote Sonnensysteme. Um eine erloschene Sonne laufen die Planeten in ausgeglichenen Bahnen – noch ruhiger als in unserem System, das wenige Jahrzehnte vor seinem Ende steht. Da gibt es keine großen Bahnstörungen mehr zwischen dem Zentralkörper und den Planeten, denn die Masse einer erloschenen Sonne ist so konstant wie die Massen der sie umlaufenden Planeten.

SCHWERPUNKTE

In der Antike wussten die Menschen, dass sich die Erde wie alle anderen Planeten um die Sonne bewegt. Im Mittelalter wurde den Menschen erzählt, die Erde sei der Mittelpunkt unseres Sonnensystems, ja der Mittelpunkt des Kosmos und sie sei eine Scheibe. Später setzte sich wieder die Überzeugung durch, die Sonne sei der zentrale Punkt aller Planetenbewegungen. Aber auch das ist nicht korrekt. Das lässt sich gut erkennen, wenn wir die einzelnen Bahnen der Planeten und ihre jeweiligen **Bahnschwerpunkte** betrachten. Und es muss klargestellt werden, dass nicht einer der Brennpunkte einer Ellipsenbahn den Schwerpunkt einer Umlaufbahn bildet, sondern der **Mittelpunkt** der Ellipse.

1. Merkur: Sein Bahnschwerpunkt wandert rund 12 Millionen Kilometer von

der Sonne entfernt um sie herum. Ursache hierfür ist die schnelle Bewegung von Merkur – sie wirkt wie eine große Masse, denn Masse und Geschwindigkeit sind vergleichbare Größen.
2. Venus: Der Schwerpunkt der Venusbahn liegt außerhalb der Sonne, nahe der Sonnenoberfläche. Ursache hierfür ist hauptsächlich Merkur mit seiner stark eliptischen Bahn und seiner hohen kinematischen Energie.
3. Erde/Mond: Der Schwerpunkt der gemeinsamen Bahn dieser beiden Planeten liegt etwa zwei Millionen Kilometer außerhalb der Sonnenmasse. Aufgrund ihrer starken Eigendynamik verfügen sie über hohe kinematische Energien. Sie sind in hohem Maße für die Ausgeglichenheit und Ruhe im Sonnensystem verantwortlich.
4. Mars: Der Schwerpunkt der Marsbahn liegt schon recht weit von der Sonne entfernt, aber noch innerhalb der Merkurbahn (ca. 21 Mio. km). Mars muss sich mit seiner recht geringen Masse und Geschwindigkeit auf einer stark elliptischen Bahn bewegen.
5. Jupiter: Jupiters Bahnschwerpunkt liegt auch noch innerhalb der Merkurbahn (ca. 37 Mio. km). Seine Bahn ist trotz seiner relativ großen Masse stark elliptisch, weil seine Geschwindigkeit in dieser Entfernung von der Sonne schon sehr gering ist.
6. Saturn: Saturns Bahnschwerpunkt liegt bereits zwischen den Bahnen von Merkur und Venus (ca. 77 Mio. km).
7. Uranus: Der Schwerpunkt der Uranusbahn liegt zwischen den Bahnen von Venus und Erde/Mond (ca. 132 Mio. km)
8. Neptun: Neptuns Bahnschwerpunkt liegt innerhalb der Merkurbahn (ca. 45 Mio. km)

Von der Venus bis zum Planeten Uranus stellen wir eine kontinuierliche Verlagerung der Bahnschwerpunkte nach außen hin fest. Lediglich Merkur ganz innen fällt aus dem Rahmen. Aber auch hierfür gibt es eine einfache Erklärung: Merkur umläuft sehr nahe der Sonne eigentlich nur die Sonnenmasse, seine Bahn steht daher hauptsächlich unter dem Einfluss der gravitativen Energie der Sonne. Alle anderen Planeten beeinflussen sich wechselseitig mehr oder weniger stark, da sie nicht nur um die Sonne, sondern auch um andere große planetarischen Massen laufen und von solchen umlaufen werden. Neptun als sonnenfernster echter Planet umkreist die Sonne **und** alle anderen nennenswerten Planeten, außerhalb von seiner Bahn gibt es nur noch kleine Massen, die seinen Lauf nicht wesentlich beeinflussen können. Daher liegt sein Schwerpunkt wieder näher an der Sonne. Nur Pluto fällt völlig aus der Rolle, er ist gar kein echter Planet. Es ist nicht abwegig, zu sagen, Pluto verhält sich wie ein **Mond** des gesamten Planetensystems. Zumeist befindet er sich außerhalb aller anderen Planetenbahnen, schwenkt jedoch

im Rhythmus von über 200 Jahren zeitweise auf eine Bahn innerhalb des Systems ein. Pluto ist dann für rund 20 Jahre näher an der Sonne als Neptun. Unser Mond verhält sich übrigens gegenüber der Erde prinzipiell ähnlich.
Die Zeichnungen zeigen am Beispiel der vier inneren Planeten, wo sich die Schwerpunkte der Planetenbahnen befinden. Sie befinden sich im **Zentrum** der jeweiligen Umlaufbahn weit ab von der Sonne.
Wir erkennen an diesen Beispielen, dass sämtliche Schwerpunkte der einzelnen Planetenbahnen **außerhalb** der Sonnenmasse liegen müssen und **jede** Planetenbahn ihren **eigenen** Schwerpunkt besitzen muss. Diese Tatsache ist doch ohnehin offensichtlich, denn hätten sämtliche Planetenbahnen denselben Schwerpunkt, müssten alle Planeten perfekte Kreisbahnen um die Sonne beschreiben. Tatsächlich beschreiben aber alle sehr unregelmäßige Bahnen, die zwar gewisse Ähnlichkeiten mit Ellipsen haben, aber die Exzentrizitäten sämtlicher Bahnen sind völlig unterschiedlich. Lediglich Venus und Erde bewegen sich auf nahezu Kreisbahnen. Alle anderen Planeten und Körper beschreiben sehr ausgeprägte exzentrische Bahnen mit Abweichungen bis zu Milliarden Kilometern zwischen ihrer größten Sonnennähe und der größten Sonnenferne.

Auch die Tatsache der völlig unterschiedlichen Bahnformen aller Planeten ist eine gute Bestätigung für die relativ geringe Masse der Sonne. Daher bewegen sich die Planeten nicht um ein gemeinsames Masse-Energie-Zentrum. Vielmehr haben wir hier ein System, das einerseits durch die Masse der Sonne und andererseits durch die Massen aller Planeten und ihrer Monde, sowie insbesondere durch die kinematischen Energien (Bewegungsenergien), die in den Planeten samt ihren Monden stecken, gebildet wird. Die kinematische Energie setzt sich zusammen aus den **abweichenden** Geschwindigkeiten der Planeten von idealen Kreisbahnen, der Rotation der Sonne, sowie den Umlaufbewegungen der vielen Monde um ihre Zentralmassen und deren Rotationen. Insgesamt sind diese Massen und ihre Bewegungsenergien **identisch** mit der gesamten Ruhemasse der Sonne. Denn jedes Planetensystem ist ein in sich abgeschlossenes System, in dem alle Massen und Bewegungsenergien zueinander ausgeglichen sind.
Unser Planetensystem befindet sich in heute in einem Stadium relativer Ruhe. Aber das ist keineswegs ein Normalzustand, wie die turbulente Vergangenheit gezeigt hat. Neueste Enddeckungen von anderen Planetensystemen, wie ich sie hier auch beschrieben habe beweisen, dass es dort oft noch recht chaotisch zugeht. Ein Beweis dafür, dass diese Systeme deutlich jünger sind als unseres und es dort noch keine Planetencrashs oder Vereinigungen von Planeten wie Erde und Mond gab. Denn nur auf diese Weise kommen Planetensysteme zur Ruhe.
Isolierte Sonnen gibt es Kosmos nicht und ebenso wenig Doppelsterne oder Mehrfachsonnen. Solche Erscheinungen sind physikalisch unmöglich. Aber es

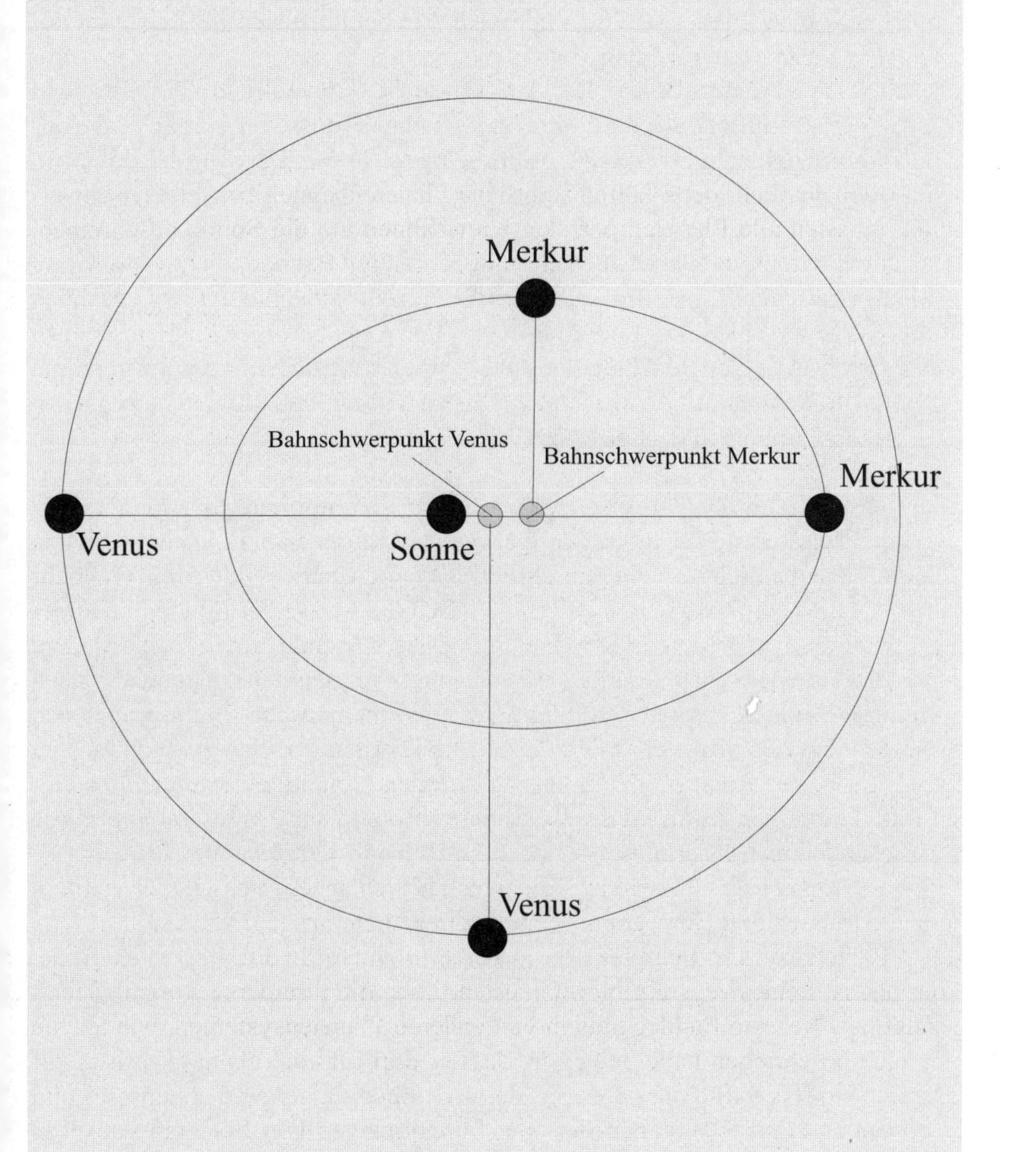
Merkur
Bahnschwerpunkt Venus
Bahnschwerpunkt Merkur
Merkur
Venus
Sonne
Venus

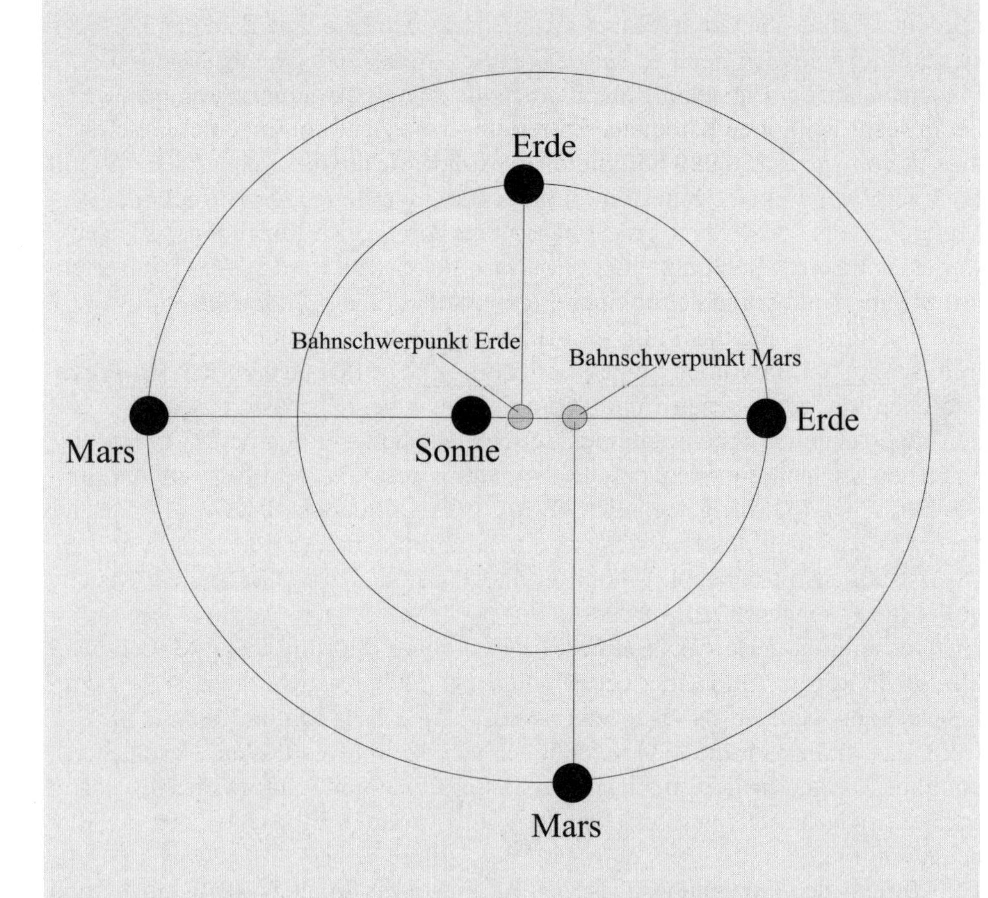
Erde
Bahnschwerpunkt Erde
Bahnschwerpunkt Mars
Mars
Sonne
Erde
Mars

gibt noch eine viel größere Zahl von schon entdeckten Sonnensystemen, die allerdings als solche bislang auch nicht erkannt worden sind: Es handelt sich hierbei unter anderem um die so genannten Pulsare oder Radiosterne. Das sind Sterne, die regelmäßig unterbrochene Signale aussenden und zwar teilweise im Sekundenabstand. Daraus folgert die Lehrbuchmeinung, es handele sich hierbei um extrem schnell rotierende ***Weiße Zwerge*** von wenigen Kilometern Durchmesser, die aber die Masse einer Sonne besitzen sollen. In Wahrheit sind das Sonnen ganz normaler Größe, die erst vor kurzer Zeit entstanden sind. Die Planeten bewegen sich um ihre Sonnen noch so schnell, wie es in unserem Sonnensystem unsere Planeten nach der Entstehung machten. So bewegte sich damals der innerste Planet in sechs Millionen Kilometer Entfernung vom Zentrum mit einer Geschwindigkeit von knapp **250.000 Kilometer pro Sekunde** um die Sonne – also fast mit Lichtgeschwindigkeit. Dabei benötigte er für einen Sonnenumlauf lediglich 2,5 Minuten. Selbst die Erde in einer Entfernung von 125 Millionen Kilometern bewegte sich damals noch mit einer Geschwindigkeit von rund 50.000 Kilometern pro Sekunde und brauchte für einen Sonnenumlauf nur 4,5 Stunden.
Alle Phänomene, die uns Pulse im Minutenbereich übermitteln, sind auf die extrem schnell um ihre noch jungen Sonnen jagenden Planeten zurück zu führen. Die ebenfalls gemessenen Impulse im Sekundenbereich basieren dagegen auf den superschnellen Eigenrotationen der neu entstandenen Sterne. Diese Impulse entstehen, da sich die Frequenz der Strahlung aufgrund der Rotation des Sternes permanent pulsartig verändert. Das ergibt sich daraus, dass eine Seite des Sterns in Richtung des Beobachters rotiert und die andere Seite von ihm weg. Das ist allgemein bekannt. Jedoch ist die Ursache dieses Geschehens bislang völlig falsch eingeschätzt worden.
Unsere Sonne rotierte vor ihrem ersten Erstrahlen mit rund 730.000 Kilometer pro Sekunde, also mit rund zweieinhalbfacher Lichtgeschwindigkeit. Sie benötigte damals weniger als zwei Sekunden für eine Rotation um ihre Achse. Ich weiß, das sind irrsinnige Zahlen, dennoch sind sie im Kosmos an der Tagesordnung, das zeigen uns die Beobachtungen der modernen Astronomie. Insgesamt erklären sich die stets vorhandenen stark ausgeprägten Ellipsenbahnen der Planeten wie folgt:
1. Während der Entstehungsphase rotiert ein jedes Sonnensystem mit extrem hoher Geschwindigkeit.
2. Nach dem explosionsartigen Zünden zerstrahlt jede Sonne innerhalb einiger Monate den größten Teil ihrer Masse. Dagegen behalten die um sie kreisenden Planeten ihre Massen, da sie durch die extremen Temperaturen der Sonnenstrahlung weitgehend zu fester Materie aufgeschmolzen worden sind.
3. Insbesondere jene Planeten, die nahe einer Sonne entstanden sind, bewegen sich daher bald deutlich schneller, als es dem Gravitationsfeld der inzwischen

viel geringeren Sonnenmasse entspricht. Daher die ausgeprägten Ellipsenbahnen und starke Taumelbewegungen der Sonne. Das finden wir stets in Systemen, die noch sehr jung sind. Ursache: Die zu hohen Geschwindigkeiten der Planeten haben dieselbe Wirkung auf die Sonne wie große Massen.

UNSER MOND

Betrachten wir den Erdtrabanten, unseren Mond. Die meisten Menschen kennen nur seine von der Erde aus sichtbare Seite, und die sieht eigentlich recht freundlich aus. Aber seit den ersten Mondumrundungen mit Satelliten gibt es auch Photos von der Rückseite und der Nord- und Südseite des Mondes. Und dort sieht es in der Tat erschreckend aus. Mich wundert dieses Bild keineswegs, denn es bestätigt die Entstehung des Mondes in Sonnennähe und die Tatsache, dass die zunächst flüssigen, aus Wasserstoff bestehenden Planeten durch das explosionsartige Entflammen der neu entstandenen Sonne aufgeschmolzen werden und erst so zu ihren festen Rinden gelangen.
Ähnlich wie beim Mond, und eigentlich bei allen Planeten mit sichtbaren festen Oberflächen, gibt es auch auf der Erde, zwei völlig verschieden strukturierte Kugelhälften. Die Erde wurde im Bereich des Pazifik, der fast die Hälfte der Erdoberfläche bedeckt, wesentlich weniger aufgeschmolzen als auf der anderen Kugelhälfte, da sich dieser Bereich beim ersten Aufflammen der Sonne im Schatten der Strahlung befunden haben muss. Daher ist die Erdkruste unter dem Pazifik wesentlich dünner als die andere Hälfte. Dasselbe gilt für die von uns aus sichtbare Vorderseite des Mondes. Dagegen offenbaren uns die Rückseite und insbesondere die Südansicht, dass sie der vollen Strahlung der entflammenden Sonne ausgesetzt waren.
Dort finden wir die fürchterlichen Mondlöcher. Sie sind ein deutlicher Hinweis darauf, dass der Mond innen **hohl** ist. Ein weiteres klares Indiz hierfür ist, dass der Mond – im Gegensatz zu allen anderen Planeten und sogar kleineren Monden – kein Magnetfeld besitzt. Offensichtlich befindet sich in seinem Inneren nichts mehr, was gegenüber der Außenschale rotieren könnte, um auf diese einzig mögliche Weise ein elektrisches Magnetfeld zu erzeugen.
Aber zweifelsfrei befinden sich in der recht dicken und festen Rinde des Mondes riesenhafte Mengen an Eisen und anderen schweren Metallen. Auch dies ist ein weiterer klarer Beweis dafür, dass der Mond nahe der Sonne entstanden ist und die dort extrem hohen Temperaturen zum vermehrten Aufschmelzen schwerer Elemente führten. Es wurde inzwischen gemessen, dass der Mond Riesenmengen schwerer und wertvoller Elemente enthält, insbesondere Eisen, Blei, Silber, Gold und Platinmetalle.

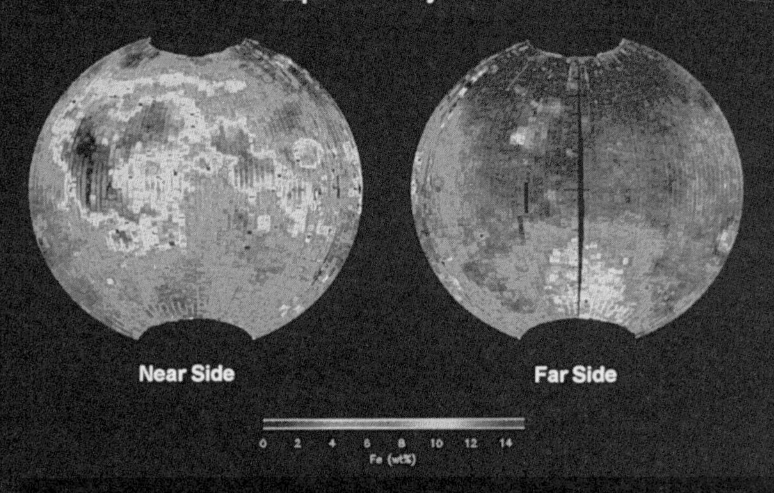

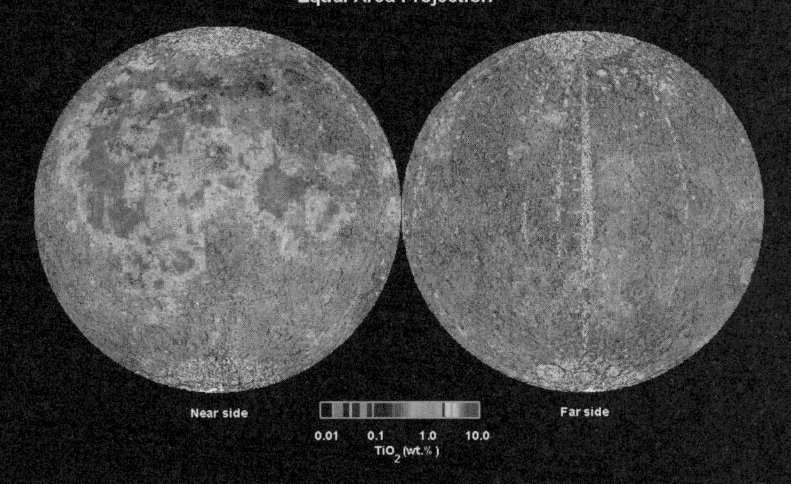

Der Mond besteht zu einem sehr großen Teil aus Eisen und Titan. Ein klarer Beweis dafür, dass er viel stärker aufgeschmolzen wurde als zum Beispiel die Erde. Dies konnte nur geschehen, weil er in Sonnennähe entstanden ist.

Der Mond von seiner Südseite. Ein völlig anderes Bild als wir es von der Erde aus kennen. Ein klarer Beweis dafür, dass diese Seite bei der Entstehung des Mondes der Sonne zugewandt war und hier besonders stark aufgeschmolzen wurde.
In der Rinde des Mondes sind Löcher, der Mond ist HOHL.

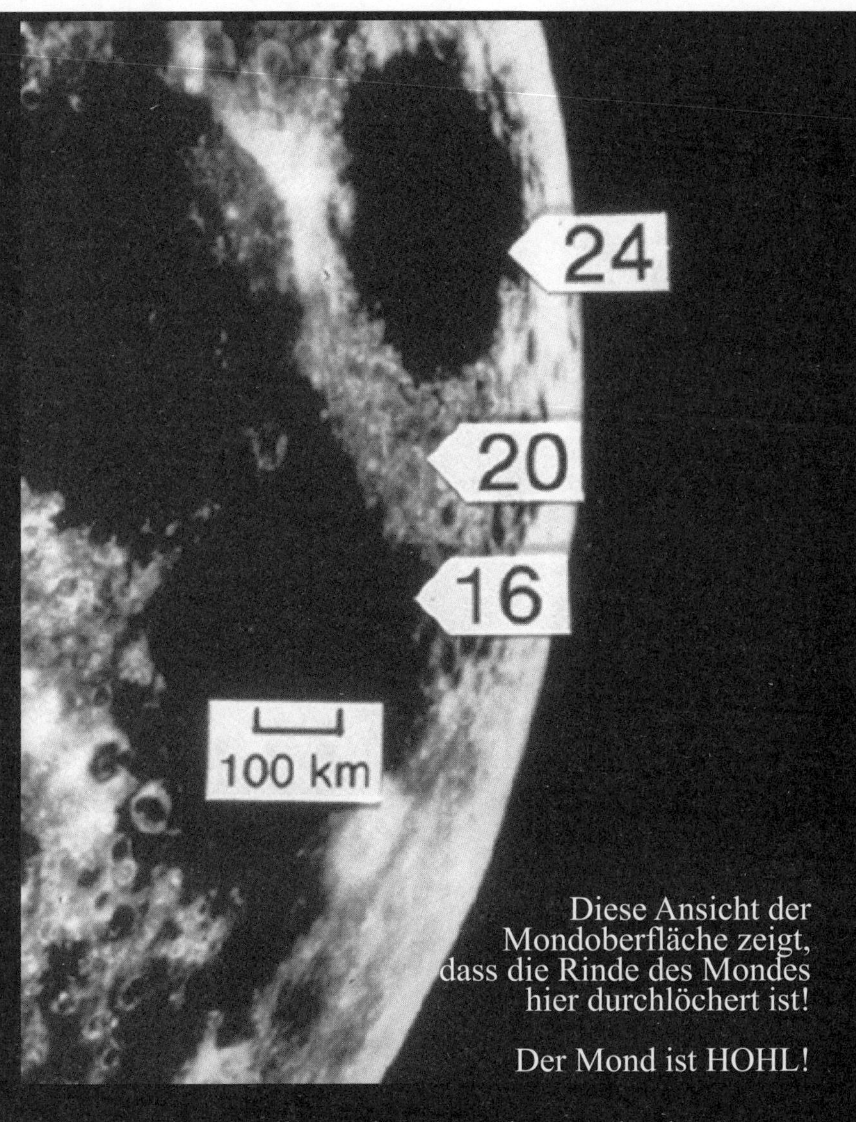

Diese Ansicht der Mondoberfläche zeigt, dass die Rinde des Mondes hier durchlöchert ist!

Der Mond ist HOHL!

Dafür spricht vor allem seine Entstehung nahe der Sonne. Beim Aufschmelzen entstanden nicht nur im Bereich der Oberfläche extrem hohe Temperaturen. Offensichtlich explodierte daher der Wasserstoff im Inneren des Mondes.

Feste Rinde, im Mittel ca.120 km dick ebenso wie die Erdrinde eine Halbkugel mit dickerer Rinde, weil sie beim Aufschmelzen der Sonne zugewandt wat. Die Dicke der Rinde schwankt zwischen 90 und 150 Kilometer.

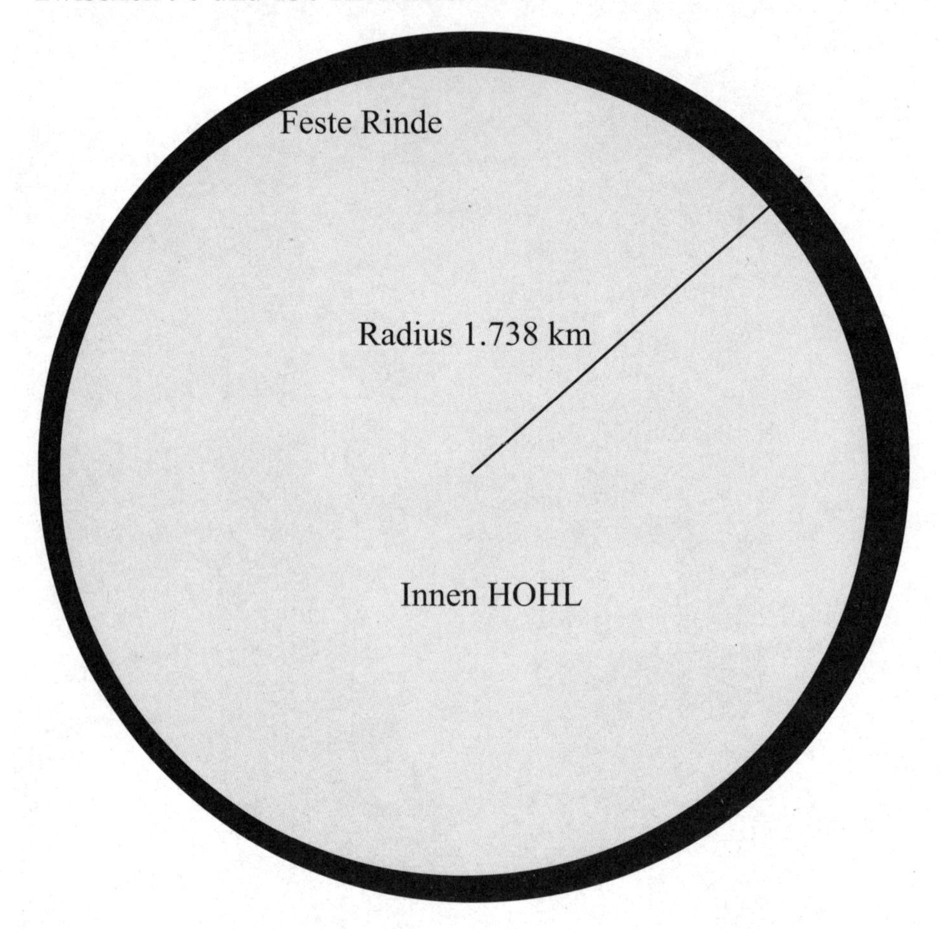

Schnitt durch den Mond.

Diese Mondansicht zeigt sehr klar die Grenze zwischen den beiden unterschiedlichen Seiten des Aufschmelzen der Rinde. Die recht glatte Seite lag beim Aufflammen der Sonne im Schatten, die andere, zerklüftete Seite war der vollen Strahlung der aufflammenden Sonne zugewandt. Diese Strukturen finden wir auf allen festen Planeten.

LAND UND MEER

Wir wissen, die **Erdkruste** ist heute zu 71% von Wasser bedeckt. Die so genannten Kontinente und Inseln ragen aus dem Wasser heraus. Als die Konturen der Kontinente recht genau bekannt waren, entdeckte man, dass die Westküste von Afrika eine ähnliche Form besitzt, wie die Ostküste von Südamerika. Zu Beginn des zwanzigsten Jahrhunderts entwickelte der deutsche Meteorologe Alfred Wegener daraus eine Theorie. Er stellte die Behauptung auf, diese beiden Kontinente hätten vor vielen Millionen Jahren eine zusammenhängende Einheit gebildet und **sämtliche** festen Landmassen seien vor einigen Hundert Millionen Jahren aus einem so genannten Urkontinent hervorgegangen.
Und siehe da, viele wissenschaftliche Kollegen hatten noch weniger Phantasie als Wegener und bestätigten ihm schließlich, er habe die Wahrheit gefunden. Was von ungefähr gleicher Kontur war, musste doch irgendwann mal eine Einheit gebildet haben, das ist doch so schön logisch. Heute zweifelt kein einziger Wissenschaftler mehr an dieser lächerlichen Theorie, denn inzwischen haben Messungen ja wunderschön bestätigt, dass die ***Kontinente in Bewegung*** sind. Die Geologen betrachteten damals wie heute tatsächlich **die Kontinente wie im Meer schwimmende Inseln**. Ihre Denkungsweise basiert offensichtlich auf der naiven Vorstellung, am Ufer eines Meeres sei das feste Land zu ende. Aber so einfältig kann ein moderner Mensch doch gar nicht sein, zu denken, Ozeane und Kontinente seien völlig voneinander losgelöst.
Sehen wir uns die Realität an. Das **Land**, die **feste Erdkruste**, umspannt in Wahrheit den gesamten Globus **lückenlos**. Da **schwimmen** keine Kontinente. Die Erdumspannende feste Rinde **besteht aus einem Stück**, auch wenn sie teilweise recht brüchig ist und geringe Bewegungen zeigt. Das ergibt sich aus der Tatsache, dass die feste Rinde auf einem Mantel von komprimiertem Wasserstoffgas liegt und daher nie zur Ruhe kommen kann. Zur Ruhe kann die Erdkruste niemals kommen, da nicht nur auf ganz natürliche Weise permanent Wasserstoff aus dem Erdinneren austritt, sondern durch die unaufhaltsam wachsende Förderung von Erdöl und Erdgas das Volumen der Erde innerhalb und unterhalb der festen Rinde immer geringer wird. Darauf reagiert die Erdkruste mit mehr oder weniger starken Korrektur- und Schrumpfbewegungen.
Betrachten wir einmal die Dimensionen der Ozeane im Vergleich zur Erdkugel.
Da wandern keine Kontinente und driften, wie in der offiziellen Theorie der Lehrbuchmeinung, mal vom Äquator an den Nordpol und wieder zurück. Denn es gibt auf einer Kugel keine entsprechend wirkende Kraft und keine bevorzugte Richtung. Auf der Oberfläche einer Kugel, die zudem von einer geschlossenen Rinde umgeben ist, kann sich nur die gesamte Rinde in Bezug auf den Kern be-

wegen, oder umgekehrt – und das tut sie auch, wie wir es im Zusammenhang mit dem Erdmagnetismus sehen können.
Die große Ähnlichkeit der Küsten von Afrika und Südamerika ist sehr einfach zu erklären. Sie entstand in dieser Form erst vor sehr kurzer Zeit, nach der Katastrophe, als die Erde durch die großen austretenden Wasserstoffmengen schrumpfte. Damals sackte die Erdkruste unter dem Atlantik ab und knickte ein, da der darunter liegende Gasmantel permanent an Druck verloren hatte und der auf ihm ruhenden Last des Wassers nicht mehr gewachsen war. **Darum** verläuft der ***Atlantische Rücken*** auf dem Grund des Atlantiks zwischen Afrika und Amerika in ähnlicher Form wie die gegenüber liegenden Küstenlinien von Afrika und Amerika. Beide Kontinente bildeten immer eine Einheit, wie alle anderen Teile der Erdkruste, lediglich das Wasser der Ozeane veränderte die Konturen der Küstenlinien. Das Absacken der Erdkruste unter dem Atlantik ließ zudem jede Menge Inseln verschwinden, so auch das sagenumwobene Atlantis.

NUKLEARWAFFEN UND ERDBEBEN

Ich habe die nachfolgend aufgelisteten Erdbeben einer Aufstellung der Bundesanstalt für Geowissenschaften in Hannover entnommen, dort sind alle bekannten Erdbeben mit mehr als 1.000 Toten gelistet (finden Sie im Internet). Ich habe nur die besonders schweren Beben aufgezeigt. Auffällig ist, dass es mit den bekannten und dokumentierten Erdbeben erst so richtig vor rund 1.000 Jahren losging. Das waren schon erhebliche Katastrophen. Nicht aufgelistet sind die Superkatastrophen, durch die fast die gesamte Menschheit ausgerottet worden ist – für diese Ereignisse gibt es keine Zahlen, aber es waren ohne jeden Zweifel Hunderte von Millionen Menschen, vielleicht gar Milliarden, die binnen kurzer Zeit vernichtet worden sind.
Aber auch die Gesamtliste der Bundesanstalt enthält erschreckende Zahlen. Die Gesamtzahl der Toten bei den Beben mit jeweils über 1.000 Toten beträgt schon rund fünf Millionen. Seit dem Zweiten Weltkrieg, seit der Erfindung der Atom- und Wasserstoffbomben, gab es auf diesem Planeten unzählige verheerende Erdbeben mit vielen Hunderttausend Toten, die stets unmittelbar nach Nuklearbombentests stattfanden. Obwohl auch einige andere Autoren schon in den achtziger Jahren auf diesen klaren Zusammenhang zwischen Nuklearbombentests und Erdbeben hinwiesen, änderte sich nichts. Nun sind die Tests seit einigen Jahren aus politischen Gründen abgeschafft worden. Und siehe da, es gibt seit dieser Zeit kaum noch nennenswerte Erdbeben.
Wir können der Gesamtliste der schlimmsten Erdbeben entnehmen, dass es von 1850-1945 **65** Beben mit mehr als Tausend Toten gab. Von 1946 an, als mit den

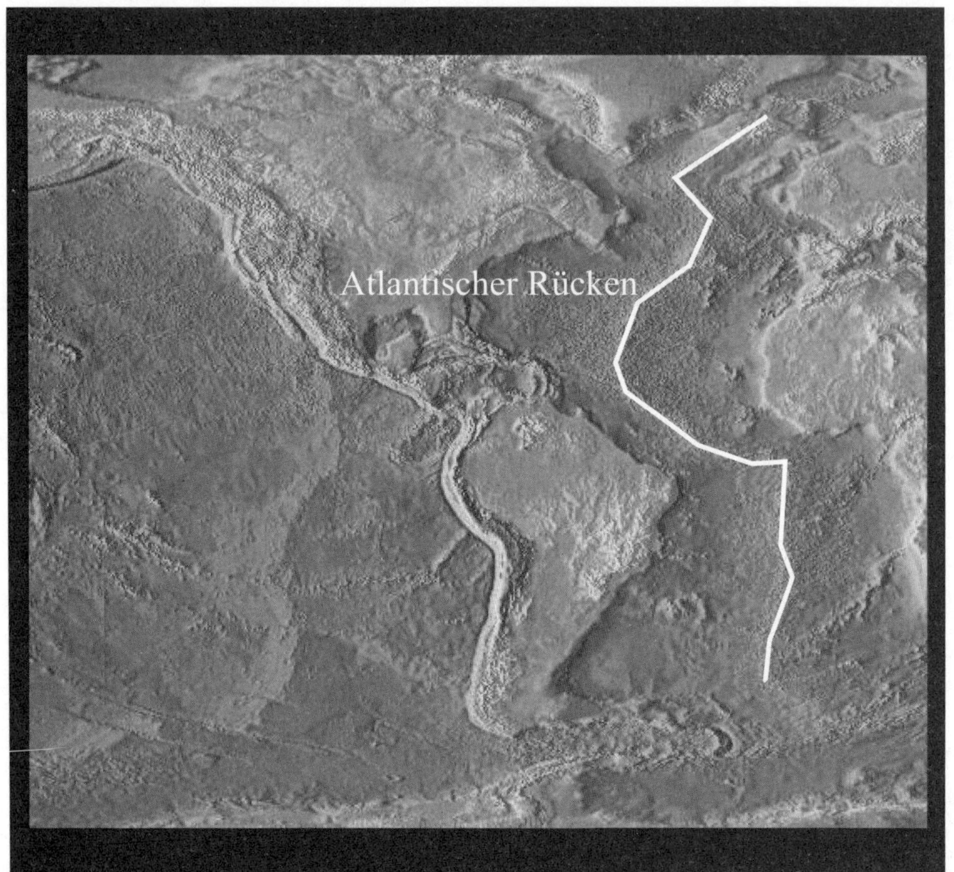

Der Atlantische Rücken. Er verläuft ähnlich wie die Konturen der Ostküste von Amerika und die Westküste von Afrika und Europa.
Ein sicherer Beweis dafür, dass beide Kontinente nicht irgendwann mal vereint waren, sondern schon immer vereint sind, wie auch heute noch.
Die Erdrinde besteht in der Tat aus einem Stück, auch wenn sie teilweise recht brüchig ist.

Die sogenannten Erdplatten

Die Erdrinde besteht aus einem Stück. Man sieht hier sehr schön, dass es die großen Ozeane sind, die für die Struktur der Erdoberfläche verantwortlich sind. Rund um die Ozeane angeordnet finden wir die großen Gebirgsmassen, die Faltengebirge, die nur deshalb aufgefaltet sind, weil das Erdinnere schrumpfte.
Die ehemals recht glatte Oberfläche der Erde mußte sich dem abnehmenden Volumen anpassen und legte sich zwangsläufig in Falten - wie ein vertrockneter Apfel.
Die Bruchlinien der Erdplatten werden von unzähligen Vulkanen flankiert, weil dort große Drücke herrschen, die das Gestein der Erdrinde zum Schmelzen bringen.

Kernwaffentests begonnen wurde, bis heute, gab es ebenso viele starke Beben (**64**)! Die wahnsinnigen Militärs haben damit in gut **50** Jahren so viele schwere Erdbeben erzeugt, wie sie in den **95** Jahren zuvor aus natürlichen Gründen geschahen! Seit Beginn der Kernwaffentests kamen allein bei den großen Beben rund 600.000 Menschen ums Leben, die Gesamtzahl, inklusive der unzähligen kleinen Erdbeben, wird noch viel höher liegen.
Aber die Nuklearbombentests waren zweifellos nicht die einzige Ursache für die vielen Erdbeben. Die große Zunahme seit dem 19. Jahrhundert hat noch einige andere Gründe:

* Das Abpumpen von Erdöl
* Die Förderung von Erdgas
* Das natürliche Austreten von Erdgas aus dem Erdinneren

Hier und da explodiert auch mal ein Vulkan, wobei ebenfalls riesige Mengen Wasserstoffgas freigesetzt werden. Auf diese Weise schrumpft das aus Wasserstoff bestehende Innere der Erde permanent. Die feste Erdkruste muss sich dem stetig abnehmenden Volumen des Erdinneren zwangsläufig anpassen, was immer wieder zu Bewegungen führt, die wir als Erdbeben registrieren.
Auch die Gravitationskräfte der Sonne und des Mondes sind Erdbebenquellen. Dies zeigen die permanent und rund um den Globus durchgeführten seismographischen Messungen. Viele kleine Beben folgen den Rhythmen des Mondes. Aber auch auf dem Mond gibt es Beben, die zweifellos eine Folge der irdischen Gravitationsenergie sind. Allerdings sind diese rund tausendmal geringer, als die in der Erdkruste möglichen Beben. Außerdem sind die in der Erdkruste aufgrund des Mondes stattfindenden Beben viel stärker, als die Mondbeben. Auch dieses Geschehen zeigt uns, dass die Erdkruste wesentlich dünner ist, als die feste Rinde des Mondes.

Die schwersten Erdbeben

Datum	**Stärke**	**Tote**	**Region**
2001-01-26	7.1	7.000	India
1999-08-17	6.3	17.118	Turkey
1995-01-16	6.3	5.530	Kobe, Japan
1993-09-29	6.3	9.748	Latur, India
1990-06-20	6.4	40.000	Western Iran
1988-12-07	6.2	25.000	Armenia
1985-09-19	6.8	9.500	Michoacan, Mexico
1978-09-16	6.5	15.000	Iran

Datum	Stärke	Tote	Region
1976-08-16	6.4	8.000	Mindanao, Philippines
1976-07-27	6.3	655.237	Tangshan, China
1976-06-25	6.1	9.000	West Irian
1976-05-17	6.3	6.000	Uzbekistan
1976-02-04	6.2	22.780	Guatemala City
1975-02-04	7.4	30.000	Northeastern China
1974-12-28	6.0	53.000	West-Pakistan
1974-05-10	6.8	20.000	Yunnan, China
1972-12-23	6.2	5.000	Managua, Nicaragua
1972-04-10	7.1	5.054	Zagros, South Iran
1970-05-31	7.8	67.000	Huaras, Peru
1970-01-04	7.5	10.000	Yunnan, China
1968-08-31	7.3	20.000	Iran
1962-09-01	7.3	12.230	Qazvin, Iran
1960-05-22	9.5	5.700	Southern Chile
1960-02-29	5.9	15.000	Agadir, Morocco
1949-08-15	6.8	6.000	Ambato, Ecuador
1948-10-05	7.3	19.800	Aschchabad, Turkmenia
1939-12-26	8.0	32.700	Erzincan, Turkey
1939-01-25	8.3	28.000	Chillan, Chile
1935-05-30	7.5	30.000	Quetta, Pakistan
1934-01-15	8.4	10.700	Bihar-Nepal-Indian
1933-08-25	7.4	10.000	Central China
1932-12-25	7.6	70.000	Gansu, China
1927-05-22	8.3	200.000	Qinghai, China
1923-09-01	8.3	143.000	Tokyo-Yokohama, Japan
1920-12-16	8.6	200.000	Gansu and Shaanxi, China
1918-02-13	7.3	10.000	Southeast China
1917-01-21		15.000	Bali
1915-01-13	7.5	33.000	Avezzano, Italy
1908-12-28	7.5	80.000	Messina-Reggio, Italy
1907-10-21	8.1	12.000	Karatag, Middle Asia
1906-08-17	8.6	20.000	Santiago, Valparaiso, Chile
1905-04-04	8.6	19.000	Kangra, India, (Himalaya)
1896-06-15	7.6	27.000	Sanriku, Japan
1881-04-03	7.3	10.000	Khios, Greece
1868-08-16		70.000	Equador and Colombia
1868-08-13		40.000	Peru and Bolivia
1859-06-02		15.000	Erzurum, Turkey

Datum	Stärke	Tote	Region
1857-12-16		11.000	Napels, Italy
1853-04-21		12.000	Shiraz, Fars Province, Iran
1847-05-08	7.4	12.000	Nagano Zenkoji ,Japan
1828-12-18		30.000	Echigo Sanjo, Japan
1822-09-05		22.000	Halab (Aleppo), Turkey
1812-03-26		20.000	Caracas, Venezuela
1797-02-04		40.000	Equador, Peru
1783-02-05	7.1	50.000	Rosarno, Calabria, Italy
1759-10-30		30.000	Jordan Valley, Syria
1755-11-01	8.7	70.000	Lisbon, Portugal
1755-06-07		40.000	Kashan Quehan, Iran
1737-10-11		300.000	Calcutta, India
1730-12-30		137.000	Hokkaido, Japan
1727-11-18		77.000	Tabriz, Iran
1715-05-00		20.000	Algeria
1693-01-11		60.000	Catania, Sicily, Italy
1688-07-05		15.000	Izmir, Turkey
1667-11-00		80.000	Shemakha, Caucasus
1653-02-23		15.000	Izmir, Turkey
1641-02-05		30.000	Tabriz, Iran
1622-10-25		12.000	Kansu, China
1556-01-23		830.000	Shansi Province, China

DER NACHTHIMMEL

Niemand hat sich bislang ausreichend Gedanken darüber gemacht, was wir dort *oben* am Nachthimmel sehen. Es gibt die Astrologen, die sich an so genannten Sternbildern orientieren, die es in dieser Form überhaupt nicht gibt. Aus diesen, nur von der Erde aus in dieser Anordnung sichtbaren Sternbildern, kann überhaupt kein Rückschluss auf irgendein Geschehen auf der Erde geschlossen werden. Allein **vor** dem großen Planetencrash gab es genügend Gründe, aus den Bewegungen der Planeten und hier insbesondere aus den Bewegungen von Luzifer auf das künftige Schicksal der Menschheit zu schließen. Diese Gefahr ist glücklicherweise überstanden. Aber diese Betrachtungen des Himmels hatten niemals etwas mit Sternbildern und schon gar nichts mit Einzelschicksalen von Menschen zu tun. Stets ging es dabei um das Schicksal der Erde und der gesamten Menschheit.
Sterne haben nicht den geringsten Einfluss auf unser gesamtes Sonnensystem

und schon gar keinen auf einzelne Menschen, gleichgültig wo wir die Sterne gerade beobachten können. Dass Astrologen dennoch eine gewisse Trefferquote erreichen, ist sehr leicht zu erklären: Ebenso wie Roulettespieler haben *Wahrsager* im rhythmischen Wechsel Recht und Unrecht in der Voraussage künftiger Ereignisse. Auch Einsätze beim Roulette, die der Voraussage eines künftigen Ereignisses gleichzusetzen sind, führen nicht immer zu Verlusten, also Irrtümern in der Voraussage.

Was wir am Sternenhimmel sehen, entspricht in keiner Weise der Realität, sondern ergibt sich lediglich aus dem Standort unserer Beobachtungen. Bei allen Überlegungen wird bislang auch unberücksichtigt gelassen, dass sich sämtliche Sterne und Galaxien, die wir beobachten, mit sehr großen Geschwindigkeiten von **einigen Hundert Kilometern pro Sekunde** bewegen. Da auch das Licht vieler Himmelsobjekte zumindest viele Jahrhunderte oder Jahrtausende benötigt, um zu uns zu gelangen, können wir gewiss sein, ***dass sich kein einziger Stern dort befindet, wo wir in gerade beobachten***. Dazu kommt, dass das Licht der Sterne und Galaxien niemals geradlinig zu uns gelangt, sondern durch die unterschiedlich starken Gravitationsfelder, die es auf dem Weg zu uns durchquert, tausendfach abgelenkt wird.

Der Kosmos ist daher niemals so, wie wir ihn zu einem bestimmten Zeitpunkt wahrnehmen. Wir können davon ausgehen, dass sämtliche Sterne, die mehr als 10.000 (Licht)-Jahre von uns entfernt sind, nicht mehr leuchten, da sie spätestens dann ihren gesamten Wasserstoff zerstrahlt bzw. zu schweren Elementen fusioniert haben. Alles, was von weit draußen heute noch als Licht bei uns ankommt, stammt von Sternen, die längst erloschen sind. Auch dies deckt sich perfekt mit den Messungen der Astronomen, die zwingend erforderlich machen, dass in unserer Galaxie Riesenmengen an dunkler Materie existieren müssen. Allerdings konnten sie bislang nicht wissen, dass Sterne recht kurzlebige Objekte sind. Jedoch bleibt ein Stern auch nach seinem Erlöschen dort, wo er entstanden ist – zusammen mit den ihn umlaufenden Planeten. Und tatsächlich sind diese erloschenen Sterne längst massenweise lokalisiert worden, wie der folgende Bericht zeigt:

Dunkle Materie ist überall; sie ist in den Weiten fremder Galaxien und in der unmittelbaren Nachbarschaft unseres Sonnensystems.

Doch was ist Dunkle Materie? Noch bis vor 30 Jahren ging man davon aus, dass sich der wesentliche Teil der Masse einer Spiralgalaxie innerhalb ihres optisch sichtbaren Bereichs befinden würde – sprich: in Form von Sternen. Dennoch konnte aufgrund dieser Annahme Rotationsbewegungen der Galaxien nicht erklärt werden. Schließlich veröffentlichte Ken Freeman von der Austra-

lian National University 1970 eine Studie über Spiralgalaxien, in der er darauf hinwies, dass in diesen Objekten unsichtbare Materie von beträchtlicher Masse, vergleichbar der Masse der sichtbaren Materie, vorhanden sein muss. Es muss sie also geben, die Dunkle Materie, sonst lassen sich Beobachtungen an Galaxien und Sternbewegungen schlicht nicht erklären.

Verborgene Masse hält Planetensysteme zusammen. *Unser Sonnensystem rast mit 22 Kilometer pro Sekunde um das Zentrum der Milchstraße. Bei einer derartigen Drehgeschwindigkeit müsste unser Planetensystem aus dem Zentrum herausschleudern, wie ein Auto, das mit überhöhter Geschwindigkeit in eine Straßenkurve rast. Dass dies nicht der Fall ist, kann nur durch die Kraft der Massenanziehung der Milchstraße erklärt werden. Hier aber taucht die Schwierigkeit auf, dass einfach nicht genug Materie auffindbar ist, die dieser gewaltigen Fliehkraft Paroli bieten kann. Es muss also noch eine andere Form von Materie da sein – die Dunkle Materie. Dunkel, weil sie offensichtlich nicht leuchtet und auch kein Gasstaub ist und sich allen direkten Beobachtungen bisher entzogen hat.*

Neues Licht auf Dunkle Materie – Neueste Erkenntnisse über Schwarze Löcher. *Die geheimnisvolle Dunkle Materie des Universums weist eine ähnliche Verteilung auf wie die sichtbare Materie. Zu diesem Ergebnis kommt eine groß angelegte Durchmusterung des Himmels, die australische, britische und amerikanische Wissenschaftler durchgeführt haben. Zudem erlauben die Ergebnisse Rückschlüsse auf das künftige Schicksal des Universums.*

Schluss auf die Verteilung der Dunklen Materie. *Licia Verde von der Rutgers University in New Brunswick, New Jersey, und ihre Kollegen nutzten das 3,9-Meter-Teleskop am australischen Anglo-Australian Observatory, um die räumliche Verteilung von über 200.000 Galaxien mit bisher unerreichter Genauigkeit zu ermitteln. Da die Verteilung der Galaxien von der Schwerkraft der Dunklen Materie beeinflusst wird, konnten sie nun umgekehrt auf die räumliche Verteilung dieses unsichtbaren Materials schließen.*

Wie ein Christbaum. Verde vergleicht die Situation mit dem Anblick eines erleuchteten Christbaums bei Nacht: Man sehe lediglich die Kerzen, nicht jedoch den Baum. Dank ausgefeilter Computeranalysen hätten die Astronomen nun aber Form und Größe des Baumes berechnen können. Es zeigte sich, dass dunkle und sichtbare Materie sich in ihrer räumlichen Anordnung verblüffend ähneln – zumindest im großräumigen Maßstab. **Kollegen kommen auf ein ähnliches Ergebnis.** Zu ähnlichen Ergebnissen kommt eine zweite Forschergruppe um Ofer Lahav von der Universität Cambridge. Diese Gruppe ging ebenfalls von den neuen Daten über die Verteilung der sichtbaren Materie aus. Diese setzten sie jedoch in Verbindung mit Messungen der kosmischen Hintergrundstrahlung – gewissermaßen dem Nachhall des Urknalls. „Aus dem Verklumpungsgrad der Dunklen Materie können wir nun auch auf deren Masse schließen", so Licia Verde, „sie beträgt etwa das Siebenfache der Masse der normalen Materie." Das Vierfache sei jedoch nötig, um die Expansion des Universums irgendwann zum Stillstand zu bringen.

DER ÄTHER UND DIE LICHTGESCHWINDIGKEIT – DAS WESEN DER DINGE

Der Raum zwischen den Sternen und Planeten ist vollkommen leer. Wo es keine Materie gibt, herrscht das Nichts, die absolute Leere – so die Meinung der Fachleute. Demnach gibt es keine physikalische, also reale Verbindung zwischen den Sternen und Planeten. Die mysteriösen *Anziehungskräfte* zwischen ihnen wirken angeblich durch das Nichts des leeren Raumes. Dabei bleibt unbeantwortet, **wie** diese Kräfte übermittelt werden.

Dasselbe gilt bislang für das Licht. Es **eilen** angeblich **Photonen**, so genannte Lichtpartikel, mit Lichtgeschwindigkeit durch den leeren Raum von Ort zu Ort ... aber kein Wort der Theoretiker sagt uns etwas darüber, was diese geheimnisvollen kleinen *Teilchen* antreibt. Einerseits wird behauptet, keine Materie kann auf Lichtgeschwindigkeit beschleunigt werden, andererseits sagt man, Lichtphotonen besäßen Masse und bewegen sich mit Lichtgeschwindigkeit. Die Photonen müssten dann aber jedes Mal, wenn ich eine Lichtquelle einschalte, aus dem Stand, ohne dass Zeit vergeht, auf Lichtgeschwindigkeit beschleunigt werden. Und dasselbe gilt dann für alle elektromagnetischen Übermittlungen, z. B. Radiowellen.

In der Annahme, Licht hätte etwas mit Materie zu tun, liegt ein schlimmer und fundamentaler Irrtum. Er führte zu der Theorie der Photonen. Daher nimmt man bis heute an, Licht müsse wie Materie von einem Ort zum anderen transportiert werden. Aber Licht ist keine Materie, Licht ist Energie, sind reine Wellen und um Wellen zu übermitteln, muss keine Materie bewegt werden! Unser lieber Herr Einstein hat in seiner grenzenlosen Naivität der Menschheit ein riesiges Kuckucksei gelegt. Und alle maßgeblichen Physiker nach ihm sind ihm blind gefolgt, wie die Gläubigen einem Guru. Die Widerlegung seiner einfältigen Theorien ist sehr einfach. Da sie aber seit vielen Jahrzehnten anerkanntes Lehrgut sind, ist es fast unmöglich, diese Irrtümer aus der Welt zu schaffen.

Es ist zweifellos bekannt, wie sich andere Wellen, so zum Beispiel Schallwellen fortpflanzen. Sie benötigen ein **Medium**, und die Geschwindigkeit der Schallwellen wird stets vom Medium, in dem sie sich fortpflanzen, bestimmt. In einem Vakuum können daher keine Schallwellen übermittelt werden – eine klare Tatsache.
In der Luft beträgt die Schallgeschwindigkeit etwa 330 Meter pro Sekunde, in anderen Gasen, Flüssigkeiten und Metallen ist der Schall zum Teil erheblich schneller, in Wasserstoff gar bis zu etwa 6.000 Meter pro Sekunde. Für das Licht soll all dies nicht gelten, und um den Unsinn perfekt zu machen, wurde die Lichtgeschwindigkeit aus der Relativität aller Geschwindigkeiten herausgenommen und für **absolut** erklärt. Das führt unter anderem zu folgendem Kuriosum: Bewegen sich **zwei** Lichtstrahlen aufeinander zu, so darf sich jeder nur mit **halber** Lichtgeschwindigkeit bewegen, damit ihre relativen Geschwindigkeiten in der Summe nicht höher sind als **einmal** Lichtgeschwindigkeit – also rund 300.000 Kilometer pro Sekunde. In Wahrheit beträgt aber die Relativgeschwindigkeit der beiden aufeinander zustrebenden Lichtstrahlen **zweimal** Lichtgeschwindigkeit, also rund 600.000 Kilometer pro Sekunde. Wäre dem nicht so, müssten die Lichtstrahlen ***intelligent*** sein, sie müssten beide ***wissen***, dass ihnen ein anderer Lichtstrahl entgegen kommt. **Das ist anerkanntes Lehrgut, hochgradige Wissenschaft.**
Die wahre Ursache der Lichtgeschwindigkeit und der Übermittlung elektromagnetischer Wellen ist ganz simpel zu erklären: Sämtliche Lichtwellen und elektromagnetischen Wellen, die sich recht konstant und ohne die für Materie stets erforderliche Beschleunigungszeit und ohne einen Beschleunigungsweg fortpflanzen, haben als Ursache ein Feld, ein Medium, von dem alles getragen wird. Und da diese Geschwindigkeit von einer klaren Größenordnung ist, müssen das **Medium**, der scheinbar leere **Raum** und ebenso alle Materie vollkommen von einem energetischen Feld gefüllt sein. Dieses Feld besteht aus **Raumquanten**, deren fundamentale Eigenschaft es ist, permanent mit dieser Lichtfrequenz zu schwingen. Diese Raumquanten sind die **Träger** und **Übermittler** aller zuvor genannten Wellen. Und dabei ist die kürzeste Frequenz aller Schwingungen vorgegeben und zwar durch die räumliche Ausdehnung der Raumquanten; in den möglichen Wellenlängen gibt es nach oben wohl keine Grenze.
Den Lehrbüchern zufolge dürfen natürlich auch die Gravitationskräfte zwischen den kosmischen Massen nicht schneller übermittelt werden, als mit Lichtgeschwindigkeit. Ein Dogma muss schließlich für alles gleichermaßen gültig sein. Aber auch das ist ein Trugschluss. Im Januar 2003 veröffentlichten US-Wissenschaftler Messergebnisse einer Vernetzung von zehn weltweit verteilten Radioteleskopen. Sie maßen, wie sich die Radiowellen eines Quasars im Schwerefeld des Planeten Jupiter *krümmten*. Aus den Messdaten errechneten sie, dass sich

die Schwerkraft mit *annähernd* Lichtgeschwindigkeit fortpflanzt. Das Ergebnis stimme mit Einsteins Relativitätstheorie überein, so die Forscher. Wenn ich solche Sachen lese, bekomme ich Magenschmerzen. Haben wir nichts Besseres zu tun, als Versuchsanordnungen speziell so konstruieren, dass sie den Theorien Issak Newtons und Albert Einsteins gerecht werden? Es wäre doch einfacher, Fehler einzugestehen und nach der Wahrheit zu forschen.

Ich will nun das Wesen der Gravitation und damit das Wesen aller Dinge, noch klarer definieren, es sozusagen in seine grundsätzlichen Bestandteile auflösen. Das läuft zwangsläufig auf eine **Quantisierung der Schwerkraft** hinaus. Auch der angeblich leere Raum an sich wird dadurch quantisierbar und zu einer erfassbaren Realität.
Man ging früher davon aus, der Äther, das tragende Element des gesamten Kosmos, sei ein unbeweglicher Brei, in dem sich alle kosmischen Körper auf irgendeine mysteriöse Weise bewegen sollten. Niemand nimmt es bislang ernst genug, **dass die Ursache einer jeden Bewegung stets eine andere Bewegung sein muss**. Auch hier führt nur die sorgfältige Beobachtung des natürlichen Geschehens auf der Erde zur sicheren Lösung des Problems und damit zur Wahrheitsfindung.
Hier haben die Amerikaner Michelson und Morley äußerst negative Pionierarbeit geleistet, indem sie die Messergebnisse ihrer Experimente als Beweis für die Leere des Raumes deuteten. Die Fiktion von der Leere des Raumes wurde nur durch die oberflächliche und daher falsche Beurteilung eines eigentlich sinnvollen Experiments geschaffen. Insbesondere Albert Einstein stützte seine Theorien auf die Ergebnisse dieses Experiments, da die Amerikaner festgestellt hatten, dass sich die Erde völlig unabhängig auf von ihr ausgesandte Lichtstrahlen bewegte (bzw. umgekehrt). Sie maßen für alle Lichtstrahlen, gleichgültig, ob sie mit, gegen oder senkrecht zur Bewegungsrichtung der Erde verliefen, dieselbe Geschwindigkeit (Zeit) für die Lichtübermittlung. Bei der Deutung der Ergebnisse dieses Experiments standen die Physiker vor der Wahl zwischen zwei gleichermaßen beunruhigenden Alternativen:

1. Die Erde bewegt sich nicht, oder
2. es gibt keinen Äther, der Raum ist leer.

Dass die Erde sich bewegt, stand außer Zweifel. Daher folgerte man, der Raum sei vollkommen leer. Damals, Ende des 19. Jahrhunderts, konnte sich dennoch niemand so recht damit abfinden, dass sich die Planeten in einem NICHTS bewegen sollten und die Schwerkraft der Sonne durch den leeren Raum auf sie wirke. Damals durfte der Raum an sich nicht leer sein, sondern musste von ei-

nem Äther gefüllt sein. Schon daran erkennt man, dass es nur gegen den gesunden Menschenverstandmöglich war, die nun einsetzende Ausuferung physikalischer Abstraktionen per Mehrheitsbeschluss durchzusetzen. **Hier begann die vollkommene Verirrung** in den physikalischen Wissenschaften, wenn man von der Quantentheorie des Deutschen Max Planck absieht. Doch nützt die beste wahre Einzeltheorie nichts, wenn sie wie ein Fremdkörper in ein grundsätzlich falsches Weltbild eingebettet wird. Mir ist jedenfalls unverständlich, warum man der möglichen Deutung des Michelson-Morley-Experiments nicht eine dritte Alternative hinzugefügt hat.
Erklärung: Wenn wir in einem Boot sitzen, das ohne eigenen Antrieb auf einem Fluss **treibt**, und wir schauen aufs Wasser, so erkennen wir keine Relativbewegung des Bootes zum Wasser, denn das Boot bewegt sich mit derselben Geschwindigkeit wie der Fluss. Dass sich das Boot bewegt, können wir nur feststellen, wenn wir zum Ufer schauen. Schauen wir nicht ans Ufer, müssten wir die *wissenschaftliche* Feststellung treffen: Das Wasser im Fluss bewegt sich nicht. Dasselbe fühlt ein Segler, der vor dem Wind segelt. Er spürt keinen Wind, obwohl es gerade der Wind ist, der in antreibt. Die einzige und einfache Lösung ist daher:

**Der Äther, das Feld, besitzt dieselbe Bewegung,
wie die Erde, das Boot, das Labor selbst!**

Das Feld lässt sich selbstverständlich nur direkt nachweisen, wenn das Labor, der Messapparat, relativ zum Feld ruht, wenn ich sozusagen am Ufer sitze. Da die Messungen von Michelson und Morley aber im ***Boot Erde*** stattfanden, konnten sie keine Veränderung der Übermittlungsgeschwindigkeit des Lichtes feststellen. Denn die Erde treibt innerhalb des Gravitationsfeldes der Sonne wie in einem Fluss.
Die Lichtgeschwindigkeit ist daher stets vollkommen unabhängig von der Bewegungsgeschwindigkeit des Labors. Selbst an Bord eines Raumschiffes, das mit zigfacher Lichtgeschwindigkeit (**c**) fliegt, würde sich das Licht im freien Raum mit (**c**) fortpflanzen, und zwar in alle Richtungen. Im weiteren Verlauf meiner Darstellungen wird jeder Mensch verstehen, dass es gar keine andere Möglichkeit gibt und alle anderen Theorien weltfremd sind, da sie einfachste Wahrheiten ignorieren.
In der Tat ist die Übermittlungsgeschwindigkeit des Lichtes (**c**) ein Dreh- und Angelpunkt grundlegender Erkenntnisse über das natürliche Geschehen. Albert Einstein hatte sich ja dort festgebissen, und (**c**) für absolut erklärt. Damit schuf er – zur Freude vieler Physiker – einen ***Physikalischen Gott***, der von nun an die Grenzen menschlichen Denkens einengte und vollends verhinderte, dass die

Physiker jemals aus eigener Kraft den Pfad der Wahrheit wieder finden könnten. An der höchstwichtigen Erklärung über die **Ursache** der Fortpflanzungsgeschwindigkeit des Lichtes und jeder anderen Art elektromagnetischer Wellen, stehlen sich bis heute alle Physiker vorbei:

(c) ist in der Tat keine Geschwindigkeit im Sinne bewegter Materie, kann es unter keinen Umständen sein, da zum Erreichen von (c) – für elektromagnetische Wellen – nicht das Kriterium der Beschleunigung zu überwinden ist.

Und dies gilt für Wellenbewegungen aller Art, weil Wellen keine gerichteten materiellen Bewegungen sind. Um Materie auf eine beliebige Geschwindigkeit zu bringen – selbst einzelne Atome –, ist stets ein klar definierbarer Beschleunigungsweg erforderlich. Dieses Prinzip kann auf **(c)** in keiner Weise angewendet werden. **(c) als Wellengeschwindigkeit existiert in sich selbst**, unabhängig von jeder Beschleunigung, ohne die dabei zwangsläufige Zeitverzögerung in der verwendeten Zeiteinheit.

Damit sind bereits zwei Stützen der Einsteinschen Theorien, die Gravitationskonstante (**G**) und die Fehleinschätzung von **(c),** zu Fall gebracht worden. Tatsächlich genügt aber schon die Vernichtung eines einzigen dieser beiden Elemente, um Einsteins Relativitätstheorien ad absurdum zu führen. Und das war Einstein bekannt. Im fortgeschrittenen Alter gab er bekannt, *er glaube, dass seine Theorien grundsätzlich falsch seien.*

(c) = 299.792.450 Meter pro Sekunde

Das bedeutet, ein Lichtstrahl erreicht innerhalb einer Zeitspanne von 1/299.792.450 Sekunden sein Ziel in einer Entfernung von einem Meter. Um als **materielles Photon** auf einer Strecke von einem Meter Lichtgeschwindigkeit **aus dem Stand** zu erreichen, wäre aber ein Beschleunigungsfaktor erforderlich, der exakt **2 (c)**^{2} betragen müsste. Ich denke, es erübrigt sich, diese Argumentation in den Mikrokosmos zu verlagern, da die notwendigen Beschleunigungswerte dann ins Unermessliche ausufern. Die Beschleunigung wäre ungleich größer, als die Geschwindigkeit, die es zu erreichen gibt.
Damit ist in erschöpfender Weise gezeigt, dass (**c**) eine physikalische Größe ist, die mit dem landläufigen Begriff materieller Bewegungsgeschwindigkeiten niemals in einen Topf geworfen werden darf. **Die Übertragung von Licht erfordert keine Beschleunigung** irgendwelcher Teilchen (*Photonen*). Ein Lichtstrahl legt schon in der ersten Sekunde fast 300.000 Kilometer zurück. Gäbe es die angenommenen Photonen der Lehrmeinung, die ja auch Masse besitzen sollen,

müssten diese aus dem Stand auf Lichtgeschwindigkeit beschleunigt werden. Und dann entsteht sofort die Frage, warum sie sich nicht noch schneller oder auch beliebig langsamer bewegen dürften. Daher hat die Übertragungsgeschwindigkeit von Lichtwellen und elektromagnetischen Wellen nichts mit materiellen Bewegungen zu tun.
Und damit ist auch klar: **Materielle Bewegungen sind in ihren Geschwindigkeiten in keiner Weise begrenzt.** Bei entsprechendem Energieeinsatz kann sich ein Raumfahrzeug mit beliebiger Geschwindigkeit durch den Kosmos bewegen, wenn es erwünscht ist, mit dem Vielfachen der Lichtgeschwindigkeit. Ebenso klar dürfte nun sein, dass es die Abstraktion des leeren Raumes tatsächlich nicht gibt, nicht geben kann. Die Nichtexistenz des Nichts ist es, was die Realitäten zwangsläufig existieren lässt:

Der Raum an sich manifestiert sich in seiner Eigenschaft, vollständig und gleichmäßig gefüllt zu sein mit Quanten, die eine elementare Grundeigenschaft besitzen: Sie schwingen sphärisch in jener Größenordnung, die wir (c) = Lichtgeschwindigkeit nennen.

Die heute gültige Auffassung, der Raum sei prinzipiell leer, führte zu der Annahme, Energie könne sich in einem leeren Raum ebenso fortpflanzen, wie dort materielle Bewegungen stattfinden sollen. Es ist aber sicher nicht völlig unbekannt, dass eine beliebige Wirkung stets eine Ursache hat, die letztlich vollkommen definierbar sein muss.

Leerer Raum ist kein Raum, hat keine Ursache und ist nicht definierbar. Er kann keine Wirkung enthalten oder übermitteln. Wo NICHTS ist, kann auch NICHTS geschehen.

Raumquanten sind Basis und Träger der Materie und jeder Bewegungsform. Sie übermitteln gravitativ bedingte Kräfte ebenso wie jegliche andere Form von Energie und Licht durch Veränderungen ihrer Schwingungen, die ihren Energiezustand kennzeichnen. Dabei wirken folgende Gesetzmäßigkeiten, die **ausnahmslos** in der realen Geometrie begründet sind:

* Wärme und Licht $1/R^{1,5}$
* Umlaufgeschwindigkeit $1/R^{0,5}$
* Gravitative und kinematische Energie $1/R$

Bezug: Reziproke Entfernung vom Energiezentrum, Radius (R)

Aus diesen Verhältnissen ergibt sich problemlos das kosmische Verteilungsbild der Sterne innerhalb einer Galaxie, vielen Galaxien und Galaxienhaufen (usw.) untereinander und das sichtbare Bild des Kosmos.
Dadurch löst sich zudem das große ***Rätsel***, warum der Nachthimmel dunkel ist, ganz von selbst und unabhängig davon, wie groß der Kosmos insgesamt ist. Dieses Rätsel, das keins ist, geistert unter der Bezeichnung ***Olbersches Paradoxon*** durch die Astronomie. Tatsache ist: Erstens ist der Kosmos nicht dunkel, wie ich zuvor beschrieben habe. Zweitens ist er nicht unendlich hell. Tatsächlich kann ein beliebig großer Raum, ein endloser Raum wie der Kosmos, so nicht sein, da die Fernwirkungen der gravitativen Felder alle kosmischen ***Lampen*** prinzipiell genügend auf Distanz halten. Die Zahl der Sterne und Galaxien pro Raumeinheit ist in gesetzmäßiger Weise geregelt, und die Helligkeit des Kosmos ist völlig unabhängig von seiner Gesamtausdehnung. Dazu kommen endlos viele dunkle Objekte, wie erloschene Sonnen und kalte Planeten, die das Licht der hinter ihnen liegenden Sterne verdecken. Und diese dunklen Massen sind weit in der Überzahl, es gibt viel mehr erloschene Sterne als solche, die noch strahlen. Auch hier wird wieder klar, dass die reale, anschaulich darstellbare Geometrie für alle physikalischen Phänomene stets erschöpfende, wahre Erklärungen liefert.

Wir gelangen zu der sicheren Erkenntnis, dass zwischen Raum, Masse und Energie prinzipiell kein elementarer Unterschied besteht, nicht bestehen kann, denn diese Erscheinungsformen der Natur bedingen, ja erzwingen einander. Ihre gemeinsame Substanz ist die Bewegung an sich, Bewegung ist sozusagen ihr gemeinsamer Nenner. Unterschiede gibt es im Verhalten von Materie und Energie (Licht) in einem Gravitationsfeld, also überall: Licht bewegt sich von einer Masse (Sonne) weg, ohne seine natürliche Charakteristik, die Konstanz seiner Übermittlungsgeschwindigkeit, zu verlieren. Licht verliert dabei lediglich an Intensität, es wird pro Raumeinheit energieärmer, da der sphärisch ***beleuchtete*** Raum mit der Entfernung größer wird. Dabei verändert das Licht seine Frequenz und damit seine Farbe – diese verschiebt sich in Richtung Rot.
Eine bewegte Masse, ein Haufen gebundener Energie, muss in Sachen Bewegung völlig anders definiert werden, denn ihr Energiezustand setzt sich nicht nur aus der in ihr gebundenen Energie und der kinematischen Energie seiner relativen Bewegungsgeschwindigkeit zusammen. Es kommt zusätzlich darauf an, wo und in welchem Gravitationsfeld die Bewegung stattfindet.

DIE WELTKONSTANTE

Der Raum zwischen den Sternen und Galaxien ist komplett gefüllt mit **Raumquanten**, die sämtliche Lichtwellen, elektromagnetische Wellen und die Gravitationsenergie übermitteln. Die **wahre Gravitationskonstante** (G) und die von dem Deutschen Max Planck in seiner Quantentheorie formulierte Konstante (h) stehen in der Tat im Einklang miteinander. Das, wonach Armeen von Physikern seit fast 100 Jahren verzweifelt suchen, liegt vor uns. Wir können nun den Raum mathematisch und geometrisch genauso klar definieren wie Materie, denn der Raum hat eine definierbare Struktur. Sie ergibt sich aus der Größe der Raumquanten und ihrer geometrischen Anordnung. Physiker sind seit Jahrzehnten mit unermesslichem Aufwand auf der Suche nach den *kleinsten Teilchen,* aber sie werden nicht fündig. Das können sie auch gar nicht, denn sie suchen nach etwas, das es nicht gibt, sie jagen ein Phantom. Was die Physiker mit Hilfe von Milliarden teuren Teilchenbeschleunigern finden wollen, ein kleinstes Materieteilchen, kann es nicht geben. Das kleinste *Teilchen* ist ein Raumquant. Und das ist kein Materieteilchen, sondern die kleinstmögliche **gebundene** Energieschwingung.
Der Raum hat eine klar definierbare Struktur, diese manifestiert sich in der einfachsten geometrischen dreidimensionalen Anordnung, und das ist der Tetraeder. Auch das lässt sich mathematisch leicht beweisen. Der Tetraeder hat als einzige geometrische Form vier gleiche Seiten, die durch vier gleichseitige Dreiecke gebildet werden und hat vier *Eckpunkte.* Betrachten wir Kugeln, so können sie sich nur gleichberechtigt dreidimensional anordnen, wenn es zumindest **vier** sind. Und eine solche Anordnung ist gleich einem Tetraeder. Es gibt keine andere Möglichkeit für die Grundstruktur des Raumes. Zudem ist eine solche ***Konstruktion*** die denkbar stabilste.
Es ist sicher nicht immer einfach, meinen Zahlenspielen zu folgen, aber es muss einfach sein, da sich letztlich alles im Kosmos durch Mathematik und Geometrie erklären lässt. Nun haben wir den Heiligen Gral, von dem die Physiker seit langer Zeit träumen: Die Verbindung der Gravitationskonstante (G) mit der Planck-Konstante (h). Nun ist der Kreis geschlossen, irdische und kosmische Physik verschmelzen miteinander.

Planck-Konstante: h = 6,6260755 x 10 $^{-34}$ Nm

Gravitationskonstante²: G² = 2,618 x 10^{-32} / 9,81 / 4 = Planck-Konstante

Demnach müssten wir die Planck-Konstante berichtigen. Ich denke, das geringste Wirkungsquantum – die Planck-Konstante – ist identisch mit dem Vierfachen der Gravitationskonstante:

$$\mathbf{h = 4G = 6{,}472 \times 10^{-16}\ kg\ m^{1,5}/s}$$

Vierfach deshalb, weil es einzelne Quanten nicht gibt – sie isoliert nicht existieren können, sondern zumindest als Viereranhäufung auftreten müssen, um eine geometrische Struktur zu besitzen. Im Kosmos gibt es nichts Strukturloses.

DIE ENTSTEHUNG DER MATERIE

Die Theorie vom Urknall als Entstehung des Kosmos wird heute kaum noch angezweifelt. Darüber hinaus gibt es keine öffentlichen Gedanken, wie Materie, die von jeder Sonne permanent zerstrahlt wird, immer wieder neu entsteht. Die Entstehung der Materie ist sehr einfach und ebenso zwangsläufig, wie alles Geschehen im Kosmos. Wenn wir verstanden haben, wie sich die Energie im Kosmos verteilt, wissen wir, dass die Energiedichte eines Gravitationsfeldes proportional zur Entfernung von einer Masse zu- und abnimmt. Nun stellen wir uns vor, da ist ein großer Teil des Kosmos ohne Materie, aber dennoch gefüllt mit Raumquanten. Rundherum bewegen sich Galaxien mit hohen Geschwindigkeiten. Ihre Bewegungsenergien übertragen sich dabei auf den gesamten Raum. Dem allgegenwärtigen Prinzip folgend, nimmt die Energie mit Richtung auf das Zentrum des Raumes proportional zum Radius zu. Daraus lässt sich leicht errechnen, dass die naturgemäßen Schwingungen der Raumquanten, die der Lichtgeschwindigkeit entsprechen, in Richtung Raumzentrum irgendwo das **Quadrat** der Lichtgeschwindigkeit erreichen. Und dann geschieht folgendes: Die Raumquanten stabilisieren sich zu echter Materie, es bilden sich Wasserstoffatome. Wie zu beobachten, werden diese dann mit hoher Geschwindigkeit aus den **Zentren des scheinbaren Nichts** herausgeschleudert, man nennt ein solches Objekt Quasar. Das ist eine gewaltige Erscheinung, denn dort entsteht soeben eine neue Galaxie, die später Milliarden Sonnen tragen wird.
Daher gilt: Die Basis aller Materie sind Raumquanten, die mit Lichtgeschwindigkeit schwingen. Erhöhen sich diese Schwingungen auf das Quadrat der Lichtgeschwindigkeit, entsteht Wasserstoff. Aus diesem Wasserstoff bilden sich Sonnen und Planeten durch Kondensation in der Kälte. Den Rest kennen wir.

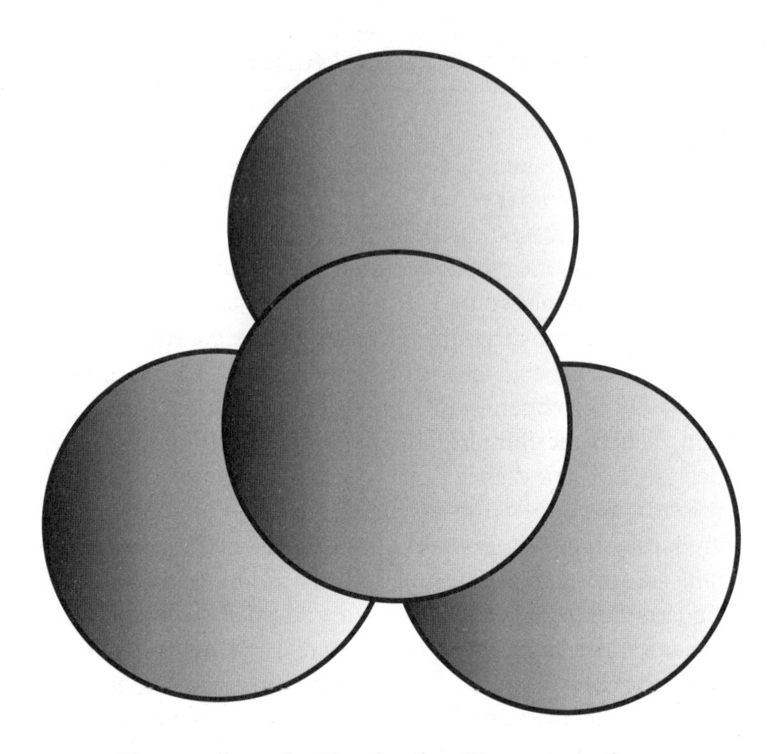

Tetraeder als Basis der Raumstruktur

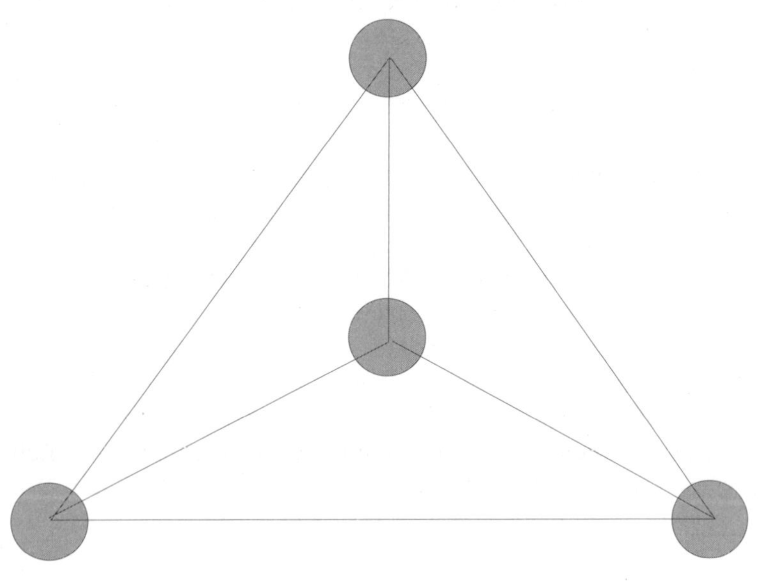

DAS SYSTEM DER ZEIT

Zahlen beherrschen nicht die Welt, aber sie ergeben sich aus den Verhältnissen der Dinge zueinander. Um die Dinge und das Geschehen im Kosmos zu verstehen, benötigen wir Maßeinheiten, die letztlich eigentlich nur Verhältniszahlen sind. Wichtig sind dabei Maßeinheiten für Zeit, Weg und Masse. Wir werden aber dennoch sehen, dass die Natur bestimmte Größeneinheiten bevorzugt, das kosmische Geschehen mit ihnen im Einklang steht.
Widmen wir uns zunächst der Zeit. Niemand hatte bislang irgendeine klare Vorstellung davon, woher unsere Tageseinteilung in 2x12=24 Stunden, jeweils 60 Minuten und 60 Sekunden stammt. Offensichtlich existiert sie seit Menschengedenken. Schon die Sumerer, ein Volk, das auch durch die Sintflut vernichtet worden ist, kannten dieses Zeitsystem. Sie rechneten sogar nach einem 60er Zahlensystem, das haben alte Schriften eindeutig bewiesen. Aber wo liegt das Besondere daran, habe ich mich lange Zeit gefragt. Hinter dieser seltsamen Tageseinteilung steckt tatsächlich ein tiefer Sinn, sie ist eine **Botschaft aus dem Jenseits,** sie übermittelt sehr wichtige Geheimnisse der Naturprinzipien.
Ich würde eigentlich die Tage lieber in 10 Stunden, die Stunden in Hundert Minuten und diese in jeweils Hundert Sekunden aufteilen. Das ergäbe für einen Tag 1.000 Minuten und 100.000 Sekunden. Wäre doch ein schönes und einfaches dezimales System. In vielen Bereichen von Industrie und Wirtschaft wird ja längst mit solchen Zeiteinteilungen gearbeitet. Der Tag hätte dann nicht diesen krummen Wert von 86.400 Sekunden, der auf den ersten Blick sinnlos erscheint. Aber wenn wir das Geheimnis über den Grund dieser Zeiteinteilung erfahren haben, werden wir anders darüber denken. Dann werden wir froh sein, dass wir immer noch diese uralte Zeiteinteilung benutzen, denn nur mit Hilfe dieser **Zeiteinteilung** und **einem Pendel** lassen sich viele wichtige Geheimnisse des Kosmos auf geradezu genial einfache Weise herausfinden. Uns sagen ein simples Pendel und unser Zeitsystem alles über Sonne, Mond und Erde ...
Pendel üben irgendwie eine magische Wirkung auf uns Menschen aus. Es scheint, als folgten wir einem Urinstinkt, der uns sagt, ein Pendel könne uns die Geheimnisse der Natur verraten. Es geschieht zwar jede Menge Unsinn mit Pendeln durch *Astrologen und so genannte Wahrsager,* dennoch sind Pendel ein wichtiger Schlüssel zum Erkennen der Naturprinzipien! Aber mit einem Pendel *allein* kann man nicht viel anfangen, wir benötigen ein zweites Element, eine **Zeiteinheit**. Und die haben wir überliefert bekommen:

UNSER ZEITSYSTEM

Spielen wir ganz einfach mal mit einem Pendel! Wir nehmen einen Faden von exakt einem Meter Länge und hängen daran irgendein kleines Gewicht. Den Faden befestigen wir irgendwo und lassen das Gewicht frei schwingen. Nun messen wir die Zeit, die unser Pendel (1) für eine **Schwingung** braucht. (Wenn Sie diese Versuche selbst durchführen wollen, empfehle ich, die Zeit für 10 Schwingungen zu messen, dann wird's recht genau.) Sie werden feststellen, dass unser Pendel genau eine Sekunde für eine Schwingung benötigt!
Als nächstes **vervierfachen** wir die Länge des Fadenpendels (2). Wir stellen nun fest, dass sich die Pendelzeit **verdoppelt** hat. Nun machen wir unser Pendel (3) **neunmal** so lang wie beim ersten Versuch, unser Pendel benötigt die **dreifache** Zeit des ganz kurzen Pendels.

Pendel	**Länge Meter**	**Zeit Sekunden**	**Länge/Zeit**	
1	**1**	**1**	**1/1**	**= 1**
2	**4**	**2**	**4/2**	**= 2**
3	**9**	**3**	**9/3**	**= 3**

Wir erkennen eine klare Gesetzmäßigkeit: Die Pendelzeit entspricht immer der **Quadratwurzel** der Pendellänge. Im Zeitalter der Taschenrechner dürfte es kein Problem sein, sich mit diesen Zahlenverhältnissen auch bei größeren Zahlenwerten vertraut zu machen. Man könnte auch sagen, die Pendellänge entspricht dem Quadrat der Zeit. Aber das wäre irreführend, da es keine quadratische Zeit gibt. Es ist natürlich kein Zufall, dass nur die Einheiten Meter und Sekunde perfekt zueinander passen. Mit anderen Maßeinheiten ließe sich zwar dieselbe Gesetzmäßigkeit erkennen, jedoch würden wir damit nicht die kosmischen Gesetzmäßigkeiten finden, zu denen uns Meter und Sekunde führen.

DIE ENTFERNUNG ERDE/MOND

Mit diesem Grundwissen und einem einfachen Rohr können wir nun an die Bestimmung der Mondentfernung und der Größe der Erde herangehen. Die Zeichnung zeigt ein Rohr, mit dem man zum Beispiel den Mond anpeilen kann. Länge und Durchmesser sind so aufeinander abgestimmt, dass beim Durchschauen nur die runde Mondscheibe sichtbar ist. Es ist gut einen Meter lang und in der Länge verstellbar. Der Innendurchmesser beträgt genau einen Zentimeter. Schaut man

durch das Rohr auf den Mond und stellt die Länge so ein, dass die Mondscheibe ***genau in die Rohröffnung passt***, so wissen wir, wie viele **Monddurchmesser** Erde und Mond voneinander entfernt sind. Warum? Diese Zahl ergibt sich ganz einfach aus dem Verhältnis zwischen Rohrlänge und Rohrdurchmesser.
Auf diese Weise kann man leicht feststellen, dass der Mond von der Erdoberfläche im Mittel **115 Monddurchmesser** entfernt ist. Denn unser Rohr mit einem Innendurchmesser von **einem** Zentimeter ist genau **115** Zentimeter lang. Ähnlich haben es vor der großen Katastrophe viele Menschen gemacht, wie es uns in die alten Gebäude der Mayas und vieler anderer Völker rund um den Globus zeigen. Man muss lediglich ein Fenster, eine Öffnung in einer Wand lassen und messen, bei welcher Entfernung eines Beobachters die Scheibe des Mondes genau in die Öffnung passt. Aus dem Verhältnis zwischen der Größe der Öffnung und der Entfernung des Beobachters zur Öffnung ergibt sich dann klar und deutlich, wie viele Monddurchmesser der Mond von uns entfernt ist.
Eine andere Zeichnung zeigt einen Teil eines großen Kreises, der von 720 kleinen Kreisen geziert wird. Zum Mittelpunkt hin sind zudem 115 Kreise angedeutet. Damit will ich zeigen, dass ein Mond**radius** genau den 1.440ten Teil (115x4xPI) einer vollständigen Umlaufperiode ausmacht – und **ein Tag hat 1.440 Minuten.** Womit hier schon sehr klar die Verbindung unseres Zeitsystems mit der Entfernung des Mondes und der Erdrotation erkennbar ist. Die Erde dreht sich während einer Mondumlaufperiode rund 30mal um sich selbst. Um nun festzustellen, wie viele Erdradien zwischen Mond und Erde liegen, nutzen wir ein sehr einfaches Prinzip, wobei die Rotation der Erde uns zwangsläufig hilft: Rotiert eine Beobachtungsstation, denn das trifft für die Erde zu, überstreicht eine Verlängerung ihres Radius einen Kreis bzw. einen Teilkreis.

Wir wissen ja schon, der Mondradius macht 1/1.440 seines Bahnumfangs und damit ebenso 1/1.440 seiner Umlaufzeit aus. Nehmen wir nun auch 1/1.440 der Zeit einer Erdrotation, so ist dies genau jene Zeit, die unser **Blickstrahl** benötigt, um – mit der Rotation der Erde – einmal über den Radius des Mondes zu **fahren**.

1/1.440 eines Tages in Sekunden sind:

86.400 Sekunden : 1.440 = 60 Sekunden = 1 Minute

Dies lässt sich rein rechnerisch erledigen, bzw. mit Hilfe einer kleinen Zeichnung. Und es ist leicht einzusehen, dass diese Rechnung nur funktioniert, wenn man mit **Minuten und Sekunden** arbeitet. Jede andere Zeiteinheit führt zu völlig anderen, nicht brauchbaren Ergebnissen.

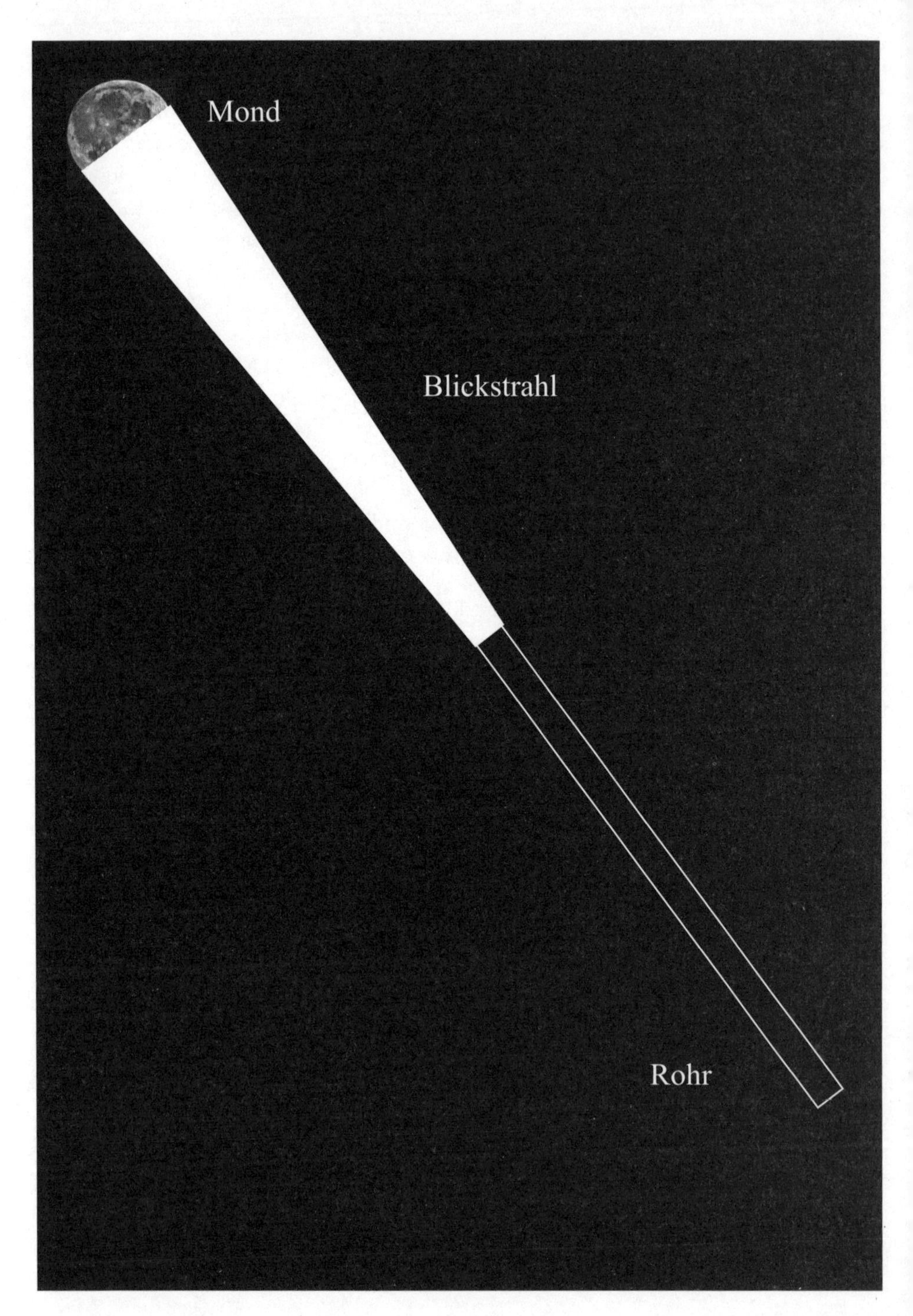
Mond
Blickstrahl
Rohr

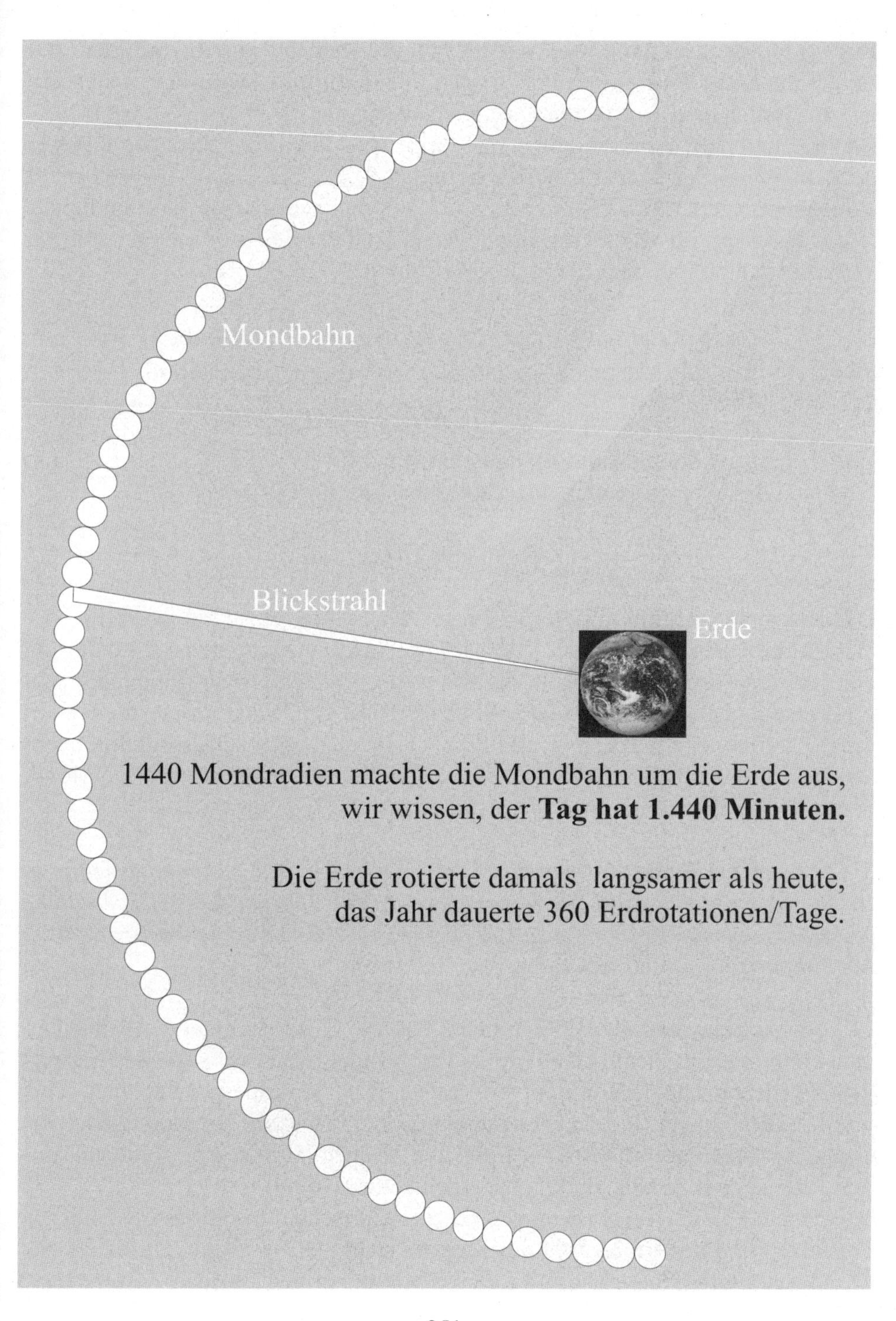
Mondbahn
Blickstrahl
Erde
1440 Mondradien machte die Mondbahn um die Erde aus,
wir wissen, der **Tag hat 1.440 Minuten.**
Die Erde rotierte damals langsamer als heute,
das Jahr dauerte 360 Erdrotationen/Tage.

Die Umlaufzeit des Mondes um die Erde, die Rotationsgeschwindigkeit der Erde und unser Zeitsystem in Stunden, Minuten und Sekunden stehen daher zweifellos in einem festen Zusammenhang.
Damit hätten wir eine erste große Hürde zum Verständnis der besonderen Bewegungen in unserem Sonnensystem genommen.
Nun kommt wieder unser Pendel ins Spiel. Wir rechnen aus, wie lang ein Pendel sein müsste, um für eine Schwingung genau 1/60 der Zeit zu benötigen, die der Mond braucht, um einmal die Erde zu umlaufen.

Das Pendel hätte eine Länge von 384.000.000 Meter!
Und das entspricht genau der Entfernung Erde-Mond!

Und da uns ja schon bekannt ist, dass der Mond **60** Erdradien von der Erde entfernt ist, wissen wir nun auch den Radius der Erde:

6.400.000 Meter

Das ist geradezu unheimlich. Schon vor der Sintflut existierte zweifellos das Wissen über die Entfernungen innerhalb unseres Planetensystems. Und das mit einer erstaunlichen Genauigkeit, die wir erst seit wenigen Jahrzehnten mit sehr großem technischem Aufwand erreicht haben. Die Entdecker unserer Zeiteinteilung schafften dies, weil sie die natürlichen Bewegungen sehr sorgfältig beobachteten. Dabei erkannten sie den zwingenden Zusammenhang zwischen Mondbewegung und Erdrotation:

Sie konnten erkennen, dass die Erdrotation eine Folge der Mondbewegung in Bezug zur Erde war. Und damit wussten sie mehr über die Erde als sämtliche Naturwissenschaftler der Neuzeit, denn für sie ist die Ursache der Erdrotation noch immer ein ungelöstes Rätsel.

Es kommt noch viel besser. Wir erinnern uns, die Quadratwurzel der Pendellänge ist immer exakt identisch mit der halben Pendelzeit. Wir wissen auch, dieses Prinzip ist unabhängig von den verwendeten Zeit- und Längeneinheiten. Aber wie wir soeben herausgefunden haben, kann die Mondentfernung und auch die Größe der Erde nur mit Hilfe der Einheiten **Meter** und **Sekunde** gefunden werden. Das ist kein Zufall, sondern hat einen klaren Grund.
Die Mondumlaufzeit hat folgendes gezeigt: Zwischen unserer erdgebundenen Pendelzeit und der Umlaufzeit des Mondes steht der Faktor **60**. Das heißt, der Mond benötigt **60** Mal mehr Zeit für eine Umlaufperiode als unser entsprechend

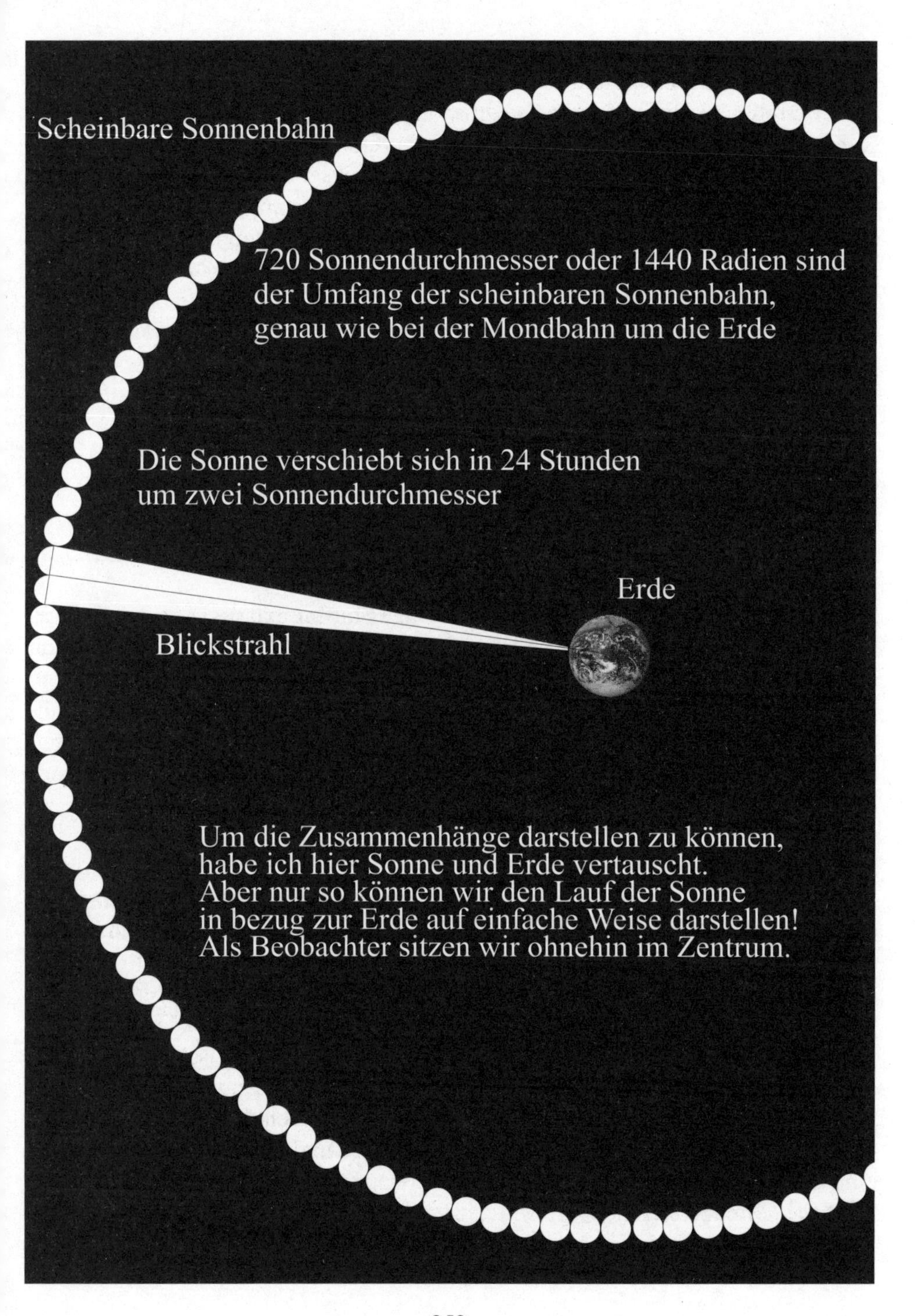
Scheinbare Sonnenbahn
720 Sonnendurchmesser oder 1440 Radien sind
der Umfang der scheinbaren Sonnenbahn,
genau wie bei der Mondbahn um die Erde
Die Sonne verschiebt sich in 24 Stunden
um zwei Sonnendurchmesser
Erde
Blickstrahl
Um die Zusammenhänge darstellen zu können,
habe ich hier Sonne und Erde vertauscht.
Aber nur so können wir den Lauf der Sonne
in bezug zur Erde auf einfache Weise darstellen!
Als Beobachter sitzen wir ohnehin im Zentrum.

langes Pendel für eine Doppelschwingung. Aber warum? Die Antwort: Der tatsächliche Ort des Mondes liegt **60** Mal weiter vom Mittelpunkt der Erde entfernt als der Drehpunkt unseres Pendels. Denn, gleichgültig wie lang wir unser Pendel rechnen, es verändert seinen wahren Ort nicht: Es ist immer bezogen auf unseren Standort, auf die Oberfläche der Erdmasse. Damit ist eindeutig bewiesen, jene Menschen, die unser Zeitsystem eingeführt haben, wussten genauestens über den Mond, die Erde und die Prinzipien der kosmischen Bewegungen bescheid.
Aber da ist noch etwas: Wäre der Mond zum Bespiel **50** oder **70** Erdradien von der Erde entfernt, gäbe es diese klaren und schönen Zusammenhänge nicht! Dann würde die Erde entweder schneller oder langsamer rotieren, dann herrschten hier auch völlig andere klimatische Verhältnisse. Zudem wären durch die anderen Rotationsperioden viele andere Harmonien unseres Planetensystems gestört oder erst gar nicht vorhanden. Und aus diesem simplen Grund spiegelt sich das **Quadrat** der Zahl **60** (Minuten) = **3.600** (Sekunden) = eine Stunde, so fest und wichtig in unserem Zeitsystem wieder: Es ist von elementarer Bedeutung, dass die Zeit eines Mondumlaufs **60mal** länger ist als die eines entsprechend langen Pendels, das wir experimentell und rechnerisch auf der Erdoberfläche ermitteln können.
Natur ist Mathematik. Nur dann, wenn ideale Zahlenverhältnisse in den hier gezeigten Maßeinheiten Meter, Sekunde und Kilogramm vorliegen und sich ein Doppelsystem exakt so wie Erde und Mond in einer bestimmten Entfernung von der Sonne formiert hat, sind die Bedingungen für die Entstehung von menschlichem Leben gegeben.

DIE ENTFERNUNG ZUR SONNE

Es ist klar, dass auch der Durchmesser der Sonne der 720te Teil der mittleren irdischen Umlaufbahn ist – genau wie beim Mond, denn beide kosmischen Körper **erscheinen** für einen irdischen Beobachter – zumindest zeitweise – von **gleicher Größe**. Dies zeigt sich auf wunderbare Weise bei jeder totalen Sonnenfinsternis, wenn sich der Mond vor die Sonne schiebt und sie vollkommen bedeckt. Und da wir wissen, die Erde benötigt für einen Umlauf um die Sonne wesentlich mehr Zeit als der Mond für einen Umlauf um die Erde, wissen wir auch, dass sie viel weiter von der Erde entfernt sein muss. Die Lösung ergibt sich zunächst am einfachsten aus einem Zeitvergleich. Das System Erde/Mond benötigt für einen Umlauf um die Sonne knapp 13mal mehr Zeit als der Mond in Bezug auf die Erde. Multiplizieren wir nun die 13 mit der Zahl der Tage, die der Mond für einen Lauf um die Erde benötigt (knapp 30), so erhalten wir die **389**. Und genau das ist die Zahl, die unsere Erde weiter von der Sonne entfernt ist als vom

Mond, und um denselben Faktor ist daher die Sonne größer als der Mond. Das alles passt hervorragend zusammen. Es ergibt ein in sich geschlossenes System, ohne Glauben, ohne Theorien, alles ist überprüfbar und praktisch nachvollziehbar durch eigene Beobachtungen und Messungen. Und diese Verhältnisse zwischen Sonne, Erde und Mond, in Verbindung mit den Maßeinheiten Meter und Sekunde, die es uns ohne großen Aufwand ermöglichen, die Geheimnisse des Kosmos zu finden, sind in dieser Art einzigartig in der Welt! Nur wenn sämtliche **zahlenmäßigen** Größenordnungen in der dargestellten Art zusammen kommen, sind die Voraussetzungen für die Entstehung menschlichen Lebens gegeben. **Das** wollten uns die Entdecker unseres Zeitsystems durch die Einteilung des Tages in 2x12=24 Stunden, 1.440 Minuten und 86.400 Sekunden übermitteln.

METER, SEKUNDEN UND KILOGRAMM

Wir wissen nun, wie die Menschen vor vielen Jahrhunderten die so wichtige Zeiteinheit Sekunde fanden: Sie konnten gar nicht anders, sie kamen an der Wahrheit gar nicht vorbei. Ebenso erging es mir, als ich 1981 daran ging, mich mit den natürlichen Bewegungen im Kosmos und auf der Erde zu beschäftigen. Gemeinsam mit meinem Vater baute ich einfache Apparate wie Pendel, Rohre und Fallmaschinen, und wir beobachteten sehr sorgfältig, wie sich die bewegten Massen verhielten und was uns die himmlischen Bewegungen zeigten. Schnell fanden wir heraus, es gibt klare Prinzipien, die man zwangsläufig immer wieder vorfindet, auf der Erde und im Kosmos – und wir stellten fest, sie sind einfach. Zuvor konnte ich die wunderbare Verbindung zwischen dem Meter, der Sekunde und unserem Planetensystem zeigen. Wir konnten auch erkennen, dass die Zeit untrennbar mit Bewegungen verbunden ist.
Aber da fehlt uns noch eine Maßeinheit und zwar eine Gewichtseinheit. Diese dritte Einheit, das **Kilogramm**, hat uns auch die Natur geliefert, und es steht mit dem Meter und damit auch mit der Sekunde in einer zwangsläufigen, festen Beziehung. Nehmen wir ein Kilogramm Wasser = ein Liter, es bildet einen Würfel mit der Kantenlänge 0,1 **Meter** oder 10 cm. Der Druck von einem **Kilogramm** pro Quadratzentimeter entsteht bei einer Wassersäule von 10 **Meter** Höhe. Das alles gilt natürlich nur auf der Erdoberfläche. Warum?
Nur die Erde verfügt über riesige Wassermengen – und Wasser ist die Grundlage allen Lebens. Hier besteht ein klarer Zusammenhang. Das Lebenselixier Wasser ist ***nicht zufällig*** so geartet, dieser Planet Erde hat nicht *zufällig* eine bestimmte Größe, der Mond ist nicht *zufällig* in einer bestimmten Entfernung von der Erde, und diese hat nicht *zufällig* eine bestimmte Temperatur, die von der Sonnenentfernung abhängt ...

Nein, kein einziger Zufall. Das alles fügt sich perfekt zusammen. Nur wenn die beschriebenen geometrischen Verhältnisse und Temperaturen herrschen, sind die Voraussetzungen für die Entstehung von Leben gegeben. Und wenn nur diese vielleicht einmaligen oder zumindest sehr seltenen idealen mathematischen und geometrischen Verhältnisse und Bedingungen Menschen entstehen lassen, so ist der Mensch zwangsläufig, sozusagen **automatisch** in der Lage, den Kosmos und seine Prinzipien sowie seinen Ursprung zu rekonstruieren, zu erkennen, zu **errechnen**.

Meter, **Sekunde** und **Kilogramm** bilden eine natürliche Einheit, sie sind ein Schlüssel zur Natur. Bleibt noch die Frage, ob es allein mit diesen Maßeinheiten gelingt, zu ermitteln, wie **schwer** die Erde ist. Denn die **Masse** der Erde muss ebenfalls von ganz bestimmter Größe sein, damit die Gravitation, dem Wert entspricht, den wir hier auf der Erde vorfinden. Denn nur dadurch ist es möglich, dass die Erde eine solche Atmosphäre halten kann, wie wir sie kennen, denn diese ist unbedingt notwendig ist zur Entstehung und Erhaltung des Lebens. Eine kleinere Erdmasse hätte nie eine derartige Atmosphäre halten können, eine größere Erdmasse würde das Aufsteigen des Wasserdampfes verhindern und damit ebenso das Wachsen der Pflanzen und Bäume. Lebewesen könnten sich kaum bewegen, da sie viel zu schwerfällig wären. Eine heißere Erde hätte ebenso wenig Leben hervorgebracht wie eine zu kalte Erde. Daher ist die Schwere der Erdmasse in Verbindung mit ihrem Durchmesser auch hier von fundamentaler Bedeutung. Und tatsächlich ergibt sich die Masse der Erde in Kilogramm durch eine sehr einfache Rechnung, in Worten:

RADIUS DER ERDE IN METER HOCH DREI, GETEILT DURCH ZWEI

Und in Zahlen, ausgehend von exakt 40 Millionen Meter mittlerem Erdumfang, als saubere geometrische Größe, in Verbindung mit der Zahl PI. So ist der Erdradius 40 Millionen Meter geteilt durch 2PI = 6.366.198 Meter.

$(6.366.198\ m)^3$ Wasser : 2 = 1,29 x 10^{20} Tonnen (10^{23} kg)

Die Masse der Erde ist daher rund 8,4mal leichter als wenn sie gänzlich aus Wasser bestehen würde. Jetzt werden viele aufstehen und sagen: Wie können aus Meter hoch drei, also **Kubikmeter**, am Ende Tonnen werden? Auch das ist einfach: Wir befinden uns auf dem blauen Planeten des Lebens, dem Planeten, dem Planeten des Wassers. Darum habe ich nicht bloße Kubikmeter berechnet,

sondern Kubikmeter **Wasser**, Kubikmeter **Leben**. Und **Kubikmeter** Wasser stehen stellvertretend für **Tonnen**, Wasser kann wahlweise als Kubikmeter oder Tonnen, als Volumen oder Masse definiert werden. Darin verbarg sich ein Geheimnis des Lebens, das nun offen vor uns liegt. Nur dann existiert die Grundlage für das Entstehen von Leben, wenn sich ein Planet von dieser Größenordnung gebildet hat. Alles in der Natur lässt sich auf einfache geometrische Verhältnisse zurückführen.
Und es ergibt sich hieraus eine weitere interessante Erkenntnis. Die auf diese natürliche, aber dennoch ein wenig mystisch erscheinende Art und Weise der ermittelten Erdmasse ist ein wenig größer als die zuvor berechnete. Der Unterschied hat aber eine klare Ursache: Er bestätigt uns, dass die Erdmasse heute geringer ist als vor der Katastrophe. Denn durch den aus der Erde ausgeblasenen Wasserstoff verringerte sich die Erdmasse recht genau um diesen Betrag.

360 GRADE

Die vorsintflutlichen Völker haben uns nicht nur ein geniales Zeitsystem hinterlassen. Sie übermittelten uns auch das System der Einteilung der Erdkugel in 360 Grade. Dieses System wurde keineswegs willkürlich eingeführt und existiert nicht etwa für sich allein, sondern hat eine klare Verbindung zum Zeitsystem und damit zum Mond und zur Sonne. Denn man teilt diese 360 Grad zusätzlich auf in 60 Minuten und 60 mal 60 gleich 3.600 Sekunden, genau wie unsere Zeiteinheit Stunde. **Damit lassen sich Entfernungen auch in Zeiteinheiten darstellen und umgekehrt.**
Nehmen wir den Erdumfang mit genau 40 Millionen Meter, dann ergibt ein Grad eine Strecke von 111.111 Meter, eine Bogen**minute** eine Strecke von 1.852 Meter, was einer **Seemeile** entspricht, und eine Bogen**sekunde** ist ein Weg von 30,86 Meter. Und dies ist **exakt** der **15. Teil** der Erdrotation am Äquator **in Meter pro Sekunde**. Mit anderen Worten: Die Erde rotiert am Äquator mit einer Geschwindigkeit von 463 Meter pro Sekunde, und das entspricht **exakt** einer Viertelmeile pro Sekunde.
Zwischen einer **Zeitsekunde** und einer **Bogensekunde** steht der Faktor **15**. Der Weg einer Zeitsekunde ist daher 15mal länger als der einer Bogensekunde. Das ist die zwingende Verbindung zwischen unserem Zeitsystem in Stunden, Minuten und Sekunden, der Erdrotation, der Mondbewegung und der Einteilung der Erdoberfläche in Grade, Minuten und Sekunden.
So resultiert aus der Verbindung unseres vorsintflutlichen Zeitsystems, mit der ebenso alten 360 Grad-Einteilung unserer Erde, ein geniales und perfektes Navigationssystem. Zeit und Ort können so allein aus der Beobachtung von Sonne

und Mond ermittelt werden! Denn die Bewegung des Mondes über den Himmel ist stets genau mit der Rotation der Erde verbunden. Dazu kommt die scheinbare Relativbewegung der Sonne über den Tageshimmel. Aus den Positionen beider Himmelskörper lässt sich exakt jede irdische, so auch die Position eines fahrenden Schiffes bestimmen, ohne im Besitz eines Chronometers zu sein. Die Seefahrer der Neuzeit waren ohne Chronometer recht hilflos, da sie nicht über das Wissen der alten Völker verfügten.
Die alten Seefahrer benutzen nur diese kosmischen Uhren, denn sie sind äußerst präzise. Sie wussten, dass sich die Erde am Äquator in genau **vier Zeitsekunden** um eine Seemeile um sich selbst bewegte. In **vier Zeitminuten** war der Mond um ein Grad weitergewandert. Die Bewegungen von Mond und Erde unterscheiden sich hier um den Faktor 60, denn der Mond ist 60 Erdradien von der Erde entfernt. Die vier Zeitsekunden der Erdrotation = 1 Seemeile entsprechen exakt einer Minute = 60 Sekunden in der Aufteilung des Globus in 360 Grad, 60 Minuten und 60 Sekunden pro Minute. Ein geniales System.

EIN JAHR = 360 TAGE = 360 GRADE ZUR SONNE

Vor der Katastrophe dauerte ein Erdenjahr exakt 360 Tage. Ein Monat war exakt 30 Tage lang, da der Mond genau diese Zeit benötigte, um eine Periode zu vollziehen. Der Mond war damals exakt 60 Erdradien von der Erde entfernt = 30 Erddurchmesser. Der Tag war eingeteilt in 24 Stunden. Daraus ergeben sich 360 mal 24 Stunden = **8.640** Stunden für ein Jahr. Das ist exakt 1/10 der Zahl der Sekunden für einen Tag: 60 mal 60 mal 24 = **86.400**. Das alles sind keine Zufälle. **Sämtliche** alten Kalender kennen nur das Jahr mit 360 Tagen. Kein einziger Kalender weist 365,25 Tage oder ähnliche Zahlen aus.
Nun haben wir auch dieses Rätsel gelöst: Die Masse der Erde hatte sich durch den austretenden Wasserstoff deutlich verringert. Dadurch veränderte sich das Massenverhältnis zwischen Erde und Mond. Die wirkende Gravitationsenergie der Erde war geringer geworden. Zwangsläufig mussten sich auch die periodischen Bewegungen zwischen Erde und Monat ändern. Nach dem allgegenwärtigen Prinzip der Rückkoppelung wurde die Relativbewegung des Mondes schneller, der Monat kürzer als 30 Tage. Dies bewirkte wiederum eine Zunahme der Erdrotation. Wie schon gesagt, Rückkoppelung. Es veränderte sich auch die Entfernung des Systems Erde/Mond zur Sonne geringfügig. Aber um das Jahr mehr als fünf Tage länger **erscheinen** zu lassen, war dies nicht zwingend.
Die Verlängerung des Jahres hat ihre Hauptursache in der erhöhten Rotationsgeschwindigkeit der Erde. Daher ist das eigentliche Jahr auch nicht wirklich um fünfeinviertel Tage länger geworden. Die tatsächliche Umlaufzeit der Erde

um die Sonne hat im Prinzip auch nichts damit zu tun, wie schnell sich die Erde dreht. Dafür verantwortlich sind fast ausschließlich die Relativbewegungen zwischen Erde und Mond.
So veränderten sich die ehemals idealen mathematischen Verhältnisse der Bewegungen zwischen Sonne, Mond und Erde zu recht verwirrenden Zahlen. In der alten Welt gab es klare Verhältnisse. In der alten Welt, in der wir Menschen entstanden sind, offenbarte uns die Natur ihre Prinzipien auf einfachste Weise. Sie zeigte uns in den Bewegungen von Sonne, Mond und Erde auch die Mathematik, den Schlüssel zum Auffinden aller Naturprinzipien.

DER MOND UND DAS WETTER

Es gibt viele seltsame Phänomene beim Wetter, die bislang nicht erklärt werden konnten. Tatsächlich ist dafür weitgehend die Gravitation verantwortlich. Es ist bekannt, dass feuchte Luft leichter ist als trockene, das sagt uns auch der entsprechend niedrige Luftdruck bei feuchtem Wetter, denn eine wasserhaltige Atmosphäre ist leichter, hat daher mit der Gravitation der Erde eine geringere Wechselwirkung. Es regnet daher meist, wenn der Luftdruck niedrig ist. Aber was ist die treibende Kraft für die sich permanent um die Erde bewegenden und oft rotierenden Luftströmungen? Es ist die stetige Verformung der Erdkruste durch die Gravitation von Sonne und Mond. Hierdurch erklären sich auch die besonderen Wetterlagen und das Befinden der Menschen bei Vollmond und Neumond, wenn Sonne, Erde und Mond in einer Linie stehen. Dann ist die Verformung der Erdkruste besonders ausgeprägt, das zeigt sich auch durch Springfluten an den Küsten.
Beim Wetterbericht sehen wir auf der Wetterkarte Linien, Isobaren, die den jeweiligen Luftdruck kennzeichnen. Tief und Hoch, heißt es dort und diese wechseln stetig. *Tief* bedeutet, dass der Luftdruck geringer ist als *ein bar*, *Hoch* bedeutet, dass er über diesem Wert liegt. Teilweise hat der Luftdruck auch etwas mit der Temperatur zu tun, aber vorrangig hängt er ab von der Höhe, in der wir uns befinden. Daher lässt sich unsere Höhe durch die Messung des Luftdrucks bestimmen. Dafür gibt es präzis arbeitende Geräte. Aber warum zeigen sie uns permanent andere Höhen an, auch wir unseren Ort nicht verändern? Mag der Luftdruck auch einigen anderen Einflüssen unterliegen, die sich überlagern, die wahre Ursache finden wir in der Gravitation der Sonne, des Mondes, seinen Bewegungen und in der daraus resultierenden Rotation der Erde und der *Verformung der Erdkruste*. Dies bewirkt, dass sich die Erdkruste und damit der Meeresspiegel rhythmisch heben und senken. Das kennen wir als so genannte Gezeiten – Ebbe und Flut, Niedrigwasser und Hochwasser. So bewirkt die Verformung der Erdkruste auch,

dass sich die Atmosphäre hebt und senkt. Neben Niedrigwasser und Hochwasser gibt es daher *Niedrigerde, Hocherde, Niedrigluft und Hochluft.*
Die Gezeiten folgen weitgehend dem Lauf des Mondes, der Gravitation der Sonne und der Erdrotation, das wissen Seefahrer und Küstenbewohner seit Jahrhunderten, und seit langem glauben die Menschen, der Mond *ziehe* das Wasser der Ozeane an, mal mehr und mal weniger. Aber hier wird nirgendwo etwas *angezogen*, so, als seien die Planeten Magnete, die sich gegenseitig *anziehen*.
Es gibt Gebiete, in denen Hoch- oder Tiefdruckzonen bevorzugt wirken. Diese recht stabilen Zonen finden wir über den großen Ozeanen, dort ist die Erdkruste meist sehr dünn, aber die auf ihnen lastenden Wassermassen sorgen für Stabilität, wirken wie Dämpfer, gleichen permanent die sich stetig verändernden Formen der Erdkruste unter den Ozeanen aus. Stabile Wetterlagen finden wir auch über großen Landmassen, besonders dort, wo die Erdkruste sehr dick und von fester Struktur ist, sich daher kaum verformen kann.
Marschieren wir mit einem Höhenmessgerät auf einen Hügel, so stellen wir fest, dass der Luftdruck permanent abnimmt und zwar pro acht Meter um ein *Millibar.* Das Gerät zeigt uns dabei recht genau die zunehmende Höhe an. Nehmen wir an, der Druck verringert sich um 20 Millibar, das entspricht 160 Meter Höhe. Bleiben wir eine Weile auf dem Hügel, können wir beobachten, dass unser Messgerät schon nach wenigen Stunden eine völlig andere Höhe anzeigt. Obwohl wir unseren Ort nicht verlassen haben und das Wetter sich auch nicht verändert hat, zeigt der Höhenmesser nach einigen Stunden an, dass unsere Höhe gleich Null ist. Ebenso kann es passieren, dass unser Gerät eine Höhe von 300 Meter anzeigt – das ist Bergsteigen ohne zu klettern. Zweifellos hat sich in dieser Zeit der Luftdruck entsprechend verändert. Dies können wir jahrelang beobachten, Stunde für Stunde, Tag für Tag verändern sich die angezeigten Höhenwerte. Gehen wir den Berg hinunter, zeigt unser Gerät exakt, dass wir wieder 160 Meter tiefer sind, es zeigt aber nicht dieselbe Höhe an wie zuvor.
Aus den Verformungen der Erdkruste entstehen aber keine entsprechend großen Gezeiten der Meere, denn diese vollziehen sich langsam und gleitend. Durch die Massenträgheit und die Erdrotation folgt das Wasser der Ozeane den Verformungen der Erdkruste mit deutlicher Verzögerung.
Wir können diese Bewegungen heute exakt messen, bemerken sie manchmal auch direkt. Wir kennen den Begriff der Wetterfühligkeit, der zwangsläufig mit dem Luftdruck zusammen hängt. Besonders sensible Menschen reagieren auf diese Veränderungen sehr deutlich. Nun kennen wir die Ursachen. Verformt sich die Erdkruste, ändert sich der Luftdruck, und dabei verändert sich auch der Blutdruck im Kreislauf der Menschen. Nun wird so manches Phänomen klar, das viele Autoren in Bezug der Wirkungen des Mondes auf das irdische Geschehen beschrieben haben. Ebenso wird nun klar, warum der Verlauf des

Wetters stark abhängig ist von der Position des Mondes und seiner Entfernung von der Erde.
Da geschehen viele andere Dinge, die der Mensch überhaupt nicht bewusst wahrnimmt. Niemand spürt die Unterschiede der Geschwindigkeiten der Erde bei ihrer Bewegung um die Sonne, die innerhalb eines Jahres zeitweise Neunundzwanzigtausend und mal Dreißigtausend Meter pro Sekunde betragen. Oder die Unterschiede in der Geschwindigkeit der Erdrotation, die am Äquator bei 460 Meter pro Sekunde liegt und ganz hoch im Norden Skandinaviens gerade mal 100 Meter pro Sekunde beträgt. Da gibt es unzählige andere große kosmische Bewegungen, diese spüren wir überhaupt nicht. Nur wenn wir gute Messgeräte haben, können wir sie feststellen und in ihnen Gesetzmäßigkeiten erkennen.
Bislang wurden die Gezeiten der Meere lediglich an den Küstenlinien berücksichtigt, da sie dort direkt sichtbar sind. Mit Hilfe moderner GPS-Geräte lässt sich jedoch nicht nur die Position eines Schiffes auf einem Ozean messen, sondern auch seine Höhe in Bezug zum normalen mittleren Meeresspiegel. Seit Jahren häufen sich die Nachrichten von Weltumseglern und Kapitänen, die darüber berichten, dass sie sich oft für Stunden mehr als 100 Meter unter dem mittleren Meeresspiegel befunden haben, obwohl sie auf der Wasseroberfläche dahinsegelten. Die Verformungen der unter den Ozeanen meist sehr dünnen Erdkruste sind daher weitaus größer als es uns die Gezeiten an den Ufern zeigen. Das sehen wir auch an den Monsterwellen, die überall in den Ozeanen unvermittelt auftauchen. überarbeiten
Würde eine *Anziehungskraft* des Mondes auf die Erde wirken, müsste sie auf alle Gewässer der Erde mit gleicher Energie pro Quadratmeter wirken. Mein 600 Quadratmeter großer Gartenteich und alle anderen Gewässer dieser Erde müssten dann in derselben Größenordnung den Gezeiten mit Ebbe und Flut von zumindest einem bis zwei Meter folgen wie der Pazifische Ozean. Aber das tun sie nicht, die Realität zeigt, dass die Stärke der Gezeiten im Prinzip rein gar nichts damit zu tun hat, wie groß oder wie tief ein Gewässer ist. Und warum soll die Anziehungskraft des Mondes nur auf Wasser wirken?
Stellen wir im Bereich der Nordsee durchschnittliche Gezeiten von rund zwei Meter fest, sind es nur wenig weiter südlich an der französischen Atlantikküste bei Saint-Malo in der Bretagne, wo das Wasser zudem recht flach ist, bis zu zwölf Meter Unterschied zwischen Hoch- und Niedrigwasser. Im Norden Kanadas werden Unterschiede bis zwanzig Meter gemessen. Viel weiter südlich im riesigen Atlantik, nahe den Kanarischen Inseln, bei Wassertiefen bis zu 3.000 Meter, verändert sich der Wasserstand nur im mäßigen Bereich von ein bis zwei Metern. Ähnliche Größenordnungen gelten auch für den riesigen Pazifik. Obwohl sich dort die weitaus größten Wassermassen der Erde befinden, wirkt dort die vermeintliche *Anziehungskraft* des Mondes am geringsten.

Ist doch seltsam, dass der Mond nur auf gewisse Meere wirkt, auf andere fast gar nicht. Dies beweisen uns insbesondere die Tiden im Schwarzen Meer. Seine Fläche ist größer als Deutschland und bis zu 2.000 Meter tief – also ein richtig großes Meer. Dennoch gibt es dort fast überhaupt keine Gezeiten, der Tidenhub beträgt maximal elf Zentimeter. Selbst in der kleinen und recht flachen Ostsee sind die Tiden dreimal und im etwa gleich großen Roten Meer rund zwanzigmal stärker. Die Ursache ist nun klar: Im Bereich des Schwarzen Meeres ist die Erdkruste dick und stabil, verformt sich dort nur sehr wenig. In den Bereichen der Ostsee und des Roten Meeres ist sie dagegen sehr dünn und brüchig, verformt sich daher entsprechend stark.

An der französischen Atlantikküste und im Norden Kanadas finden wir wieder andere Verhältnisse vor. Dort ist das Meer nicht sehr tief, aber die Erdkruste ist in diesen Gebieten besonders labil und brüchig. Daher gibt es in diesen Regionen deutlich mehr Verformungen in der Erdkruste und aufgrund der geringen Wassertiefe mehr Wasserbewegungen. Das habe ich sehr deutlich an der französischen Atlantikküste beobachtet: Bei kommendem und ablaufendem Wasser bewegen sich dort die Wassermassen wie reißende Ströme mit hoher Geschwindigkeit, so wie wir es von Flüssen kennen, die von den Bergen in die Täler hinabstürzen. Hier zeigt sich besonders deutlich, dass sich die Erdkruste und damit der Meeresgrund rhythmisch verformen, sich stetig, Tag für Tag, heben und senken, die Erde atmet.

Das reale Geschehen zeigt daher eindeutig, dass die Gezeiten völlig unabhängig von der Größe und der Tiefe der Gewässer sind und allein davon bestimmt werden, inwieweit sich die Erdkruste in den jeweiligen Gebieten unterhalb des Wassers verformt.

Es ist auch kein Zufall, dass sich die großen Wassermassen des Pacific und des Atlantik dort befinden, wo sie sind. Die größten Wassermengen sammelten sich zwangsläufig dort, wo die Erdkruste besonders dünn ist, sie am meisten nachgeben muss. Der Pazifik mit seinen Tiefen bis zu 11.000 Meter erzeugt hohen Druck auf die Erdkruste, wirkt daher als Dämpfer, darum reagiert das Wasser dort nur mit geringen Verformungen auf die Gravitation von Mond und Sonne. Ähnliches gilt für die meisten Bereiche des Atlantiks. Unter den Böden der Ozeane steckt daher ungeheuer viel explosive Energie, die sich jederzeit durch große Verformungen entladen kann. Der letzte große Tsunami in Indonesien hat uns dies deutlich gezeigt.

DIE ZERSTÖRUNG DES PLANETEN-X

Die Erde war durch die Berührung mit Luzifer glücklicherweise nicht völlig zerstört worden. Dafür musste aber einige Jahrzehnte später ein anderer Planet dran glauben:

Der Planet-X, der sich früher auf der Bahn in 423 Millionen Kilometer Entfernung von der Sonne zwischen Mars und Jupiter bewegte!

Offensichtlich nahm Luzifer nach der *leichten* Kollision mit der Erde direkten Kurs auf den Planeten zwischen Mars und Jupiter, Kurs auf Planet-X. Die Erde hatte Luzifer einen erheblichen Energieimpuls versetzt, der ihn in Richtung zu den äußeren Planeten brachte. Planet-X war damals ein recht großer und hell leuchtender Himmelskörper. Er verfügte allerdings über eine wesentlich dünnere Rinde als die Erde, denn aufgrund seiner großen Sonnenferne war er bei der Entstehung nicht so stark von der Sonnenstrahlung aufgeschmolzen worden.
Bei der Kollision mit Luzifer wurde Planet-X vollkommen zerstört. Seine feste Rinde zerbarst in unzählige Bruchstücke, sein flüssiges Innere zerspritzte in alle Richtungen. Zwangsläufig gab es aber eine Hauptrichtung, und die zielte glücklicherweise auf die äußeren Planeten. Genau so wäre es der Erde ergangen, wenn sie Luzifer voll getroffen hätte.
Einen recht großen Teil des Planetenschrotts sammelte der Planet Jupiter ein. Ihn zieren nun einige, wenn auch schmale Ringe, und seitdem umrunden ihn einige nette Monde, von denen einige sogar kugelförmig sind. Sie **alle** sind die Überreste des ehemals flüssigen Inneren und der auf der Oberfläche vorhandenen Wassermassen des zerstörten Planeten-X. Kugelförmig sind die großen Monde wie alle kosmischen Körper, weil ihr Material flüssig war, denn in der Schwerelosigkeit bilden Flüssigkeiten ausnahmslos Kugeln. Das ist ja auch der simple Grund dafür, dass alle Planeten und Sterne **kugelförmig** sind: Bei ihrer Entstehung waren sie alle **flüssig und sie waren zunächst kalt**. Erst mit dem explosionsartigen Erstrahlen der Sonne wurden ihre **Oberflächen** zu schweren Elementen geschmolzen. Der größte Teil des zerstörten Planeten-X wurde von Saturn eingefangen – seitdem zieren ihn wunderschöne Ringe aus unzähligen kleinen Brocken und eine ganze Reihe Monde, teils kugelförmig, teils Bruchstücke der Planetenrinden von Planet-X und Luzifer.
Dieses Geschehen ist auch dokumentiert. Warum bezeichnet man heute den Planeten Mars als Gott des Krieges? In Ermangelung eines ehemals großen, hell leuchtenden Planeten hinter Mars, der beim Krieg der Planeten zerstört worden ist. Später, als man unser Planetensystem übersäht fand mit planetarischen Bruchstücken, gingen die ersten Theorien klar in Richtung eines zerstörten Planeten.

Aber vor allem lehnten die Vertreter der Religionen derartiges ab, da für sie die Schöpfung ihres Gottes perfekt sein musste und daher keine planetarischen Katastrophen zuließ. So machten die Theoretiker aus den Millionen **Bruchstücken des zerstörten** Planeten-X zwischen Mars und Jupiter einen *halbfertigen* Planeten, der sich angeblich nicht vollständig gebildet hatte, sozusagen noch in der **Endstehungsphase** sei. Ja, erst die Entdeckung dieser vielen Brocken veranlasste offensichtlich die Wissenschaftler, die Theorie zu entwickeln, dies seien so genannte *Kleinplaneten*, und aus solchen Fragmenten würden alle Planeten entstehen.

LUZIFER UND PLANET-X

Neben den bereits bekannten Bildern werde ich Ihnen nun klipp und klar zeigen, dass diese Katastrophen in der von mir geschilderten Art und Weise tatsächlich geschehen sind und neben den Millionen kleinen, im gesamten Planetensystem verteilten Bruchstücken, fünf riesengroße Teile der beiden kollidierten Planeten existieren. Und ich zeige Ihnen noch viele andere Teile der zerstörten Planeten, von denen einige sogar kugelrund sind.
Zu Beginn meiner Forschungen in den achtziger Jahren lagen mir schon gute Bilder der Monde von Jupiter und Saturn vor. Es gab auch eine Reihe Bilder von Bruchstücken fester Planetenteile, die als Satelliten um einige Planeten kreisen, wie im Bereich der Bahn des zerstörten Planeten in 423 Millionen Kilometern Entfernung von der Sonne und um die Planeten Mars, Jupiter und Saturn.

Was damals leider noch fehlte, waren ordentliche Photos der Monde, die sich um die Planeten Uranus und Neptun bewegen. Diese funkte erst die Raumsonde Voyager II im Januar 1986 bzw. 1989 zur Erde. Später sah ich dann Bilder der fünf großen Monde von Uranus und dem Neptunmond Titan, aber sie alle waren zunächst nichts sagend. Erst im Herbst 1999, als ich mit dem Schreiben der ersten Fassung dieses Buches begonnen hatte, wollte ich mir neueste Daten über die Planeten und ihre Monde beschaffen. Dazu ging ich ins Internet und dort auch auf die Seite der NASA. Und was ich vorfand, verschlug mir wirklich den Atem. Was wir sehen, sind riesenhafte Bruchstücke von zwei Planeten. Vom nahe der Sonne entstandenen LUZIFER UND VOM PLANETEN-X.
Das sind Originalphotos der Uranusmonde Miranda, Ariel, Umbriel, Titania und Oberon. Ganz offensichtlich besitzen sie ausnahmslos vollkommen zerklüftete Formen, die ohne jeden Zweifel Teile von zerbrochenen Planeten sind. Aber das Beste daran ist, dass es sich hier **eindeutig um Teile von festen, sphärisch geformten Planetenrinden handelt, es sind Bruchstücke von Schalen ehemaliger Kugeln**.

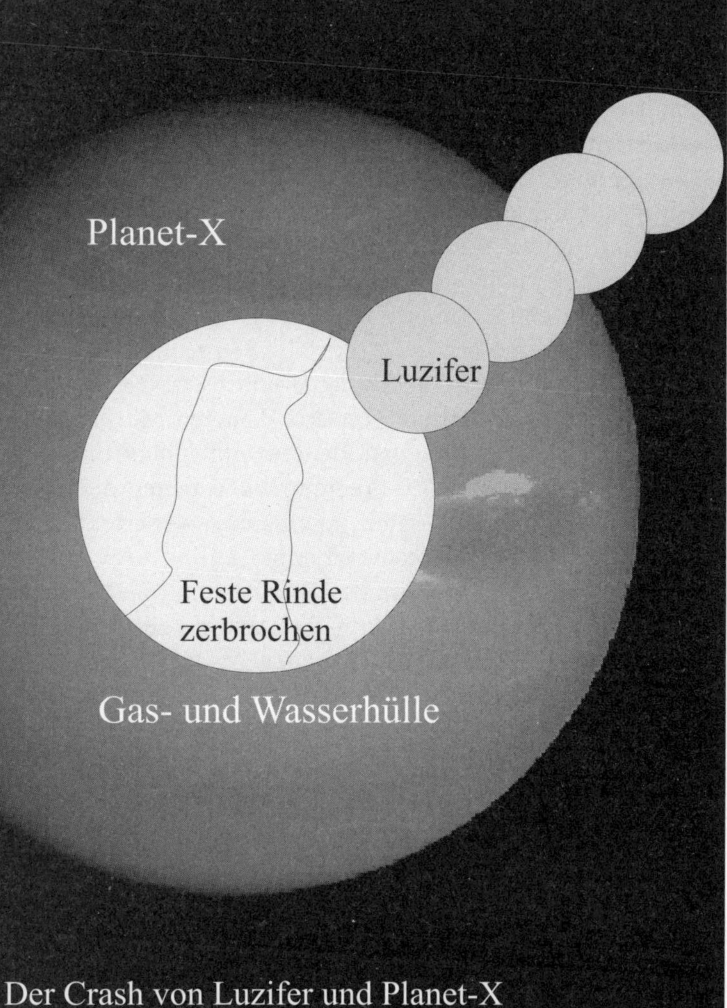

Der Crash von Luzifer und Planet-X
Luzifer taucht in die dichte und große Gassphäre ein und dringt vor bis zur festen, aber dünnen Rinde des Planeten und zerbricht sie in mehrere Teile.
Sie bilden seitdem einige Monde des Uranus.

Von fast allen größeren Monden unseres Sonnensystems existieren echte, unverfälschte Bilder, auf denen sie als vollständige Kugeln sichtbar sind. Dies gilt für keinen einzigen der Uranusmonde. Selbst die bearbeiteten Photos zeigen nicht einmal Halbkugeln, oder besser gesagt, zeigen auch sie nur **hohle Schalenteile** mit zerklüfteten Rändern, die eindeutig als Bruchlinien zu erkennen sind. **Und die Schalen sind leer**. Leer sind die Schalen, weil ihr Inneres zuvor **flüssig** und gasförmig war – wie das Innere der Erde – und dieses sich nach dem großen Crash in der Schwerelosigkeit zu neuen Kugeln formte, die wir heute als Begleiter von Jupiter, Saturn und Neptun wieder finden. Bemerkenswert ist auch, die Bruchstücke namens **Ariel** und **Umbriel** sind von ähnlicher Größe, beide messen rund 1.160 Kilometer. Dasselbe gilt für die Bruchstücke namens **Titania** und **Oberon**, sie messen jeweils rund 1.570 Kilometer.
Betrachten wir die Oberflächen der Bruchstücke, so erkennen wir klar und deutlich Strukturen, wie wir sie von den Planeten Merkur und Mond her kennen. Also zweifellos Strukturen von Planeten mit festen Rinden aus dem inneren Bereich des Sonnensystems. Betrachten wir dagegen die Oberflächen der *Monde* von Jupiter, Saturn und Neptun, so erkennen wir grundlegende Unterschiede zu den kleinen Planeten mit festen Oberflächen.
So wissen wir nun, dass zumindest vier riesengroße Bruchstücke der festen Rinde von Planet-X um Uranus kreisen. Dass sie einmal zusammen gehörten, beweisen die Bilder der NASA. Miranda ist dagegen ein Überrest des Planeten Luzifer. Viele Bruchstücke von Luzifer und X kreisen heute noch dort, wo die Katastrophe stattgefunden hatte – in 423 Millionen Kilometer Entfernung von der Sonne, zwischen Mars und Jupiter!

Und das ist kein Zufall. Luzifer traf den Planeten-X mit voller Wucht und sehr hoher Geschwindigkeit. Vor allem können wir davon ausgehen, dass Luzifer durch die Kollision mit der Erde nicht mehr ***links herum*** durchs Sonnensystem eilte, wie alle anderen Planeten, sondern in die Gegenrichtung schwenkte. Planet-X hatte nun eine Geschwindigkeit von rund 18 Kilometer pro Sekunde, Luzifer dort draußen zumindest acht Kilometer pro Sekunde. So können wir von einer Kollisionsgeschwindigkeit von rund 26 Kilometer pro Sekunde ausgehen. Das ist genug, um jeden Planeten zu zerfetzen.
Was zuvor bei der Begegnung Luzifers mit der Erde geschah, ist leicht mit dem Verhalten von Billardkugeln zu erklären. Trifft man mit der weißen Spielkugel eine andere Kugel nicht voll, sondern streift sie nur, so wird sie in eine andere Richtung katapultiert.
Seit 2002 gibt es auch ein greifbares historisches Zeugnis von Luzifer, es wurde in Deutschland gefunden. Es handelt sich dabei um eine zwei Kilogramm schwere und 38 cm messende Bronzescheibe, die in einem Wald in Sachsen-Anhalt ge-

Ein von der NASA korrigiertes Bild von Titania.
Hier erkennt man sehr deutlich, dass es sich um einen halben HOHLKÖRPER handelt.
Wir sehen einen Teil der festen Rinde eines ehemaligen Planeten. Sein ehemals flüssiges Innere bildet heute eine Reihe Monde, hauptsächlich die von Saturn und Jupiter.

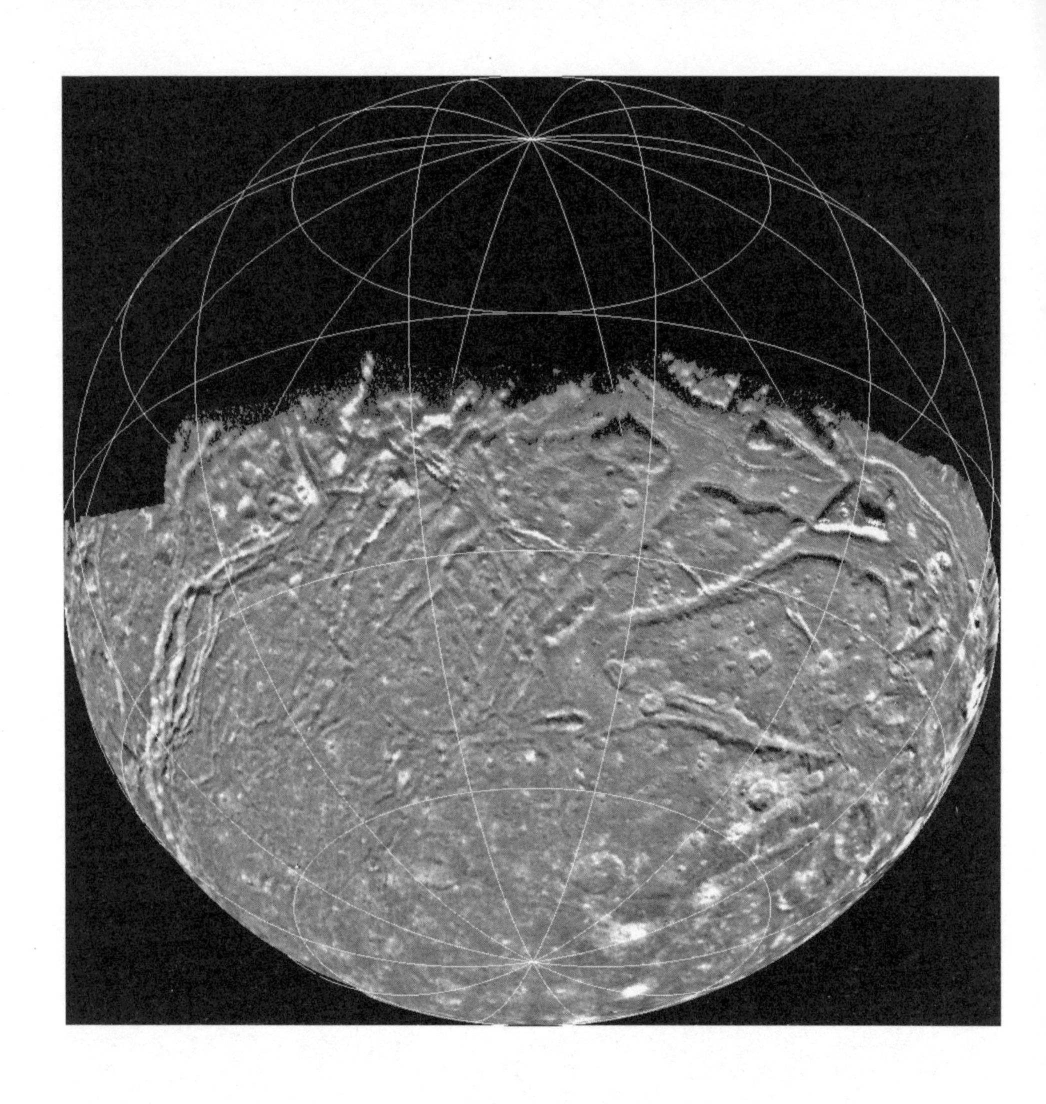

Ariel nach der Bildbearbeitung durch die NASA.
Es zeigt nun in etwa eine Halbkugel,
dennoch bleibt es ein Bruchstück.

Miranda als Halbkugel, ein Bruchstück.

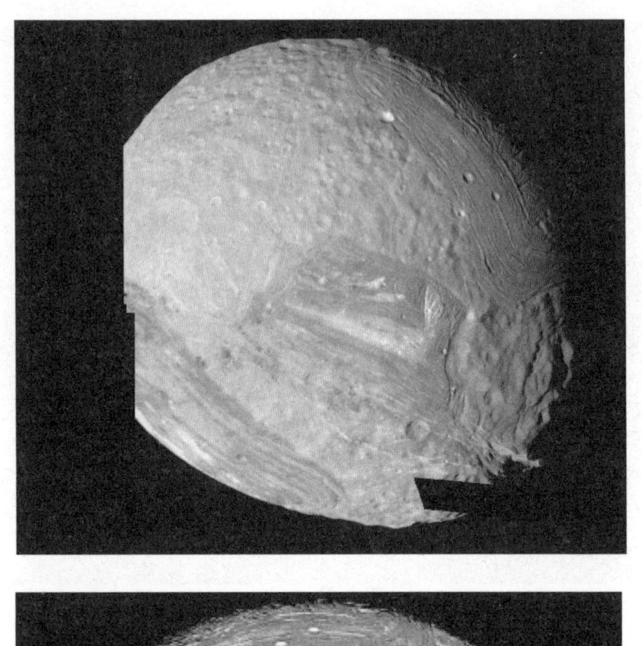

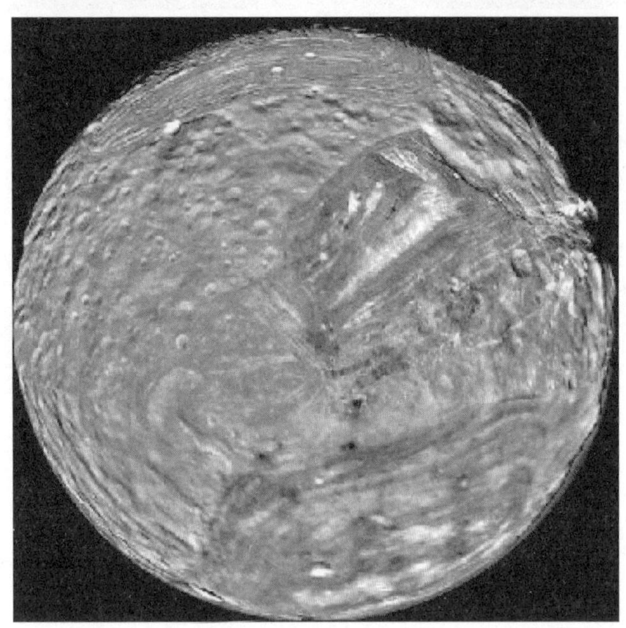

Andere Photomontagen von Miranda

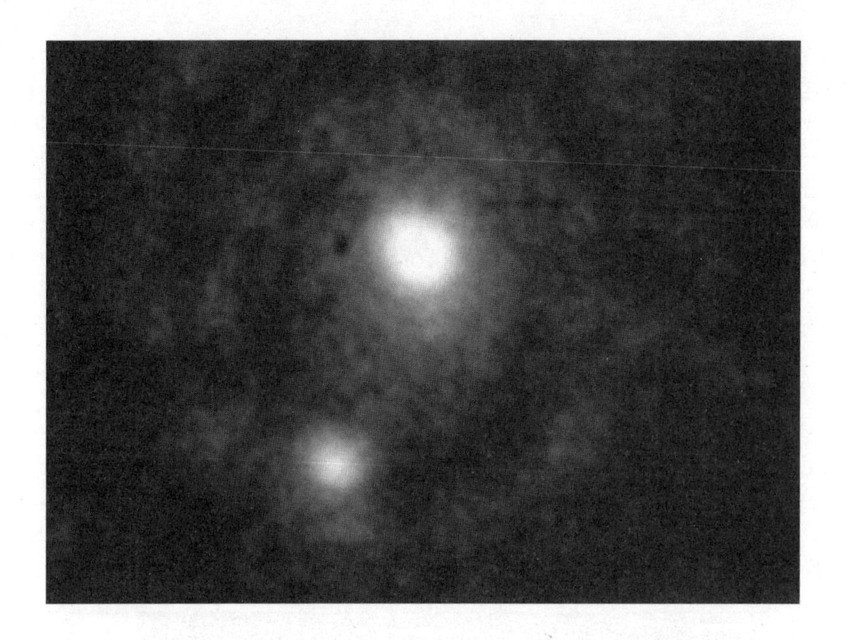

Dies ist ein Foto von Pluto, der bislang als äußerster Planet angesehen wurde. Er soll von einem Mond begleitet werden, der sich um Pluto ebenso schnell bewegt wie die Rotation des Planeten dauert. Das ist unmöglich. Tatsächlich handelt es sich hierbei um einen einzigen lang gestreckten Körper, der langsam rotiert.

funden wurde. Da haben offensichtlich die alten Germanen etwas verewigt, was nun von größter Bedeutung ist: Sie zeigen uns das Bild von **zwei Monden**, von denen einer sehr viel Ähnlichkeit mit Luzifer hat. Dieser – zeitweise als solcher erscheinende – ***zweite*** Erdenmond ist auf der Darstellung der alten Germanen von seiner Form her gut als Miranda erkennbar, er hatte schon seit seiner Entstehung eine etwas außergewöhnliche Form und Struktur, was ein weiterer Beweis dafür ist, dass dieser Planet nahe der Sonne entstanden ist. Miranda ist ebenso wie unser Erdenmond von teilweise katastrophaler Struktur, weil alle in der Nähe der Sonne entstandenen Planeten durch den Druck der explosionsartigen Zündung der Sonne nicht nur stark geschmolzen worden sind. Ihre ursprünglich fast perfekten Wasserstoffkugeln wurden beim Aufschmelzen durch den Druck der explosionsartig, mit etwa Lichtgeschwindigkeit, nach außen drängenden Strahlungsenergie teilweise sehr stark verformt.
Auf diese Weise wurde Luzifer (Miranda) zu einem unförmigen Gebilde geschmolzen, und unser Mond wurde zu einem ausgebrannten Hohlkörper geschmolzen. Alle weiter draußen entstandenen Planeten konnten ihre natürlichen Kugelformen weitgehend erhalten, da dort der direkte Strahlungsdruck der Sonne nicht mehr ausreichte, die schöne und natürliche Form einer Kugel zu zerstören.
Was die Germanen dort verewigt haben, war damals Realität, das genau haben sie beobachtet. Periodisch kam Luzifer in die Nähe der Erde und löste den Menschen schon allein durch seine Form Angst und Schrecken ein. Luzifer, der Teufel, war hässlich, denn er besaß keine Kugelgestalt, er war nicht rund wie die Sonne und der Mond. Und Luzifer wurde von der Sonne (Gott) verstoßen, er war kein wahrer Engel, er wurde zum Erzengel, zum Teufel.

ZAHLEN UND MENSCHEN

Beschäftigen wir uns weiter damit, unsere Geschichte zu ergründen, unsere Zeitrechnung und das Alter der Menschheit. Wenn wir ein Datum schreiben, so bezieht sich dies stets auf die angebliche Geburt Christi. Offiziell gab es bislang keinerlei Zweifel daran, ob dieser Bezug einem tatsächlichen Ereignis entspricht oder nur erfunden worden ist. In Wahrheit aber hat dieses Ereignis in Form der Geburt eines Gottessohnes so niemals stattgefunden. Ebenso frei erfunden ist das Datum der so genannten Geburt Christi. Ich behaupte hier und werde es stichhaltig beweisen:

Die Christliche Zeitrechnung ist willkürlich und erst im so genannten Mittelalter vor rund Tausend Jahren in die Welt gesetzt worden.

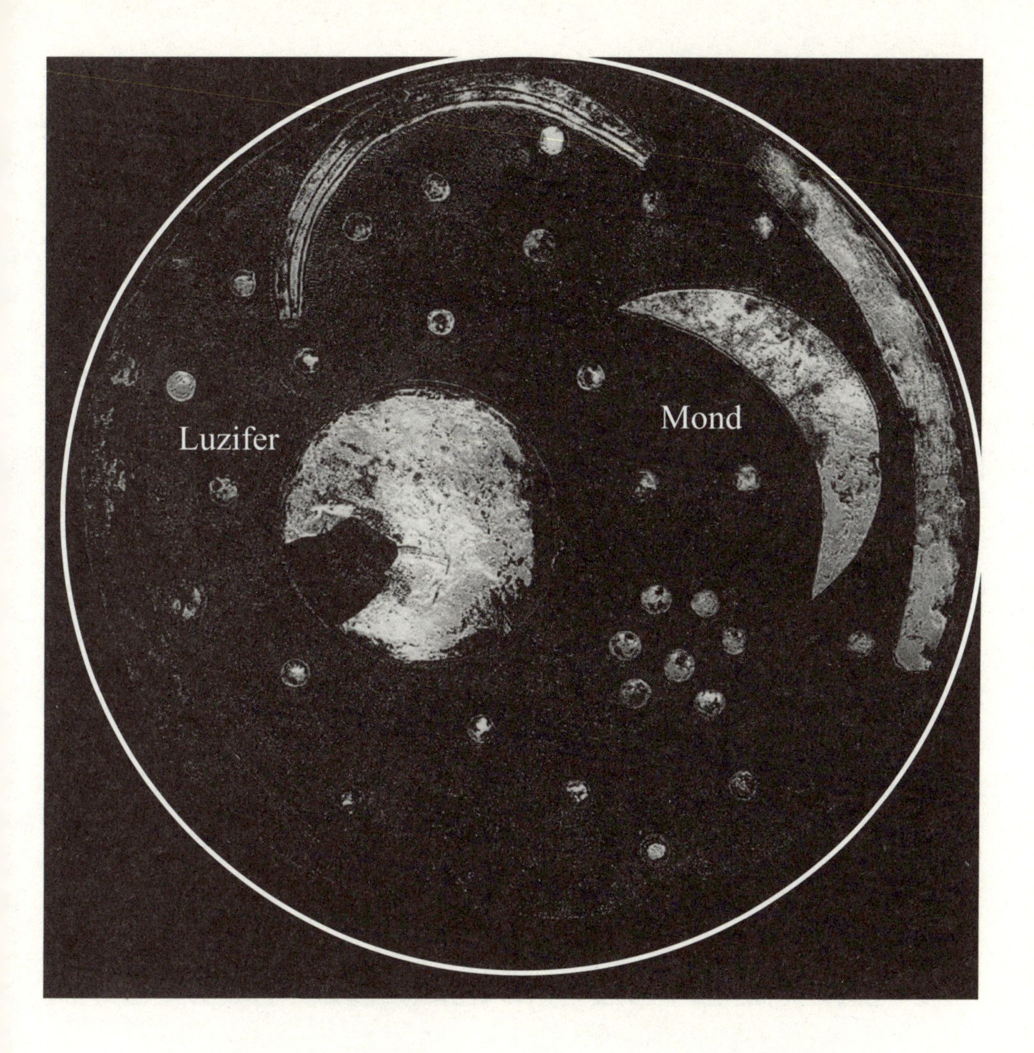

Die Scheibe von Nebra, sie zeigt Luzifer als Planeten, der jedoch keine komplette Kugelform besitzt.

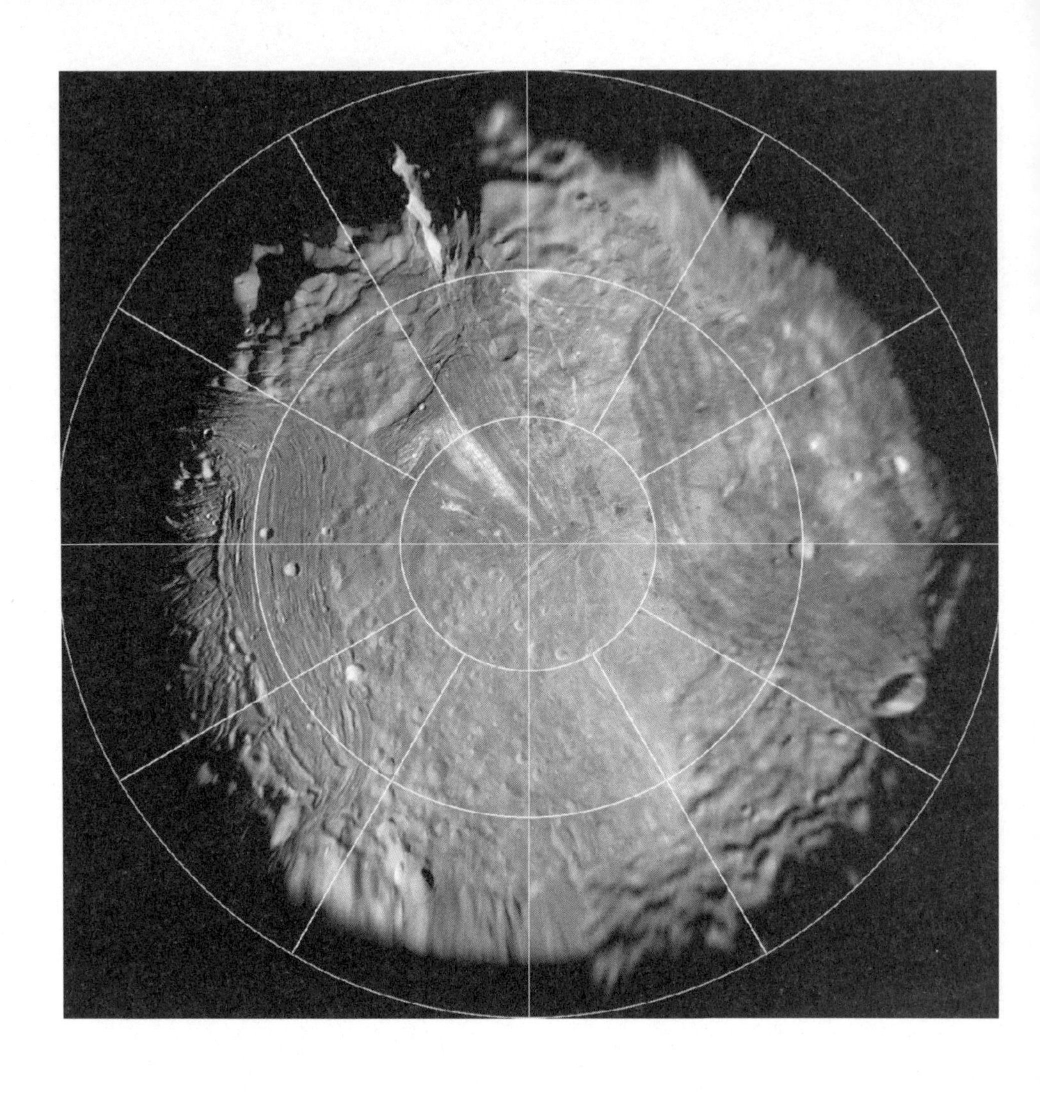

Luzifer, oder was von ihm übrig geblieben ist.
Heute kreist er um Uranus und trägt den Namen Miranda.

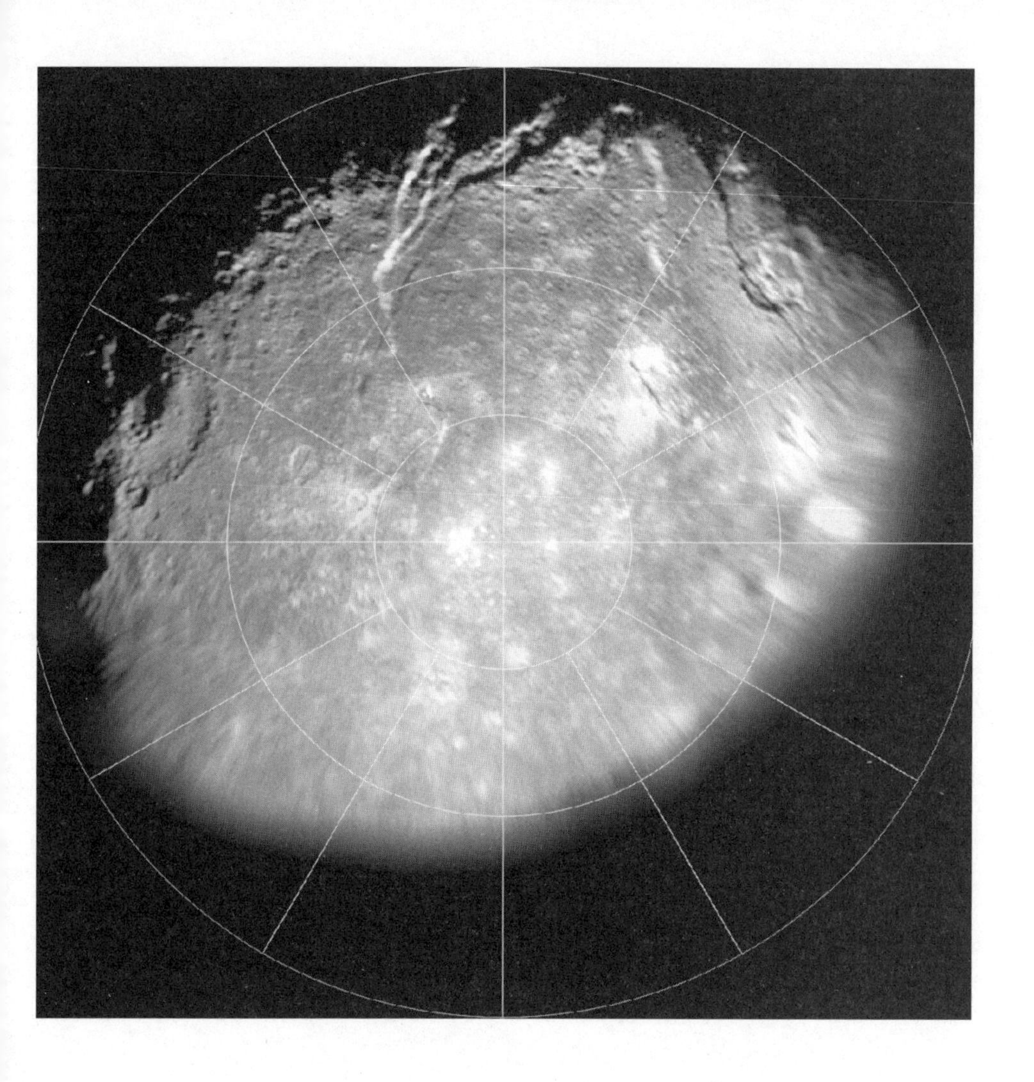

Ein weiteres Bruchstück namens Titania umkreist den Planeten Uranus. Eindeutig ein Teil des Planeten-X.

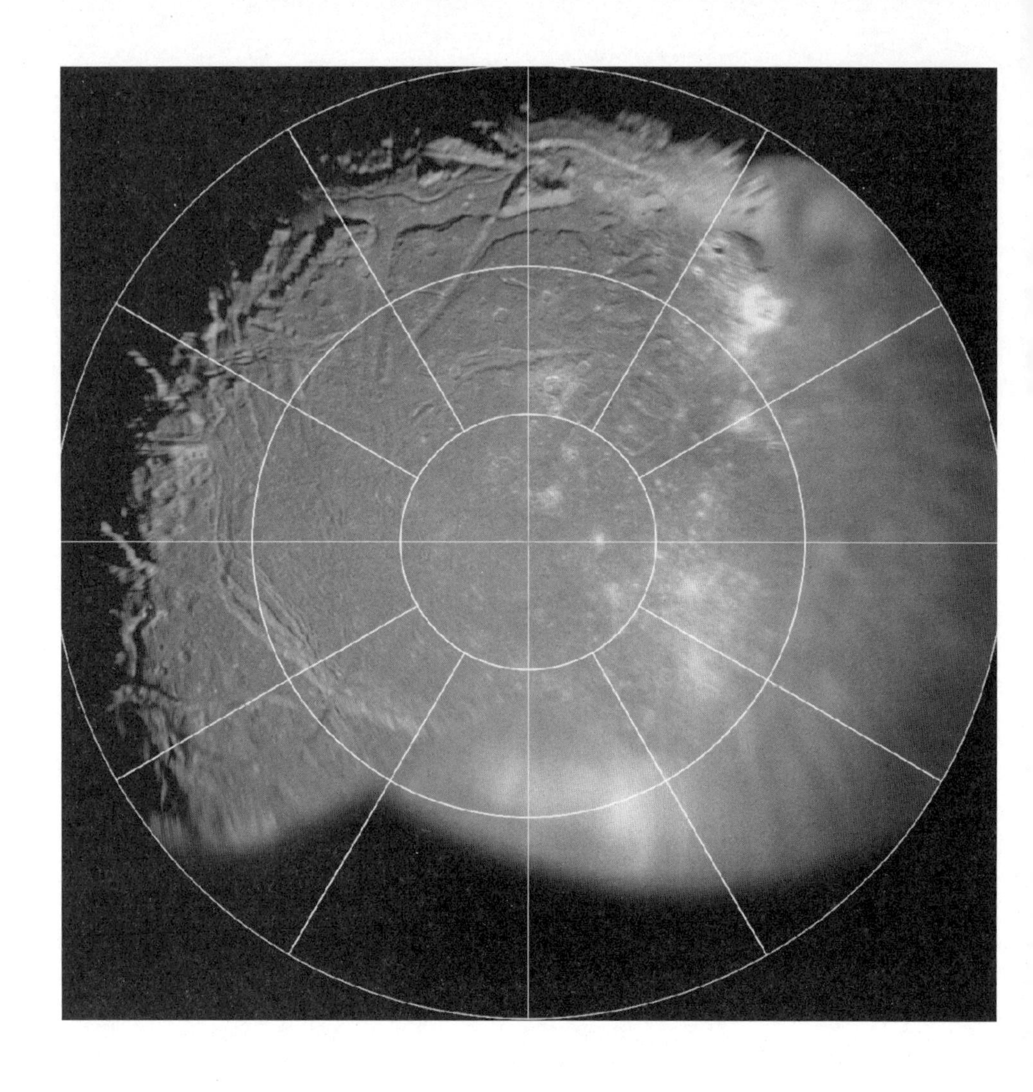

Ein weiteres Bruchstück namens Ariel. Einer der fünf großen Uranus/Begleiter. Zweifellos ein Teil des zerstörten Planeten.

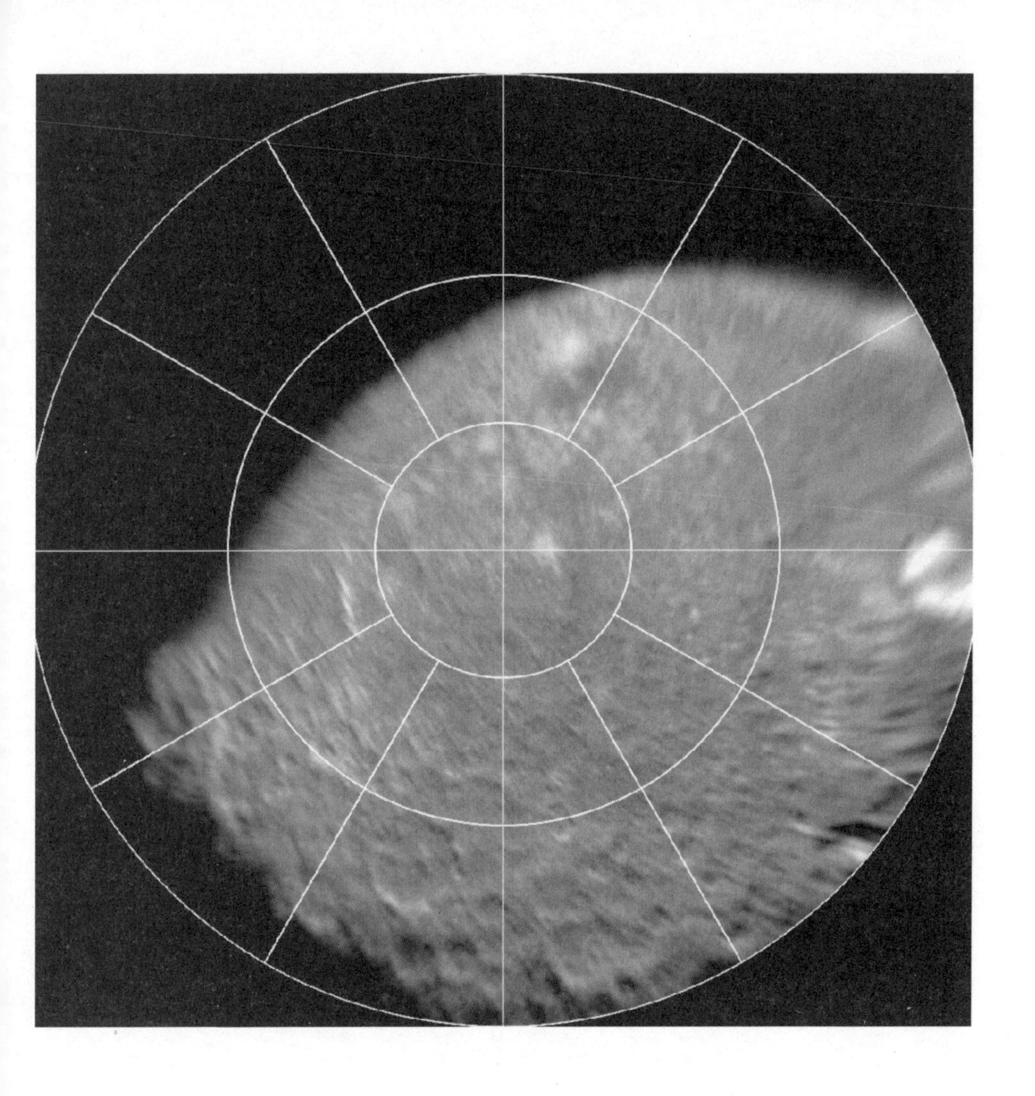

Umbriel, ein weiteres Bruchstück,
es umkreist ebenfalls Uranus.

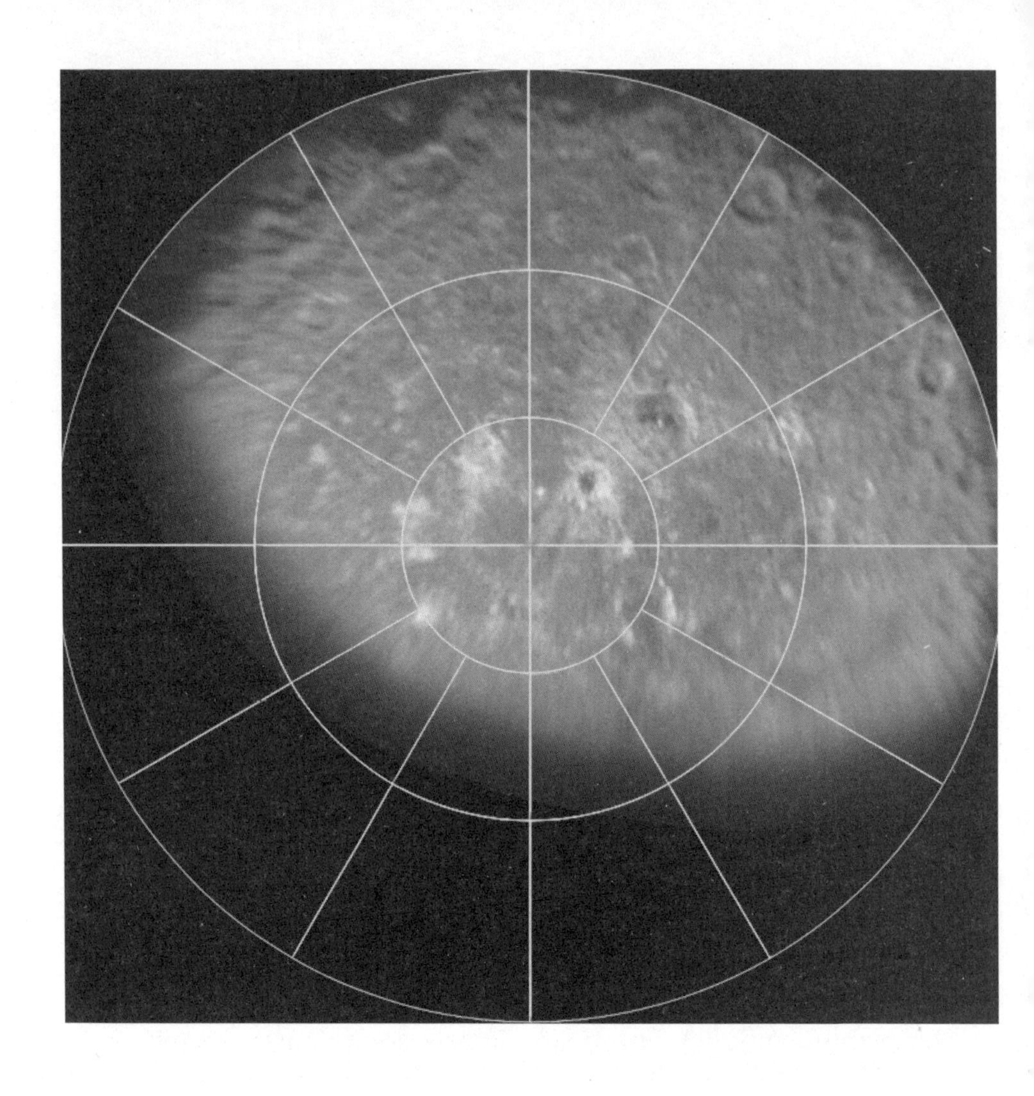

Dieses Foto der NASA zeigt ein weiteres Bruchstück.
. Es kreist ebenfalls um Uranus und trägt heute
den Namen Oberon.

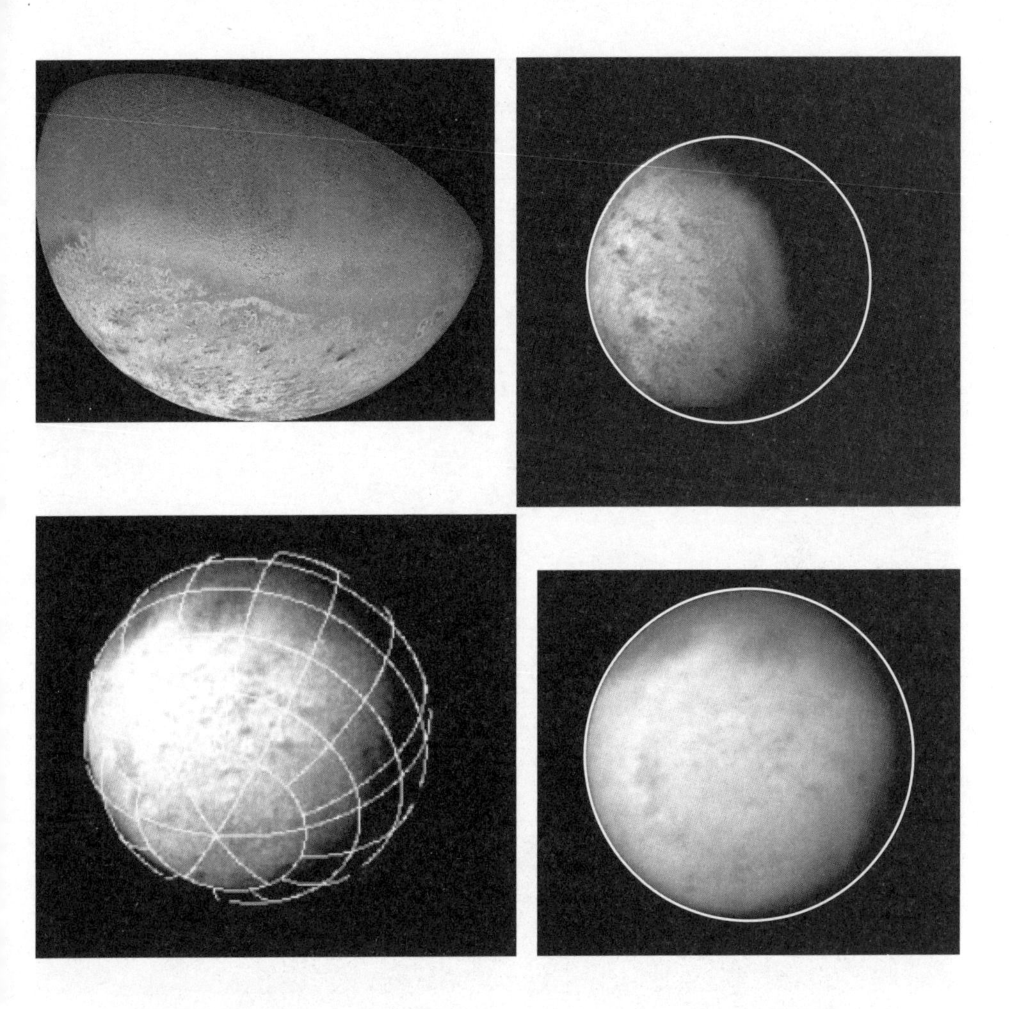

Der Neptunbegleiter Triton ist von sehr sonderbarer Struktur.
In weiten Teilen sehen wir eine zerklüftete Rinde, in anderen dagegen eine sehr gleichmäßige, völlig andere Struktur.
Hier haben sich offensichtlich unterschiedlich geartete Stoffe des Planeten-X vereinigt. Wahrscheinlich Gesteinsformationen und flüssige und gasförmige Elemente. Und von einer Kugelform kann bei Triton zweifellos keine Rede sein. Also ein weiteres Bruchstück der zerstörten Planeten. Ein weiterer Beweis für den Krieg der Planeten.

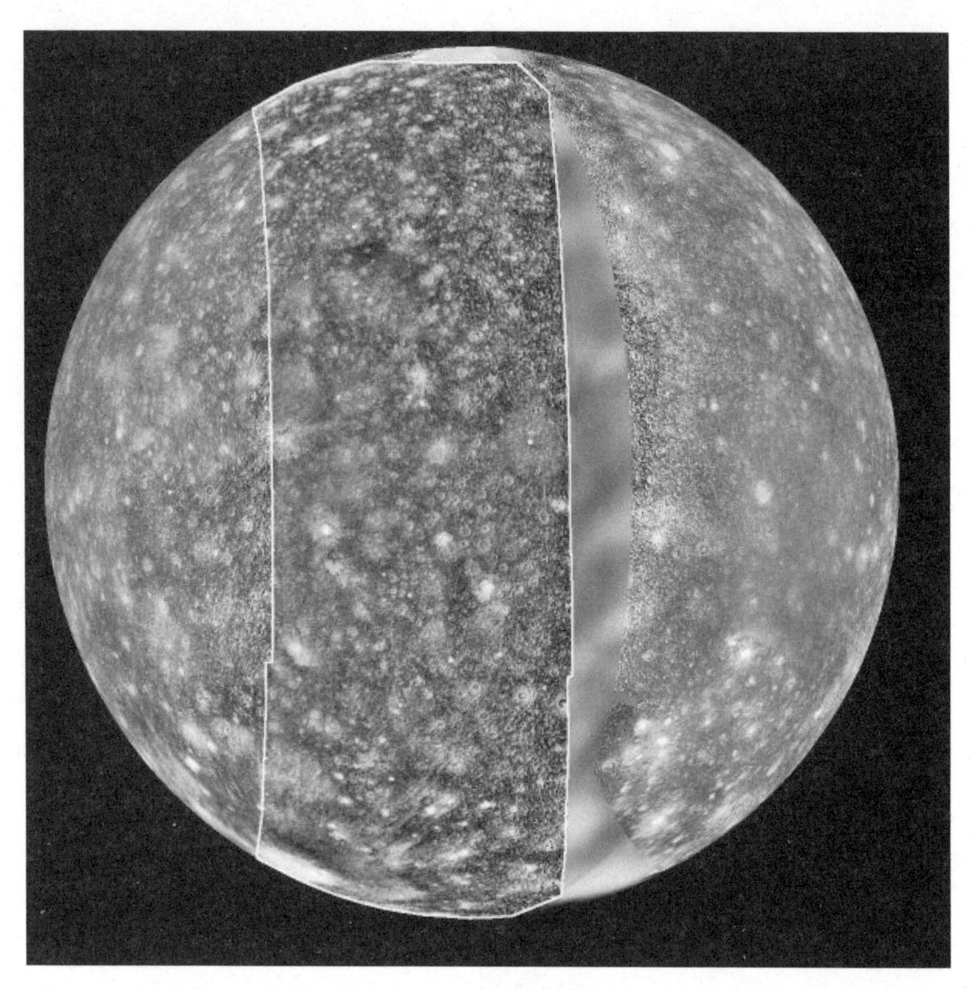

Callisto besitzt ebenfalls eine fast perfekte Kugelform, ist jedoch mit unzähligen Löchern übersäht, die ein Astronom wahrscheinlich auch Krater nennen würde. Dennoch sind das keine Krater. Derartige Löcher, die von Verwerfungen umgeben sind, entstehen dann, wenn eine flüssige, kochende und brodelnde Masse sehr schnell erkaltet! Die recht warme Materie der zerstörten Planeten gelangte nach der Kollision recht schnell in die kalten Regionen der sonnenfernen Planeten, wo Temperaturen bis weit unter 200 Grad Minus herrschen. Ohne Zweifel kocht und brodelt dort alles, was wesentlich wärmer ist.

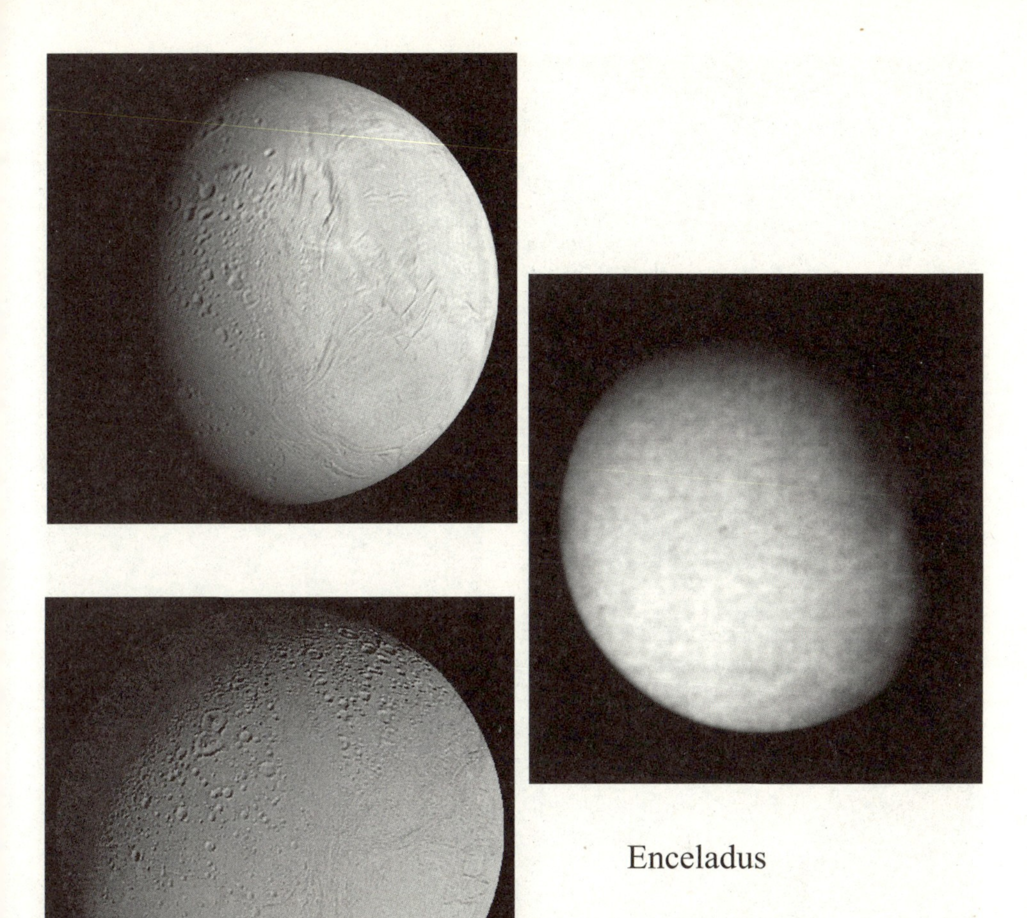

Enceladus

Sehen wir uns den Mond Enceladus an. Er strahlt manchmal in herrlichem Blau, so als sei er ein Körper, der vollständig aus Wasser besteht. Seine Form entspricht nicht der einer Kugel. Es entsteht daher der Eindruck, dieses Wasser gefror, bevor es sich zu einer perfekten Kugel formieren konnte.

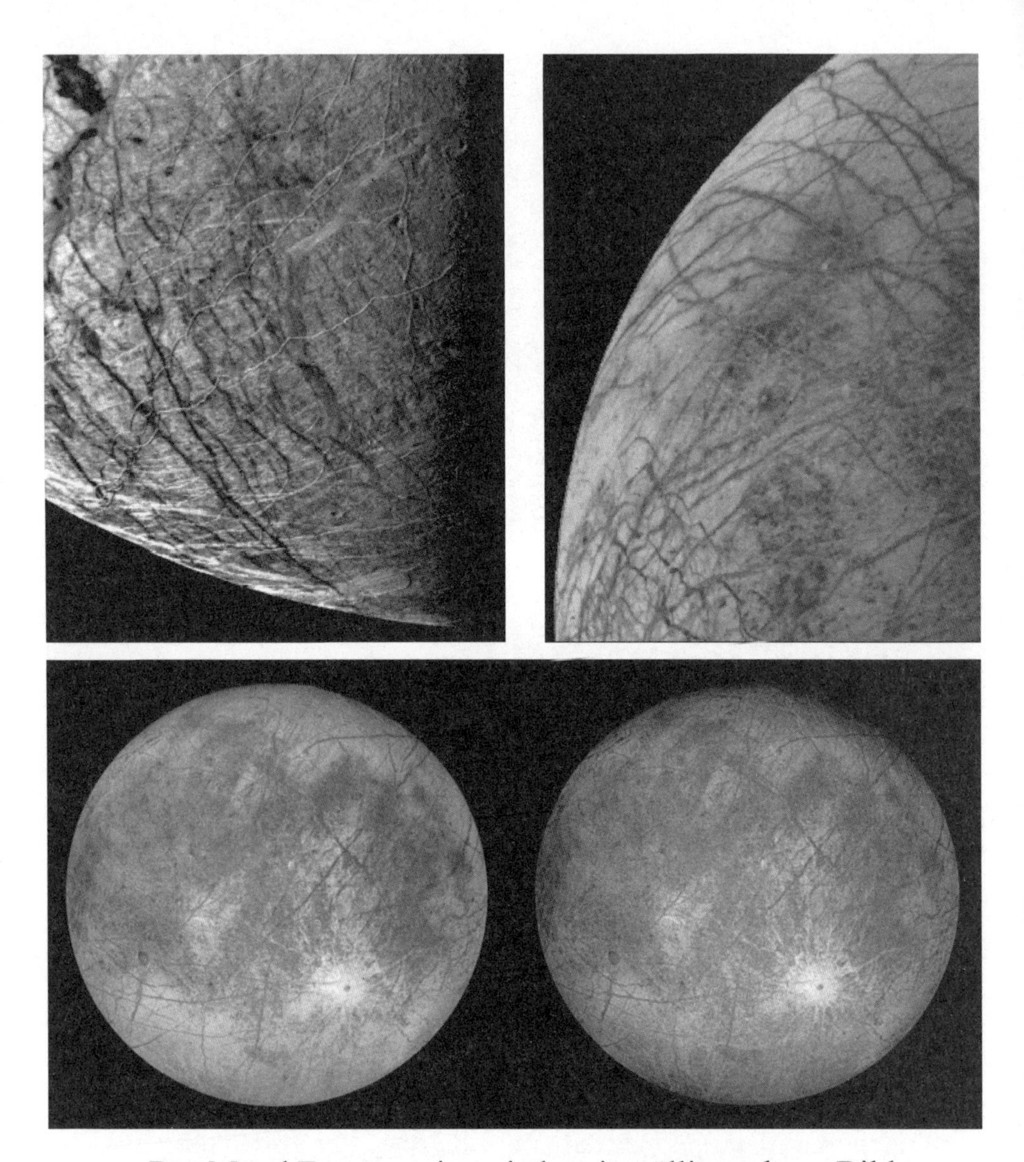

Der Mond Europa zeigt wieder ein völlig anderes Bild. Seine Oberfläche besitzt nur zwei Löcher, keinerlei Krater und ansonsten ist sie wie mit Straßen und Linien übersäht. Ich werde den Eindruck nicht los, hier handelt es sich um einen Wassermond, dessen Oberfläche mit einer dicken Eisdecke überzogen ist.

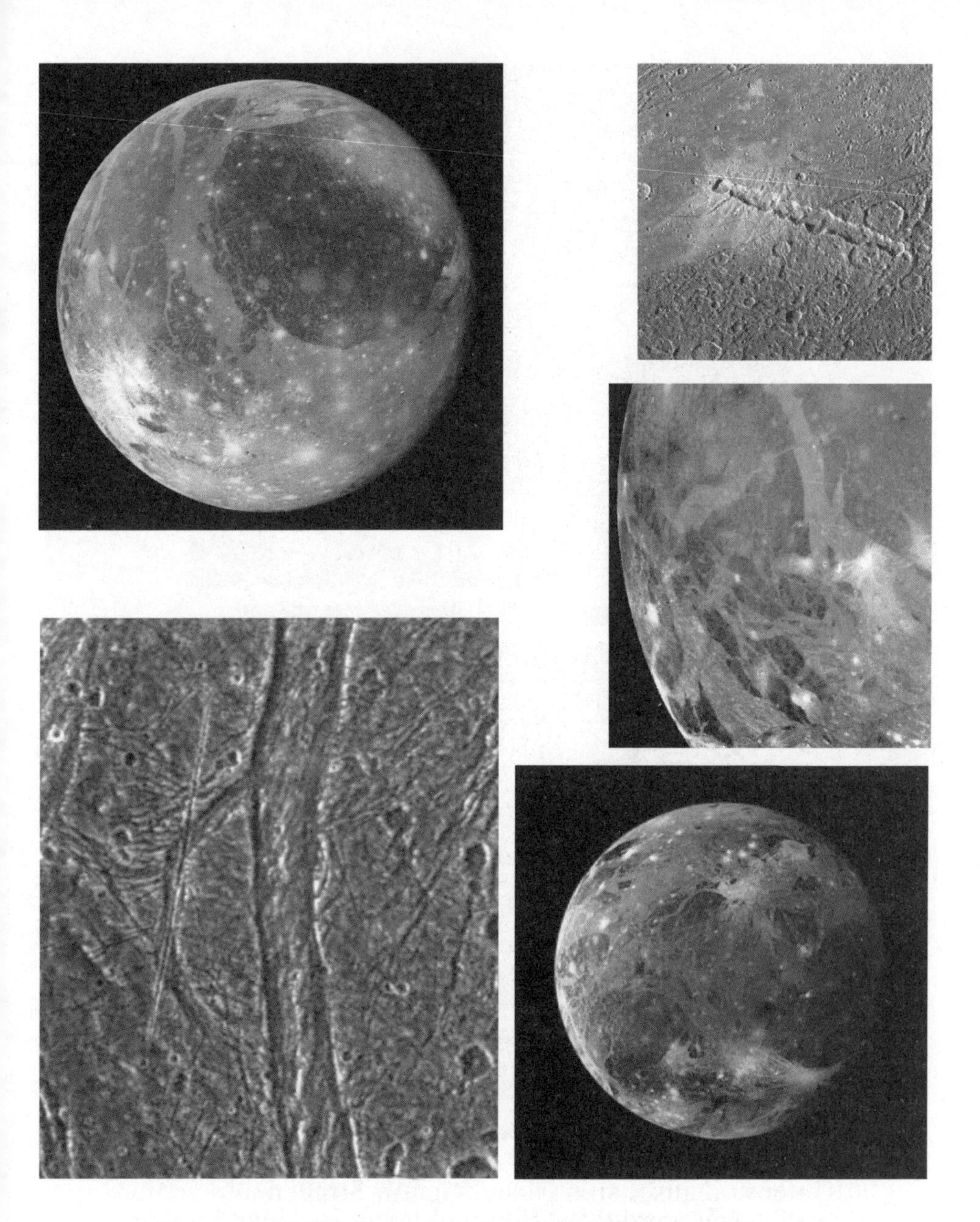

Ganymed hat sehr auffällige Oberflächenstrukturen,
die auf Berührungsspuren hinweisen.

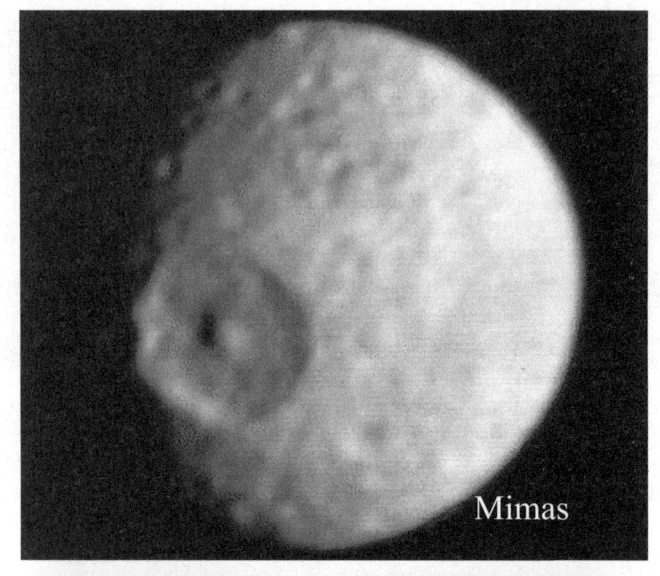

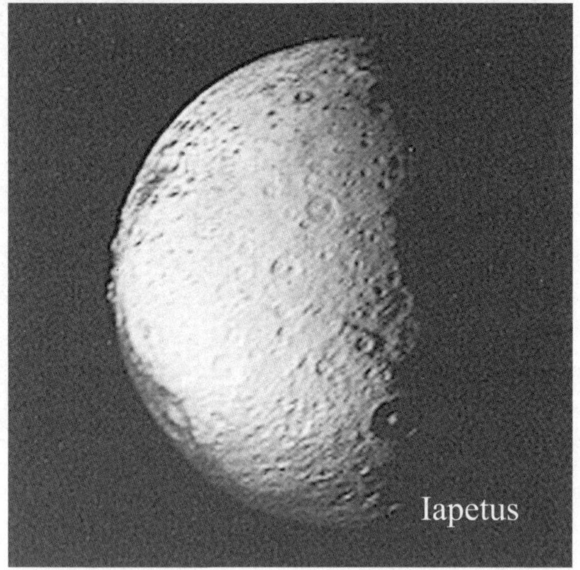

Iapetus sieht völlig anders aus, er ähnelt dem Mond Mimas.
Die bislang bekannten Photos zeigen aber keine Kugeln,
sind daher eher als Bruchstücke der Planetenrinden einzuordnen.

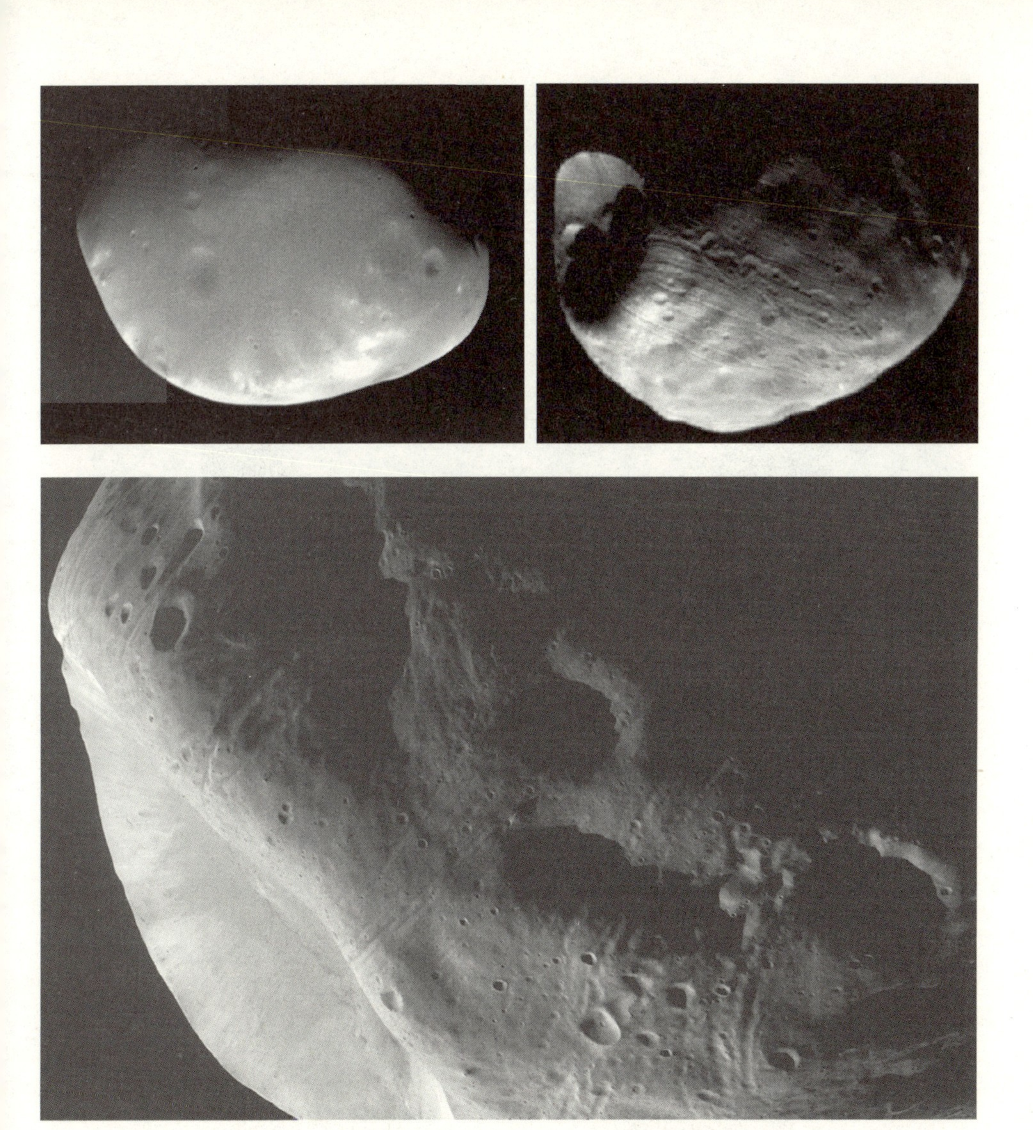

Die beiden Marsmonde sind Bruchstücke von Luzifer.
Sie zeigen auch dieselben Strukturen wie die Planetoiden.

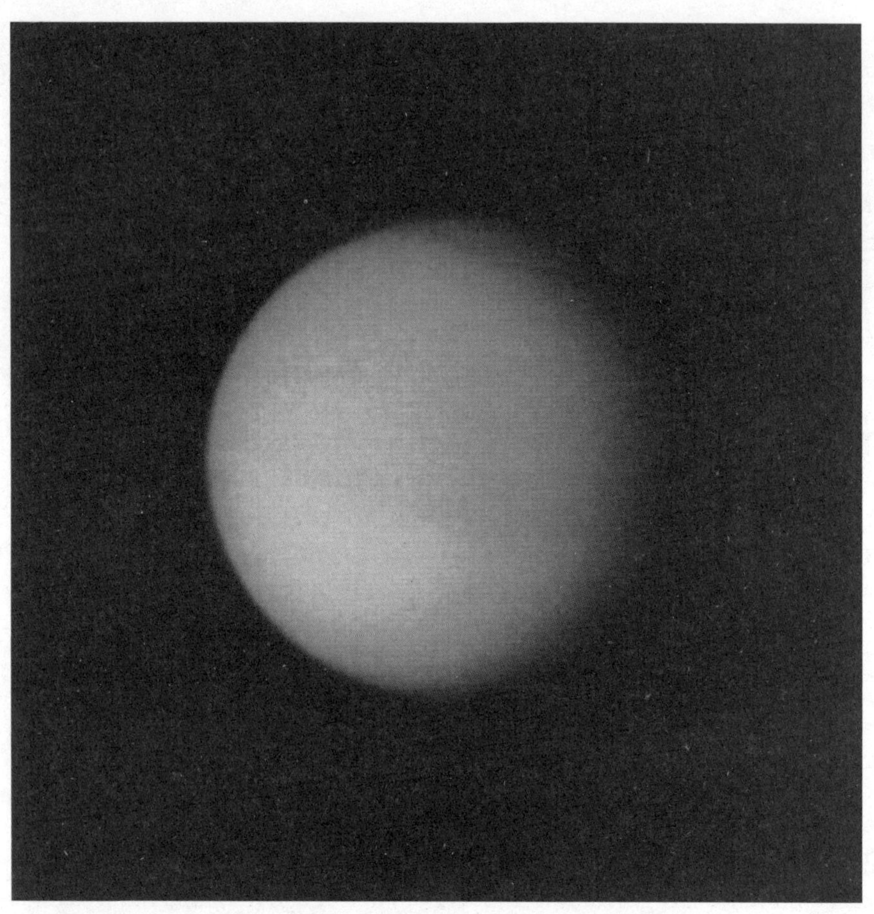

Ein Bild von Titan, dem größten Mond des Planeten Saturn.
Er besitzt offensichtlich überhaupt keine Oberflächenstruktur.
Titan zeigt eine perfekte Kugelform, die von einer Gassphäre umgeben ist. Hier handelt es sich zweifellos um den ehemaligen FESTEN Wasserstoffkern des Planeten-X.
Dies erklärt auch die Gassphäre, denn Wasserstoff vergast bei den Temperaturen im Bereich des Saturn, so dass sich Titan nach und nach in Wasserstoffgas auflöst und eines Tages verschwunden sein wird.

Ich werde mit einfachen Zahlenbeispielen zeigen, dass die Menschheit, sowie alle anderen Lebewesen dieses Planeten, keineswegs schon so lange existieren, wie es uns bislang vorgegaukelt wird. Der biblischen Zeitrechnung zufolge sind seit *Adam und Eva* knapp 6.000 Jahre vergangen. Daran gab es einige Jahrhunderte lang keine Zweifel. Für mich schien dies viele Jahre lang auch die glaubwürdigste Zeitangabe für das Alter der Menschheit. Dennoch ist auch diese Zahl noch weit von der Wahrheit entfernt.

Die modernen Wissenschaftler haben sich inzwischen in eine nicht enden wollende Sackgasse verrannt. Sie sind nun bei einem Alter des Menschen angelangt, das so rund drei Millionen Jahre ausmachen soll. Schuld daran ist vor allem die unsinnige und menschenverachtende Abstammungslehre des Engländers Charles Darwin. Um sie den Menschen als glaubwürdig verkaufen zu können, brauchte man unüberschaubare Zeiträume in der Größenordnung von Milliarden Jahren, in denen sich aus Mikroben zunächst Würmer, Fische, Echsen, Saurier, Vögel und schließlich Säugetiere und Menschen entwickelt haben sollen. Doch niemand kam bislang auf den Gedanken, diese subjektive Theorie auf ihren grundsätzlich möglichen Wahrheitsgehalt hin zu untersuchen. Denn Lebewesen leben nicht irgendwie, über gigantische Zeiträume, einfach so vor sich hin. Um bestehen zu können, müssen sie sich vermehren, und das tun sie instinktiv und zwangsläufig. Mit riesigem Überschuss bildet alles Leben stets seine Samen, Eier und Nachkommen.

Aber die permanente und grundsätzlich sehr schnelle Vermehrung aller Lebewesen über wenige Generationen ist notwendig und sie findet unausweichlich statt, weil dem Leben auf Planeten, wenn es einmal entstanden ist, nur ein paar Jahrtausende verbleiben, bis aus dem Paradies der Lebensentstehung wieder ein lebensfeindlicher Ort geworden ist. Denn überwiegend herrschen im Kosmos lebensfeindliche Bedingungen. Die Erde bietet nur für eine kurze Zeitspanne recht ideale Verhältnisse für Leben und Überleben.

Die Menge aller Lebewesen schränkt sich auf einem Planeten automatisch ein, sie kann nicht ins Unermessliche wachsen. Aber wie wir es erleben, ist der Mensch unter allen Lebewesen dominierend und beweist täglich aufs Neue, dass er sich fast nach Belieben vermehrt und die Zahl der anderen freien Lebewesen permanent geringer wird. Aber diese Entwicklung begrenzt sich sehr schnell selbst, da der Mensch nie den gesamten Lebensraum der Erde für sich allein beanspruchen kann, denn er muss zumindest genügend Raum lassen für die Gewinnung seiner Nahrung und die Regenerierung der Pflanzenwelt.

Keineswegs zufällig vermehren sich jene Lebensformen am schnellsten, die anderen als Nahrung dienen. Ein einziger Fisch legt auf einen Schlag eine halbe Million Eier in einer ***Saison***. Pflanzen vermehren sich auch sehr schnell. Ein Maiskorn erzeugt in einem Sommer drei- bis vierhundert neue Mauskörner. Zum

Überleben der Fische oder Maiskörner wäre es nicht notwendig, solche Überschüsse zu erbringen. Daher steckt schon in der grundsätzlichen Struktur des Raumes, der Materie und er sich daraus unter bestimmten Bedingungen bildenden Gene der Schlüssel für das Überleben der höheren Lebewesen. Alles bildet eine Einheit. Allerdings haben der Kosmos und sämtliche Lebensformen nur einen Sinn: Sie existieren ausschließlich zum Nutzen der Menschen. Der gesamte Kosmos ist ohne den Menschen sinnlos. Oder anders formuliert: **Der einzige Sinn des Kosmos ist der Mensch.**

Die Lehrbuchmeinung trichtert uns ein, der Mensch stamme vom Affen ab, und der erste Mensch sei vor einigen Millionen Jahren in Afrika als mutierter Affe geboren worden. Dabei stellt sich die Frage, wann und wo der zweite mutierte Affe geboren wurde, damit sich die beiden paaren konnten. Waren beide männlich oder weiblich, benötigt diese Theorie des Engländers Charles Darwin noch ein paar Mutanten mehr. Eine menschenverachtende Theorie.
Die folgenden Zahlen zeigen sehr deutlich, dass die natürlichen und daher zwangsläufigen Entwicklungen dem Menschen relativ wenig Zeit lassen, bis der Zustand einer Überbevölkerung erreicht ist. Trotz aller Geburtenkontrollen würde sich die Bevölkerungszahl schon in wenigen Jahrzehnten von heute sechs auf zwölf Milliarden verdoppeln – wenn es noch genug Zeit gäbe. Und diese schnellen Vermehrungen in recht kurzen Rhythmen sind nicht etwa ein Phänomen der Neuzeit, sondern begleiten alles Leben zu allen Zeiten – von der Entstehung bis zum Untergang. Zweifellos haben sich die Menschen in früheren Zeiten deutlich stärker vermehrt als heute, auch wenn hier und da Seuchen oder Kriege diese Entwicklung für einige Jahre unterbrachen. Jahrhunderte lang verdoppelte sich die Zahl der Menschen jeweils innerhalb von 20 bis 25 Jahren. Jede Frau gebar fast jedes Jahr ein Baby, und die Hälfte davon waren Mädchen, die auch schon im Alter von dreizehn Jahren Mütter wurden. Zwanzig Kinder für eine Mutter waren keine Seltenheit, selbst wenn die allgemeine Lebenserwartung manchmal nicht sehr hoch lag. Das legt uns nahe, zu überprüfen, **welche Zeit hinter uns liegt**, welche Zeit seit der Entstehung des Menschen vergangen sein könnte.
Machen wir daher einige Versuche, das **realistische Alter** der Menschheit zu **berechnen**. Das ist eine sehr einfache und sichere Methode, da wir recht genau wissen, wie lange es dauert, bis sich die Zahl der Menschen jeweils verdoppelt hat. Im Oktober 1999 rundete sich ja die offizielle Zahl der Erdenmenschen auf sechs Milliarden. Um in die Vergangenheit zu gelangen, halbieren wir daher rhythmisch die gegenwärtigen Zahlen in jeweils 50 Jahren

Jahr	Bevölkerungszahl
2000	**6.000.000.000**
1950	3.000.000.000
1900	1.500.000.000
1850	750.000.000
1800	375.000.000
1750	187.500.000
1700	93.750.000
1650	46.875.000
1600	23.437.500
1550	11.718.750
1500	**5.859.375**
1450	2.929.688
1400	1.464.844
1350	732.422
1300	366.211
1250	183.106
1200	91.553
1150	45.776
1100	22.888
1050	11.444
1000	**5.722**

Schauen Sie sich die Zahlen an: Vor Tausend Jahren lebten demzufolge auf der gesamten Erde nur rund **6.000** Menschen! Ein sicher verblüffendes Ergebnis. Aber ich halte es für noch nicht unbedingt richtig, da die Zahl der Weltbevölkerung erwiesenermaßen viel schneller gewachsen ist! Und weiter:

950	2.861
900	1.430
850	715
800	358
750	179
700	89
650	45
600	22
550	11
500	**6**
450	3

Adam und Eva lebten demnach vielleicht vor rund 1.500 Jahren!

Machen wir eine Rückrechnung auf der Basis eines 25jährigen Verdoppelungsrhythmus, der noch viel wahrscheinlicher ist, um zu sehen, wann auf der Erde ***zwei*** Menschen lebten – und nennen wir auch diese Adam und Eva. **Die Rechnung auf dieser Basis zeigt uns: Adam und Eva wurden möglicherweise sogar erst im Jahre 1200 geboren, das heißt, vor rund 800 Jahren.**

Und es ist gar nicht so abwegig, dass sie zu dieser Zeit geboren wurden, als Märchen zur allgemeinen Volksverdummung. Zugegeben, es gab zweifellos in den vergangenen Jahrhunderten ein paar Seuchen und Kriege, durch die große Menschenzahlen vernichtet worden sind, aber das betraf immer nur kleine Regionen und insbesondere große Ansiedlungen, in denen die Menschen schlimmer als Tiere in ihrem eigenen Dreck vergammelten. Ich vergleiche dieses Geschehen mit den heutigen Verhältnissen in Indien und Afrika. Diese Seuchen hatten aber kaum Auswirkungen auf die Gesamtzahl der auf der Erde lebenden Menschen, zumal sie damals kaum mobil waren. So ist die Gefahr der Übertragung von Krankheitserregern und ihrer weltweiten Verbreitung heute viel größer als vor einigen Jahrhunderten. Einzig die seefahrenden Eroberer trugen manch gefährliche Krankheit in ferne Länder.
Rechnen wir weiter. Sichere Daten der Neuzeit bescheinigen, dass die Weltbevölkerung 1920 bei 1,8 Milliarden lag und sich bis 1990, also in 70 Jahren, auf 5,4 Milliarden verdreifachte. Rechnen wir auf dieser zuverlässigen Basis zurück, so ergibt sich zum Beispiel für das Jahr **1000** eine **Gesamtweltbevölkerung** von etwa **1.000** Menschen, also die Einwohnerzahl eines kleinen Dorfes.

Jahr	**Bevölkerung**
1990	5.400.000.000
1920	1.800.000.000
1850	600.000.000
1780	200.000.000
1710	66.666.000
1640	22.222.000
1570	7.400.000
1500	2.470.000
1430	823.000
1360	274.000
1290	91.000
1220	30.000
1150	10.000
1080	3.000
1010	1.000

Sie sehen, selbst verschiedene Berechnungsarten führen zu fast denselben Ergebnissen. Und es gelingt mir beim besten Willen nicht, 2.000 Jahre zurück bis an die so genannte Geburt Christi heranzukommen. Oder gar 6.000 Jahre – gemäß dem biblischen Kalender – oder Millionen oder Milliarden Jahre in die Vergangenheit, wie es die Lehrbuchschreiber gerne hätten, damit sie die Idee von der Entstehung der Arten, die festgeschriebene Evolutionstheorie Darwins, glaubhaft machen können.
Zweifellos existiert der Mensch schon länger als Tausend Jahre. Es **muss** daher vor rund 1.500 Jahren etwas passiert sein, wodurch die Menschheit fast **ausgerottet** worden ist, dafür sprechen nicht nur diese Zahlen, sondern rund um den Globus fast gleich lautende Überlieferungen von großen Katastrophen, von vielen Sintfluten und von einem Planeten, der mit der Erde kollidiert sei. Es ist nicht vorstellbar, dass alle alten Völker im Gleichklang und dennoch geographisch völlig unabhängig voneinander dasselbe Märchen erfunden haben. Die Mayas sprachen von einem Krieg der Planeten, der altägyptische König Surid berichtete, ein großer Planet würde auf die Erde stürzen und in hebräischen Schriften finden sich klare Dokumentationen über solch ein bevorstehendes Ereignis, ebenso wie in vielen anderen Überlieferungen.
Eine umfassende Genstudie von einem internationalen Forscherteam unter Leitung von Pascal Gagneux von der Universität von Kalifornien in San Diego hat ergeben, dass die Menschheit mindestens einmal beinahe ausgestorben ist. Wie die Forscher in den Proceedings of the National Academy of Sciences berichten, verglichen sie 1.158 Sequenzen von Mitochodrien-DNA von Menschen, Schimpansen, Bonobos und Gorillas. Die Studie ergab, dass die genetische Variation der gesamten Menschheit kleiner ist als die einer Gruppe von 55 Schimpansen aus Westafrika.
Die alten Schriften sind voll mit Berichten über Götter und Gottessöhne, die unsere Erde besucht haben. Viele Autoren haben massenweise Material hierüber gesammelt, sie haben uns Bildmaterial gezeigt, über jene Menschen, die vor den großen Katastrophen gelebt haben. Sie zeigten, welch monumentale Bauwerke von Völkern errichtet worden sind, die es heute nicht mehr gibt. Aber stets wurden die wahren Geschehnisse nicht erkannt, denn kein einziger der unzähligen Forscher und Autoren ging bislang davon aus, dass es vor weniger als 2.000 Jahren bedeutende Katastrophen gab, denn nach der so genannten Geburt Christi durfte es so etwas nicht geben, allenfalls die biblische Sintflut in grauer Vorzeit wurde akzeptiert, da sie in der Bibel dokumentiert ist. Und schon gar niemand kam auf den Gedanken, dass die Erde mit einem anderen Planeten kollidiert sein könnte. Das alles ist bislang völlig unvorstellbar, denn die uns bekannten Planeten bewegen sich so weit weg von der Erde und mit einer überzeugenden Gleichmäßigkeit, dass ein solcher Gedanke zunächst irrsinnig erscheinen muss.

Die großen Pyramiden rund um den Globus wurden von Völkern und Kulturen erbaut, die nicht mehr existieren. Wer denkt denn ernsthaft daran, dass die ägyptischen Pyramiden von den Vorfahren der heute dort lebenden Menschen errichtet worden sind? Ebenso wenig können wir annehmen, dass die Pyramiden Chinas, Mexikos und die unzähligen riesenhaften Monumente rund um den Globus von den Vorfahren jener Menschen errichtet worden sind, die heute dort leben. Daher bestehen keinerlei Zweifel daran, dass die jeweiligen Völker, Rassen und Kulturen, die diese Bauwerke zustande gebracht haben, durch ungeheure Katastrophen praktisch restlos ausgerottet worden sind.
Spielen wir noch ein wenig weiter mit einfachen Zahlen und machen es mal anders herum. Lassen wir Adam und Eva vor 6.000 Jahren beginnen, sich zu vermehren. Lassen wir auch hier zunächst einen Verdoppelungsrhythmus von 50 Jahren zu, obwohl dieser viel zu lang und daher nicht realistisch ist. Die Nachfahren hätten es durch **120 Verdoppelungen** inzwischen auf folgende Zahl gebracht:

1.329.227.995.784.915.872.903.380.706.028.000 Menschen

Bei einer Verdoppelung innerhalb von jeweils 25 Jahren und demgemäß 240 Verdoppelungen von Adam und Eva, wäre folgende Zahl entstanden:

1.766.847.065.000.000.000.000.000.000.000.000.000.000.000.000.
000.000.000.000.000.000.000.000.000.000 Menschen

Dies wären die möglichen Bevölkerungszahlen der heute lebenden Nachfahren Adams, wenn die Geschichte mit den 6.000 Jahren der Wahrheit entsprechen würde. **Suchen Sie sich eine davon aus!**

Um zu einer Bevölkerungszahl von sechs Milliarden – entstanden in 6.000 Jahren und 240 Generationen – zu gelangen, hätte es zumindest in jedem Jahrhundert der ersten 5.000 Jahre eine fast völlige Ausrottung der Menschheit geben müssen. Denn rund 1.000 Jahre genügen vollkommen, um aus ein paar Hundert Menschen sechs Milliarden werden zu lassen.
Zudem müssen wir wissen, dass bei diesen Rhythmen stets nur rund die Hälfte aller je geborenen Menschen lebt und die andere Hälfte tot ist – ohne große Katastrophen. So würden sich allein die Überreste der bereits gestorbenen Nachkommen Adams turmhoch auf der gesamten Erdoberfläche stapeln. Von den theoretisch gerade lebenden Menschen ganz zu schweigen. Und wo wäre da noch Platz für all die anderen Menschen, die nicht Nachkommen von Adam und Eva sind, die ja gemäß unserer Wissenschaftler vom Affen abstammen und angeblich bereits seit über drei Millionen Jahren existieren sollen?

Aber machen wir trotz aller Lügen, Unwissenheit und Menschenverachtung, die in der offiziellen Geschichtsschreibung steckt, auch hier eine nette kleine Rechnung, denn dadurch wird dieser **gelehrte Irrsinn** für jeden sichtbar:
Hätten die ersten Menschen vor drei Millionen Jahren das Licht der Welt erblickt, wie es offiziell behauptet wird, so entspräche das bis heute einer Zahl von rund **120.000 Generationen**. Bei der realistischen Verdoppelung innerhalb von jeweils 25 Jahren ergibt sich daraus eine Bevölkerungszahl von:

$3{,}976 \times 10^{36123}$ Eine Zahl mit 36.123 Nullen!

Ich denke, diese Zahlen überzeugen nun auch den letzten gläubigen Zweifler und zeigen uns, welchem Unsinn unsere Darwinisten folgen. Das bislang bekannte Weltall mit seiner schier endlosen Weite und Größe würde nicht ausreichen, diese Fleischberge und die dazu gehörenden Leichen aufzunehmen. Übrigens: Um diese Zahl in voller Länge in dieses Buch zu integrieren, hätte ich rund zehn Seiten opfern müssen.
Ich weiß, jetzt versuchen die ewig Gläubigen Gegenargumente zu finden. Aber es gibt kein vernünftiges Argument gegen die rechnerisch klaren Tatsachen. Denn wir können noch anders rechnen und gelangen immer wieder zu ähnlichen, völlig unrealistischen Ergebnissen:
Um in drei Millionen Jahren auf eine Bevölkerungszahl von sechs Milliarden zu kommen, hätte es durchschnittlich nur zu einem Zuwachs von **zweitausend Menschen pro Jahr auf der gesamten Erde** kommen dürfen. An einem Tag dürften weltweit **durchschnittlich** nur **sechs Menschen mehr geboren** worden sein als gestorben sind.
Die biblische Zeitrechnung basiert offenbar zum großen Teil auf den irreführenden Altersangaben der vorsintflutlichen biblischen Gestalten. Für **Adam** (und **Eva**!) werden 930 Lebensjahre angegeben, für deren Sohn **Set** 912 Jahre, für **Enosch** 905 Jahre, für **Kenan** 910 Jahre, für **Mahalalel** 895 Jahre, für **Jared** 962 Jahre, für **Metuschelach** 969 Jahre, für **Lamech** 777 Jahre und für **Noah** 950 Jahre. Danach kam die Sintflut und bis dahin sollen rund 1.650 Jahre vergangen sein.
Ohne jeden Zweifel wurden von den Bibel- und Geschichtsschreibern MONATE und JAHRE verwechselt, weil es nicht nur in historischer Zeit in diesem Teil der Erde obligatorisch war, die Zeitrhythmen nur in Monden (Monaten) zu zählen, sondern sogar noch heute. Teilen wir diese angeblichen Jahre durch 12, erhalten wir rund 140 Jahre. Neun Generationen in 140 Jahren bedeuten, dass die ersten biblischen Männer jeweils im Alter von rund 16 Jahren Vater wurden, das halte ich für durchaus realistisch. Auf diese Weise verkürzt sich die Biblische Geschichte bis zur Sintflut schon mal um rund 1.500 Jahre. Adam und Eva lebten

demnach nicht 930 Jahre, sondern knapp 80 Jahre, was recht gut der allgemeinen Lebenserwartung entspricht.
Außerdem können wir der Bibel entnehmen, dass von Adam bis Moses 2.553 Jahre vergangen sein sollen. Und diese riesige Zeitspanne soll durch lediglich **sechs** Männergenerationen überbrückt worden sein, so heißt es:

687 *Jahre* nach Adam wurde Metuschelach geboren,	(57 echte Jahre)
628 *Jahre* später Sem,	(52 echte Jahre)
452 *Jahre* später Isaak,	(38 echte Jahre)
77 *Jahre* später Levi,	(6 echte Jahre)
70 *Jahre* später Amram,	(6 echte Jahre)
61 *Jahre* später Moses!	(5 echte Jahre)

Ich komme bei der Addition dieser Zahlen zwar nur auf 1.975 *Jahre*, aber auch das genügt. Teilen wir diese *Jahre* durch 12 (Jahre statt Monate), sind von Adam bis Moses rund 164 Jahre vergangen. Oder nehmen wir 2.553 *Jahre* und teilen sie durch 12, so erhalten wir von Adam bis Moses 213 Jahre. Auf diese Weise verkürzt sich die biblische Geschichte nun bereits um satte 2.340 Jahre. Sechs Generationen in 164 bis 213 Jahren können wir als realistisch ansehen. Es ergeben sich rund 27 bis 35 Jahre für jede Generationenfolge.
Um im biblischen Zeitraum innerhalb von 6.000 Jahren auf eine Bevölkerungszahl von sechs Milliarden zu kommen, hätte die Zahl der Menschen pro Jahr im Schnitt nur um eine Million zunehmen dürfen. Die Zahl der Menschen hätte sich in den 6.000 Jahren nur 32mal verdoppeln dürfen, also nur rund alle 200 Jahre – ausgehend von zwei Menschen. Die allermeisten Menschen hätten ohne Nachkommen leben müssen, damit derartiges hätte zustande kommen können. Tatsächlich hat sich die Zahl der Menschen auf diesem Planeten allein in den letzten 130 Jahren schon von 600 Millionen auf sechs Milliarden verzehnfacht. Rechnen wir nach diesem Zyklus zurück, ergibt sich folgendes Bild:

Anzahl Menschen	**Jahr**
6.000.000.000	2000
600.000.000	1870
60.000.000	1740
6.000.000	1610
600.000	1480
60.000	1350
6.000	1220
600	1090

Ich denke, das genügt. Gemäß diesen Berechnungen lebten vor tausend Jahren rund 600 Menschen auf diesem Planeten. Sie sehen, egal welche gesicherten Daten wir verwenden, sie führen stets zu ähnlichen Ergebnissen.
Stülpen wir dem noch eins drauf. Die Evolutionsspezialisten gehen von einem Alter der Erde aus, das so rund vier bis fünf **Milliarden** Jahre betragen soll. Und viele Tierarten stufen sie als besonders alt ein. So sollen eine ganze Reihe Arten und Gattungen schon einige Hundert Millionen Jahre auf diesem Planeten rumlaufen. Aber um zu überleben, müssen auch diese sich permanent vermehrt haben. Die heute noch lebenden Exemplare müssten daher die direkten Nachfahren von **Millionen Generationen** sein. Und da fragen wir uns doch mal, warum diese sich nicht weiter entwickelt haben? Warum sind sie noch Tiere, Fische oder Vögel? Wenn die Theorie von Darwin richtig wäre, dürften auf diesem Planeten nur noch Menschen herumlaufen, dann hätten sich alle Tiere in den vielen Millionen Jahren zwangsläufig zu Menschen weiter entwickeln müssen.
Und warum gilt das Prinzip der Evolution des Charles Darwin nur für Tiere? Warum gilt dasselbe nicht auch für Pflanzen, Insekten und Fische? Hat sich vielleicht der Wal aus dem Hering entwickelt und der Adler aus dem Spatz? Entstand aus der Mücke eine Wespe? Oder vielleicht umgekehrt? Da wäre es noch wahrscheinlicher, dass sich der Affe aus dem Menschen entwickelt hat, Affen so etwas wie körperlich und geistig behinderte Menschen sind. Wenn man Mutationen, die letztlich nichts anderes sind als Missgeburten, zur Entstehung der Arten annimmt, dann erkenne ich diese sehr deutlich in der Entwicklung unserer modernen Gesellschaft.

Wir erkennen hier sehr deutlich, dass bei allen bestehenden Theorien über die Welt in der wir leben, sich bislang niemand um den **Gesamtüberblick** gekümmert hat. Diese Vorgehensweise prägt unsere Wissenschaften in sehr vielen Bereichen. Aber das liegt nicht ursächlich an den eigentlich netten Menschen, die wissenschaftliche Berufe ausüben, sondern an den **Lehrsystemen**, in denen jede freie Entfaltung schon im Keime erstickt wird. Denn freie Entfaltung bedeutet, an wahres Wissen zu gelangen. Aber Wissen ist Macht, darf daher nicht frei sein, es muss der ***herrschenden, von Gott auserwählten Obrigkeit*** monopolistisch erhalten bleiben. So der Grundgedanke jener, die für die Verbreitung des Götterglaubens verantwortlich sind. Aber das passt nicht mehr in die heutige Zeit. Heute gibt es nicht mehr ein einziges System, sondern unzählige und die müssen endlich unter einen Hut gebracht werden. Das heißt, die unzähligen unterschiedlichen Lehrfächer und Fakultäten müssen mehr miteinander kommunizieren, ihre jeweiligen Forschungsergebnisse aufeinander abstimmen und abgleichen, Theorien dürfen niemals über Beobachtungen und Messergebnisse gestellt werden, und vor allem muss die Meinung des Volkes ernst genommen werden. In wissenschaftlichen Kreisen besteht die bislang unantastbare Auffassung, nur wer an einer Universität nach vorgegebenem Lehrplan studiert hat, ist in der Lage, neues Wissen zu finden. Aber tatsächlich ist im zunehmenden Maße das Gegenteil der Fall. Die wichtigsten Entdeckungen in den Naturwissenschaften wurden von freien Forschern gemacht. Heute gilt:

„Wissenschaftler bringen uns zwar eine Menge Informationen, aber immer weniger Erkenntnisse. Und es hat sich ja auch schon herumgesprochen: Das einzige, was man aus der Geschichte lernen kann, ist, dass man aus ihr nichts lernen kann, das aber auf tausend Seiten ... Sie schreiben nur für ihresgleichen, und ihresgleichen will man gar nicht kennen lernen. So bleibt einem nur der eigene Kopf, wie schwach er auch sein mag."

(Erwin Chargaff)

DER MENSCH

Auf nach Afrika, besuchen wir unsere Urahnen. Als die ersten Europäer nach Afrika kamen und Neger und Affen sahen, zogen Wissenschaftler daraus den Schluss, es muss sich bei den Negern um so etwas wie Halbaffen handeln. Neger wurden bis weit ins zwanzigste Jahrhundert hinein nicht als Menschen betrachtet und entsprechend wie Tiere behandelt. Ganze Negerhorden wurden von Afrika nach Europa transportiert, um dort im Zirkus, auf Ausstellungen und in richtigen Zoos präsentiert zu werden. **Elf Millionen Neger** wurden von Afrika per Schiff wie Vieh in die **USA** verfrachtet, um dort als Sklaven zu dienen. Dort wurden Negersklaven in regelrechten Zuchtanstalten gehalten, so wie heute Schweine und Rinder. Besonders kräftige Neger wurden wie Zuchtbullen gehalten, permanent hatten sie Mädchen zu schwängern. Die dann geborenen Kinder wurden den Müttern weggenommen und als Sklaven verkauft. Das war ein einträgliches Geschäft.
Den Darwinisten, den Vertretern der Evolutionslehre, passten Affen und Neger perfekt ins Puzzle. Hier die Nachfahren Adam und Evas als göttlich, dann der Weiße, da der Affe und dazwischen der Neger. Und seitdem suchen unsere lieben Forscher nur noch in Afrika nach den ersten Menschen, nach unseren Vorfahren, die von den Tieren abstammen. Kaum ein Jahr vergeht, in dem nicht eine Sondermeldung durch die Medien geht, dass man wieder ein paar Menschenknochen in Afrika gefunden hat. Natürlich muss jeder neu gefundene Schädel älter sein als alle anderen zuvor, weil er mehr Ähnlichkeit mit einem Affen hat. Auf diese Weise wächst das Alter der Menschheit von Jahr zu Jahr und mit jedem weiteren Ausgräber ins Unermessliche. In jedem gängigen Lexikon und Fachbuch wird der Mensch, und damit auch Sie, liebe Leser, folgendermaßen eingestuft:

Mensch = Homo Sapiens Sapiens: *Eine Art der **Säugetiere**, mit höchster Entwicklung des Gehirns und der Großhirnrinde. Die **Körperbehaarung** ist stark **zurückgebildet**. Biologisch ist der Mensch **von den anderen Tieren nicht verschieden.** Seine handwerklichen Fähigkeiten unterscheiden ihn **von den anderen Tieren** ...*

Warum wehren wir uns nicht gemeinsam gegen solch menschenverachtendes Gehabe unter dem Deckmantel der Wissenschaften? Ich empfinde es als Beleidigung, was die naturwissenschaftlichen Lehrsysteme machen. Oder sind Sie glücklich, wenn man Ihnen sagt, Ihre Vorfahren seien Affen gewesen? Oder wird es einfacher, wenn diese Affen vor Millionen Jahren gelebt haben sollen? Müssen wir stets widerspruchslos hinnehmen, was irgendwelche stumpfen Theoretiker von sich geben, die auf Jahrhunderte alte, völlig unrealistische Gedanken aufbauen? Wenn wir die Wahrheit haben wollen, gibt es nur einen Weg: Unabhängig von den Theorien vergangener Jahrhunderte alle modernen Beobachtungen und Messergebnisse neu ordnen, dann werden wir von der Wahrheit übermannt.
Nun sind auch die letzten Fragen beantwortet: Warum gab es – allein ausgehend von den Europäern und hier insbesondere von Deutschland – rund um den Globus erst vor rund zwei Jahrhunderten diesen wundersamen technischen Aufschwung? Warum erst so spät, wenn die Menschen bereits so viele Jahrtausende oder gar Jahrmillionen existiert haben sollen? Warum beginnt die konkrete Geschichtsschreibung im gesamten Europa erst vor wenigen Jahrhunderten? Nun wissen wir, warum: Weil es zuvor, im so genannten finsteren Mittelalter, keine Geschichte gab, weil sich erst kurz zuvor die große Planetenkatastrophe mit den anschließenden Sintfluten ereignet hat und die Menschen davor auch noch nicht lange existiert haben.

Die Geschichte der Menschheit muss komplett neu geschrieben werden

Offensichtlich haben die größten Irrtümer in den Naturwissenschaften etwas mit Sprachen zu tun. Die Sprache der Theoretiker und der Krieger ist dieselbe: Englisch. Dagegen kommen fast alle großen Errungenschaften in der Technik und den Naturwissenschaften aus dem deutschen Sprachraum ...

DIE AHNENTAFELN DER BIBEL

Beschäftigen wir uns nun noch mit der Ahnentafel des Jesus, die angeblich bis auf Adam und Eva zurückführt. Gemäß dem Bibelforscher *Kurt Frankenfeld* (Genealogie der Bibel ISBN 3-86137-589-3) ergeben sich aus der Bibel zwei unterschiedliche Stammbäume. Der eine weist 66, der andere rund 80 Generationen von Adam bis Jesus aus. Rechnen wir eine Generation mit 25 Jahren, müssten zumindest 1.650 bis 2.000 Jahre zwischen diesen beiden Männern vergangen sein.
Aber selbst das ist unrealistisch, denn die Generationsfolgen waren in früheren Jahrhunderten zweifellos viel kürzer, die Mädchen bekamen in der Regel dann Nachwuchs, wenn sie biologisch dazu in der Lage waren – also schon im Alter von rund 13 Jahren!
66 Generationen ergäben bis zur Geburt Jesu, bei einer Verdoppelung in 25 Jahren, eine Bevölkerungszahl von rund:

1.152.921.505.000.000.000
Nachfahren von Adam und Eva zur Zeit Jesu
(mehr als eine Trillion),

und bei angenommenen 80 Generationen:

120.892.582.000.000.000.000.000
lebende Nachfahren von Adam und Eva
zur Zeit Jesu
= 120 Trilliarden Menschen

Offensichtlich hat man hier Männer, die zu etwa gleicher Zeit – also **parallel** zueinander – gelebt haben, in Generationenfolgen **hintereinander gereiht**. Ob sie überhaupt gelebt haben, ist eine andere Frage.
Und noch eine einfache Rechnung. Wenn für die angeblich rund 4.000 Jahre von Adam bis Jesus 66 direkt aufeinander folgende Männer-Generationen gelebt haben sollen, durfte jeder **Mann** sich erst mit **60 Jahren (!) oder älter** fortpflanzen, und musste prompt der Vater eines Sohnes sein. Das ist zwar im Einzelfall durchaus möglich, aber wie sollte dieser Unsinn in einer ununterbrochenen Serie 66mal nacheinander über einen Zeitraum von 4.000 Jahren stattfinden?
Diese Geschichte enthält daher auch einen doppelten Widerspruch – einen Widerspruch in sich selbst. Einerseits sollen 66 direkt aufeinander folgende Männergenerationen auf 4.000 Jahre verteilt gelebt haben, was zu dem zuvor geschilderten Widersinn führt. Andererseits, wenn es denn wirklich 66 Genera-

tionen waren, hätten daraus astronomisch hohe Bevölkerungszahlen entstehen müssen.
Wie zuvor beschrieben, weist die biblische Ahnenfolge aus, dass seit Adam nur neun Generationen vergangen sein sollen, bis Noah geboren wurde. Das waren bestenfalls die von mir vorgerechneten 213 Jahre. Gemäß der Bibel überlebten Noah und seine Familie als einzige (Israeliten) die Große Sintflut. Bis zur Geburt des Jesus von Nazareth sind demgemäß weitere 57 oder 71 Generationen vergangen, also rund 1.425 bis 1.775 Jahre.
Neun Generationen bis Noah. Das heißt, bei einer Verdoppelung der Bevölkerung in jeweils 25 Jahren lebten zur Zeit der großen Sintflut lediglich rund 1.000 oder vielleicht 2.000 Nachfahren von Adam und Eva.
Aber wer kann beweisen, dass nach Noah 57 oder gar 71 aufeinander folgende Männer-Generationen geboren wurden. Und rechnen wir die angeblichen 2.000 Jahre von Jesus bis heute mit noch 80 weiteren Generationen hinzu, gelangen wir wieder zu astronomischen Bevölkerungszahlen für die Gegenwart.
Egal, was wir anstellen, es zeigt sich eindeutig, dass die Geschichte der Menschheit bislang völlig falsch dargestellt wird, und fast ausschließlich ist die Rede von Männern ...
Es lebten aber ohne jeden Zweifel zu allen Zeiten etwa gleichviel Männer und Frauen. Und es ist ein klares und sicheres Naturprinzip, dass nur bei jeder zweiten Geburt (im Durchschnitt) ein Junge zur Welt kommt. Da in den meisten Religionen männliche Nachfahren überaus wichtig waren und sind, mussten sehr oft zunächst haufenweise Mädchen in Kauf genommen werden, bevor der ersehnte Junge geboren wurde. Allein diese Tatsache hat zu allen Zeiten zu Bevölkerungsexplosionen geführt, denn nur ein **Sohn** besaß etwas **Göttliches**, ein Mädchen war und ist in sämtlichen Religionen stets etwas Minderwertiges!
Es ist auch eine Tatsache, dass eine Ahnenfolge, in der nur männliche Nachkommen Berücksichtigung finden, nur dann der Wahrheit entsprechen kann, wenn es stets mehrere Nachkommen gegeben hat! Selbst eine lückenlose Ahnenreihe, in der Mädchen **und** Jungen berücksichtigt werden, ist nur möglich, wenn **jeder** Nachkomme **mehrere eigene** Nachkommen hat. Ansonsten reißt die Kette irgendwann ab und ist niemals lückenlos. Dann leben nur noch Nachkommen irgendwelcher Geschwister, Vettern oder Cousinen oder gar keine.
In Wahrheit gibt es nicht eine einzige lange und lückenlose männliche Ahnenfolge, die aus einer einzigen Linie besteht. Dazu wäre es erforderlich, dass stets zumindest ein Sohn geboren wird, dieser sich später fortpflanzen kann und selbst Vater eines Jungen wird – und dasselbe für **alle** nun folgenden Generationen **ohne eine einzige Ausnahme** zutrifft. Aber das ist unmöglich! Es gibt haufenweise Männer, die nicht **zeugungsfähig** sind, es gibt haufenweise Partnerschaften, die **kinderlos** sind, es gibt jede Menge Menschen, die **keine Kinder haben wollen**,

es gibt jede Menge Paare, die nur **Mädchen** zustande bringen, und es gibt viele Eltern, deren Kinder schon sehr früh **sterben**, gar nicht erst das Zeugungsalter erreichen. Und es gibt haufenweise Schwule, die mit diesem Geschehen ohnehin nichts am Hut haben ...
Es ist eine klare und sichere Tatsache: **Jeder direkte Ast** eines Stammbaums bricht irgendwann ab. Die angeblich **wahre Ahnentafel** der Nachfahren von Adam und Eva ist daher ohne jeden Zweifel falsch.
Ebenso falsch ist die Darstellung der Geschichte der vergangenen 2.000 Jahre. So komprimiert sich bei vernünftiger Überlegung die **gesamte** wahre Geschichte der Menschheit – inklusive einer fast alles vernichtenden Sintflut, Seuchen und Kriegen – auf maximal **2.000** Jahre. Meine Zahlen haben zudem eins deutlich gezeigt, die große Katastrophe, die Sintflut, muss frühestens vor 1.500 Jahren geschehen sein, dafür sprechen alle Fakten:

* Vor rund 1.000 Jahren lebten nur sehr wenige Menschen auf der Erde. Es waren die wenigen Überlebenden der Sintflut.
* Rund um den Globus weist die Geschichte zumindest ein Loch von rund dreihundert Jahren auf und zwar etwa zwischen dem sechsten und neunten Jahrhundert unserer Zeitzählung. Sämtliche neuen Kulturen und unser neues Schriftgut begannen vor rund 1.000 Jahren bei Null.
* Sämtliche alten Kulturen verschwanden zuvor schlagartig von diesem Planeten, wurden gewaltsam vernichtet. Davon zeugen alle zerstörten Gebäude des Altertums.
* Die überwiegende Zahl der Gebäude des Altertums – der Zeit vor der großen Flut – findet sich unter der Erdoberfläche begraben, sie können nur durch Ausgrabungen ans Tageslicht gefördert werden. Dies alles ist ohne jeden Zweifel die Folge von riesigen, Erdumspannenden Flutkatastrophen.
* Sehr viele Überreste des Altertums finden wir viele Meter unter den Meeren und Seen, manchmal gar Hunderte Meter tief.
* Die Schriften und Sprachen der Antike waren zumeist völlig anders geartet als die der Neuzeit. Diese haben sich offensichtlich nach der Katastrophe vielfach vollkommen neu entwickelt. Das gilt insbesondere für Europa.
* Es besteht keinerlei direkte Verbindung oder Kontinuität zwischen der so genannten Antike und der Neuzeit.
* Nur was jünger ist als 1.000 Jahre, kann als halbwegs glaubhafte Geschichte gewertet werden. Alles was älter ist, wird von einem geheimnisvollen Schleier umgeben, ist uns fremd in Kultur, Schrift und Sprache.